岩层

2014
QCX

人民文学出版社

「青春文学」
QING CHUN WEN XUE

图书在版编目（CIP）数据

2014青春文学／人民文学出版社编辑部编选. —北京：人民文学出版社，2015

（岩层书系）

ISBN 978-7-02-010831-2

Ⅰ．①2… Ⅱ．①人… Ⅲ．①中篇小说—小说集—中国—当代 ②短篇小说—小说集—中国—当代 Ⅳ．① I247.7

中国版本图书馆 CIP 数据核字（2015）第 057891 号

责任编辑　文　珍
美术编辑　赵　迪
责任印制　王景林

出版发行　人民文学出版社
社　　址　北京市朝内大街166号
邮政编码　100705
网　　址　http://www.rw-cn.com

印　　刷　三河市鑫金马印装有限公司
经　　销　全国新华书店等

字　　数　370千字
开　　本　710毫米×1000毫米　1/16
印　　张　29.5　插页4
印　　数　1—5000
版　　次　2015年7月北京第1版
印　　次　2015年7月第1次印刷

书　　号　978-7-02-010831-2
定　　价　39.00元

如有印装质量问题，请与本社图书销售中心调换。电话：01065233595

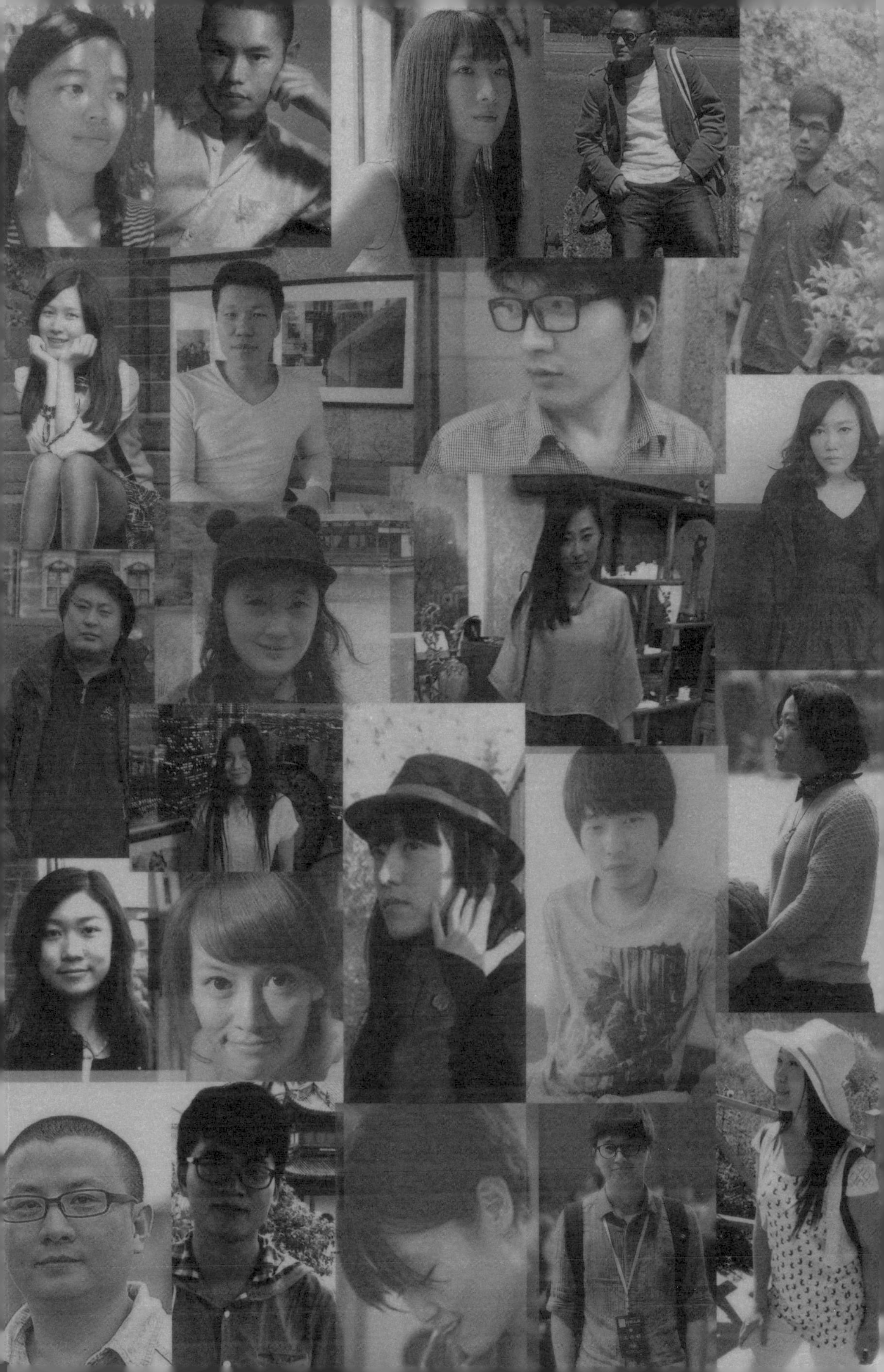

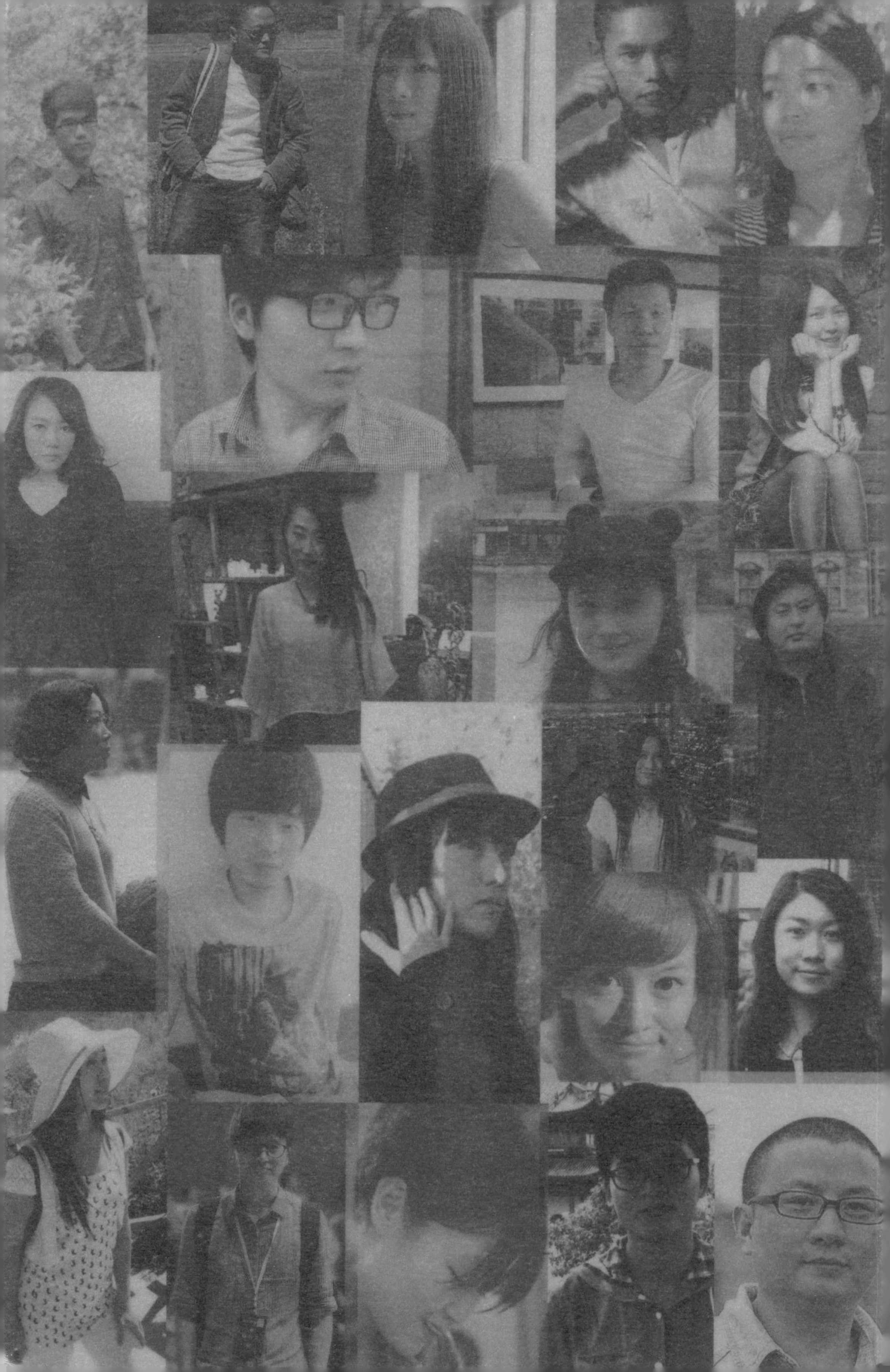

出版说明

我社多年来坚持出版各类年度文学选本，在文学界和读者中具有广泛影响。这些选本，视线多集中于成年作家队伍，在青年作家、青春文学这一领域，一直较少涉及。新世纪以来，80、90后群体的创作渐成一股引人注目的潮流，从中发掘新人力作，为富有潜力和才华的作者搭建展示平台，成为我社亟待完成的工作重点。基于此，我社决定推出"岩层"年选，以便及时总结年度青年文学创作的成绩，向读者集中推荐优秀作品，也为新世纪的文学积累做出贡献。

"岩层"年选拟每年出版一本，以小说为主。所选为年度最具代表性的青年文学作品，力求反映该年度青年作家队伍最主要的创作流派、题材热点、艺术形式上的微妙变化。更多关注成名作者以外的新人，探索青年文学新现象、新发展、新风貌。坚持精品至上原则，不排斥网络等非专业机构作品。

"岩层"年选的编选工作得到许多著名文学评论家和编辑家的支持和帮助，他们应我社之邀，对当年的青年创作状况进行深入、广泛的研讨，提出许多极有价值的选目。我们在广泛阅读的基础上，充分参考专家们的意见，严格进行编选。在此，谨向诸位专家深表谢忱。

人民文学出版社编辑部

序

以青春的笔触书写青春的现实
——《2014青春文学》

白 烨

一代人有一代人对于现实人生的感受,一代人也有一代人表达人生感受的方式。读了这本人民文学出版社版的2014年青春文学年选,这样的一个印象极其强烈,感受也至为深切。

用通常的小说做法来看,小说有故事,人物见性格,故事有开阖,性格有轨辙,这似乎既是传统的小说创作都在遵循着的基本规律,也是一般的文学阅读都在依循的内在仪轨。但在以"80后""90后"为主的青春文学写作这里,作者们都在尝试着不法常可,写法上也暗含着悄然变异。小说不一定都写故事,人物不一定都有性格,断片的情节、零碎的感觉,乃至情绪的流动、意绪的徜徉,都可能支撑起作品,结构成小说。这种不合常规却又不约而同的取向,只能理解为青春文学作家们,是用他们自己的方式,表达着他们意识到的内容,也即用青春的笔触书写青春的现实。

即如这部年选所选的小说作品来看,在"写什么"上虽然并不单一，但却有一个集中的指向，那就是大都把镜头对准当下青年一代的生活行状与心理现状，而这些都是为我们所陌生和不熟悉的。比如赵志明的《四件套》、陈幻的《人生规划》、于一爽的《每个混蛋都很悲伤》等，看起来都是在写情写爱，但却与我们所习见的情爱故事相去甚远。赵志明的《四件套》写男女恋人以最后一次幽会的方式分手，让悲凉的结局泛出了一丝温暖；陈幻的《人生规划》，在蒋子东与孙莎莎的暧昧恋情中，以男方执意要回礼物，女方也乐意悉数奉还的清退礼物的方式了却彼此的一段情感；而于一爽的《每个混蛋都很悲伤》，在郭培陪伴在身边张钢并不感到喜悦，郭培去世后张钢也不感到悲伤，写了男女之间的既非爱情，又非友情的一种"交情"。

除去情的淡薄，还有心的孤独，这似乎是另一个较为集中的题旨意向。走走的《那天下午》，描写"我"在10岁时知悉自己是抱养来的孩子，从此陷入"无着"与"失眠"的纠结难以自拔；郝景芳的《好久没回家》，也以养女冯静在外打工七年回家后察觉到养父母对自己的"戒备"，由此全无"家"的感觉。而余西的《我的朋友卡夫卡》，则以笔名卡夫卡的青年诗人在父亲去世后，母亲的不理解，女友的伤离别，躲到了谁也找不到的地方。虽然境况各有不同，"孤独"却是共同的情状。从情的淡化到心的孤独，敏感的青年作家们敏锐地捕捉到的，是当下社会生活中被缭乱世态掩盖着的人情淡薄的普遍性症候。

  比较而言，我更欣赏那些靠近着传统文学的小说写法，读起来引人入胜，品起来饶有滋味的写作。比如颜歌的《三一茶会》，一帮老友借茶会友，在赏茶又品文的互动与交流中，不同的人性情互见，更有张大爷与余阿姨以文传情，彼此惦记，使茶会成为老年生活的重要依托。还如马小淘的《章某某》，由一个痴迷于做名牌主持人的女大学生的不断改名，期望一夜成名，结果嫁作商人妇，最终得了失心疯，揭示了不切实际的幻"梦"和急功近利的美"梦"对于人的双刃剑性。张悦然的《动物形状的焰火》，运用了一种欲抑故扬的手法，作品看起来是写青年画家林沛的频遭友人的故意冷落，但随着故事的徐徐推进，才发觉宋禹在他面前的炫富，颂夏对他的揶揄，其实都是对他当年伤害他人并毫无反省的回报而已。这些作品，在描写的对象与手法上都没有什么奇招与花活，但却淡而有味，平中有奇，凭靠的正是作者察人观世和描人述事的内在功力。

  还有一些作品，或者因为叙事过于氤氲不明，或者由于写作时的漫不经心，读来云山雾罩，令人难知所云。作品不一定非得追求意义，但却一定要有意趣，并要让读者看得下去，读得出来，感受得到。从这个几乎是底线的尺度来看，一些作品也未能完全企及。从这个意义上说，这个年度的青春文学选本，反映的确是当下青春文学写作长短兼有的一种基本样态与真实状况,这种状况也昭示人们,青春文学写作既丰繁多样,又错落不齐,这使它还有需要努力攀升的极大空间,也还有可以继续进取的诸多可能。

2015 年 3 月 18 日于北京朝内

四件套 / 赵志明　003

猴　者 / 孙一圣　019

动物形状的烟火 / 张悦然　033

天使与魔鬼 / 焦　冲　061

章某某 / 马小淘　079

那天下午 / 走　走　097

北方大道 / 李静睿　115

人生规划 / 陈　幻　129

我的朋友卡夫卡 / 余　西　153

狗　日 / 曹　寇　169

门　外 / 国　生　189

目 录

烧　梦 / 林培源　　207

三一茶会 / 颜　歌　　227

鲜美的汤 / 康　夫　　255

体验录制者 / 纳兰妙殊　　273

好久没回家 / 郝景芳　　299

抓不住的梦 / 孟小书　　325

失落的雪山 / 徐　畅　　345

每个混蛋都很悲伤 / 于一爽　　359

撞墙游戏 / 郑在欢　　379

相　交 / 何　荣　　407

有关一部著名小说的几个谜团 / 刘　汀　　425

在长乐镇 / 池　上　　441

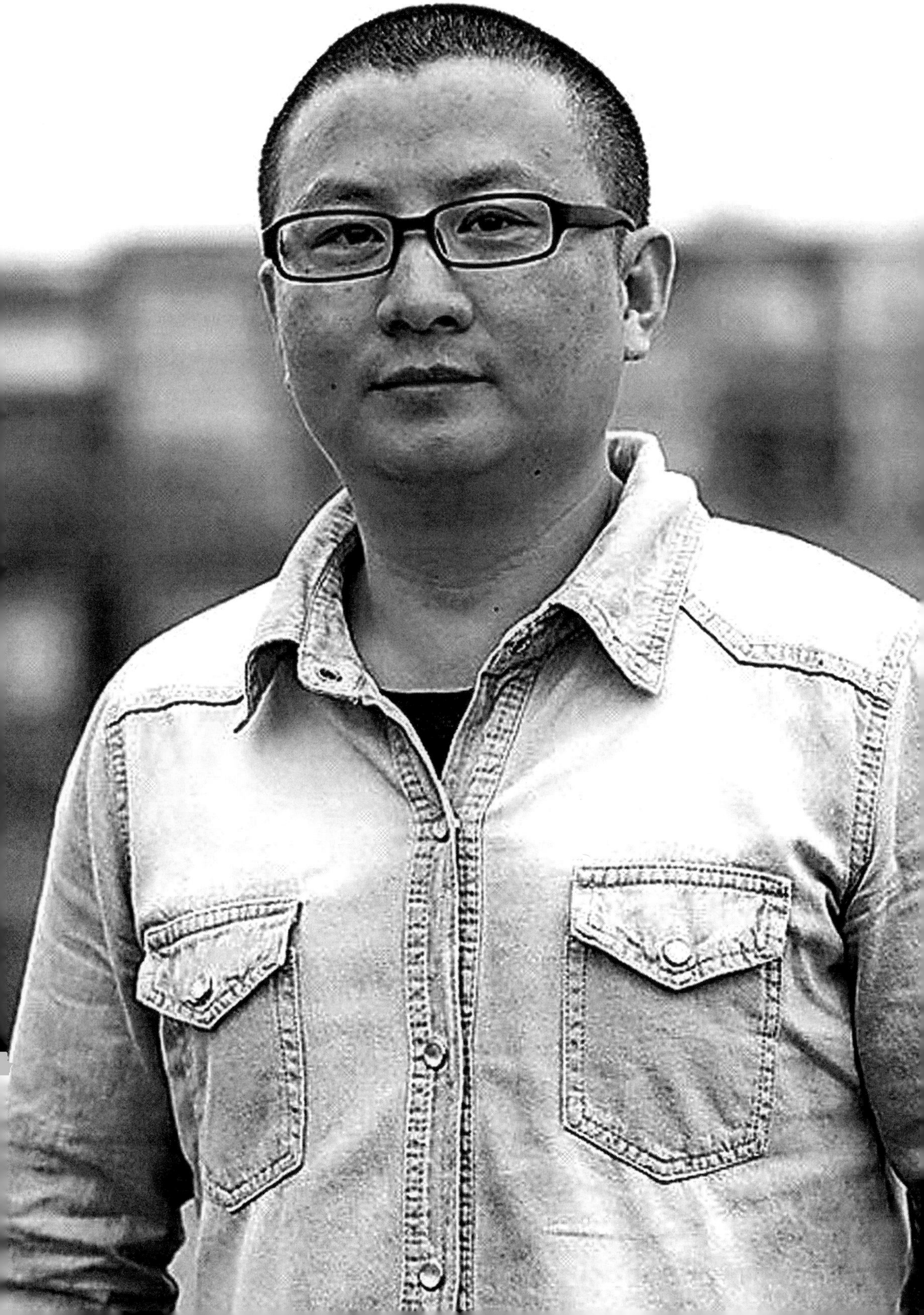

赵志明

赵志明，1977年生，江苏常州人，从事过出版、餐饮、影视等业。2012年在豆瓣发表电子书《还钱的故事》《I am Z》《爱情单曲》《你的木匠活呵天下无双》等电子书，被评为豆瓣最受欢迎的小说家。2013年12月，出版第一本小说集《我亲爱的精神病患者》，获得"华语文学传媒大奖""最具潜力新人"奖项。现居北京。

四 件 套

风起于浮萍之末，月徘徊于斗牛之间。山高月小，水落石出。

——题外话

在商场里

他在朝阳商场的二楼走了好几个来回。朝阳商场是一家便民商场，售卖日用百货，二楼主营的是鞋帽服装和床上用品。床上用品部的售货员是一个四十岁左右的妇女，和衣服柜台的售货员（也是一个中年妇女）在闲聊。

中间摆放着一张单人床，上面什么都有，整整齐齐的，等待人躺上去的感觉，显得很突兀。

几次经过她们，将听到的内容梳理一下，大概的信息是，两位妈妈在抱怨孩子（都是女孩，都上初中）不听话，跟同学攀比消费，让她们很吃力。他心想：不听话的孩子，难道不好吗？如果孩子什么都听父母的，那才是很可怕的事。但是又很快意识到，这两个小妹妹现在不管怎样叛逆，让父母长吁短叹，早恋也好、离家出走也罢，无论现在是什么样的问题少女，等到真正要组建家庭，还是会听父母的意见，会考虑父母的感受。关键的时候，她们的表现还是会让父母满意，让男友失望。

她们也注意到他了，几乎异口同声地招徕生意："小伙子，想要买什么啊？"他站住了，好像一只漂流的小船，突然被她们的语言之锚固定住了。他看着床，努力在琢磨怎么表辞达意。"我想买一条床单……"

床上用品部的妇女一下子来了精神,走到他旁边,开始详细地询问起来:"床单啊。你是要多大尺寸的,喜欢什么样的颜色、花纹和面料?"她抽出一摞床单,错开地放在那张样板床上,"这些款式都很好,家庭用最合适了。"

多大尺寸?他有点茫然,脑子里使劲想床的大小,是单人床?好像比眼前的这张床大一点,但不是双人床。能肯定。眼前的这张床是童床,给孩子睡的,放在这里,是因为不占地方。成人睡的单人床要比这个大很多。双人床那就更大了。一米二的是小床,一米五的是单人床,一米八以上的是双人床。

"那么,你们睡的床是多大的,就根据床大小来选床单好了。"张艳红(她的胸牌上写着她的名字)用的是"你们",而不是"你",好像确定他是落单的丈夫,被妻子硬逼着来买床单,因为完全不知道怎么买,因而没有了主意。"男人来买床单,确实不知道怎么办是不是?"张艳红笑着安慰他。

根据床来说,那应该是一米五的吧,肯定不会比一米五小。有可能是一米八甚至是两米的。但是被子呢?床单不是要用来放在被子下的吗。被子都很大吧,一般来说,盖住两个人是一点儿没问题的。是比较大的那种被子。那至少应该是双人被吧。

"我想,呃,床的大小记不住了。被子是挺大的。但我不确定是一米八,还是两米的了。"他有点不好意思。他现在觉得男人买床单,就跟女人买避孕套一样尴尬。她每次都会说:"难道你要让我去买那个吗?"他其实不太喜欢戴套子的感觉,但她很坚持,开始的时候几乎每次都要他一开始就戴上套子,后来允许他在射精之前戴上套子。每次都早早地催他,很多次,不管多么兴致高昂,他都草草结束。她问:"怎么了?"他含混地回答。其实她知道他的感受,但从来不妥协。"如果万一呢?"她担心这件事,真的很担心。她是一个怕麻烦的女人。

赵志明 | 四 件 套

一开始他就这么觉得，现在尤其觉得。这没有什么不好，但确实是很遗憾的，如果他想要小小地感伤一下的话。

张艳红感觉到他的心不在焉，但是她不可能知道眼前的这个小年轻，想的是春光乍泄的事情。她理解成他确实很束手无策。"男人来买床上用品，确实是不知道怎么办。我爱人跟我结婚这么多年了，这些都没操心过。要是问他床多大，估计也回答不出来。这样吧，我建议你买两米的，那样的话，一米八的凑合着也能套，最多边上空出来一截。又或者，你回去用米尺量一下，这样就不会买错尺寸了。"

他感激不已，觉得张艳红言之有理。他怎么跟张艳红解释他为什么要买床单呢？他买床单，就跟一个少年要买一把剔骨刀一样，有大事要干，但不足为外人道。他说："就照您说的吧。即使大一点，也能用。"他选了一条素雅的床单，有点像中学生用的。他只看中这条，其他的都是艳俗的，太过家用了。可能只有结婚多年的夫妻，才会心安理得地躺在这样的床单上，而不会觉得有什么异样。

买了床单，张艳红问他："你还想要买什么吗？"

他想了想说："还想买两条枕头套、一条被套。"

张艳红笑了，说："小伙子哎。你要买的是四件套啊。单个单个地买，会比较贵。你不如买一个四件套，那样便宜好多。"

他自己也脸红了。巧合的是，那款床单是有四件套的，于是就买了下来。

四件套，他还是第一次听说。后来他上网百度了一下，发现果然有四件套的说法：两条枕套（单人枕）＋一条床单＋一条被套。也有三件套：一条枕套（双人枕）＋一条床单＋一条被套。他不禁苦笑了一下，看来误打误撞，还真买对了。他没有买三件套，因为双人枕是什么玩意，他一点也没印象，可能从来没用过。

他买四件套的时间，是在5月17日。距离他上次见她（五一节他们是待在一起的），正好10天；距离她打电话给他，告诉他"我累了，我们结束吧"，只有1天。距离他再一次见到她（也是最后一次见她），隔了41天。

他下意识地买了四件套，但不知道为什么要买，以及如何处理。

她给他电话后，他的反应超出了她的预计，也让他自己很意外。他说："如果你真的累了，那就结束吧。"

他没有觉得愤怒，也没有觉得背叛，或者被抛弃的感觉。当她说累了的时候，他的第一感觉是如释重负，好像他一直强撑到现在，只是为了等她先说出来而已。是不是他觉得，自己先说，会伤害她多一些，由她来说，对自己的伤害会少一点，这也是一种周全和眷恋吧。反正由她来喊"咔"，自己就变成了一个演员，不管是主演，还是跑龙套的，都可以从角色扮演中顺利脱身出来。

过了两个小时后，若有所失的感觉在不断加重。他好像才意识到事情的严重性，他甚至有不顾一切给她电话、买张机票去找她的冲动。但他克制住了，毕竟已经是这么成人了，打电话干吗，是要大吵一架吗？见了面干吗，是要将自己的头颅靠在爱人的肩膀痛哭一晚吗？而这个爱人（如果确实深思熟虑，斩钉截铁，话已出口，覆水难收）已经是过去时，即使不会对你冷若冰霜，至少也是虚与委蛇。也许事情不会这么泾渭分明，人毕竟有感情，不会翻脸不认人。但这样做有意义吗？他满腹的奇思怪想，满脸通红，甚至脱口而出："不断接近一个人的内心世界，是多么邪恶啊。"

拿破仑在从莫斯科撤军，接受败局的时候，可能也发出过类似的感慨。

男女相爱，有的时候真是奇怪，因为吸引（而不是需要）就在一起了；但男女的分手更是奇怪，吸引力可能还在（但不再需要了），就急剧降温，如堕冰底。谁能解释一下，需要究竟是个什么玩意，身体、情感、物质、安全，真的有那么多需要吗？是不是根据时间段而定，某种需要会脱颖而出，更占上风呢？

需要真他妈的不是个玩意儿。但我们还真就需要了，被需要了。

在火车上

熟悉的车次，但车厢里夹杂着太多不熟悉的元素。他设想过无数次这样的告别之旅，但当它突然化为一张车票紧攥在自己手心里的时候，他第一次感到茫然了。这种感觉完全是一条短信触发的。

在经过了一段时间的斟酌考虑，他们没有言归于好（也不可能），但达成了一致。就好像妻子提出离婚，丈夫已经口头同意，但还差在离婚协议上最后签字一样。他跟她说："如果就这样说分手就分手，是不是显得我们双方太不慎重了？"她反问："那你的意思是，还想怎样？"他说："我也没有别的意思。你的决定我仔细想过了，对我们双方都好。长痛不如短痛，快刀才能斩乱麻。你的性格比我强，这也是我喜欢你的一个原因。我做不出的决定，你做出了，这我都能接受。只是，再怎么着我们都不能连个面都不见，就这样一个电话分手了吧。"她说："唧唧歪歪说半天，直接说不就行了？真啰嗦。你不就是要搞个什么最后的仪式吗，真恶心。"

分手炮？他苦笑了一下。他还没想到这层。这么多年下来，他对她的身体已经了如指掌，对她身体的依赖也到了无以复加的程度，虽然也经常开玩笑，说什么"搞一次少一次"，但最后一次他还真没想过。如果说第一次是人参果，那么最后一次用什么来比喻才是合适的呢，鸡肋？

不管怎么说，她算是同意了这次见面，于是他买了车票。

以前他们每次见面，虽然习以为常，但都是郑重其事的。每次见面都是一次节日，像泡在蜜罐子里。他们一路上会不停地短信往来，直到双方都困了。无论谁第一个醒来，都会发消息，问对方还在睡吗？有没有吃东西？记得多喝水。她会早早地在站台等他，陪着他去宾馆。小别胜新婚，说不尽的恩爱缠绵，鱼水之欢。

这次却只有一个短消息："在车上注意安全，好好休息。"语气已经很陌生了，让这趟旅程充满了生疏感，好像一个失败的商人赶去法院，只为签字证明自己破产了。他沉浸在苦涩中，提醒自己，事情已经这样了，为什么自己还有一种渴望幸福的假想呢，真是不应该啊。

她也没有问他，买的是卧铺还是坐票。以前他总是偷偷地买坐票，虽然卧铺贵不了多少钱，但他本着能省就省一点的原则，尽量买坐票。

他自觉自己的经济不宽裕，甚至在他人眼中可以用糟糕来形容。有一两次被她发现了硬座车票，很生气，问他："为什么我让你买卧票，你都不听我的呢？"他知道她是不希望自己这么累，但他说："你知道的，我想观察周围的人吗？火车上有很多好玩的事情。但是在卧铺，你只能闻到别人的体味，听到别人的鼾声。"这是一条勉强说得过去的理由。

后来她发现了他经济的窘迫，并没有嫌弃，但觉得要过父母这关就不大容易了。这是横亘在他们心头的一道巨大的坎儿。她的父母关系不太融洽，经常吵架，童年时期落下了阴影，造成了青春期叛逆的性格。但到了这会儿，母亲却是她最放心不下的，特别是母亲身体不好之后，她一直下不了决心离开母亲。

她左右为难。他觉得都是自己不好，发奋挣钱，但想要咸鱼翻身，谈何容易。她舍不得他这么辛苦，有时安慰他："你也不要给自己这么大压力，没钱又不是不可以生活。"

异地恋有很多，像他这样屌丝，又守着奇怪原则的，却很少见。他的朋友们劝他："要么让她来你这边，要么干脆你去她那边。总之，要在一起，要去登记。现在结婚又不难。"他也跟她商量过，但是她的母亲刚做了大手术，从死亡线上回来，她不可能现在抛下母亲。她也不同意他辞职去她身边，因为那样一来，他的理想、他这么多年来的努力，就都前功尽弃了（虽然也没有什么成效）。

她甚至觉得他这样频繁地来看她，不管是在金钱上，还是在时间上，或者是在精力上，都是一种浪费。在她的坚持下，他们由每周见面一次，改为一个月才见面一次，有时两个月才见面一次。之后的五年时间，他们就是按照这样的频率，总共见了不到 100 面。停留的时间也少了。他们开始变得像两个偷情者，但他们都没有意识到这种变化。也许，盲目的肉体需要渐渐平息后，理智的生活需要开始抬头，情感需要就变得可有可无了。

他觉得很累，第一次觉得应该买卧铺票，想去补办卧铺票。列车已经开动，有座位的人还在各忙各的事，没座位的人已经席地而坐而躺，开始进入睡眠状态了。这就是他跟她多次说起的"车厢里的众生相"。有时候他买到的也是站票，置身于席地而坐的人中间，他们多半是民工，有的带着巨大的行李，有的拖儿带女，难免感到人生的灰败与无望。他会想：如果自己化身为一只蜘蛛，能够在车厢行李架上，或者某个角落里，吐丝织网，在网上睡觉，那将是多么舒服的事情。但这些，他一般都不会跟她谈起。

补办卧铺票的席位前，已经聚集起了一些人。这趟列车剩余的车票很少，只有几个人顺利补到了票。列车员喊："没有卧铺票了，大家都回去吧。"他几乎刚到那里，又被撵了回来。一个妇女跟在他身后，突然惊喜地说了一声："这不是李老师吗？"

他回过头来，是一个马脸的中年女性。因为长得难看，所以印象深刻，确实是以前同过车的。一位什么培训公司的培训员，人称马大姐。那次他们凑巧坐在一起。一路上，马大姐跟她的几个同事，都在给一位年轻的女大学生洗脑。

一开始他以为他们是搞传销的，装作闭目养神，不搭理他们。听了一会儿他们的谈话，发现他们并不是传销人员，而是培训人员。但是他一样地烦他们，不想理他们。如果不是他们说得太露骨了，而涉世未深的女大学生很有可能被他们洗脑，他才睁开眼睛，装出很感兴趣的样子，加入他们的谈话。很快，他们将重心转移到他的身上。也许是因为那个女大学生已经被他们搞定了吧。

一路上，他们几乎什么都谈，从国企的改革，到国有资产的流失；从抗日战争的细节，到二战的转折；从张国荣的灵媒，到击落美军无人机的飞碟；滔滔不绝，以假乱真。他跟他们胡扯起来，最后他们对他的知识和口才表达了钦佩（假装的），用夸张的语气问他："能不能给我们留个电话？"相对于他们散漫的聊天，他们在索要电话这件事上变得决绝而坚定，接近于死缠烂打。他先是拒绝，抵挡了一阵之后，还是妥协了，不仅给了他们电话，还说了自己的职业，甚至告诉了他们自己此行的目的（回家看老婆，成家好多年了，诸如此类）。虽然大部分内容都是胡诌的，但未必不是他所希望的。

他虽然三十好几了，形色晦暗，但通过言谈举止，老江湖还是一眼能够看出来，他不像是一个已婚男人。他们之所以纵容他信马由缰地乱说，也许是以退为进，达到他们的目的吧。果然，就是这个马大姐，后来多次给他打电话，邀请他参加他们的会餐。他都拒绝了。甚至有一次，马大姐给他打电话，说她又要出差去他的家乡城市，问他有没有什么东西，她可以代为转交给"嫂子"的。对于这样过分的热情，他是非常反感的，冷冷地说："不需要了，我每周都回家一趟，没什么可带的。"事实上，他那时候已经只能一个月获准见她一次了。

他将这次经历，也跟她说了。她叮嘱他小心点："坐火车的，什么人都有。你这个大白痴，自己要小心点，知道吗？别人的水不能喝，别人的烟也不能抽。口香糖、润喉糖、水果什么的，都不能接，更不能吃。你要是少个肾什么的，我就不要你了。"

赵志明 | 四 件 套

马大姐再次见到他,感觉非常兴奋。他就纳闷了,这些人,他们的记忆力怎么就这么好呢?难道是因为自己跟马大姐一样,也是相貌奇丑,才让人印象深刻的吗?她和她的同事坐在他隔壁的车厢,他回去的时候要经过。马大姐极力邀请他停留一会儿,她好介绍他们的领导给他认识。马大姐补办卧铺票,也是给他们领导的。这种对领导的态度,很像传销人员,也令人厌恶。传销是卖产品,培训是卖理念。他觉得两者没有什么区别,后者可能更恶劣一些。成功学完全是一个大坑,是要将人活埋的。

简单地寒暄了几句,那个领导就提着行李去卧铺车厢了。正好空出了一个位置,马大姐让他坐下聊一会儿。他接受了,原因是他看到当初的女大学生,坐在他们中间,已经成为马大姐的同事了。仔细想想,也快三年过去了。什么情况不会发生呢?当年的女大学生成为了培训员,自己也失恋了。

他们聊了大概半个小时。其间女大学生拿出口腔清新剂,每个人都往口腔里喷了一下。他也喷了,喷完才觉得不妥,但好在也没有发生什么晕厥现象。就在大家轮流一圈使用喷雾剂的时候,有点冷场。他借这个机会,就回了自己的座位。

要是在往常,他一定会编个短信,告诉她这次火车上的偶遇。这样一来,他又觉得这次旅程,有太多让自己觉得不适的地方。这是一次注定伤感的旅程,尽管明天太阳会照常升起。

在宾馆里

他还是下榻在那家宾馆,一方面是因为价格便宜,一方面是因为离她家近。不管待到多晚,她一次都没有留宿过。里面的服务员已经认得他,也掌握了他的行程,每次都给他固定的房间。这不难理解,就好像他每次出现,都遵循她的生理周期一样。

他拖着箱子,服务员笑着问他:"又来出差啦。"其实他哪里是来出差的呢?入住后,他几乎不急着外出,等着她来。然后两人再出去吃东西,看电影,散散步,然后再回到宾馆。有时候他还要送她回去,但大多数时候她一个人回去。"你已经很累了,早点休息吧。我明天没事就早点来。记得要刷牙,要洗澡,不准裸睡。床单脏死了。"

是的,宾馆最大的坏处是,床单、枕头、被子都很脏。哪怕它们刚洗过,刚被消毒过,散发出洗涤剂和消毒水的味道,还是很脏。这种脏不是灰尘,也不是病菌,而是一种感觉。"不知道多少人在这张床上搞过,脏死了。"

有一次,做爱后,她又去冲澡,回来的时候看到床单上的斑痕。新的是他们刚留下的,但还有形成暗影的,分散在床单上,已经形成色斑,洗不掉了。像这样的宾馆,也不可能每次都换新床单,最多多洗几遍。换句话说,有钱的人,一般也不会光顾这样的宾馆,怎么着也得去三星以上的。住在这里的,除了他这样的,还有就是包房客,或者是钟点消费者。这样杂芜的人群,看来也只能将就了。

她提醒他,每天都要让服务员换床单、枕头罩和被套。他每次中午下去吃午饭的时候,都会跟服务员说。但是他们都不能确定服务员是不是将这些都换过了。面对这样的疑虑,她甚至不愿意躺在这样的床单上。还好每次他都带自己的浴巾过来(这也是她要求的,她不愿意他和她使用宾馆的浴巾),就将浴巾铺在床单上。

因为她的过激反应,他也开始怀疑起来,睡觉前偷偷地在床单上做了个印记,结果第二天晚上发现那个印记还在。他没有告诉她,是因为怕她再也不肯在宾馆的床上跟他做爱,那么一来的话,他该找一个什么样的地方,跟她亲热呢。

她和父母住在一起,但是他却一直居无定所。他出不起首付,他工作年限不够买房的资格,甚至他从来没有想到过交三险一金。这么想来,他的生活一团糟,生活态度也很可疑。他是一个无能者，一个虚无主义者，一个理想主义者。可笑的是，无能者通常会承认自己是一个虚无主义者，而一个虚无主义者又都打着理想主义者的幌子。

他得过且过，不敢设想幸福，遇到幸福绕着走。正是这一点，伤害了她。也许说不上伤害，只是一开始吸引了她，因为她还年轻，然后慢慢就受不了他了。他只是一种催生剂，不停地注入她身体里的，与其说是肉欲，不如说是一种抗体。他帮助她成熟，然后她就超越了他。事情就是这样。时间长了，这样的重复必然让人生厌。

每次前来，他都会住上几天，最少是周五、周六两晚，有的时候时间更长点，但几乎都没有超过一个星期的。他们都是上班族。即使他愿意窝在这里不想回去，她也会催他回去，因为她没法天天来陪他。他有点像色情狂，每次都很豪放、贪恋，一晚上要喝好几罐红牛。她有点吃不消，也怕他会累坏了。

情况就是这样。他热衷于性爱，而她却显得相当克制。这很容易产生疑虑，当他们不在一起的时候（毕竟这样的时间更长），他怎么受得了。或者就像她后来提议的那样（半真半假），他应该在身边找个女孩。所有这些，都预示着这段异地恋，必将迎来寿终正寝的一天。也许在她厌恶床单的时候，事情就不可挽回了。对此他也心知肚明，但无能为力。一来他无法为她提供一个现成的家，二来他们也没有准备好安置一个像样的家。

事实证明，把所有的决定都扔给未来，是最不明智的，因为未来会给你你的，给她她的，然后你们就分道扬镳了。

现在可以回过头来看商场里那段了。他脑子里浮现的是宾馆的配置，不管是单人间，还是双标，或者是双人间，不管床大小各异，但宾馆的床单和被子，都是一个尺寸的。他几乎下意识地买了四件套，是想在最后一次，不管打不打分手炮，都要努力给宾馆的房间带来一些家的感觉，哪怕仅仅是将床弄得整洁一点、干净一点，让它更像家里的床。

这就是她说要分手后，他脑子里慢慢凝固下来的想法。

现在他开始布置宾馆的房间，具体说，只是布置宾馆的床。他给枕头套上新的枕套，给被子套上新的被套，在床单上铺上新的床单。做完这些后，他一时心满意足。以前他到宾馆之后都会先洗个澡，再睡一觉，精神抖擞地迎接她的到来。但这一次，他只是洗了个澡，却没有睡觉（不忍心将被单被套弄皱），而是坐在椅子上，边看电视边等她。

在她发消息说快要到的时候，他将空调调到适合的温度，并将窗子打开一点，以便透气。他将水烧开，泡好了茶。这些都是惯例，都是性爱延伸的前奏，他顺手就完成了。

在做这些的时候，他们交往、相爱的经历像电影画面一样在脑中徐徐展开。他作为唯一的观众，发现特写镜头太多了，显得有些矫揉造作，因而赶紧驱散像雾一样升起的伤感情绪。

就和他所想象的一样，当她看到布置一新的宾馆的床，有些匪夷所思。不，他并不想布置成新婚的床。他只是不想留下什么遗憾。他们相爱了七年，其间做爱无数次，但是，每一次都是在宾馆的床上完成的，都是在肮脏的床单上，有时候她会将肮脏的枕头垫在身下，有时候她会将肮脏的被子遮盖自己。

他可以容忍第一次这样发生，可以容忍无数次这样发生，但是他不能接受最后一次还是这样。哪怕这一次她不愿意，但即使这样的最后一次，也好过最近的前一次。前一次是什么感觉，就像之前的千百次一样，已经模糊了。

事实上他什么也没说，该说些什么呢？她也什么都没说。他们在唯一的一张宾馆的床前，拥抱接吻，像他们之前无数次那样。感受到他的勃起、他的欲望，

赵志明 | 四件套

　　她轻轻挣脱了他的怀抱，坐在床边，一件件褪去衣裤，然后去洗澡。洗完后她躺在床上，等待他的到来。他捕捉她的眼神，他啜吸她的唇舌，他的手停留在她的胸乳上，想起他曾经说过的"乳房上的微光"。他温柔地进入她的身体，带着以后再也不会光顾的阑珊念头。

　　那里曾经是他多么熟悉的地方，现在蚌壳将要闭合，另外一个渔夫的鱼叉，将要寻找她，刺破她，在她的里面养儿育女。

　　他们在这样的一张床上，又一次水乳交融，恋恋不舍，多少有点兴尽而归的念头。他们筋疲力尽，坚持奔跑，在等待终场哨响。

　　就在他纵情冲刺，她忘情呻吟的时候，从开着的窗口飘进两个男人的声音，显然是说给他们听的："我操，里面蛮来事的。"

　　他停不下来，也不想停下来。她显然不高兴了，不是被打扰了的不快，而是被撞破了的那种羞愧。一个女人在做爱的时候，如果会感到羞愧，那她一定是对性爱本身、对性爱的对象羞愧吧。在一瞬间，他意识到，她不想和自己做爱。当她决定和自己分手的时候，所有身体的、情感的连线，都已经被她掐断了。

　　事后，她面色冷峻地质问他："为什么窗子不关起来？"他无言以对，也懒得解释。他感觉到，他的灰烬终于也冷却了。他一声不响地穿好衣服，问她："要不要出去一起吃个饭？"吃饭的时候，他们几乎没什么话好说，也懒得去寻找所谓的话题。

　　这样挺好的。吃完饭（最后的晚餐），他们走在大街上，一前一后，没有手牵手，终于从头到脚由外而内都不像是一对恋人了。他甚至希望，她肯定也有同感，双方会因为步速、步幅，以及行走的方向，两人之间的距离越来越大，终于走出对方的视域，终于看不见对方（另外一种形式的视而不见），消失在城市的灯火中，遗忘在人海中。

如果给他们一个长镜头,追踪他们,一直到他们都走出镜头。摄影者当会看到：她自始至终带着决绝的表情——你从我这里再也拿不走什么了；他则带着类似的轻松表情——我再也不想从你那里拿走什么了（说明：此乃剽窃自印象中诗人竖的诗句）。

这种决绝,乃至恶狠狠的表情,说不定反而是人世间最温柔的部分呢。

（选自《芙蓉》2014 年第 4 期）

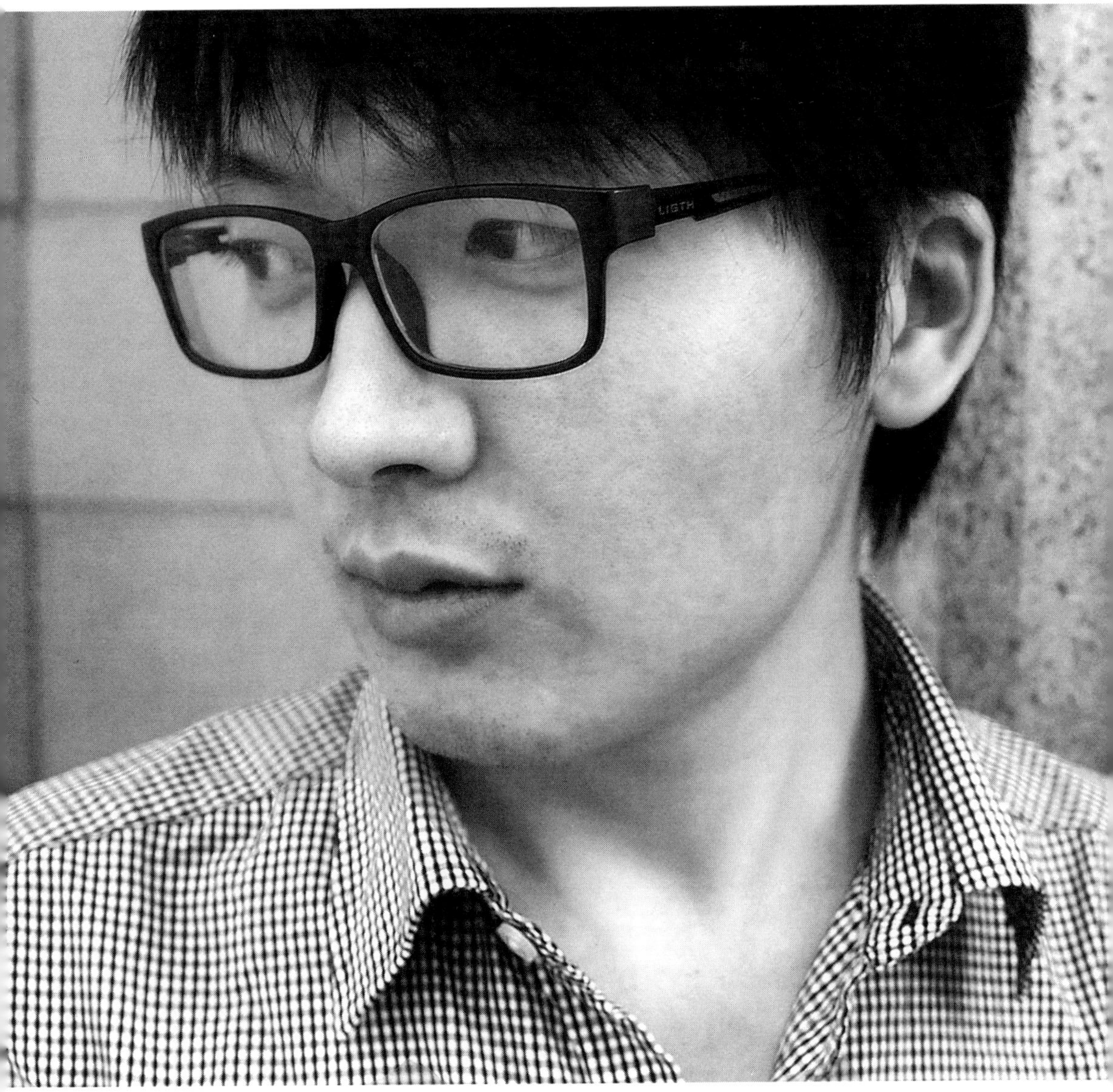

孙一圣

孙一圣，1986年生。生于山东菏泽，毕业于某师范学院化学系。做过酒店服务生、水泥厂保安、化工厂操作工和农药厂实验员。现居北京。有小说发表于《天南》《上海文学》《青年作家》等杂志。

猴　者

父亲不是一座山，这也不是山的故事。村子对面的那座山活像一场旺盛的大火。昨夜下的一场雨，浇不灭大山，却浇透了人心。湿漉漉的父亲，没死在雾气的开头。雾气将山挪得更远了，人们听到父亲在开枪，枪声又把山挪回来。

没人能确信，父亲不是个怯懦人。父亲瘦削、黝黑，是申楼镇小学为数不多的语文老师，书生气虽浓，却也有傲人性子。自妻子跟人私奔后，父亲闷在屋里七昼夜，人们都道他死了，偏偏出了门，逢人也不言语，只管吃酒，夜夜喝醉了村子。过了子时，父亲敲响家家的门，害得户户把门锁死。父亲只得倚在门边睡觉。人们听得父亲频频的咒骂，支离了鼾声。待到第二天露水泡湿了身子才醒转。自此，人们怀着嘲讽注视父亲正常或不正常的行径。父亲挪不开众人的耻笑，却听到人们聊到那座山时的畏惧。那硕大、不可抗拒的山林的险恶像一股冷风，带来沁骨的寒。没人敢进那山，人们说。父亲进来时，潜伏于四周的恐惧一动没动。闷闷的光亮如同撕开了空气的口子。我敢进，父亲说。他的声音仗了酒，比他的身子高大许多。几乎所有人都认为父亲疯了。父亲拿了猎枪夜夜走进抻平了坟地的小道，蹚过河水，来到山林的边沿，晃到半夜也没打响一枪。白天，父亲获到更大的蔑视，这蔑视既来自人们凉飕飕的目光又来自父亲的内心。这使父亲觉得羞辱，虽尽力保持，却更忧虑不安。这山林的险恶哪能高得过人之险恶。终有一日，父亲瞧尽了月色，眼看要下雨，什么也没说，出门过河，到了对岸，扎进幽暗难测的山林。

在雾气里，那山几乎是一动不动地、慢吞吞地冒了头，人们不晓得父亲怎地进的那山。父亲深陷于繁茂的山林，对抗众多野兽，又惊又骇。这是父亲的困境，也是这故事起的头。子弹打光了，猎枪也早冒了烟，这群野兽眈眈视之，父亲没敢做声。这么近的距离，只消一动，父亲便会没了命。父亲趾高气扬地告诉众人。不晓得哪的人声惊动了这对峙，听到的这个"喂"声，救了父亲的命。野兽们受了惊，四散奔逃。它们的折腾扒开了树枝和蒿草。神色仓皇间，父亲远远望见那只猴。

父亲问：你从哪里来？

没人考证山的凶恶，更没人确认父亲是否真的进了山。而这些，已不重要了。尽管人们还沉浸在山之险恶的光辉和对父亲的嘲讽里，但父亲浑不在意，得意扬扬甚至是小人得志的脸突然冒出来，像是被灯光突然发现了脸膛一般，想要搅动一下人们早已变得淡漠和木然的脸。父亲说，这是神迹。人们的聒噪愈积愈多，撑大了房子，没人肯听父亲说什么。父亲说，这是神迹。窗外坚硬的风只是刮刺刺一刀，这喧嚣破个洞，散了声响，人们这才听清父亲说的话。没人绷得住，莫名地哈哈笑起来。父亲说，这猴子说了"喂"，这猴子说了人话，这是神迹。父亲不容置疑的神情，在这些相等的脸里犹如广袤平原里一块新翻的耕地。人们慌张地停下，嘈杂凝于上空，仿佛头上的三尺神明。只片刻，人们又一阵哄笑。这哄笑试图戳穿父亲的谎言，而父亲却真从山林深处带了这猴子回来。

这年头早没人能见到活的或死的猴了，方圆几百里有的只是"猴"这个字和这个字的响了。

俘获神迹之猴的消息走漏了，再看那飞鸟回旋，树叶子磕碰，该是跟了风的脚步遍传乡邻。父亲回忆那日，整个街衢，挨挨挤挤的人群，茫茫然携来声响。嘲笑过父亲的人们本没在意，却抵不住日渐增多的人数，开始怀疑当初的执守，也个个围拢来。因为来人过多，为了控制人数，父亲挡住院门，售卖起门票，每

孙一圣 | 猴　者

人收取十块钱，权作个扎口的绳子。即使如此，涨满的人数依旧难消。更像动物园了，人们说。直到深夜，人们高举了火把或者手电筒，将夜晚戳出一个个窟窿，一张张脸不罢休，配了亮。松松垮垮、晃晃荡荡的声响，混进犬吠或鸡鸣拥成了喧嚣，难以分辨哪个是人话。这庞大的喧嚣被火光烧得嗤嗤响。

父亲揉碎了眼睛，看夜风掀翻了火舌和光柱，零落的星光絮絮低语，如那万物缄默。突然静悄悄的，众人的喧嚣悬停在上空，无数的目光刮擦、消减得如钝刀般笨拙。人们没闭眼，瞧见笼子时，猴还蜷缩着。父亲喝了酒，定定地坐在屋檐下，仰望人头攒动。人们睁开眼，瞧见了栅栏里笼着的东西——这猴蜷缩在笼子里；铺着干草的笼子散发着畜生的酸臭。这些个观众，川流不息了好些日子，无论滂沱大雨还是晴天日朗，都难减好奇的兴致，而猴的表演却没有起伏。每次猴都像陷入了沉思，双目紧闭，任谁都不理会。即使人们伸进胳臂到栅栏里，也搅不起它的惊惶。人们的热情日渐冷却，众人的脸在火光中一个个垂下去，焦灼的目光纷纷塌陷，一些愤怒的人群甚至以文明人的语言吼出兽一般的响。他们带着预定的失落和遥远的路途归去。那些愤怒的人们临走前也没忘朝父亲讨还票钱，而嘲笑过父亲的村民，为了纠正自个儿的怀疑，以及更正确地嘲笑父亲，只要求父亲退还一半票钱。而那剩余的一半，才是动物园的票价。

父亲遭了这场挫折，常宿不眠，更添了寡言少语。很多个日子，父亲和闯进屋子的风儿不出门。偶然一个阴雨天，才憋不住，放了风。一绺一绺的风儿刮拭父亲的脸膛，难免被呼呼地剖成两瓣。村上的人见了父亲，仍如先前般薄寡。父亲总谄谄地要找个借口似的。他们的嘲弄也不似以往，仅是淡淡地一瞥，或低头的一抿，就能直抵父亲的心门。更多的时候父亲愣愣地，不置一词。有时借了酒劲，父亲也做过一番徒劳的尝试，父亲说：

猴子说了"喂"的，这猴子说了人话，这是神迹。子弹打光了，猎枪也早冒了烟，又恐惊了那熊，我没敢做声。这当口，不晓得哪的人声惊动了这对峙，听到的这个"喂"声，救了我的命。

这时候父亲几乎没了桀骜不驯的劲头，声音被僵硬的语气撑开，并带着原封不动的不安反复回响。

故事有了这么个糟糕的开头，人们也早晓得父亲的意图。尽管没能奏效，终是勾起人们的另一种乐趣。人们听了父亲过于一个字一个字地说完，也一丝不苟地笑起来。有些没听过这故事的人，大多出于好奇，也特意寻来，一面听父亲说，一面庄重地笑，临走也没忘留些廉价的彬彬有礼。少有的不满于嘲讽的人，也反问了父亲：你怎地不帮它说嘞。这些人每次听完父亲的辩解，都忍不住这么做：你怎地不帮它说嘞。父亲晓得他们的立场，逢到这时便闭了嘴。他们这样故意地嘲弄，也启发了父亲，以致父亲不再徒劳地解释他听到的这个"喂"，而是做起另一件事来。

我明明听到这猴说了"喂"的。

父亲反复向村里人解释，企图洗刷过去的耻辱。起先人们尚能引趣逗乐，时日一长，也就厌倦了。连起码的嘲笑也懒得有。以致再后来每次远远瞧见父亲，没等父亲开口，就利落地逃了去。

每月的第一个日子像一斩刀的挥出，劈开了前一月和后一月。父亲整宿地睡不着，白炽灯一亮，影子会撞着四壁。拣了这个首日子，父亲不再徒劳地解释他听到的这个"喂"，而是做起另一件事来。父亲执拗地抖搂一个个动作，撂响一声声言语，变着法儿地逗引这猴子。也怪父亲忒性急，没个停歇，东转西转，使尽了招数，那猴只管不吭气。父亲心下寒了半截，仍没割舍，改换了策略。连续好几日不理它，那猴一日弱势一日。父亲任它昏昏聩聩，直到奄奄地喘成一处，仅剩了一纸薄命。父亲才取来食物，试图诱惑这猴子说出早先的那一声"喂"。

孙一圣 | 猴　者

　　那猴一面瞧，一面喘，眼珠子才转了半转，半口歇停的没接上，冷了气，歪头栽倒，身子硬邦邦地喊了声"扑通"。父亲着了慌，一连捧来好几口热气续上它的命，急惶惶地解了它口头的饥荒。然而父亲并未被艰难击倒，心胆一恨，撂翻了好几次即将达成的妥协，折腾了好些回，这猴的发音始终没有字词的音节。怱怱然好些个日子，父亲又悲又哀哉，叹息数声，只能作罢。

　　然后父亲停下了，像开始做时那样突然。父亲的心井几乎全枯了。好些个夜晚，父亲听着村里动物的声音——犬吠、鸡鸣、牛吼、驴嘶——辗转反侧，难以入眠。他早顾不上那猴了。父亲虽如往昔般吃饭、走路、睡觉、抽烟、喝酒，样样没落空，但脚下却软绵绵地若踩了风，面色也如雪，没一丝血色，神气昏沉。没事可做的漫漫长夜，父亲经常独个喝酒，任由着性情，摇摇摆摆乱撞了一夜。自那夜起，偶然的眼珠子一转，笼子里头的猴也学了父亲的摇摇摆摆乱撞。父亲起先以为它饿昏了，站定了瞧时，它也定定地站下，并学了父亲脸上古怪的表情对抗父亲脸上古怪的表情。这猴不止一次地学人样，不但这些大而化的动作，即使那些喜怒哀乐的细微表情也被它模仿得惟妙惟肖。

　　村上一些人听父亲说完"我明明听到这猴说了'喂'的"之后往往做些廉价的彬彬有礼的笑着离去。这当口，那猴也学了那人的样子，背着双手兜头直走，冷不防一头撞上铁栅栏，引得那人又正式笑起来。

　　村民们背地里的话，搁不住这一嘴咬给下一嘴，定然走了样，晓不得轻重，瞒不住的漏子钻进父亲心里，一口一口吃掉他的自尊。父亲闷闷地喝了醉酒，抄起手边一根铁棍子戳猴子。这猴有样学样，也拿了根空气棍子戳父亲。父亲觉着羞辱，脚下阵阵发烫，火烧火燎，惶惶地乱蹦着，沾不得地，手下的劲道更大，仿佛脚底所承受的重量全压上了手。它这才晓得疼，蜷缩在角落里好几宿，舔舐一道道血口子。父亲夜夜听见它身上伤口愈合的响动，那声音如竹笋破土的生长，令父亲不安。那声响一夜强似一夜，惊醒了父亲好几回。开了灯，光线翅膀一样扑打下来，父亲看到那猴手上紧攥着铁棍子，正学了父亲敲击铁栏杆。父亲觉着快要溺死在这些个声响和光线里了。

　　大致一九九五年前后，农村会惯常地停电，也没个固定说法，人们猜测是，将不多的电量匀给城市和新建的工厂。村上每每停了电，父亲会点燃蜡烛，这一小团亮，被黑暗压得黄黄的，仿佛父亲叹出的一口气。临睡熄了烛火上床，一个囫囵觉醒来，天也亮了。记不得是哪个黎明，父亲瞧见原本剩了多半的蜡烛全燃没了，以为做梦，又以为记忆的差错，也没在意。但这状况连连出了几次，燃尽的烛芯也烫了桌上好几块黑窟窿。到了夜晚，没有停电，父亲扳下电闸，点燃新买的蜡烛，吃过饭，熄了烛火，上床假寐。歇了半晌不见动静，挨到三更，将要睡着时，哗的一声，凭空盛开一朵火焰破了夜，这火的光端好捧亮猴的脸，这是含苞待放的一朵脸。而这一朵火焰将要坍塌时，凑近了桌上的蜡烛，烛芯被周遭饥渴的欲望只一推，一口衔住火头，成就了烛的亮。俄而，父亲起身，坐到桌子旁，瞧猴子时，才晓得自个儿和灯光已被猴子盯住，遂叹了口气，由它那儿拿来火柴，点烟抽。这时候，父亲搁了火柴在桌上，又抽出一支烟，凑近烛火燃着，吸了才一口，递给笼里的猴子。猴接烟以及抽烟的姿势像极了某个老烟鬼，刚含进去，连同吸进的空气整个儿呛出来。猴子的脸被烛光泡出了脸的形状，并铺满了黄澄澄的颜色，这刹那，父亲瞧着它，又开始相信这是说过那声"喂"的猴了。

　　镇上人都道父亲是教学好手，方圆百里鲜有人能得这声誉，多年来也没人揽得动，尽管父亲早荒废了这许多年。父亲时常带点卑怯忆及过往——刀背般宽阔的教室、学生们盯住他的一霎和滤进来的阳光里的灰尘——像是仅仅为了虚妄地回顾，父亲裁开回忆的长河撷出发黄的小学教册，企图凭此教猴子学说话。尽管这猴子聪颖非常，毕竟是只猴，身负的仅是无愧于猴的本领，它最大的智慧依旧

孙一圣 | 猴　者

高不过人类的愚蠢。父亲竭尽所能也教不成猴子,尝试了一次再一次,次次没甚动静。无论空费几多气力,猴子喉咙里挤出的只是干瘪瘪的"吱"的音节,这音节直直地没有弯度。父亲没有一条道扎到黑,而是岔开路径,以"吱"做引子,开始教猴子写字,因"吱"本是拟声字,从某种意义说猴子对这个字的与生俱来的发音,比人类发明的并赖了人类的学习模仿才读出的发音更精准,剩下的,父亲只需教猴子写出这个字,并告诉它这字的含义。经了父亲不倦的教诲和猴子不懈的努力,没几月,这猴子学会了书写它这第一个字。这字虽歪歪的扭动得厉害,却浇不灭父亲的兴致。逐渐地,父亲经了数十年的坚持,教会猴子认识并书写三千五百个常用汉字,遗憾的是,除了那首一个字,猴子仍没学会发音,而且父亲也不晓得,它是否通晓这些汉字的含义。许是因为年老,也许是旁的缘由,父亲每教会猴子认识一个字,没几日会将那个字忘了去,仿佛猴子识的字不是从父亲这儿学来的,而是从父亲身上偷去的。也因此,父亲要将他早年的一些书烧了取暖。父亲抱了柴回屋时,那猴竟拣了本书蜷在笼子里翻页,是父亲翻烂的一册《西游记》,一页页扑棱翅膀似的拨过,瞧它的新鲜劲,父亲真以为它瞧得懂这书呢。后来再瞧它掠过那些字句的惊讶,晓得它只是在寻找认得的字,就像我们这些个被时间排好序的日子,从这本日历里跑出来,而后突然遇到另一本同样日历的那种惊讶。

　　日子一天天过,寒冬去了会再来。父亲听得见内心的火头烧得身子哔啵作响。尽管没能让猴子开口说话,也足够堵了众人的口。谁料到这猴子竟然失了踪。父亲最先熄灯睡去,到得夜半月儿落,猴子设法打开笼子,逃了。

　　这夜我猛然意识到我的生长,曾冲父亲喊了一声,他一翻身又沉沉入了梦。待到清晨阳光捎来飕飕亮,父亲瞧见好端端的笼子,开了门。再细细查看笼子的铁锁,锁孔里插了根铁丝,一根磨了十数年才纤细如发的铁丝。父亲一口一口吃了惊，终是爆发了一声揪心的怒吼，却喊劈了喉咙，咿咿呀呀，说不出语言。父亲就此哑了嗓子。

　　自那夜猴的失踪，父亲足不出户，日日躺床上，宿宿睡不眠，目光也渐渐涣散了人的意图。尽管我日夜守候，也挡不住父亲的身子一天天干瘪，飞短流长，人们又道父亲死了去。如人们所言，家里确是短了水。我跑了一里路去河边取水，竟望见对面幽暗难测的山林早光秃秃了。人们拿斧头砍了树，又撅了草，留一根根木桩在山上，像是打了一方方补丁。山林一日日消退的时候，人们说，瞧见了山鸡、野兔、野猪、狍子甚至是熊窜逃，唯独没见着猴子。人们至今不晓得父亲如何捉的那只猴，仿佛它是雷雨一般突然而至。人们砍伐了林子，填了崎岖，修了上山的公路。然而村村通出条条柏油路以后，非但没能更繁荣，反倒徒增了荒凉。父亲足不出户没几年，人们早忘了他。人们也早没了嘲弄他人的闲情，更多的青壮年凭了制不住的冲动舍家弃田往大城市奔波劳碌。他们揣着庞大的淘金的梦想一去不返，甚至客死异乡。这些叫作北京、上海、广州的城市过多地承载着他们反叛、情爱、活着和繁殖的修饰。少数较为富足的人家，也耐不住，举家搬迁，去了就近的县城。余留的孤鳏老人游魂一样蹒跚踱步。你若进来我们村，定然瞧得见这些满目窘窿的老人。再经些年岁，这些老人也都相继离世。浩荡荒草埋盖了村里的院子以及屋顶。起的风，乘着夕阳的光，跑啊跑，枝叶哗哗响，声音落了地，悄然蔓延于荒草晨露里。灌满凉风的屋子，黑洞洞的，像一头头黝黑的兽，伺机反扑确立了几千年的社会形态。

　　经了这许多年，村子早荒芜了。而父亲还沉浸于现实和幻境的虚妄里，只是发怔。没有担心，不抱以希望。即使没了周遭的村民，他们的嘲弄依旧存在，既没膨胀，也不瘪陷。同样地，父亲也难消扳回耻辱的企图。他晓得，即使没了村民，也会有旁的人物，仿佛这嘲弄和耻辱不是村民们赠予，而是他主动索取，并收好

孙一圣 | 猴　者

保存的，在漫长的生涯里任意拎出，以此抗拒愈来愈弱的活着的勇气。自那夜猴的失踪，父亲足不出户，日日躺床上，宿宿睡不眠，目光也渐渐涣散了人的意图。在这些深深浅浅的夜晚里，父亲日渐消瘦，脸色蜡黄。父亲这般光景，我也知劝不过来，只悬着心不懈怠。洗衣、做饭样样不缺。父亲痴心不解，又添了屎尿屙床，将衣服床被撂地上，身形一天崩塌一天。父亲的脚一次次刚沾了地，又跳到椅子、桌子甚至床上才停下，伸手够到电线，犹如树枝遇到春风时的兴奋。我断不透症状，只得变法儿地安抚。搁不住辛苦，我也曾劝说父亲，他却不理会。他不再说话，总像个哑子那样跟我比画（仿佛父亲只是父亲想要说的那些无音节句子，只能等待人类解析发声）。瞧他出的气儿里不再捎出语言的执拗劲，确乎是个哑子了。每次与父亲争论，我至今难以确定是否是争论，父亲总以生猛的手势跟我对话，胳臂挥舞得犹如一场暴雨，嘴里努力呕出的只是徒劳的干瘪的声音，仿佛他刚想出口的句子突然倒吞了回去，徒留了这些句子被揉皱时发出的骨折声。

　　这些总让我回想父亲教我说话教我识字的时候。我始终怀疑人类发明字、词、句的初衷。语言非但没能使人类的沟通简单，反而更复杂了。语言迟钝的表述难以得体，也更难真实，只会诱惑人类。比如父亲给我取的名字，人们叫我名字时，名字背后凝固的形象并非真实的我，我不等于我的名字。词语说到底只是一堆尸体，了无生气。语言只迫使词语完成对现实或事物的模仿，当人们说出语言时那意思已经走了样。后来我才晓得，生活是可怕的，人们老是通过语言相互利用。我总想，语言的形体也非人类赋予，却老妄图消除人类的戒心。人类老躲在语言的背后指手画脚，却不晓得语言早骗了他们。当人类表达语言，倾听的人依了自个儿的理解再以自个儿的语言回应，这回应经了两次转折早曲解了原意。因此人类的语言交流永远误解，并使语言自身的交流和人类相隔的交流这两个体系永不相交，又赖以存活。而历史的传承又是另一种境况了，这些古老的词汇虽历经繁衍进化，却没丢失承载的野心。语言所记载的历史是个独立的语言王国,当语言再次发生,一个人理解的历史只是这一个人的历史。而每个人的理解又不同,这样依赖语言活下来的历史,再经了千千万万人理解,又会有千千万万个不同的历史了。就人类而言,人们还都误以为这些个历史是同一个历史呢。由此,人类语言的横向交流和纵向繁衍是一种网状和树状结构的既错误又精准无误的顽固体系。

谁晓得呢?

日月罔替,世事演变。荒芜的村子又生出繁茂的荒草和野树,浓荫蔽天。这些草茎枝叶耐不住性子,翻过墙头,盘进屋子,改变了屋内的颜色。父亲又开始一天天地萎缩,以不惯有的习性生活着,以一种令时间猝不及防的像是快速倒带的速度衰老,脱水的皮肤皱作一团。父亲的腰背也驼得厉害,走路的姿势怪模怪样。父亲的头发、胡子则以时间固有的速度生得更悠长了,这些没有宽度的长遮了父亲的半张脸,意外露出的两只眼睛,虽是昏昏浊浊,却也有着视线应得的尺寸,并试图在文明的困境里寻求一头栽进野蛮的公式。没多少日子,我听到了人们砍伐树木的声响。一棵棵树木倒下来,一寸寸阳光照进来。父亲失踪那天我出门到镇上,弄些吃穿用度,许是耽搁得过长,到了家,父亲已经离开。摔坏的桌子和椅子塌了一地。我寻到半夜,也没个消息。过些日子,伐木的声响来到我家门前,随着树木的倒地,阳光得了寸进了尺,不但照亮并漫过我的家。过不了几月,原本的村子又是一派荒凉景象了。我藏在屋子里,听到了伐木工人们的对话,他们谈到了我父亲。说我父亲像出门一样从窗口跳了出去。他们费了好大劲才捉住他。他们说现如今父亲已经到了县城了。

我来到县城。这里没有崎岖的山路、险峻的地形,连陡峭都是人造的(拔地而起的墙),我从没遇到过这么平坦的地面,并惊讶于走在如此平坦的地面上像是每一步都要崴了我的脚。寻到伐木工人告诉我的地方,然而这些县城的人却说,

孙一圣 | 猴　者

父亲已经去了更大的城市。我跋涉千里，一步步走来，历经县市和省城，来到这个叫北京的城市。这里的房子甚高，且全是尖锐的直角，没有柔和的过渡，像是败坏了风格的长方体，这抑或是一再汲取欲望的形体。这房子的拥挤像是攒起来的，并叠放整齐。人群熙攘，间不留隙。我找到一茬茬的人们告诉我的地址，费尽了周折，也没找到父亲。我以为他们诳了我，人类的险恶和玩笑同样让我厌恶。我坐在动物园的铁栅栏外掩不住自个儿的伤悲。我的目光透过人群，落在各色动物的身上。一切都那么平常，我竟在铁栅栏里头看到了我父亲。我深陷于茫茫人群，远远地瞧着父亲。现如今，父亲已深陷铁笼，佝着背，不停地爬上爬下，我几乎认不出了。以前父亲总对我说，人哪只是猴子直立起来的痛苦，开始我还不信，后来经了人事才晓得；而父亲以弯下去的痛苦对抗失败，似乎取得了胜利——父亲已经确乎是只猴了。我不晓得父亲是否认出我。父亲远远地呼喊，并朝我招手，那手势仿佛摘桃一般要摘下悬置半空的呼喊，他近乎撕裂般又像是耗尽了一生气力冲我喊："喂！"

我将这些写下来，缘于父亲教我认了字，又教我写了字。我不晓得写什么，只得写一下父亲，这个我叫之为父亲的父亲。

父亲教我认字前，先是为我取了名。父亲为我取名时，翻遍了所有藏书。最后由一册名叫《西游记》的书得来启示，以书里已经有了人的形态的猴子的名字给我取了名。那猴叫孙大圣，父亲说，你就叫孙一圣吧。后来很多人听了我的名字问我，你父亲为什么不直接给你取名孙大圣呢。我相信你们现在定然晓得了我，但你们依旧晓不得我的名字。父亲是将孙大圣里的人字拿了去，才取了我这名字，那时候父亲还不晓得我现在已经是人了呢。

（选自2014年《果仁》APP总第36期）

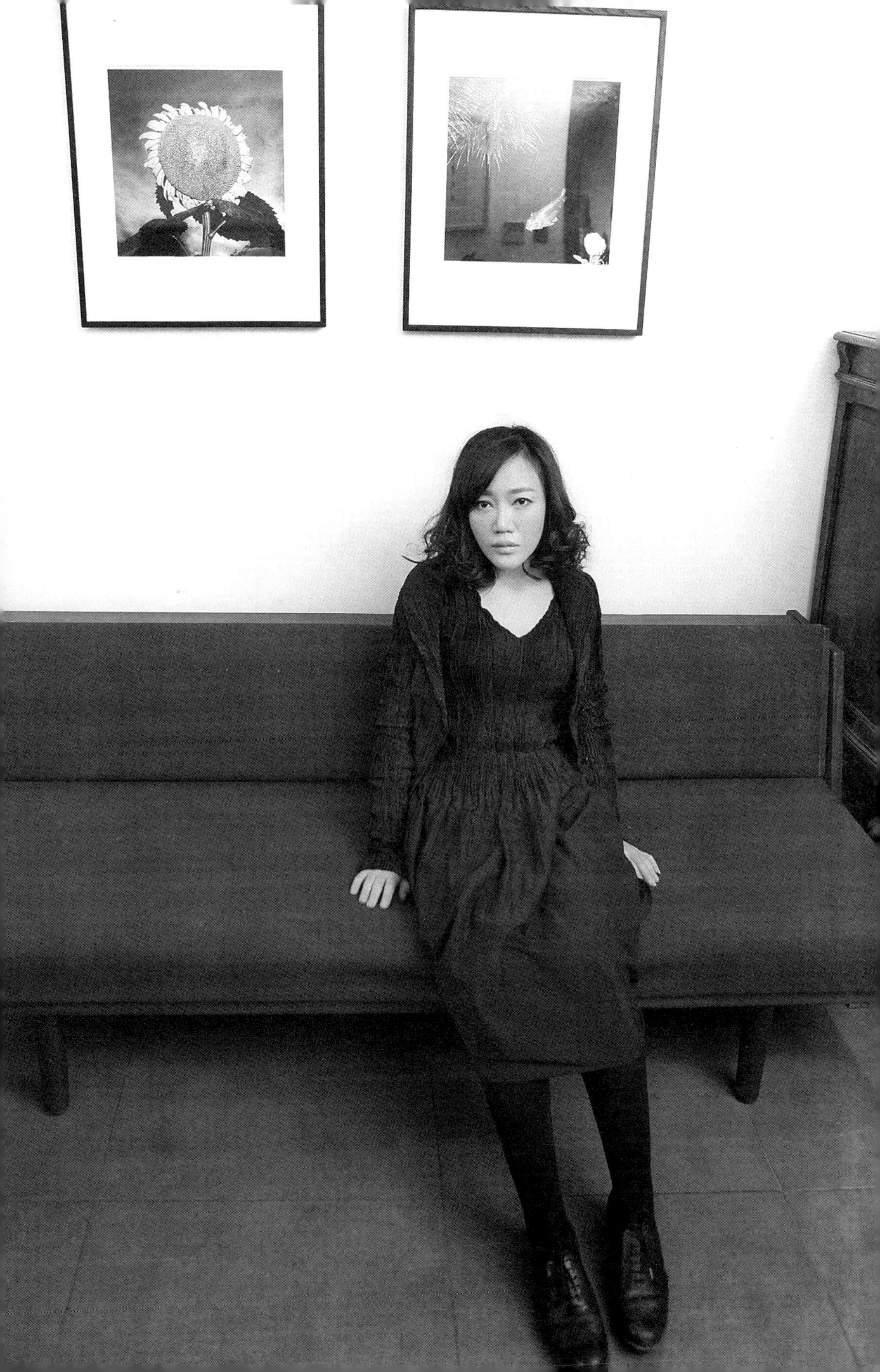

张悦然

张悦然,生于1982年,毕业于新加坡国立大学,作品刊载于《收获》《人民文学》《天涯》等文学期刊。著有短篇小说集《葵花走失在1890》《十爱》,长篇小说《樱桃之远》《水仙已乘鲤鱼去》《誓鸟》等作品。2008年创办了文学主题书《鲤》系列,并担任其主编。2012年起任教于中国人民大学文学院。

动物形状的烟火

清晨时分，林沛从乱梦中醒来。他拉开窗帘，外面是杏灰色的天空，月亮挂得很低，像一小块烧乏了的炭。这一年的最后一天来到了。明天就是新年了。

他坐在床上，回想着先前的梦。梦里他好像要出远门，一个陌生人到月台来送他，临别时忽然跑上来，往他的手里塞了一把茴香。他站在窗口望着那人的背影发怔，火车摇摇晃晃地开动起来。在梦里，月台上没有站名，火车里空无一人。他独自坐在狭促的车厢里，要去哪里也不知道。所有这些都语焉不详，一个相当简陋的梦。如同置身于临时搭建起来的舞台，从一开始就宣布一切都是假的，没有半点要邀请你入戏的意思。

唯有他手里攥着的那把茴香，濡着潮漉漉的汗液，散发出一股浓郁的香味，真实得咄咄逼人。

梦见茴香，意味着某件丢失的东西将会被找到，以前有个迷信的女朋友告诉过他。她在梦见茴香之后不久，就被从前的男朋友带走了。但她的迷信却好像传染给了他。他连她长什么样子都忘了，却还记得她那些怪异的迷信论断。

林沛闻了闻那只梦里攥着茴香的手，点起一支烟。会是什么东西失而复得呢？他回忆着失去的东西，多得可以列好几页纸的清单。对于一个习惯了失去的人来说，找到其中的一两样根本没什么稀奇。不过想来想去，他也没想到有什么特别值得找回来的。不知道为什么，那些曾经很珍贵的东西，失去了以后再回想起来，就觉得不过尔尔，好像变得平庸了很多。他没有办法留住它们，可他有办法让它们在记忆里生锈。

中午电话铃声响起来的时候，林沛正在画室里面的隔间通炉子。炉子又不热了。这个冬天已经不知道坏了多少次。他买的那种麦秸粒掺了杂质，不能完全燃烧，弄得屋子里都是黑烟。他放下手里的铁钩，从口袋里掏出手机。宋禹的名字在屏幕上跳。他蹲在地上，看着它一下下闪烁，然后灭下去。

他从浓烟滚滚的小屋子里走出来，摘掉了口罩。画室冷得像一个巨大的冰柜。头顶上是两排白炽灯，熏黑的罩子被取掉了，精亮的灯棍裸露着，照得到处如同永昼一般，让人失去了时间感。这正是他喜欢待在画室的原因。隔绝、自生自灭。他渐渐从这种孤独里体会到了快意。

他走到墙角的洗手池边，一只手拉开裤子拉链，微微踮起脚尖。这个洗手池原本是用来洗画笔和颜料盘的，自从抽水马桶的水管冻裂之后，他也在这里小便。他看着尿液冲走了水池边残余的钴蓝色颜料，残余的尿液又被水冲走了。

前几天，隔壁的大陈也搬走了。整个艺术区好像都空了。上星期下的雪还完好地留在路边，流浪猫已经不再来房子前面查看它的空碗了。傍晚一到，到处黑漆漆一片，荒凉极了。他从这里离开的时候，偶尔看见几扇窗户里有灯光，但那里面的人早就不是他从前认识的了。他们看起来很年轻，可能刚从美院毕业，几个人合租一间工作室，做着傻兮兮的雕塑，喂着一只长着癞疮的土狗。有时他们管它叫杰夫，有时则唤它昆斯，到底叫什么也搞不清，过了很久他才明白，它是鼎鼎大名的杰夫·昆斯！

当初和林沛一起搬进来的那些艺术家都离开了。要么搬去了更好的地方，要么改了行。他无法搬到更好的地方，也无法说服自己改行，所以他仍旧留在了这里。有好几次，他感觉到那些年轻男孩以怜悯的目光打量着自己，好像他是和那些留在墙上的"文革"标语一样滑稽的东西。

张悦然 | 动物形状的烟火

他把水壶放在电磁炉上，从架子上取下茶叶罐。等着水开的时间，他拿出手机，又看了看那个未接电话。是宋禹没有错。久违了的名字。算起来大概有五六年没有联系过了，或许还要更久。

宋禹是最早收藏他的画的人之一，在他刚来北京的那几年，他们一度走得很近。那时候宋禹还不像现在那么有钱，而他还是炙手可热的青年画家。第一个个人展览就获得了巨大的反响，各种杂志争相来采访，收藏家们都想认识他，拍卖行的人到处寻找他的画，前途看起来一片光明，距离功成名就似乎只有一步之遥。

他至今都搞不懂后来到底发生了什么。好像就在一夜之间，风向发生了转变，幸运女神掉头远去。不知不觉，一切就都开始走下坡路了。他想来想去，也找不到原因，只好将转折点归咎于一粒沙子。

那年四月的大风天，一粒沙子吹进了眼睛，他用力揉了几下，眼前就变得一团模糊。去医院检查，说是视网膜部分脱落。医生开了药，让他回家静养。他躺在床上听了一个月的广播，其间一笔也没有画。或许就是在那个时候，他的天赋被悄悄地收走了。再次站在画布前面的时候，他的内心产生了一丝厌恶的情绪。一点灵感也没有，什么都不想画。

他开始用谈恋爱和参加各种派对打发时间。还加入了朋友组织的品酒会，每个星期都要喝醉一两回。这样醉生梦死地过了一阵子，后来因为画债欠得实在太多，才不得不回到画室工作。再后来，几张画在拍卖上流拍了。几个女朋友离开了他。几个画廊和他闹翻了。经历了这些变故之后，他的生活重新恢复了安静，就像他刚来北京的时候一样。不同的是，他染上了酗酒的毛病。

他忘记宋禹是怎么与他不再来往的。那几年离他而去的朋友太多了，宋禹只是其中的一个，和所有人一样，悄无声息地从他的世界里消失了。最后一次好像是他给宋禹打了个电话，宋禹没有接，——现在他看着手机上宋禹的未接来电，心想总算扯平了。

"我们未来的大师。"他记得宋禹喜欢笑眯眯地看着他说。那时候他买了他那么多的画,对他的成功比谁都有信心。所以后来应该是对他很失望吧。但那失望来得也太快了。他想不明白,为什么就不能再等一等(当然事实证明,再等一等也是没有用的),——在随后的一年里,宋禹就把从前买的他的画全都卖掉了。商人当然永远只看重利益,这些他理解,他不怪他,可是让他无法接受的是,宋禹竟然连那张他给他儿子画的肖像也卖了。至今他仍记得那张画的每一处细节。小男孩趴在桌子上,盯着一只旋转的陀螺(黄色)。从窗口斜射进来的阳光照在男孩的右脸颊上。那团毛茸茸的光极为动人,笔触细腻得难以置信,展现了稚幼生命所特有的圣洁与脆弱。那张画他画了近两个月。"我再也不可能画出一张更好的肖像来了。"交画的时候他对宋禹说。"太棒了,这完全是怀斯的光影!我要把它挂在客厅壁炉的上方!"宋禹说。一年后,"怀斯的光影"被送去了一个快倒闭的小拍卖公司,以两万块成交,被一个卖大闸蟹的商人买走了。

手机又响了。他紧绷的神经使铃声听着比实际更响。还是宋禹,——暗合了他最隐秘的期待。看到这个名字他的情绪的确难以平复。他承认自己对于宋禹的感情有点脆弱。或许因为他从前说过的那些赞美他的话吧。天知道那些迷人的话是怎么从宋禹的嘴里说出来的。可是他真的觉得他和别人不一样,他是懂他的。

这么多年了,宋禹欠他一句抱歉,或者至少一个解释。他想到那个关于茴香的梦,怀着想知道能找回一点什么的好奇接起了电话。

林沛带了一瓶香槟,虽然他知道他们是不会喝的。可毕竟是庆祝新年,他想显得高兴一点,还特意穿了一件有波点的衬衫。他早出门了一会儿,去附近的理发店剪了个头发。只是出于礼貌,他想。

张悦然 ｜ 动物形状的烟火

宋禹早就不住在从前的地方了。新家有些偏远，他花了一些时间才找到那片西班牙风格的别墅区。天已经黑了，有人在院子里放焰火。郊外的天空有一种无情的辽阔。焰火在空中绽开，像瘦小的雏菊。屋子里面传来一阵笑声。他在门口站了一会儿，才按响了门铃。

"最近还好吗？今晚有空吗？到我家来玩吧，有个跨年派对。"宋禹在电话那边说，语气轻松得如同他们昨天才见过。可是这种简洁、意图不明的开场好像反倒让人更有所期待。所以虽然他知道当即回绝掉会很酷，却依然说"好的"。

他站在门口，等着用人去拿拖鞋。

"没有拖鞋了……"梳着短短马尾的年轻姑娘冒冒失失地冲出来，"穿这个可以吗？"她手上拿着一双深蓝色的绒毛拖鞋，鞋面上顶着一只大嘴猴的脑袋。如果赤脚走进去，未免有些失礼，他迟疑了一下，接过了拖鞋。

"这拖鞋还是夜光的呢。"马尾姑娘说，"到了黑的地方,猴子的眼珠子就会亮。"

拖鞋对他来说有些小，必须用力向前顶，脚后跟才不会落到地上。他跟随保姆穿过摆放着一对青花将军罐的玄关，走进客厅。他本以为那姑娘会直接带他去见宋禹，可她好像完全没有那个意思，一个人径直进了旁边的厨房。他站在屋子当中环顾四周，像个溺水的人似的迅速展开了自救。一个认识的人都没有。他竟然松了一口气，走到长桌前拿起一杯香槟。

酒精是他要格外小心的东西。为了戒酒，他去云南住过一阵子。在那里他踢球、骑车、爬山，每天都把自己累得精疲力尽，天刚黑就上床去睡。偶尔他也会抽点叶子，那玩意儿对他不怎么奏效。这样待了两个多月，回来的时候有一种从头做人的感觉。

这杯香槟他没打算喝，至少现在没有。他只是想手里拿点东西比较好，这样让他看起来不会太无聊。客人们以商人居多。他听到有几个人在说一个地产项目。

旁边那几个讨论去北海道滑雪的女人大概是家眷，根据她们松弛的脸来看，应该都是原配。墙上挂着一张油画，达利晚期最糟糕的作品。他盯着看了一会儿，决定到里面的房间转转。

那是一个更大的客厅，铺着暗红色团花的地毯。靠近门口的长桌上摆放着意大利面条，小块三明治和各种甜点。一旁的酒精炉上烧着李子色的热果酒。托着餐碟的客人热烈地交谈着，几乎占据了屋子的每个角落。靠在墙边的两个女人他认识，一个是艺术杂志的编辑，从前采访过他。另一个在画廊工作，他忘记名字了，她的，还有画廊的。她们似乎没有认出他来。他有点饿，但觉得一个人埋头吃东西的样子看起来太寂寞。他决定等遇到一个可以讲讲话的人再说。

一阵笑声从他背后的门里传出来。那是宋禹的声音，他辨认得出，有点尖细刺耳，特别是在笑得不太真诚的时候。他转过身去，朝那扇门里望了望。是一间用来抽雪茄的小会客厅，落地窗边有沙发。看不到坐在上面的人，只能看到其中一个男人跷着的腿，锃亮的黑皮鞋。这样走进去会引起里面所有人的关注。他不想。宋禹应该会出来，他肯定要招呼一下其他客人的，不是吗？他决心等一等。遗憾的是这个房间连一张像样的、可以看看的画都没有。墙上挂着的那两张油画出自同一位画家之手，画的都是穿着旗袍的女人，一个拿着檀香扇，一个撑着油纸伞。他知道它们价格不菲，却不知道它们究竟好在哪里。

从洗手间回来，他发现自己放在长桌上的香槟被收走了。手里空空的，顿时觉得很不自在。他只好走过去给自己倒一杯果酒。加了苹果和肉桂的热葡萄酒，散发出妖冶的香气。可他还不想喝，至少在见到宋禹之前还不想。一个小女孩，约莫五六岁的样子，不知道从哪里冒出来，悄悄走到长桌边，很小心地看了看四周，忽然踮起脚尖，抓起一个水果塔塞进外套的口袋里。她手细腿长，瘦得有些过头。站在那里静止了几秒之后，她又飞快地拿了一个水果塔，塞进另外一侧的口袋。等了一会儿,她又展开新一轮的行动。直到两只口袋被塞得鼓鼓囊囊才终于停下来。

她岔开手指,仔仔细细地舔着指缝,眼神中流露出一种不可思议的饥饿。随即,她掉头朝里面的屋子跑去。应该是某位客人带来的孩子,很难想象她父母是什么人。她的举止显然与这幢房子、这个派对格格不入。然而这反倒令林沛有些欣慰,似乎终于找到了比自己更不适合这里的人。

"嘿,那是我的鞋!"有个尖厉的声音嚷道。

他转过身来,一个男孩正恶狠狠地盯着他的脚。

"你的鞋?"他咕哝道。

男孩约莫十来岁,裹着一件深蓝色的运动衣,胖得简直令人绝望。那么多脂肪簇拥着他,浩浩荡荡的,像一支军队,令他看起来有一种王者风范。那种时运不济,被抓了去当俘虏的"王者"。

"是谁让你穿的?"男孩的声音细得刺耳。脂肪显然已经把荷尔蒙分泌腺堵住了。

林沛没有理会,端起酒杯就走。走了两步,他停住了,转过身来。他忽然意识到眼前这个胖男孩是宋禹的儿子。他那张肖像画的正是他。

他盯着那孩子看,想从他的胖脸上找到一点从前的神采,——他画过他,了解他脸上最微细的线条。可是四面八方生涌来的肥肉几乎把五官挤没了。沉厚的眼皮眼看要把眼眶压塌了,从前澄澈的瞳仁只剩下一小条细细的光。在那张他画过的最好的肖像上,他还记得,阳光亲吻着幼嫩的脸颊,如同是被祝福的神迹。男孩蒙在透明的光里,圣洁得像个天使。他是怎么变成眼前这样的?脸上的每个毛孔都在嗞嗞冒油,目光凶戾,像极了屠夫的儿子。成长对这孩子来说,简直就是一场巨大的灾难。

"还记得吗，你小时候我给你画过一张画像。"林沛说，"那张画像上的你，可比现在可爱多了。"

"你是谁啊？"男孩被惹恼了。

"还吃这么多？"林沛指了指男孩手里的碟子，上面堆满了食物，"你不能自暴自弃……"

男孩气得浑身的肉在发抖。

一个保姆样子的中年女人快步跑过来，看样子像是在到处找他。

"嘟嘟，快过去吧。"女人帮他拿过手里的盘子。

"他为什么穿我的鞋？"

"好了，快走，你妈妈他们还等着呢！"

女人拽起男孩的手，用力将他拖走。

"你等着！"男孩回过头来冲着他喊。

林沛望着他圆厚的背影，心里一阵感伤，画里面的美好事物已经不复存在了。可是很快，感伤被一种恶毒的快意压倒了。他们不配再拥有那张画了，他想。甚至也许正是因为卖掉了那张画，那男孩才会长成与画上的人背道而驰的样子。这是他们的报应。

宋禹一定也变了。他忽然一阵忐忑，担心宋禹也变成了很可怕的样子。他觉得自己或许应该现在就走。可到底还是有些不甘，思来想去，他最终决定进去见宋禹一面。

他端着水果酒踱到雪茄房门口，假装被屋子里墙上的画所吸引，不经意地走进门去。

"啊，你在这儿呢。"他故作惊讶地对宋禹说。宋禹的确也胖了一些，但还不至于到没了形的地步。他换了一副金丝边的小圆眼镜，架在短短的肥鼻子上，看

张悦然 | 动物形状的烟火

起来有点狡猾。

宋禹怔了一下，立刻认出他来，笑着打了招呼，然后颇有意味地上下打量着。

林沛顿时感觉到脚上那两只大嘴猴的存在，简直像一个巨大的笑话。他晃了晃肩膀，想要抖掉宋禹落在自己身上的目光，然后有点窘迫地笑了一下。

宋禹转过头去问沙发上的人：

"这是林沛，你们都认识吧？"

坐在宋禹旁边位置上的人懒洋洋地抬了抬手。林沛认出他是一个大拍卖行的老板。

"见过。"单人沙发上那个花白头发的男人点点头。岂止见过。那时候在宋禹家，林沛和他喝过很多次酒。这个人不懂艺术，又总爱追着林沛问各种问题，一副很崇拜他的样子。

另外两个人则仍旧低着头说话，好像完全没看到林沛一样。他们都是现在红得发紫的画家，林沛在一些展览开幕式上见过，他们当然也见过他。他也被别人介绍给他们过，有好几次，不过再见面的时候，他们依然表现出一副不认识他的样子。

林沛被安排在另外一只单人沙发上。这只沙发离得有点远，他向前探了探身。

"怎么样，最近还好吗？"宋禹握着喷枪，重新点着手里的雪茄。

"老样子。"他回答。

宋禹点了点头，没有说话。当他发觉宋禹正以一种充满同情的目光看着自己，才意识到原来一个"老样子"也能解读出完全不同的意思。对他来说，一切如常就是最大的欣慰。可在宋禹那里，这大概和死水一潭、毫无希望没什么区别。隔了一会儿，宋禹忽然吐出一口烟，大声说：

"哦，对，你结婚了！谁跟我说的来着？"他表现得很兴奋，好像终于帮林沛从他那一成不变的生活里找出了一点变化。

林沛顿时感到头皮紧缩。这显然是他最不想听到的话题。在很长一段时间里，他都以人们会不会提起这个话题来判断他们是否对自己怀有恶意。

"你可别小看结婚，有时候，婚姻对艺术家是一种新的刺激，生活状态改变了，作品没准也能跟着有些改变呢。"宋禹一副为他指点迷津的样子，"怎么样，你感觉到这种变化了吗？"

"我已经离婚了。"林沛说。

"哦……"宋禹略显尴尬，随即对那个拍卖行老板说，"你看看，艺术家就是比我们洒脱吧，想结就结，想离就离。"

拍卖行老板望着林沛，微微一笑："还是你轻松啊，换了我们，可就要伤筋动骨喽。"

"岂止？半条命都没啦。"花白头发的男人说。

他们都笑了起来。笑完以后，出现了短暂的冷场。三个人低下头，默默地抽着雪茄。隔了一会儿，宋禹说："林沛啊，好久不见，真挺想跟你好好聊聊的。不过我们这里还有点事情要谈，你看——"

他看着宋禹，有点没反应过来，随即连忙站了起来。就在上一秒，他心里还抱着那一丝希望，相信宋禹是想要修复他们之间的友谊的。所以就算话不投机，甚至话题令人难堪，他都忍耐着。他无论如何也没有想到，宋禹竟然能那么直率地让他走开。他猝不及防，连一句轻松一点、让自己显得无所谓的话都说不出来。

"多玩一会儿啊，零点的时候他们要放烟花，特别大的那种。"宋禹在他的背后说。

酒杯落在茶几上了。他其实没忘，可他连把它拿起来的时间都不想耽搁，就以最快的速度离开了那个房间。

张悦然 | 动物形状的烟火

  他驱着那双短小的拖鞋回到客厅。那儿的客人好像比刚才更多了。用人端着热腾腾的烤鸡肉串从厨房出来，他不得不避让到墙边让她过去。她走了，他还站在墙边发呆。他回想着先前宋禹的表情，越来越肯定他早就知道自己离婚了，却故意要让他自己讲出来。可他还是想不通，难道宋禹打了两通电话邀请他来，就是为了看一眼他现在到底有多落魄吗？把他当成个小丑似的戏耍两下子，然后就叫他从眼前滚蛋？有钱人现在已经无聊到这种程度了吗，要拿这个来当娱乐。而他竟然还以为宋禹良心发现，要向他道歉，这是多么荒唐的想法啊，他为自己的天真感到无地自容。那间雪茄房里不断迸发出笑声。他觉得他们都是在笑他呢。他的手脚一阵阵发冷。他得走了，喝一点热的东西就走。他回到长桌前，重新倒了一杯果酒，蹙着眉头喝了一大口。

  有人在身后拍了拍他。

  他回过头去，是颂夏。她正冲着他笑："嗨。"

  她穿着芋紫色的紧身连衣裙，长卷发在脑后绾成蓬松的发髻。饱满发光的额头，一丝不苟的眼线。五年没见，她身上的每一处都在竭力向他证明她非但没有老，而且更美了。

  "我饿死了，你饿吗？"她对他皱皱鼻子，"拿点东西一起进去吃怎么样？"

  他恍惚地望着她。她是如此亲切，他竟然有点感动。他再次想起茴香的梦，那则关于失而复得的启示。

  颂夏带着他穿过廊道，拐进一扇虚掩的门。那个房间是喝茶和休息的地方，比较私密，连通着卧室。很安静，只有两个中年女人坐在桌边喝茶聊天。他们在角落里的沙发上坐下来。沙发软得超乎想象，身体完全陷了下去，两个人都吓了一跳，他手里的酒差点溅到她的身上。她咯咯笑了起来。

  他记得从前好像有过类似的情景：他们并排坐在沙发上吃东西。她在他的旁边笑，当然那时候她还没有这一口白得令人晕眩的牙齿。应该是在他家。但那段时间他搬过好几次家，具体是哪个家，他怎么也想不起来了。他们短暂地交往过，或者说他们上过一阵子的床，——他不知道哪种说法更合适。自始至终，好像谁都没有想要和对方一起生活下去的意思。至少他没有想过。可是为什么呢？他忘记了。在他的记忆里，她是个有点咋咋呼呼的姑娘，刚从学校毕业不久，在一间画廊工作。因为工作的关系认识，没见几次就上了床。此后他们不定期地碰面，通常是在她下班之后，一起吃晚饭，然后去他家做爱。和她做爱的感觉是怎样的？——此刻他坐在她旁边努力地回想着（这应该算是对她现在魅力的一种肯定吧）。那时候她比现在胖，脸上有一些青春痘，眼线画得没有现在这么流畅。

那样的关系持续了几个月。后来再约她，她总是说忙，这样两三回，他就没有再打过电话。那以后他偶尔能听到她的消息：跳槽去了另外一家画廊，与那里老板传出绯闻，没过多久又离开了。再后来的事就不知道了，对此他也丝毫没有好奇心。在交往过的女性里，她属于没有留下任何印迹的那一种。年轻的时候他觉得太平淡，现在才意识到很好。至少她不会带来任何伤害。

最终，他还是没想起任何和她做爱的细节。他放弃了。这反倒令她显得更神秘。时而神秘，时而亲切，情感的单摆小球在二者之间荡来荡去，拨弄着他的心。他不时抬起眼睛，悄悄地望着她。她的侧脸很好看，一粒小珍珠在耳垂上发散出靡靡的光。他觉得这个夜晚正在变得好起来。

"我不知道你会来，"他说，犹豫着是否要解释自己为什么会在这里，"宋禹今天早上给我打电话……"

"是我让他叫你来的。"颂夏说。

"嗯？"

"我说好久没见你了，也喊上你吧。"

张悦然 | 动物形状的烟火

"噢,是吗?"

"今年春天他做过一个慈善晚宴,我也想叫你来呢,他们公司的人给你打电话,好像没有打通。"

"我在云南的山上住了一阵子。"他不懂要是她那么想见他,干吗不自己给他打个电话。

"山上,"她点点头,"是每天打坐吗?"

他摇头。颂夏哈哈笑起来:

"不抄经吧?最近好像很流行。"她挥挥食指,"我跟你讲,现在我只要一听有人说他信佛,立刻就觉得头疼。"

他笑了笑。

"这里你还是第一次来吧?"她问。

"嗯。你呢?好像很熟。"

"也好久没来了。宋禹一直忙着修建他的新行宫,今年几乎都没有组织过这样的派对。"

虽然并没有兴趣知道,可是出于礼貌,他还是问:"新家吗?"

"他在市中心买了一个四合院。郊外住久了,就又想搬回市区了,唉,他们都这样。"她叹了一口气,一副很替"他们"操心的模样,"不过那个四合院重新修建以后真的很棒,下次聚会就可以到那里去了。其实他们已经搬过去了,今天不是要放烟火吗,所以才到郊外这边来的。等下派对结束了,他们也要再回去。哎,这房子有段时间没人住了,已经开始有点荒凉的气息了,你感觉到没有?"

林沛已经走神了。他忽然想到一个问题:颂夏是怎么认识宋禹的?难道不是通过他吗?那时候他带她去过宋禹家,好像只有那么一回。之后没过多久,她就开始找托辞不和他见面了。

他们两个好上了吗？这个念头盘旋在脑际，令他变得很烦躁。他干吗要为此而困扰呢？他根本一点儿都不在乎她，不是吗？可是他们这样甩开他继续交往，就没有丝毫的愧疚吗？现在她竟然能这样自然地在他面前谈论宋禹，甚至炫耀他们的交情，未免太肆无忌惮了。

　　他们两个仍旧好着吗？也许吧。这些年一直保持着隐秘的情人关系。或者情人都不算，只是有时会上床。表面上看起来就像朋友一样，颂夏可以很坦然地出入宋禹家。——她身上的珠宝是宋禹送的吗？香水味也是宋禹喜欢的吗？毫无疑问，她的美在林沛眼里已经起了变化。但这种庸俗的、金钱堆积起来的美依然能够激发情欲。一股充满愤怒的情欲在他的身体里荡漾。这个糟糕夜晚的唯一一种收场方式，可能就是把她从这儿带走。没错，他必须得从这里带走一点儿什么。

　　他再拿起杯子的时候，发现酒已经喝光了。可他那不太平静的情绪要求他再喝一点。所以他又去取了一杯红葡萄酒。

　　颂夏把盘子里的牛肉切割成了指甲大小的小块。她用叉子把它们送进嘴里时，尽可能地不碰到那一圈鲜艳的口红。

　　"你好像很少到这种场合来了，"她飞快地看了他一眼。"特别是在离婚之后……"

　　他没有说话。

　　"蜜瓜火腿卷的味道不错，忘了让你也拿一点了。要我分给你一个吗？"

　　"不用了，谢谢。"

　　"我有好几个朋友都认识荔欣。当时大家都很吃惊，你竟然会娶她……"

　　"哦，是吗？"他简直能想象她皱着鼻子和别人谈论他的那副样子。现在他记起自己为什么从来没有想过和她一起生活了。他讨厌她谈论别人时那副幸灾乐祸的刻薄模样。那让他觉得她不够善良（天哪，善良竟然是他选择女人的标准，如果颂夏知道的话,大概要笑得直不起腰了)。

"其实挺多人都知道荔欣的底细:谎话连篇,到处骗钱,早就在这个圈子里混不下去了。这次又欠了别人那么多钱,谁都以为她肯定完蛋了,没想到还有人……你也太好骗了。"她那张油津津的嘴飞快地动着,一副眉飞色舞的模样。见他不说话,她叹了一口气:"你肯定也帮她还了不少钱吧。"

"权当做慈善,我相信有福报。"他自嘲地笑了一下。

"前阵子我在一个西餐厅吃饭的时候见到过她,穿了件很旧的连帽衫,也没化妆,头发乱蓬蓬的,感觉一下子老了很多。不过她从前也不怎么好看啊,从来就没有好看过。我就不知道你究竟看上她什么……"

他的耐心终于用尽了,打断她问:"说真的,你要宋禹叫我来,有什么特别的事吗?"

"没有啊。"她若无其事地摇了摇头,"就是觉得好久没见了,特别是听说你离婚以后还挺牵挂的……"

"想看看我过得究竟有多惨吗?"

"老天,你可真误解了!我就是觉得好久没有见了……"她沉吟了一会儿,终于又开口说,"还有就是——去年我自己开了一间画廊。虽然规模不大,不过已经代理了好几个很棒的年轻艺术家,没准儿以后我们还能有机会合作呢。我一直都很想和你分享这个好消息。"

见他一脸疑惑地看着自己,她微微一笑:"还记得吗?当时我说过些年想自己开一间画廊,你还教育我不要好高骛远。在你心里,我大概就是一辈子在画廊里做前台小姐的命吧。"

"首先,恭喜你开了自己的画廊。其次,我真的不记得自己说过那样的话了,好吧,也许说过,但我真的没有什么恶意,要是让你觉得不愉快,我向你道歉。"

他顿了顿,"可是你那么想见我,难道就是为了这个吗?"他有点哭笑不得。

"不然呢,"她眨眨眼睛,"天哪!你该不会以为我现在对你还有意思吧?"她的声音很大,那两个坐在桌边聊天的女人都朝这边看过来。

"当然没有。怎么可能呢?"他立即说。

可她仍旧一脸怀疑地看着他。他窘迫至极,不知该如何化解这难堪的处境。

所幸这时正前方那扇门"砰"的一声敞开了。那个胖男孩从里面走出来。

"为什么还不能放烟火!"他用带哭腔的声音说。

"不是说了嘛,要等十二点。现在还早呢。"他的那个保姆跟在后面,手里拿着他的羽绒服。

一个小姑娘也从那扇门里走出来,像个幽灵似的悄悄站在胖男孩的身后。是刚才那个把水果塔塞在口袋里的女孩,——现在口袋已经瘪了。

"可是别人家怎么都放了啊!"胖男孩跺着脚大喊,小眼睛一瞥,忽然发现了坐在沙发上的林沛。他抿起嘴,狠狠地瞪着他。保姆也通过他脚上的大嘴猴认出了他,连忙对男孩说:"走吧,你不是要出去看看吗?"她拉起男孩的一只胳膊,塞进羽绒服的袖子里。

"别跟着我!"男孩忽然转过头去,对着身后的小女孩大吼。

女孩不说话,低头看着自己的脚。

"跟你说多少遍了,聋子吗!"男孩用力推了女孩一把。女孩一个趔趄,险些摔倒。她刚站稳,又立即挪着步子朝男孩靠拢过来。

"快给我回去!"男孩拽起她的一根麻花辫,拖着她朝那扇门里走。女孩就那么任他拖着,一声也不吭。她被用力推了进去,门重重地合上了。

男孩带着保姆气咻咻地走了。他们刚离开,女孩又从门里溜了出来。她的麻花辫松开了,一半头发披散着,外套也没有穿,就朝着他们走的方向跑去。

"这女孩是谁？"林沛问。

"宋禹从孤儿院抱回来的小孩，刚出生没多久就被她妈妈扔了。"颂夏放下盘子，"有烟吗？"

他拿出烟帮颂夏点上。她吸了一口："已经六年了。当时菊芬还以为自己不能生了呢，他们想要个女孩，就去孤儿院领了一个。他们周围好多朋友都领养了，有钱人流行这个，谁没领养反倒显得自己不够高尚，就跟慈善拍卖上总得举个牌子、买件东西一样。"

"他们不喜欢她？"

"说是偷东西。总是把客厅罐子里的饼干和糖塞进自己兜里，藏到床底下。唉，又不是不给她吃，这个就是天性，没办法，像饿鬼附身似的。打她也不管用，记不住，也不知羞，整天疯疯癫癫没心没肺的，他们都怀疑她脑子有点问题。明年就该上学了，到现在字都不认得几个。而且两年前菊芬竟然又怀孕了，生下来真的是个女孩。现在这个女孩就更多余了。可是都长这么大了，送也送不走了，真是作孽啊。"

"那个胖孩子整天都那么欺负她吗？就没有人管管吗？"

"没准她挺喜欢呢，"颂夏耸耸肩膀，吐出一口烟，"不是跟你说了吗，她脑子不正常，可能有受虐倾向。"

林沛惊骇地看着她。现在他可以确定自己对她已经没有丝毫的欲望了。他唯一的愿望是她能快点从眼前消失。

此后他就不再说话了。她换了几个话题，但无论说什么，他都只是默默听着，不发表任何看法。她也感到没趣了，快快地站起来，说要去找另外一个朋友谈点事情。

颂夏离开后不久，那两个坐在桌边聊天的女人也走了。房间里只剩下他一个人。杯子里酒已经又喝完了。他其实也不明白自己为什么还不走，直到那个小女孩再次出现。他忽然意识到自己好像是在等她。她呼哧呼哧喘着气从外面跑进来。看到他，她停了下来。他几乎有一种错觉，她好像也在找他。

她歪着头打量他，眼神坦然，毫无羞怯。

他觉得她很像一个人。

微微上挑的眼睛。翻翘的嘴唇。像极了。

茵茵，他从脑海中翻找出这个名字。

那时候她才多大？二十二岁还不到吧。来北京没两年，一个籍籍无名的小模特，很寂寞地美着。他喜欢折起她纤细的身体，握住她冰凉的脚踝。

问题出在她真的很爱他。他一直怀疑她是故意让自己怀孕的。她觉得这样他就会要自己。可是怎么可能呢？那的确是很美妙的艳遇，他承认，却从来没有想过要娶她。当时他的事业正值鼎盛时期，有很多出色的女人围在身边，随便选哪一个都比她更合适。

短暂而激烈的交往过后，是时候该抽身了。他借口要在画室赶画，又拿出差当托辞，近两个月没有和她见面。感情似乎顺利地冷却下来，本以为就这样结束了，有一天她忽然来找他，说自己怀孕了。她恳求他别让她打掉这个孩子，甚至向他坦白自己几个月前刚堕过胎，不能在那么短的时间里再做一次手术了。可是他的第一反应是，为什么要让他连前面那个男人犯的过错一起承担？他当然没有那么说，但态度表现得很坚决。"现在是我事业最关键的时期"，"我还没有做好准备"，"这样做对孩子也是不负责任的"，类似这样冠冕堂皇的话他说了很多，并劝她尽快去做手术，——现在想来或许已经太迟了。她一直在拖延时间，天真地以为他总会改变主意。

他们因为这件事纠缠，又见了几次面，直到最后一次，他冷下脸来说了许多狠话，——"我是绝对不可能娶你的"，"我们之间的差距太大了，根本无法交流"，

张悦然 | 动物形状的烟火

"我已经不爱你了"。然后他给了她一笔钱。她走了,此后再也没找过他。他也没给她打过电话,因为害怕旧情复燃,又要纠缠。直到很久以后,有一次他喝醉,误拨了她的电话,那个号码已经停机。他相信这一举动表明她已经开始新的生活,不想再被他打扰。

这么多年他从未想过,她有可能把那个孩子生了下来。因为草率、任性,或者无能为力,她把她带到了这个世界上。但她无法带着她走更远了,因为她自己也还是个孩子。她丢弃了她。这些他竟然从来都没有想过。

直到此刻。

他盯着那女孩。天鹅颈,细长的手和脚。一副天生的模特骨架。

"过来,到这儿来。"他用沙哑的声音对女孩说。

女孩走过去,站在他的腿边。

"外面冷吗?"他迟疑了一下,伸手摸了摸她冻得发红的鼻子。

她没有抗拒,反而笑了起来。

他也笑了一下,眼泪差点掉下来。他低下头,握住她冰凉的手。

"告诉我,你叫什么名字?"

"琪琪。"

"琪琪。"他重复了一遍。

"嗯?"

"琪琪,外面的烟火好看吗?"

"好看。"她机械地回答。

"你喜欢看烟火是吗?"

"嗯。"她点点头,漫不经心地把他的手翻过来,用指尖戳着他的手心玩。她对他似乎有一种莫名的好奇。莫名,是的,血缘是无法解释的东西。

她的身体轻轻地靠在他的腿上。他屏住呼吸，专注地感受着那小小的接触面，温暖得令人心碎。他一动也不敢动，生怕她会立即和自己分开。他的腿开始发麻，正在失去知觉。

　　她顾自玩了一会儿，似乎觉得无聊了，就把他的手放下了。

　　"你要不要看叔叔变魔术？"他担心她想走，立即说。

　　她点了点头，并没有表现得很兴奋。

　　他给她变了那个假装拔下自己的大拇指又接上去的魔术。他的动作不够快，看上去有点手忙脚乱。她很安静地看着他表演完，脸上没有任何表情。不知道是没有看懂，还是觉得没意思。

　　他正思忖着还能做点什么来讨好她，忽然发现她的注意力已经被桌子上盘子里的食物吸引去了。一个颂夏留下的水果塔。上面的草莓被吃掉了，只剩下光秃秃的塔皮，覆着厚厚的卡仕达酱。她目不转睛地盯着它，眼神越来越凶戾，转眼之间变身为一头野兽。就像先前那样，她飞快地伸过手去，一把把水果塔抓了过来，动作敏捷得像青蛙捕食昆虫。她看也没看它一眼，就放进了右边的口袋。随即，她脸上的表情恢复了柔和。

　　他看得心如刀割，一遍遍在心里忏悔所犯的错，那些被他无视的伤害。他想起最后一次见茵茵的情景。对她说出那些冷酷的话时，他们还在床上，刚刚做完爱。每一次见面他们都得做爱，从一开始就是如此，好像某种仪式，就连到最后见面商谈堕胎的事也不例外。那时候做爱对她的身体或许会有危害，但是作为男人，他完全可以装作不知道。并且因为明白他们的关系就要走到尽头，他极其贪婪地索要着她的身体。拼命地想着再也不能进入它了，再也不能了，满脑子都是摧毁它的念头，在猛烈到极限的交合中，抵达了前所未有的高潮。然后他平息下来，起身去洗澡。回来的时候他拿出准备好的钱，并对她讲了那些可怕的话。他讲的时候，她一直坐在床边，没穿衣服，背对着他。她的脖子看上去异常地细，让人产生一种要把它折断的冲动。她整个人都那么纤细，那么脆弱，好像就是为了被人伤害而存在的。有那么一瞬间，他的确意识到过自己带给她的伤害，然而他随即又觉得，这些伤害好像本来就是属于她的东西。加诸在她的身上有一种残忍的美感。

现在他相信一切都是报应。就在她离开后不久，他的生活发生了一系列的变化。那粒转折性的沙子刮进了他的眼睛里。灵感的消失。命运急转直下。朋友的远离。所有的一切都是报应。甚至包括颂夏的背叛，以及和荔欣荒唐至极的婚姻。

他甩开茵茵去奔更好的前途。结果茵茵没有了，更好的前途也没有了。到头来一场空，他变得一无所有。

不，他还有她。他看着面前的女孩。他还有她。他要把她带走。他心里有个声音坚定地说，带她离开这儿。

既然此前所有的不幸都是因为失去了她，现在他把她找回来了，就意味着和从前的生活和解了。一切都将重新开始。

他凑近女孩，压低声音问她："你看到过那种动物形状的烟火吗？"

她摇头。

"你想看吗？叔叔可以带你去。"

"好。"女孩用软软的声音回答，仍旧不带任何情绪。

他站起来的时候，感到一阵晕眩。那是一种被幸福包围的感觉。他还是有些不敢相信，他找到了远比他想象的更为珍贵的东西。

他们离开了那个房间。穿过廊道，前面就是供应食物的大客厅了。

远远地就听到人声，很吵。明晃晃的亮光从门里溢出来。

他停住了脚步。

"听我说，"他俯下身看着女孩，"那个能看到动物形状烟火的地方是个秘密，不能告诉别人。叔叔只能带你一个人去。要是我们遇到其他人，知道了我们要去哪里，都想跟我们一起去可就糟糕了。所以不能让他们看到我们。"

他观察着她脸上的反应，很担心自己说得太复杂了，她根本没有听懂。他又解释："我们必须悄悄地溜出去……"

"车库。"她说。

他怔了一下，试着跟她确认："你是说可以从车库出去吗？"

她点点头。

"太好了，你来带路好吗？"

正要朝走廊的另一头走的时候，给他拿拖鞋的马尾姑娘从那边迎面走过来。他连忙低下头，摸着身上的各个口袋，假装在找打火机。

"你站在这儿干吗？"马尾姑娘对女孩说，"给我小心点儿，别再让我抓到你偷吃东西！"她没有停下脚步，径直进了大客厅。

他松了口气，把打火机放回口袋。等他回过神来，才意识到女孩正仰脸看着他。她的目光亮烈，让人无处躲藏。她一定看到了自己一脸恐慌的样子，想到这个他顿时感到很羞愧。她那种不带任何感情的平静令他很忐忑，他完全不知道自己在她心里的形象是什么样的。他很担心她对他的好奇和信任会忽然消失。孩子都是这样的吧，容易喜新厌旧？他不太确定，他几乎没有什么和孩子相处的经验。

"我们走吧。"女孩说，很自然地拉起了他的手。他们来到廊道的另一头，从那里的楼梯走下去。墙上的壁灯拢着一小团橘色的光，木质台阶在脚下咯吱作响。她的手被他的汗水弄湿了，变得有点滑，他紧紧地抓着它，生怕它像只小鱼似的溜走。

"你肯定没见过那样的烟火。"他提高声音说，"它们到了天空上也不会消失，

张悦然 | 动物形状的烟火

就浮在那里,有的是绿色的兔子,竖着两只长耳朵,有的是粉红色的大象,鼻子在喷水……"她看着他用一只手在空中比画着。虽然脸上仍旧没有什么表情,可是她的脚步加快了,似乎想要快一点儿看到。

"还有斑马和长颈鹿,在天空中走来走去,一会儿在这儿,一会儿到那儿……这样就能让更多的小朋友都看到它们了。"他说。

有那么一小会儿,他眼前好像出现幻觉了,看到她握着一束浅紫色的野花在山坡上奔跑。他已经不可遏抑地开始想象他们以后的生活。他想带她去一个远一点儿的小城,有干净的天空和甜的水。他早就应该离开北京了。一直没有那么做,与其说是不甘,不如说是不敢,不敢放弃那段经营得极为惨淡的生活。现在她给了他足够的勇气,让他去选择另外一种人生。不,他的事业并不会就此荒废。他有一种预感,他会重新找到绘画的乐趣和灵感。

女孩踮起脚尖,按了一下墙上的开关,把地下一层的灯打开了。这里比上面冷很多。他才发觉身上只穿了一件衬衫。外套落在沙发上了,这时当然不可能再回去取了。不过想到要这样穿着单衣走在冰天雪地里,他反倒很兴奋。那与他此刻的心情正相称,一种疯狂的感觉。没错,他在做一件很疯狂的事:把她从这里偷走。

地下一层的天花板高阔,附庸风雅的主人把它建成了一个小规模的图书馆。四面都是嵌进墙里的大书架,摆满了画册和文学名著。从空气里浓郁的尘霉味来看,已经很久没有人来过了。这幢房子的确是有荒弃的气息了。

书房的左手边有一条狭窄的走廊。走廊的尽头有一扇门。

"在那里。"她说。

他拉开门上的锁,里面果然是车库。但是没有灯,什么也看不见。只是感觉异常地冷,如同冰窖一般。他拿出打火机,拢起火光朝里面张望。那里比想象的大,似乎能容下两台车。可是现在堆满了纸箱和塑料编织袋，连个落脚的地方都没有。从垒叠得很高的纸箱中间望过去，车库的另一端有一扇铁质卷帘门，从那里就能出去了。可是那种电动门都是由遥控钥匙控制的，要是没有钥匙，就根本打不开。

"我们肯定能出去的，别着急。"他转过头来对女孩说。女孩会知道钥匙在哪里吗？不，他不可能让她一个人去冒险。难道要撬开这扇门吗？他极力掩饰自己的慌乱，对女孩挤出一个微笑："别担心，那些动物形状的烟火都还在呢，不会消失的……你最喜欢什么动物？"

"熊。"她慢吞吞地回答。

"有啊，当然有了。那种胖胖的、肚子圆鼓鼓的，对吧？身上的毛是灰色的，也有白的，等会儿你就能看到它浮在天空中的样子了……"他想到卷帘门跟前看一看。不过首先要搬开那些箱子。他几乎决定这么做了，可是这样空着手过去又有什么用呢？他至少需要有几件工具……这样大的一幢房子，去哪里找工具呢？

"见鬼，现在几点了？"他喃喃地说。零点的烟火一放完，人们就要开始陆续走了。宋禹一家不是也要回到城里的四合院吗，他们很快会发现她不见了。他像一只困兽似的走来走去，咻咻地喘着气。

女孩静静地站在那里，绞着自己的手指玩。他连继续给她讲故事的心情都没有了，疲倦地靠在门边，掏出了烟。他叼着烟，一下一下地摁着打火机的开关。在蹿起的火光里，他忽然看到在对面的墙上，靠近踢脚线的地方，有一个嵌进去的光滑的铁匣子。因为也是白色的，所以很难发现它的存在。他打开它，看到一排寻常的橘红色电闸。与它们相隔一段距离，在最边上的位置，有一颗深蓝色的圆形按钮。就是它，他有一种强烈的预感，它能开启那扇电动门。可是万一不是呢？假如它控制着楼上某处的电源，一按下去那些灯都灭了，很快会有人赶到这里来，他们不就要被发现了吗？他盯着那颗按钮，可是没有别的选择，只能赌了。

他伸出手指，按下了它。

卷帘门升了起来。一股寒冷的空气扑面而来。

"老天，我们能出去了！"他高兴地对着女孩大喊。

女孩看着他，始终面无表情的脸上似乎显露出一丝微弱的喜悦。要不是因为时间来不及了，必须快点儿出去，他真想把她拥进怀里，好好地抱抱她。

"过来吧，亲爱的，我们走了。"他温柔地说。她向前走了几步，跟在他的身后。他拢起打火机的火光，朝车库深处走去。

他正在把面前的一只大箱子挪开，忽然听到砰的一声。背后的门合上了。随即是咯吱咯吱的轮轴响声，还没有等他明白是怎么一回事，卷帘门已经完全落到了地面。他感觉到风停止了。

"琪琪？"没有人回答。他一个人待在静固的黑暗里。

他花了一点儿时间才弄清楚自己的处境：他被关在了车库里。他自己。女孩不在里面。

这是怎么一回事……他头疼欲裂，无法让自己想下去。他摸索着回到门边，用力扭动把手。可是门锁上了。他徒劳地扭了一会儿，终于停下来，把脸贴在门上，听着外边的动静。他依稀听到了女孩的笑声。爽朗，欢快。他还以为她不会那样笑呢。想象着她笑起来的样子，令他感到很痛苦。随即，他听到了那个胖男孩的笑声。让人寒毛耸立的尖细笑声。

他们一起笑着。大笑。哈哈，哈哈，哈哈哈哈。

他几乎无法呼吸，一动不动地趴在门上。他感觉到他们的笑声正从他的背上碾过去。

过了一会儿，伴随着上楼梯的脚步声，笑声渐渐远了。

他埋着头，直到那一阵晕眩的感觉过去。

等他睁开眼睛的时候，就发觉有两簇灼灼的目光从低处射过来，寒森森的。

他一低头，便看到了脚上那两只大嘴猴。它们正瞪着荧绿色眼珠子，咧着发亮的大嘴冲他笑。

哈哈，哈哈，哈哈哈哈。

他的耳朵里灌满了笑声，分不清到底是谁的，女孩的，男孩的，还是猴子的。

哈哈，哈哈，哈哈哈哈。

而后，他听到外面传来一阵激烈的炮仗声。十二点到了。他站在黑暗里，想象着烟火蹿上天空，在头顶劈开，显露出诡谲多变的形状。他仿佛看见它们浮在半空中，一动不动，像是被谁按了暂停键。像什么动物呢？他努力辨识着每一朵焰火。看到动物形状的烟火，应该也有什么特别的讲法吧，他很想问问从前那个迷信的女朋友。

在隆隆的鞭炮声中，他倚着门坐在了地上，哆哆嗦嗦地点着了身上的最后一支烟。

（选自《收获》2014 年第 5 期）

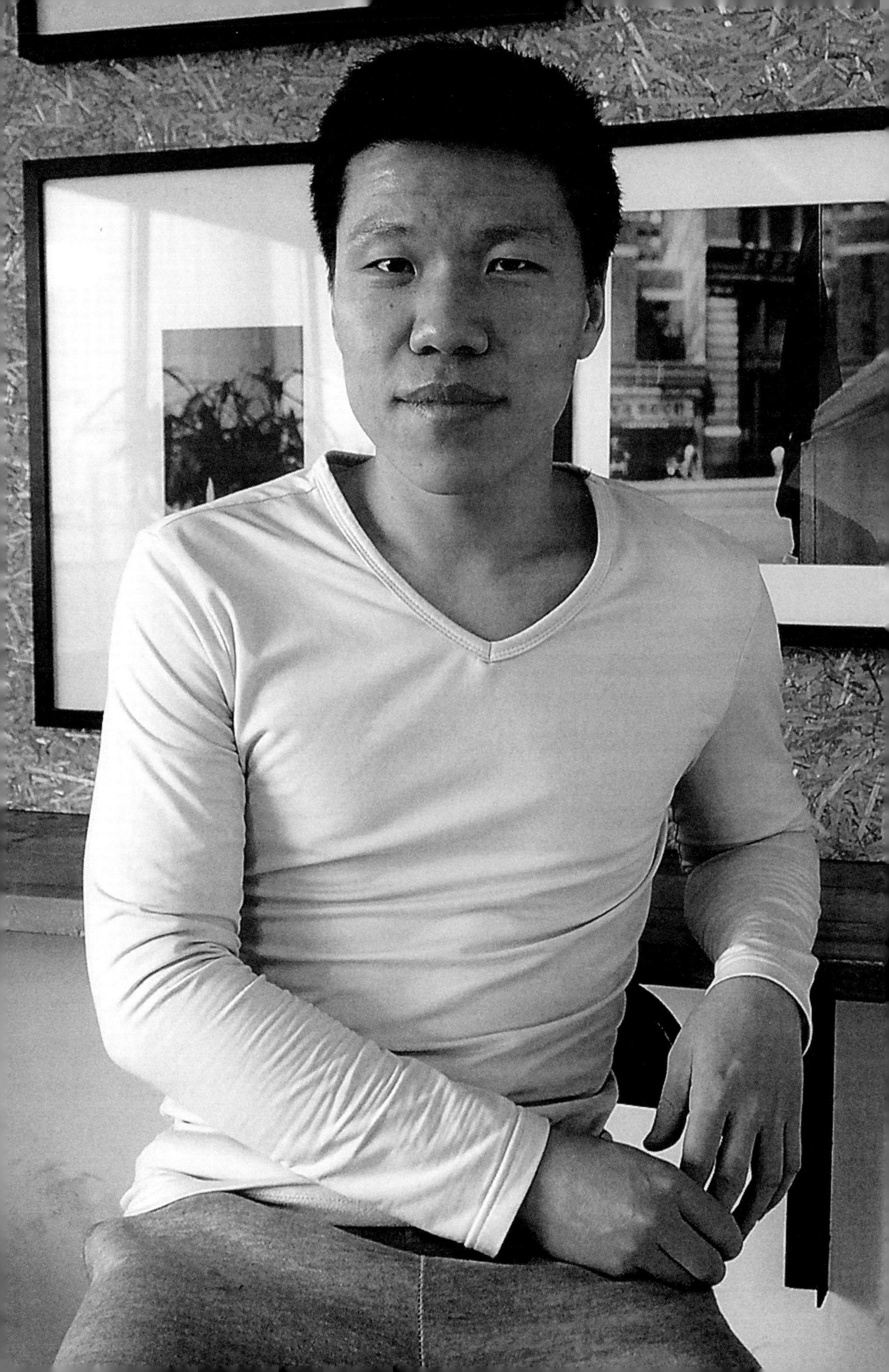

焦 冲

焦冲，1983年生，河北玉田人，已发表中长篇小说若干，主要作品有长篇小说《男人三十》《北漂十年》等，曾获第二届紫金·人民文学之星长篇佳作奖。

天使与魔鬼

  周雪娇慢吞吞地剥着手里的鸡蛋，娇小的身体呈现出一种紧缩的自我保护状态。如棋子一般难以捉摸的眼眸间或投向旁边的柳红梅，散发着被动和坚持相互倾轧后的目光。柳红梅对她的想法一点儿都不感兴趣，只想让她配合自己吃掉鸡蛋，好可以尽快出发。已经催过她，柳红梅不想再重复同样的话，抱起胳膊，昂起头看向外面。窗外的景色似乎从未改变，近处的墨绿色树梢，稍远处的楼顶，还有更远处一片鸽灰色的天空，像一张巨大的含义模糊的广告牌遮挡着视线。

  双臂的重量压在肚子上有些不适，她赶紧撤下来，将用过的两只碗摞在一起道，我洗完了你要是还没吃，以后就别理我。周雪娇抬起眼皮，目光从她的鼻梁上缓缓下移，直滑到她的肚皮才又转至鸡蛋上，好像在思考这句威胁的话里有几分夸张。柳红梅端着碗筷，见她有所动作才转身将碗筷放到厨房的水槽里冲洗。

  剥光皮的柴鸡蛋，青白中透着光泽。周雪娇认真地看着，好像在欣赏从未见过的稀世珍宝。柳红梅将洗好的碗筷放进橱柜，蓦地转过身，早已喷火的眼睛从厨房门口射向了她。凌厉的目光使得周雪娇浑身一震，一下子把鸡蛋吞进口中，腮帮子顿时鼓起来，好像柳红梅越看越觉得丑的那条金鱼。它鼓着两只乒乓球一样的腮在鱼缸里肆意地游来游去，柳红梅以为它也会像其他鱼一样活不了几天，不承想买来三个多月了依然健在，让她看了厌烦。

  周雪娇奋力咀嚼，嘴巴成了搅拌机，抓起水杯喝几口水，终于咽了下去。柳红梅给她洗了一把手，擦干后又拽到沙发旁，让她换衣服。一件粉色的裙子和蓝色短袖摊开在藕荷色的沙发套上，像等待有人把它们穿起来，透着一股急不可耐的劲头。周雪娇看着它们，并不动作。

　　周国强一副西服革履的装扮出现在客厅，只是没有打领带。柳红梅看了一眼道，犯得着穿这么正式吗？他抻了抻衣袖道，习惯了。见周雪娇站着不动，他走过去拿起衣服往她身上套，一只手抓住她那细小的胳膊往袖子里塞。周雪娇拧巴着，手臂拼命往回缩，五指张开抵挡着衣服肩部的窟窿，好像那是个会把她吸入的恐怖黑洞。但最终执拗不过，黑洞还是把她吸入了，她甩着胳膊发泄不满道，你弄疼我啦！柳红梅的语气随随便便，心不在焉道，轻点儿。他没说话，却比刚才还要粗暴，三下五除二迅速将她装进了衣服里，就像周雪娇是个展示服装的模特，看着她那受了侮辱般的羞愤表情，一丝不爽爬上心头。他道，我去开车，楼下等你们。周雪娇仰头瞪着他，大声道，我不去！耐心早就用完了，他才不管她那口气里的骄横和警告，抓起钥匙，边走边扭头道，不去也得去——防盗门啪的一声，将他后面的话关在了室外。

　　柳红梅白一眼防盗门，自语道，我也没好气呢！周雪娇学着她的语气，用乞求的目光望着她道，我也没好气，我不想去。柳红梅把鞋子踢到她跟前，想发作，却长出一口气道，就是去串门，看这双鞋多漂亮。周雪娇的一只脚踩在新鞋上，脚尖使劲蹑着道，我害怕。柳红梅道，有什么可怕的？来，把鞋穿上。说着，她慢慢蹲下来，给女孩穿鞋。她的力气要比柳红梅想象中的大，腿脚不停扭动，无声地对抗着。柳红梅放弃了给她穿鞋，但没忘发号施令。站起来，使用了屡试不爽的杀手锏道，我去换衣服，等我回来你要还没把鞋子换好，以后别想叫我妈。女孩近乎绝望地看着她，膝盖一弯，往后一仰，跌进沙发里。

　　换上一套家常的休闲装，柳红梅走出卧室，来到鞋柜旁，换上平底运动鞋，然后才转过身，冷冷地看着周雪娇。她已经换好鞋子，只是看上去不协调，原来是把左右脚穿反了，这是她刚学会自己穿鞋时最爱犯的毛病，那时候几乎每次都

焦　冲　|　天使与魔鬼

要纠正她，连续纠正了总有一个多月，她才改过来。柳红梅觉得女孩是蓄意而为，不过是想借此拖延时间。她拉起女孩，拿上随身包出门，决定到车上再制服她。如果她觉得反着穿更舒服，那就由着她吧！

车子停在楼下，周国强在抽烟，车窗开着，但有一些烟雾喜欢赖在车内，因此他处于烟雾笼罩中。他脸上没有了郁闷，似乎刚才并未发过火，但依旧板着脸。直到她们上了车，他才掐灭香烟，露出一丝机械的微笑。周雪娇的右手扇着苟延残喘的烟雾，并未对他的笑容给予回应，甚至歪着脑袋故意不见，木然如一尊雕塑，那只手像不是长在她身上的，使得她看起来像一只前后晃手的招财猫。

车子发动，很快出了小区，他回头问周雪娇，你不想他们吗？周雪娇坚决地摇摇头，眼珠仍然没有转动，老练地回答，一辈子都不想见。他踩了急刹车，回过头似乎想要跟她理论。柳红梅扶着前座的椅背，一阵恶心，干呕两下道，算了，赶紧走。他关切地看着她道，要不你回家歇着，我带她去也行。她道，走吧，我不跟着，她更不依。

周雪娇无动于衷。柳红梅不想招惹碰触她，头靠着玻璃窗，眼角的余光落在她的鞋子上。因为穿错，旅游鞋的白色鞋尖向外努着，好像一对传说中的月牙刀，散发着冰冷和拒绝的气息。她闭上眼睛，陷入了沉思。

五年前的劳动节假期，柳红梅和周国强举行了婚礼。婚后，他们积极备孕，该戒的都戒，比如烟和酒；该吃的都吃起来，比如维生素和叶酸。一切按照书上指导的去做，奈何两年过去了，她的肚子依旧没有任何动静。有名的大医院几乎去了个遍，检查结果证明他们的身体一切正常，至于为什么不孕不育，连医生也找不出详细原因，只让他们继续努力，千万不要就此放弃。医生曾说这就像买彩票，不买的话肯定不会中，期期买的话便有中的机会，但也不一定就能中。

又过了一年，他们依然过着二人世界。周国强三十二岁，他想当爸爸的愿望愈加强烈。她能理解他，因为她比他更想做一个母亲，和她同一年结婚的甚至比她结婚晚好几年的朋友同事们全都陆续生了孩子。一旦一起吃饭或者逛街，聊天的话题总也离不开孩子，买东西也都先想着宝宝，而每次听她们讲孩子的趣事，看她们挑选婴幼儿用品，甚至看他们在微博上晒孩子的照片（尽管她觉得有些小孩都不好看）时，柳红梅都异常失落，好像被世界抛弃了一样。

双方的父母也为他们着急得不得了，四处打听偏方，让两个人逐一试过，却没有任何反应（他们并没有试，因为那些偏方看上去就非常不靠谱）。两个人是同乡，他们的父母经常碰面，后来一商量，鼓动他们先抱养一个。起初，他们还反对，认为还没到山穷水尽的地步，另外觉得非亲生的养起来总有隔阂。父母们却抱着养儿防老的古训给他们讲道理举例子，来说明这件事的可行性。无奈之下，他们决定养一个试试看，男女都无所谓，唯一要求长得好看。尤其是女孩，拥有好相貌，长大后应付各种事要容易得多，未来就是个看脸的社会。

这种事最好不找认识的人，按照惯例只能口口相传人托人，两个多月后便真遇到一桩合适的，是柳红梅舅姥爷的儿媳妇的妹妹介绍的。中间人是县医院的医生，她给这家人的女人接过生，那人家有三个孩子，上面两个都是女娃，刚出生的是男娃。他们想卖掉的这个是老二，还不到一周岁，正是蹒跚学步咿呀学语之时，刚刚冒出俩牙根，对食物很有兴趣，断奶也无妨。看了女孩的照片后，周国强和柳红梅动了心，决定见见面再最后定夺。

女孩儿比照片里要好看，尽管有一点儿地包天，但总体来说，眉清目秀白净端正。她的父母都是农民，种地也做买卖，眉宇间透着羞涩，一看就没见过世面。为了生活疲于奔命的山里人无暇顾及容貌，任岁月摧残，算不上好看。柳红梅细细端详，把他们的五官拆开来逐个研究，倒还算标致，依此判定只要精心喂养，

焦 冲 | 天使与魔鬼

这孩子一定比她的父母好看。看过女孩儿的体检报告等资料后，又商量了价钱，最后一万块成交，当天便抱走了。他们摒弃了女孩儿原来那个土气的名字，因为这天下了很大的雪，便给她重新取了一个——周雪娇。

从乡村过渡到城市，对一个不足一周岁的孩子来说并不困难。起初确实因为离开亲生母亲的奶头而哭闹，但很快就适应了新的父母和生活方式，吃了一个多月的奶粉后便改以其他易消化的幼儿食物为主，奶粉成了调剂。有婆婆帮着照看孩子，柳红梅基本上没影响到工作，业余时间虽然分给了孩子一部分，但也没耽误生活，该干的事比如逛街练瑜伽等一件都没少。尽管要还房贷，还有其他家用，但两个人的收入养个孩子依然绰绰有余，于是尽量给周雪娇提供优良的生活，其他孩子有的一定也让她享受到，只要没有超出他们的消费能力。

孩子在一天天长大，会喊爸妈了，会走路了，会说一些简单词组和短句了，会跑了，两条小腿奔起来比柳红梅都要快，她必须小跑几步才能赶上女儿。女儿的眉眼变化也很快，除了有时她会出差外，几乎和女儿日日相见，某个时候柳红梅静下心来端详孩子，和两三个月前拍的照片相比，便发现她又变了。婆婆和母亲都曾说孩子跟谁亲近就长得像谁，柳红梅觉得孩子和自己最亲近，但从她身上找不出一丁点儿自己的影子，这让她有些失望。心想把个孩子辛辛苦苦养大，却一点儿都不像自己或者周国强，觉得没劲，可这也没办法，只能以后用心培养，让她长成自己和老公都喜欢的淑女。

车子驶上高速后，柳红梅觉得好受了些。越过周国强的头顶，看到前头虽然车不少，但还算畅通，照这个速度下去，下午两点左右就能到，她稍稍放下了心。周雪娇靠在椅背上，从上车到现在几乎一直没动地方，脸上是一种死到临头还不服输的表情，良久才小心翼翼地转下头，看看窗外，好像刚刚做过牵引的颈椎病人在活动脖子,但始终没有向柳红梅这边看。

柳红梅无所顾忌甚至近乎招摇地看了周雪娇一眼,之后便拿出手机玩"切水果"。周雪娇也爱玩这个游戏,以前总跟她抢,但现在尽管那熟悉的音乐声曾让她的鼻翼稍微翕动,她还是克制住了,就像柳红梅是个陌生人,和她无关似的。柳红梅玩两局也没了兴趣,收起手机,趴在前座上说,电话还打不通?周国强道,空号怎么打得通?他就是不想让咱们再找他!她靠回座椅,怨道,真狡猾,那能找到吗?周国强道,反正知道地名,总能找到。她的目光在周雪娇身上停了一会儿。周雪娇就像什么都没听见,并且在柳红梅看她的那一刻闭上了双眼,眼神里装满不自信的轻蔑。

柳红梅猜测,周雪娇心里一定烦躁不堪,表面上却装作漠不关心,实际上她有很多话想问,但她明白柳红梅和周国强给不了她想听的答案,所以宁可闷在肚里。想起她还比较小的时候可不是这样的,俨然乖乖女,父母的话都听得进去,只要耐心跟她讲,她便服从,那也是柳红梅他们所希望的成长趋势。可自从上了幼儿园,她渐渐变了,对父母有了逆反情绪,那是为了什么呢?柳红梅闭上眼睛,想起了那个晚上。

那天柳红梅下班早,便没回家,直接从单位去了去幼儿园,想着女儿不用等待,出门就能看见妈妈,一定会很高兴。和一群家长排在幼儿园门口,冷风中等了二十多分钟,孩子们才像小溪流一样欢腾着冲出校园。周雪娇早晨穿的是那件嫩黄色羽绒服,她期待女儿张开双臂像一只小鸭子似的扑进她怀里。可过了很久,小朋友都走得差不多了,她才发现周雪娇,正不急不躁慢慢腾腾地迈着步子。柳红梅喊了她一声。

周雪娇叫了"妈妈"两个字,之后便归于平静,并没像柳红梅想象中的那样朝她急不可待地狂奔,也没看着她,多半时间低着头走路。柳红梅已经发现她有

焦　冲　｜　天使与魔鬼

　　心事，但不想直接问，她觉得那样比较突兀，她想等女儿自己说。这一等就等到了晚饭后，柳红梅正在看电视，周国强和客户有饭局还未归家。窗外是一成不变的夜色，远远近近闪烁的灯火把黑夜照得发红，高速路上不时驶过大型载重车，呼啸的声音隔着窗户都能听见。

　　周雪娇先坐到沙发上，之后靠近柳红梅，把手伸进她的衣服里，摸着她的肚子。柳红梅起初以为这孩子在撒娇，但她的脸上毫无乞求爱抚之意，反而一派令人尴尬的严肃。柳红梅被摸得不耐烦了，想把她的手拽出来，她却掀开柳红梅的内衣，露出白花花的肚皮。女儿看着她光滑的肚皮，很是震惊，她的手仿佛触到了什么危险的东西，马上拿开了。柳红梅发现了她瞬间的低落，便关掉电视，摸着她的头道，怎么了？女儿一听这话居然流下了眼泪，嘴里喊道骗人，跑进了自己的房间。柳红梅不知所以，跟在她后面。

　　床上趴着周雪娇，两只小手垫着眼睛，肩膀一耸一耸，好像在抽泣。柳红梅捺着性子蹲在小床边，问，怎么回事儿？妈妈帮你。周雪娇没反应，柳红梅强行把她翻过来，她的手依然捂着眼睛，刚才趴过的地方湿了一块。她抓住女儿细小的手腕，露出了眼睛，端正她的肩膀，使其面对着自己，严厉且充满关切地问，有人欺负你？她摇头，柳红梅道，那是啥？快说！见妈妈吼起来，周雪娇一愣，止住眼泪盯着柳红梅，片刻才道，我不是你们亲生的。也许是因为心虚，柳红梅有半秒钟的短路，之后便用十分肯定的语气道，你就是我们亲生的，宝贝儿，不要听别人胡说八道。周雪娇的眼珠转了转道，骗人，我不信。柳红梅抓住女儿的手说，你真是我和爸爸亲生的！我可以跟你拉钩保证。周雪娇将信将疑地摸着柳红梅的肚子道，那我是从哪里出来的？怎么没有疤？柳红梅吃了一惊，心想这难道是幼儿园的老师教的？她不知道如何跟她解释顺产和剖腹产的区别，只好道，听我说，并不是所有小孩都从肚子里出来，你就是从妈妈身体的其他地方钻出来的。周雪娇疑惑道，那是从哪儿呢？柳红梅早已料到她会这么问，摸摸她的头，哄道，再长大一些，妈妈就告诉你。接着，她把女儿搂进怀里道，总之你是妈妈和爸爸生出来的。周雪娇嗯了一声，似乎是被说服了。

然而，柳红梅心放下得太早。接下来的几天，周雪娇依然灵魂出窍一般，话少了，不再活泼。柳红梅觉得一定发生了什么事，也许有人嘴巴大跟她说了什么，想从女儿那儿问，她的嘴巴闭得就像蚌壳一样严丝合缝，半天一个字都不说。于是柳红梅去幼儿园，跟老师侧面打听，老师也不太清楚这事儿，而且她说从来没有跟孩子们讲过生理方面的东西，如果有也是某个孩子无意中问起，这种情况老师会委婉作答，但从来不会在所有孩子跟前讲。

不管原因如何，问题都要解决。柳红梅和周国强决定给周雪娇换一所幼儿园，到离家比较远的一处，但离柳红梅的单位比较近，接送上倒比以前还方便。对于换幼儿园这件事，周雪娇很抵触，可她不再像以前那样有什么不满意便又哭又闹，而是异常镇定，但她没什么主意，不过是以冷战来要挟父母。柳红梅和周国强在恋爱时都玩过冷战，才不吃她这一套，心想花了那么多钱转园还不是为了你好，你不去也得去。

汽车行驶平缓，加之温度舒适，柳红梅想着想着便睡着了。直到几声吵闹把她从梦中惊醒，睁开眼只见周雪娇站在自己旁边，斜着身子，两只手抓着周国强的脑袋。他让她别闹了，赶紧回去坐好。而她愈发来劲儿，一会儿揪他的耳朵，一会儿捂他的眼睛，要不就捏他的鼻子抠他的嘴巴，搞得他连车都驾不好，好几次都要出线，幸亏是老手，终究化险为夷。

柳红梅气不打一处来，抓住周雪娇的腰部像拔草一样往后用力一薅，她的后脑勺撞在椅背上又弹回来，仿佛是个球。这个球上长着两颗眼睛，如今正恶狠狠

焦　冲 | 天使与魔鬼

地盯着柳红梅，那光既是寒冷的又像是燃烧的火焰，让人无法逼视。柳红梅移开目光，攥住她的手腕，好言好语道，爸爸开车时不能跟他闹着玩，非常危险！周雪娇傲慢地鼓着两腮，有一种从内而外流露出来的不屑，甩掉柳红梅的手说，放开，我知道！柳红梅吼道，知道你还那样做？周国强道，别跟她吼，她就是故意的，心里不顺气。周雪娇大声道，我要回家，我不要去那儿，不去不去不去！边说边摇头晃脑，发疯似的。

柳红梅试图给予她肢体上的安慰，但手刚伸出去就被周雪娇划拉到了一边，她只好不再管她，任她发泄。哭泣一会儿，周雪娇终于安静下来，她似乎意识到一切都已无法更改。认命了似的缩在车门旁闭着眼睛呼吸，像一只受到惊吓和伤害的小动物刚刚平复了内心的挣扎，气力已然消耗殆尽。

看着无助的周雪娇，柳红梅动了恻隐之心，想她一定恨透了自己和周国强，认为是他们把她推向了深渊，毕竟她心智还不成熟，还不能独立思考，还只觉得眼睛看到的便是事实，殊不知一个结果常常由多种原因导致。柳红梅真想把一切跟她解释清楚，但又觉得只会越描越黑。

习惯了新的幼儿园以后，周雪娇的情绪渐渐好起来，似乎假以时日就能像以前一样无忧无虑。柳红梅觉得即使她忘不掉那件事，但留在她心里的印迹也会越来越轻浅，就算不会抹去，那对她的人生应该也不会产生任何影响，毕竟她在逐渐长大，承受力会越来越强。然而，还没等到周雪娇从幼儿园毕业，她便不得不知道了自己的身世，那是三个多月前……

当年帮柳红梅夫妇介绍婴儿的县医院妇产科医生犯了事，因为有人举报，后经调查，多年来她牵线搭桥间接出卖婴儿，已构成贩卖儿童罪，不仅罚了款，还要蹲大牢。在公安干警的追问下，她交代了所有的"撮合成果"。干警们本着负责任的人道主义精神，找到了周雪娇的亲生父母，带着他们进城，找到周国强家。

那天是周末，一家三口都在，周雪娇正在看动画片。柳红梅从猫眼里一看便愣住了，并不知所为何事，但她还是得开门。干警们倒是干脆利落，开门见山地简单陈述之后，周国强和柳红梅都像当头一棒打蒙失了语，茫然地看着躲在干警身后的那一对似曾相识的老夫妻。周雪娇则抱着周国强的大腿，躲在后面。

　　过了一会儿，人们坐在了沙发上。周国强道，警察同志，我们这也就是民间收养，人家辛辛苦苦生了一个孩子，我们总不能不表示吧？警察道，我们就是执行任务，至于案子，没追究你们的法律责任已经够厚道。柳红梅道，那也不能这么快就执行吧？孩子接受不了。她是想私下解决这件事，不想让警察插手。警察道，原则上是今天就要把小孩解救回去，但这么多年，也有感情了，看起来没那么容易，那就过几天再说，先让亲生父母见见孩子。

　　害羞木讷的山民被推到了前面，他们走到周雪娇跟前，看了半天，结果只叫了一声孩子。周雪娇反倒比他们奔放，直截了当地问，警察叔叔说的是真的吗？山民还没说什么，警察道，小朋友，我们不会撒谎的。周雪娇道，那是要让他们把我带走吗？警察道，对啊，你真聪明。说着，那个中年干警捏了一下周雪娇的脸蛋。接着他又问，小朋友，你愿意跟你的亲生父母回家吗？柳红梅一把将女儿拉进怀里，像护窝的老母鸡一样道，你们这是在诱导！警察还没说话，周雪娇却道，我愿意。她这三个字使得在场的人都吃了一惊，柳红梅连忙蹲下摸着她的头道，不用怕他们，我不会让他们带你走的，妈妈保护你。周雪娇一点儿都不领情，推开柳红梅道，你不是我妈，不用你保护。说着，她跑过去，抓住亲生母亲的手，却因为那手过于粗糙而不得不又松开。

　　你疯了吗？柳红梅几乎是跳过去抱住周雪娇，然后又想跳着回到自己的阵地，无奈周雪娇并不依她，两只手再次抓住了她的亲生母亲。干警道，你看，孩子接受程度还蛮快的，不哭不闹，像大人一样明事理，要是那些孩子都像她一样，我

焦　冲　|　天使与魔鬼

们省心不少啊。另一位年轻的干警也附和道,就是,她跟我女儿差不多大,可我家的屁事不懂呢,整天就知道买玩具买零食。柳红梅顾不得警察们的说笑,在她听来完全就是风凉话。周国强走到女儿面前,颇为正式地蹲下来,就像要系鞋带一样,不过他仰着头捧住周雪娇的脸,让她看着自己道,宝贝儿,你都不认识他们,干吗跟他们走?周雪娇冷冷地道,你们俩是骗子,我不是你们亲生的。

中午时分,经过途中服务站时,周国强停了车。行驶了将近三个小时,人有些乏也有些饿,决定吃个午饭休息一会儿再走。周雪娇起初不想下车,但还是拗不过柳红梅,机械地跟在他们后面往餐厅走。餐厅里人不少,菜式不多,随便弄了几样。坐下来刚要吃时,周雪娇主动开口道,我要叉子。周国强看着菜道,炒菜米饭用不着叉子,你别那么多事。周雪娇噘起嘴,拿勺子敲盘子撒娇道,不嘛,不嘛,我就要用叉子。周国强刚想发作,柳红梅道,我去找。片刻之后,她拿来一把叉子放到周雪娇的盘子里。她抓起叉子,叉叉肉,又扎扎西兰花,玩儿一样。

吃过饭,柳红梅要去卫生间,周雪娇说也要去。周国强说,那我先回车里。周雪娇道,不要,爸爸,你在门口等我。柳红梅看着他道,你就等等吧!眼神里的潜台词是就再忍一忍,依着她吧!他含糊地点点头,无聊地站在卫生间门口。女人上厕所比较麻烦,因而排起长队,去厕所的人络绎不绝。等了大概有十多分钟,柳红梅才出来,看见他道,她呢?周国强道,她没出来啊?柳红梅道,她比我先出来,我让她在洗墩布的池子里尿的。周国强道,她没找我。柳红梅着急道,那她能去哪儿?快找找,不会是想藏起来吧?两个人出了门一通瞎摸。

结果,周雪娇蹲在后车轮旁,正拿叉子用力扎轮胎。笨拙的动作透着狠劲和执着,似乎扎的是不共戴天的仇人。柳红梅心里一惊,她看了一眼周国强,两个人心照不宣地笑着朝周雪娇弯下腰。周国强道,用点力,不然漏不了气。被抓现形,周雪娇有一点窘迫，停手，低着头不言不语。周国强忽然道，你这小玩意，到底想干啥？顾忌了周围人多，他的分贝不高，但爆发力很强，周雪娇和柳红梅都被吓了一跳。周雪娇甚至被吓哭了，像回到婴儿时代，一声开嗓似的啼音之后是断断续续的号啕，仿佛受了很大的委屈。柳红梅道，你看你，瞎闹什么，这个活宝可怎么哄？周国强道，不用哄，让她一个人号！柳红梅想尽快安慰好周雪娇，之后继续出发，她摸着周雪娇的头道，别哭了，咱们上车。周雪娇哽咽道，我不上，我不要去那个破地方。柳红梅心一软道，不让你待在那儿，就是去看看。周国强道，不用骗她，反正她心里明镜似的。说着，他强行抱起周雪娇，把她扔进车里，她想出来，被他粗暴地推搡了五六次之后，她放弃了。

　　汽车继续向着目的地行驶，但速度明显慢下来，不是周国强的问题，而是前方的车都比较慢，即使超了一辆车也无济于事。他情绪不佳道，闹不好要堵车。柳红梅不太关心路况，小心翼翼地观察着周雪娇，她的模样和两周前从乡下回来时差不多，眼神里充满不安。

　　周雪娇刚刚离开那几天，周国强和柳红梅皆同丢了魂儿似的，心里空荡荡的，总是不自觉当她还在，早晨不小心就做了她的早餐，晚上吃饭时多拿了碗筷。一切事，习惯就好。没用几日，周国强和柳红梅便适应了周雪娇的缺席，甚至找回多年前二人世界的感觉，搞起浪漫来。自从抱养周雪娇后，两个大人基本都在围着孩子转，夫妻生活到底有些名存实亡，现在孩子一走，彼此好像重新恋爱了似的，有大把的时间来亲热。在一起这么多年，情话不再需要，那显得太矫情，做爱已然转化成性生活，以前为了造人，现在纯粹出于生理需求。让他们没想到的是，巨大的幸运降临了，一个多月后，柳红梅查出怀了孕。还真是踏破铁鞋无觅处得来全不费工夫，还真是无心插柳柳成荫啊！夫妻感慨万千感激涕零。柳红梅干脆辞了职，小心翼翼专注保胎，只等亲生骨肉出世。至于周雪娇，说抛到了爪哇国

焦　冲 | 天使与魔鬼

可能有点儿夸张，但事实就是自从她怀孕后，两个人再也没提过她的名字，就好像从来没有过这个养女似的，直到有一天她不请自来，找上了门。

那天晚上，周国强还在加班，柳红梅刚做好晚餐，就听有人摁门铃。她从猫眼里往外看，那人面熟，一时想不起来是谁，定定神，搜寻记忆，终于记起——他是周雪娇的生父。心下狐疑着打开门，几个月不见，这个山民黑了不少，脸上沟壑纵横，写满感动中国的沧桑。柳红梅不知他什么意思，以为周雪娇想他们了，来串门。可还没说话，站在山民旁边的周雪娇便扑过来抱住她的大腿大哭，仿佛有万千委屈一般。再看山民，一抹窘迫的笑容如符号般僵着，欲言又止。

柳红梅先安抚孩子，又把他们让进屋。山民讪讪地坐在沙发上，柳红梅把周雪娇领到卫生间去洗脸。擦过脸出来，山民这才兜兜转转说明来意，原来周雪娇适应不了乡下生活，光是吃的喝的，家里都无法满足她的要求，比如各种牛奶酸奶，零食更是没有，就连基本的饭菜，她也不爱吃，说她的生母做得不好吃，更不能每天吃肉。柳红梅这才注意到周雪娇整个人清瘦了，比之前小了一圈的脸上尽是不如意。尽管心疼周雪娇，她却仍然没有感情用事，一直清醒地坚守原则。

山民说了许多话，就是没把意思说透。他的弦外之音是要把周雪娇送回来，还做周家的女儿，柳红梅假装没听出来，她可不想接这个话头，更不想收养人家的女儿。今时不同往日，周雪娇已然知晓自己的身份，别看她现在无法适应乡下生活，等到她长大了还是会惦记着亲生父母，至于跟周国强柳红梅之间，再也不可能亲密无间。况且，柳红梅现在有了身孕，这才是她的亲生骨肉，血脉相连，再怎么着也不会产生罅隙。更何况，这事儿都已通过警局备了案，周雪娇的户口已经打回原籍，想要再弄回来会很麻烦，也完全没这个必要，而且也不是合法行为啊！于是她摸着周雪娇的头说，一时半会儿肯定适应不了，想家的话就在这儿多待几天，玩够了就跟你爸回去。刚刚停止哭泣的周雪娇一听这话，立刻泪如雨下，再次抱住柳红梅的腿抽噎道，我……不……不回……山民说，她在家这几天也都这样，动不动就哭，还是你们养吧！说着，山民站起来道，我买了回家的票，先走啦！就好像要急于脱身似的，柳红梅赶紧叫住他道，等会儿，给我留个电话。留下周雪娇就是个炸弹，不定哪天就会爆炸，搅乱他们本该幸福安稳的生活。在柳红梅的强烈要求下，周雪娇的生父留了一串数字，结果却是打不通的空号。

考虑到高速公路前面会越来越堵，周国强就近拐了出去，打算舍近求远，从下道走。他的车前几年装过导航，但后来总是在北京附近转悠，根本用不着，也没有升级更新，因此根本搜不到那个地名。这直接导致他们拐上一条土路后彻底迷失方向，不知该往哪儿走。柳红梅不得不出主意道，要不然原路返回，再上高速吧，堵就堵，今天能到就行，晚点儿就晚点儿。周国强没说话，虽然还在漫无目的地往前开，但速度已被迫放慢。两边是半人高的玉米，根本看不到人影，一阵风吹来，只见长着细毛的玉米叶子翻飞，即将成形的青纱帐让柳红梅感到一丝恐惧，无端想起周雪娇得知她怀孕的眼神，同样让她心生寒意。

其时，柳红梅尚未显怀，不知情的成人也看不出来，更别提像周雪娇这么小的孩子了。柳红梅猜测她可能是从自己和周国强的谈话中得知的，自从她从农村回来后，就沾染了好几个陋习，比如不讲卫生，不爱洗手洗澡，吃东西喜欢伸手就抓。这些倒不要紧，最要命的是她喜欢偷听别人讲话，尤其是柳红梅和周国强聊天，或者跟同事朋友打电话什么的，周雪娇都会竖着耳朵听，像个犯了疑心病的人，好像别人在说她的坏话。其实也难怪，柳红梅和周国强确实一直都谋划着要把周雪娇送走，不管是通过警察，还是亲力亲为送佛送到西，都不能把这个瘟神留在身边，她已不再是那个单纯可爱的女孩，一点儿都不招人喜欢。

那天，柳红梅正坐在沙发上看电视，周雪娇睡醒午觉，从卧室里出来，走到

焦　冲　|　天使与魔鬼

她跟前，拿手指戳着柳红梅的肚皮。起先还是轻轻的，柳红梅以为她在逗着玩，撒娇解闷，但随着力道越来越大，她发现不对劲，瞥了周雪娇一眼，只这一眼，柳红梅更加铁了心要把她送走。她不能理解，为什么一个小孩子的眼里会燃烧着如此浓烈的仇恨，仿佛在说戳死你戳死你一样。柳红梅赶紧起身躲开，并且推搡了她一把，没想到周雪娇竟然抬脚，朝着她的肚子踢来。柳红梅大声呵斥道，你要干什么？周雪娇的小短腿扬得老高，被柳红梅一挡，结果失去平衡，倒在了地上。看样子是摔疼了，她摸着后脑勺，咧开嘴，却没有哭出声。眼眶湿了片刻又干了，她重新凑到余气未消的柳红梅身边，质问道，你要生小孩了吗？哦，原来是这样。柳红梅明白了，是嫉妒心在作祟。她故意轻蔑地说，是啊，怎么了？周雪娇继续质问，不要我了？她的哭腔让柳红梅意识到问题的严重性，心想还是稳住她要紧，因此便安慰她一番，保证不会不要她。

最终，车子还是原路返回了，开了许久，总是找不到大路，全是乡间小道。周国强有些不耐烦，车子开得不稳当。柳红梅对周国强说，慢点儿开吧，实在不行，就先回家，到时候再想办法。周国强没好气地说，我可不想去找警察。柳红梅说，其实那样最容易，也是最正当的途径。他道，那要是以后他们再送来呢？我必须当面跟他们说清楚，该是谁就是谁的。

开了四十多分钟，终于绕出大片大片的农田，看到了高速公路和车流。上了公路，就在快要到达入口时，才发现前面根本过不去，也就是说无法从这个口上高速，如果要从前面的口进呢，就得返回去十多公里。这个路口有一辆拉货的大卡车侧翻，车上装的好像是酸奶之类的东西，散落一地，堵住了很多车。周国强打算去前面看个究竟，便把车停在路边。柳红梅也想下车活动一下筋骨，周雪娇看到前面有热闹，也跟着下了车。

往人多的地方走，不时碰见一些抱着酸奶的人兴冲冲地迎面走来，好像在赶大集一样。人们把酸奶放进汽车、三轮车、自行车的前筐以及一些随身携带的小包。围了好多人，原来不断闻讯赶来的人们正在哄抢酸奶。也不知道司机是哪一位，更没看见交警维持秩序，要想从这儿上高速，估计还要等一段时间。

这种酸奶柳红梅喝过，以前经常买给周雪娇喝，但喝得多了对牙齿不好，另外她年龄渐长，柳红梅便很少再给她买。周雪娇也认出了这种酸奶，起初她还拽着柳红梅的衣角，走着走着就放开了，注意力被酸奶和不断拿酸奶的人们吸引了。周国强和柳红梅停住脚步，不想再往前走，正在思考着应该怎么办。周雪娇忽然说，我想喝酸奶。柳红梅没好气道，喝什么喝？咱们不往前走了，那么多人。周国强道，那你去拿吧，顺便给爸爸也拿一瓶。柳红梅斥责道，你怎么这样教孩子，要喝自己买去。周国强说，没事儿，你看大家不都拿呢吗？柳红梅还想说什么，一想到这个孩子马上就不属于自己，便改口道，快去快来，我可不想占便宜。周雪娇仿佛解开缰绳的马，撒着欢朝远处黑压压的人群和白茫茫的一地酸奶奔过去，开始还回头看了几眼，周国强朝她挥挥手。

见周雪娇淹没在熙来攘往的人流中，周国强拉起柳红梅的手就往回走。她一愣，问，干吗去？他道，难道你真要等这魔鬼回来？柳红梅再一怔，随即明白他的意思，道，这样不好吧？他说，别管那么多啦，个人有个人的命，走吧！她朝着人群看了两眼，没有发现周雪娇的身影，便在丈夫的牵引下，走向他们的座驾。

那辆车的车头正朝着北京的方向，等待他们启动。

（2014年豆瓣阅读6月1日上架付费阅读）

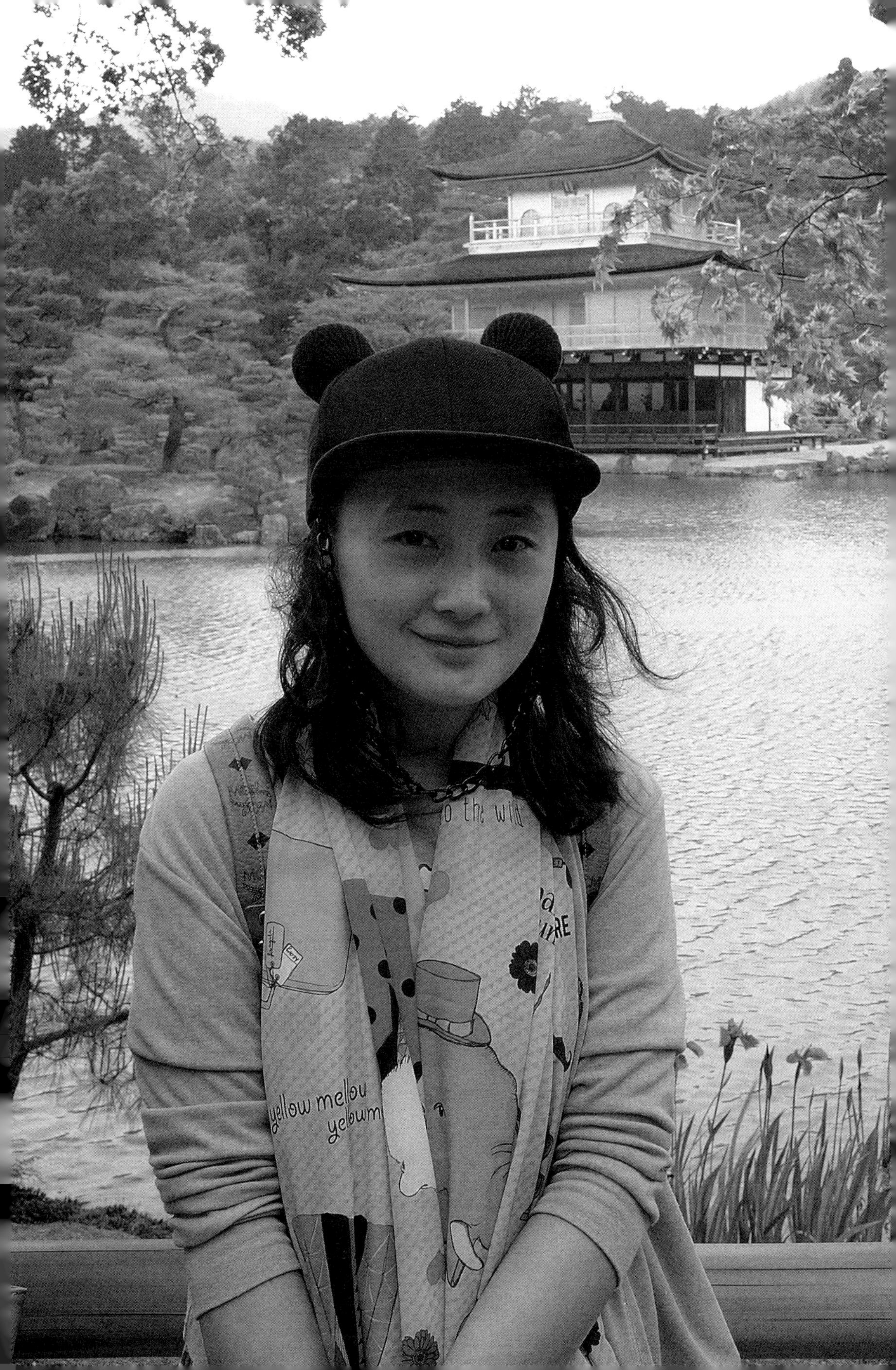
yellow mellou

马小淘

马小淘,1982年生,硕士毕业于中国传媒大学。曾就读鲁迅文学院第七届中青年作家高级研讨班,首届鲁迅文学院青年作家英语培训班。历获第三届新概念作文大赛一等奖,2008年《中国作家》文学新人奖,2011年"在场主义散文奖新锐奖",第四届西湖·中国新锐文学奖等。有小说、散文在《人民文学》《十月》《中国作家》《美文》等杂志发表。十七岁出版随笔集《蓝色发带》。已出版长篇小说《飞走的是树,留下的是鸟》《慢慢爱》《琥珀爱》,小说集《火星女孩的地球经历》,散文集《成长的烦恼》等多部作品。

章 某 某

1

"听说章某某被拉走的时候嘴也没停,还在念绕口令……"

"有没有这么夸张?是八百标兵奔北坡,还是哥挎瓜筐过宽沟啊?"

"你说章某某到底怎么想的?"

"是她老公偷人了,还是她疑神疑鬼?"

这是广播学院播音本科毕业十年的聚会,我亲爱的同学们端着红酒杯挺拔而昂扬地讨论着,那端庄优雅的姿态和清晰的吐字归音配上那么大妈范儿的八卦话题颇有一番喜剧效果。

"你不是一直和她有来往吗?总该知道她是怎么循序渐进的吧?"

章某某和我同一宿舍,更具体点说,她住在我上铺。大学报到时,瘦小的她和瘦小的她爸爸曾拐弯抹角地建议我把下铺让给她,我也拐弯抹角地拒绝了。

她是春风得意地走进来的,穿着碎花连衣裙和一双粗跟的凉鞋,略黑的脸上泛着油光,一根细长的辫子系着发带,有一种"台北不是我的家,我的家乡没有霓虹灯"的小镇气质。后边跟着同样春风得意的她爸,瘦小的父女俩被某种幸福笼罩着。

章某某在她的家乡是个名人。据说她十岁时在那个西南三线城市就小有名气,走在街上还被粉丝认出来过,当然当年似乎还没有粉丝这个词。她六岁在马路上被电视台导演相中,机缘巧合成了儿童节目的小主持。在那个电视只有八个频道、泱泱大台中央台也不过一个频道的时代，章某某每周三晚六点准时出现在电视里，也算得上掌握了话语权的人物。

一直到十二岁，她才告别了少儿节目主持生涯。她本人虽然万分舍不得，却不得不拿着编导们送的娃娃、发卡等等告别礼物，哭着告别了摄像机。当主持人的感觉太好了，镜头下，说错了话随时重录，剪辑出来的她一个磕巴都不打。少年时的章某某最爱收看自己的节目，虽然内容对她其实毫无悬念，但她迷恋电视里那个完美的自己，漂亮、热情、有爱心、懂礼貌，代表着一切真善美，为全市小朋友的成长尽着绵薄之力，用现在的说法叫作传递正能量。每周三，她都虔诚地守着电视，成了自己最忠实的粉丝。甚至，她也很享受知名主持人身份的附加值，比如蛋糕店老板认出她，非要多送一块；比如卖衣服的摊贩主动给打折；比如邻里邻居批评孩子时都不忘拿她做榜样来对比；比如学校里其他班的男生鬼鬼祟祟地偷瞄她……这一切感觉好极了，少年成名是一种甜蜜的滋味。

当然这一切都是和我们熟了之后她自己说的，口述史的客观性上多少都会有点欠缺，但谁忆往昔峥嵘岁月稠的时候都会有点夸大其词，刨除一点水分，也依然能体会到章同学少年时的风光。

"于是，我下定决心要成为一个主持人。一个家喻户晓，主持春晚的主持人。"这是章某某讲完自己灿烂的过去加上的总结性收尾。当时我和宿舍里的其他人正在拿勺挖西瓜，我们都满脸黑线地住了口，不知该接一句什么好。

但是接触长了，又慢慢觉得，你也很难讨厌她。她活在她自己的世界里，那世界鸟语花香，像小学的思想品德课本一样充满着非黑即白的绝对价值。她从不觉得孤独，甚至面对外部世界的荒芜，她有小小的得意，欣慰地盘点自己的世界多么郁郁葱葱。有同学商量打折季一起去香港买东西，她在看电脑里的历年春晚DVD。有人说如果抢到特价机票，又买到折扣鞋子，那可真是合适死了。她忽然

马小淘 | 章某某

说，你们知道吗？1995年春晚的开场歌舞是陶金和谢津，后来这两个人全死了，一个是癌症一个是自杀……有女生谈起了恋爱，她像班主任和家长一样露出恨铁不成钢的神色。问她喜欢什么样的男孩，她说要王子，要长得像雕像一样的王子。每每谈及男人，她都反复强调他们的脸，用当年的说法叫外貌协会，如今的归类是颜控。总之在很多事情上，她都有她自己的一套，走到哪里都有种"孔乙己是站着喝酒而穿长衫的唯一的人"的特立独行效果。

2

"她被拉走的时候叫什么？章熹琬？章晅姝？还是别的乱七八糟的什么？"同学们又开始了关于章某某的七嘴八舌。

这便是那个人一直被称为章某某的理由。她入学的时候叫作章海妍，大家都海妍海妍地喊她，也有男生用琼瑶的小说开玩笑故意叫她章含烟。就这样章海妍了一年，她突然郑重宣布自己更名为章艺囡，为了方便记忆，她还印制了名片。粉红色的小卡片上三个宋体字：章艺囡。再后来，宿舍里还有一盒没发完的名片，她就改名为章熹琬还是章晅姝了，总之她的名字越改越复杂，笔画多，读音吊诡成了她追求的方向。我曾经打趣，等她真当上了春晚主持人，给人签名就可以把自己累个半死了，谁叫她名字笔画那么多呢。可是，真会有章熹琬或者章晅姝之类名字的主持人吗？这也太不喜闻乐见，太费脑子，不适合过年的气氛了。好像还有章澜黛、章毓娜，其中那个章毓娜还颇有讲究，她说她取袅娜的"娜"，所以那个字在她的名字里念"挪"，而绝不是"那"。

我忘记了是其中哪个名字，还是大师给取的。她自从上了改名的瘾，就沉浸在一种没有最好只有更好的欲罢不能里，每一个名字都只能让她满意一段时间。

甚至，有一次她在西街买水果丢了手机，回来干的第一件事竟然是翻字典。

每隔几个月，我们全班同学都会收到她群发的短信：即日起本人正式更名为章XX……这看起来像小广告的通知已经成了我们生活的一部分乐趣。一开始，还有人起了章子怡、樟茶鸭、障眼法一类外号，后来看她一门心思在改名的道路上闪转腾挪，也干脆作罢。给人起外号的速度还没人自己改名的速度快呢，外号又有什么意思呢！后来忘记了是谁开始称呼她章某某，这个名字太合适了，反正她后两个字也是随时替换待定的，章某某才是一言以蔽之的真合适。一开始，她还有点不高兴，不过想想自己动辄严肃地更名确实把大家改晕了，也就听之任之了。一直到大四，她狡兔三窟的名字逐渐被大家遗忘，同学们都亲切地称呼她为章某某。有时候我突然心情好想讨她欢心叫她名字，却又总是猛然想不起她当下正用着哪个，又不能顶着雷上非招呼她的身份证，也只好叫她亲爱的，如果不是亲爱的，也只能是章某某了。

3

其实，不断地改名说明着章某某心态的变化。那不断上岗、下课的新名字像章某某零落的信心一样，越来越短命。

她当初是意气风发来的，她甚至觉得时不我待，四年毕业，顺理成章就会变成春晚的一颗新星。然而开学的第一个朗诵会，她就有点蒙。钟丽竟然是当年一部火爆儿童剧里小小公主的配音，邵岩曾经在全国朗诵比赛拿过名次……那些陌生的同龄人强大而好看，将和她一起参与未来的竞争。

从此以后的章某某绷紧了弦，好像一直逆水行舟。周六周日，我们在屋里睡懒觉或者逛商场，她去自习室，背英语看学报。下课后，我们窝在宿舍看电视打

马小淘 | 章某某

游戏,她报了个德语班要学第二外语。她总露出一种兵荒马乱的神色,仿佛随时准备迎接最苛刻的面试,那种时刻准备自我实现的劲头,像一个来日无多的将军,渴望一个证明。有一次课堂上有人朗诵那首郑板桥的《竹石》:"咬定青山不放松,立根原在破岩中。千磨万击还坚劲,任尔东西南北风。"几个同学不约而同地扭头看她,那种夹缝中偏要欣欣向荣的坚忍,确实让人第一时间联想到她。某一个阴天,宿舍只有我们俩,她疑似交流又疑似自言自语地说:"人在荣誉面前最容易自我迷失,只有面对新的挑战时才最清醒。我曾经得到无数荣耀,没有资格谈委屈。"窗外乌云密布,房间没有开灯,幽暗的光线里我望着她深沉的侧脸,静默了。

但是一分耕耘一分收获这种话其实只是大方向的正确,世界要是公平到谁复习最刻苦谁就考第一,谁善良谁就当总理恐怕也没意思。章某某在学期末的成绩单上表现平平,望着排在她前边的那么多家伙,一脸既生瑜何生那么多亮的不甘。其实大学里的学习氛围并没有那么浓厚,绝大多数人都及格就好地松懈着,唯有她一副用力过猛的激进模样。她说她甚至有种没脸回家过寒假的感觉,不想让父母突然接受一个不那么优秀的她。

章某某从挫败感中焕发的勇气在峰值持续了一段时间,而后在皇天负了苦心人的怨怼中委顿下来,而终于跌到谷底,是因为一次面试。

大学时经常有节目组到我们学校挑兼职主持人,系里会通过学生会通知,有兴趣的都可以去面试。可是机会有时就是给符合条件的人准备的,不是永远属于所谓有准备的人,章某某虽然自觉准备充分还是铩羽而归。当时大家起哄都坐在面试的教室里,章某某昂着脖子和制片人滔滔不绝介绍自己的简历。制片人只淡淡扫了她一眼,"同学,我们这个是时尚节目,需要一个风格比较洋气的主持人。"

章某某话没说完,嘴还半张着僵在那儿。"土鳖。"人群中传来一个男生的讥诮，声音小到隐隐约约，确是那种你还是能听到的隐隐约约。

面试之后的夜晚，章某某唧唧歪歪地问："我真的土吗？"

宿舍里的气氛一直挺融洽，一开始我们虽然觉得章某某有点格格不入，慢慢就发觉她其实非常单纯。对于女孩子来说，她真是毫无侵犯性。

"这个问题不是自取其辱吗？难道你觉得自己很洋气？"

"是呀，上高中的时候大家都觉得我很时髦啊，同学都说我很港！"章某某不信邪。

"港？香港啊？你去过香港吗？我看你顶多也就是连云港吧！"

"你们真讨厌。"章某某偶尔也撒娇。

我们七嘴八舌议论她的审美，比如像女家庭教师的粗跟鞋，比如各种颜色混浊的连衣裙，比如过大的卫衣，比如过时的发带。章某某虽然愤愤不平，她没有淘汰掉这些古板的穿戴，却淘汰掉了自己的名字。

4

她的初恋我也全程旁观。那男生是表演系的才子，请我们宿舍吃过一次饭，只是章某某埋的单。其实表演系多以皮囊取胜，那家伙长了个净高一米八五的好身板，无非就是会弹几下吉他。章某某她偶然被叫去帮表演系的短片作业配音，一眼就相中了那镜头里的两条长腿。长腿男显然是高手，大抵一瞥就发觉了章姑娘的小鹿撞怀，于是火速半推半就将两人的关系发展到暧昧阶段。

那时正叫着章艺囡的章某某彻底改变了生活重心。德语班彻底放弃，理论书也闲置了许久，她像校园里任何一个恋爱的女学生一样，满脸温煦的笑容，徘徊在表演系排练室门口。素来省吃俭用认为买衣服都是浪费的她，为他九百一件的

马小淘 | 章某某

夹克刷了卡；深信知识改变命运的她，竟窃喜德语课的钱省下来正好可以请他吃饭；她一改不吃早饭直接上课的恶习，坚持在食堂为他打包早点；他病了，她半夜穿着睡衣给他买药送到宿舍楼下；他论文来不及写，她跑图书馆查资料苦读之后亲自捉刀；他咳嗽两声，她立马买来一条昂贵的围巾……

有同学当年就是撞见了风驰电掣飞奔买药的她，才一直觉得她奇葩。她说她完全不能理解怎么会有人以奔丧的架势对待发烧，即使天黑了，即使男朋友是癌症，也该穿上内衣，换上能见人的衣服出门吧。我也不能理解，为什么长腿男发个烧，她就要穿着暴露的睡衣冲出寝室，砸药店的门，打车送药，而后筋疲力尽回到宿舍，彻夜难眠，留下担忧的泪水。这一切太戏剧化了，而且像男主角为女主角做的。

长腿男康复没多久，就领着正牌女友招摇过市了。章某某大受打击，据说她很克制地询问长腿男与新女友的关系。长腿男连敷衍和狡辩都没有，斩钉截铁地说那是他女朋友。

"他说她才是花，我本来就是草。"

章某某号啕回到宿舍时嘴里念叨着这句。那天她的哭声歇斯底里，以至于隔壁宿舍以为我们房间发生了不共戴天的群殴，做了再继续几分钟就来劝架的打算。我第一次看到昂扬、自律、要主持春晚的章某某如此放纵，她撒泼打滚的哭叫让我目瞪口呆。而后，更刺激的来了，她干号着栽倒了，没了任何声息。宿舍里余下的三个人全傻了，大概几秒钟的犹豫，我们才反应过来要抢救伤员。于是她被抬上我的床，又是掐人中又是捏虎口，又是拍脸又是喊叫的，她终于缓缓睁开了双眼，挤出一个吃力的笑。

"麻烦帮我保密。"

从此，她又变成了原来的她，上自习，背英语，看书，做题。

我们对隔壁宿舍的解释是，那天心情太好，于是把影碟机开到了最大声。没有吵架，也没有人哭，一切都是电影，电影里总有伤心的女人和凉薄的分离。

5

大学后两年，她逐渐收了锋芒。不断的努力让她的综合成绩越来越靠前，但依然没有成为计划中的佼佼者，离所谓德才兼备、声形俱佳似乎总有着难以逾越的距离。如果说四年大学之于她，原本是圆梦之旅，读着读着却变成了梦醒时分，她好像一点点从梦中醒来，发现了梦想的遥不可及。后来她就不再看春晚的DVD了，也收敛了自己外交辞令式的语言方式，变得有点寡言。不过，这并不意味着消沉，她只是微调了自己的轨道，依然执着地向远方奋进着。她研究了很多知名主持人的自传，在当年主持人出书热的大潮中扮演着买方市场中嗷嗷待哺的忠诚读者。

"很多主持人都是上学的时候就把路铺好了。实习，表现优良，而后水到渠成地留在栏目组，而后大展宏图。"章某某如实说。

"那你是要到春晚实习吗？干两年才参与两次节目。"我后来特别喜欢跟她抬杠，和严肃的人胡扯比和不着调的人胡扯有效果。

"不要总提春晚了。春晚主持人平时都是有常规栏目做的。"

章某某就这样沿着诸多知名主持人的足迹，走向了实习道路。她觉得自己站在了巨人肩上，很快就能看到蓝天白云和远处的群山与汪洋。

被传统的大妈逻辑洗脑，她认为吃苦受累都是成功必然的代价，没有苦中苦，哪做得了人上人。在我们打工都是为了赚钱的时候，她以一种高屋建瓴的姿态在各种杂乱的栏目组、剧组、配音间、活动现场汲取着营养。据说，她主持过超市

马小淘 | 章某某

开业，推介过新款手机，录过性知识科普宣传片，扮演过电视剧里的路人甲，甚至参加过历史剧选秀，千里之行始于足下，她小碎步迈得一切尽在掌握。

有一次她偷偷告诉我，她拍了一个平面广告，海报被立在东四一个大楼顶上，她每每经过都有一种要被人认出的紧张。后来我跟她一起去看了那海报。海报倒是巨幅的，当红小生身着宝蓝色羽绒服，头发被微风吹起，一副哥英俊潇洒哥一点不冷的享受模样。小生背后，有两个被虚化了的背景人物，棉衣棉帽护目镜，两位滑雪场装备的人物因为近大远小看不出真正的高矮胖瘦，因为整个脸被帽子和护目镜遮蔽，甚至很难判断是男是女。别说那是章某某，就算告诉我那是吴彦祖和王宝强，我也看不出有什么违和。那完全就是两个被挡住脸的偶人，哪还有什么属于章某某的子丑寅卯。我心里涌起悲伤，又冒出些鄙夷。她是怎么做到的，像潮水一样，不管怎么落下，还会再涨起？

6

毕业十年，我和章某某大概单独吃过四次饭。

第一次她又经历了一次先意乱情迷后冷峻残酷的恋上美少年。据说对方是他参与的一档健康栏目的年轻摄像，比她小三岁，还在读书。恋情轨迹和上一次长腿男之恋如出一辙，无非章某某飞蛾扑火，摄像弟弟三心二意，最后所托非人，罄竹难书。

"说好了一起上山看风景。怎么能把人家一个人留在半路兀自逃跑，让我在半山腰如何自处啊！我一开始简直想嫁给他，现在看真是痴心错付。这是一段指向婚姻的爱情吗？这太像一段回忆了，什么狗血桥段都有了，我已弹尽粮绝，无力再战。"

"你不这么说话会死吗？"

第二次，她正犹豫要不要放弃和一个法国官僚子弟的甜蜜关系。

那是周六，我从被窝里被她忧心忡忡地叫起。像上学的时候一样，她总是在周末宣讲"一日之计在于晨"的无聊理论，敦促我别养成泡被窝的恶习。

九点钟，我和她坐在餐厅临窗的位置，点了两份周末特供早午餐。窗外的树枝上不知是组团还是散客的小鸟唧啾呜啭，多动症一般扑棱棱扎向清早没有几朵云的天空。

"非常高兴今天又和我大学最好的朋友一起吃早餐，感谢主让我们重逢，感谢主赐我们食物与水，阿门。"章某某双眼紧闭双手握拳，旁若无人地陈词一番。

"我现在信主了。这种内心的安宁，前二十几年从来不曾拥有。"章某某有点语重心长的意思。

"是主让你今天找我的？"我在她亲切而友好的话语中，吃完了煎蛋。

"是的，我这几天非常煎熬，今天忽然想到你，也许你旁观者清，可以帮我走出迷惘。"

"你又被甩了？"

"不是，我男朋友的爷爷曾经是法国的一个部长。"

"哈哈，你终于想开了，也知道划拉名门之后了。"

"你不要这么庸俗好吗？法国哪有什么官二代那一套，他没钱，甚至可以算是贫穷，为了梦想，在中国飘荡。我被他吸引，当然是因为……"

"他长得好。"这个题目太简单了，我必须抢答。

"大概就是这个意思。"

"然后呢？你煎熬什么？"

"他……最近他……提出那种要求。"章某某面露羞涩，吞吞吐吐，好像很多

马小淘 | 章某某

限制级的画面在自动补脑。

"滚床单！"

"你小点声。"她把食指放在嘴唇边，一副小心翼翼的难以启齿。

"这有什么好煎熬的。看你自己呗，有兴趣就从了，没兴趣就算了呗。你又不是十四岁，装未成年少女吗？"

"你不知道。我不能堕落。别说我爸，就是我自己也不能接受堕落。我爸说没有一个男人会珍惜不是一张白纸的女人，我不确定我会跟他结婚，所以没法说服自己和他上床。但是他不能理解为什么一个女人爱他却不肯和他一起睡觉。这种感觉非常糟糕，你爱的人思维和你不在一条线上。"

"亲爱的，你确定在地球范围内，有人可能跟你在一条线上吗？或者说，你真的曾经遇到过谁，顺利地跟上了你的思路？"

"你啊。我觉得你还挺懂我的。"

第三次，大概是前年，也就是说，在同一座城市，我们已经三年未见。

焕然一新的章某某坐在我对面。头发是披散的波浪，指甲上是浅色的彩绘，衣服优雅中透着知性，那种煞费苦心的恰到好处一贯是她的短板。她递给我一张请帖，请帖上的名字是她身份证的名字——章海妍。

"做我的伴娘吧。"

"你要结婚了？和谁？"

"有钱人。靠谱吧？"

我不戴眼镜，不然真会大跌一把来表示我的吃惊。在章某某过去的价值观里，嫁给有钱人简直是一种罪恶。

"我这样的笨蛋，不找个有钱人，难道要连滚带爬独自走完整个人生吗？你知道毕业五年多我换了多少工作？我录过彩铃，剪过片子，最热的天跑人不愿意跑的采访,又怎么样呢?还是连个主持人也当不上!勤学苦练,天道酬勤,我信了快三十年,再信就信死了!你大学天天吃饭睡觉打逗逗,我唱念做打快累成狗,然后呢?你生在北京,天生就带着户口,我还不是什么也没有,住在出租房里,当北漂。王浅羽四级都差点没过,她爸爸来了一趟北京不就解决了户口;姚燕业务那么差,不就是长得好,照样天天出镜月月曝光。我怎么办?一辈子卧薪尝胆吗?没有好爹,也没有好脸,难道就一直那么愚蠢地努力,穿着羽绒服戴着护目镜站在镜头最远的地方吗?我承认我是野心家,一直对未来期许甚高。我对他们的全部不屑和审判,其实都是我的向往和嫉妒。十多年了,从进学校大门,我按部就班规划我的人生,我想稳扎稳打,但是哪怕一个短期的目标也没有实现过。命运把我按到阴沟里,不许我张扬。我必须认命了。没有在早晨一块钱把菠菜卖掉,如今中午了还不八毛出手,难道要等到晚上五毛处理掉吗?那个时候别提什么好看不好看,穷不穷,恐怕要求对方未婚都没那么容易了。这是我最后的机会。我不能让家人为我骄傲,总不能让他们替我担忧吧。"

  大段的独白声情并茂。这当然是不完全记录,我无法如实再现她当时的神经质,既要敞开心扉,又要捏住最后的尊严,仿佛胸口藏着一座火山,不吐不快的岩浆喷薄着自尊的火焰。那一刻我其实特别感伤。我以为她永远不会变的,兴冲冲以总结经验的口吻谈教训,即使被狂风吹得踉跄,也会挺直胸膛乐观展望明天的晴朗。却原来我还是原来的我,她先打了转向。

7

  婚礼是章某某亲力亲为张罗的,她先生非常忙,也无法左右她对任何细节的一意孤行,就干脆任由她天马行空。如果钱不是问题,一场豪华的婚礼一般不会出什么问题。章某某鸟枪换炮地奢华起来,一切都要最好的,百合、兰花、白玫瑰,光是满场象征圣洁的白色花卉就斥资二十几万。她说那代表圣洁,只有处女才能这样美好。

章某某的婚纱是在香港定做的,她还量了我的尺寸订了伴娘礼服,甚至还给买了一双3000块钱的平底鞋。

终于,折腾了一圈的章某某,又变回了章海妍,她宛若仙子地嫁给了一个矮个子。矮小的她穿上高跟鞋,就比肩了新郎。她是笑着步上红毯的,脸上全程荡漾着画皮一般的笑,连惯常的热泪盈眶都没有。她瘦小的父亲倒是笑得真诚,跟送她报到时候一样,一副被胜利冲昏头脑的傻乐呵模样。看到只有父亲一人坐在新郎父母的旁边,我才意识到上下铺睡了四年,我从没听章某某提到过妈妈,大抵她早就没有妈妈了。

她邀请的同学不多,大家齐刷刷啧啧着她真人不露相的挥金如土。作为伴娘,我站在她最近的位置,可以看清她穷途末路的空洞笑容。"一个乌烟瘴气的婚礼足以让人一生抬不起头来。"她把抬起头看得太重。只是那白色的花太肃杀了,圣洁是圣洁的,可是有必要那么白那么白吗?回忆里纯白的画面,摇曳着一股凄凉。

我想起和她最后一次见面,也就是毕业后我们第四次单独吃饭。那是她结婚三年以后,她邀请我去她家喝下午茶。

"我现在该叫你什么?海妍,还是章某某?"多年不见总是有点局促,我发自肺腑地不知道到底要怎样称呼才能兼顾准确和亲密。

"Eva。当年那个法国男人给取的,我挺喜欢,就一直用着呢。或者你还是叫我章某某,大学毕业就没人这么叫过了,当年我多讨厌你们这么叫,现在想想,这名字多适合我，一个面目模糊的人，我其实一直是某某来着。"

"不会是你老公也叫你 Eva 吧？"

"他爱叫我什么就叫什么。"

我们吃着松软的蛋糕，像任何一对多年不见的老友一样，只能从一些无关痛痒的话题开始。客厅落地窗前一对风铃咿咿呀呀迎风吟唱，那毫无规律的脆亮声响，像几只不懂事的鸟，叫得我心烦意乱。窗外的风并不大，但是风铃就是负责叫的，对于多小的风，它也太单薄了。我说的很少，但是感觉很累。那对话像一场准备不充分的采访，随时都会冷场。

她没有说她不快活，只是不论她、她的花草茶还是她排场的房子都散发着一种向下坠的气息，仿佛一种轻巧又隐秘的力量将和她有关的一切向下拉，让我隐隐感到一种即将失重的不安。要知道那是章某某啊，头上一直有根绳子牵引她不断向上的章某某，竟然就那么坠下来了。

"我从来不看春晚的。每年过年都是我心情最不好的时候，我小时候觉得那一切离我那么近，现在才发现它跟我毫无关系，比天涯还远。"她轻轻抖动着茶包，专注于可有可无的动作。

"你也太秀逗了吧，好歹也是个嫁作商人妇的阔太，三十多的人了，还惦记着上电视的少女梦。"

"商人妇，商人妇就是我原来最鄙视的弱势群体。"

"反正主持了春晚又怎么样？再奔命要的还不是一个好日子，你现在锦衣玉食，不用主持春晚也得到了。你比那些主持人不知道滋润多少倍。"

"这些和我最初的梦想相去甚远……我从来不在乎这些，我要的就是那种奔命，他们连奔命的机会也没给我。"她抬起头，皱着眉望我，右手不停地搓自己的耳朵。

"好了,别无病呻吟了大姐。"

"没有梦想的人生不是人生。"

"胡扯,没有什么的人生都是人生。和人生比起来,梦想太文艺了。"

"你说我是不是正过着你妈的日子?"她忽然跳动的话题,简直让人生畏。

"啊?"

"你爸应该蛮有钱的吧,你妈嫁给他,就生出个这样的你。我要是能生育,大概也能生出你这样的孩子。有钱人的孩子虽然懒了点,但是性格比较好。"

"我爸没有你老公有钱。"

8

同学聚会的尾声,大屏幕上校歌的MTV里处处是当年熟悉的场景,青葱岁月的记忆扑面而来,很多同学都流下了眼泪。

"校园边大路两旁,有一排年轻的白杨……"我眼前浮现出大一的章海妍——已是深秋,她戴着一顶遮阳的凉帽,拎着一个破旧的水壶,白杨树下练声的身影孤绝而高傲。她也曾是这校园里年轻的白杨,如今她被连根拔起种在精神病院里。

没有人知道到底发生了什么,这个圈子由于八卦的繁殖率过强,反而很难得知真相。即使她和大家并没有太多来往,即使她嫁人之后辞职在家已经和广播电视拉开了距离。但是她疯了的消息还是从各个渠道传来,有人认识她老公的朋友,有人和她之前的领导有业务往来,她被救护车拉走的消息,像一团火烧向四面八方。有人说她老公出轨了,有人说她不能生育,还有人说她老公对她无可指摘是她自己疑神疑鬼郁郁寡欢,反正各种八点档家庭剧的桥段都被安在了她身上。他们说她后来失控了,一直在家练声,她反反复复朗诵诗词,呼台号,练习两字词,还在淘宝买了很多话筒。甚至每个传闻都配有具体的练声内容,有人说她反复念叨"三十功名尘与土,八千里路云和月。莫等闲,白了少年头,空悲切",有人说她一直在说"中央人民广播电台、中央电视台"……

有个同学疯了,这是同学聚会绕不开而且一定会津津乐道的话题。只是大家都觉得自己特别正常,并没有谁十分不善良。没有确凿的真相,反正她变成了一个需要治疗的播音狂。她庞大的理想终于撑破了命运的胶囊。

我不想在众人面前提起她,我甚至不敢再去医院探望,我怕她见到我依然无动于衷,目光回到《播音创作基础》课本上。

(选自《收获》2014 年第 5 期)

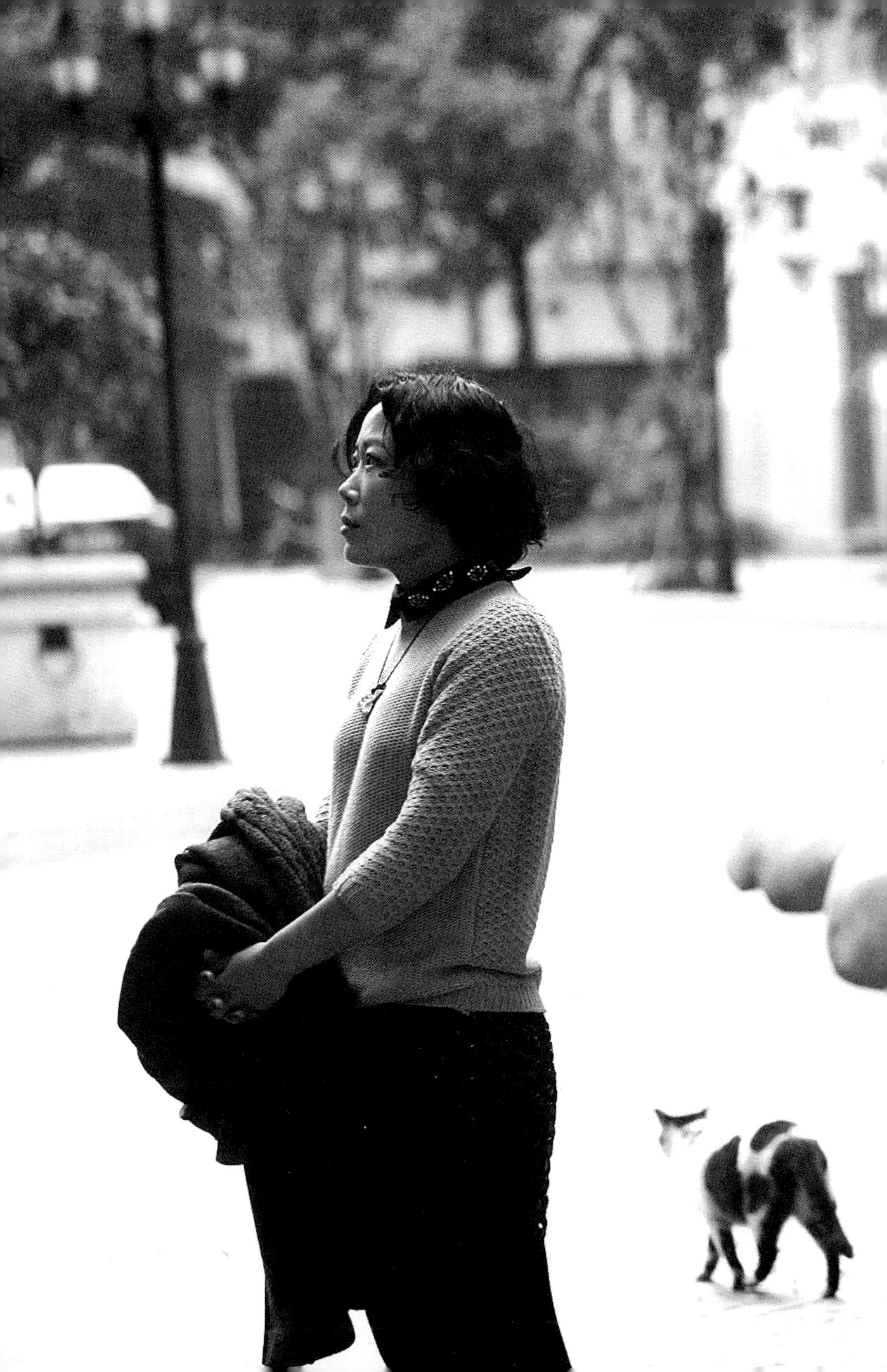

走　走

走走，1978年生，专业文学编辑、业余小说人。现已出版长篇小说《房间之内欲望之外》《我快要碎掉了》等，中短篇小说集《961213与961312》《天黑前》等数种。认为语言是文学最必要的条件，专注于人性和动机的复杂。

那天下午

嘉善路曾经是条宁静的街道，它嵌在肇嘉浜路与建国西路中间。通往肇嘉浜路的那一段，之前的厂区，现在的尚街 loft 时尚街区，是整条嘉善路最宽的地方。整个八十年代，那段路上几乎没有什么树。过了那一段，路更像是小街，分岔、错落。第一个岔路旁，有座小房子，就是我家了。

一九八一年春天，我被带到了那里。我的母亲从我的脖子上取下一张卡片，上面有我的生日。二十岁时我的家已经被拆迁到了上海南站，有天晚上我回家的时候，有对中年夫妻候在那儿。他们的开场白很短：我是他们的女儿。

三岁之前的事，我一件也记不起来了。

知道自己是被领养的，是在十岁左右。我没吱声。有天我跟着班上的男同学逃课，去了郊区的寺庙玩，黄昏时才想到要回家。因为慌乱，公共汽车没坐到站就下了，离家还有一站路。夜幕即将降临的时候，我一个人拖着书包在肇嘉浜路林荫大道上走，后来我开始奔跑，书包盲目地在屁股后面颠动着，前方已经陷入昏暗，两边的树也只有轮廓隐约可辨。我跑出街心花园，看见我母亲站在路口。在我们回家的路上，她的拖鞋啪嗒啪嗒，一直有动静。我抬起头又低下，不想与她对视。她打开门又关上，屋子里只有我和她，她又一直没说话。我觉得，她肯定马上就要扑向我扇我几下了，就像那鞋子一下一下不断拍打着地面。但她只是向我点了点头。逃过一顿打使我松了口气。

很多年以后她解释，告诉了我真相的邻居找她说了说，她因为害怕我从此离家出走而不敢对我大叫大喊。害怕使她忘记了惩罚我，第二天一早还去菜场买来一只鸡。杀鸡的地方就在门一侧的空地上,鸡脖子那里流下的血滴进搪瓷碗里,泛着油光。我站在一边看,等着收集鸡毛,好做成一只毽子。鸡毛轻飘飘地落下几根,粘在地上。

为什么邻居要在那一天告诉我那些事?就因为我在放学路上推了她孙女一下?我记得我一边听一边手指在口袋里划拉,没摸到一分钱。三分钱就可以买一小包盐津枣。但我似乎从口袋缝里摸到了一粒。我将它抠出来,小心地捏到另一只手里。"你和我妈去说!"我对那老太婆大声喊。

"是嘛,真好玩,我终于和别人不一样了。"剩下我一个人在阁楼上时,我对自己小声说。我从小圆镜里端详自己,看到了自己的一头鬈发。"天生鬈的头发,前环金后环银。"十年后一个自称是我妈的人这么对我说。但是那一天,我只是诧异地看着镜子里的自己。我还翻出了我母亲的照片,用笔在其中一张正面照上画了画,只想看看我们有什么不同。我想告诉谁。我用指甲掐自己,因为我不由自主地想笑但是我又很想有一副悲痛的表情。

最后我站到了窗前,将窗户向里打开。窗前立着一棵无花果树。窗户外面我母亲竖着钉了粗粗的木条。过去我总是爬树,从阁楼窗户翻进屋子。观察那些木条和思考自己的离奇身世之间,立刻产生了一种不可思议的默契。于是我的表情渐渐消失,就这么站在窗前。

望出去的窗外是我家对面的两间房子。和我视线齐平的那间阁楼,未来几年我将常常偷偷凝视。我的书桌就在窗边,一直到高考前,我经常将脚搁在书桌上,人向后仰去,来回摇动靠背椅,打量着对面的那扇窗户。那里有一个黑色头发的男孩子,比我大八岁。他被叫来辅导我数学的时候,我听母亲的话,大声叫他"向哥哥"。在他面前,我总是像小孩子一样乐于献宝。我喜欢拿所有水果糖出来,

走　走 ｜ 那天下午

递给他，而他每次都会在接过一颗时说"谢谢"。

"他怎么不去考大学呢？"高考前我问自己。我那时对技校生还没有什么了解。他从岔路那头走来的样子像是跳着舞步，和他相比，左边邻居家那个最小的儿子，壮得都有点笨手笨脚了。

那天我的视线飞快扫过他住的阁楼，极目远眺起来。在岔路的另一头，是一家经常雾气腾腾的棉纺织厂。这会儿我百度了一番，才知道那是上海百达针织厂的后门。门卫默认我们这些邻居混进早班下班的工人中间，去那里的澡堂洗澡。大学毕业后，我进了外企，开始在外面租房子住，我对租赁房的唯一要求是，得有个像样的浴缸。我喜欢先清洗自己，再刷干净浴缸，最后放上一缸水把自己泡在里面。那些年，我甚至发明出一种心理疗法。想要忘记什么事的时候，就把浴缸塞子撬起一点，水流走得很慢很慢，我闭起双眼，想象那个不愉快的部分，已经随着流水很慢很慢地流走了。浴缸里的水越来越少，感到冷的同时重新感觉到自己。可惜的是，租了十几年房子，所有浴室的窗子都是雾蒙蒙的磨砂玻璃，对着走道。而我想对着一棵树，那对着在风里上下摇曳的树叶安慰我自己的愿望，至今没能实现。

而和那些上了年纪的女人站在一起，看着她们把脸盆放在地上，蹲在那里搓毛巾搓内衣裤，让我在那些年里时常情绪低落。"那个女人洗了好多衣服。"我告诉我母亲。我认为这是一种贪小便宜的行为。但她其实也这么做。她用土黄色的臭肥皂洗我们的袜子和内裤，然后用鹅黄色的香肥皂洗我们俩。她似乎懒得理我，用一只手夹着脸盆，走在我后面，迈着小步，走得十分缓慢，好像终于洗得干干净净不能再让身体热出一滴汗了。事实上，我母亲做什么都慢腾腾的，她从未给我织过一件我能穿的毛衣，每次她织完，我已经再也穿不下了，只好织了又拆。她不像我。我过马路时总是急匆匆，直接走成斜线。因为向哥哥说了，第三边小于两边之和。

　　那天晚些时候，我们也一起去了澡堂。在热水龙头下我站了好长时间。"我的亲生妈妈会不会已经死了？她是不是被埋在了某个小山包上？一定是她的婆婆虐待她，他们重男轻女，把我送走，于是她悲痛地脚一滑，掉下了山，或者根本就是她自己跳下去的。"我母亲并没有看出我有什么异样，她和我出了澡堂往家走的时候，天空正在慢慢变暗。为什么我会想到小山想到岩石？那段时间我看了什么故事书？一到家我就上楼按亮台灯。"天还没黑呢！"我母亲在楼下喊。

　　阁楼上有张小床，我在床上躺了一会儿。我决定要表现得非常痛苦，于是我开始哼哼起来。这样哼哼让我感到很舒服。窗外时不时传来邻居家的响动，像是噼里啪啦起油锅的声音，或者叫小孩回家的声音。"我已经被领养多久了？"想弄清楚这件事，让我忘记了继续哼哼。

　　那天傍晚我没有像以后经常会做的那样，站在窗口看着对面向哥哥回家。所以我没有看到那一幕。那天向哥哥推着自行车，走得很慢很慢。他旁边走着一个丰满的女孩，由于背包放进了车兜里，她就只有手在那里摆来摆去了。他们俩经过了岔路口，向哥哥没有朝家的方向向右打弯，而是笔直地，不紧不慢地，朝着肇嘉浜路方向走去了。女孩的头发是黑色的，穿着一条布裤子。一九八八年，已经有很多女青年穿起了牛仔裤。她们都去华亭路那里买。那条布裤子，随着她步子的起落，膝盖处一拱一拱的。向哥哥自己低着头，没有注意到她走得比他随意多了，还左顾右盼着。她的脸很白，大眼睛下面有几粒小雀斑。十二年以后，另一个男人在麻将桌上挑逗了她，她漫不经心地摸着牌，手指尖却绷得更修长了，翘翘着。她如此地专注，根本不会想其他什么事的对不对？她反正不会过什么坏日子的。很难想象她会让自己不好过。也就几个月工夫，她扔下了四岁的女儿和远在某个山区做技术人员的向哥哥。

走　走 | 那天下午

　　但是那时候，谁知道会有人将拐跑她呢？他们就在黄昏里这样走着，一会儿几乎并排而行，一会儿他在她前面，一会儿她又超过他，像是故意要让他看看她屁股那儿起的波纹褶子。向哥哥一定思考过要去哪儿。因为他们一直走了五站路，走到了徐家汇的上海第六百货商店。

　　在此之前，不知什么原因，女孩走着走着，突然伸了一个懒腰。她把两条胳膊伸得长长的，随便什么人都会感到她很自在的。但是在商店门口，她却不自觉地换了一副胆怯的小女孩面孔。倒是向哥哥，四面环顾，装出那种傻气的潇洒。售货员走上前来时，他向她转过身去，而她在那一瞬间十分吃惊。

　　据说，在那里，他用偷来的自己父母的钱，为女孩买了一根最细的金项链。他一定是计划了很久，因为那天他约女孩出门时，只是问她，愿不愿意和他去散散步。

　　她说："好呀。"是啊，为什么不呢？向哥哥算得上英俊，他同样白白的脸上，因为两个人相互的靠近而兴奋，发红。可一切稍纵即逝。

　　他们继续向前走着，真是不快也不慢。

　　其实我对领养这件事没什么所谓。我和班上几个好朋友说了说，怀着好奇的心理等待着接下来会发生什么。她们对我特殊的好不过持续了一两天。有一位给我带了一只肉馒头，上第一节课之前，我们挤在一起坐着，我吃了肉馅，她吃了馒头皮。她问我是否知道自己的亲生父母在哪里时，我也不明白为什么要撒谎。我说他们都病死了。之后，我立刻觉得愧疚，于是我问她，我有一小卷果丹皮，要不要尝尝。她剥开塑料纸，掰了一点儿。过了一会儿她站起来，说那只馒头是她奶奶买给她的，对我摆了摆手就往后面几排她自己的位置走去。

　　但是我开始想象他们的死。教室门没关严，可以望见走廊，虽然能看见的空间很小。我就望着那道缝出神。突然，一切都变得合情合理了。即便放在今天，我，一个三十六岁的女人，拒绝要孩子，也变得合情合理了。如果是我母亲催我，我就停止说话，开始收拾东西。至于我丈夫，我干脆就进自己卧室，往床上一躺。年轻时我不那样，我会大喊大叫。结果一个关于孩子的争吵上面叠加着另一些争吵。

并不是孩子本身让我觉得厌烦，而是，而是。

我还迷上了照镜子。常常功课做着做着，不由自主地掏出小镜子，我到底是想看出什么呢。与此同时，我急不可耐地想长大。逃课事件发生后，我母亲隐隐约约的慌乱让我感觉到，我可以运用我的领养身份，改变一些什么。这个家，原本应该是个陌生的环境呀。我不过是一个寄居在那里的小孩，一个不需要做家务的田螺姑娘。大概就是从那时候起，我和写作这件事之间有了第一次微妙的联系。一个有双重身份于是想拥有更多身份的人，如果她没有分裂出多重人格，如果她不想到处去装腔作势，那就只有写小说这一种可能了。一直到什么时候，我终于不再强迫自己利用这一身份？

现在让我想想，那天的放学路上发生了些什么。从平江路小学走回家，要穿过几条横马路，下午三点多，我和那个小姑娘没有走上中间的林荫大道，而是选择了与它平行的贴着居民住宅的另一边。那里开着一家店，卖文具、橘子水、桃板、盐津枣。我身上没钱，她买了盐津枣，她一定会分给我几颗的，但我那天连着打了几个喷嚏，就在我打喷嚏时，我的体内好像打出了一个洞，它需要那些像鼻屎一样的小小粒填充，于是我伸手抓了一大把塞进嘴里。在她试图抢回去时我推了她一下，她跌倒了，歇斯底里地哭起来。几年前我回家看我母亲时见到一个胖女人在挑西瓜，短发，圆脸，穿着西装短裤，露着粗壮的大腿，脚上穿着印有小熊的拖鞋。我离她几米远，一边挑着葡萄一边时不时望她一下。歇斯底里没能让她

走　走｜那天下午

变得更苗条一些。

　　好吧,回忆是没有时间概念的。我母亲一边洗着葡萄一边告诉我,她还没结婚,还和父母住一块儿。"而你考上大学后就没再回家住过。"我回答她:"这可能是因为我太想有自己的家,结果成了在很多地方都住过。"它们都只是我待过的地方。话题又回到她身上。每次我母亲在路上碰到她,喊她一声,她总是吓一跳似的回过头来。"啊,某某某妈妈!"她当然不会知道我现在的笔名,她根本不可能想到,我还会把她写出来。然后她会说,"啊,这么早",或者,"啊,这么晚"。她只念到中专毕业,过早地从事了文秘这一不需要动脑的职业。

　　我现在认为,我对自己的苛刻与不满,都必须归咎于那天下午,我推了她那么一下。

　　比如我没有方向感,常常迷路;对居有定所没感觉;对钱也没有概念,不,不是对数字没概念,而是对未来;有一段时间我总是愿意看那些虐心的糟心的电视剧,有关各种悲惨的身世;念高中不久我就开始听打口碟,早死的那些音乐人让我一次又一次感伤,却仍然无动于衷地做着各种考题……我就是依靠这些我和我父母的区别,来判断我原生的基因。

　　还有什么吗?没有什么还有了。

　　但如果,没有过那一天。想必我会待在一个不一样的地方,拥有与现在迥然不同的人生,感觉也会和眼前、当下的这种感觉不一样。

　　所以为什么那天下午我要伸出手去!

　　事情也许可以追溯到那天之前的那个晚上。

　　那天之前的那个晚上我本来睡得很好,无梦。快要入睡的时候窗外的无花果树叶沙沙地响了起来,起风了。我到底有没有听到警车的声音?我只记得后半夜,整条弄堂里的人似乎都醒了。我母亲拉开了窗帘，她交叉着双臂站在那里往外看。警笛应该在抓到人后，才变得刺耳？我坐起来，想要一杯水喝。但是我喊了两次，我母亲还站在那里，脸部半明半暗。我也想起床看看，但她阻止了我。警笛声似乎在远处消失了，隔壁老女人的哭声飘了出来。我越来越困，有什么东西好像卡了一下壳。

第二天早晨六点半，我母亲帮我拿来干净的袜子，把窗帘全部拉到一边。我问她夜里发生了什么，她告诉我，左边邻居家那个最小的儿子被抓走了。这下，弄堂会显得很大了。不管我们是在跳橡皮筋，还是在扔沙包，只要看见他走过来，就会躲开，躲到一边去。他面目英俊却总是凶狠地紧绷着。有一次我们在路口相遇，但他其实只是看了我一眼就走开了。我不明白为什么他让我觉得不舒服，似乎那两道浓眉下面隐藏着一些吓人的东西。

他因为偷盗被抓，据说还是团伙作案。我坐在那里，既迷糊，又好奇，吃着一根油条，喝着一碗粥，我母亲还帮我敲了个咸蛋。这下我们可以自由地玩了，可以在岔路里奔来奔去，可以爬树摘桑叶，可以在雨天穿着套鞋在水坑里用力踩，我背上书包，一出门，就听到隔壁他养的那条狼狗，不知被谁揍了，呻吟着发出呜咽声。那呜咽声像是一道电流，蹿起很多窃窃私语的声音。整条弄堂都在窃窃私语地传递着他深夜被抓的消息。我回过头去看，人们还是挎着篮子拎着包，并没有窃窃私语，只有他们的衣服在沙沙作响。无花果树叶也在沙沙地响个不停。乌云在头顶逼近了，却并没有下起雨。

那天下午，我伸出手去，推倒了一个女孩。

现在再去回想那一天，我怎么也想不起来那一天是怎样过的。反正日子过得如此之快，就像电影里的日子一样。你走进一个教室，一个一个老师进来，把你一直带到放学，最后那声铃一响，立刻就把你推出了校门。也许是因为那天的乌

走　走 | 那天下午

云实在太多了，它让眼前的一切显得昏暗，那个笼罩在昏暗里的小店，看起来空空荡荡的，看起来需要一些尖叫、一些哭喊。而我的小伙伴，她那时就有一张圆圆的脸，鼻孔也有点大，她平时说话尖声尖气，每句话结尾时总是像个小钩子一样扬上去——你再碰我一下我就告诉老师了——啊——仿佛空气里站着个老师，要等老师点头后她才能继续说下去。她尖叫起来，我要告诉我奶奶——啊。她轻盈地从地上爬起来，轻盈地在我前面跑了起来。而我拖在后面，沉重得就像被拉得长长的影子一样。

你这个小赤佬！她奶奶堵在岔路口，你妈妈不打你我就要来打你了！

她自己滑倒的。

到底是路上拣来的小孩，无规无矩。

我不相信你说的，一个字也不信。我说。

我母亲比我大三十岁，这样算起来，领养我的时候她三十三岁。我见过她那前后的一张黑白小照片，她开心得笑出一张大嘴。而我在所有照片里，连微笑都很少。对着镜头，我的嘴张不开，只是双唇拉长一些。这个区别也许能看出，几乎不太可能来亲近我。而我母亲很喜欢聊天，她谈论左邻右舍，或者说说她自己的什么事，她总是叽叽咕咕地在那儿说，以至于我没必要再说什么。这是现在，每周一次，我和她唯一能够亲密的方式。

十一岁，我五年级，考上市二中学的小初一。那年夏天拿到录取通知书后，我母亲和我聊了聊。一是告诉我，她要离婚了；二是说了说，我被领养那件事。

对我亲生父母的情感。先是气愤，愤怒随后消失，而后是一种厌恶，如此强烈，就像我看到飞蛾翅膀上的粉开始抖起来。接着厌恶也随之而去，我感到一股八月暑气的厌倦。其实我还是那个我，不知该怎么办。我母亲问我，你想去散散步吗？

我们走到肇嘉浜路上。天热，林荫大道上，忽略知了的叫声，可以算得上静悄悄。在一个园子前面我看到一个男人，他像是很怕冷，三十几度的天，他穿了长袖衬衫和长裤，手插在口袋里，靠在围住园子的栏杆上，看着我和我母亲。我母亲对他点头，他挥手回应，竟然变戏法一般从口袋里掏出一盒"红宝"橘子水。橘子水很热也很甜。

就像画家会模仿自然作画一样，我也是在絮叨完我的过去后，才在其中寻找一些遥远和若有若无的东西。然后凭借那些残缺的印象，那些对阁楼老虎窗幽灵的想象，试图超越记忆。所以回忆过去的人都是为了使自己这个回忆者开心。我就曾虚构出苦儿三毛一样的童年，顺便加上一两次神奇的经历作为陪衬，那时我对自己的了解如此之少，因此没法简单写出那些年。我母亲看过我那些书但她一言不发。直到有一天我开始写别人，我才意识到，要是把人和人都写得很相似，都像别人书里的某个人，那就没有一个像真的了。我有没有仔细端详过那些人？就像现在，我要描述这个后来成为我第二任继父，又早早因为胰腺癌去世的男人，比我想象出一个他要难多了。

我想不起来他买过什么东西给我母亲。大概他不知道什么东西适合她。冬天他给我买邮票首日封，夏天他给我买紫雪糕。看上去一丝不苟，总是穿着一模一样的白衬衫，白衬衫上的每粒扣子都扣上。秋天周末的下午，我母亲帮我洗头发，我们没有吹风机，我就湿着头发坐在屋前的椅子上。他会递给我"新长发"的糖炒栗子。我觉得理所当然。我们一起吃饭，他喝一两瓶啤酒。我看着我母亲每天给他烫衬衫，烫裤子，烫得裤缝清晰可见。我看着他们封上阁楼门，把我留在阁楼上。我听到窗帘被拉上。日后我看别人描写的青春期一点都不惊讶。因为我也是这样长大的，但当时，我却什么都没有感觉到。我所感觉到的，大概都不曾发生过。那让我不安，让我对自己不满的某种审视的眼光。另一种眼光。

走　走 | 那天下午

后来我给那对中年夫妻打开门，给他们从冰箱里拿了两瓶雪碧。女人说，她已经是胃癌晚期。"我想要来看看你。"一开始我很好奇他们怎么找到我的。被我母亲抱走那天，他们就在马路对面。他们想生个儿子。他们现在有一个儿子了。只需我叫一声"爸妈"。我问我母亲怎么办。"你自己决定，"她说，"不过她快要死了，你叫一声，也没什么损失。"

"你的生日我们还记得，阴历三月二十，大清早，鸡叫头遍，就在屋里生下了你，你奶奶接的生。"女人说。我这才知道，自己不是双鱼座，是金牛座。

"你手术后我再叫你吧。"我说。我突然觉得，她到了医院里，切除掉肿瘤，不会发生什么事的。

幸好卫生间里的洗衣机在震动。因为我们四个人无话可说。衣服洗完了，我和我母亲把衣服取出来。当我们忙来忙去的时候，他们打算走了。我把他们喝光的雪碧罐子扔进垃圾桶，打开电视机，并没有什么节目想看。我母亲示意我把音量开小点。"我们走了。"他们低声重复着，好像我听不懂他们在说什么似的。

一直到深夜，我母亲都穿着拖鞋走来走去，收拾着一些小玩意，把书架擦了又擦，把过期的药全都扔掉，还翻出了我中学时的作文本。然后她走进我房间，我抬头望去，她居然流了眼泪。她拿着一本相册，她在我的床上坐下，我坐起了一些，她开始讲述我三岁时的事。

她说她买完菜回来，在肇嘉浜路街心花园那里，听到有孩子在哭叫，她走过去，在我面前蹲下来，我则在那儿继续哭来哭去。她发现我脖子上有一张卡片，便取下来，放进了她装着零钱的口袋里，大概在给我报完户口后，那张卡片就找不见了。

"我给你削了苹果吃，你咬了几口，说没有山芋好吃。然后你开始不安生起来，一会儿坐下，一会儿站起来。我把酸奶递给你，你也不肯接。你看上去那么吃惊，好像很害怕我似的。过了一会儿，你又突然来拿我的瓶子，你喝了一口，但是很快吐到了地上，你说它馊了，一边还长长地叹了口气。我接过瓶子，你说，你想要爸爸妈妈了。我们就是你的爸爸妈妈呀，我说。这肯定让你很迷惑。后来我发现，你常常独自静静地看着黑色的小火表。你告诉我，你在上课。我开始教你读书，你慢慢忘记了过去。你像个小狗，整天围着我转来转去。有段时间，我经常会问你，爸爸好还是妈妈好？你喜欢爸爸还是喜欢妈妈？我没法不问。"

中年女人告诉我们，我有两个姐姐一个弟弟。大姐比我大七岁，二姐比我大三岁，我比弟弟大三岁。轮到我大姐带我时，她就把我背去教室。

"我给你买过很多玩具。你只喜欢七巧板。你碰都不碰那些洋娃娃。可一旦有别的小孩想玩那些洋娃娃，你就决不放手，你死抱着它们不放。一开始我觉得，这是你自私的占有欲在作怪，就想说服你，把东西让给其他小朋友一起玩。有时我会夺走那些洋娃娃。后来我看到一本书，书上说，这也可能是因为害怕。你害怕属于你的东西不在了，那样你就不知道，自己又该属于谁。"

我母亲没有看我，说话都是对着相册说。

我能感到她的惊慌。

我自己开始挣钱以后，总是买很多很多东西。只有这样，我才不会把任何东西放在心上，我对任何东西都不再有感觉。即便某件东西再也找不到了，放那东西的地方却不会空着，我也不会意识到，有些地方，本来已经空荡荡了。于是我慢慢变成另外一个人，一个看上去不计较、洒脱的人。对人也是如此。我对和我一起生活的人没什么要求，不会去横加干涉对方的任何决定。我希望他们不受任何拘束。他们离开，也无非是从我眼前飘然而过。我从来就不想有什么结果。总是有人指责我不够爱。的确如此，每当我开始投入、失控，我就说服自己，退出来。这个世界就是这样，没有什么专门给你，只属于你，你不可能走到底的，你只能

走　走　|　那天下午

让它从身边过去。

　　她带我看的第一部电影是《牧马人》，看电影的时候，我告诉她，我去过那里。她一下子呆了。后来我查了查，电影是一九八二年上映的，这么说起来，四岁的时候，我还记得一些我的家乡。但我的家乡不是张贤亮笔下的西北牧场。也许田与田，土地与土地，看上去都差不多。那时，哪里的农村不荒凉呢。我再没看过那部电影。现在我最喜欢看的电影是灾难片、怪兽片。看《哥斯拉》的时候我想，导演小时候，一定有过类似的恐惧。那种周围世界突然崩裂，裂成另外什么东西的恐惧。

　　四岁开始，每年我生日那天，我母亲带我去拍照。我的站姿看上去几乎一模一样。"你看你变了。"我母亲一边说，一边指着我的一张照片。第七张，我十岁那年生日时照的。

　　"真的吗？"

　　"你看上去，像是在想什么事，你的眼睛根本没有看镜头，以前你不是这样的。"

　　现在我重新打量我自己，是的，似乎有点儿忧虑，具体有多大变化，其实也看不出。我还以为，我的目光生来如此，严肃，有点儿忧虑。

　　但是我记得，我突然明白了成语词典上的"深思熟虑"，明白了什么叫"讲话前要咽三口口水"，在那之前，我是那么一个无忧无虑的小孩，甚至是没心没肺。我走路没那么快了，行动没那么敏捷了，说话声小了，在家的时候也没那么多声响了。

　　当时我只是点了点头当作回应，什么话都没有说。过了一会儿，我母亲继续说下去。

　　"你还记得你有多害怕过过街天桥的楼梯？它们不是密封的，当中有很宽的缝，自从那以后，你再也不抓住我的手……"她不再往下说了。

十六岁，第一次和人拥抱时，我觉得难堪，以至于我感觉对方突然变成了陌生人。男孩退回到桌边，他随便翻开一本什么书念了起来。因为他缓慢的朗读，静谧渐渐笼罩住我们。我站在仍然钉着粗粗的木条的窗前，背对着他，解开早上编好的马尾。那棵无花果树已经长得很茂盛了，它在黄昏里轻轻地摆来摆去，我的呼吸平稳下来。身后，他向我走来，随着无花果树的节奏，轻柔地摇摆地靠近我，直到最终，贴住我的背。我一动不动地站在那儿，不由自主地让一棵树摆布了我。头上的血管轻轻地摇摆，呼吸轻轻地摇摆，皮肤一片片地，轻轻地摇摆，最终，我的内心跟着摇摆起来，摆脱开僵硬的躯体。所有的阻力都消失了，我摇摆着倒向床上。虚弱是如此舒服。那一刻我甚至觉得，我们就应该这样一直相守下去。我们一起度过了四年。然后，连一次小小的风暴也没有，突然就各自驶向了别的航道。

但我没再和我母亲相互拥抱过。我轻轻吸了口气，然后慢慢呼出，在我呼出这口气时，我尽量缓慢，仿佛这样，我的身体就会慢慢从内向外，膨胀开来，触摸到她。那口气呼完，我起床，去厨房给她倒了一杯水，她喝完后双手捧着杯子还给我。我突然想把灯关掉，这样就看不到她的样子了。但是我不好意思那样做，于是我坐回床上，身子往后靠了靠。"不早了，"我母亲说，"今天你也累了吧？"但她继续静静地坐在那里。我只好闭上眼睛，闭到后来，真的几乎睡着。

半夜里，我突然醒来，想到躺在另一个房间里的我母亲。我对自己说，我应该过去看看她。自从我的第二任继父几年前因为胰腺癌去世后，她一直独自一人。我想在她身边躺下。我走进隔壁房间，我母亲躺在床上，睡着了，轻轻地打着鼾。"妈。"我喊她。她终于睁开了眼睛，"你要做什么啊？"她打了个长长的哈欠，很快又睡着了。

走　走　|　那天下午

　　我回到自己房间，看了看闹钟，已经快凌晨四点了。我突然想到，按照身份证上的生日，我已经是二十岁的人了。

　　就在十年前，我生日的前一天下午，我知道了一件事。那件事让我那天夜里睡得很差。

　　小时候，我常常在吃饭时将自己喜欢吃的一些东西埋进碗底。我母亲很早就给我讲过意大利童话。在那天之后，有多少次，我藏在被子底下，祈祷魔法能把我变得不再存在？因为透不过气来，最后我自己掀开被子，我还是坐在床上。头发湿漉漉的，脸红扑扑的。但也许，真有那么短暂的一瞬间，我认为自己真的不在那儿了。

（选自 2014 年《果仁》APP 第 75 期）

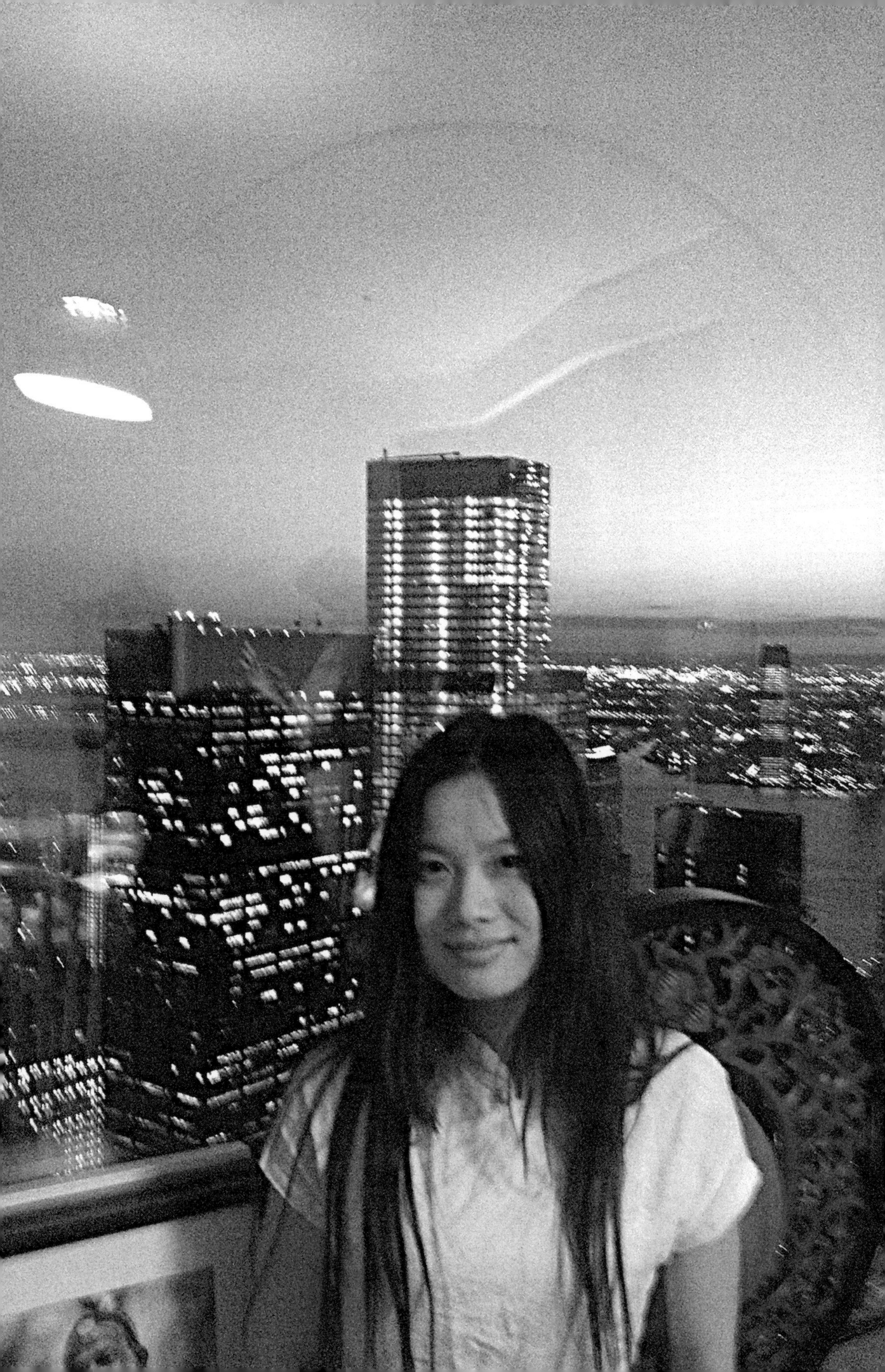

李静睿

李静睿,1982年生,毕业于南京大学,做过八年记者。出版有随笔集《愿你的道路漫长》,短篇小说集《小城故事》和长篇小说《小镇姑娘》。

北方大道

1

纽约大概从早上六点开始下雨,明明睡得黑沉,还是清晰无误听见水声。梦见自己要去把水龙头拧上,却怎么都拧不紧,林立成越睡越焦虑,终于一路睡到噩梦,又终于从梦里醒过来,出一身虚汗,打底T恤湿乎乎贴在身上。他倒是习惯,反正不做这个噩梦,就会做另外一个,相形之下,他愿意去拧一个永远拧不紧的水龙头。

起床上厕所的时候刚好六点半,林立成发现自己忘记关窗,书桌上站着一只鸟,淋湿了翅膀,正在一口口啄他最后两片面包。面包本来应该放进冰箱,但前几天冰箱坏了。家里的东西分批分次坏掉,厕所里总是黑着灯,四个灶眼有三个出不了气,沙发的一只腿瘸了,每天晚上林立成看一会儿书会突然歪一下,又调整回来继续看。房东是个中年广东男人,舍不得花钱请工人来修理,被林立成逼紧了会自己拎个工具箱过来,敲敲打打一会儿,有时候灯就又能亮几天。林立成站在边上看着,也会微弱地表示一下意见:"你这样不行,美国的房东都是包修理的,你再这样我就去投诉了。"其实他也不知道到哪里投诉,他在北大读的是国际政治系,来美国后四处做了一通访问学者,哈佛耶鲁都待过,到处都能领到支票,最远去到芝加哥,和当时的女朋友在密歇根湖边上做爱,两只海鸥站在不远的地方看着他们,叽叽咕咕叫几声,林立成努力想集中精神,却还是渐渐疲软下来,拉上拉链。走了大半个美国,最后回到纽约,却也是每天打开中文的《世界日报》，林立成没有住在纽约，他只是住在法拉盛。

房东赶紧递上来两根烟，广东话夹杂着普通话说："不要这样啦，大家都不容易啦，我还欠着移民律师两万块啦，请个工人，什么都不做，上门就是八十啦，大家都不容易啦。来，抽支烟，亲戚从国内带过来的软中华。"烟还没抽完，林立成又已经软了，是不容易，大家都不容易，所以还是去厕所的时候拿上手机。APP里有一款手电筒，白晃晃照出前路，林立成偶然从镜子里看到自己的脸，因为太过让人惊恐，他只好装作这件事从未发生，啪地关掉手机屏幕，摸黑走回床上。

上完厕所后他彻底清醒了，索性抽了支烟，十四块一包的硬中华。那只小鸟还在，面包被戳出一个洞，几缕烟绕成圈吹过去，它也没有抬头，林立成突然认出这是普通燕鸥，他之前的那个女朋友（也许只能称之为女人）喜欢鸟，半年多前拉着他去过一次中央公园。两个人坐七号线到时代广场，然后一路往北走进公园，坐的是慢车，晃晃荡荡快一个小时才到，走到一半林立成就开始坐立不安，许久没有出过法拉盛，一出地铁林立成惊恐地只想找地方撒尿，好像他是一只养在皇后区的猫，唯有如此才能划定活动范围。最后是在AMC电影院边上的一家麦当劳完成这件事，撒到一半进来一个黑人，林立成赶紧穿上裤子出门，所以整个下午他都觉得自己处于未完成状态，肚子里哐当作响，进了几次卫生间还是如此。

中央公园边上照例是酸酸的马粪味，仔细一闻还有一股在法拉盛韩国餐馆里常有的野葱。马车上是污脏的红色丝绒座椅，林立成担心女人拉着他坐上去，他不想出那五十美元，更不想在曼哈顿上城这样明目张胆地存在，公园附近住着不少他交往频繁的中国人，哥大的访问学者、对八十年代满怀想象的学生，还有那些研究中国的美国人。林立成担心在这里遇到他们，对着刚刚开始落叶、间或有松鼠蓬着大尾巴跳过的中央公园尴尬冷场，这里过于含情脉脉，难以启动对中国未来的讨论或者对往事的回忆，而除此之外，林立成又觉得自己和他们无话可讲。

李静睿 ｜ 北方大道

其实他对谁都无话可讲。

还好女人只是拉着他一路走到湖边，然后指着地上的一只鸟说："看到没有，那是普通燕鸥，Common tern, 还有一种有黑眼圈的叫加拿大燕鸥，Forster's tern."林立成竭力做出感兴趣的样子，燕鸥雪白雪白，有红色的尖嘴和爪子，头顶上是一片漆黑的羽毛，林立成觉得颜色配得不错，如果按照这个比例做一套内衣穿在女人身上一定好看，她也是四川人，皮肤白得看见血管，眼窝下面总是发青，可能跟加拿大燕鸥更像一点。过了一会儿那只燕鸥飞走了，又过了几天，那个女人也走了，林立成没有留她，他喜欢晚上睡觉的时候把手放在女人的大腿上，也舍得周末带她去东王朝吃个海鲜自助餐，但他也不知道何以为继，所以就这么算了。他们在一起刚好三个月，一段既不让人尴尬、也说不上遗憾的关系。

林立成半年没有做爱了。大年三十前后那几天下大雪，他把暖气开到 72 摄氏度，还是每晚三点准时冻醒，下半身尤其凉得慌。大年初三他想找个妓女算是过年，走到缅街上茫然逛了半个小时，平时无处不在的小广告一下子齐整整失踪，好像这个行业也在休春假，街头锣鼓声尖厉地刺痛耳膜，几只短短的龙跳进商铺讨要红包。最后一无所获，林立成只好在新世界商场楼下胡乱吃了碗羊肉烩面，回家继续上网找，斟酌了很久不知道用什么关键词搜索，打算放弃的时候意外在门缝里看到一张彩印小广告，上面有个看不清样子的大胸少女，穿玫红色三点式，广告词是"少女上门服务，小身体好酥"，下面是英文和西班牙语。法拉盛有时候会有墨西哥人过来，据说他们喜欢胖胖黑黑的中国女人，小腿敦实屁股下垂的那种。广告上印的电话林立成最后没有打，当天晚上雪就停了，气温慢慢往上走，有时候半夜醒过来也会思念很酥的小身体，林立成就竭力回想那张广告上的大胸少女，浑身上下 PS 成一片惨白，隐隐约约露出粉红色乳头，然后自己解决了，那张小广告他没有扔掉，一直放在窗台上。

今天晚上林立成要去见王凌薇，大四的冬天他们在博雅塔下接吻，嘴唇碰到嘴唇，林立成没有伸出舌头，他觉得以后还有时间。燕鸥终于飞走之后不久，雨也渐渐停下来，林立成犹豫了几分钟，坐下来把那片有洞的面包片吃了，中间的位置略微潮湿，但他并没有别的选择，这是最后的面包。他看见窗下邻居家门前的连翘开出第一朵黄色小花，春天已经到了，这是另一个春天，原来他总是没有选择，原来他和王凌薇不再有时间。

2

林立成在 1990 年 6 月来到美国，第一站就是纽约，在肯尼迪机场下飞机后有一群不认识的学生来接他，带着一大束花，大家轮番拥抱，都落了泪，那束花最后被挤碎了，黄色雏菊的汁液洒在白衬衫的衣襟上，那点颜色始终没有洗去。林立成是四川人，不喜欢菊花，总觉得自己就像是一年前已经死去的那个夏日夜晚，现在正在被轮番拜祭，墓碑上空无一字，坟还修到了美国。纽约满街都是灰黑色的鸽子，北京只有傍晚时分漫天飞过黑鸟，叫声嘶哑，仔细一看都是乌鸦。

大家都叫他"英雄"，林立成开始有点心虚，后来也习惯了。他在监狱里待了六个月，并没有立案，就是那么语焉不详地关着，里面伙食不好，出来后很长一段时间里林立成都觉得吃不饱，十二点吃一大碗卤肉面条睡下去，五点又得饿醒，床边就是饼干桶，拿本书垫着窸窸窣窣吃两块，才又能睡两个小时，沉甸甸的食物让人安心。刚开始他四处被请，酒桌上被叫了不知道多少声"英雄"，顺着整只整只的烧鹅吃下去，饭后还有带来的马卡龙做甜品，三个月胖了三十磅，后来又渐渐瘦了下来，现在体重跟二十三年前几乎一模一样，他连头发都没有怎么少，只是略微斑白，书桌上放着一张他刚到美国时在哥大图书馆门口拍的照片，

李静睿 | 北方大道

骤眼望去和现在并无区别，不过被人抽去了魂魄。

回纽约后他就一直住在法拉盛，房子在北方大道和 150 街的交界处，那里其实已经到了韩国人的地方，两个街口外就闻到泡菜味，院子里堆满了大白菜，像是北方的冬天，有时候他会恍神，觉得自己已经回到北京。他艰难地找到了一个中国房东，林立成不想跟中国人住太近，却又不敢住太远，房子是一栋 Townhouse 的三楼，他不想走前门和楼下住户遇上，就总从防火梯爬下去，三年里他一次也没有在这附近遇到过什么人，林立成希望自己遇到人的时候已经完全准备好了，在法拉盛以外的地方，他总是准备好的。

窗外有一棵椴树，春末的时候开出满树小白花，花香有点像四川老家的茉莉，林立成一直没有回去过，他其实也不确定自己能不能回去，但经历类似的人都说不行，他就懒得往返几次中国大使馆，他根本不想去曼哈顿，他也拿不准自己是不是那么具体地想回去。大使馆在四十二街的尽头，正对着那艘航空母舰，林立成去年才知道它叫无畏号，也是前一个女人告诉他的，纽约的中国女人好像什么都知道。有一次早上做完爱，女人一边穿内衣一边说："我们等一会儿下午去看无畏号好不好，那边上有家川菜馆很好吃，回锅肉是用蒜苗加青红椒炒的，泡菜里有鲜菜头。"林立成漫不经心地抽烟，又漫不经心嗯嗯啊啊了几下，但最后还是留在法拉盛吃了晚饭，法拉盛有朵颐和川霸王，哪里的回锅肉不是蒜苗加青红椒，鲜菜头中国城超市里就有。女人没有说话，只是闷声吃完饭就回了家，没有继续住下去，林立成后来才想起来，不知道从什么时候开始，她渐渐也就不说话了。

其实也没有怎么缺过女人。刚开始几年从中国来的学生相当受欢迎，美国女人也凑上来，美国太平静了，稍微有点起伏的故事都成为春药。在哈佛当访问学者的时候林立成有几次机会，三十多岁的犹太女人在他房间里谈阿伦特，谈完了一直不走，嘴唇嫣红，谈极权主义也像在号召接吻，林立成终究是把她送下了楼，楼梯又陡又窄，林立成从后面看见她右边乳房上浮动的红痣，当然也有点后悔，但那个时候他觉得自己不能和别人一样，"别人"到底是谁，他又有点糊涂。后来中国男人的风头过了，从东欧进来的男人们开始讲柏林墙和七七宪章的故事，他们个子更高，有实打实六块腹肌，能顺畅地用英文和德语读诗，春药的效果想起来会更加猛烈。

二十三年里林立成有一次差点结婚，那个时候他在旧金山，有人拿到美国国务院的一笔资金，成立了一个研究机构，这也是林立成在美国仅有的真正拥有一份工作的两年，税后两千五，保险自理，他就一直没有买保险，他有来自法拉盛的板蓝根，一感觉发热就冲两包，肠胃不舒服喝半瓶藿香正气水。

胡敏之是加州伯克利的研究生，专业忘记是经济还是管理，他们好上的时候她快毕业了，两腿晒得漆黑，因为老去裸体沙滩，脱下衣服连比基尼线都是黑的，林立成不大清楚胡敏之为什么看上自己，他是个在加州几年都还坚持苍白的男人，上床的时候不想开灯，一切在黑暗中静悄悄进行。

胡敏之毕业后没有找房子，搬进了林立成的公寓，她出钱把家具全部换成实木，又买了整套瓷器，每天早晨上班前煮好咖啡，又煎两个蛋，咖啡杯和瓷盘上都画着一只蓝色的鸟，林立成有点在这些蓝色里沉溺下来，却还是想挣扎。有一个周末他们一起开车去圣地亚哥的 La Jolla 海岸看海豹，天空是一种让人心惊的蓝色，胡敏之穿一条蓝色无袖长裙，什么式样都没有，腰上系了一根白色皮带，古铜色平底凉鞋，鞋面上有一块蓝色玻璃，走在木质廊桥上那块玻璃一直反光，蓝色铺天盖地而来，林立成觉得睁不开眼，几乎就要求婚。但天突然阴下来，他一下恢复了视力，说："走吧，今晚我们去洛杉矶住好不好？看起来要下雨。"

又过了大半年，研究机构的钱终于花完了，林立成回到纽约，胡敏之找了个货运公司，把全套家具运过来，现在就放在房间里，林立成每天拉开古铜把手拿

李静睿 | 北方大道

衣服，并没有总想到胡敏之。那套瓷器留在了旧金山，她大概还是天天早上煮咖啡煎鸡蛋，还是那只蓝色的鸟。林立成有时候会想，可能两个人都觉得幸亏。

3

约会定在六点半，是 Little Tokyo 里的一家烤肉店，地点是王凌薇选的，她的宾馆走路就能到这里。林立成也愿意吃烤肉，实在无话可说的时候就能低头烤一会儿五花肉鲜牛舌，油滴到炭火上嗞嗞作响，就像有一个努力圆场的人坐在边上。他四点就出了门，还是坐七号线到时代广场，还是半路就开始惊恐不安，还是一出地铁就找麦当劳上了个厕所。本来应该转 R 或者 N 线坐到 NYU，但林立成决定走过去，也就不到四十个街口，地上还微微积水，林立成一路留心自己的皮鞋和西裤没有被溅上泥点。他今天特意打扮过了，灰色西装是成套的 Tommy，有一年圣诞节打折的时候买的，不到 300 美元，偶尔参加会议他就把这套和另外一套藏蓝色 CK 轮换着穿，但是会议渐渐少了，来来回回都遇到同样那几个人，来来回回说着同样那几句话。发言的时候林立成总觉得尴尬，盼着这一切早点结束，他能回到北方大道的家中，重新穿上 Walgreens 里买的 T 恤，十块三件，美国人的中码也大，身体躲藏其中，灵魂就没有那样突兀。

他和王凌薇是在微信里重新遇上。有个大学同学建了一个群，把他们都拉了进去，几十个人有一句没一句地在群里说话，不过是一团混乱，林立成很少发言，但他每天睡前都会把当天群里的消息全部看一遍，有些人懒得打字，他就会一遍遍听那些语音，把手机开到最大声。私下里的第一句话是王凌薇主动说的，不过是打字："你现在是不是在纽约？我下个月要过去开几天会，方便的话出来见见吧。"

林立成当时就看到了，但是过了半天才回复，算准时差，北京正是半夜："好的，我的电话是（917）-982-5982，你到时候联系我。"

　　中间的一个月他们都没有再发过微信，一直到前天他接到电话，王凌薇的声音跟大学时候一样有点沙哑，语速很快，每一句话好像都在着急着下一句要赶紧说出来，但是约好时间地点后她突然慢了，说："我到时候穿蓝色风衣，怕你走进来认不出我。"

　　王凌薇一走进烤肉店林立成就看见了，蓝色风衣一直长到脚踝，下面是黑色细高跟鞋，吃烤肉得脱鞋，林立成偶然看见她黑色丝袜里的脚趾，身体却没有意想之中的反应。她还是鹅蛋脸，看不出来有没有化妆，但明显涂着大红色口红，暖黄灯光下皮肤略微松弛，颜色是一种发青的雪白，她依然是个美人。王凌薇坐下来说："纽约今天刮风，头发都吹乱了。"好像他们昨天才去了未名湖，现在正在学五食堂吃鸡腿饭。

　　肉一样样端上来，王凌薇点了两份牛肝，烤起来一股腥味，林立成还是吃五花肉，包在生菜里一口咬下去，他没有加蒜片，虽然两个人面对面坐着是一个足够安全的距离。烤好的牛肝渐渐凉下去，香菇和红薯片还在烤盘上翻面，他已经知道王凌薇几年前离了婚，现在一个人住在北京。"就在蓝旗营里面，你记得吧，挨着清华南门，北大东门走过去也不远，现在那里有家书店，老板以前也是北大的，和你的经历差不多，进去了一段时间，又出来了。"她前夫是北大某个理工科教授，离婚后把房子留给她，王凌薇后来读了一个北大的法学硕士，现在在外企做 in-house 法律顾问，就在五道口上班。"你知道现在我们怎么说五道口吗？世界的中心。"很多年以前，北四环外就是郊区，两个人各自骑一辆自行车去双榆树，那里有一条路，白杨长到天上，银杏落下心形黄叶，他们以为这条路通往未来。

　　林立成一直等着王凌薇问他这二十几年怎么过的，他倒也不恐慌，反正每次

李静睿 | 北方大道

见国内过来的人都得回答这个问题,林立成疑心自己已经默背出了正确答案:"我也不知道,反正就这么过了,当然没挣到钱,但不知道怎么也没饿死,要是以后真的熬不下去了,我就为中国超市开卡车运货去,在美国也就学了这么一门技术。"然后哈哈笑出来,猛灌一杯啤酒,没人会继续问下去,一股心照不宣的怜悯在饭桌上蔓延开来,林立成渐渐觉得恶心,纽约的中餐馆口味太重,回锅肉到最后咸得下不了筷子,连炒个凤尾菜,也汪在油里。

但是这次他说了另外一个未经仔细编辑的版本。也许是最后上的抹茶蛋糕味道正好,也许是王凌薇吃到后面口红渐渐晕开,苍白的脸随之晕成红色,林立成也觉得自己跟着那颜色舒展开来:"开始十年就是在各个大学里转,你知道,那个时候从中国过来的人也好申请资金,有时候同一个项目,学校和外面的机构可以给两份钱,我就尽量把其中一份存起来,那个时候我就知道,这种日子不会长久的,我得有点打算。

后来果然申请不到钱了,我本来想读个博士,但是美国的文科博士一读就是七八年,我觉得自己有更重要的事,就一直犹豫没有申请。后来才知道,其实没有,哪里有什么重要的事,我又不是什么重要的人,再后来心就散了,没法再去读书了。工作?大部分时候我都没有工作,在各种研究机构里挂个名,有时候靠积蓄,有时候靠不知道哪里来的一点钱,帮人做点什么事,反正总在觉得好像熬不下去的时候,发现自己又熬下去了。存款是几乎没有的,这几年我一直替一个机构编电子杂志,他们给的报酬很少,但是给我买保险,你知道吧?在美国只要有保险,心里就不怎么慌了。

不不不,我不是太穷,我租的房子在法拉盛,是一个 house 的一层,有两个卧室,房子有点旧,但是在纽约能住这么大也算还可以。我从来没有为吃饭紧张过,每年还能去欧洲逛逛,有时候抓着开会的机会,有时候老早买好特价机票。你去过威尼斯吧？我觉得我想死在那里，那个城市跟我差不多，一直都在下沉。有个诺奖诗人，苏联人，流亡后也是住在纽约，好像就在东村，离这里很近。他死后就葬在威尼斯，苏珊·桑塔格就说，这是他的理想归宿，因为威尼斯哪儿都不是。

别担心我，我没有过得多差，我只是过得……和之前的想象不一样。但是你说过谁过得跟想象一样呢，你也不见得吧。"

账单送上来两个人加税80美元，他写了一个20%的小费，王凌薇没有听完故事后就抢着买单，她去了一趟洗手间，回来的时候已经补好了口红，可能也又补了粉。林立成有点想念她刚才的样子，脸上微微出了油，烤肉的时候靠近了，看得到额头眼角都有细细皱纹，他对着现在的王凌薇也就是无话可说了。

林立成送王凌薇到SOHO的宾馆，雨已经停了，走了一会儿还是知道裤脚上糊了不少泥，林立成有点着急，得早点回去把裤子脱下来擦擦，不然拿去干洗又是十美元。刚才烤肉店里被炭火慢慢烤出来的情绪迅速散了，王凌薇走在边上，也只是一个上了点年纪的漂亮女人走在边上而已，林立成觉得曼哈顿的晚上灯光太亮，他想回到黑漆漆的北方大道去。

走到宾馆楼下，王凌薇突然说："要不你上去喝杯茶，我带了一点今年的新茶，是六安瓜片。"

4

王凌薇裹着床单去洗澡的时候是凌晨两点，林立成喝了一口茶，他这才想起王凌薇是安徽人，这是她的家乡茶。以前每年放假他送王凌薇去火车站，她总要说："立成你什么时候来我家，我们去宏村住两天好不好，最好是春天，我们逃一周课过去，赶上油菜花开的时候，山上还有杜鹃，每顿饭都能吃笋。"

李静睿 ｜ 北方大道

他们接过吻后不久，林立成答应第二年春天就跟她回去，谁知道四月初王凌薇的父亲病重，她匆匆赶回家去照顾，第一封信寄到北京的时候，林立成已经几乎住在广场上。信是同学带过来的，打开就是两句海子的诗，一句是"你是我的　半截的诗　半截用心爱着　半截用肉体埋着　你是我的　半截的诗　不许别人更改一个字"，另一句是"坐在烛台上　我是一只花圈　想着另一只花圈　不知道何时献上　不知道怎样安放"。她回家前就知道海子死在了山海关，哭了几次，林立成在宿舍楼下抱住她，一字一顿地读诗："黄昏是我的家乡　你是家乡静静生长的姑娘　你是在静静的情义中生长　没有一点声响　你一直走到我心上。"那是在三月底，两个人都还穿着鼓鼓囊囊的棉服，抱得久了林立成的手开始移动，想伸进衣服里，但进入最后一件棉毛衫的时候停住了，他觉得以后还有时间，林立成记得他几乎隔着棉毛衫握住了王凌薇的乳房，不算大，只是极软。在里面的时候，林立成想到那种感觉，会忍不住向虚空中伸出右手。

那封信林立成看到后就觉得不祥，他没有立刻给王凌薇回信，广场上越来越乱，后来也就忘了，一直到进监狱的时候换狱服，才在夹克的内袋里找到，一张纸叠出了深深折痕。出狱后他把那封信放进一本《首脑论》，从中国带到美国，却再也没有打开过，今天出门前才翻出来放进了钱包。把这封信递给王凌薇后一会儿，她就慢慢凑过来，酒店里的暖气可能有75摄氏度，她只穿了一件薄薄的白色丝质衬衫，下面是烟灰色一步裙，乳房边缘蹭住林立成的手臂，那种极软的触觉又回来了。林立成想争辩，带这封信出来不是为了和王凌薇上床，但他有点担心他们不会再有时间，所以他选择一把拉下那条裙子，裙摆太窄了，几乎卡在大腿的中间，最后终于掉在了蓝色地毯上。

做完爱后他们在床上说了一个小时话，这一个小时就像直接把中间的二十几年时间剪断，用今天的胶布直接贴到了大四的春天，他们正计划着一起留京，然后分一套房子。

　　王凌薇说，她可以来纽约读一年的 LLM，考一个纽约州的 BAR，即使考不上也没关系，她有点存款，蓝旗营的房子卖掉还起码值一百万美元，足够他们住在新泽西或者康州。

　　林立成说，我什么都没有，但是我过去这么些年没有想过要结婚，要是你真想好了，我们明天就去纽约市政大厅登记吧，等会儿天亮了我们去第五大道逛逛，买个小戒指，蒂凡尼好不好？如果只是一个指环，我还是买得起。

　　王凌薇从洗手间里出来给他倒了一杯红酒，又洗了一盒草莓，把一个特别大的草莓喂进他嘴里，说："你看，要是当年你跟我一起回老家多好，我们就都算躲过去了，你这二十几年有什么意义，全浪费了。"

　　林立成明明握着红酒杯，不知道怎么就慢慢浮起来，他看见自己把杯子扔上墙壁，千万片碎开来，血一样颜色的液体渐渐从墙壁渗进去，但是血会凝结得更快，即使是北京的六月，闷热难当的深夜。他又看见自己打开房间门走出宾馆，一口吐出那半个在嘴里转来转去的草莓，同样是血一样的颜色，只是里面混着一点固体，就像含了打得零零散散的肉，他知道那一摊印记始终不能消去。

　　林立成在凌晨四点回到北方大道。他从窗台上拿起小广告。一个多小时以后，有个安徽姑娘就躺在了怀里，小身体很酥，他觉得这五十美元实在值得。

（2014《新世纪》周刊第 593 期）

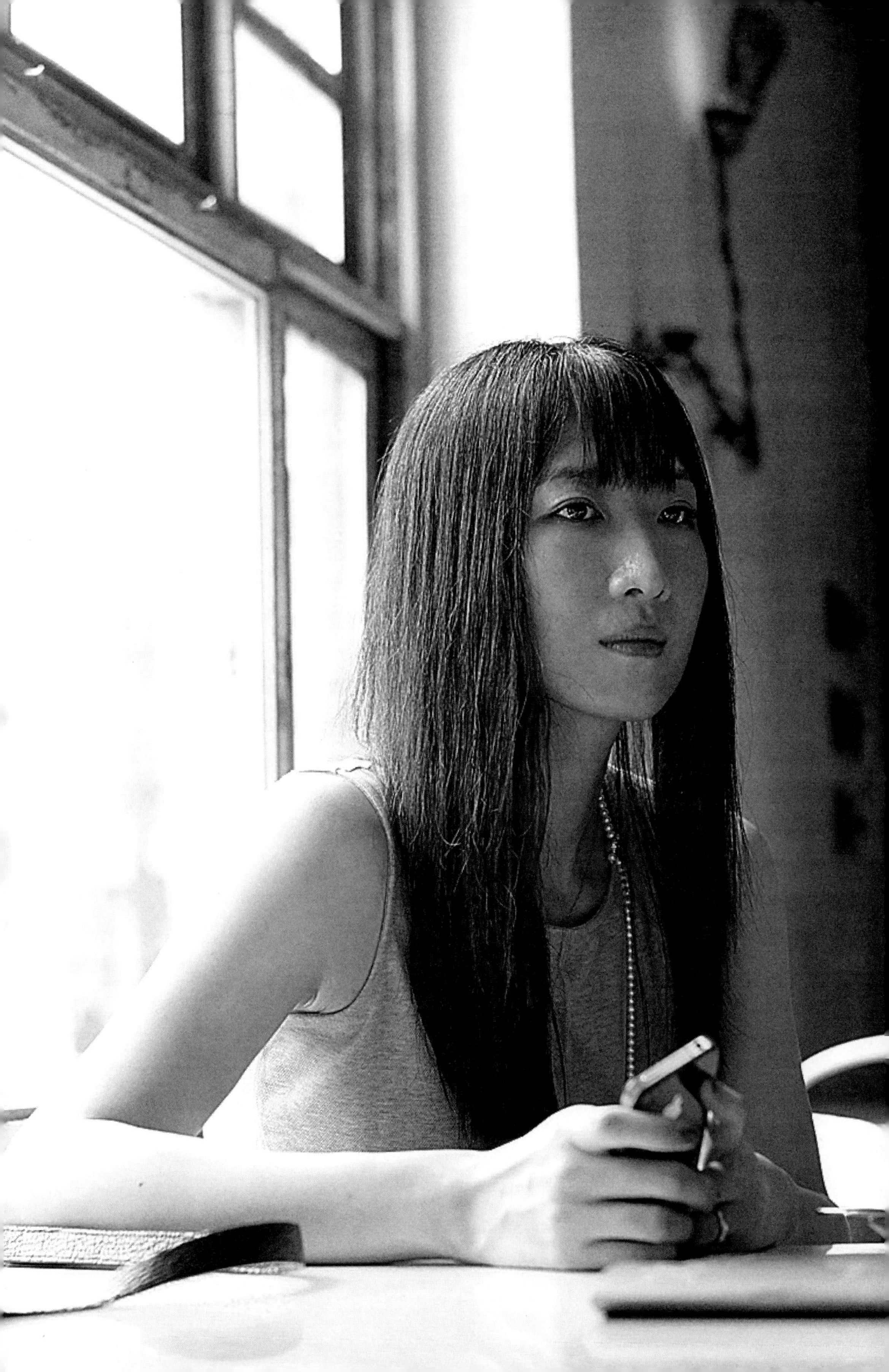

陈　幻

陈幻，1981年10月出生，曾用笔名水晶珠链，现居北京。著有长篇小说《危险》，作品集《偏要是美女》等。曾获"榕树下首届网络原创文学奖""《诗选刊》2003中国年度先锋诗歌奖"。

人生规划

1

孔莎莎又不见了。

国贸商场长长的电动扶梯上，蒋子东还站在三分之二处，孔莎莎不知何时已经先蹿上去了，从他眼皮子底下消失。他快步走上剩余的十几级台阶，打量扶梯两侧的品牌店，寻找那个移动的 M 形几何图——孔莎莎连衣裙的带子在她后背勒出的图案。如果离得近，皮肤上还能看到汗毛和青春痘。

他东张西望地向前漫步，一边伸长了脖子，等着一身绿裙子的孔莎莎从哪个店里冒出来。她的四肢和表情总处于很松散的状态，时刻都像正在道歉，让想骂她的人都觉得很没意思。

多年没逛过街了，今天逛了一个多小时，蒋子东不厌其烦地伸手撩起那些夏季新款，跟孔莎莎讲解，这些东西比她身上那件破烂儿贵二三十倍是多么有道理。他自认不管任何时候，他跟世界上的好东西都没有隔阂。

经常还在他说话的时候，孔莎莎就没影了，一直走马灯似的走在他前面。

走到 LV 店门口黄色的灯光里，他一步也不想迈了。有些烦躁。孔莎莎会不会是先走了？

尽管每次他都最终找到了她，可每次都情不自禁去想象一些背叛的场面。一个在他看来傻得冒泡的人，突然做出超出他预判的举动，像是那种犯罪影片里隐藏最深的人。他也不知道一九九〇年出生的孔莎莎为什么总带给他这种不安全感。

"我都逛完三家啦！"孔莎莎从他身后跳了出来。

"孔莎莎！你他妈就是这么照顾病号的？！"蒋子东骂完孔莎莎，自己也笑了。

住院的时候，他也经常这么大喊一声孔莎莎的名字，有时是趴着，有时是在人来人往的住院部走廊。两个月前，因为腰椎间盘突出，他住进协和医院。在那里，他腰椎4/5节处被医生植入一块钛钢板和六只钛钢钉。还有孔莎莎。

那一个多月里，只要孔莎莎出现在骨科病房——到后期他仅凭脚步声就能分辨这一点，她走路的声音特别热闹——不管当时他在输液也好，在排脓血也好，一定会把脸转向她。太矮，太胖，肤色太黑……不管他怎么打击，孔莎莎永远喜气洋洋地贫上几句。

也许是生意场上多年养成的习惯，蒋子东跟女人相处时也喜欢先贬低对方价值，打击对方的自信。如果不算上他老婆吴萌，这招在多数时候的确奏效。那时他就发现孔莎莎有着让人惊讶的心理素质。

离开商场前的最后几分钟，蒋子东在CHANEL店里看中一套白色洋装，那让孔莎莎肤色看起来没那么黑，身姿也更加挺拔。为搭配这套衣服，他还给她挑选了珍珠项链、高跟鞋和包。

在专卖店柔和的灯光和香味烘托下，穿戴一新的孔莎莎确实比过去"贵重"多了。只是她自己还不太适应，照镜子时表情很不自然。

蒋子东还是坚持把这些东西买了下来。

二十四岁的孔莎莎最后一次从试衣间出来，换回自己那件没什么腰身的湖蓝色连衣裙。轻薄蓬松的质地，加上肩膀上四根莫名其妙的带子，远远跑来时，像一只结构复杂的绿色蛋糕。那一刻蒋子东觉着，也许直到他们上了床，他才能找回点医院里那种奇妙的时光。

陈 幻 | 人生规划

电梯向 23 层攀升,就他们两个,通往这次约会的终点。

"这是哪儿呀?"明亮的电梯间,孔莎莎好像突然醒了。

蒋子东说了一个楼盘的名字。

"我知道。可这是什么地方呀?"

"一个……熟人家。"蒋子东不太想说话了。

孔莎莎"哦"了一声没继续问下去,对着电梯镜子,一会儿弄弄睫毛,一会儿动动头发,一会儿把电梯灯箱上的整容医院名字念出来。电梯都变小了。

通过这大半天相处,蒋子东发现了,孔莎莎说"我知道"的时候,也无须太过紧张。不管他说什么,她都迫不及待地"我知道"。刚才还问车是不是开在三环上。

饭桌上,跟她讲解半天他的电力公司到底是干什么的,譬如一栋楼里,所有涉及电的部分——电线、电表、发电系统等,都和电力公司有关。孔莎莎好像真知道了,过了会儿又问他们公司管不管修电脑。

她一直是这种沉浸在自己世界里自给自足的状态,蒋子东觉着,自己只有喝多了才会像她这样。他甚至回忆了一下自己像她这么大的时候,是否也是这么个情况,得到的结论是否定的。假如他也对什么事都不上心,不可能过上今天这种生活。哪怕在她这个年纪时,他也像一台随时待命的天线。

他的电力公司二十年间从三线城市发展到北京,扩张到目前几百名员工的规模,心不在焉的人根本做不到。他的腰椎间盘突出就是最好的证明,为了给公司寻找源源不断的订单,常年跟供电局大小头目打牌,一输就是多少年。做手术前小半年,他腰疼得都几乎没法走路。

他瞄了一眼电梯里的镜子,比起孔莎莎,他也像没穿对衣服。条纹 T 恤加黑色西裤,生怕别人不知道他的岁数似的。里面还裹着一圈固定腰椎的护腰,这东西最近成了他必不可少的一部分,那里面有排钢钉,像盔甲一样支撑着他的腰。

只要他想，随时能感觉到被钉子支撑的不适感，所以他总是站得笔直，像个杂技演员。

医嘱出院三个月内不能剧烈运动，这才一个多月，真没问题吗？这是第一次跟孔莎莎上床，也是术后第一次做这件事，且不说面子问题，自己在医学方面又没掌握特殊技能，凭什么觉得这件事就特别容易？他可不想再被推进手术室里……即使没那么糟，他也担心是否还能像过去那样自如发挥。刚这么一想，腰部就像是被谁打了一拳。

这是东直门附近的一套复式公寓。几年前，一个生意伙伴以这个房子做抵押，向他借了笔钱，现在房子归他名下了。名义上是给儿子蒋飞扬住的，实际他曾以各种理由"征用"。有时是嫌蒋飞扬开销太大，有时是惩罚他把家里的宝马X5撞烂了。那时他们的家庭聚会经常以蒋子东咆哮、蒋飞扬交钥匙的场景告终。当然，蒋子东心情好了又会把钥匙归还儿子。

那是蒋飞扬上高中时的事了。现在他已经二十二岁，在政法大学读大四。

蒋子东用备用钥匙打开门，进屋时差点踩到门口的鞋。

各种款式的男鞋甩得满地都是，好像主人并未离开。蒋子东正有些慌神儿，就听孔莎莎在身后嚷嚷了一句他听不懂的话。

蒋子东示意她安静，凝神谛听，同时闻到房间里那股太长时间没人住过的封闭气味。二楼也极度安静，他这才安心地把灯打开。

儿子说是跟同学去非洲旅游一个月，过几天才回京，他今天可以放心使用这间房子。

"你刚才说什么？"他问孔莎莎。

孔莎莎已经绕过他，穿过楼梯投射出的螺旋状阴影。

陈 幻 | 人生规划

"我说的是日语——到家啦!"

蒋子东愣了片刻,怀疑自己是不是刚才不小心说漏了嘴。看着那个散架一般跑向客厅的背影,又觉得不能太高估孔莎莎说话的逻辑。

灯光下的客厅也显得有些凌乱,沙发扶手上散落着几件衣服裤子,玻璃茶几上还有半瓶洗发水和一大堆杂志。蒋子东四下看看,总觉得哪儿有些不对劲。儿子向来很爱收拾屋子,从前每次突击来这里,他都怀疑肯定住着一个女孩。随即他反应过来,想必这小子出发去非洲之前,有过一顿匆忙的打包。

室内布置是简单的北欧风格,灰黑色调为主,金属的装饰物,落地窗前,横着摆了一台跑步机,旁边地上散落着哑铃之类的健身器材。

孔莎莎一进客厅就跑到跑步机前,说还头回见人家有这种东西,扔下包就站了上去。

"别瞎动……"蒋子东警告的同时,孔莎莎正在操作板上乱按一气。指示灯亮起后,她便在上面吭哧吭哧跑起来,边跑边说起上个礼拜医院职工运动会她参加四百米接力的事。

运动中的孔莎莎显得比之前更壮硕几分,翻飞的裙子下面抖动的大腿肌肉尤其惹眼,蒋子东觉着她随时可能在跑步机上燃烧起来。

房间温度顿时升高。蒋子东一眼都不想再看了。

他完全不能理解锻炼这种事,他一直觉得儿子太在意外表了。从上高中起,蒋飞扬就对自己的身材精心侍弄,吃东西算卡路里,从不吃甜食或油炸物。近两年他们一家人在一起,蒋飞扬基本没什么话,蒋子东能想起来的画面,就是蒋飞扬扒着门框或是栏杆之类的东西,默默练习引体向上。

"靠肌肉吸引女人?想什么呢?!"蒋子东经常抚摸着自己隆起的肚子,看着儿子那些在他看来毫无用处的肌肉线条,"男人不靠这个!"

他等着儿子给他机会展示什么才是真正吸引女人的东西，可这种对话从来都没展开过。只有一次，蒋飞扬接过他的话头，淡然回答他不是为了吸引女人。

孔莎莎充沛的精力让房间显得有些憋闷，空气里突然弥漫着一股闲极无聊的气氛。蒋子东有点不知道这事该怎么进行下去。

他开了空调，又过去把窗户打开，楼下儿童嬉闹的声音、汽车开过的声音统统灌了进来，盖住了跑步机上鞋子摩擦皮带的声音。夜晚的北京灯火通明，远处亮着灯的楼房像透明的马蜂窝，蒋子东看了片刻夜景。

上次跟儿子见面，还是做腰椎手术的前一天。

五月份，北京的夏天还没完全到来，蒋飞扬那天带了一束用牛皮纸包裹的白色康乃馨来病房。面对这位唯一来医院探视他的亲人，蒋子东头句话就是骂他送白花是不是要咒自己手术失败。

因为不知道儿子给这场见面留了多少时间，蒋子东迫不及待把他觉得最恐怖的事一股脑儿往出倒。比手术失败更可怕的是，都要上手术台了，也没人跟他一起担心这件事。他跟儿子讲解手术的细节，医生怎么把他的腰打开，又怎么把钢板和钉子装进去，以后去机场安检是否能顺利通过。

他怕儿子无法完全理解手术失败的含义，还拿出手术风险单，把上面那些恐怖的句子念了出来。医生稍有差池，他后半生就得永远躺着。按手术单上的说法，这也是合情合理的一种结果。他看出来了，这个二十二岁的男孩完全不能理解，嘴角总是微微上翘，这让蒋子东觉着自己是个跟老师告状的白痴。

"手术单当然得把最坏的情况写上去，可你得看看撞上的几率。"蒋飞扬终于说了一句。作为读法律的学生，儿子第一次表现出专业素养。在此之前，蒋子东

陈　幻　｜　人生规划

固执地认为儿子每个月的花销多数用来买试题和找替身。

"你懂个屁！你这是跟老子显摆呢？！"蒋子东一吼完，左右床位两个病人都看着他。

他的确生气。他不需要别人给他讲解"风险"的意思，世界上还有比一个健康人和一个病人更远的距离吗？可惜没等说出他究竟需要的是什么，蒋飞扬就离开了。

见面半小时结束，甚至没坚持到蒋子东右边病床那个中年男人散步回来。那人跟蒋子东差不多大，是来做颈椎内固定的，脖子上永远戴着白色项圈，几个难看程度不分上下的闺女轮番来医院送饭，不够坐的时候，会坐到蒋子东床上。

总是独自一人的蒋子东，时常感受到来自右侧上空那股弥漫的优越感。他多次向护士投诉，说他们家属探视时间过长影响他休息。进一步导致他们关系破裂的，是蒋子东曾给对方上职高的闺女提出一些职业选择的建议。

"全班倒数第二？"当时蒋子东刚刚做完手术，人还趴着，听见旁边床位正在讨论考试成绩，他把脸转了过去，"咱都上过学，考倒数前三名的，其中两个是纯傻逼，剩下的那个是真不适合上学。"

作为一个成功企业家，蒋子东从不提没有建设性的建议，他愿意在自己的电力公司给对方闺女找个职位。对方却再没理会过他。

关系彻底搞僵后，他不得不经常把脸转向左边床位那个八十三岁的老头儿——每次蒋子东在病房跟孔莎莎说些乱七八糟的话，老头儿都会打开收音机听评书连播，以致蒋子东现在见着孔莎莎，都能想起那些评书的腔调，进而也像是被关进了一个老年人的百无聊赖。

那阵子他情绪的确不怎么好。

老婆吴萌不相信他的腰病是打牌打坏的，他住院期间，她去四川参加什么闭关修行。他在医院里闭了多久,吴萌就在山里闭了多久,电话还没信号,蒋子东想骂都找不着人。至于情妇张芸,倒是打过几个电话,可她说怕明目张胆来医院,吴萌会不高兴,而吴萌不高兴了,三个人就都没好日子过。也好,蒋子东也不想见她那张哭哭啼啼的脸。

就这样,蒋子东被周围几个懂事的人抛弃在了医院里。

他不经常反省自己的人生,可是那些面对医院绿色天花板的日子,他有很多时间想这个,有时想得哈哈大笑。他的确擅长处理复杂的人际关系,就像他的公司擅长处理城市里那些错综复杂的电线。住院后才发觉,正因为他处理得太好,彼此太融洽,他反而成了多余的。

康乃馨插在一个剪了口的雪碧瓶里,在床头搁了很长时间,直到叶子都脆了,水都发臭了,他才让护工给扔出去。为此孔莎莎嘲笑了他很长时间。

"真漂亮啊!"孔莎莎在他身后呼叫,"这是哪儿啊?"

蒋子东转过身,孔莎莎用嘴朝她正前方的墙上努了努,那里挂着一张长方形的海报。这照片以前就有,他从未仔细瞧过上面究竟是什么。

夜晚的森林,大面积彩色的光从画面顶部射下来,把森林之上的夜空照得十分绚烂。那种层层叠叠的色彩,好像阳光下气泡的颜色。

"电影海报。"蒋子东也不知道这是哪儿。儿子每天跑步就看着这张照片?

他看看满头汗的孔莎莎,正想硬着头皮问她要不要去洗澡,孔莎莎跳下跑步机,问他洗手间在哪儿。

耳根子终于清净。

蒋子东坐到沙发上。为了坐得更舒服,他把汗水湿透的黑色护腰摘了下来,塞进茶几的隔层,又用几本杂志盖上,像是藏匿什么罪证。

陈　幻 | 人生规划

　　瞬间脑子放空，身体完全软了下来，简直想直接躺下来。他做了个夸张的深呼吸，希望孔莎莎能在卫生间多耽搁一些时候。真是荒唐，如果见孔莎莎的目的就是等她消失在厕所里片刻的轻松，他现在已经觉着非常好了。

　　他看了看沙发扶手上蒋飞扬的衣服。自己那天在医院对他的态度实在不怎么样，毕竟他还出现了。从来不抱指望的人主动出现了。

　　他想起手术那天，麻醉之前，他一边跟医生开着玩笑，一边紧盯着床底白色瓷砖的缝隙，只为不去注意耳边那些金属碰撞的声音。那声音每听见一次，都觉着身体像被火焰夹击的纸片一样在缩小，当时脑子里回旋起儿子说的"几率"两个字。

　　与其说害怕再次手术，不如说他不想再体验一遍孤孤单单被推进手术室的愤怒。在病房外等他的，只有他哥和公司的一个合伙人，陪他面对一生中最大风险的就只有这么两位。那让他更没信心撞上什么好的"几率"。那时他觉着，孔莎莎勉强算是手术室外面的一个理由。

　　在那间病号平均年龄六十岁左右的病房，在抱怨声、叹气声和被疾病折磨的呻吟声组成的世界，孔莎莎的确是他每天睁开眼睛的动力。可是放在生活里，她那种活力又有些淤出来了。

　　这是在干吗？打退堂鼓？太可笑了。蒋子东站起来，活动了一下腰，没有任何不适感觉。除了后腰处还能摸到那个拉锁形状的伤口，他跟过去的自己几乎没什么区别。

　　蒋子东决定去冰箱里找点饮料。路过卫生间时，听见孔莎莎在里面唱歌，忍不住乐了出来。孔莎莎还是有可取之处，至少今天在饭桌上帮他下载了微信。她是他微信上第一个好友。他们还面对面用微信语音聊了几句，蒋子东当时紧张得脸都红了。

他就喜欢能带来新鲜内容的人。吴萌在这方面就特别差劲，仗着自己漂亮，不思进取。结婚三十年了，一家新的饭馆都没向他推荐过，总是要等蒋子东带着，等着蒋子东来告诉她什么牌子的衣服适合她这个身份的女人。早些年她因为蒋子东的情妇问题跟他吵架时，蒋子东总会拿这个作为给自己开脱的理由。

"你怎么不先好好反省一下自己——你还能给别人带来什么价值——"

这种事情总是越想越生气，他不仅让一大家子人过上富人的生活，还得教他们怎么才能活得看上去像一个富人。

打开冰箱门，他有些意外，里面居然放着好几瓶可乐和罐装啤酒。这对向来讲究身材的蒋飞扬来说太奇怪了，平时看见烟或酒，蒋飞扬表现得像个修道士。

他知道儿子并不欣赏他的生活方式，永远都跟吴萌站在一起。儿子看不惯他无休止地找女人，尤其受不了他总是暗示这是他的权利。即便嘴上从未激烈反对，蒋飞扬也会用实际行动表达这种反对。自己谈女人时，他总是冷漠地走开；自己抽烟时，他像沾到毒气。自己的爱好他一律不沾。儿子用他的自律、洁癖反抗他，好像这就能战胜他的基因似的。

能战胜吗？蒋子东从冰箱里挑出一瓶科罗娜啤酒，早晚还不就都这点事儿！

年轻时总觉着这些表面化的东西很说明问题，关键还是在于人可以多大程度掌控它们。如果有机会，他倒是很乐意跟蒋飞扬聊聊这个观点。

想到这里，他忽然振作起来，好像通过这番总结，重又体验了一把自己最辉煌的时刻。他第一次有些愉快地连接了一下孔莎莎的身体。

喝啤酒的时候，他顺便看了眼冰箱门。那里用彩色磁铁贴着十几张POLA相机拍摄的方形小照片。不必很仔细，就能发现全是蒋飞扬和同一个男孩的合影，背景是世界各地。毫无疑问是同一个男孩，他的脸是那种极有特点的惨白色。

其中有张酒吧背景的位于冰箱门正中间。蒋子东看清之后，觉着酒瓶壁上的冷气正扎进他的手掌。

那张照片上,蒋飞扬穿了件红毛衣坐在高脚凳上,同伴站在他旁边,侧过脸跟蒋飞扬接吻。两人身后是五光十色的酒柜。

蒋子东把所有照片都看完之后,下意识地扶着腰走到大门口,又仔细看了一遍散落一地的鞋。全都是男鞋。除了乱,刚才都没觉着奇怪,现在他可以确定了,很明显,这是两种号码的鞋。那个脸色白得像死人一样的男人,恐怕个子还不矮。

他终于明白蒋飞扬为什么说锻炼肌肉"不是为了女人",还有他说这话时上扬的嘴角。

房间今天变得不同以往,因为住在这里的不止蒋飞扬一人。

冰啤酒虽然已经下肚,冲上头的血却把他的脸涨得发烫。他不知道是否应该上二楼的卧室再检查一遍。

走回客厅时,孔莎莎还没从卫生间出来。这个新发现带给他唯一的好处是,终于找到一个不必考验他腰椎的理由。该把孔莎莎送回家了。

2

蒋飞扬回家那天,蒋子东从中午起就一直躺在床上。

休养期间,因为行动不便,他独自睡在一楼的小书房,床刚好卡在三面墙之间,拉上窗帘后分不出白天黑夜。现在腰差不多好了,他也习惯了这个屋子的小和封闭。

整个下午,两层楼的家里都没什么响动,只有一些细碎的脚步声、开门关门声。直到傍晚时分才传来连续的说话声。隔着墙听不见内容,只听见吴萌那个有些尖厉、骄傲的高音,非常刺耳,似乎要穿透墙壁。

蒋子东压根儿就没睡着，他听着儿子在门口换了拖鞋，经过客厅时，还拨弄了一下台球杆儿——客厅里摆了个台球案子，蒋子东腰没坏的时候，父子俩还经常能打上几盘。在不耍赖的情况下，他多是输钱给蒋飞扬。

蒋子东总结腰伤之后不能做的事情清单里，打台球也名列其中。

一阵窸窸窣窣的脚步声后，声音消失在待客厅那边。想必他们在待客厅的沙发上坐下了。听着这些动静，裹在毛巾被里的蒋子东，忽然觉着身体马上要散架了。

视线斜对角的位置有个什么东西在反光。他不记得那儿有镜子。盯着看了会儿，想起那是吴萌挂在墙上的唐卡，发光的是上面的金粉。

之前吴萌信基督教。有天蒋子东从外面回来，家里的十字架全没了，换上了五颜六色的唐卡。就连进门的玄关柜上也摆上一尊半米高的紫檀佛像，佛像前常年放着供品。吴萌手腕上开始变换各种颜色和质地的佛珠，出京理由也从此多了什么火供、禅修、闭关，三天两头往机场跑，搞得比他还忙。不管她信什么教，在蒋子东看来都是一回事儿。

书房的门被人推开，蒋子东用手挡住眼睛，吴萌逆光站在门口，叫他去吃饭。

"几点了？"

"今天就先好好吃顿饭吧，那事以后再说……"吴萌答非所问，"儿子飞机刚落地，累着呢。"

她没说太清楚，但他听明白了，昨天一晚上，他们就在这屋里争论此事。

头两天，蒋子东没想好该怎么跟吴萌说，他很难解释那天为什么会跑去儿子公寓。昨晚实在憋不住了，再说他和吴萌的关系也没法再坏。

"不可能。肯定是小孩闹着玩的。"吴萌当时就坐在他床边的脚凳上。他说的过程里，她头也不抬，一直盘着腿撕脚后跟的死皮。

"这么大岁数身边一点荤腥儿都没有，你不觉着邪门儿？"蒋子东很惊讶她如此冷静,"我周围像他这样的半大小子,不是忙着跟姑娘打炮,就是带姑娘打胎,蒋飞扬怎么这么奇怪?"

"别说大话了,你了解他吗?"吴萌两条清秀的眉头皱了起来,"你从来都不关心他每天在干什么,也不知道他每天在干什么。"

蒋子东正要狡辩,吴萌冷着脸问他——"蒋飞扬今年上大几?"

蒋子东答不上来。

"那你有什么理由觉得我儿子和别人的儿子不一样?"吴萌当时看他的眼神,除了轻蔑还有些得意。

蒋子东听到这儿就很不高兴了,他认为吴萌又想把话题引到一个庸俗区:暗示他把太多时间都花在别的女人身上。自打五年前情妇刘芸给他生了个闺女后,他们就更没法好好说话了。孩子刚出生那几年,他和吴萌每天都在争吵和谩骂中度过,一直持续到吴萌信佛才有好转。

"是,你养孩子有功了!"蒋子东说,"我怎么觉着,就算把蒋飞扬从小扔大街上,他都不一定能长成个同性恋!经你精心一饲养,他成了这么个玩意儿!"

吴萌这才把脚垂到地上,"如果蒋飞扬真是同性恋——"她脸部的肌肉也完全耷拉下来,回到她本来的岁数,"我听人说过,男孩变成同性恋,大部分是因为恨他们的父亲,他们不想跟他们的父亲一个性别。我管得再好,也没办法改变儿子对你的看法。"

究竟谁该为这件事负责,后面两人虽然还有激烈争吵,蒋子东那边其实早就垮掉了。蒋飞扬恨他。吴萌那话咒语似的贴在了他脑门上。

尽管他知道吴萌不定听哪个江湖骗子说的,又或者是听了很多句她只摘出最气人的一句,可他还是觉着被什么东西给罩住了。每每看见她,总有种灰头土脸的感觉,像被魔术师卷在袖筒里的兔子。

好像冰箱门上跟男人亲嘴的人是他。好像突然被发现是同性恋的人是他。好像那些尴尬的东西都来自他。

从前的他们，但凡讨论如何对付第三方，从未像这回这么失败。早些年他对吴萌性欲勃发的时刻，就是每每两个人讨论怎样从一个潜在客户那里套来订单，或是怎样将一个对方不可能接受的条件包装得不可拒绝。不用过多废话，两个人就你一言我一语把全部计划拼凑完成，跟这事本来就已经写好了似的。每每讨论到万籁俱寂，天什么时候亮的都不知道。

那时的吴萌总喜欢盘腿坐在他们北京第一间办公室的白色宜家沙发上，头发一会儿盘上去，一会放下来，反反复复，好像那能激发她更多灵感。他就喜欢她散落头发时，一双眼睛因为专注显得更加明亮。

"我是不要脸，你是压根儿没脸。"当吴萌这么说的时候，他会真心实意地大笑，感受到一些十分难得的东西。那东西有时又超越了性欲，以至他们有几次不得不分头回屋睡下。

这样的时刻，都是多年以前。

有了他俩的精确计算、天衣无缝的合作，电力公司正常运转，可供他们讨论的事越来越少，能让他们在阴谋中会合的机会越来越少，尤其在他明确地表达出希望吴萌接受他私生女那天起。

他们家的餐厅也就是平时的待客厅，空间很大，有明亮的窗户，摆了很多盆绿植，还有微型假山，通了电的模拟小瀑布哗哗流进一个模拟山涧。

《新闻联播》快开始的时候，这一家三口呈等边三角形分布在带转盘的红木圆桌前。

家里的厨师是个从四川请来的四十多岁大肚子男人，平时他做好饭，菜上齐，习惯点支烟站在门口,观看食客的表现。见哪个菜下得快,还会用四川话讲解一下里面又用了什么特殊的材料。今天他走到客厅门口,站了片刻就讪讪地走开了,顺带把阿姨们也轰回厨房。

蒋子东坐下来后就没正眼看过儿子。

蒋飞扬叫爸的时候,他"嗯"过一声,之后再不说话,一直埋头吃眼皮子底下出现的任何东西,上一筷子还没吃出来是什么,下一筷子紧跟着就伸了出去。噎着了就灌口酒,嚼到硬的就直接啐到碗里。

平时吃饭他也经常这样,所以没人要特别照顾他的情绪。不知道从什么时候起,当他们发现蒋子东情绪不好时,就各做各的,视他空气一般。

刚从非洲回来的蒋飞扬皮肤更黑,身材更加修长,好像从那个童年时代的小胖子身体里抽出来一个新人。他的长相介于父母之间,多数时候像吴萌,精神不佳或是沮丧时,某些角度又像蒋子东。

蒋飞扬也不主动说什么,吴萌主动问起他的非洲之行,他说看了野生动物大迁徙,非洲蚊子很多,随身要带钱以便应付那些抢劫的非洲人,等等。

蒋子东虽然没正眼看过儿子,可注意力一刻都没离开蒋飞扬那双碍眼的筷子。吃了几块牛肉后,蒋飞扬就只在转盘上慢悠悠地挑选一些绿色或根茎类的东西。看着不像吃饭,更像是谁请来的验菜员。加之耳朵里被灌进一些野生动物的事儿,蒋子东一时间甚至有过一种非常恐怖的感觉——坐在对面的儿子是一只羊,转过身就会继续吃他身后那棵发财树上的叶子。

有了这一感觉,蒋子东的状态愈发烦躁,贴着靠椅也不舒服,坐直了也不舒服。他也分不清那股腰间不适的感觉,到底来自医生植入体内的钉子,还是护腰上的钉子。一度还差点把牙签当成烟给点了。

吴萌一直表现正常,就跟他们昨晚什么都没聊过似的。她今天化了妆,穿着平时做瑜伽的全套浅灰色运动服,头发扎在脑后,神采奕奕。

"我已经好几年没见过二尺一的腰啦!"还在吃着饭,吴萌就趴到地板上,给蒋飞扬展示一个新学的瘦腰动作。

吃到后半场,蒋飞扬的苹果手机一直在响。尽管蒋飞扬刻意放慢了吃饭节奏,还是比大人吃得快,放下筷子后就总是低头看手机,偶尔飞快地在上面输入几行字。

手机每响一次,蒋子东觉着自己的神经就被揉搓一次。儿子这一系列动作让他想起见孔莎莎那天,那天的他也一直在跟她手里那个镶满亮片的粉色 hellokitty 搏斗。每换一个背景,孔莎莎就会噘着嘴、收着下巴自拍,甚至坐进他车里,跟方向盘合照完才肯乖乖坐好。其余的时间就是精选出一些尖嘴猴腮的照片给他看。相比起真正存在于这个世上的孔莎沙,她似乎更在乎手机里是否留下了孔莎莎的完美影像。

现在蒋子东审视那天的自己,从始至终都是他一厢情愿。一厢情愿地说话,付钱,付出时间。他在饭桌上讲了一大堆的人生哲理,希望她不再安于做一个护士。他由衷地认为,哪怕他们最终不上床,也不希望她就那么稀里糊涂地挥霍青春。到现在他也不觉着这种想法有错,他就是这么对待喜欢的人。可他却怎么也没法把那个沉迷在自己世界里的人叫出来。她甚至不认为刚有人为她花了六万多块钱,她有义务在吃饭的时候表现得专注一点。

蒋子东最终都没能脱掉她身上那件廉价的绿裙子。

"你哪怕是叫鸡呢!"喝汤时,蒋子东觉着肚子都快要炸了,脑子里的话没前言没后语就这么蹦出来了。他没觉着手上有什么动作,可原本摆在跟前的筷子,突然飞起来插到了鱼汤里。

陈　幻 | 人生规划

"蒋子东！"吴萌瞪着他。

蒋子东说完，自己也吃了一惊，不是决定不提这事吗？他发现自己正鼓足了勇气瞪着儿子。

"我为什么要叫鸡？"蒋飞扬的目光从手机屏幕挪到他脸上，表情略显困惑。

蒋子东把这几个字在脑海里过了一遍，又过了一遍，真被问住了。

蒋飞扬用湿纸巾认真地擦了擦嘴。他的嘴唇很丰满，微微嘟着，是那种漂亮的粉色。蒋子东真不敢想，这张嘴在这间房子以外的地方都干了些什么，那种恐怖的感觉像蛇一样贴了上来。

他躲开蒋飞扬的眼睛，也不想再往下说了。他说不出口。

实际上他就是那么想的，哪怕蒋飞扬滥交、吸毒，甚至杀了人，都要比他搞同性恋强。那至少都是些他见过的事。儿子说不上是他的骄傲，至少那就像对待自己身上的任何一个器官的态度。他今天不想谈这件事，就像不想有人给他的痔疮拍张高清照片。

他以为儿子会站起来离开，竟然没有。吃了一肚子乱七八糟的东西后，蒋子东觉着头有些犯晕，反倒是他从椅子上站了起来，先下了桌子，走到旁边的茶几上找到自己的手机，然后像个沉重的圆形炮弹一样，坐进了牛皮沙发缝隙里，把手机举到了脸前。

"他比我大六岁，学金融的。"蒋飞扬跟到沙发这边，吴萌随即跟了过来。

"我当时不愿意去美国上大学，就因为他。所以今天就不要讨论分手了，不可能。"蒋飞扬说，"我知道这种事没人支持，家人、朋友，谁都指望不上。虽然很难，但只要有充足的钱，也不算太难。只要我们做好没人支持的准备，就会努力挣钱，努力活下去。好在我学的这个专业生存下去一点儿问题都没有，哪怕将来我不在国内，干不了律师，挣钱方面我还是有点天分。而且，他很会做股票，他们一家子都是做金融的。我之前让他给我买过几只股票,已经赚够了去国外生活几年的钱。"

蒋子东因为肚子太胀,又不想麻烦自己的腰,只好头枕着沙发靠背,漫无目地看着手机上的短信。先是看了看以前的旧信息,又看了几条卖郊区别墅的垃圾短信,乱点半天之后终于把微信打开了,上面有他唯一的好友孔莎莎。

"至于做股票的本金,"蒋飞扬身体微倾,坐在斜对角双人沙发里,"一部分是我从小到大的压岁钱,还有一部分是我妈给的——当然,也就是你给的。你要实在接受不了,我可以把十八岁之后花你的钱还给你。我有账本,咱们可以一笔笔算,这笔钱我还付得起。当然,我这也算是在帮你做理财,提留一部分也是应该的。"

微信是孔莎莎装的,蒋子东还不太会用,单在主页上就愣了半天,每点开一个新的页面他都万分小心,生怕手机会爆炸。

半天没找到孔莎莎在哪儿。

"还有一个比较麻烦的东西。"蒋飞扬继续说,"你毕竟就我这么一个儿子,张阿姨岁数也大了,未必还能再给你生儿子,传宗接代这关你可能不太好过。关于这个问题,我也想好了,可以选择冷冻精子之类的办法来解决,或是找个漂亮点儿的女人——现在有些这样的机构,我给她笔钱,帮我生个孩子,生完可以放到咱们家来养,说出去也不至于太难听。"

直到说到生孩子的事时,蒋子东才把脸转向他。蒋飞扬说的时候,就像在安排一个谁家第二天的派对流程。

"你妈了个X,蒋飞扬!"

蒋子东骂完,眼眶发烫。他看了看吴萌。

蒋飞扬说那些话时,吴萌跷着腿坐在另一侧的沙发里,表情松弛,一直在跟

陈　幻 ｜ 人生规划

一种很小的黑色西瓜子较劲，恨不能把每颗牙齿都试一遍，可还是有很多瓜子被咬成两截。她面前很快堆起一座黑色小山。

蒋子东突然意识到，吴萌不是第一次听到这番离谱的人生规划。母子二人早已经通过气儿了。在他昨晚告诉她之前，吴萌就知道儿子的秘密，甚至还默许了。她竟然还装腔作势地和自己演戏。

他突然看清了真实情况。只要是能把他给活活气死的事，哪怕再不合常理，吴萌也一定会支持。她肯定像发现一个金矿一样，早早"接受"这件事，早早取得了儿子的信任，以便这件让他恶心的事更好地存在下去。

吴萌完全干得出来。可是，为什么要这样？他眼看着吴萌终于嗑出一只完好无损的瓜子，心满意足。

化妆后的吴萌漂亮得盛气凌人。因为致力于各种昂贵的养生项目，衰老这件事在她身上并不明显。只是脸颊更瘦削，不笑的时候所有五官都往下掉，看着特别不高兴。所以蒋子东平时总是喜欢喜气洋洋的女人。自己睡了那么多女人，没一个比吴萌更漂亮。

想想吴萌的生活，不管有他没他，都是人间仙境，掌控着他们家全部财产，不需要陪客户打牌，每天就是提升自己的精神修养，找各种理由把他挣的钱花出去。如果你问她，她会说，是他教她这么过的。

他敢把钱全交给她，一方面是希望她不再找自己麻烦，另一方面就是赌上对吴萌的信任，赌吴萌那句"我是不要脸，你是压根儿没脸"。他赌他一定赢。

他一直试图教她过上一种和他们的财富般配的生活，教她过上一种能给他最大自由的独立生活，现在她完全做到了，她早就过上那种他理想中的生活了。

做手术那天他就知道了。

"芬兰、挪威、瑞典都是我们的选择。"蒋飞扬临走还跟他普及了一下同性恋合法的国家。"那边靠近北极，能看到极光。等你有空了，也可以过去看看。"

蒋子东突然明白蒋飞扬跑步机前挂的那张海报是什么内容，应该就是那什么北极光吧。儿子每天大汗淋漓跟傻×似的，就是在朝那个地方跑。

他突然想到，也许就因为自己那天约了孔莎莎，蒋飞扬才选择在今天把他的人生规划告诉他的。蒋飞扬是为惩罚他又背叛了吴萌。

没过多久，蒋飞扬走了，吴萌约了人出去练瑜伽。房间里就剩下蒋子东一人。他在沙发上举着手机，终于成功进入了孔莎莎的朋友圈。

那天到底为什么要把孔莎莎带到儿子的公寓去？思考这问题时，他一张张点开孔莎莎朋友圈里的照片。照片上的孔莎莎，有时在跟一群同龄人在餐厅吃饭，有时她站在麦克风前摆出造作的姿态，有时她给自己浓妆后的脸拍一张特写。

很难说蒋子东究竟看见了些什么。总之连看几张之后，蒋子东觉着，这个人跟他想象的完全不是一回事。

3

几天后的一个晚上，蒋子东约孔莎莎在她家楼下见面。他在电话里表示，希望把他在国贸商场给她买的东西退还。

十几分钟后，穿着卡通睡衣的孔莎莎提着几样东西从单元门洞里跑出来。随着离蒋子东的黑色奔驰越来越近，她的表情越发显得沉重。

一走到蒋子东跟前，她就忙不迭地解释不小心把所有包装袋都扔了，可东西都是崭新的，一样都没用过。

她放下东西就想跑，蒋子东拽住她："等会儿！"

陈 幻 | 人生规划

蒋子东查看了一下她提过来的东西,除了包装换成了那种超市用的透明塑料袋,东西的确一样没少,CHANEL 白色套装、珍珠项链,还有 GUCCI 背包、鞋子,跟它们被买来时一样崭新。

孔莎莎的表情像当众做妇科检查一样不自在。

"我买你这些东西。"蒋子东说。说完把一个早就准备好的厚厚信封交到孔莎莎手里。"这里面有七万块钱,差不多就是这些东西的价钱,多点儿少点儿你看着办。"

孔莎莎错愕地看着他,因为吃惊,两只眼睛比平时离得更远。

"拿着!"蒋子东命令那双已经软到离谱的手。

"不为什么。"蒋子东回答她脸上的疑问,同时说出了他日后经常和人说起的一番话,"因为在买这些东西的时候,我倾注了我的感情、我的时间。我是买给那个我喜欢的人,她最好永远是我喜欢的那个样子。"

孔莎莎因为不知道如果不拿那个信封会出什么状况,只好攥在手里,并迅速消失在她出现的那个门洞里。

蒋子东取出打火机,从那套 CHANEL 衣服烧起。衣服很容易烧,迅速在他脚底下形成一个橘红色的小火堆。皮包比较难烧,先从手柄处用力撕开,把里面丝绸质地的里子从皮子上拽下来,把所有粘一块的地方撕开……他把这些碎片一样样扔进火堆里。

路过的人还以为今天是什么人的忌日。

坐回车里,蒋子东觉得这一刻是近期少有的好心情。

到了他这个岁数,到了他这个地步,花钱的习惯的确跟多数人不太一样。他有很大一部分花销只是为了纠正一些错误。幸好这些错误也不是很值钱。

琐事的确在不断增加，能记住的没几件。

当车拐进他回家必经的那条巷子时，他想起一些早就消失的画面。那是吴萌肚子里的蒋飞扬已经六个月大的时候，她斜躺在床上午睡。他从她背后，顺着她隆起的肚子，把手伸进她的阴道里。她的腿微微松开，身体像片叶子把他的手卷了起来。

在那个安静的午后，他好像确曾摸到过一些东西在一起的证据。

（选自 2014 年《收获》第 5 期）

诗歌之夜
工作证

余　西

余西，1981年生人，小说写作者，曾在《收获》《上海文学》《山花》《文学界》等杂志发表作品。译有珍妮特·温特森的《苹果笔记本》。目前从事出版工作。

我的朋友卡夫卡

那年秋日的一个下午,天气晴朗,有蝉鸣。卡夫卡在上语文课。一位老师出现在他的教室,把他领到校门口。他的叔叔正站在那儿,沉默木讷,看着他们走来。老师跟叔叔嘀咕了几句,丢下他走了。叔叔把手放在他的肩上。手很沉,黏糊糊的,似乎带着汗渍。叔叔说,回家吧,你爸走了。

有一瞬间,他不明白"走了"是什么意思,也不明白"回家"和"走了"有什么关系。但很快地,几乎没有任何暗示,空气中的某种气息让他明白了。他的父亲死了。

那年,卡夫卡十二岁,在读小学四年级。他没有悲伤,也不快乐,说不上有什么情感。或者,更确切地说,他什么情感都没有。他的体内一片空荡。一路上,叔叔在前,卡夫卡在后,他们走着,没有说话。直到快到家的时候,他才想起来,自己忘了收拾课桌上的语文课本和铅笔盒。他忘了带书包回家。他担心课本,铅笔盒,书包。他想回去拿。他想继续坐在教室里,把课上完,怕赶不上其他同学的进度。他想到了松树。教室的窗外,松树沐浴在阳光里,有一对松鼠沿着枝丫跳跃着。他想再看看松鼠,看看阳光隐匿后,遗留在松树的黑暗。但他没有说出来,只是跟着叔叔走到村子里。一路上,人们在门口看着他。一张张脸,寂静无声地滑过。在自己家门前,他看到了一群人。他听到了声音。他们在交谈,但卡夫卡不知道他们在说什么。他们像一群苍蝇,嗡嗡地响着。

她母亲站在人群背后,没有哭。也许她已经哭过了,卡夫卡不清楚。卡夫卡看着母亲,觉得母亲不想让他走近,好像父亲的死都是他的错。于是,他停在人群与母亲中间，不走了。他不知道，往下他要做什么。

他父亲死在北方一个遥远的城市里。旅馆老板发现他的时候，他已经死了。至于死因，卡夫卡到现在也没搞清楚。村里的人说，父亲被人害了，但怎么害的，有的说是喉咙被割开了，有的说被人用枕头窒息死的。他觉得这些都不重要，重要的是他父亲死了，而且没人知道是谁干的。父亲就这样死在了北方一个遥远的城市。等他回来的时候，成了一瓮骨灰。骨灰的形象代替了那个强壮、健康的男人。卡夫卡无法想象，父亲死时的模样。

父亲死后的一段时间里，卡夫卡没有去上学，整天在山林间游荡，对着鸟儿说话，饿了就去邻居家吃饭。他没有意识到父亲的死意味着什么。有时，他会梦见父亲，一身鲜血淋漓地躺在洁白的床上。但醒来后，他更多的只是感到害怕、无助。没有别的。至少在那段时间里是如此。但母亲却精神崩溃了。她躺在床上，不吃不喝，蓬头垢面，形容消瘦。夜里，会听到母亲的哭泣声。卡夫卡捂上双耳，告诉自己这是一个梦，或者想着自己要是睡着了该多好。白天里，婶婶阿姨不时会过来劝慰她。她们的低语不时会被母亲的哭泣所打断。

后来，母亲起床，打扫卫生，买菜做饭，给邻里送鸡蛋，感谢他们这段时间对卡夫卡的照顾。母亲好了，恢复了往日的模样。小学毕业后，母亲卖了房子，带着卡夫卡离开村子，搬到县城。母亲给人当月嫂，为垃圾回收站捡垃圾，做清洁阿姨，在制鞋厂做工。为了活下去，不断地变换工作。母亲拖着疲惫的身体，带吃的回家，有时手指划伤了，或是脸上带着污渍。直到那时，卡夫卡才想起父亲，想到死，想到那个男人留下的空白，想到母亲在这个空白里涂抹的灰暗的颜色。死多么可怕，多么让人忧伤。卡夫卡在睡梦中哭泣。

卡夫卡读高中的时候，家境开始好转。母亲拿出积攒多年的钱，在他就读的县一中附近开了家饭馆，招待学生和老师，生意兴隆。那时，我和卡夫卡在同一

余　西 | 我的朋友卡夫卡

个学校，同一个年级，但不在同一个班。当卡夫卡说起他母亲的饭馆的时候，我记得自己还去过几次。然而，那三年里，我从来没有见过他。即使见过，他也没给我留下半点印象。

　　高中毕业，他考上大学，攻读中文系，地点在杭州。大一下学期，卡夫卡自觉像个气球，生活轻飘飘的。他需要一个维系的支点。他开始写诗。在一个名为"窄门"的80后诗歌论坛上，他开始频频发诗，署名为卡夫卡。是的，就是写《城堡》的那个弗兰茨·卡夫卡。他的诗很受欢迎，每首诗后面都拖着长长的跟帖。他很少回复。时间久了，有些人开始抱怨，说他傲慢了。但他依然如故，继续发诗，不做回复，仿佛这个BBS只是他个人私密的空间。那时，我也在"窄门"里，也写诗，写的不过是一些模仿海子或兰波的作品。自知没什么天赋，不过是靠写诗消磨时日。我喜欢卡夫卡的诗。他写在时间中失落的东西，诸如童年、故乡、父亲，以及在时间中必然来临的东西，诸如死亡、孤独。没有意象，没有隐喻。干脆直接。语言简单，甚至接近于贫瘠。但他写诗，就像蜘蛛编织丝网。那张网在雨后的空气中闪着微光。无论忧郁，无论天真，都那么自然。

　　我经常在他的诗后面跟帖，坚持不懈。有一天，我收到了他的邮件。邮件很短。他说谢谢评论，让他很感动。然后说，我们约个时间见面吧，而地点就在我学校附近的枫林晚书店。我若有所悟，立即查看他帖子后面的IP地址，才发现我们在同一个城市。

　　卡夫卡，我在网上这么叫他，后来见到了真人，也这么叫他。我很少叫他的真名，也没觉得这么叫有什么别扭。卡夫卡，我的朋友卡夫卡。身高一米八二，很瘦，身形匀称，总是穿着一身干净的衣服，很干净。脸上带着一副落落寡欢的表情。要不是他的眼睛，卡夫卡几乎没有什么存在感。在人群中，他会像空气一般被忽略。但他的眼睛很大，清澈明亮，没有一丝荫翳。每当我想起卡夫卡，我都会想到他的眼睛。

我们在枫林晚第一次见面。卡夫卡身着蓝色的衬衣,灰色的裤子,白色的布鞋。他站在书与书之间,很安静。他与书很和谐,好像他本身就是一本书。我们找了家咖啡馆,一起坐下来喝咖啡,开始聊天。我不记得那天我们聊了什么,但我们肯定聊到了诗歌,聊到我们原来来自同一个小镇,上的是同一所高中。我们感到惊奇,为高中三年彼此没留给对方丝毫的印象,也为我们在他乡的相遇。

之后两年,我们时常见面,去他的学校,或者来我的宿舍。我们喝酒,吃饭,在西湖的长椅上坐坐,去灵隐寺拜佛,爬爬宝石山,走走苏堤,在网吧上网,躺在草地上望着天空。我们聊各种事情,但我们似乎很少聊诗歌。偶尔有那么一两次,我们谈到了卡夫卡。他说,他写诗就是因为卡夫卡。卡夫卡的日记就是诗啊。一个冬日的深夜,我们在一家饭馆喝酒。他喝多了,从书包里拿出一本卡夫卡文集,黑色封皮。他给我念《给父亲的信》。他读的时候,声音变得柔和、温暖。卡夫卡的父亲把卡夫卡拽出被窝,拎到阳台上,面向关着的门站着。读到这里,他的声音哽咽,阻滞了。他开始哭。我不大明白,只好看着他哭。我也喝多了,并不感到尴尬。

卡夫卡很快就停止了哭泣。他一脸羞愧,跟我说起了他的童年、他的父亲。

1987年,卡夫卡六岁。他父亲,跟村里其他孩子的父亲一样,在全国各地跑,为了营生,推销拉链、皮带头、纽扣或是打火机之类的小商品。每次出去都要两三个月后才回来。也就是说,一年当中,父亲回家的次数绝不会超过十次。但在有限的时日里,父亲却留给卡夫卡非常鲜明的印象:强壮、健康、食欲旺盛、能说会道。然而陌生,十分陌生。在最好最亲的人面前,感觉比陌生人还陌生。

他体弱多病,阴郁沉默。我完全可以想象,卡夫卡年幼的这副模样。有父亲在家的时日,他时常躲在房间里不出来。有时,特别是在吃饭的时候,父亲会拿

余　西 ｜ 我的朋友卡夫卡

着困惑的眼神看他，心里想着，这孩子怎么啦，他会是我的孩子吗？卡夫卡总能捕捉到父亲的这种眼神。他没敢直视父亲的眼睛，只是低着头，看着停在父亲手中的筷子和饭碗，心里泛起一股忧郁。那情绪是酸的。忧郁是酸的。而父亲呢，他的脸上想必会掠过嫌恶的神情吧。很细微，很短暂，但他能够感觉到。

卡夫卡说，他的童年就这样被分割成了两半：大部分平静、自由，剩余的小部分蒙着阴影。

他母亲是宠爱他的。从不反对他做什么。也许是她生性平和，乐观的缘故。当卡夫卡远远躲开别的孩子，像一个女孩，成天沉浸在自己的世界里，看书，或者跟花草讲话的时候，她相信自己的孩子会变好的，就像在生活最为艰难的时候，她相信艰难是暂时的，一切都会变好的。而父亲在的时候，他有时会自我嫌弃，觉得自己为什么不能成为像父亲那样的人：强壮，健康，食欲旺盛，能说会道。有时他会不安，害怕。夜里，天花板上有老鼠在跑动。他开始羡慕老鼠。老鼠们都有自己的洞穴。他渴望有属于自己的洞穴，无人能进来的洞穴。

多年以后，我读着卡夫卡，想起了父亲，想起父亲也曾这么待我，卡夫卡说。我说，怎么待你。他说，把我从房间里拎出来，把我扔在外面，让我跟别的孩子玩。我说，为什么呢。他说，因为我老是躲在房间里不出来。我说，我不明白。他说，我也不明白，但现在想起了却很悲伤。

这是他第一次在我面前哭。此后，我还见过他哭。那是第二次，也是最后一次。卡夫卡在他的学校里很受女生欢迎。不时有女生约他出去吃饭，看电影。在我们多次的谈话中，时常聊到女孩子。卡夫卡感到困惑。正如他在一首诗中说的，他贫穷，怯懦。他的生活没有意义。为什么会有女孩子喜欢他？他不明白。我也不明白。卡夫卡，内向，沉默，被动，说话不动听，没有力量，除非他在朗诵诗歌，而这样的机会又少之又少。他几乎没有特别突出的地方，除了他的眼睛，除了他的诗，但现在又不是20世纪80年代，没有一个女生会因为他是诗人而喜欢他。她们更希望自己的男友是一个普通人，有着切实可见的一技之长。但就是有女生喜欢他。卡夫卡感到欣喜，也感到害怕。欣喜是自然的，但害怕却让我不明白。卡夫卡说，我已经习惯了一个人。我不知道生活中多了一个人该怎么办。让一个陌生的女孩介入我的生活，对我的生活指手画脚，想想就害怕。我对他说，你不试试看怎么知道呢。他说，我害怕，还因为别的事情。我说，是什么呢，还有什么让你害怕呢。他说，我不知道该怎么解释，你想想看，你和一个女孩子共处一室，接下来发生的事情，我一点儿也不知道。我该怎么做呢。我说，你不试试看怎么知道呢？卡夫卡笑了，笑得很羞涩。

大二上半年，一个女孩子夺走了卡夫卡的处子身。第二天，卡夫卡在陌生的旅馆醒来。他看着熟睡中的女孩时，想起前一晚发生的事。他发现一切都没有他想象的那般困难。卡夫卡不再害怕跟女孩做爱。他在这方面开始有了自信。但他接受不了，他的生活中突然多了一个人。于是，他换了一个又一个女孩。做爱，争吵，分手。每段恋情都是如此。大三快结束的时候，卡夫卡认识了一个叫乐乐的女孩。乐乐很高，胸部丰满，嘴唇肥厚。她很性感。除了肤色黑了点，她长得有点像《晚娘》里的钟丽缇。她在床上的需求很强烈，每次总能带给卡夫卡不同的感受——这是卡夫卡跟我说的。大四开学，卡夫卡租了一个房子，跟乐乐同居。我理解，卡夫卡做这个决定是艰难的，但也明白他为什么要这么做。乐乐是个活泼，健谈，乐观的女孩。她会画画，会弹吉他，了解文学和诗歌。卡夫卡一个人将自己锁在房间里不出来的时候，她懂诗人需要自己的空间。卡夫卡半天不说话的时候，她懂卡夫卡的情绪很低落，她可以默默地陪着他。如果需要她走开，她可以去做自己的事情。只要能和卡夫卡在一起，她就满足了。他们一起听讲座，逛博物馆，一起外出旅行。她带卡夫卡去了很多城市，很多景点。在这之前，卡夫卡

余　西　|　我的朋友卡夫卡

甚至没有去过浙江以外的地方。我曾见过几次乐乐。当卡夫卡坐在她旁边,当卡夫卡和她一起走在路上的时候,很像一对母子。

然而发生了一件事情,一件很意外的事情。乐乐怀孕了。她需要卡夫卡陪着她,一起去堕胎。他很紧张。他无法想象,也无法忍受,在医院里别人看他的眼神。他叫嚷着,障碍,一切障碍都在粉碎我。他把自己关在房间里,关掉了手机,什么人也不见。那时,我们要毕业了,生活的压力突然奔涌而来。也许就是在那个时刻,乐乐意识到,她的生活中需要一个更强健、更有担当的男人。于是,她一个人默默地做了剩下的事情。然后,她向卡夫卡提出了分手。

那天,卡夫卡跑到我的宿舍。当时宿舍里没人,或者有一个人,我不记得了。他刚坐下来就掩面哭泣。在啜泣的间歇,他断断续续地说,非得发生这样的事情吗？非得这样吗？这太可怕了。卡夫卡像是在对我说话,又像是在自言自语。这便是我第二次,也是最后一次见到他哭泣的情景。当时,宿舍的窗外阳光耀眼,操场上有一群人在打篮球。

我知道和乐乐这段恋情,对卡夫卡有着不一样的意义。但我不知道的是,这次分手对卡夫卡的打击有那么大。当时,我们都在为了毕业后能得到一份好工作而疲于奔命。制作简历,在不同的招聘会中投着相同的简历,不断面试,不断失败。卡夫卡却什么也没有做。只是沉溺于感伤中,写着感伤的情诗。我曾经给他做了简历,帮他投简历,而机会来了,他却不接电话。次数多了,我就什么也不做了。我开始怀疑,他那样子仅仅是因为失恋,还是失恋成了他逃避找工作的借口。我不知道。总之,我们毕业了。我在宁波一家航空公司找到了一份文宣的工作,而卡夫卡在失恋后,又失业了。

离开学校的那天,卡夫卡将我送到火车站。在站台上,我们俩沉默不语地站着。我希望自己的那列火车永远不会到来,然而火车终究还是来了。我上了火车。

我的位置靠窗，我坐在靠窗的位置上，看着窗外的卡夫卡。他仍旧瘦瘦高高的，仍旧衣着整洁，但脸色更苍白，眼睛更大了。在那双更大的眼睛里有着不可见底的忧伤。我想对他说，一切都会好的。但我知道，即使我说出来，他也不会听到。所以我什么也没有说。火车启动。火车带着我离开了我生活四年的城市，离开了卡夫卡。

此后几年，我再也没有见过卡夫卡。最初，我们还通信来着。他告诉我，他回到了我们的县城，帮母亲打理饭馆。生活压抑。他继续写诗，但很少发表。诸如此类。后来，通信终止了，而生活在继续。我的工作还算顺利，但没什么发展空间。我认识一位好姑娘。我们打算交往一段时间，看看是否彼此合适。我们对婚姻保持审慎理性的态度。我渐渐淡忘了有卡夫卡这样一个朋友。

2008年2月初，我再次收到卡夫卡的来信。此后，我们的通信没有中断过。不那么频繁，很节制，但我们在通信。虽然有电话，我也多次暗示过这点，但卡夫卡似乎更愿意写信交流。在第一封信里，卡夫卡说，他母亲再婚了。一个不幸的消息。他成了孤儿。他母亲找了个带孩子的男人。两个残缺的家庭组合成一个家庭，而他却没找到自己的位置。一想到要对一个陌生的男人叫爸爸，想到眼前陌生的男孩是他的弟弟，想到家里变得如此拥挤、嘈杂，他就恶心。他母亲珍惜现在的家庭，爱护那个男孩。她是幸福的，但卡夫卡不快乐。他不想这样。不想带给母亲痛苦。所以他走了，离开母亲，来到叔叔的家里，来到自己的出生地，一个没湖泊没岛屿、却叫湖屿村的村子。那里有一座小山、一条小河和一片稻田。很单调，很陌生，好像他从来没在故乡生活过。

卡夫卡度过了一段平静的时光，没有情绪波澜。然后，他恋爱了。毕业这几年，他唯一一次的恋爱。像生活重新接纳了他，卡夫卡觉得很幸福。女孩叫晓丽。比卡夫卡小几岁。按理，他们之前认识才对，但卡夫卡对她没有印象。他不在乎她

余　西 | 我的朋友卡夫卡

之前是什么样的。他喜欢她的现在。童年时，晓丽就喜欢他，喜欢那个躲在家里、隔着窗玻璃望着外面的大哥哥。她觉得卡夫卡很神秘。现在他们彼此喜欢。他们在林间，在河边，在田野里，在蓝天下，牵着手，走着，谈论着。他们谈论童年、往事、未来。谈论村子里过去的传闻和正在发生的事。谈论花草的名字、萤火虫的消逝，早晨的布谷鸟为什么到了中午就不发声了。谈论农忙时节，金色的稻田，人们一次次的劳作和收成。

晓丽不懂电影，不看书，不喜欢涂脂抹粉，不漂亮。像个男孩。不拘泥于小节。但她简单，淳朴。这是卡夫卡在信中说的。但从卡夫卡随信寄来的照片中，我看到的晓丽却截然不同。她纤巧，柔顺，文静，有一头长发，眼中有伤感，很淡，但不难察觉。但信中的语调是那么轻快，这种轻快又是那么少见，我也就在回信中没有提及自己的感受。

我想这不重要。

半年后，卡夫卡谈到了婚姻。在信中，他说他二十七八了，在乡下，这个年龄的人早已结婚生子，他们的父母都抱上孙子了。是时候结婚了。也许婚姻能给他的"单身汉"生活带来些许改变。他已厌倦了乡村生活。也不再想看到叔叔的白眼（卡夫夫从来没有提及他寄居在叔叔家的情况，但从这句话中看，想必也不怎么如意）。结婚后，他和晓丽会离开村子，到别的地方开始别的生活。至于是哪里，他还没想好，不过这无关紧要。他会在那样的一个地方，租一间房子，找一份工作。也是时候找工作了，他不能这么一直闲着，像寄生虫。他相信他们的婚姻会很美满。相信晓丽会成为一个贤惠的妻子。为他做家务，为他生养一个孩子。男孩和女孩都无所谓，只要是个孩子就可以。成为丈夫，成为父亲，他会变得更好、更健康、更强壮、更能言善道。想想看，实现这样的愿景是如此简单。结婚，不是每个男人都会做的事情吗。

那封信语调热切，书写潦草、凌乱，有很多错别字。逻辑混乱，不时会有些地方重复着，而他却不知道。我可以想象，他是怀着怎样激动的心情，写下这封信的。那时，也许是在深夜，他无心睡眠。他起床，开灯，在灯光下写着长信，而外面是无边的长夜。

对婚姻的想象，让卡夫卡吃不下饭，睡不着觉。整日昏昏沉沉。几天后，他向晓丽求婚。她同意了。她父母也没说什么。那年，晓丽二十五岁。在乡下，过了二十五，就成了老姑娘，往后想嫁人就难了。卡夫卡也跟母亲说了，但母亲不同意。她觉得自己含辛茹苦地培养他上大学，结果他却娶了一个高中没毕业的乡下姑娘。她似乎把自己看成了城里人，忘了自己也曾是一个乡下姑娘，而且小学都没毕业。卡夫卡心态很好，还懂得这样挖苦他的母亲。又说，母亲到底还是不明白，她是否同意，不会改变任何事情。

不巧的是，我却和女友分手了。在城市里，没有钱，没有房子，婚姻便是纸上空谈，幸福不过是幻象。而为结婚的恋爱，总是无疾而终。我很理解女友的想法，尊重她的决定。但我还是请了几天假，窝在家里疗伤。说"疗伤"太严重了，也许我只是想给自己一些时间，让自己重新步入正轨。这样说，更确切一些。我回信给卡夫卡，讲述了自己的悲伤处境，说我的情绪很低落。但我鼓励他结婚，跟他说，我之前一直很担心他，为他的未来和出路感到迷惘。现在，他决定结婚，决定改变，这是一件好事。还说，欢迎他回到这个世界，回到我们的尘世生活。说得很夸张，但还算真诚。我没有说的是，婚姻未必有他想象的那般美好，也没有说及上述的想法。我很明白，如果我说了，会对他有怎样的影响。卡夫卡从来不是一个意志坚定的人。

我没有立即收到卡夫卡的回信。之前这样的情况也有，况且又是在他决定结婚的时候。想必他会很忙。我没怎么在意。10月，我的心态好转，生活恢复正常。

余　西　|　我的朋友卡夫卡

上班，下班，周六周日休息。日子以既往的节奏悄然流逝。接着，卡夫卡的信来了。

他和晓丽分手了。卡夫卡抱怨说，一切都糟糕透了，我的朋友。别的什么也没说。几天后，我再次收到卡夫卡的信。在信中，卡夫卡详细描述了这次"变故"。

事情很复杂，卡夫卡写道。他完全没有想到会是这样。晓丽的父母提出，他们应按照乡村习俗，先订婚，再结婚。所谓订婚，就是男方要给女方一定的礼金，然后宴请亲朋好友。但他身无分文。他的母亲是有钱，但她不愿意拿出来，也不愿露面。晓丽的父母觉得受到了轻慢，对他的态度起了变化。他们不愿意见他。为了说服母亲，卡夫卡回到家里。他向母亲哀求。他母亲了解卡夫卡，知道他需要的，是一个更强大的女人照顾他。而且，她历经两次婚姻，知道结婚意味着什么。她问他，你们住哪，有谁愿意提供一份工作给你，你的薪水能养活女人和孩子吗，当你下班后她拿芝麻蒜皮的琐事烦你你怎么办，你知道拉扯大一个孩子需要多少钱，她父母生病后你知道该怎么照顾他们吗，想想看吧，一旦你结婚，你的生活就这样了，再也没有别的可能，有的只是生孩子、吵架、老去，然后看着我离开你，你愿意忍受这样灰色的生活吗……母亲的问题很残酷，也很现实。他想过。但他也明白，他想到的答案都很模糊，很苍白。像风中碎屑，飘荡着，没有落到地面。但他没时间，也不愿意往更深处想。他没有示弱，他说自己能应付。他母亲哭了，当着他的面，后来又抱着卡夫卡。但没有用。卡夫卡在家里待了一个月，每天都在跟母亲讨论婚事，但母亲的态度没有软化。

有一天晚上，他绝望了。要母亲同意已不可能了。于是，他想到逃离，带着晓丽逃离。面对困境，他想到的只有这个办法。他打电话给晓丽，说有必要谈谈。他觉得这决定如此重大。他不应该在电话里说。

他们约定在次日早上九点见面，地点是县城唯一的一个小广场。我记得那个广场。中间是假山和喷泉。前面，解放街横穿而过。后面是县城最高的大厦。上面几层有宾馆、餐厅、服装店、电影院，底层是邮局和超市。后来邮局搬走，改成了网吧和麦当劳。在大厦和广场之间，有两张椅子，刷着绿漆。我们都叫他绿椅子。

那天晚上，卡夫卡失眠了。他的脑中不断回想着母亲的声音。那些他没有想好的问题，像幽灵般浮现。他不断地起身，在房间里来回走动。等他累了，困了，又回到床上，但凝聚的睡意突然消散，各种声音又再度返回。像风暴，在脑海里回旋。他重又起床，来回走动。如此反复。天还没有亮，他就起身离家，来到了广场上。

夜色淡了，只是仍然笼罩着小镇，勾勒出各种房子的形状。街灯亮着，照着空无一人的街道。街面是潮湿的，似乎下过小雨。一路上都很安静，几乎能听到小镇在呼吸的声音。后来，卡夫卡在一张绿椅上坐下，另一张绿椅与他隔着数米，上面蜷缩着一个流浪汉。他睡着了，一顶肮脏的帽子盖着他的脸。他们的身后，麦当劳亮着灯，但照见的只有桌椅。没有人。网吧的门关着，不时有嘈杂的声响传出。有人在通宵上网。其余的，都是黑暗。但这些，对他来说，像是梦境，与现实隔了层薄膜。

他坐着，看着街灯慢慢变暗。开始有早班巴士驶过解放街。开始有人在清扫街道。然后街灯灭了。太阳将小镇的另一边楼房照得通红。流浪汉醒了，咳嗽了几声，往地面吐了口痰。他们对望了一眼，又各自转头，一起望着天空。云朵干瘪、灰暗，但很快就转白，膨胀开来。大厦里响起了各种苏醒的声音。街上的人多了。有几只麻雀落在广场上，跳动，鸣叫，又飞走。这时，他发现流浪汉不见了。不知道他是什么时候走的，像是随夜色消失了。

卡夫卡睡着了。睡去前，他模糊地感到阳光落在了身上，暖烘烘的。醒来后，他看了看手机，九点差十分。这时，他想起自己做了一个梦。不记得是怎样的梦，

余 西 | 我的朋友卡夫卡

但很可怕。这种可怕完整无缺地落在身上。他看着阳光，却觉得很冷，很孱弱。他冒着虚汗。街上人群拥挤，脚步嘈杂。他仿佛看到了晓丽，在人群中向他走来。有一瞬间，人群模糊了，只有晓丽是清晰的。她是如此真实，但，但很可怕。卡夫卡起身，向相反的方向，逃跑了。

回到家后，卡夫卡发烧了。重度高烧。他充满自怜地强调。他把自己关在房间里，没有告诉任何人。晓丽来过两三次电话，他没有接。后来，他把手机关了。他本以为，这次见面会是一次新的开始。但就在关掉手机时，他意识到，他将不得不给她写一封信，对她说，请离开我，一切都结束了。

卡夫卡出门，裹着大衣，将信投进邮筒。返回的途中，他一直在哭。所有人都在看他，但他就是停止不了。他没有看清所有人的面孔。

我不知该怎么回复。我无法判断，在这样的一件事情上，谁是对的，谁是错的。也没兴趣知道后来发生了什么事情。我只有等待，等待时间告诉我结果，告诉我该怎么判断。卡夫卡呢，我想，也许他也需要时间告诉他该怎么做。但时间总是在流逝，总是流逝得很快。我们越成长，时间就流逝得越快。2008 年结束，2009 年来了。这期间，我没有任何卡夫卡的音讯。春节，我回到家里，但没有告诉他，我回来了。我走在街上的时候，总是想象着，也许我会遇见他。想着见面后，我们该说什么。但我遇见了很多人，却没有看到他。

假期结束，我回到宁波，信箱里躺着一封卡夫卡的信。信的开头，他说了一些晦涩难懂的话，像是独白。他说，存在一种完美幸福的可能，在理论上是如此。但我不相信，也不能追求。我何尝不想结婚，但过往的生活已经败坏了我的内里。原谅我，我的朋友，原谅我做了这些事情。伤害一个人是这么痛苦。我宁愿伤害的是自己。道路无限漫长，似乎有着多种可能，但我不可能了。原谅我，我的朋友，原谅我做了这些事情。好像被伤害的不是别人，而是我。

卡夫卡已不告而别,离开了母亲,回到了学校,在附近租了一个房子。是一室户,不大但也不小,正好可以容纳他。在一楼,地面很潮湿,光线阴暗,不怎么见到阳光。他几乎不出门,拉着窗帘。饿了就叫外卖。他把白色的外卖盒,用橡皮筋捆好,堆在床底下。堆得很细致,很整齐。他经常打扫卫生,除此之外很少做别的事。他给快餐盒喷消毒水,喷除臭剂。但在睡梦中,他仍然能闻到剩菜剩饭的味道。有点酸,有点臭。一切都腐烂了。但他不知该如何清理这些快餐盒。信的末尾,卡夫卡说:

不要告诉任何人,我在这里。

又及,不用担心我。我偷了母亲的钱,很多钱。我还能坚持一段时间,很长很长。

你的朋友,卡夫卡

几天后,我坐上了一列从宁波开往杭州的火车。到达时,已是日落时分。我走进他的学校,像是走进我们的往事中。那些年,我们做过的事,在草坪、操场、教学楼,一一浮现。我走得很慢。从黄昏走到了夜晚,仿佛在向往事告别。

我来到卡夫卡的门前,敲门,敲了三下。一片死寂。我又敲了三下。仔细听着。一阵脚步声,是卡夫卡的,很微弱,像是甲虫爬行。门开了,只露出了条缝隙。房间很暗,没有开灯。他的身体被黑暗隐藏着,又像是被吞噬了。我看到了他的脸。消瘦细长,颧骨突出,下巴很尖。我几乎认不出来。但我看见了那双眼睛。很大,很清澈,很明亮,只是太明亮了。我透过门缝,对黑暗中的他说,你好,卡夫卡。

(选自 2014 年《果仁》APP 第 29 期)

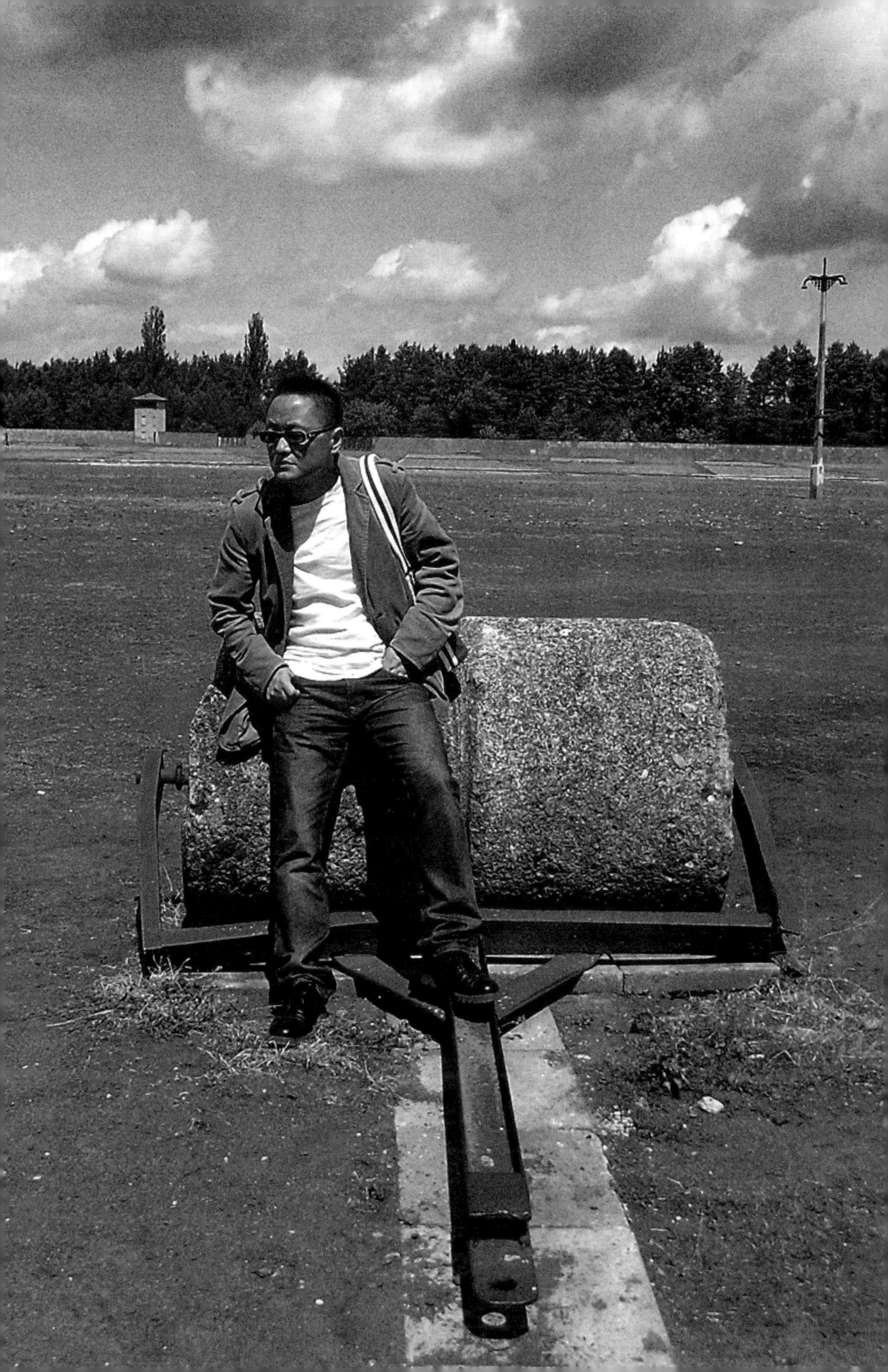

曹寇

曹寇，1977年生。出版有小说集《越来越》《屋顶长的一棵树》和《躺下去会舒服点》，长篇小说《十七年表》，随笔集《生活片》。现在南京。

狗　日

1

等母狗出去，我就紧贴着二哥进了屋。在灶下的柴草里，一共五只小狗，有一码黑的，也有花的。

就算一码黑，长大了毛还会变。二哥说。

为什么？

因为它们还小。

确实，都很小，肉乎乎的，甚至是胖嘟嘟的。只有小狗才这样，看起来简直不像狗。它们刚刚睁开眼睛，并非我们想象的那样，而是目光懒散，对世界一点儿也不好奇。

挑一个。二哥用手掌在五只小狗上方的空气里挥了挥说。我想了想，抱起一只通身全黑的。我觉得自己之所以这么做，一方面是这条小黑狗比较出众，另外就是想验证一下二哥的话，想知道它长大了毛会变成什么样。

没想到我刚抱起，二哥说这只不行，有人定了。我问谁定了，他说亲戚。二哥是我的堂兄，而且岁数比我大几岁，这决定了他的亲戚大多是我的亲戚。但他既然这么肯定，我想只能理解为还有些我不认识的亲戚，就像不久前突然造访的老家人。那个老家人二十来岁，可我得叫他爷爷。大伯大妈及我的父母给他做了两件衣裳，给了点钱和粮票，他就回老家了。我们谁也没有回过老家，让狗先回也许也不错。所以我只好很不情愿地放下了，说，二哥，我妈说了，不要母狗，只要公的。

在这五只小狗中,除了那条小黑狗,有三条都是母的,而剩下那条公狗是最丑的。不知是天生如此,还是被狗屎沾在了一起,皮毛难看得要命。身上花也就算了,四条小短腿中,左后腿居然是白的,像穿了一只袜子,或漏穿了一只。

我不要这条!

真不要?

不要!

我还不给呢。

如你所知,这条穿一只袜子或漏穿一只的丑陋的小花狗后来被我抱了回来。我给它起了个在我看来无比牛X的名字:张飞。当然,这是一个月以后的事了。它们还要吃一段时间的奶,然后从灶下爬到堂屋,再把小脑袋搁在门槛上向外望望,直到它们鼓足勇气用尽力气爬出门槛跑到村道上,以至于和它们的妈妈学会了狂吠,并对人屎和骨头发生了与生俱来的兴趣。不过,因为叫声太奶,这时候,它们看起来简直就像一群倚门而望的妓女,等待着那些路过的人挑中自己,然后带走。

如果说每户农家都需要一条狗看家护院,也不副实。很多人家还很穷,穷得喂不起狗,更没有需要狗帮助看守的万贯家财。我对"路不拾遗夜不闭户"的理解就是这个,穷人没有什么可以丢失的。当然,我们也可以"偷人",不是奸情,而是走到那些干稻草铺就的小床边,偷走那些熟睡中的孩子。注意了,要蹑手蹑脚,动作不要粗鲁,防止他们醒来。次日,当他们睁开眼睛时,看到的是陌生的树冠、村庄和人(在盗贼的怀中,然后被放下)。起码我做过这样的梦,这个梦让我难过不已,又让我兴奋异常。

曹寇 | 狗日

　　自打我记事以来，我家从来就没有养过狗。也就是说，张飞是我家第一条狗。我妈的意思是，如果有剩饭剩菜，就倒给它吃，如果没有，它自己会找吃的。因此我不得不趁我妈不注意，将自己碗里的饭拨给它吃。我确实看到它吃过人屎，也在育苗场的岸边看到他在吃腐臭的死鱼……遇此情形，我总是厉声喝止，如若不听，我当然给予一顿追打。不知是营养不良，还是那条有别于其他三条腿的原因，它的奔跑总是摇摇晃晃的。这应该是错觉。总之它摇摇晃晃地长大了。

　　值得一提的是那条堂哥说已经被亲戚定了的黑狗。事后证明，他是胡说，这条狗他自己留了，并给它取了个在我看来很难听的名字，叫黑豹。二哥说要好好训练黑豹，让它将来帮助他看鱼塘（二哥的梦想是初中毕业后承包鱼塘）。结果呢，黑豹一年后就失踪了，多数情况是在当年冬天被人剥皮吃肉了。在失踪之前，它已经是一条大狗。它的妈妈，也就是二哥家那条母狗也还健在，而且也不老。一公一母，两条大狗很快就忘掉了母子情，经常为有限的一点吃的（大伯大妈才不会多添一份粮食给狗吃呢）互相龇牙咧嘴，彼此撕咬。见此情形，二哥显然是偏袒黑豹的。不过，在交配季节，塘村最著名的光棍曹福坑曾经神秘地指出，他在田埂上看到过这对母子不干好事。

　　啧啧，曹福坑咂着嘴大摇其头，真是畜生啊。

2

　　多年以后，也就是写这篇文章的时候，我早已搬离了乡下，住进了城里。大学毕业后，我尝试过几份工作，但结果都不太想干。我并不是想重申"人都是好逸恶劳的动物"这一陈词滥调，我只是想说，迄今我也没有找到自己想干的事。那些领导同事间的你来我往，那些和客户之间的勾搭连环，和办公室里的报纸一样,无穷无尽,乏味极了。当然了,你可以把我现在正在进行的写作当一件事来看,但在我看来,事实并非如此。

吃喝拉撒之外,睡觉,起床,开电脑,跟电脑耗上一天(写作、游戏、微博等等),继续睡觉,日复一日,看起来也和办公室的报纸一样无穷无尽。好在我并不感到乏味,因为随着时间的推移,在乏味不乏味这个问题上,我已经丧失了味觉。你也可以这么想,我是通过这种宅居生活在等待,等待死亡的到来这不用去说它,具体到生活细节,等待有人敲门,有人电话,有人邀请我把自己收拾停当赶赴一个酒局。

我是有那么一些朋友的。但你要我说,谁是我最好的朋友,我是没法回答的。因为我并不觉得我有最差的朋友。朋友也不是用来互相帮助互相抚慰的,不可能在精神、情感和物质层面能改变你什么。这么说吧,如果整个世界或你的整个生活圈就是一间房子,朋友无非是这个房子里的一件家具。你和家具之间的关系如何,友情就应该如何。你们在一起打发时日,可能你死了,家具还健在;也可能家具坏了,你不得不重新买一个。就是这样。

在朋友当中,老魏算是交往时间最长的了。他比我大十几岁吧。很多年前是个诗人,后来做起了房地产生意,然后就成了一个有钱人。我想我们的交往与他很多年前写过诗有关,否则一个穷人怎么老是在一个有钱人家里喝酒呢?这位有钱人曾经结过一次婚,后来离了,并决定永不再婚。这没什么稀罕的。关键是,两年前,当他跟一个叫小陈的姑娘同居的时候,有一天,他们逛街回来,在路边捡到了一条狗。现在看来,它应该是一条和主人走失的狗,因为它是一条苏格兰牧羊犬。没有人会把这么名贵的一条狗遗弃,就像穷人不会真的路不拾遗。苏格兰牧羊犬是否比张飞那样的所谓中华田园犬在外形上更好看?我不太有判断力,

曹 寇 | 狗 日

但人们似乎都这么认为。总之老魏和小陈带着这条苏格兰牧羊犬回了家。在这一点上,有钱人老魏还是个穷人。

我说,你们难道就没有牵着狗站在原地等待狗主人?

没有,老魏说,赶紧就带回来了。

嘿,跟小偷差不多。小陈补充道。

然后我们就一起打量这条被起了新名字"马车"的苏格兰牧羊犬(相信它在前主人家另有其名)。身躯高大,脸膛狭长,毛发披身,金黄一片,确实来历不凡。据说这种狗在苏格兰高地上专门对付那些从森林里跑出来的狼,它巨大的吻非常适合一口咬断野狼的颈项,让那些在碧草蓝天中咩咩吃草的绵羊很有安全感。这幅画面让我觉得马车是一个美男子,而那些羊则都是些娇滴滴的妙龄少女。不过,不能说那些狼是它的情敌,争抢它的众多交配对象,它的一切努力是为了维护自己的无限大的交配权,而是,它仅仅是为了保卫绵羊们对它狂热的爱。

不过马车和那些狼一样,对羊肉情有独钟。如果没有闻到羊肉的味道,马车就感到索然无味了,只好摆出一副超然于我们的酒席的姿态。无论是在饭馆还是在家里,它永远都匍匐在老魏的脚边,貌似一位从来不被酒精毒害的高人。而更大的事实很可能是它在想念老魏和小陈在超市专柜里特意为它买的狗粮。

好在吃喝累了或一时接不上话题的时候,马车可以作为酒桌上的交流对象。一如此情此景下刚刚推门而入的新加入者。

马车,你饿吗?

马车,吃点芹菜吧。

马车,你怎么这么乖!

马车,你哭了?

快看,有一次,一个女孩尖叫起来,马车在给自己口交。大家循声望去,马车确实在舔着自己的阴茎,那是一根细长的器官,在肚皮下的白毛之间影影绰绰,粉红色的。在马车发情这个问题上,老魏和小陈观点不一。遛狗时,小陈倒是不介意马车对别人家的狗发生兴趣,只是马车骑在一条哈巴狗身上的时候确实过于滑稽,既招致对方的反对,自己忙活半天也不得要领。老魏则坚决不许,在他看来,马车只能跟另外一条苏格兰牧羊犬交配,没有第二种选择。真是可惜,时至今日,马车也没有遇见同类异性。

可以说,老魏和小陈关系并不怎么样。他们互相挤对,彼此猜忌,酒桌上当着大伙儿的面唇枪舌剑。老魏对小陈过去的几位男朋友赞赏不已,指责后者压根儿就不应该和他们分手。小陈则对老魏的农民审美鄙夷再三。比如有天老魏打算嫖娼,委托小陈帮他挑选,但小陈根据自己的审美挑选的都被老魏否决了,最终他挑了个走路一瘸一拐的大屁股女人。

和他前妻没什么两样。小陈事后在酒桌上跟我们说。

那你俩还做爱吗?

偶尔也弄弄呗。

没忍住的就直接问了:你俩打算什么时候分手啊?

老魏表示,小陈决定。小陈则坦言,随便老魏。

马车出现使事情发生了变化,那就是老魏和小陈结婚了。

3

张飞是一条胆小的狗,陌生人来到我家,它不是扑过去,而是钻进家门,继而钻进房门,躲在我的床下狂吠不已,然后在床下滴答一溜儿尿液。而如果来者是客,也就是一时半会儿不走,甚至在我家吃饭,它则探头探脑瞅准一个机会溜

曹 寇 | 狗 日

到屋外,然后冲着自己的家啸傲良久。

曹福坑并非陌生人,但却是张飞的死敌。某种意义上,张飞一叫,多半是曹福坑路过门前。后者知道它的德性,所以会蓄意在屋外由轻到重、由缓到急跺起脚来,以此表示由远及近追赶后者的意思。张飞果然上当,在床下狼奔豕突,吠声惨烈。曹福坑则在门前路上无比得意,然后扛着他的破渔网大笑而去。

当然了,不仅张飞,包括黑豹在内的所有的狗都对曹福坑缺乏信任、疑心重重。已经说过,曹福坑是塘村有史以来最著名的光棍,他不爱下地干活,独爱搞鱼摸虾,且不分昼夜。春下钓,夏用网,秋冬则穿着皮裤下水捉鱼。皮裤及胸,踝腕扎紧不会进水。所以他只要不深涉,就可以不弄湿衣服。据他所说,秋冬天气鱼虾迟钝,搂着水草,就可以捉住它们。有时他饿了,就把现捉的鱼虾洗弄干净,然后在河岸边支起铁皮小桶,捡几根枯枝败叶一锅烩了吃。我和父亲为秧田割草路过,他还邀请我们也尝尝。父亲是这么说的:没有酒,有什么好吃的。

我的父亲是个酒鬼,嗜酒如命,他多次表示,张飞既然如此胆小,不堪看家护院的重任,不如杀了剥皮吃肉。我妈也不喜欢张飞,认为它和奶奶一样,完全是这个家里只有消耗没有任何贡献的角色。不过她不建议杀了吃肉。也没多少肉,张飞是条骨瘦如柴的狗,不如卖掉,大概还能卖二十块钱呢。每年年尾,村道上都有狗贩子,他们向农户家收购狗。将它们捆绑在自行车上,但并不打死,而是齐脊椎将狗绑在一根窄木板上,再将四肢和嘴扎好,这样那些狗就一动也不动了,只有眼睛骨碌碌直转表示它们还活着。如果不挣,那眼神也并没有什么可怜的,不知为何,我觉得它们挺享受的样子,仿佛它们不是去死,而是去一个更好的地方。我和姐姐当然反对杀和卖。不过姐姐和我不一样,她只有一句"你们太残忍了"就没了,其实她也嫌弃张飞,吃饭时后者在桌肚下面蹭到她的腿都免不了被她踢一脚。

我希望张飞能在我训练下勇敢起来，拥有听令的本事。二哥叫黑豹坐下它就坐下，叫它像人那样站起来，它也能做到，它甚至还学会了和人握手。张飞却完全听不懂这一切，训练它时，它总是东张西望，一旦我没注意，就溜了。它更愿意在奶奶的屋前和后者一起晒太阳。奶奶耷拉着脑袋昏昏欲睡，它则毫无羞耻地肚皮朝天酣酣而睡。有分教：承平已久，天下无事。

前文已说，曹福坑逢人便说二哥家黑豹母子乱伦之事，事无巨细，绘声绘色，二哥羞愤难当，去曹福坑家登门造访了一回。曹福坑父母早死，兄弟之间也早已分家，所以在砖瓦楼房环伺之下，他的家依旧是二老在世时的土坯房，只是年久失修，愈加破败。荒草疯长，门板残缺，蛇鼠一窝，鬼魂犹存。一般人是不敢进他的家门的。

无人在场观战，二哥说的是，自己进去的时候，曹福坑正躺在他那破床上睡觉。二哥没有直接动手，而是将他推醒。这可能是他第一次这么近地观察曹福坑那张脸，头发花白，满脸皱纹，小母猪眼上堆满了眼屎。二哥说了自己的来意，然后在曹福坑的背上狠狠踢了几脚，警告后者以后再胡说八道，"我就杀了你"，然后扬长而去。

曹福坑确实有几天没有在沟汊之间出现。再次扛着鱼竿走上村道招致各家狗吠（比平时更为激烈）的时候，他居然容光焕发，因为他穿了身新衣裳。他说这几天进城去妹妹家（兄弟姐妹中也只有这位身在城里的妹妹对他还偶有接济）了。至于二哥上门兴师问罪之事，他则表示，如果不看在广发（我的大伯）仅此一子的分儿上，"就废了这个小鸡巴"。

狗乱伦，又不是你娘俩乱伦，怕什么？他是这么说的。然后像叫人传话那样冲着二哥家的方向叫嚣道：小鸡巴哎，再长两年来跟我斗吧。

也就是说,二哥上门问罪,时年才十五岁的他并没有占到什么便宜。一个月后,眼眶里的淤血才退尽。但在淤血退尽之前,他就这么红着眼睛勒死了家里的老母狗。

这是我亲眼所见。但见他在狗盆里堆上了饭,还添了块红烧肉。黑豹先冲过来,叫他一脚踢开了。老母狗大概觉得二哥没对他这么好过,迂回着路线将信将疑地凑了过来,闻了闻,舔了舔,见没问题,这才吃了起来。二哥缓缓从身后取出准备好的绳索(已打上活结)猛然套在老母狗的脖子上。后者见势不妙,起身就跑。事态突然,二哥也没揪住绳头。老母狗套着绳索就这么跑了。二哥起身追,哪里跑得过狗。也是该应,因为慌乱,母狗误闯荆棘,绳索绞在了荆棘丛中,再一使劲挣,活结扣紧,透不过气来了都。此时二哥已经赶到,找到绳头,在腕子上绕上几圈,这才用力往外拉。拉不动,掉转身体,搭在肩上背,好一番努力才将母狗从荆棘里拉出来。可怜母狗四肢抵地,翻出了两道新土。巧的是歪脖老槐树就在一侧,二哥将绳子搭过一根斜出来的粗枝上,再薅住绳子的这一头,用力一蹲,母狗就离了地。

我们那儿的说法,狗是土性,离了地才活不了。就算吊在树上半天,如果放下来,沾了土气,狗也能死而复生。所以,母狗被吊了整整一天。吃饭的时候,我捧着碗来看,二哥也已捧着碗在那儿了。黑豹和张飞,当然也跟着捧碗的我们齐聚树下。它们看看吊在树上的母亲,并没有额外的悲痛,嗓子眼里发出了一种声响,仅此而已。更多的还是眼巴巴地望着我们,追随我们筷子的动作。

4

老魏和小陈没有大操大办。因为马车已经被称为儿子,所以看起来像奉子成婚。一家三口的日子和婚前没有什么区别，只是称呼变了。

小陈会训斥马车：滚！死你爸那儿去吧。

老魏则会征询马车的意见：要不，给他们喝着，咱俩出去溜达溜达？

此前，也就是刚刚捡来马车的时候，老魏和小陈带它去过宠物店，通过看狗齿，知其已经三岁。一晃捡来也有好几年了。狗的寿命不会超过二十年，参照于人，马车已算中年。这不禁让我们替这对父母担心起来。如果不出意外的话，儿子肯定是要死在父母之前的。小陈作为女人，自然难以接受没有马车的家庭生活，她动议速速找到一条母苏格兰牧羊犬，让后者在马车还没有绝育之前生一只马车二世，继续豢养，仍以子称，以续其嗣。有钱人老魏则放出豪言，将来要把马车制成标本，活着每天看到，死时一道埋葬，连墓地都选好了。

谁也没想到，马车突然有一天就跑了。

立春季节，几乎全世界的母狗都散发着臊味。据说这种气味和电磁波相仿佛，不会被高墙阻隔，能传出很远。即便老魏和小陈家的门窗紧闭，马车这样的公狗还是闻到了这股在空气中无处不在的臊味。我们可以想象这一气味是呈烟云状的，它有时像一团暴雨将至的乌云，举世惊叹；有时也像一条质地柔细的丝巾，无孔不入。当然，将之理解为雾霾那样的颗粒状可能更好，均匀地遍及任何一个角落。它们可能来自本栋单元楼里一条叭儿狗的，也可能来自马路对面小区里那条漂亮的哈士奇的，工地上的藏獒以至动物园里的豺狗也可能会向马车发出邀请。总之，按小陈的话说，之前几天，马车在家里寝食难安，狂躁不已，夫妻二人已是相当谨慎。

小陈喝多了爱哭，她抹了把泪说，如果是从我手上丢的，他可能会打死我。

好在马车是在老魏手上丢的。他牵着它在小区里晃荡，然后在小卖部买瓶矿泉水，掏钱的时候手有点松，马车就跑了。烟和钱他都没来得及拿，就追了过去，

曹　寇｜狗　日

但一个拐弯，马车就消失了，再也找不着了。

经验告诉我们，丢了就丢了，正如二哥的黑豹那样。我是这么安慰这对夫妻的，这种狗不太可能被剥皮吃肉，还是被收养了，当年你们不也是这样捡来的吗，前主人的懊悔和悲痛未必就逊色于你们呀。

不过这种安慰并没有什么用。找狗才是当务之急。印刷和张贴启事，动用朋友渠道在报纸、电台和电视台悬赏，微博上更是不舍昼夜的刷屏。到了后来，微博已不再是致使朋友转帖，而是对马车的喃喃私语：

马车，你又去远行了吗？为什么不带上爸妈？爸妈为了带你旅行，特意换了宽敞的越野车供你看风景。五年来，爸妈带着你跑遍了半个中国，你已是个小小旅行家，当你飞奔在若尔盖草原时，你更已成为真正的草原巴特尔，一如你的名字——马车！好孩子，快回家！

因为马车的失踪，酒局自然是变味了，以至暂停了。朋友们当然要出于友谊帮助寻找，不过，后来我们发现，所谓的帮助也无非是在微博上转转帖。和转一个与我们无关的寻人启事没有任何区别。那些失踪的儿童，那些走失的老人和妇女，走时穿着什么都被正儿八经地描述了。我们也帮转了，但他们有没有被换了一套衣服呢？他们最终回到家中了吗？难道需要我们走上街头奔走呼号？到最后，我们甚至已不好意思再致电安慰和询问。"马车有消息了吗？"这更多的是像在不怀好意地提醒这对沉浸在丧子之痛的夫妻：嘿嘿，你们的儿子真的没有啦！

5

　　黑豹失踪不能理解为狗的情欲问题。在乡村，狗在性生活上并不压抑。它们没有道德和伦理的束缚，没有门第之见，没有彼此挤对和互相伤害，只要两情相悦，它们在田间地头就交起了尾，任你用扁担驱赶也难分开。

　　周身黑亮的黑豹是我见过的最漂亮的狗（在我看来比马车漂亮），它长大了也没有像二哥说的那样变色（张飞倒是有变化，越来越丑），怎么说呢，一道黑色的闪电？它不但和自己的母亲交配，还和村里许多其貌不扬的小母狗保持着奸情。它不是滥情，可以理解为施舍，施舍它的健美和精液。这个世界上，最妒忌它的应该是曹福坑这样的人。黑豹短暂而辉煌的一生，对于后者这位资深光棍来说，简直是一种侮辱和嘲讽。事实也似乎就是这样，曹福坑对待张飞，只是捉弄和吓唬，对待黑豹则是棍棒石块相加。如果不是曹福坑死在前面，二哥完全有理由相信，是他弄死了黑豹。

　　曹福坑死在了一个冬天。人们发现他的时候，他两腿向上地被冻在了河里。人们能够认出他的皮裤。等大家敲碎了冰用筢子将他拖到岸边的时候，他仍然头朝下地漂移。皮裤里空气充盈，这是他在水中无法翻身活活溺死的原因。等大家把他从水里捞上来，他的腿脚依然是干的。真是一条好皮裤。然后就下起了雪。曹福坑当然被他的兄弟和妹妹埋了，但现在回想起来，我总觉得他还穿着皮裤躺在岸边。天上大雪纷纷，一会儿他的黑色皮裤就看不出来了，然后和河岸混为一体。

　　紧接着黑豹就失踪了。二哥最终也没有实现承包鱼塘的梦想，甚至初中没念完就因为打架斗殴被学校勒令退学了。他和一个远方亲戚（确实是我没见过的亲戚）学开汽车，因为当年身高不够，在驾驶座上还垫了个枕头。二哥算是这个时代比较早学会开汽车的人。所以在我整个青春期，二哥都是混得很好的样子。抽好烟，穿奔裤，佩戴 BP 机，然后是大哥大。他还组织过货运车队，拥有过两辆黄河大货车。这是一种燃烧柴油，马力强大，体形惊人的车。他开着它回到村里，在村道的泥地上留下两道深刻的轮迹，经久不消。在门前刹车停下后，我们可以看到，从高高的驾驶室里跳下的还有一位皮肤雪白、面目姣好的姑娘，看起来一点儿不像本地人。而且每次都是不同的姑娘。二哥还带着这个姑娘来到我家，坐在我的床上和我聊天。我还没有学会抽烟，但他还是执意给我点上。表示这样才像一条汉子。他信手翻我床头码得整整齐齐的书本，然后随意地扔在一旁。他建议我不要念书了，念书没用，他说，真的，一点儿用也没有。我还记得他和女孩走后，我的床单上除了因为他躺着弄得皱巴巴的样子，旁边还有一朵臀部的痕迹，是那个女孩的。

然而多年以后，我的二哥并没有成为老魏那样的有钱人。他被人骗了，但他自己不承认，总之那三辆黄河大货车没有了。他娶了初中女同学，在公交公司开 82 路车。82 路是郊县车，我很少坐，有限的几次，也没有遇到他。他说，你可以报我名字，他们就不会要你刷卡。

6

马车找到了。

这已经是老魏和小陈放弃希望的时候。因为彼此埋怨，经过最初几天的争吵和谩骂之后，他们已不愿意和对方说话，连看也不想看到对方。小陈去朋友家借宿，不断强调跟老魏这几年完全是一场噩梦。

老魏没有打电话，而是直接上门来告诉小陈关于马车的情况。

一个男的打电话给他，说看到了寻狗启事，自己不久前捡到的狗完全吻合启事上的样子。但这时候电话就突然断了。老魏回拨过去，关机。怎么办？

真的？小陈确实是从沙发上跳了起来。

他们一直不断拨那个手机，除此之外就是攥着手机等待对方来电。而此时其他电话一概掐断。到了傍晚，那个手机开了。过了好一会儿，对方才接听，问找谁？老魏赶紧述说来意。对方确认狗确实在他那儿，表示自己也很喜欢这条狗，而且他打听过了，一条成年苏格兰牧羊犬确实不便宜。然后反问老魏，你悬赏的5000块钱是不是少了点儿？是不是对这条狗的不尊重？无非是讨价还价，最后敲定一万，以一手交钱一手交狗的方式将马车送还。

我其实可以报警，事后老魏说，因为悬赏是5000，这相当于契约，少给了算我不守约。要一万就不对了，另外5000等同于对方在敲诈。不过，算了，老魏觉得自己没必要较真了。一方面自己不缺这一万块钱，另一方面，对方在暗处，自己在明处，得罪了这些人，也不明智。此外，老魏已届天命，他对马车失而复得整件事的理解已不愿就事论事来对待。也许是救他一劫呢？马车丢掉，然后找它，这让他无暇其他。而可能恰恰这段时间，在其他上存在着一个恶一个灾，而因为没有介入就这么被消除了。比如吧，我在外喝酒，然后逞能酒驾，一头撞死在高速公路上了，你说呢？

约定晚上九点在中山北路过街天桥上交狗。老魏有点忐忑，怕自己中计。有狗，敲诈更多；没有狗，直接绑架。老魏早年当诗人时，留过长发，漂过江湖，在内蒙古和海南都跟人干过，有个被自己一脚踢到裆，当场就死过去了。有没有真死，或者有没有废掉？老魏不知，也吓坏了，跑了。一对一格斗，老魏怕过谁。不过这年头他们是怎么玩的，老魏吃不准。就打电话到公司，叫司机小李找几个哥们儿过来。宽敞的越野塞得进这么多人。先交代了，老魏和马车没问题，他们别下车，

曹 寇 | 狗 日

就自己跟他们交易。

九点到了，有个牵狗的女人过桥，老魏迎上去，狗不是。路人。电话拨过去，问怎么还不见人。对方说，换地方了，马上去三台洞公园门口。三台洞紧靠长江，古代是和尚道士修炼之所，有些遗存，属于文物保护单位，但因为规模太小，位置太偏，白天就没有多少游客。且附近没有什么居民，只远远可以看到江滩上有几间简易棚。挖沙的，打鱼的，或者就是流浪汉、乞丐什么的栖身之所。总之，这里入夜黑灯瞎火，犯罪条件充分。

再拨过去，对方说，数数江滩上几间简易棚？

老魏数了数，三间。

嗯，没错。中间那间你去一趟。对了，你手机带手电的吧？

带。

进去，里面有顶草帽，拿着回家，别上楼，在你楼下给你狗。

确实有顶草帽，半新，红漆写了"为人民服务"五个毛体字。像刚放在地上的。老魏想了想，戴在自己的头上。

回家到楼下，树影里蹲着两个人，躺着一条大狗，正是马车。

给它吃了药，待会儿就好，这个你放心，其中一个站起来第一句就是这个。小陈扑上去，将马车那张大长脸抱在怀里，马车马车地叫。光线差，看不到泪流满面什么的。

已经很清楚了，连住哪儿都摸清楚了，人家就是干这行的。老魏在回来的路上憋了一肚子气，看这阵势也没必要发了，更没必要招呼小李几个哥们儿上来动手了。

钱数都没数，拿上就直接揣怀里招呼另外那个蹲着的走了。老魏说。

小陈不同意他这说法，补充道，那家伙还伸手从老魏头上摘下草帽戴在自己头上,还说了个谢谢。

　　此外,那人还问老魏:换了三个地方,你是不是觉得我在耍你?没等老魏回答,他自己答了:这叫诚意。

7

　　最后我要说说张飞。

　　可能因为胆小,躲过了各种诱捕和毒杀,它活了很长时间。在这段时间里,我的祖母和父亲先后死掉了。然后姐姐出嫁,然后我大学毕业留在了城里,并将母亲接了过来。搬家那阵,我们几乎忘记了张飞的存在。虽然它不是那么活跃,但仍然是一条草狗,不是宠物,没法待在城里单元楼里。起码我是这么看的。小猪、老鼠,甚至蛇都可以当宠物,但时至今日,我也没有看到有一户城市居民会收养一条草狗作为自己的宠物。

　　搬家当天,母亲在副驾驶位子上,她当然没有看到张飞跟着卡车奔跑的样子。我和那些破烂家具并排站在货车上,看到了张飞。它其实跑得相当吃力,它已经很老了。但它还是坚持。我难过极了,没有任何办法,只能挥手示意叫它别跑了,别送了。送到村口,它就不再跑了,就那么站在那儿目送着卡车越来越远,它越来越小。它是一个一辈子没有出过村子的狗,就好比奶奶,一辈子没有坐过汽车没有进过城。

　　你感动了吗?如果你感动了你就上当了。事实并非如此。当天没有发生张飞跟着卡车跑的事。之前我们就把它送给姐姐家了。姐姐就嫁在村里。张飞平时就经常到她家走亲戚,虽然每次去也能捞点剩饭剩菜吃吃,但姐姐对它并不热情。姐姐这个人,考大学考了三次,最终也没考上,然后到村小学里做了代课老师(现已被辞退)。姐夫跟她青梅竹马,是村里的会计,也算门当户对吧。我脑子里始终是她当姑娘时的样子,在她的枕头下有个软面抄本,上面抄满了汪国真、席慕蓉什么的诗。她最喜欢对着镜子唱歌,唱《大海呀故乡》,还有齐豫的《橄榄树》。

张飞并没有在她家住下,而是每天还在我们老房子的门前卧着,饿了才会到姐姐家吃点儿。考虑到妈妈和弟弟都离开了村子,张飞算是姐姐硕果仅存的亲人之一,在最后的日子里,她总算对它好了起来。如果张飞没有上门,她会端一碗剩饭剩菜主动送过来。

张飞真的老了,姐姐后来跟我们说,既不到处跑,也不叫了。曹福坑若活过来继续捉弄它,它大概都不叫了。就这样,它每天都这么在无人居住的老房子门前卧着,风吹日晒,日升日落。台阶上枯草开始疯长,门板上油漆开始剥落,那把大锁也开始锈迹斑斑,被母亲和存折放在一起的钥匙大概已经不能打开它了。总之,主人的气味越来越稀薄。直到有一天,姐姐端着饭来给它吃的时候,发现张飞已经在门前死了。

(选自 2014 年《文学青年》第 3 期)

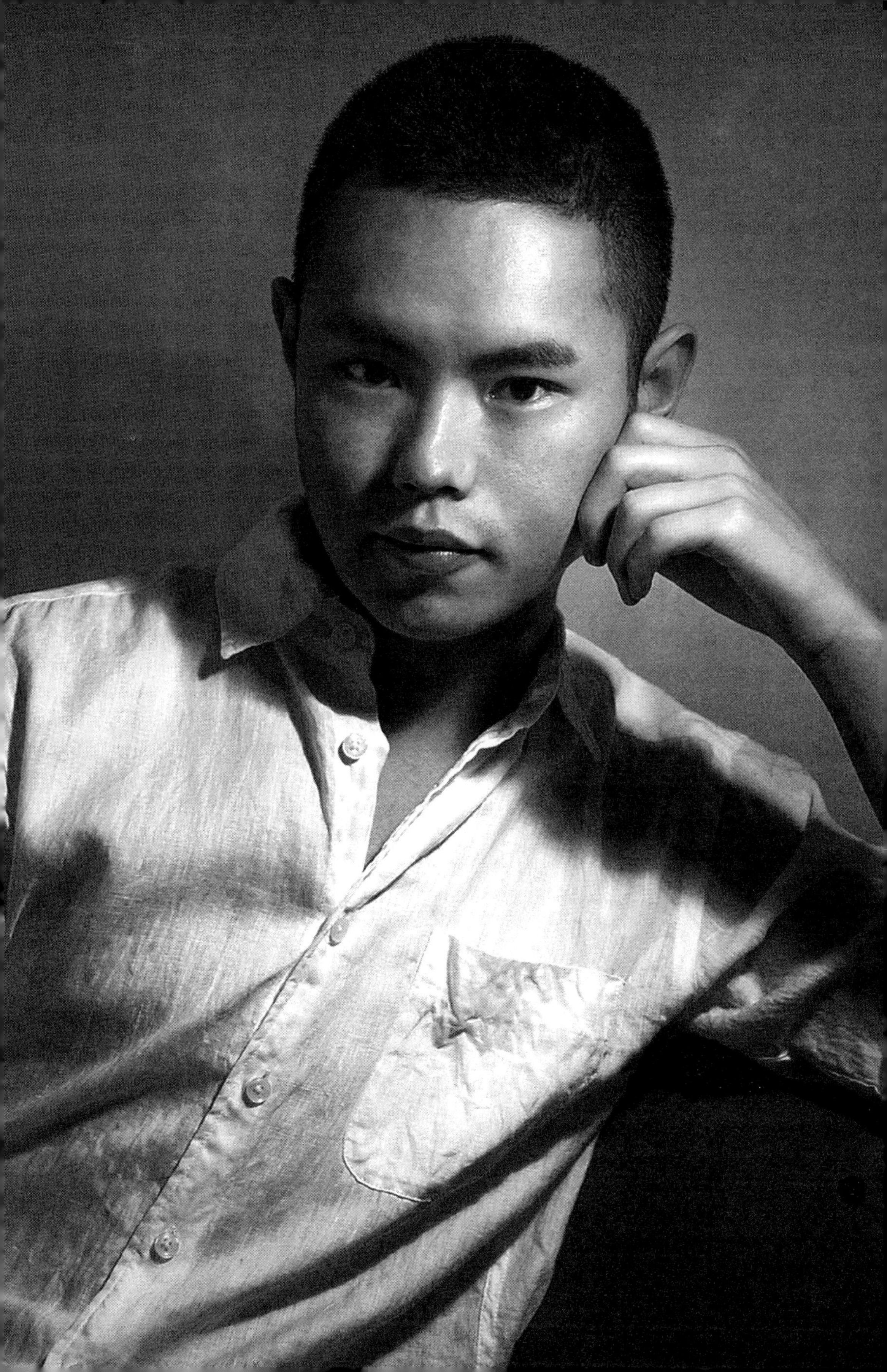

国 生

国生，1992年生于安徽，毕业于复旦大学中文系，作品散见《上海文学》《小说界》《西湖》《天南》等杂志期刊，已出版小说集《尾骨》。

门　外

　　火车终于到站了。卢哲恺费力地睁开眼睛,将行李架上的箱子取下来。车厢在最后端,月台很矮,他踩着列车员搭上的铁台阶往下走,笨重的箱子差点砸到他。他最后看了一眼往车上拥的人群,以及绿皮车侧面写的"上海—乌鲁木齐",往出站口走去。

　　把票交给检票员后,他从不锈钢栅栏里走出来。广场的中心还是那个从不喷水的喷泉,他站在一堆碎掉的地砖边上,从左到右审视了一遍夕阳下的六城。绿皮火车从站台背后缓缓启动,接着变成一个小点,消失在不远处的两排白杨树里。他打算等上一会儿再回家,从背包侧面摸出一根皱巴巴的香烟,绿茶味儿,又用那个生了铜锈的打火机点上。他盯了一会儿火机侧面"L&Z"的字样,接着塞进口袋。手机振动了两次,拿出来时,他以为是他的母亲发来的短信,实际上是那串熟悉的数字。短信里写着:你走了?

　　去死吧。他想。

　　两个月前,公司里的一个同事知道了他的事情,故意在聊天群里提起,之后所有眼光都变得躲闪。最终,老板以业绩作为借口辞退了他。他过了一段日夜颠倒的生活,早晨七点多戴上海绵耳塞,伴着升腾起的汽车声睡去。通常是傍晚六点以后醒来,对着电脑屏幕发上几小时呆,十点钟从一棵梧桐树下出发,漫无目的地走到后半夜。外滩那些灯火通明的夜晚,起初很新奇,没过几天就空旷得让人发疯。除此之外,他不知道还能做些什么。

　　他伸手拦了一辆出租车,司机说了一个价钱,不打算打表计费。他疲惫地点点头，坐进车里。司机问他去哪里，他含糊地应付一句，不再做声。窗外到处都是明黄色的护栏，印着"前方危险"，横穿城市的主干道被挖出很多大坑，这会儿蓄着雨后的积水。路两边的商店像是换了一批，但那些墙壁上的白瓷砖还是一样坑坑洼洼，像生了癣病的皮肤。

车子在一个红灯前停下，朝左能一眼看到小城的边缘，正在开发的荒地和绿油油的速生林连在一起。再远一些，逸仙楼的圆顶和避雷针出现在悬着棉花糖状云朵的天空里。这让他产生了一种错觉，好像车子马上会大转，往前开一段，在那扇写了几个烫金大字的门口停下。接着他该打个电话给苏超，约出来绕着挂满紫藤的长廊走几圈，然后一起坐在那栋教堂般的教学楼里听谷蓓上课。有一次她的手齐肩举着，提出一个问题："这种情欲到底正当吗？"他忘了谷蓓具体讲了什么，也许提到了弗洛伊德，或者拉康，真正让他印象深刻的是谷蓓引用了一句某作家的话：这是你们血里头带来的。

苏超对这说法不以为然，至少在知道谷蓓是他母亲前是这样。他说："陈词滥调。"苏超的博士导师是一个学界知名的文学教授，出于某种原因，并不很喜欢这个学生，毕业后只勉为其难帮他联系了一份在六城学院当讲师的差事。他说自己总有一天会离开的，也许去加州或者西欧读博士学位，找份当地的教职，熬上十年。他相信自己不会久留，对卢哲恺说话也就不那么保留，"缺了点什么，像一帮混吃等死的人。"

他不大看得起这学校大部分的老师。

快到家时，他打电话给谷蓓，背景声中有刺啦刺啦的响动，他猜是沥着水的蔬菜下油锅。他想象着谷蓓一只手接电话，另一只手翻动着铲子，一锅翠绿的叶子很快就萎缩成仅能盖住锅底的一团。他想象着家里的格局——长条形的，两头是卧室,他的那间朝北,中间隔着客厅、厨房、卫生间,像一个比例失衡的长方形盒子。

谷蓓系着围裙开门,接过他的箱子放在客厅的角落,说:"一路都还好吧?"她的嘴角随着年龄渐长而往下耷拉,此外没有任何表情。他点点头。他本以为谷蓓会说,终于回来了,或者,总算回来了。再加上些肢体语言,比如拥抱,告诉他:谢谢你为妈妈回来。像她这三年里在电话里说的那样。什么也没有。仿佛他只是离开一星期,去另一个地方看了些无聊的风景,而不是独自在外整整三年。

他在沙发上坐下,阳台上晾着几件谷蓓的衣服,让他有些意外的是,阳台边的几棵水杉已经冒到三层楼高了。他走进朝北的小房间,书桌上空荡荡的,只有一盏早就坏掉的台灯。背靠书桌朝外看出去,卧室那扇铝合金的防盗门下方有个开口,长宽各约三十厘米。上小学时,如果犯了错误,谷蓓就会关他两天,从开口中递进饭来。

谷蓓做了一桌子菜,十几个小时的火车颠簸让他的胃口很坏,勉强地吃几口后,他说:"你去年买了新房子是吧?"

"留给你用。"谷蓓放下筷子,喝了一口茶,似乎也没什么胃口,"离火车站挺近的。"

"你不用给我买房子的。"他夹了几根菠菜,告诉自己,再吃最后一口。

"只要你好好的。"谷蓓像是没听到他的话,"否则就当是我的养老投资好了。"

他暗暗叹气,不想说话。谷蓓坐在一个较高的椅子上。他抬起头看她,旋即低下。

"我什么都为你考虑。你要知道,这个世界上全心全意为你的,只有我。"还在上海时,谷蓓无数次在电话里这样说。谷蓓去过一次上海,在那间紧邻卫生间、充满排泄物和香烟味道的十平米房间,她说:"你何必在这里苦挨日子呢?"她还说,"上海是好,可惜没你的位置。"她保证,只要他回来,他舅舅就给安排法院系统的工作。

夜里,他躺在床上,身体像陷在软绵绵的流沙中。有一会儿,他的意识开始模糊,随即像在一团暧昧的光中跌下深渊,身体猛地一抽,又醒转过来。他起来拿掉一层褥子,看着窗外隐隐约约的灯光,试图分辨与上海的路灯有什么不同。他想,是不是弄错了一些事情。或者所有的事情都错了。疲倦压在他身上,但再也睡不着了,和那些失眠的夜晚相同,细微的疼痛爬上脑袋,一闭上眼睛,却是更多剧烈摇晃着的影子。

第二天早上,他十点多才起来。谷蓓戴着眼镜在阳台上看一沓打印的资料。洗漱完毕后,谷蓓说:"早饭在桌上。"他端着碗走到阳台上。去上海时,水杉最多两层楼高,现在已和他的视线平齐。他注意到中间那棵最茂密,层层叠叠的羽毛状树叶深处有一个灰扑扑的鸟窝。

"现在的博士生,水平真不怎么样。"谷蓓说。她的眼睛从镜框外看出来,一脸嫌弃。

"你在看什么?"

"中文系新来的两个讲师的博士论文。"谷蓓将手中的论文扔到旧书桌上,又换了一本看。阳台还没用铝合金窗户封起来前,书桌放在谷蓓的卧室里。除了上课、做家务,谷蓓全部的时间都花在这张雕花的木桌上考博士。他上高中那年,谷蓓把桌子搬到阳台上去,正式放弃。

"你不能用你的标准来要求别人。"他说。

"什么都有标准。学术,做人。"谷蓓像拎小鸡一样翻了一页,"这是客观标准。"

下午一点,谷蓓问他:"去学校吗?"她把两本上课要讲到的小说塞进包里。

谷蓓又问了一遍。他回答："去看看吧。"

坐在电动车后面，他说："你为什么不买辆车呢？"

"我这样挺好。"谷蓓声音很大。

"现在十万块能买辆不错的车。"他用同样的音量回答。

"我不想买。"谷蓓说，握着车把从两辆并行的轿车中穿过去，吓得他抱紧了谷蓓的腰，他说："慢点！"

"买了我也不会开。"谷蓓放慢了速度。

六城学院的校门和逸仙楼的圆顶近在眼前，沿着空旷的马路开了一段，谷蓓把车子停进车棚，接着向他挥挥手，走进教学楼。他在原地站着，产生了一种熟悉又陌生的感觉。逸仙楼边上的一棵叫不上名字的树，此刻只有虬成一团的枝丫，像个树枝卷成的魔法球。也许是死了，他想。

他绕到逸仙楼后面的草坪上坐了一会儿，正对着以前和苏超常去的长廊。那是苏超在这儿唯一喜欢的地方，苏超说："沿着这里走路、聊天，像是杜拉斯的'话语的高速公路'。"没过多久，苏超就发现这条高速公路的一个坏处——总能遇到课上的学生，那些不敢在大路上牵手的情侣都喜欢这个石栏遮着的秘密花园。

他忽然想到有可能在这里遇到苏超。他起身，走进逸仙楼，在三楼的一个教室找到谷蓓。他从后门进去，谷蓓带出门的书倒扣在讲台上。

他趴在桌上睡了一会儿，醒来时，谷蓓握着拳头对空气敲了两下，说："多元性是这个时代唯一的真理。"他的目光正好对着窗外，初秋的风拨弄着高高的银杏树，几片还绿着的叶子被扯了下来。当谷蓓再次回到文本上，那句话才慢吞吞地钻进他的脑袋。他唯一能感受到的是一点点被拉长的疲惫。

在车棚取车时，谷蓓说："晚上你舅舅来谈你工作的事情。"舅舅的面孔从眼前闪过，那对连在一起的眉毛常年皱着，不说话时，鼻孔随着呼吸露出一根根粗壮的鼻毛，对一切都没什么耐心。

"他对你够好了。"谷蓓把U形锁扔在车子踏板上。一个来车棚取自行车的学生和谷蓓打招呼，打断了她。谷蓓微笑时眼睛弯成一条向下的弧，脸上的皱纹显得很慈祥，她对女孩说："路上小心。"

舅舅天没黑就来了。他泡了一杯茶，舅舅示意他放在茶几上，然后站起来，走到阳台上站了一会儿。舅舅说："去你房间看看。"他跟着舅舅走进房间，拉开写字台的椅子。舅舅环视房间，说："你不在的时候，你妈经常打扫。"

"她很爱干净。"他说。

舅舅指了指竖在墙角的行李箱，"在上海的三年，就这么点东西？"

"不方便带，很多东西都扔了。"他倚在门边盯着黑箱子。这箱子是当初离家时带出去的，刚好装满。

"回来挺好。"舅舅点上一支烟。

他特别希望能自己待一会儿，抽一支烟，发发呆。他回忆着在上海住过的几个地方，都是群租房，其中一处是客厅改建的，落地窗外是一个没封起来的阳台，从十八楼看出去，一幢幢高楼延伸到遥远的地方，偶尔还能听到黄浦江上汽船的声音。他喜欢在那阳台上抽烟。

吃饭时，谷蓓拿出一瓶白酒，让他敬酒。他举起杯子说："敬舅舅。"

"心里要有我们这些长辈。"舅舅一口闷掉酒盅中的液体，他只抿了一小口。

"当然。"他轻轻地说。

"法院下个月有个空缺，你考个试，顶上去。"舅舅说，"先休整一段时间，陪陪你妈。"

谷蓓将西红柿汤端上来。舅舅说："既往不咎，以后好好的。"

他盛了一碗汤，闷着头喝，余光瞥到对面两人，尽管脸部轮廓不同，但五官神似，尤其是塌下去的蒜头鼻，还有两片薄薄的嘴唇。他点点头，含糊地应付一声。

接下来的一段时间，他陷在一种无所事事的空白中。早上五六点会醒来一次，窗外飞快地掠过一些影子，有时是树梢晃动，有时只是凭空产生的幻觉。八点钟会被谷蓓叫起来，沉默地刷牙洗脸吃饭，然后下楼绕着一个开放式操场走几圈，回来的路上带些新鲜的蔬菜。漫长的白天是最难熬的，时间变成了阳光在墙壁上运行的轨迹，像静夜里年久失修的水龙头一滴一滴落水的声音，不能制止它，也没法躲开。他每天都在期待谷蓓去学校的几小时，他走到阳台上，与叶子渐渐发黄的水杉对视，抽那条从上海带回来的烟。这变成他唯一的安慰，唯一与那段落魄却自在的上海生活联系着的线索。

有一天，谷蓓带回来一个女孩，长得极像混血儿，或者新疆人，高高的眉弓和颧骨让她的脸看上去有种天然的忧郁，瞳仁在灯光下闪耀着温暖的琥珀色。谷蓓说："我去做饭，你们聊。"女孩在沙发上坐下，他坐到边上一张木椅子上。女孩拘谨地端着杯子，小口抿着茶水。他扭过头看向厨房，谷蓓在砧板上切菜，又放下刀掀开锅看看。从背后看去，谷蓓的背影比从前小了很多。

他问她是哪里人，她惊诧地看着他，仿佛从未遭遇这类问题。她告诉他，就是本地人。他点点头，与她一起陷在沉默里。女孩问了一些关于上海的问题，他因回忆而皱起眉头时，她受了惊似的微微张开嘴巴，急促地低声抱歉。到结束这次会面，他已经记不得听到了多少次抱歉。

整顿饭很闷，除了谷蓓偶尔说一些他小时候的事情，就几乎没人说话。谷蓓笑起来有一种奇怪的尖厉，像是嗓子眼卡着一块小石子，这让沉默的时候更显得僵硬。

女孩走后，谷蓓问："你觉得她怎么样？"

"什么怎么样？"他鼓起勇气对谷蓓说，"你别这样。"

"我怎么了？"谷蓓将抹布摔在桌子上，盯着他说。

"你没怎么，是我怎么了。"他的声音弱下去。

"那你说说你怎么了？"谷蓓说。

"我只想一个人待着。"他哆哆嗦嗦地在口袋里摸索，碰到烟，又把手拿出来。

"那真的是你的问题了。"谷蓓朝他走了两步，他几乎被逼到客厅的角落里。

"你在课上不是喜欢谈多元性吗？"

"理论和生活能一样吗？"谷蓓不屑地说，"你别幼稚了。"

他背过头去，有种上当受骗的感觉。他说："别逼我。"他瞥了一眼谷蓓，她翕动着嘴唇，像是气急了，一时不知道说什么。他逃回房间，背靠着门重重地喘息。稍微平息一些后，他想象着谷蓓一巴掌扇到他脸上会有什么后果。他想，那也不见得是坏事，他将有足够充分的理由离开这个家。他暗暗地骂自己胆小鬼，坐上那趟上海到乌鲁木齐的火车时，就是个该死的胆小鬼。

夜里，他梦见有人将他的头往水里摁，他摇晃着脑袋，挣扎着从水里探出头。醒来时，他迷迷糊糊地发现有人在床头摸索。窗外透进来的光将谷蓓的脸一分为二，靠近他的半张脸处在荫翳中，皱纹像被刻刀雕出来的坚硬线条。

谷蓓说："醒啦。"

他迷迷糊糊地点点头。梦里溺水的感觉依然清晰。

"我该先问问你的。"谷蓓说。

"没事，妈。"他闭上眼睛，立刻被黑暗包围。

"用下你手机。家里电话欠费了。"谷蓓摸到手机，在他眼前晃晃。他只能感到一条影子闪过。"快睡吧。"

国 生 | 门 外

谷蓓走出去，带上门时发出轻微的碰撞声。脚步声渐渐远去，随着另一声关门的响动而消失。

从太阳的位置判断，应该是七点钟，或者八点钟。他把手伸到枕头下面，没摸到手机，想起是谷蓓拿去了。他躺好，头像宿醉般疼。他等着谷蓓来敲门，然后假装什么也没发生过，生活继续。过了很久，他再次睁开眼睛，不记得是不是又睡了一觉。他坐起来，发了一会儿呆，穿上衣服往外走。他发现门打不开了。他将门把手朝左转动，又朝右转，像是不确定开门的方法一般，反复试了几次。

他意识到，他被锁住了。

起先他也不慌，这也许是个误会，或是意外。他叫了几声谷蓓，安静的间隙中，外面传来刻意放低的脚步声。他说："我知道你在外面。"没有反应。他回到床上坐下，思考着下面该干些什么。等到他再次想起手机不在这房间时，他意识到，什么也干不了。

中午，他听到敲门声，下面的开口里陆续递进来一盆水、毛巾、牙具，接着是装在大盘子里的午餐。那条瘦骨嶙峋的胳膊从开口中伸进来又缩回去。他一脚将塑料盆踢到墙上，水溅到床上和盘子里，顺着门缝流了出去。他知道谷蓓在外面站了一会儿，也许还叹了气，然后转过身走开。他摸出香烟，狠狠地吸了一口。在这个被锁住的房间，他终于能自由自在地吸烟。

他在新闻里看过一些案例，先软禁，然后绑去精神病医院，任凭医生施行不打麻醉药的电击疗法。还有那些吃了药后身体浮肿思维滞缓的病患。他甚至想到《飞越疯人院》里被切除脑叶白质的麦克·菲墨……

听到谷蓓离开家后，他从抽屉里翻出起子和小刀，鼓捣了半天也没能把这扇铝合金的门弄开。他一直觉得卧室装着防盗门是件诡异的事情。他把起子扔到地上，一拳砸在门上，除了嗡嗡的震动声，铁门就像个反着光的深棕色怪物。

傍晚，谷蓓把晚餐从开口递进来。他端起盘子坐在书桌上吃饭。

谷蓓说："把中午的东西拿给我。"他起身将中午的剩饭和裂开的水盆递出去。

"明天想吃点什么？"谷蓓问。

他默默地扒着饭，没说话。

"你想谈谈吗？"谷蓓说，"你得变好。你得健康。"她几乎是温柔地絮叨着这些。

天黑后，他找出剪刀，将被套和床单沿中间剪开，然后首尾相连，末端系上两件最坚实的粗布衬衫。他从窗口探出头看了看，又比画了一下手中绳索的长度，如果将一端绑在书桌腿上，估计另一端离地大约两米。他翻了翻房间里各个柜子，再没找到任何能延长绳索的布料。他想，就这样吧，接着挑了几样重要的东西塞进背包。这栋楼处在小区靠里的位置，背后就是一堵围墙，没什么来往的人。他抓住绳索，使劲拉了拉，确保不会中途断掉后，小心翼翼地放下去。翻越窗台时，手心直冒汗，他从小就有恐高症，一到高处就会不停地幻想自己是如何坠落、跌到地上。

下滑的过程比想象中顺利，腿蹬在墙上，小步往下挪，手也配合着往下放，到绳索最末端，他扭头朝下看了看，距离没有想象中那么大，于是松手，落在水泥地上，踝骨像碎了般生疼，在地上蹲了好一会儿才缓过来。

灰扑扑的墙壁把绳索衬得颜色鲜艳，而他的房间这会儿黑洞洞的。他不知道谷蓓回来没，是不是已经发现他逃了出来。有一瞬间，他想能看到谷蓓的头从窗口探出来，愤怒地盯着他，也许还吼出一些她从来都不说的脏话。但这不重要，他就要离开谷蓓了。她将再也见不到他，在失去中度过后半辈子。

他没有遇到谷蓓。站在一个十字路口，他猝不及防地意识到他无处可去。他做了几次深呼吸，命令自己冷静下来。他需要一部手机，更重要的是手机上的通讯录。银行卡里还有六千块左右，可以买个iphone，用icloud下载通讯录。但这意味着，他会立刻面临山穷水尽的处境。否决这个想法后，他决定先买个最便宜的手机，然后去网吧想想办法。

计划很顺利，网页版icloud上有全部的联系方式，甚至那些被他删掉的号码也都重新出现。他在烟雾缭绕的网吧里拨下那串联系着上海的数字，这是两个月以来的第一次，他紧张地点上一支烟。电话响了很久才通，一个女人问："你是谁？"他本想问，你是谁，但立刻想起他才是那个没有身份的人。

"打错了。"他说。

他最后看了一眼手中的打火机，刻上去的字周边生了一片绿色的铜锈。他还记得高中化学老师说过，铜锈有毒。接着，打火机在空中划过一道弧线，落在脚边的垃圾桶里。

他焦虑地抽着烟，周围一帮打游戏的中学生大声嚷嚷着。他来回拖动着通讯录，统共不到一百人，大部分是他在上海做销售时的客户。快要放弃时，他看到了苏超的名字。摁下号码，他想到也许苏超已经去加州或者西欧，即使还在这儿，也可能早就换了号码。他想到离开六城那天，下着雨，火车站里挤满了人，他发短信给苏超，说自己要去上海了。一小时后，火车开进那片广袤的白杨林，苏超发来短信祝他一路顺风。

电话竟然接通了。他说："苏超。"

"你是？"他听出苏超的声音，那种低沉的、具有磁性的、适合在深夜里给人慰藉的声音。

"卢哲恺。"

"有事吗？"对方愣了一下，"我是说，你怎么打电话给我了？"

"正好翻到你电话号码。"他站起来，走到卫生间边上的一块空地，"你怎么样？"他含糊地问道。

"还行，你呢？"他听到风声，也许苏超正在某栋大楼窗边，或者别的什么地方。

"你还在六城吗？"

"还在。"

"能见见你吗？"

电话那头依然在说话，但声音轻了下来。

"不好意思，刚才在和别人说事情。过会儿给你回电话。"挂电话前，苏超又补充说，"见面说。"

一小时后，苏超打来电话，约他在市中心一个商场门口见面。他下了机，打车过去。隔着马路，他看到苏超剃了圆寸，穿着印花套头衫和旧旧的牛仔裤，与三年前相比，他更结实了一些，看上去像个还没毕业的学生。他穿过马路，冲苏超挥挥手，靠近了看，他才发现苏超眼角有几条细小的皱纹。他说："谢谢你能来。"

"客气了。"苏超说。

"没想到你还在六城。"他说，"你以前想去很多地方。"

"是吗？"苏超说，"你呢？我记得你在上海。"

"辞职了，回来了。"他故作轻松地说。

"哦。我还以为你放假回来。"苏超无辜地耸耸肩，"你怎么不回家？"

"我从家里出来的。"他不知道苏超在想什么，犹豫了一会儿，他说，"逃出来的。"

苏超点点头，不再追问下去。他盯着不远处的一个楼顶，于是苏超的脸成了他眼角余光中一个模糊的轮廓，随着跳跃的霓虹灯而不断转变着阴影与明亮的对接。

在出租车上，苏超报了一个地址，接着，车里只有广播中的女声还在说话。

国 生 | 门 外

他扭头看向窗外飞快驶过的一些街景，先是市中心装饰着彩色灯光的新大楼，随着车子的行驶而变成暗淡的、处处透着破败的旧城区，穿过一小段没有路灯的马路时，他沮丧地想到，正在驶向的是一个毫无希望的未来。

苏超家客房的墙壁是淡淡的天蓝色，天花板上贴了几朵云彩。床靠墙摆着，木制，刷了清漆。他将背包放到床边的小柜子上，在书架和桌子边上稍作流连。他走到门口，苏超从厨房里出来，手里端着一杯苦荞茶。他跟过去，两人在客厅里无言相对了一会儿。

他从正对着的电视机开始打量，一个巨大、华而不实的电器，黑色的屏幕上浮着一层毛茸茸的灰尘。屋里的摆设出奇地整洁，柜子上放了一排透明的罐子，分种类装了糖果和零食。他意识到自己一进来就感受到的不安来自于整个公寓富有秩序的烟火气。他想起苏超以前住的教职工宿舍散发着淡淡的橙子味儿，随处丢着脱下的衣服，床头还放了一摞书。最后，他的视线越过斜对面的门，那幅挂在床头墙壁上的三十二寸的照片里，苏超搂着一位穿白裙子的女孩，他们的笑容蕴含着一种毫不节制的幸福。他有些晃神，看了看眼前面部线条更明朗的男人，说："你结婚了？"又将目光转移到照片上，苏超的脸因后期处理而显得有些不真实。

"一年了。"

"哦……怎么认识的？"

"一个研讨会。"苏超说，"你妈介绍的。"

"嗯。"

"她怀孕了，回娘家了。"苏超说，"她不是这儿人，方言我都听不懂。"

"她不错。"他说。

躺在床上，他想象着她和他说话的样子，语速飞快，意识到自己显得过于强势时,有意降低速度,不发表直接的反驳意见。她会抱着他,头靠在他的胸膛,隔着衣服感受他的结实与热度。他们做爱,会不会开着灯?

他睡不着,听到苏超在隔壁断断续续地讲话。他走出房间,苏超的声音变得清晰一些,不断说自己忙,暂时没空,接着安抚对方,照顾好自己和肚子里的孩子。结束后,他拧开房门,苏超正坐在床边抽烟。他说:"我睡不着。"苏超招招手,他走过去与他并排坐下。只有一盏暗淡的床头灯亮着,苏超说:"别想多了,都会过去的。"他点点头,不知道苏超是否看见,接着心不在焉地沉默着,过了一会儿,他说:"我去睡了。"

起床时,苏超已经离开,留下字条告诉他冰箱里有吃的。他打开阳台上的推拉门,穿着内裤走出去,太阳照到他的脸上、身上。他在藤椅上坐下抽烟。早晨的第一支烟让他有些晕。他想起苏超说过,这种感觉是最好的。他不确定这指的是身体上的反应,还是某种幻想。他走进苏超的房间,拉开一个抽屉,看见了一盒拆开的避孕套。他觉得自己像个偷窥癖。他忽然想到,他本可以过这样的生活。

下午四点,苏超回来换了一身运动服,问他要不要出去走走。苏超说,这是他的跑步时间。他们去了公园里的塑胶操场,他在观众台上坐着。椭圆形的跑道就像永无止境的轮回,苏超长久地摆动着双臂与双腿,沉默的样子看上去很严肃。最后几圈,苏超的脸上全是汗水,额头在下午的太阳下像一块反光的玻璃碎片。跑完后,苏超绕着操场走了一圈,不断起伏的胸膛使他的肩膀抽动着,仿佛不加掩饰的哭泣。

"不好意思,让你等了这么长时间。"走到他身边时,苏超的脸色已经恢复正常。

"怪不得你比以前看着结实。"

"我每天跑二十圈左右。"苏超说,"当然只是个大概数字。跑到最后,我也记不清了。"

"每天？"他问。

"如果没有特殊情况。"

"真有毅力。"

"跑步是我最轻松的时间。"苏超说，"跑了两年多了。"

他点点头，看着苏超用干毛巾把脖子上的汗擦干。

"我今天看到你妈了。"说这话时，苏超的表情有些犹豫。

"哦。"

"她看上去很憔悴。"苏超接着说，"下午上课铃打了，她愣愣地坐在办公桌边，我叫了一声，她才反应过来。"

"嗯。"他站起来，准备往操场出口走去。

"你可以和我谈谈的。"苏超跟上来。

他想，也许该去网上看看招聘，三年前去上海时一无所有，那么现在为什么不能再去一次？回到苏超的公寓，那种"本可以"的想法又冒了出来。苏超系上围裙，淘米煮饭，然后在大碗里敲了三个鸡蛋，加上一勺猪油和一些水，放进微波炉转了四分钟。他试着帮忙，在厨房里碍手碍脚地择菜。

"我看得出她挺在乎你的。"吃饭时，苏超说，"你应该回去的。和她好好谈谈。"

"你现在过得开心吗？"他问。

"所有人都这么过。"苏超说。

"我还欠你一个道歉。"他记得三年前的那个夏天很热，天气预报说，六城正在经历四十年来最热的夏天。

"一切都过去了。"苏超说，声音中有一种天然的使人信服的成分。

"那就好。"

"你应该回去的。"

"很多事情你都不知道。"他说。

"我只知道每个人都得面对自己的问题。"苏超说,"我也有自己的生活。"

"我会尽快走的。"

"我不是这个意思。"

有一会儿,他们静静地吃着饭。他做出一个决定,明天就走。

"那么,你当初为什么消失?"苏超突然问。

"有时候,不得不做出不情愿的选择。"他说。

"什么意思?"苏超抬起头看着他。

"我妈知道你是谁,也知道发生了什么。"他说,"她写了一封电子邮件,你知道……不过最后没发。"他把筷子平放在碗口上,一头对着自己,一头对着苏超。

苏超翕动着嘴唇,还没来得及说什么,门铃响了。

门铃尖厉地响了。

(选自2014年《山花》第七期B)

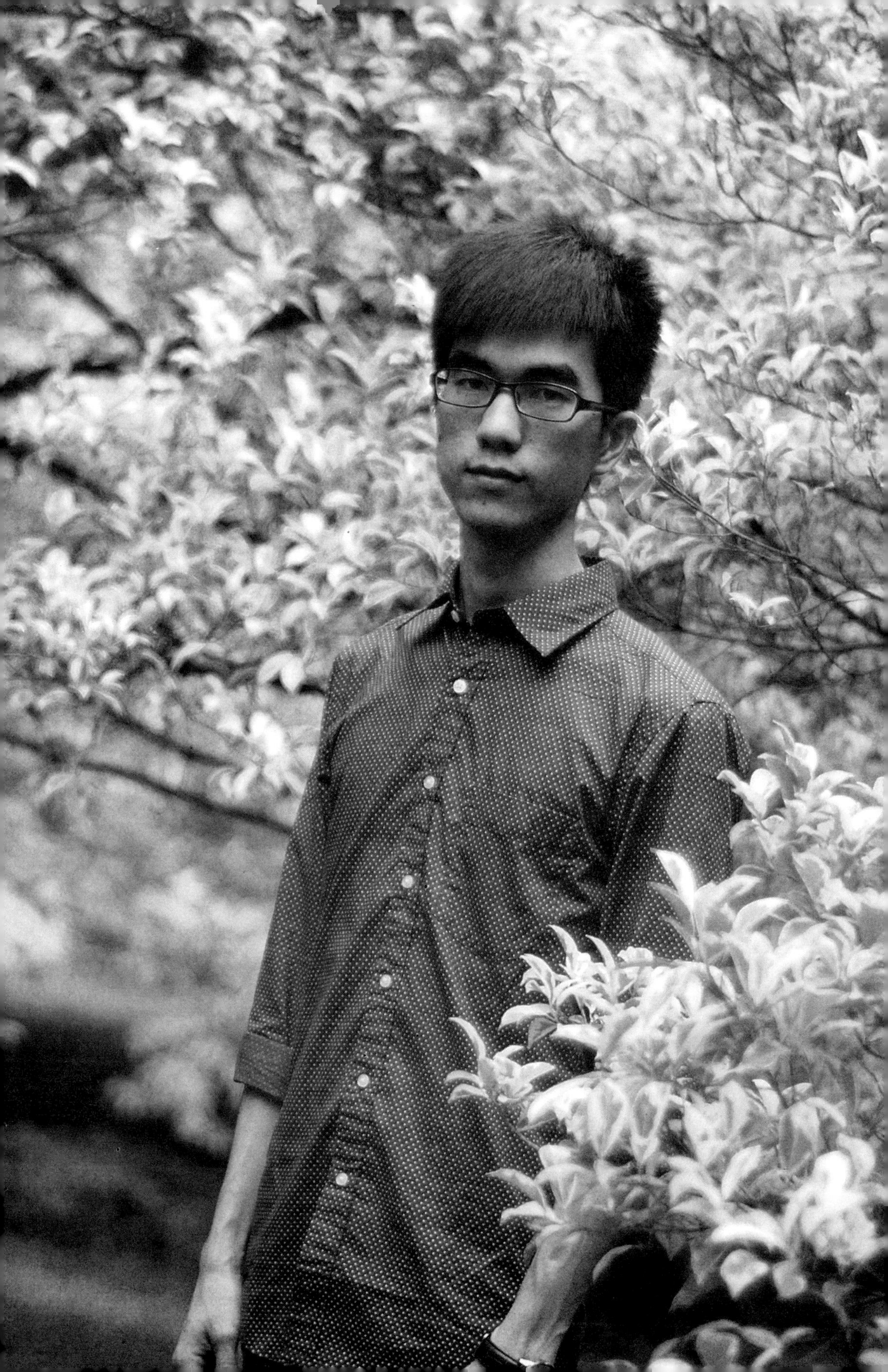

林培源

林培源，男，1987年生，获2007、2008年第九届、第十届全国新概念作文大赛一等奖，2012年首届"广东省高校校园作家杯"中篇小说一等奖，2012年第七届"深圳青年文学奖"。已出版短篇小说集《钻石与灰烬》(2014年)、《第三条河岸》(2013年)等六部作品，在《山花》《创作与评论》《天南文学季刊》《青年文学》《文艺风赏》《西湖》《作品》《青年作家》《广州文艺》等文学期刊上发表小说多篇，现居广东。

烧　梦

一

盛先生把地图摊开，钟敲了三下。他取下烟斗，磕掉残余的灰烬。窗外日照朗朗，屋里却透出一股凉意。他戴上老花镜，细细察看摊在桌上的地图。这张地图，印制于1992年。那是最近一次修县志时，夹作附录用的。归国前，盛先生将连册地图小心裁下，如此一来，他就有了关于这座县城的"新形象"。盛先生对旧县城并不陌生，他曾无数次翻阅刊刻于清乾隆二十九年（1764）的县志，将县城的房屋、河道、郊区等铭记于心。乾隆年间的这本县志初版为木刻版，纂修者叫金廷烈，盛先生家中藏有一套（总计六册）；另一本县志刊刻于清嘉庆二十年（1815），李书吉、王恺修编纂，和上一本相比，足足迟了五十一年。1992年版的县志，则是精装的，配彩图，记录了这座县城的建制沿革、水文地理、文化习俗、发展概况等。他颇费了一番功夫才搜到这本。

三本县志，在时空中排列，如跳跃的音符。

盛先生当然知道，历史不可能呈一条直线，它更像一个线团，线头凌乱，藏匿起人的身世和起源。从这点看，他倒分不清哪一部县志描述的才是真实的县城。或者说，本就没有真实的县城，一切已经被时间的河流洗刷了，漂白了。只有盛先生知道，记忆不会被漂白。

摊开的地图，纸面光滑，似乎还带着从县志上裁剪下来的温度。

盛先生的手止不住哆嗦了几下，他深深地吸了一口气，让注意力更集中些。

他的感官还没有适应这种视觉的迁移。现在他所站的，就是他念兹在兹的故土，他抬头望向窗外，灰尘在光线中飞舞。越接近核心，内心越是难以平静。

他从公文包里拿出铅笔，又摸出夹在笔记本里的便笺条。眼前浮现出机场女孩的脸。女孩的字迹，有一种未被时间淘洗和侵占的干净。盛先生将平便笺条，凑近去，从她画的简略路线图上寻找地图上的对应点，再写到本子上。他现在有些后悔，为什么当初不直接拿地图让女孩指认？可惜已经晚了，机场分别后，女孩就登上大巴，继续她未完成的旅行了。

盛先生这才想起，他忘了问女孩的名字。盛先生还记得她脸上的讶异：什么？你六十年没回国了？盛先生笑笑。接着，女孩拿出手机，打开地图软件，照着手机上规划的路线，给盛先生"指路"。盛先生从来没遇过这样的指路，仿佛他们是在一张虚构地图上行走，女孩指完路，就暂时缺席了。

这种缺席，盛先生再熟悉不过了。从离乡那天起，他就有意无意地参与了某种缺席，缺席是从骨子里长出来的青苔。他至今仍记得，邮轮驶出港口那一刻，他望着凄茫茫一片大海，落下了悲怆的泪。涌动的人潮中没有他熟悉的身影。一切隔阂了，连同头顶的天空，也都漏了一角。雨水毫无征兆地倒下来，乘客纷纷躲进船舱，只有他愣愣地站着，任凭冷雨兜头浇落。也就是从那一刻开始，对未来沉重的想象黏上了他。他想知道，那片人人趋之若鹜的土地，真的就美好如天国？信教的母亲临死前，紧紧抓住他的手，告诉他，快走，走了就好。母亲衰弱得只剩一把骨头了，而沉迷于抽大烟的父亲，却永远留在了对岸。

命运和他开了个残酷的玩笑，没想到的是，这个玩笑赓续了一个甲子，直至耄耋之年，他才循着当年出逃的路线又回来了。

笔记本上此刻有了一串汉字：甲午巷、辛亥街、中山路……他玩味于这些街

林培源 | 烧　梦

道的名字，认定它们和记忆有着血浓于水的关联。可他越看越觉得陌生。这是他对旧城的疑问，也是对自己的疑问。1992年版的县志上增添的几个地名，就像新打的补丁，怎么看都很刺眼。不过他也知道，前两本县志诞生于和现在迥异的朝代，更改是必然，也是必须，但这种更改来得如此蛮横、粗糙，就像有人拿着粉刷潦草地刷一遍。当初修纂旧县志的人若是见到这一幕，一定会非常震惊吧，尽管他们的震惊与盛先生的震惊，相隔了一百多年。

二

听过盛先生故事的人为数不多，我只是其中一个。

我和盛先生从未谋面，促使我写这个故事的人，是陈宝琪，关于盛先生故事的零星片段，也是她告诉我的。陈宝琪说，盛先生是个谜一样的人，她在旅途中遇到过很多人，但从未有一个像盛先生这样令人难忘。她问，你能想象吗？一个人在外面漂了六十年，从没回过一天家乡。我点点头。陈宝琪说，那次纽约飞北京，我和他隔座，他在飞机上翻一本厚厚的图册，看得非常认真，我很好奇，就和他聊起来了。

他穿一套夏装，很正式，看来为了这趟回乡，是做足了准备的。

我问他看什么书，他举起那本厚厚的图册，说是一本县志。我一看，很惊讶说，这是我老家！老先生将信将疑，说，这么说你是我老乡？当我再次确信无疑地告诉他时，他的脸上掠过欣喜，很快，我们讲起家乡话来。他说他姓盛，叫他盛先生就好。他万万没想到会在飞机上遇到乡音和他一样的人——这种几率，比中彩票还小。不过他对家乡的好奇远远超过了对我的好奇，好像我是只望远镜，透过我可以看到很远的地方。他问我老家变化大不大，县城现在是怎样的。我说，县是以前的叫法了，现在是区呢。他就"哦哦哦"地点头，看起来好像很失落。我坐在他身边，看到他侧脸，他鬓角斑白，说话的语气像在背稿，很慢，一个字一个字咬出来，偶尔还夹几个英文单词。我们断断续续聊了很久，说着别人听不懂的"鸟语"。那种感觉，好像这些话也搭着飞机在飞。

没错，还一路从纽约飞了回来。

陈宝琪不置可否地笑一笑。

我问盛先生回国的原因。

陈宝琪讲，盛先生说人老了就会这样，像只钟摆，摆过去了又会荡回来。

我问陈宝琪，他一个人回来？

陈宝琪说，当时我也问他这个问题。我说你自己出门，家人不担心吗？他摘下老花镜，像在咀嚼什么，片刻后，他嗫嚅地说，我没有家人。对于我不小心刺探到的隐情，他似乎不大乐意。我知道自己触犯了什么禁忌，很尴尬，不敢再问下去。所以也就不知道他是一直独身，还是结过婚又离了。

这是陈宝琪结束漫长的旅行后，我们再一次见面；上一次见，是她去敦煌之前。她不像我，总是窝在同一片狭仄的土地上，半步没踏出门；她闲不下来，你永远猜不出她下一步要去哪里，毕业后她没有工作——她家境很好，似乎也用不着工作——兴起了就拉只行李箱出门，到处去疯玩，近的去过东南亚、泰国、缅甸、马来西亚、新加坡……远的就是欧洲了。这次去美国，她持的是个人旅游签证，从纽约曼哈顿，到佛罗里达，再到加州，着实把半个美国走了一遍。每次她出门，撂下一句"我出去几天"就人间蒸发了：不回短信，也不打电话，也不经常上网，偶尔更新微博，也是自拍照，加一个定位。她就像一只飞得很高很远的风筝，我怕的是哪天线断了，这只风筝就再也飞不回来了。

像往常一样，她喜欢和我讲旅途中的见闻，但这次她兴致勃勃讲盛先生的故

林培源 | 烧　梦

事时，我打断了她。我问，你就不能好好待着吗，为什么总要走？她沉默一阵，抬起眼说，没办法啊，人各有命，也许我生来就该这样。她的话中，有为自己开脱和辩解的成分。至于我，我是不信这些宿命论的说法的，包括盛先生一把年纪归乡这事，我也持怀疑态度。一个人离乡很久，久到已经断了关联，却还要拼了命像只归巢倦鸟一样飞回来，个中缘由一定很复杂，并非一句"人各有命"解释得清。再说了，归乡便归乡，这之后呢？

陈宝琪刻意绕开话题，继续说道，从来没有人这样认真地和我谈起家乡，虽然他讲的我不是很理解。以前旧社会的人背井离乡是件天大的事，有时还关乎生死；现在就不同了，人很容易就离开家乡，又很容易就回来。盛先生讲他十几岁时坐邮轮逃难到国外，母亲死了，父亲又下落不明。我听着，就像是在看电影，很传奇的样子。他说，离乡的感觉像树断了根，他这次回来，就是想回来看看树根底下的土是否还在。

因为问题被冷落，我有些埋怨，但细想之下，还是决定顺着陈宝琪的话头问下去。

你说他是第一次回来，既然迟早要回，为什么会拖到现在？

陈宝琪说，八十年代末他准备回来的，但那阵子国内形势不太好，计划就搁浅了，没想到这一拖就拖到了现在，哎，有时人很奇怪的，一个念头起了，就算隔了千山万水也要回来。

这个隔了千山万水也要回来的盛先生，真真与众不同。就我所知的大部分"华侨"，都是那类心系故乡，热心参与公共事业的人，个个出手阔绰，福荫子孙亲戚，名字也经常出现在乡村建设、兴办教育的芳名录上。只有这个盛先生不一样（也许他谈不上"华侨"？），暌别故土六十载，就像突然冒出来的一棵老树，就这么横着将枝干伸过来，投射一片惨淡的阴影。

陈宝琪的话让我感慨，人不能没根没底地活着啊。

陈宝琪摇摇头说，也不对，有些人注定一辈子飘来荡去，是没根的。

我想说，比如你？但终究没开口。我知道她这句话另有所指，是在形容自己。也许在盛先生这位老番客身上，她无意间照见了什么。我想，这就是她对盛先生好奇的原因。这位盛先生和老家之间，就像离了土的树根，到底隔的不是岁月，而是人心，至于是什么人心，大概除了他自己，就没人知道了。

我说，盛先生为什么后来还找你？

这个问题似乎戳中了什么，陈宝琪的表情有了变化，她咬咬嘴唇，好像即将说出的是个天大的秘密，过了片刻，她压低声音说，盛先生找我是为了……帮他烧梦。"烧梦"两个字从她嘴里冒出来，像一道诡谲的符咒。说完，陈宝琪直勾勾地看着我。她一定没想到吧，这个词勾起了我莫大的兴趣。我追问道，什么叫烧梦？

三

那天盛先生用的是公共电话——他没有手机，也不用电脑——至于他怎么找到陈宝琪的，陈宝琪后来才知道，原来那天机场分别之后，盛先生问旅行社要到了她的号码。

陈宝琪怎么也想不到，盛先生会将她当作最后的救命稻草。

那天天热，盛先生换了件短袖汗衫，棉麻布的，穿在身上松松垮垮。他搭三轮车穿行于烈日底下。踩三轮车的师傅背部湿了，他和盛先生聊起来，问他，探亲啊？盛先生想了一下，回答，是啊，返来看看。师傅又问，现在变化大着哩，以前城里没这么热闹的。盛先生有一搭没一搭地和师傅聊着，日头太毒了，好几

林培源 | 烧　梦

次他都失神忘了接话。

　　到了红绿灯路口，盛先生焦急地四下张望，很快，他望见身着短袖和牛仔裤的陈宝琪站在不远处。他让师傅靠路边停，下了车，给钱，朝陈宝琪招招手。陈宝琪撑一把伞，走过来扶他。盛先生摆摆手，说，不用不用，我能行。

　　陈宝琪带着盛先生，进了一家糖水店。

　　天气太热了，盛先生从住的宾馆出来，就如掉入一只巨大的火炉。陈宝琪这才发现，对上了年纪的老人家来说，热天如此难挨。她递了张纸巾给盛先生擦汗，问他想吃点什么。盛先生说，都可以。陈宝琪于是指着菜单，介绍道，这个是龟苓膏，那个是双皮奶，还有这个，是草粿。也许"草粿"一词的发音吸引了盛先生，他聚精会神盯着菜单上那碗黑色凝状物，食指一扣说，就这个吧。陈宝琪自己要了一份烧仙草。盛先生好奇，烧仙草？陈宝琪解释道，就是台湾的一种甜品，等下给你尝尝。盛先生若有所思地点头，两人之间陷入沉默，陈宝琪看到他举目四望，表情始终不太自然，仿佛这间糖水店，是一处异域。

　　陈宝琪心里有隔阂，尤其在接到盛先生电话之后，这种感觉更强烈了，它替代了先前旅途中的默契。不过几天罢了，陈宝琪惊诧于这种关系的微妙变化。她觉得眼前这位老先生身上一定藏了什么秘密，又捂着不说，令人如坠五里云雾。盛先生倒是不紧不慢，他这个久未归家的好奇番客，看着店里来往的人，像要把鲜活的一切刻进眼底。陈宝琪想起先前他说过六十年没回来，还有他询问家乡情况时透露出来的热情。这一来，陌生感便从他的眉梢、呼吸和眼神中淌了出来。

　　盛先生问了陈宝琪的名字。摘掉老花镜之后，他的双眼更混浊了。陈宝琪这次看得明朗，他的眉角是微翘的，额头上方花白一片，老人斑墨点一样，缀洒在颧骨和腮帮之间，眼袋像干枯的皱巴巴的蚕蛹。他比印象中要老许多，皮肤像风干的蜡纸，人不瘦，但很虚弱，好像刚从一场大病中恢复过来。陈宝琪怔怔地看，恍惚间想起自己那已不在人世的祖父。这种感觉十分奇怪，一个活着的人，令她想起死去的人。祖父如果还健在，也是盛先生这个年纪，不过相比起来，祖父就幸运多了，他在家人陪伴下走完一生。

她望着眼前的老人，想到他孤苦无依的样子，心底那颗皱巴巴的核桃，紧缩了一下。

盛先生从公文包掏出一沓旧照，搁到桌面上。陈宝琪从未见过这类照片，上面都是旧县城的景物风貌。放最上面的，是一座塔状建筑物的照片，塔状建筑物孤立在一片荒草地上，远景似乎是颓垣断壁，因为不够清晰，陈宝琪只能勉强判断出大致的轮廓。盛先生说，这个你没见过吧？陈宝琪摇头。盛先生手指落在照片右下角，陈宝琪看到，上面写着"八角楼"，她一下子恍悟了：原来这就是老辈人说的"八角楼"呀！县城真的有过这样一栋建筑！陈宝琪吃了一惊。接着，盛先生如数家珍般，把这些存在或消失的建筑与遗迹，一一指给陈宝琪看。盛先生就像一个考古学家，陈宝琪也不知，这种热情和细致是从哪里来的，说他是老番客，却也一点不像。几十张照片，有的是从书上扫描的，还有的残破不堪，不知从什么报刊上剪下来的，它们走马灯似的从眼前晃过，勾勒出一幅逝去年代的图景。

陈宝琪长这么大，从未想过她生活的地方和历史这么接近，或者说，她从未意识到，其实她就活在历史中。以前她多厌倦这里啊，觉得它落后、愚昧，远远没有别的地方那么有意思，这里的人也是，拘泥于小地方的自恋，还看不起外地人。这些年她四处旅行，走得越远，对这座小城越是生疏，也从未好好想过，老家就真的一无是处吗？她以前认为，人要四处走，看不同的风景，见不同的人，这样

林培源 | 烧　梦

就会活得明朗一些，快活一些。然而就在这一刻，在盛先生的讲述中，某种她以前所不理解的东西，箭矢一般越过时间，一下子击中了她。

盛先生讲，我在国外当过一段时间教员，这些照片大多从图书馆影印的，见到老相片，就像看到家乡，看得越多，就越想回来，可是又很怕，这种感觉你能理解吗？我好像得了一种怪病，不回来的话，就治不好了。

说着，盛先生抽出压在最底下的照片。这一张很新，像刚洗出来的。盛先生幽幽地讲，这是我以前的家。陈宝琪凑近去看，这栋民国建筑的外墙剥落了，但依稀可见昔日的光彩。整座大宅乱糟糟的，悬挂的衣物、横亘的破旧家具，还有坐在门口洗衣的妇人，一切都显示着破败。盛先生说，这里也不是我的家了，现在住着几户外省人。我没有进去，就站在门口看，拍了照片。我向附近老人打听父亲的下落，问了好几个，终于有人告诉我，土改时，我父亲不愿把名下的土地充公，被批斗了，他后来被人发现时，已经上吊死了。我这几天睡不好，一躺下就做噩梦，梦见我父亲，唉，也许我、我不该回来……

盛先生说起这段过往，眼底潮湿。谁能想到，他竟然隔了几十年才得知父亲的死讯！这几天他四处打听父亲死后的下落，没有人知道，那时地主死了就死了，没人在乎他的身后事。

陈宝琪想安慰他，却发现自己什么也说不了。

盛先生继续讲，我在城区到处走，找了你帮我指的几个地方，路上没一个我认识的，车来人往，我走过去，又走回来，一天天就过去了。很多熟悉的地方已经没了，骑楼倒了，宫庙也找不到，小时经常跑来跑去的街巷，现在都铺了水泥。这个地方太陌生了，就像打碎了一只碗，拼不回来了……我晚上躺下去，还梦见以前的老县城，人也好，物也好，都在，像放电影。我母亲每周都上教堂，我父亲喝醉酒骂人的声音也还在，他们都还年轻，但是往往梦做到一半，天就落雨了，非常大，然后什么都冲走了，连我自己也被冲走了……

陈宝琪听他讲这些，一点点吃力地补缀他梦里破碎的画面。窗外日头很猛，盛先生的声音，好像翻录的录音带，有一种摩挲人心的力量。相识以来，这是他第一次讲这么多话。他也许被这个梦折磨得太久了，不得不说出来。现在，更因触及真切的土地和人事，那些原本可以隐藏起来的渴求乃至恐惧，就全都像爆米花，一粒粒飞迸出来。

讲到激动处，盛先生的语速快了，嘴唇翕动，眼底尽是浊泪。陈宝琪忽然间无所适从。她没想到，盛先生的悲戚水墨般晕染开来。她被这濡湿的气息团团围住，手里紧紧捏着纸巾，一时慌乱，竟忘了递给他。她其实很想说，这个世上没什么是不变的，人会老，城会老，什么都会老。安心接受改变，才能活得自在一些。然而这些她始终不忍说出口，它们于是化作石灰，堵在她心底烧着，灼得人疼痛。

糖水店的食客，好奇地看这对老少。陈宝琪躲不开别人的注视，只好将目光投射在盛先生身上。盛先生沉浸在讲述中，偶尔抬手抹一抹泪，全然忘了此刻是在哪里。陈宝琪的背脊沾上了一股黏糊糊的悲悼，吃到嘴里的烧仙草，好像有了苦涩的味道。时间停滞了，声音也静止起来。盛先生像一个玩具被人损坏的小孩，很心疼，又很无奈。陈宝琪只好默默地握住他干枯如树枝的手。陈宝琪相信，沉默可以传递温度，带来慰藉。这是她在祖父溘然辞世时学到的。这时，祖父的脸幽幽浮出来，影影绰绰的，和盛先生的脸叠合，有了鲜明的轮廓。

陈宝琪感到一阵难过，怎么会突然想起这些？她在心底暗暗骂了句该死。

过了很久，盛先生似乎意识到自己的失态，他慢慢地回过神来，默然地抹掉脸上的泪。陈宝琪看到，他的眼窝塌陷了，须发黏腻，像水洗过。陈宝琪怎么会想到呢，这个老番客心底藏的秘密，原来是悲伤。这悲伤水一样淌出来，淹没了陈宝琪。她看到盛先生的嘴唇在发抖。天很热，他的额头沁出一层细密的汗珠。

林培源 | 烧　梦

她这时才发觉，盛先生什么都没吃。

他想起了什么，自顾自说，我回国前刚做了心脏手术，我已经老了，不能把这些坏的记忆带走。说这句话时，他的眼里透着绝望，似乎心底有什么东西死去了，像一个死胎，排不出去，一直在悲鸣。

四

世事变迁，县志中的故乡已不是故乡，盛先生记忆中的故乡沉下去了，化为灰烬。当盛先生要求陈宝琪陪他去找神婆时，一阵阴寒爬上陈宝琪的脊柱。她向来是不信这些的，小时候患过一次很严重的湿疹，浑身痛痒，看过医生，几天不见好。祖母看不下去，坚持要去问神，求一道符回来烧水喝。陈宝琪记得，因为这事，母亲和祖母争得面红耳赤。她记不起那时湿疹治好了没有，然而这么多年过去了，味蕾上符水的记忆却不肯退去，总时不时地沁出来，撩动她。那是她第一次对这里的一切产生质疑，这种质疑就像一种慢性病，天长日久，终于显出并发症来。

现在这个老先生，竟然要她做向导去找神婆！

盛先生再一次重复道，我想把这些东西统统忘掉。这句话让陈宝琪不知如何是好，她摸不透，这个老人家一直渴念回来，现在却又……

盛先生说，我这段时间想了很多，我没多少时日可活了，这样折磨，太痛苦了，还不如忘了好……

可是，怎么忘？忘了就会好吗？这是陈宝琪的疑问。

盛先生目光混浊依旧，微张的嘴唇预示了痛苦的残留，他好像掉进陷阱中逃不了的猎物。

陈宝琪想说一些话来安抚他,三番四次开不了口。沉默横亘在中间,不知怎的,她眼前闪过网上看过的一则消息,几乎是不假思索的,便将它复述出来——

我前几天看新闻讲,人的记忆就跟电脑内存一样,是可以删除的。荷兰有个科研团队一直在研究人的大脑,实验结果显示,记忆是可以从大脑的"储藏室"取出来的,然后再通过神经回路再次浮现。从大脑提取的记忆可以人为"干涉"。只要把握好正确的时机,对大脑进行轻微的电击,就能将特定的记忆破坏,这样,人就能忘记痛苦地过去了。

陈宝琪故意讲得很慢,好像这样,就能扭转盛先生的想法了,谁知盛先生听完,目光暗了下去。他默然垂首,视线不知落在什么地方。顷刻后,他抬起头来,目光确凿无疑地表明:比起冷冰冰的科学,他更信乡间巫术。

盛先生说,以前乡下的神婆懂一种特别的疗法,叫"烧梦",我做孥仔那阵,厝边头尾谁患了重病,或者撞了邪,凡是遇到不好的事,都会请神问卦。最灵验的一招,就是这个"烧梦"了,有点像招魂,不过和招魂不一样,这是把人的晦气往外赶,烧掉,就像清明扫墓烧纸钱一样……

陈宝琪静静地听,心揪得紧紧的,她惊讶于盛先生的迷信。她糊涂了,盛先生千里迢迢回来,最后只能求助这种愚昧的方式?再说了,这都什么年代了。记忆又不是野草蓬蒿,说除去就能除去?来年春风乍起,野草蓬蒿,该疯长的还是一样疯长。

我以为回来就会好的,回来就没事了,没想到更严重了……我失眠好几天了,我的心脏不好,随时都会死,我不能把这些坏的记忆带走啊!

盛先生深陷于绝望中,像掉入泥淖中死命挣扎的马匹。

陈宝琪忽然想到了一个可怕的念头,她可以就此脱身,告诉盛先生,没用的,不能迷信。好几次她都想说,她不认识什么神婆,也不知道什么"烧梦"。可是

林培源 ｜ 烧　梦

　　话到喉头，硬生生咽了下去了。她知道自己拒绝不了，不能坐视不理，不能眼睁睁看着这个老人受此折磨。最后，几乎是在破釜沉舟，陈宝琪说，我带你去，带你去烧掉这个梦。

　　她知道，一旦做了救命稻草，是不能轻易折断的；同时她也清楚，无法保证圆这桩心愿。我非常理解这种矛盾的心情。陈宝琪大概也没想到，她会做这种"荒唐"事。在后来的讲述中，陈宝琪透露了一个秘密，她说，我一头雾水，只好问我阿嬷，骗阿嬷说朋友的妈妈想去"巡家门"①。我阿嬷就讲，水磨那边的阿娘算命准，找她一定没错。

　　在乡下，算命阿娘的名头比镇长还响，别人可能不知道现任领导是谁，但若问起算命阿娘，绝对无人不晓。

　　水磨离县城几十分钟的车程，下车一打听，很快就找到算命阿娘的家。算命阿娘因擅长算卦占卜替人消灾而远近闻名。她住的老宅，水磨石地板，门口摆了盆栽，普通人家的装扮，但内里另有乾坤。自从陈宝琪应承下帮他之后，盛先生安静了不少。他讲了半天话，人也累了。去的路上，他靠在车座上，呼呼睡着了。陈宝琪望着这个老人，很心疼，他睡得那么熟，脸上是安详的，但这安详中，却带着盲信与麻木。陈宝琪忽然想，如果真的能烧掉这个梦，但愿他可以安安心心的，不再苦痛。

　　踏入老宅那一刻，盛先生知道，有些东西不一样了。他站在老宅前，举目凝视，像一个即将迈入寺庙的香客，但这里既不是寺庙，也没有和尚，这里有的是一个算命阿娘。他脸上怯怯的，仿佛即将踏入的，是一处诡秘的所在。

---

① "巡家门"，潮汕方言，指向算命师求告一年运程，往往是针对一户人家所作的算卦和占卜。

坐在老宅里的人全都静静地候着，没人敢高声说话，一切就像古老的仪式，所有人遵循仪式的规矩，只怕惊扰神明，最后落得个受罚的下场。隔开一道竹帘，陈宝琪看到算命阿娘的神坛，还有坐在神坛下方的"顾客"。据说以前一条"时日"才二三十，现在涨价了，要六七十；一家若是几口人，算一次就要几百块。陈宝琪隐约听见一老妇人说话的声音，丹田气十足，一字一句，有板有眼。盛先生看来心情平复了不少，他像个耐心候诊的患者，安静地坐在塑料椅上。陈宝琪被这安静感染了，她看着屋里的人，看着盛先生，好像明白了什么，她自己也是凡人，和别人没什么不同，人在无望时，唯有求告于看不见的力量。

大约过了一个多小时，才轮到盛先生。陈宝琪扶他走进去。掀开竹帘，迎面一股香灰呛得陈宝琪差些打喷嚏。算命阿娘的老宅，是那种旧式洋房，地板是水磨石的，大厅和天井相连，有两间客房，其中一间，就是算命阿娘设的神坛。陈宝琪打了个寒噤，目光有意无意地躲着算命阿娘。

光线有些暗。落座之后，陈宝琪很紧张，好像问神的不是盛先生，而是她。她惊讶于盖在神坛上的繁复织锦、燃烧的蜡烛和香枝，和这间刷得粉白的房间格格不入。神坛上的香炉堆满灰，此外，还有纸和笔，一把闪着寒光的刀（陈宝琪不知为什么会有刀）。其中最惹眼的，就是供在神龛上的菩萨像了。传说算命阿娘是被观音娘娘附身的，乡下人简称她"阿娘"。落神时，她不是一个普通妇人，而是神明化身，从她口中说出的，字句如金，攸关性命。陈宝琪心头乱糟糟的，她想知道，菩萨真的无所不知吗？她会戳穿我这个无神论者吗？想到这些，她紧紧握住盛先生的手臂。她后来说，算命阿娘怎么能在两种身份间自由变换呢。开坛前，她是一个微胖的、眉开眼笑的老妇人；观音附体后，就是知祸福卜凶吉的神仙。

林培源 | 烧　梦

盛先生开口，阿娘，我有事相求。

话音刚落，算命阿娘带着命令的口吻，提起笔说，念你的生辰八字。

盛先生解释道，阿娘，我不算命，我是来"烧梦"的。

算命阿娘的手僵住了，搁在半空，死鱼一般的眼白翻出来，吓得陈宝琪汗毛倒立，有种被人戳穿了什么的惊恐。她撞见愠怒凝聚在算命阿娘眉间——就要爆发了。

陈宝琪坐立不安，她只有一个想法，想拉着盛先生逃离这个地方。

盛先生重复道，阿娘，我不算命，我想"烧梦"，烧我最近做的梦。

盛先生僵持着，好似在挑衅算命阿娘的权威。陈宝琪眼看坐在对面的老妇人即将动怒，她壮起胆子，哆哆嗦嗦讲，阿娘，对不住，我……

算命阿娘忽然搁下笔，莫名大笑起来。她的笑尖厉而凄惶，搅得房间里空气荡起微澜。陈宝琪注意到，她的表情一霎间换了，忽然低眉顺目起来，声音也不同了。观音附身了。陈宝琪头皮一阵发麻，仿佛这方神明与凡人共处的空间，真的有一个超越了实体的存在悬于其上。而所有的症结，都来自这个被噩梦缠身的老人。

这一次，观音娘娘的声音讲，梦可烧，烧了就回不来了，可要想清楚哇。

五

就像对症下药，"烧梦"前，要明确两样东西：梦的细节，以及烧梦者想烧去的部分。算命阿娘推过来一张纸。盛先生在纸上写下什么，陈宝琪看不清。从算命阿娘的反应来看，她似乎并没有帮人烧过梦，然而眼下的阵势，又无疑指向某种神秘途径。

空气中有股黏稠气息，不知不觉，陈宝琪已经被吸附进去了，就像一粒灰尘。眼前的算命阿娘，神情肃穆，沉默中透出凛然。陈宝琪看着盛先生，他花白的头发，在光线中浮动。她以为盛先生还要讲那个旧梦，谁知道这一次，他讲的是另一个，一个全然陌生的梦。

以下便是陈宝琪转述的盛先生的梦——

我梦见自己搭乘的邮轮（应该是我十几岁离乡时搭的那艘）遇险翻船了。我醒来时躺在海滩上，身后是海。日头很毒，我爬起来，朝着内陆走去。我看到的人皮肤都很黑，小孩子不穿衣服四处跑。我无意间闯进一条大街。大街人来车往，两边很多店铺。我继续走，越走越困惑，两边都是骑楼，骑楼底下，有米铺，有衣帽店，有卖吃的，还有棺材铺……男女老少，皮肤黑，牙齿白，好像混种人。大街灰扑扑，高音喇叭在放音乐，听不清放的是什么，好像是地方剧。拐进一条小巷，我见到井边一个妇人，妇人背着孩子，蹲在井边洗衣服。我走过去问她，这是什么地方。她警惕地看我，说，你连这里都不知道？我又问，那条街叫什么？妇人皱眉，说，你连巴毛街都不知道？我摇摇头，说我是外乡人，第一次来这里。妇人的口音，是潮汕话和其他不知什么方言的混合体。我听得懂，但是音调不同，有些词必须努力分辨才能听清。那条"巴毛街"让人琢磨不透。后来我才明白，"巴毛"就是过山鲫，是那种可以在陆地上用身体爬行和翻跳的小型亚洲淡水鱼。想通这点，我才恍悟，巴毛以顽强生命力著称，离了水还能存活，是当地人的图腾，是他们信仰和崇拜的神。这个不知叫什么的小城，由来自不同地方的移民组成，听口音，有的是福建人，有的是潮汕人。他们和我一样，是在海难中存活下来的。他们与当地人结合、繁衍，在这里扎了根。我没想到的是，当我再次走进大街，一群持枪的人将我围住。他们把我打晕，吊在城门口。等我醒来，我才意识到，是背小孩的妇人告的密。他们要把我当成入侵的间谍处死。我听见底下民

林培源 | 烧　梦

众高喊，他们抛弃了我，还派人来侦查，烧死他！烧死他！声浪一阵盖过一阵。我就要死了，汽油浇到头顶时，我看见不远处有坟堆，所有墓碑都朝着来时的方向。

盛先生的声音，像从很远的地方穿来，带着劫后余生的惊恐，充斥于光线晦暗的房间。

他怅然地讲，如果那时候跳海死了，该多好啊——

陈宝琪被这个异乎寻常的梦吓到了，她不知道，这个梦盛先生真的做过，抑或只是某种幽暗心境的投射？她想不通，也无法想通，也许梦和盛先生的经历一样，带着传奇。

算命阿娘听完，眉头皱起。她和盛先生之间，隔了一重看不见的幕帐。片刻后，她拎起神坛上的那把刀，刀离开桌面时扑起一阵香灰，算命阿娘表情狰狞得狠，空气中似乎有什么魑魅魍魉横冲过来，撞在她身上、脸上。只见她右手握住刀柄，左手张开，遮在唇边。陈宝琪隐隐预感到有什么可怕的事情要发生，眼睛闭了又张开。这时，她看到刀搁在算命阿娘伸出的舌头上。刀尖碰上一截粉红色的舌头，几乎就在同时，刺啦一声，舌头割裂一道口。算命阿娘眼疾手快，抓起神坛上的一沓黄纸，贴住舌头，再拉下来，手沾血，在符纸上凌乱涂抹着什么。盛先生的身子震了一下，像是灵魂出了窍。陈宝琪几乎要吓晕过去，她靠在盛先生身上，偏过头，不敢看这血腥的一幕。喉头泛起酸气，她捂住嘴，差些吐出来。

一切进行得太快了，超乎陈宝琪想象。也不知过了多久，她从惊惧中猛睁开眼。盛先生像是被催眠了，表情木然，身体微微发颤，飘浮在另一个时空。她不敢伸手碰他，生怕一不小心，就将盛先生的魂魄撞得粉碎。算命阿娘做完这套繁复的仪式，脸上恢复了平静表情，她安然无恙端坐在太师椅上，嘴唇既没有流血，也不见任何痛苦的迹象。陈宝琪看到她闭上眼，口中念念有词，她手里的符纸烧起来了，在空中舞动，符纸上的血字，被火舌吞噬了，陈宝琪嗅到一股气味，混杂了血腥和香灰。一个又一个的赤红的血字于火光中腾起，跳跃，纷乱如梦。顷刻间，纸符化作一堆薄薄的灰烬掉落下来。火光照亮房间，也照亮神龛上慈眉善目的观音像。

陈宝琪知道，这个梦终于烧完了，盛先生也该醒了。

陈宝琪讲述时，把我也拉进了那个光线晦暗的房间。她说，不知为什么，烧梦结束之后，她心底有些东西复苏了，就像过了一冬冒出嫩芽的树，窸窸窣窣，一直往上长。她没讲盛先生最后去了什么地方，我也没有问她。

因为我知道，就在故事结束时，盛先生正提着行囊，踟蹰在另一条归乡路上。

（选自2014年《创作与评论》第23期）

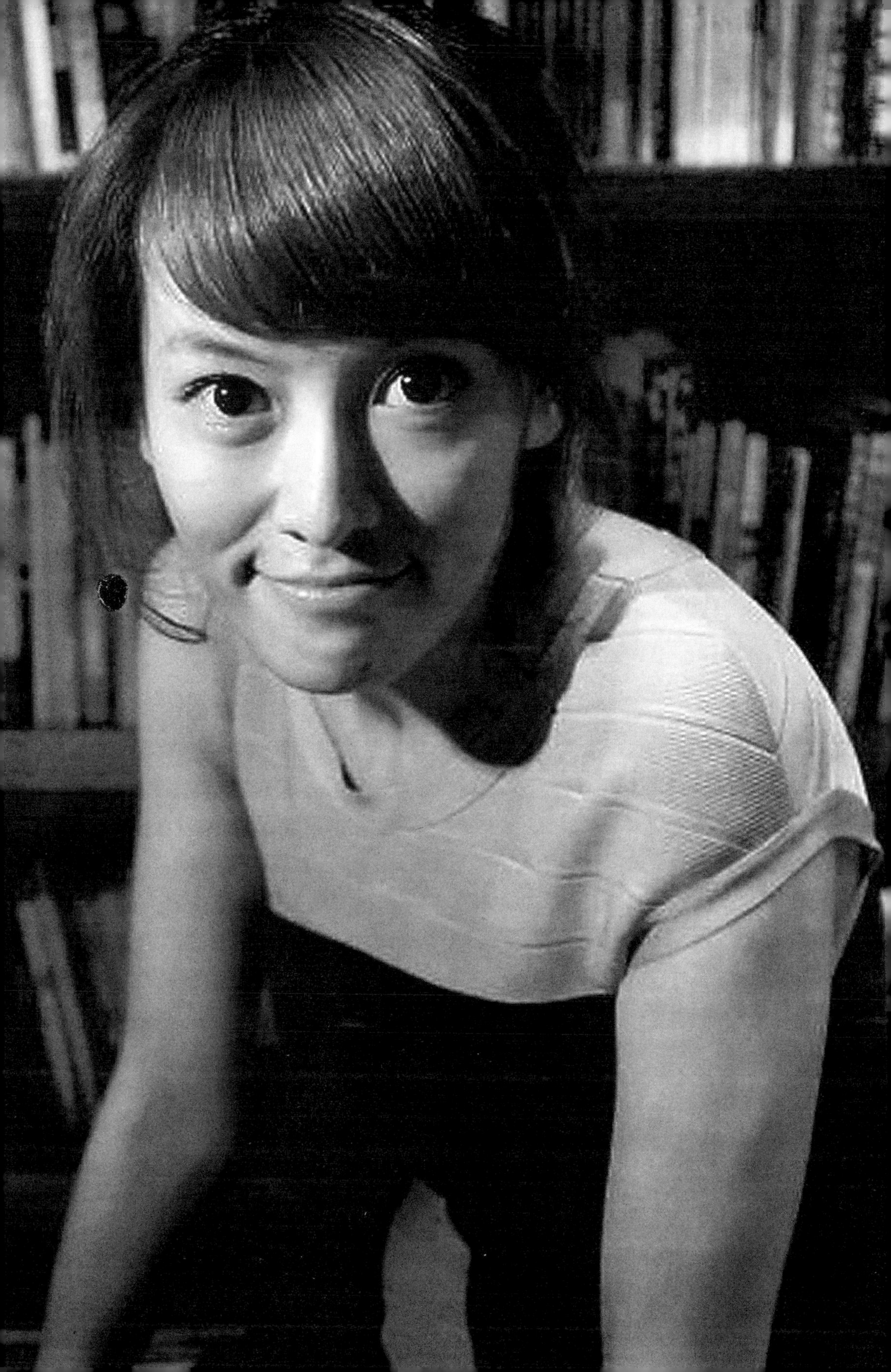

颜 歌

颜歌，成都郫县人，生于1984年12月。现攻读四川大学比较文学博士学位。曾获第四届新概念作文大赛一等奖。主要作品《关河》《良辰》《桃乐镇的春天》《五月女王》等。首刊于《收获》的长篇小说《段逸兴的一家》(出书名为《我们家》)获第11届华语传媒文学奖新人奖。

三一茶会

张崇德顺着宝生巷一路找帽子，从一家铺子找到了另一家。都快把一条巷子走穿了，他这才看见有两个小娃娃在路边上，提着一顶毛毡帽当球耍。"娃娃！娃娃！不要耍！那是我的帽子！"张大爷脱口而出，眼未定而声先至。两个娃娃吓了一跳，停下来，盯鼓鼓的四只眼睛看着张大爷，帽子"啪"的一声掉到地上。

张大爷匆匆地赶过去，把帽子捡起来，一边拍，一边看：可不正是自己的帽子！

他又再拍了两下，把上头的灰都拍掉了才把帽子戴回了自己的头上。顿时，一股暖流从顶门涌下丹田。

正像是练成了一门神功，张大爷腰也不痛了，心也不慌了。戴着帽子他打了转身，安安心心地顺着巷子往回走，走到北街老城门，转个右手，走到了顺江茶园的门口。

雨水刚刚过，茶园门前的三棵杏花树正开得风姿绰约，街道上走过的路过的都忍不住停下来，看一看，拍拍照，和它们亲近亲近。张大爷也站下来了，看着树下熙熙攘攘的都是粉白白的年轻脸孔，竟没有一张熟识的，正是：杏花有意寄春风，韶光却难留故人。

也就是刚刚过了一个春节，茶会的老熟人就又去了一个：去年底的冬天太冷了，大寒还没到，街上就冷得狗都不见一只。茶会停了三回——这期间，岷阳小学的退休老教师周达秀在自己屋里发了脑梗死，七十九岁的年纪，说没就没了。

等到终于冷过了，春也立了，花也慢慢开了，茶会才又恢复了。大家坐在桌子上，每个人抱着自己的茶盅，说起老周，没有一个不唏嘘。余清慧说："各位老大哥,老大姐,我给你们提个醒,冬天啊,再冷,也不要在家里烧取暖器。烧着个取暖器,窗子又不开,谁也遭不住!"

张崇德忍不住又把脑门顶上的帽子按了一按,顶着一股暖意,抬起步子,穿过杏花树下,走进了茶园里面。

因为找帽子耽误了时间,他一走进去就发现其他人都已经到了:陈艾和谢书琴两口子,肖传书,还有余清慧。这几个人正在说话,谢书琴第一个看见了他,赶紧站起来:"张老师!张老师来了!我们正在说,今天张老师总不会不来了吧?"

一桌人都站了起来,要给他让位子。张崇德抱起两只手来给老朋友们作揖,一边走,一边说:"哎呀!客气!客气了!我刚刚只是路上有点事耽误了,不会不来,不会不来。每个月的一号、十一号、二十一号,我们这三一茶会啊我是雷打不动肯定参加的!哎,大家,你们坐,快坐!"

他走到肖传书边上坐下来,隔着桌子斜对着余清慧,另一边是陈艾两口子。

陈艾转过头去找服务员:"小妹,麻烦过来加点热水!"

谢书琴张罗着从包里拿出一袋子茶叶:"来,张老师,你的茶盅呢?我给你弄点茶叶。"

"我上午的茶还有,不麻烦不麻烦,加点水就可以了。"张崇德把茶盅放在桌子上,扭开盖子。

"老张你气色不错啊,最近睡眠还好吗?又写了什么新文章?"肖传书问他。

余清慧跟他点了一点头。

一圈招呼打了,寒暄了,热水也加了,茶费也付了,肖传书就迫不及待地宣布了一则好消息。

"来,各位,"他递出一个牛皮纸信封,"上次我发表在《锦城诗刊》上的那篇文章又被摘选了,才收到的通知。"

其他人就击鼓传花般一个个看了,张崇德是第一个:他抖开信纸,是一份两页的通知,通红的抬头写着:中国二十一世纪散文大观委员会。

"恭喜!恭喜!肖老弟最近势头很猛啊。"他对老肖说。

"咳!"肖传书赶紧摆摆手,"老张你又拿我开玩笑,我一个退休老儿,随便写点消磨时间罢了。"

其他人也看了这封公文,纷纷说了贺喜。肖传书就把信庄而重之地叠回去,放回了口袋里。

陈艾也有重要消息宣布:"各位,我那本小册子终于印出来,今天拿了几本,给大家消遣消遣。"

谢书琴就从包里把陈艾的书拿了出来,这倒是比那封信有分量得多。张崇德捏在手里掂了掂,至少有一两重。书封绿底红花,正是平乐镇上杜鹃花开的时候陈艾的一张摄影作品,字也是他题的:鹃城春晓。

这是陈艾出的第二本书了。第一本是散文集子,这一本就是纯诗集。张崇德翻开第一首诗,正是陈艾前不久才写的,题目是:《庚寅年春节游清溪公园》。

> 爆竹惊春到平乐,清溪公园百花开。
> 柔枝初现鸭头绿,梨蕊微吐羊脂白。
> 孙伢咿咿学走步,儿男款款敞心怀。
> 家中父母多牵望,总盼新年佳节来。

他一边念了一回,一边说:"一个鸭头绿,一个羊脂白,这颜色活了。不俗!不俗!"

"你们老大过年回来了,还是老二回来了?"余清慧问。

"哪回得来呀!"谢书琴叹着气,"翰飞算是在美国扎根了,骏德他们公司在新西兰的项目不知道什么时候才结束,我们老两口只有自己凑合把这个年过了,唉!"

"挺好!挺好!"肖传书挥着手里的书,"老陈这首诗写得规整!不错,不错!"

张崇德就抬起脑袋看了余清慧一眼,发现余清慧也在看他——正儿八经的,这两个人才是自己凑合着过年的。

余清慧绕着屋子里转了三转,就是找不到自己的老花镜。"真奇怪!"她嘴里念念叨叨,"刚刚看书还在啊,怎么一转眼就不见了?"

她走到卧房里,在枕头边上摸了一圈,又打开床头柜的抽屉找了;回到客厅,把茶几上的杂志和报纸一样样拿起来再放回去;把冰箱门也开了,探头在里面看了一回;最后,她甚至走到邱仕洪生前的卧房里去,埋下身往床底下看——满地的灰滚成了一团团的棉花絮。她"哎呀"了一声,抬起头来,赶紧走了,把门"砰"地一关。

余婆婆觉得脑门都热了,就从口袋里掏出手巾来抹汗,这一抹才发现脸上有个东西正挡手——她一把拿下来:可不正是自己的眼镜!

她一下子也找不到人来说这个笑话,就自己站着哈哈笑了一回,一边笑,一边走回卧房去,坐在书桌上,继续改一首新写的诗。

白底绿格子的稿笺纸上誊着余清慧上个月写的新诗——她已经改了两次,但觉得还需要一些打磨:

相逢在夕阳下——致老年朋友

我们相逢在夕阳下
迎着灿烂的晚霞

颜　歌　｜　三一茶会

绽放会心的笑容

捧出未泯灭的童心

我们把美好的希望

寄托给明天的朝阳

　　她戴着眼镜，端着稿纸，又把这首诗读了两遍，想了又想。她拿起笔来，把"迎着"改成了"披着"，又把"笑容"换作了"微笑"。

　　"嗯。"她点着头把纸放回了桌子上，"看张老师觉得这首诗怎么样。"她心想。

　　正对着她的那扇窗子外面，隔壁楼三楼上的媳妇穿着一条粉红色的棉睡裙站在阳台，举着晾衣竿取腊肉。余清慧眼睛里装着这俏媳妇，心里却想着茶会的师友们，有道是：东君才送暖风来，枝上梅心一点开。

　　本来，一畦的青菜萝卜只是绿的绿，白的白，也进不了哪个人的心间——还是去年国庆节后一次茶会的时候，余清慧和谢书琴一起去解手。谢书琴膝盖不好了，每次上厕所都是考验，蹲下去和站起身来都要人来扶。余清慧先解完了，洗了手，憋着一口气走过去拉谢书琴起来，她却还有心说闲话，一边站起来，一边说："哎，清慧，我今天看张老师啊，发现他长得真像一个人。"

　　"哪个？"余清慧问。

　　"哎呀！"谢书琴从茅厕上走下来，一边理衣裳，一边说，"你看他长得像不像巴金？"

　　等回到茶桌子上，余清慧就多看了张崇德两眼：他脑门宽，下巴方，一张脸真长得有几分像巴金。她还在琢磨，谢书琴就笑眯眯地跟其他人宣布了这个发现："我发现张老师长得很像巴金啊！"

一桌子人都轰动了，把张崇德左右上下看了一转。张崇德不好意思得很，把帽子压了又压："哎呀！哎呀！这不能乱说！我哪能长得像巴老啊！"

那次以后，有一天，余清慧在家里打扫卫生。她一眼瞟到书架上，正好看到那一本《家》，忍不住把这本书抽出来，走到沙发坐下了，戴上眼镜又来翻一翻。

她一翻就翻到最后那几页，觉慧正跟觉新和觉民告别，要离开家到上海去。快要五十年了，余清慧依然记得自己二十多岁时第一次读到这里，流下了许多眼泪：

"船开始动了。它慢慢地从岸边退去。它在转弯。岸上的人影渐渐地变小，忽然一转眼就完全不见了。觉慧立在船头，眼睛里还留着他们的影子，仿佛他们还在向他招手。他觉得眼光有点模糊，便伸手揩了一下眼睛。然而等他取下手来，他们的影子已经找不到了。

"他们，他的哥哥和他的两个朋友就这样不留痕迹地消失了。先前的一切仿佛是一场梦。他再也看不见他们。他的眼睛所触到的，只是一片清莹的水，一些山影和一些树影。三个舟子在那里一面摇橹，一面唱山歌。

一种新的感情渐渐地抓住了他，他不知道究竟是快乐还是悲伤。但是他清清楚楚地知道他离开家了。他的眼前是连接不断的绿水。这水只是不停地向前面流去，它会把他载到一个未知的大城市去。在那里新的一切正在生长……"

新的一切正在生长——她还记得自己想了三四个晚上，想要坐火车到上海去，但终于是妇人心肠，舍不下邱仕洪和他们的老大。五十年了，这些她当时舍不得的人都不在了。余清慧一个人坐在沙发上，捧着书，想了一会儿这几件事情，站起来，走回写字台边去写诗。

从那以后，她就对张崇德多了几分关注，有时候他先来了，她就坐到他边上去，一边坐下来，一边问他："张老师，这几天又写了什么，给我们看一看？"

秋天渐渐更凉了，立冬之前，张崇德完成了一篇散文，文章不长，被他誊在三张稿笺纸上，揣到茶会来读给朋友们听。

"怀念夏荷，"余清慧听张崇德一字一顿地念，用的还是普通话，"便步走到清溪公园，发现池里的荷花已谢，一望凋零。不由怀念起荷花在夏日的繁盛……"

过了一会儿，她和谢书琴去上厕所。谢书琴走几步，忽然扑哧笑了一声。余清慧转头看她一眼，发现她也在看自己。"清慧，"谢书琴问，"你听张老师念那篇文章，有什么感想啊？"

"写得很好啊，很生动，有感情，语言和句子也很有些别致。"余清慧说。

"你说这梧桐叶子都落了，他没事写什么荷花？"谢书琴挽着她问。

余清慧什么都没说，她又接着问："张老师是不是知道的啊，你以前的名字叫青荷？"

余清慧的本名改了几十年了，不过东街上的老街坊还是知道的。她家里本来有两姐妹，姐姐是梅花，妹妹是荷花，要从冬天一直开到夏天。解放战争期间，红梅跟丈夫去了山东，只剩下了书信消息；留下的这青荷却又嫌自己的名字太落后，硬要改。和丈夫邱仕洪说了几次，终于去派出所办了手续：最俗气的"荷"是打死也不能要的，改了"慧"字，"青"呢，也太普通，就加了三点水，改成"清"，于是户口本和身份证上，余青荷就成了余清慧。刚开始，大家都觉得稀奇又拗口，喊她还是喊"青荷"，余清慧就一次次地去纠正。慢慢地，大家就习惯了，"清慧""清慧"地喊起来，喊得东街上的花香尽散了。

好多年了，张崇德的一篇文章，谢书琴的一个问题，居然使得余清慧的心里咯噔一下。她重新拿了一张稿笺纸，把要改的地方改了，又把《相逢在夕阳下》抄了一遍上去，只觉得一股淡淡的香气已飘在了空中。

一大清早，张崇德从东街外往十字路口走，觉得今天路上的人特别多。他算一算日子，才发现马上就是大端阳了。"就这几天，这帽子还是该取了。"他摸了摸头顶，心想。

正是如此，天气不知不觉地热了，地面上腾腾起来了一阵湿毒，路边上就卖起了黄桷兰、盐鸭蛋、艾草，还有菖蒲。隔着街迎着走来了两排花红柳绿的腰鼓队，里面也都是些退了休的老年人，一边打鼓一边敲锣，吸引了不少人的目光。有人举了一个红底黄字的大牌子，走在队伍正前方："龙腾通讯城，开业大促销，千载难逢！卖一千，送一千。"张崇德和举牌子的人打了个照面，依稀觉得对方是个老街道上的熟人，就随便点了点头。

就算是这样的躁动不已，张大爷却依然觉得头顶上冷飕飕的。他按了按帽子，走到了街沿上去，又觉得街沿上的人比街上的更多，挤得动不了身，只好走了下来。好不容易，往前挪两步，却又有个不长眼睛的骑着电摩托直端端地对着他要撞过来，吓得他出了一身冷汗，赶紧跳上了街沿——如此这般，好不容易走到了帅哥饭店。

肖传书已经到了一会儿，就着一盘酥油花生喝枸杞酒。看见他来了，赶紧站起来对他挥手："来！来！老张！这边！"

张崇德就走过去，一边走，一边把帽子取下来，满头的白头发粘得像一张宣纸。"唉，老肖啊，这一路，真是折腾，折腾！"

"哎，"肖传书给他拉椅子，"张老师啊，你就是这点，非得要走路。你打个车！五块钱就到了，轻轻松松的！"

"也没关系，就两步路，哪值得了五块钱。"张崇德坐下来，把帽子放在旁边的椅子上，又理了理头发。

这时间吃午饭尚早，吃酒就更不合适，张崇德叫来服务员，要了热水，冲到茶盅里，散开花茶来，喝了一口。

"东西拿来了？老肖。"他问。

"拿来了拿来了！你看看！"肖传书不男不女地提了一个坤包，可能是他老婆王家琼淘汰的——他从里面拿出来一个厚信封，抽出一摞纸。

"你看。"他把合同放在桌子上给张崇德看，"这位编辑是我朋友，信得过，出版社也是正规的，有正规的书号，全国新华书店发售，三千本起印。连书号、设计、排版、印刷，全部一起，一共一万五千元，作者有五百本样书，也可以帮销。"

"一万五千元？那么贵啊？我听陈艾说他出那个集子只花了八千呢？"张崇德拿过合同来，一边翻，一边问。

"他那是啥出版社嘛！"肖传书不屑一顾，"他那个出版社不好，我们这个出版社啊，更正规！"

"三峡文艺出版社"——合同上写的是。

"这个出版社我好像没听过啊。"张崇德说。

"嗨！"肖传书笑他，"张老师啊，你好久没去书店了？啥商务印书馆、三联那些都不流行了。江山代有才人出啊。"

"也是,也是。"张崇德翻着合同看,"作者要交不少于八万字的稿件啊？"他问。

"你写了这么多年了，随便整理整理，八万字还没有啊？"肖传书说。

"可能有吧，应该有吧。"张崇德在心里盘算了一会儿。

"我反正是劝了你很久了，"肖传书喝了一口酒，"我们这些个朋友啊，就你最应该出一本集子。你写得多，东西质量也高，为什么不出？陈艾也出了，以前一中的高家秀也出了——连他都出了！张老师啊，你总是太低调，太低调！我给你说，你不能这样啊。现在这社会，低调行不通了！再说了，出这书也不是为了炫耀，更不是为了出名，大家都这么大年纪了，还图什么出名？也就是几个文友之间交流交流，互相学习，也留个纪念。"

"我也是想，我也是想，"张崇德吃了一颗花生米，"这么多年了，留个纪念。"

"你放心，反正这事是我给你张罗的，肯定给你督促到底。合同签了，稿子交了，明年三月份之前书肯定给你印出来！"肖传书说。

他说得好像事情都成了真，听得人很是振奋。张崇德就也喊了二两酒，和他碰了个杯。一边喝一边问："老肖，中午我们就在这儿吃饭吗？我请你。"

"你不请我，你不请我，我请你！"肖传书说，"我问了老板了，今天的肘子好得很！"

这两个人本来就经常来帅哥饭店吃饭。这家店开了十几年，物美价廉，肘子烧得尤其好。肖传书因为得了痛风，在家里头被管得严，一个星期都吃不到两口肥肉，经常馋得慌了就约张崇德来这打牙祭，吃两口肘子解馋。

张崇德忍不住劝他："老肖，你这个痛风还是要注意啊，少吃肥肉。你不为你想，也要为你们王老师想啊，老了两个人要互相打伴，你要把身体保护好啊。"

"不行不行！"肖传书摇头，"我这人啊，没肥肉就干脆饿死算了！至于王家琼，她没事，我死了她还可以打麻将。"

张崇德也就不劝了，都是活了一辈子的人了。两个老兄弟喝着酒，吃着花生，想着书的想着书，想着肘子的想着肘子，从心里到胃里，各自踏实了。

顺江茶园的葡萄藤爬满了架子，绿成了一片天。老人们都坐在阴凉下喝茶，四五六七人地坐成一团。余清慧走进去，一时眼睛花花的，看不清了这满园子乘凉打扇和闲摆的人。她定着神看去，去找跟她最熟的谢书琴——却发现有两三个差不多样子的老太婆：穿着长袖衬衫，披着钩花背心，头发白花花的，六七八十上下年纪。

她便慌了神,越想找谢书琴越找不出来。"糟糕了糟糕了,"她想,"我咋一下认不出人了呢?"

有个人喊她:"余老师!"她循着声音看过去,看到在茶园最里面还有一桌,空荡荡的没坐人。张崇德站在桌子边上对她招手。

"哎呀!张老师!"她应了句,从其他茶桌子边穿过去。

张崇德给她拉开一把椅子让她坐:"今天我们最早到,他们其他人都还没有来。"

余清慧大大地松了一口气,坐下来,从口袋里摸出手巾擦了擦额头。"太好了,太好了。"她说。

"喝毛峰还是喝菊花啊?我帮你喊。"张崇德问她。

"天热,喝菊花嘛。"她说。

张崇德就转过头去喊茶,余清慧看见他脑壳顶上居然还戴着一顶帽子——还好不是冬天时候的毡帽,换成了一顶薄呢子的鸭舌帽。

"张老师,这天都这么热了,你怎么还戴帽子啊?"她忍不住多了句嘴。

"哎呀,不好意思,"张崇德伸手压了压帽子,"我多年老毛病了,经常发冷,头顶上不戴个帽子就容易着凉。"

余清慧点了点头:"人老了就这样,周身都是病,要注意身体啊。"

过了一会儿,其他的茶友们都来了,一桌子坐满了人。才立夏,热也热不透,冷也难消退。最近的天气总是出两天太阳下一晚雨,忽冷忽热,陈艾和谢书琴都有点感冒。

肖传书就说:"老陈,我给你说个偏方!我们家王家琼给我弄的:红酒泡洋葱!好得很!一个老中医教她的:又帮助睡眠,又增强抵抗力,像感冒这种小问题更是,喝一杯,睡一觉,保证第二天就好了!"

陈艾摆摆手:"感冒又不碍事,自动杀毒嘛,感个冒是好事!至于那什么偏方,肖老师啊,你听我一句,这些东西还是不要随便相信的好。首先中医这事就说不清楚——你看人家美国,人家那边哪准你有什么中医,那都是拿不到执照的!——更不要说这些所谓的偏方,没有科学根据,身体没问题的时候随便吃点也无所谓,真正有了问题,还是要去医院检查。"

"你这老陈!"肖传书不服气,"你就一个儿子在美国旅居嘛,你跟美国这么亲热干啥?它美国也就一晃眼几百年的历史,说到我们中国的中医,它哪懂得起!"

"这倒也是!"谢书琴赶紧出来说,"中医有时候还是管用的。我以前肩周炎,还是扎银针治好的。"

"说到这个扎银针,我老婆给我买了一个红外线针灸治疗仪,真的多舒服的!……"肖传书又有东西要推荐了。

余清慧和谢书琴去上厕所,谢书琴就笑着叹气:"唉,这几个人啊,每次一聊到保养就要拌嘴!又要吵架,又要说不停,老还小了!真有意思!哎,清慧,你倒是不错,七十二了,身体还这么硬朗,能走能吃能睡,一点问题都没有!"

"我啊,"余清慧一边摇头一边笑,"还不都是给锻炼出来的。你想邱仕洪以前生了多少年的病啊,光是在床上躺都躺了三年多。我每天煮饭,扫地,洗衣裳,还要给他翻身,洗澡,身体不好都不行!"

"哎,"谢书琴踩到茅厕上去,解了裤子,又扯着她的手慢慢蹲下去,"也是,也是,你啊,为了你们邱老师,真是辛苦了好多年!"

余清慧不说话了,她也找了一格茅厕蹲下来,默默地小解。等她又过去扶谢书琴起来的时候,谢书琴说:"张老师的事你考虑得怎么样了?我越想越觉得不错,人老了,打个伴最好,你看你们两个也聊得来啊……"

颜 歌 | 三一茶会

"哎呀！"余清慧有点着恼，一把扯着她站起来，"书琴啊，你不要说这事了。我跟张老师只是有个话聊，哪有这些乱七八糟的想法！"

"你啊！"谢书琴笑，"上次你写的那首诗，他给你夸上了天，还要帮你去投稿给《锦城诗刊》，他对我们其他人哪有这个热心？"

余清慧就想起上次张崇德对她的评价了。"余老师写的现代诗真是好，毫不矫揉造作，直抒胸臆，三个词概括，"张崇德拿着稿纸，少见地话多了几句，"真诚，烂漫，美好！"

她们两个慢慢走回去，天是蓝幽幽的天，树是绿森森的树，隔着茶园的墙壁，传来的是街上的车马喧嚣。远远地，她看见三个男的坐在桌子边上，一个抱着茶盅，一个点着香烟，一个戴着帽子，嘴里还在说个不停。

"对了，"余清慧忽然想起要问谢书琴的事了，"书琴啊，张老师身体没啥大毛病吗？"

张崇德忽然醒了，听到窗户外面是如雷的枪声：不只是枪，还有炸弹，轰！震得他心口一疼，就像挨了颗子弹。他猛地坐起来，腰杆咔嚓一声，背脊骨上又再被射进了一颗子弹。

他坐起来，借着外面的路灯看见了家里的摆设，这才回过神来——外面那不是枪声，而是马路对面工地上运渣土车的声音。

他看了一眼床头柜上的钟，两点五十分。

他就下床了，穿着拖鞋去上厕所，淅淅沥沥地撒了几滴尿又走到客厅里去，在藤椅上坐了下来。坐了一会儿，才发现自己浑身都在打抖。鼓着一口气，他伸手到茶几上把烟和打火机拿过来，点了一支烟，吸了一口，又吸了一口，才觉得慢慢没有那么抖了。

"还不得死,还不得死。"他对自己说。

张大爷他八十一年都活过来了,万万没道理现在就要死。搞革命的时候,一个同乡眼见被子弹打了一个穿,还好他跑得比他快;坐船下三峡,前面那条船在岩上撞了个稀巴烂,还好他没挤上那一趟;解放了回四川,才发现张家人年前害了瘟,一个染一个死了一堆,还好他跟他们隔得远;参加垦荒大队,一个烟锅巴引了场大火,烧死了五个,还好他那天留在厨房煮饭;发了灾荒,人人都饿得啃烂手指拇埋在茅坑里了,还好他的亲家公在县政府有个好差事;文化大革命,亲家公被拖到坝子上审着审着就死了,还好他张家有贫农的好出身——再艰难的他也过来了,发了阑尾炎,割了阑尾;胆囊结石,取了胆;胃上长了肿瘤,一活检居然是良性,切了就了了;心脏差一点把他出脱了,又装了起搏器;等到小他十岁的老婆都老死了,他还一挣一扎地活着,在市里上班的大女儿和小儿子清明回来扫墓,顺便给他过了生日,一边吃饭一边说:"爸,你这辈子真不容易!九九八十一难啊!这下日子过好了,要好生享受生活啊!"

应该说他现在过得很不错了,县志办退休一个月三千七百元的工资,用也用不完了。张崇德却开始睡不好了,一晚上一晚上醒过来,坐在饭桌前面写文章,写着写着就觉得句句都是遗言;每个月三回,他鼓着劲去茶会,走在马路上却心惊胆战,觉得下一秒就要被车撞死;他睡醒来就累,吃饭嘴巴就苦,抽烟又觉得肺痛,干什么都不对,他决定给自己找件事情,就请肖传书帮忙联系了出版文集的事,每天在家里整理稿子,混是有事混了,脑壳里却永远都响起了一句话,说的是:出师未捷身先死,长使英雄泪满襟。

终于,稿子理好了,序言写完了,这夏天也算混得差不多了。早先下午的时候,肖传书来他家找他拿稿子,问他:"张老师,最近是不是有点不舒服啊?我看你没精神呢?要入秋了,要注意保养啊!"

"最近整理这些稿子，熬了几个夜。"张崇德多的也不好说。

"唉，你看你，你看你，"肖传书拿手指弹了弹放在茶几上的那一大摞，"你自己一个人，要照顾好自己啊。我上次就给你说——王家琼又问我了——你要不要考虑嘛，她帮你在她们就业中心找个保姆。多个照应，总是好的嘛。"

"我这样子一个老头了，找啥保姆，活活让其他人看笑话。"张崇德说。

"你这简直是老思想！"肖传书对他摆手，"现在啊，七十多八十岁的，一个人找个保姆的多得很！也不求啥，你多个人照顾，人家呢，找个地方住，有口饭吃，两个人搭伙过日子，也没多余的纠缠。"

"唉！不好！不好！"张崇德站起来去拿烟灰缸——两个人各自抽了一支烟，肖传书把他那自序看了一遍，看得不住地点头。

"好！好！你看这句，"他拍着大腿念，"八十一载身前过，雨夜惊寐一梦间。这很有点庄周梦蝶的意味嘛。"

"唉，老肖啊，"张崇德把烟按熄了，"你不要老给我戴高帽子，高帽子我戴不住。"

"哎你就是这样，太谦虚了！"肖传书不肯停歇，"我现在对这本书很有信心，你这集子文章写得好，编得精，名字更不俗：《陈味集》。你看其他人出个书取的那些名字，《鹃城春晓》《石斋雅语》——都太俗气了，哪比得上你这个！你这到时候出来啊，肯定是一个轰动！"

张崇德也始终是个凡人，被人这样夸起来，总是高兴的。他就又跟他抽了一支烟，喝着茶，再看了集子里的两篇文章，很是兴致盎然地，送肖传书出了门。一个人夜饭吃了十五个饺子，看了新闻联播，听了天气预报，又看了一会儿《容斋随笔》，烫了脚，睡上床，却再一次半夜里不到三点就惊醒了。

他出着汗，坐在客厅里，听着对面工地的运渣土车轰隆隆地开出去，开进来，每一下都打得他心口生痛。正所谓：因爱果生骨肉病，从贪始觉身家贫。张崇德这手把一生的心血交付出去，那边就又多出来一份牵挂——"总要看到这本书出版出来啊！要把这本书看到啊！"他止不住地对自己说。

　　余清慧远远就看见了陈艾和谢书琴两口子在马路边，一个站在街沿上，一个站在街沿下，正往东门外面望。她对着他们招了招手，下意识地加快了步伐——提起脚走了十多米，她却立竿见影地觉得接不上气了。谢书琴拼命对她摆手，意思是：慢点，慢点，不着急。

　　她就慢下来，左脚，右脚，一步步走到了陈艾两口子身边。

　　"陈老师，书琴，久等了，久等了。"她跟他们打招呼。

　　"不久，不久，"陈艾说，"我们也刚刚到——中午饭才在河边上吃了酸辣粉，慢慢走过来的。"

　　"陈老师你今天也要去照相？"余清慧问。

　　"不不，我不去。我就送书琴出来，顺便到西街长青娃儿铺子上下棋。"陈艾一边说，一边从街沿上走下来。

　　三个人就顺着东街往十字口走，刚刚过了国庆节，电影院门口还挂着彩旗，路上有人穿着皮鞋和西装，垮着一张脸皮。

　　"余老师今天穿得舒气啊。"陈艾说。

　　"我这哪叫舒气！"余清慧立刻觉得不好意思了，"你们两个才每次都那么讲究哪。"

　　"嗨！我们！"陈艾伸手在谢书琴肩膀上拍了拍，"一个老头儿，一个老太婆，两个人天天看，越看越讨厌。"

　　他们走到十字口的凤凰影楼，告了别，剩下余清慧扶着谢书琴往摄影楼里面走。

"婆婆，照相啊？"门口有个脸蛋圆圆的年轻女子赶紧给她们开门。

"就是，照相，我们两个都要照。"谢书琴对她点头。

"要的要的，婆婆你们慢点走，照证件照啊？"小妹领着她们走进去，问。

"照普通彩照就可以了，"谢书琴一边说，一边从包包里面拿出一张报纸，"跟这个一起照。"

余清慧看着那张《平乐日报》，头版上日期清清楚楚印着二〇一〇年十月十一号——可不正是今天的日子。

这荒谬的主意也不知道是哪一个人想出来的，最开始很是让余清慧生了一会儿气。"东街街道办的人也太过分了嘛，拿报纸照相？亏他们想得出来，我又不是犯人！"她说。

"哎呀，"谢书琴劝她，"他们那些人又没啥文化，也就只能想出这点办法了。我们就将就嘛，照个照片就是了——陈艾帮我们交上去，我们三个人的钱都领了，这样最方便。"

最开始本来是件好事。九月底吃茶的时候，肖传书说："你们听说了没？现在政府发老年补助了。七十岁以上每个月五十，八十岁以上每个月七十，从今年一月份就有了，唯一就是要自己去街道办领——街道办这些人坏得很，你不去，他们就把这钱给你吃了——我去领了，从一月份到九月份的，四百五十元。"

茶友们听了，都吃了一惊。陈艾说："谢书琴，这么说我们两个每个月还有一百二十块哦！——你加把劲，再活两年，我们就有一百四了！"

张崇德也笑了："老陈啊，所以活得长就是长福气，果然是这样的。"

余清慧没想到自己老来还能有笔意外之财，但要钱的从来就是受折磨。街道办搬到了东门外的政务中心，打车过去就要七八块，还要爬五楼。陈艾说，哎，我就帮你们领嘛,你们不跑了——结果他自己跑了一趟却一分钱没拿到。街道办的人说了:"你们这些老爷爷老婆婆,人不来我们不敢发钱——哪个说得清楚这人是活着还是死了?——要代领也可以,喊本人拿一张当天的报纸,照个相,我们要片留底,才敢发钱。"

余清慧是打从心里不想要这钱了,谢书琴却劝她:"理是理,法是法,这是国家发给老年人的补助,没道理拿给街道办的那些人三贯不值二文地给我们用了。"

陈艾也说:"你们两个就去照个相嘛,现在照相方便,当天就拿了。反正我来跑这个腿,为人民服务嘛。"

她们就去凤凰影楼照相了,摄影师听到这事也是啧啧称奇,说亏这些人想得出来。"从来没听过,居然喊人举个报纸来照相,唉!"

再多的抱不平也没法。余清慧往椅子上一坐,被左右两个大灯一打,报纸往胸前一举,对着镜头,笑也不好意思笑,喀嚓一声了结了。然后谢书琴也照了。

摄影师把照片印出来,一个人有两张。"这照片还照得可以,"他一边看,一边递给她们,问,"两个婆婆高寿啊?"

"你猜呢?"谢书琴说。

照相的肯定是精灵的,笑嘻嘻地:"依我看啊,最多有六十!"

余清慧和谢书琴两个都双双笑了。"小伙子你简直会说话。"余清慧说。

"真的!"照相的说,"我见了那么多的老婆婆,就你们两个婆婆是格外舒气的,显得年轻!硬是会保养!"

于是两个人心事重重地去照相,神采飞扬地走出来了。谢书琴把余清慧看了几眼,说:"人家小伙子说得真对,清慧啊,你看起来哪有七十多岁的样子啊,真的是!"

"哎呀,"余清慧始终不好意思,"今天照相收拾了,平时还不是邋遢得很!"

"你都是邋遢的,那我们家属院里头的那么多老太婆都不活了。"谢书琴坚持要把她捧到底。

那我当然不跟那些老太婆比了。余清慧心里想。

"清慧啊,这都说了好久了。你看,不然趁这个月拿了钱,我和老陈请你跟张老师吃饭嘛?"谢书琴说。

"这怎么行,要请也是我请你们啊!还要麻烦陈老师去帮我拿钱呢。"余清慧说。

"哎呀,我们两个人一起的当然要请你们两个一个人的了!"谢书琴笑起来。

这话虽然拗口,但余清慧也是听懂了。她不说话了,想着刚刚陈艾和谢书琴站在街边上等她的样子。

两个人能在一起互相照顾一下,还是好啊。她想。

张崇德早早出了门,毕竟待在家里还是觉得有些尴尬。他走下三楼来,出了院子门,望着满街上的来来往往和街对面的挂面店,有一种自由心胸天地广的舒畅,忍不住长出了一口气。

离茶会的时间还早,张大爷就顺着东街慢慢地往顺江茶园的方向转过去,一边走,一边看。现在东街上很不一样了,楼房一栋连着一栋,铺面一间挨着一间,人人都吃得饱,穿得好,走得风快。也就是往前再一个甲子,张大爷清楚地记得,这里都还是荒地和林盘,镇上的人又穷又瘦,一天到黑瘫在家门边上不挪一下,生怕一抬屁股肚皮又饿了。

现在他反而没有食欲——中午坐上饭桌子,发现上头居然摆了两荤一素一汤四个菜,他心里难免有点抱怨:"君子食无求饱,一个中午饭,吃这么多做啥?

真浪费！"——但他什么也没说，埋着脑壳把饭吃了一肚子，筷子一放，换了皮鞋就出门。

反正时间还早，他没有从宝生巷抄近路，而是一直走到了十字路口，转到北街上绕了一大圈——就算这样，等他到了顺江茶园，茶友们还是一个都没来。

他就找张桌子坐了下来。茶园的小妹跟他很熟识了，就提着开水瓶走过来，放在他身边："张大爷，开水在这！"但张崇德这才发现，自己今天走得太匆忙了，居然忘了带茶盅。没奈何，他摸出五块钱来，对小妹说："给我泡个毛峰。"

毛峰还没端上来，余清慧就到了。她一边坐下来一边和他打招呼："张老师，今天你好早啊，我还以为我是第一个了。"

"哈哈。"张崇德笑了一声，"吃了饭，又不想睡午觉，就早点出来了。"

"怎么样，"他问，"你最近又写了什么新诗啊？"

"就写了一首，但还不成熟啊，要改，要改。"余清慧一贯是谦虚的。

"你带来了吗？给我看看嘛。"张崇德随口问——他没盼望余清慧真的愿意把诗先拿出来给他看，但她居然就很爽快地从包里拿了出来，递给他。和往常一样，她的诗誊在绿格子的稿笺上，字很是工整：

和时光老人对话

我向时光老人索取往事
往事如一缕青烟早已随风飘逝
我请时光老人展示未来
时光老人说——
你的时间不多了

颜　歌 ｜ 三一茶会

你要珍惜每一天
别让未来成为遗憾

张崇德把这首诗读了一遍，又读了一遍，一时有点说不出话来。余清慧的诗向来清清淡淡的，就像几句家常话——但偏偏这几句家常话，打在他心头就是一震。

"哎，余老师啊，你的诗越来越好了，写得真诚，感人。"他最后发自内心地说。

"我觉得结尾还有点草率啊，还要再斟酌，再斟酌。"余清慧把老花镜拿出来戴上了，跟他一起看那首诗。

"很好了，很好了！"张崇德点着头，念起来，"我向时光老人索取往事，往事如一缕青烟早已随风飘逝……好，真是好！"他忽然想起了什么事情，顿了顿，还是转头过去，问余清慧，"余老师，这几年有你姐的消息不？"

余清慧吓了一跳，看了张崇德一眼："张老师你认识我姐啊？"

"哎，我当然认识啦，我们一条街上住的人嘛。"张崇德算了算年月，"不过那个时候你还小，有没有六七岁啊？也就这么点大。"张崇德抬起手，沿着桌子面一比画。

"我还真不知道，你是我们东门上的人啊？我咋一点都没印象。"余清慧很惊讶。

"唉，我离家离得早，十七岁就跟观音会的周三哥到上海去跑单帮，你认不到我是自然的。"张崇德说。

"上海！"余清慧感叹了一声，"在这跟你喝了两年多的茶，我从来没听你说过这件事啊。"

"这有啥好说的！都是前朝的老黄历了！"张崇德笑起来，茶馆的人终于把毛峰端了过来。"余老师，你喝啥？"他问余清慧。

果不其然，余清慧的新作受到了大家的一致推崇，都说这首诗真是写到了我们老年人的心里面。

"不怕你们生气，"肖传书说，"张老师和陈老师，你们的文章那都是有很多章法、很多积淀的，至于我嘛，我是乱来，不值得一说。但我真觉得我们这里面啊，就余老师的文章最值得读。天然去雕饰啊，青鸟明丹心！"

陈艾也点着头："肖老弟你说得太对了，我哪会生气，余老师的现代诗的确是一绝啊！"

张崇德反倒有些沉默。一则表扬的话刚刚都说完了；二是先前跟余清慧聊的那几句把他的思绪扯回了好多年以前。

他想着他十七岁那年，在毒太阳下跟着周三哥走了六十里地，要从平乐镇走到永安城去坐船，再一路顺着重庆、武昌，坐到上海去。那天他出了好多汗，背上都是汗碱，他心里想的是："余红梅，算了！你看不上我穷，我走就是了！我不回来了！"

"这都六十四年了！"他喝着毛峰茶，坐在枯枯的葡萄藤下，算起日子，"六啊六十四年。"

他一直坐到茶会快结束了，才听到陈艾喊他："张老师！张老师！"

"啥事呢老陈？"他问。

"是这样啊，"谢书琴说，"你看，今天我们谈得这么热烈，一下也舍不得回去了，我跟老陈商量，张老师，不然晚上我们一起吃饭？我和老陈，还有你，还有清慧，肖老师……"她看了肖传书一眼，脸上都是笑，"肖老师你有人在屋头等你回去吃晚饭，我就不喊你了。"

张崇德一下也没反应过来，只觉得谢书琴这么周到一个人，居然不喊肖传书，真有点古怪——肖传书就明显不高兴了，他笑了一声，拿起喝干了的茶杯子又喝了一口："哎！谢老师，你这么说就不对了！现在不只是我屋头有人等，张老师屋头也有人等他啊！你问他看看，看他要不要跟你们吃饭嘛。"

这话一说出来，茶友们都震惊了，所有的人都看着张崇德。

张崇德真是说什么都不好，本来很平淡一件事情，被肖传书用这样的方法说出来，显得格外不伦不类。他很是难受，伸手去摸自己的帽子："哎！哎！肖老弟，你这话说得！唉……就是我女儿和儿子嘛，都不放心我，说我一个人在家照顾不好自己，给我找了个保姆……哎，肖老弟，这事还是你帮忙的！你要说就说清楚嘛！"

其他人还是不知道说什么好，气氛尴尬到了极点。忽然间，只听得"砰"的一声，是余清慧猛地站起来了，弄倒了她的椅子。她也不管，光埋着头把桌子上的老花镜和稿笺一把装回自己的包包里。"哎，清慧……"谢书琴喊她。

"我先走了，"余清慧急匆匆地说，"家里还有点事。"

她就走了，留下张崇德对着陈艾和谢书琴，还有一个莫名其妙的肖传书。

"余老师她咋了？"肖传书问。

"她……"谢书琴难得有点气急，狠狠剜了肖传书一眼，"唉！不说了！不说了！这事真的是……"

她就搀着陈艾走了，也不提吃饭了。留下张崇德对着肖传书。

"老张，老张，你还坐这干啥？"他听到肖传书喊他，"人都走了！"

余清慧在街上走了一会儿，才看见街心花园的铁脚海棠都开了，红艳艳地映着几树梅花，疏疏朗朗地显出点点月白。刚过了大年初十，还有几个小娃娃在花园边放炮耍。以前她最怕人家放炮，一看到马上就要躲，今天却有点走不动。她站在路边，望着璀璨步行街口新修的花园。今天花胜去年红。她忽然想起了在哪看过的这一句，偏偏忘了下半句。

自从去年十一月停了参加茶会的活动，她已经很久没有走到街上来过了。走一走只觉得格外地冷，冷得东街都空荡荡的。当然了，国学巷的文教局家属院倒很是热闹，余清慧刚刚从那儿路过：院子里的花圈一路堆到了大门口，挤得车都开不出来。刚刚去世的老局长陈艾一直是永丰县教育界德高望重的人物，手下教出来的学生更是个个都很成材——来看他的人真正是络绎不绝的。

余清慧想走进去，又觉得走进去很是苍白。刚听说这个消息的时候，她给谢书琴打了个电话，在电话里她听起来倒是很平静："清慧啊，谢谢你，谢谢了。你不要来啊，都是老年人，这种事来了伤心，伤身体。我这儿有人照顾，你放心，放心。"她在永安市的侄女过来照顾她了，两个儿子还在往回赶——赶回来有啥用！院子里的老邻居都说，有出息有啥用啊，结果惨啊。两个老人家常年没人照料，孤苦伶仃，相依为命，最后被一个葡萄干噎死了，不认识的人听了都要流眼泪，惨啊！

她站在路边上，忽然一下子走也走不动了，也像是一口气哽在了胸口，头晕得很，浊气直往眉心上涌。"我要倒了！要倒了！"心里一发慌，她更接不上气了。

"余老师！"她听到有人走过来了，在喊她。她就赶忙把手伸出去，颤巍巍地说："来！来扶我一下！"

那个人赶紧过来扶她，一把把她扶住了，挪了两步，挪到花园边的长椅子上坐下来。"哎！哎！"余清慧喘着气，觉得地终于不转了。她抬起眼睛看了看这个人——不是别人，正是她三一茶会的茶友张崇德。

"你喝点水嘛。"张崇德把他的茶盅扭开，递过来。

余清慧也顾不了那么多了，就接过他的茶盅，喝了一口热茶，心口顺着这一股暖了。

"唉！唉！我的天啊！我的老天爷！"她大口地叹着气。

"再喝一口，再喝一口！"她听到张崇德说。她就又喝了一口。

"哎，张老师，谢谢啊，谢谢你，简直不好意思。"她终于回了魂，才想起来要说这一句。

"你硬是这么客气，说啥谢谢。"张崇德把茶盅接回去，盖好了，"你也刚刚从陈艾那出来啊？我怎么没看见你呢？"

余清慧想原来他也去了。她说："我没走进去，只在门口站了一会儿，唉。"

"没进去好，没进去好，"张崇德点点头，"人太多了，我也就是跟谢老师说了几句话就走了。"

"她怎么样？"余清慧问。

"唉，人是有些憔悴，精神倒还不错。"张崇德说。

两个人坐在椅子上，对着南街老城门，几辆出租懒在那里等生意，有个贩子骑着板车卖碰柑。

"我们这些老朋友啊，"张崇德忽然叹了一句，"过一年，少一个。"

余清慧没说话，张崇德又说："倒是余老师你，好久不来茶会了，我们都说我们是不是把你得罪了。"

"没有！没有！"余清慧赶紧澄清，"我只是因为天冷了，最近身体又不太好，不想出来走。"

"这不行，这不行，"张崇德劝她，"越是不走动，身体越不好，你要经常出来走一走，跟老朋友们见一见，读一读诗，聊一聊闲话，也是个混头。"

"你说得对，你说得对。"余清慧说。

"刚刚谢老师还主动跟我说，等过完了元宵节，这个月二十一号，我们茶会还是要再开起来,她说她要来,到时候你也一起来嘛?"张崇德问她。

余清慧忽然想起这几个月她不在,不知道谢书琴是怎么去上厕所的。

"我要来的,"她说,"一号,十一号,二十一号,我们这三一茶会啊,无论如何都不能断了。"

"是,是。"张崇德坐在她边上,把头点了又点,仿佛找到了什么灵犀。

这正是:枝头海棠添新秀,旧知相逢忆故友。

又是一年春色好,韶光虽逝文心留。

(选自 2014 年《收获》第 5 期)

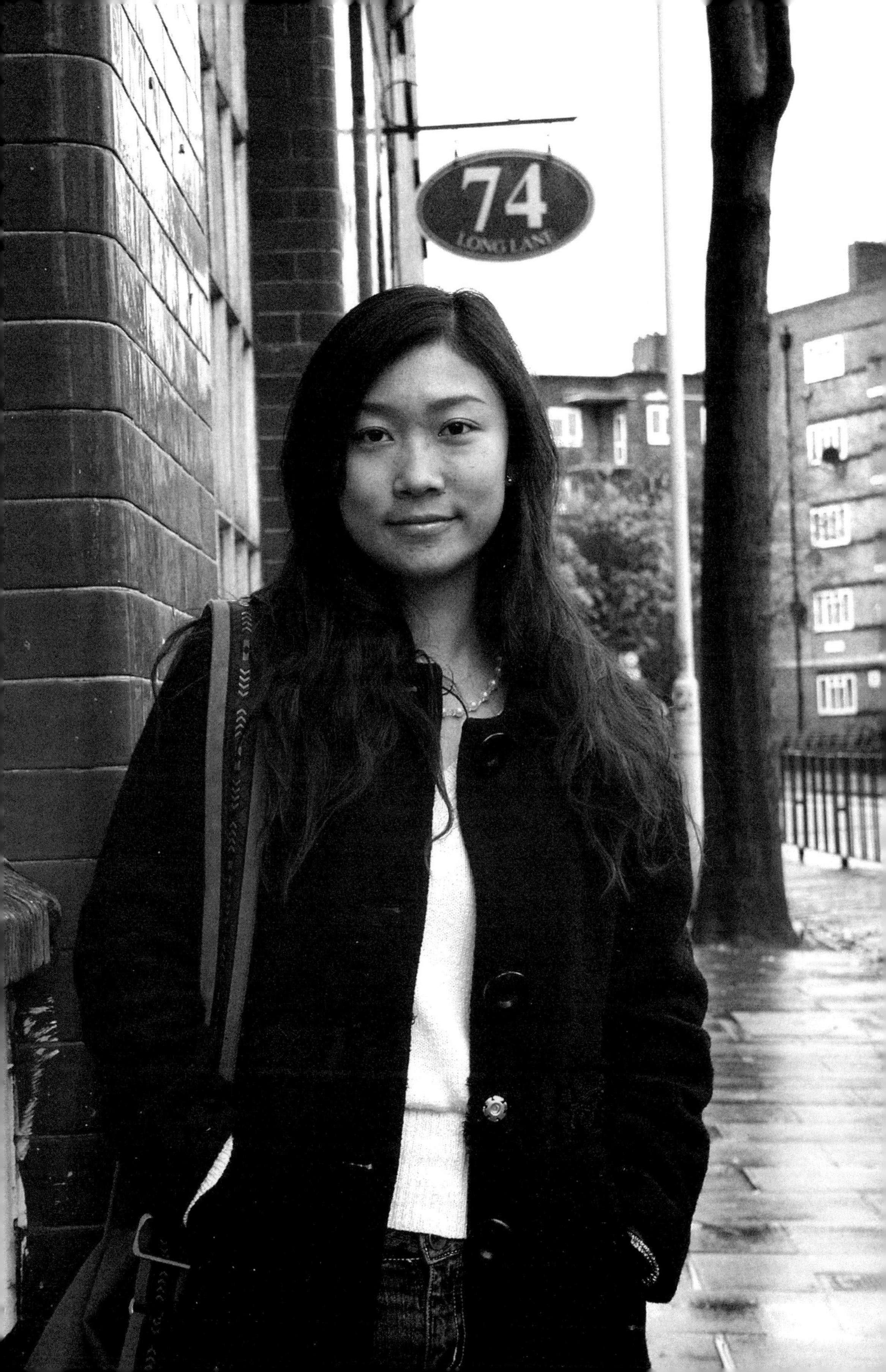
74

康 夫

康夫，1985年生于湖南，2007年毕业于清华大学，后留学以色列特拉维夫大学。先后学过新闻采写、电影、戏剧和希伯来语，尝试写小说和剧本。现居北京，写有《失业之旅》，小说《鲜美的汤》，剧本《远离拉萨》等。

鲜美的汤

阿七在国贸附近有一家饭店。

听起来很厉害,其实只是卖快餐的半地下室。这一带有许多辛苦的小公司职员,合租的房子没有厨房不能自制便当,一点点月光的薪水又吃不起 CBD 光鲜的餐厅,所以一到中午便都来阿七的店里,排长队买快餐。

阿七的店人气很高,但铺面租金更高。他曾经有过一个炒菜的厨师、一个收银员和一个舀饭洗碗的小工,但渐渐只剩他一个人。在租金和工资都水涨船高的今日,阿七要想不亏本,只能一手收钱,一手舀饭,自己买菜,自己烧菜。

阿七在店里住,这样他就能把店开到很晚,吸引那些加班结束的人们来吃消夜。除了加班族,被吸引过来的还有流浪猫,那是一只姜黄毛色、面相凶悍的土猫,眼睛滚圆,胡子坚硬。阿七从剩下的饭菜中选一些清淡的给它。

"都凉了,凑合吃吧。"阿七把饭菜拌好,小碗放在地上。

天气很冷,再过不到一个月就是新年。阿七迟迟没有定下回家过年的事情。转过年去,铺面租金说什么也得再涨,餐馆恐怕开不下去。如果就此回了老家,那真是漂泊多年一事无成,如果赖在这里,又不知道还有什么糊口的机会。

总之,这家店是不打算继续了。

那个顾客是在一个星期五的晚上光顾的,十点左右,风很冰。周五晚上是生意稀疏的时候,加班的人比往常大大减少,平时只能吃快餐的人们也会去好一点的馆子奢侈一下。所以阿七并没有准备消夜。天气太冷,他发了一会儿呆,打算烧一壶热水喝,然后早点睡觉。

就在他准备打烊的时候,那个男人出现在店门口。他个子偏小,但并不瘦弱,头发像一丛精神抖擞的矮草。他穿着小公司员工常穿的黑西服,白衬衣看起来不再新鲜,留下了一些浅浅的痕迹。他一只手拎着旧电脑包,胳膊上搭着一件棕黄色的旧大衣,另一只手伸进口袋里掏钱。

"还有吃的吗?"小个子男人问。他的声音听起来尖细,像一种啮齿类动物。

"今天不剩什么了,基本都卖完了。"阿七说。他并没有要留住这位顾客的意思。

"一点都不剩了吗?多少让我吃一点就好了啊。"小个子男人的眼睛滴溜溜地在空盆里瞄来瞄去,失望又不甘。

"还有一点米饭,"阿七说,"你愿意就吃了吧,不收钱。"

"啊!这里有一盆汤!"小个子男人没有理会阿七的好意,对着旁边一盆汤惊呼起来。圆溜溜的小眼睛射出兴奋的精光,全身一下子充满了活力。

阿七看了看,这是随着盒饭套餐附赠的免费例汤,只剩下一个盆底。汤已经凉了,捉摸不见的蛋花里漂着两片绿叶和一角西红柿。

"给我来一份这样的汤吧!如果还有米饭,那简直是太好啦。"小个子男人热切地说。

真是不讲究的客人啊。阿七想。他找出一只瓷碗,盛上米饭,放进蒸锅加热;又打开炉子,把盛菜汤的盆放了上去。

小个子男人端端正正地坐在离厨房最近的椅子上,眼睛亮闪闪地看着阿七准备饭菜。他的两只手充满期待地搁在桌前,十个灵活的手指不断互相轻叩,仿佛在期待一场无比盛大的美味。

很快,蒸锅上了汽,带着米饭香味的蒸汽袅娜地在灶台上聚成一小团云,在抽油烟机黄色灯光的映照下,好像一蓬金色的棉花糖。盛汤的大铁锅渐渐也有了温度,一层薄薄的热气从汤里升起,若隐若现地贴着水面盘旋,就像晨雾笼罩的

康　夫　|　鲜美的汤

湖面。忽然间，一小片鸡蛋因为锅底的热度往上蹿了一下，就像湖底跃起了一条小鱼。热气更多了，湖面的雾浓了，在这浓雾中，青菜的碧绿和西红柿的鲜红变成了茂盛的水草和盛放的红莲花。哗啦，一把长柄大勺跳进湖里，捞上一大勺热汤。

"汤。"阿七往碗里舀了两大勺汤，端到小个子男人前面。小个子男人的全部精神都投在了刚刚那个过程里，眼睛定定地注视着汤碗从阿七手中放到自己桌前，饱满的期待就像即将喷发的火山。

"还有饭。"阿七说。他反身揭开蒸锅锅盖，一大股热气喷薄而出。一碗热腾腾的米饭从热气里浮现出来，阿七在饭上面滴了几滴酱油。

"什么也没有，只有酱油了。"阿七把米饭端到小个子男人面前。

小个子男人鼻翼旁的脸颊微微颤抖着，搓了搓手，拿起筷子。

"沾了酱油的米饭，热乎乎的汤，这样的周末，真是太美好了啊！"小个子男人由衷地赞叹道。

他仔细又喜悦地吃着饭食，好像既舍不得把它们快快吃完，又恨不得能一口吞下肚去。不多一会儿，他心满意足地抬起头来，面前是两个空空的碗。

"啊，在这一带还没有喝过这么好喝的汤呢。"小个子男人说着，从小小的、陈旧但方方正正的钱包里掏出二十块钱递给阿七。阿七觉得很不好意思，只是喝了一点剩菜汤，吃了一碗剩饭，怎么能收一份套餐的钱呢。

"不用给钱。"阿七摆了摆手。

小个子男人小小地吃了一惊，把钱包收了回去。

"你真是一位好心的店家。"小个子男人说。但他没有起身离开，而是抓耳挠腮，似乎想说什么难以启齿的事情。大概他会说自己失业了，没有钱吃饭，问我借钱，阿七想。

"你可以告诉我这么好喝的汤是怎么做出来的吗？我一定会保守秘密的。"小个子说。

阿七更不好意思了。他只好向他解释灶上只有一个火用于炒菜,而店里又只有他一个人忙不开的事情。他讲了讲他是如何在没有时间洗锅的情况下,先炒鱼香肉丝,再炒麻婆豆腐,再炒青菜,最后烧汤的过程。小个子男人听得非常认真,他从方方正正的电脑包里拿出了一只方方正正的笔记本,把阿七的叙述仔仔细细地记下来,不时露出恍然大悟的表情。

"要烧这样一锅汤,果真要花好多心思呢!"小个子总结道,"要铺垫整整三份菜,让锅充分吸收它们的精魂,然后才能开始烧汤。难怪这样烧出来的汤,有好丰富的味道。看起来简单,其实有好多学问在。"

"它们的精魂?"阿七问。

"是啊,所有的食物都是有精魂的。"小个子说。

他认真地把笔记本合上,放进整整齐齐的电脑包里,拉上拉锁,掏出大衣兜里的怀表看了一眼。大概是夜里十一点钟,末班地铁还能赶上。阿七以为他打算回家了,但他对阿七说:"承蒙款待,没有什么可以交换的,不如让我也请你喝些汤吧!"

"不用客气。"阿七说,"很晚了,你快回家吧。"

"真的不要吗?我们那里的汤屋是很有名的。"小个子对阿七的拒绝感到十分惊讶,好像从来不会有人拒绝这样难得的机会。

这样一来,阿七就感到有点难办。他从来没有接到过邀请,也不需要和顾客有这么多对话。看看门外的马路,被冻得硬邦邦的,写字楼黑漆漆的窗口没有一丝温暖的气息。

"呃,你们那里,是哪里呢?现在已经太晚了,恐怕关门了吧。"阿七说。

"就在附近,不远的。如果我们抓紧一点,还能在打烊之前赶到。"小个子坚

康　夫　|　鲜美的汤

持道。

如此，阿七只好锁上店面，跟在小个子后面出了门。小个子把他厚重的大衣穿在身上，竖起领子，戴上兜帽，看上去像一只缩小了的熊。夜深了，街上已经安静下来，空洞的路上没人想停留。

"你最好也穿上外套，"小个子说，"晚上冷得很。"

阿七听话地穿上他早晨买菜穿的旧外套，那是一件内侧有绒，夹层有棉，外面是灯芯绒的暖和大衣。这是很久很久以前，他还有祖母的时候，他们一起买的。那是一年的新年，他从学校放寒假回家，祖母拿出给他织的围脖作为礼物。他们那里森林肥沃，冬季寒冷，山民需要用毛皮做三层领子，再在里面套一只毛线围脖。他和祖母到了镇上，他要用做家教挣的钱给祖母买一件新大衣。但最后大衣没有买成。她舍不得花钱。

"还是先给你买吧。"她说，"等以后你有钱了，再给我买。"

他是一个不懂得如何推托的人，于是新的大衣就穿在了他身上。他穿着新大衣，系着新围脖度过了新年，吃着祖母做的打糕。如果今年回去过年，一定要给她买一件皮袄。

"这边走。"小个子领着他往写字楼群的深处走去。沿途小店早已打烊，寒风吹过空街，卷起稀疏的落叶。阿七很少在附近转悠，竟不知道这寸土寸金的地段还种着这么多树。

夜晚空气清冽，没有了白天的尾气，闻起来比白天更冷。寒风吹起来，阿七穿着厚外套但一点儿也不觉得暖和，热气从他的衣领、袖口、拉链缝隙、扣子与扣子之间的缝隙、针脚的细微空洞里溜走。阿七把双手插进大衣口袋，和小个子男人并肩走着，脚下被冻脆的落叶发出被踩碎的沙沙声响。

不应该在这么冷的夜里出来。阿七想。这么冷的夜里，他应该做的事情只有将热乎乎的消夜好好卖一阵，然后锁上门窗钻被窝睡觉。好歹他现在也是有店面的人，总好过刚来北京时冬天住红砖平房的境况。平房没有保暖层，只有一层红砖，一到夜里，寒风就从所有的砖缝钻进室内。那时他的理想是赚到第一笔钱，买一床电热毯。

不过话又说回来，谁想得到今晚有这么冷呢？恐怕是来了寒潮。

他们走了不短的一段路，车声隐去了，夜店繁华的招牌也抛在了身后。灯光变得暗淡稀疏，月亮也不见踪影，脚下平整的水泥人行道似乎变成了砂石路。

"我从没走过这里。"阿七说。

"一般人走得少。"小个子男人说。

"你说的那家店，我也从来没听说过。"阿七说。

"那是你听说得太少啦。汤屋卖的都是百年老汤，大家赶好远的夜路，就为了在冬天夜里喝上一碗。"小个子男人说。

阿七在脑海里搜索附近地区，但想不出有这样一个地方，有这样一条小路。他冷得牙齿发颤，脸颊冰凉，他想看看周围，但浓郁的黑暗让他辨不清物体，他想停下来记路，但如果他稍稍慢下脚步，就再也跟不上小个子男人了。

"跟紧我，不要迷路。"寒风中传来小个子男人沉稳严肃的声音，阿七赶紧收回东张西望的目光，紧跟在他身后。

越走越冷。风越刮越大。他们走进浓稠的寒夜，像走进一团黏糊的黑墨水。如果他在黑夜里能有影子，影子会被风吹歪；如果他有一把手电，黑夜会把手电的亮光吃掉。阿七什么也看不见了，一阵不知道哪里来的猛烈的寒风几乎把他吹了一个跟头。他不由自主地抓住小个子男人的大衣，麻木的手掌上传来粗糙的质感，阿七以为自己抓住了一头野兽。

"这是风口，想一件不会被吹走的事情！"小个子男人大声说。他的声音像

康　夫　｜　鲜美的汤

几张纸片，被吹得支离破碎。

寒风往阿七的头发里扑来，带走了他头皮上的热气，再从脖子钻进他的胸腔，把他的胸口冻住。忽然一阵狂风像黑暗里伸出的巨手，把他往空中一托，阿七感到自己离开了地面。

什么是不会吹走的事情？阿七想问。但如果他敢开口说话，风会毫不犹豫地带走他喉咙里剩下的热气。

她的面孔出现在脑海里。你是男人，你要说话算话！她愤怒地说。

这是他们上一次见面的场景，已经过去了很久。他们好了很多年，一直在不同的城市谋生，很难见上一面。

"你要好好地闯荡，你有基础了，就把我接过去。如果你运气不好，那么就到我这里来，我们想办法给你找工作。"她说。他同意了。

但是好几年过去了，他依旧什么也没有。他也不愿意离开谋生的城市去投靠她，这样他就更什么也没有了。他一直拖着，拖到他们再也不联系。

那是他经营这间快餐店之前的事了。毕竟过去了很久，也不那么难过了。这应该算是被风吹散了吧？

"过了这个山谷就好了。"小个子男人的声音飘了过来。阿七意识到他仍然在地面上，手里依然拽着小个子的一角衣襟，被吹得麻木的身体还在往前迈步。猛烈的风消失了，潮湿的冷雾袭了过来，他们像掉进了一条冬天的河里。

这样冷，像小时候尿湿了棉裤？那时候他已经记事了，也过了尿床的年龄。不知道为什么，有一天大人把他从炕上揪起来，气恼地扒下他的背带棉裤。他还没有醒透，只知道被窝里冰凉一片。

因为他只有一条棉裤，所以这一天母亲没能去厂里上班，他也没有上幼儿园。他知道自己做错了事，老老实实地坐在炕上，用被子盖住两条光腿。母亲在屋里烧了许多炭火，用一根长木杆挑着，烤棉被，烤棉裤，就像在火上烤一只不停翻面的羊。

他为自己想象中的烤羊流下了口水。母亲看了他一眼，从屋外拿进来几块地瓜。火上架着烤羊，火旁堆着地瓜，嗞嗞的响油配合羊肉和地瓜的盛大香味，让他感到那是梦幻般美好的一天。最梦幻的部分是，母亲能洞悉他的一切念头，她甚至能看得见他脑海里那只烤熟的羊。只有她能。

烤羊和地瓜的热气让阿七身上的寒冷退去了一点点。他从冰河里爬起来，发现脚下亮晶晶的一片，是冻硬的冰晶。

明亮的月光照耀在冰雪覆盖的大地上，冷雾和黑夜都散尽了，好像从来没有存在过。他面前是一片广阔的松林，细碎的月光从最高大的树顶落到地上，鸟的巢穴里传来咕咕的叫声。身后是他们刚刚爬起来的那条河，清冽的河水托着破碎的浮冰在岩石间迂回碰撞，潺潺不绝，流动着碎银子一样耀眼的波光。再往河那边看，就是望不尽的黑暗了，隐约还能听到呼啸的风声。

小个子男人站在不远处。在皎洁的月光下，他棕黄色的厚重的绒大衣看起来像一件蓬勃的毛皮，抖落身上水珠的样子像一头野兽。

"我们到林子了。"小个子说，"这就好办多了。"

阿七没有说话。他不再关心自己身在何处，也不再以小个子男人的身份为奇，他很久没有看见这么广阔的松林，他感到像回到故乡一样安全。

他们走进松林的时候下起了雪。柔软的雪花落在松针上，静静地留在细小叶子的表面；落在林间的空地上，轻轻地盖住了从落叶里钻出来的野花。阿七曾经在这样的雪地里追过兔子，见到过一只鹿，甚至险些遇到熊。

林间小径一开始十分平坦，走在厚厚的落叶上就像走一条高级地毯，渐渐地树木越来越密集，它们粗壮的枝干像老人的胳膊，撑起巨大的树荫。小个子男人

康　夫 | 鲜美的汤

敏捷有力，一言不发，走路很快。

"我们要快快地走，赶在关门之前到那里。"小个子男人说。

于是他们都加快了脚步。下雪的夜里不会有月亮，但此刻月光如洗，雪花却更加纷纷扬扬。很快，他们的外衣、鞋子、肩膀上都落满了蓬松的雪花，松树上也堆起了白色的雪团。他们在森林里前行，小径若隐若现，最后几乎埋没在树丛之间。他们不得不手脚并用，爬上粗壮的树根，留心脚下的石块，绕开倒下的树干。阿七走得身上热乎起来，便松开领子，把手从衣兜里拿了出来。

"这样赶路还真是有些累呢。"阿七说。

"不常运动的话，是有点吃不消。"小个子男人说着，放慢了脚步。在这样静谧的雪夜里，他们说话的声音听得十分清晰。

"你走山路不赖嘛。"小个子男人说。他摘下兜帽，头顶上冒出微微的热气，鼻子里呼出一阵阵白雾。

"啊，我小时候住在乡下，爷爷是猎户，靠着山长大的，听过好多传说。"阿七说，"春天的时候我们到林子里捡蘑菇，挖竹笋，山路经常走。后来到城市里谋生，就不再有爬山的机会了。"

"蘑菇和竹笋，都可以在汤屋的汤里喝到。汤底是一个价钱，加添头另外算钱。"小个子男人说，"我可以请你喝一个汤底，外加一种添头。"

"那已经够好了。"阿七说，"请问我该怎么称呼你呢？"

小个子男人思考了一会儿，不由自主地伸手摸了摸滚圆的肚皮，说："就叫我软绵绵的小肚子大王吧！"

真是一个奇怪的称呼。阿七想。不过他没有说出来。雪越下越大，落在脸上丝丝清凉，林子全都变白了，地上的积雪踩上去发出咯吱咯吱的响声。林间小路愈加难以分辨，但小肚子大王成竹在胸，领着阿七东拐西拐。

"这个时间,恐怕蘑菇汤已经卖完了。尽管他们有十九种蘑菇,但有的蘑菇就是不愿意下锅,连哄带骗也不怎么管用。"小肚子大王说,"竹笋会好些,只要你告诉它们这不妨碍它们继续修行,它们就愿意到汤锅里去。"

"你说的是蘑菇和竹笋吗?"阿七惊奇地说。

"当然了。每种食物都是有精魂的。如果一个蘑菇同意我们把它吃掉,说明它的精魂已经知道要去往哪里。"小肚子大王说。

"以前山里人讲的那些故事是有这么一说。可是谁信啊,我平时就只是把它们洗洗切掉,从来没有哪个蘑菇会抗议。"阿七说。

"人类很蠢啦。"小肚子大王说。

雪已经大得把他们的小腿肚子埋了起来,每走一步都要先费力地拔腿。整个森林变成了纯白的世界,橙黄的月亮依然低悬在深蓝的天空。他们爬过一道坎儿,忽然听见前面传来热闹的喧哗声。透过厚重的雪帘,阿七看到不远处的林间空地上高高挑着几只暖黄的油纸灯笼,几间木屋彼此相连,欢声笑语从打开的窗户里遥遥飘来。

"啊,到啦。"小肚子大王眼睛一亮,抖落一身雪花。

好一处温暖热闹的所在。写着"汤屋"大字的木牌立在大门外,已经积了厚厚一层雪。仆人迎上来鞠躬:"小肚子大王辛苦了。"

小肚子大王挥挥手,把自己的毛外套和手提包递给他,吩咐道:"里面有我今天新收集的汤谱,一会儿记得送到厨房去。"

仆人又鞠了一躬,引他们到室内。这是一处灯影摇曳的门厅,右边的墙上整整齐齐地钉着许多木头挂钩,此刻几乎挂满了来客的大衣;左边的整面墙是木格子鞋柜,此刻也几乎放满了鞋子。

"这是我的客人,算在我账上。"小肚子大王指了指阿七。仆人点点头,帮他

康　夫 ｜ 鲜美的汤

们挂好大衣，脱下靴子，又给换上柔软的鹿皮拖鞋。

　　更衣完毕，仆人推开隔扇，一片欢笑和食物的鲜香混杂着橙黄的暖光涌了出来，满满一屋子食客正吃得热火朝天。屋子正中摆着一口巨大的汤锅，腾腾热气中隐约露出几个厨师的身影。汤锅一旁是一只上了年头的木架子，架子上陈列着下汤的食材。长条矮桌围绕汤锅摆成一个大大的方形，客人们在桌旁靠墙席地而坐，一边吃喝谈笑，一边看着场中的热闹。

　　小肚子大王领阿七到角落边的空座坐下，场中的厨师从巨大的汤锅里给他们各舀了一勺汤底。阿七这才注意到每位客人面前都有一口小小的汤锅，乳白色的汤底温吞地冒着泡泡。

　　"原来是涮锅呀。"阿七说。

　　"想得美，能吃到一片菜叶就够幸运了。"小肚子大王说，"对你来说，能吃到汤底已经是幸运啦。"

　　阿七舀了一勺汤底小心地尝一口，是肉汤，浓厚的、无比美味的、奇异的肉汤。一落肚，好像所有的馋虫都被勾了起来，恨不得大吃大喝一番才过瘾。

　　阿七的锅很快见了底。离得近的厨师看到，皱皱眉头，又从大锅里舀了一勺给他。阿七这才发现这些厨师都孔武有力，脸孔棱角分明。

　　"他以前是獾。"小肚子大王说，"带我们进来的那个小子，是一棵芹菜。"

　　"芹菜？"阿七惊讶地说。

　　"嗯，你不觉得他话很少吗？芹菜话都很少。"小肚子大王说，"喝汤不要喝那么快啦，等一等，很快就有新的食物出来了。"

　　说话间，一位厨师从木架上抱下来一只拳头大的草菇。最年长的那位厨师从热气里现身，手里捧着长长一卷纸。他的白胡子有一只手臂那么长，眯着眼睛从花名册上寻找草菇的信息。

"啊，这里。5781号草菇，你打算去哪里呢？"白胡子厨师问。

"我要做一棵树！"草菇没有嘴巴，也没有五官，可是大家都听到了它瓮声瓮气地说话。

"没问题。"白胡子厨师大笔一勾，一小片透明的雾从草菇头上冒了出来，一眨眼的工夫就消失不见。桌旁响起掌声，大家似乎听到它高兴地说了个"yeah"。

离开了精魂的草菇被一个红脸庞的中年顾客买下，在众人注视中放进了他的小汤锅里。

獾厨师又从木架上抱下来一棵生菜。这棵生菜想变成一只鸟。

"没问题。"白胡子厨师同样大笔一勾，生菜的灵魂就飞向了一只鸟。

一个妇人欣喜地买下了生菜，煮在汤里享受地吃起来。

接着被取下来的是一个板栗。板栗没有表情，但人们感到它在生气。

"我要做一匹马！"板栗说。

白胡子厨师从花名册上抬起眼睛，摇了摇头。

"你离一匹马还远着呢！"

"那……就做一个人类吧！"

"人类也不行。"

"你说我能做什么？死老头。"板栗生气地嘎嘎叫。

"大概可以做一颗芋头。"白胡子厨师说。

"我才不要做芋头！"板栗吱哇叫着拧着身子。

一个老人向场中挥了挥手。

"这个板栗就给我吧！"老人说。

板栗被摁到了老人的锅里，直到下锅前的一秒钟，它的灵魂才不情愿地跑出来，去寻找它的芋头。

康　夫 ｜ 鲜美的汤

"这个人不太有钱,所以吃不起高兴的蔬菜。板栗不开心,它的味道会差一点。"小肚子大王向阿七解释。

"我以前是什么？"阿七问。

"总之不是板栗,也不是芋头。"小肚子大王说。

接下来是萝卜、洋葱、莲藕、紫菜、山药、松子、豆腐……轮番出场,阿七得到了一只土豆。肉汤里加入土豆之后变得清新柔嫩,有一种软糯的清甜。小肚子大王要的是一块咸鱼,他吃得十分高兴,眼睛变得溜圆,嘴边冒出坚硬的胡须,看起来愈发不像人类了。但阿七并不害怕,他沉醉在土豆汤里,以至于后面还出场了哪些食物,他一样也没有注意到。当他从醉人的汤里醒过神来,才发现厨师已经不在场中,木头架子也空了,顾客们醉意蒙眬,各自心满意足地东倒西歪。小肚子大王也不见了。

阿七推开窗户,雪停了,似乎已到后半夜。穿过小小的积雪覆盖的院落,几个穿着浴袍的客人正从回廊那边走进来,看他们的打扮,屋后应该还有一处温泉。在这样寒冷的雪夜里,喝了鲜美的汤,还可以泡一个热乎的温泉,真是难得的享受啊。

阿七穿过回廊,推开隔扇,后院果然是露天温泉。隔着竹子搭成的篱笆,阿七听到客人们在兴致勃勃地聊天。一旁的竹竿上搭着他们的白色浴袍,看起来又薄又软。阿七想问他们浴袍在哪里拿,然而刚绕过篱笆,他就呆住了。

温泉里泡着的并不是客人,而是许多粉红的、圆圆的肉球。它们没有四肢,也没有表情,但阿七能感到它们纷纷回过头惊奇地看着自己。和木屋汤锅里一样的浓烈肉香味扑鼻而来。阿七瞬间清醒了,他的头发和背上的汗毛全部立了起来。

"啊,一个人类。"一个肉球打量了他片刻,无聊地把头转了回去。其他的肉球也懒得理阿七,继续聊它们刚才的话题。

"这里是工作区，可不是给你泡澡的哦。"另一个肉球取笑地说。

阿七颤抖着回到回廊里，小肚子大人正穿过庭院向他走来。他穿着汤屋的黑袍工作服，冒出来的胡子不见了，眼睛也恢复了正常。

"你醒啦。"小肚子大人说。

阿七还没有从震惊中缓过来。小肚子大王抓了抓头。

"你见过馄饨们了？"他说。

"什么？"阿七问。

"那些上班的馄饨。"小肚子大王说。

"我不知道……我只看见很多肉球……"阿七说。

"就是啦。馄饨们把外衣脱了，看起来不就像肉球了嘛！难道你泡澡的时候穿着浴衣？"

"可是……"

"它们的工作内容就是开开心心地泡澡，不然你吃的肉汤从哪里来呢？"小肚子大王摆摆手，"人家的洗澡水嘛！"

阿七定了定神。

"该回去了，去取外套和鞋子吧。"小肚子大王命令道。

他们回到了门厅，大部分挂衣钩和鞋柜都空了。芹菜默默地给阿七换好鞋子，穿上大衣。

"我听过这样的故事。山里的汤屋。在我小的时候。"阿七忽然对小肚子大王说，"没想到是真的。多谢款待。"

小肚子大王眯了眯眼睛，递过来一只茶杯："喝杯热茶再出门吧。路远得很。"

阿七伸手去接茶杯，手一抖，一杯热茶全部洒在自己脚背上。小肚子大王才刚刚来得及显出惊慌的神情，阿七就从桌子上猛地抬起了头。

康　夫 ｜ 鲜美的汤

　　他坐在店里靠近灶台和窗户的桌子旁边，因为趴在桌上睡觉而脖子酸痛。他试图回忆梦境、理清现实，但脑海中一片混沌；他试图扶着桌子站起来，但浑身找不出力气。忽然间，他意识到空气中弥漫着危险的味道。扭头往灶台看去，炉火早被沸腾溢出的开水泼灭，煤气正在缓慢扩散。阿七扑过去关了煤气。

　　壶里的水只剩余温，不知道夜已经过了多久。他摇摇晃晃地去开窗户，这才发现平时虚掩的窗户此刻竟然开着，冷风吹得人直流鼻涕。

　　如果不是窗户被谁打开，恐怕早就醒不来了吧。

　　一个姜黄色的矫健身影从窗下跃起，眼睛滚圆，胡子坚硬。它直起身子，拍拍圆滚滚的腹部，向阿七凶悍地一瞪眼，嗷呜——往远处蹿去。

　　那是当猎户的爷爷告诉他的。如果被山神之类的东西带到了奇怪的地方，往脚上泼一杯热茶，就可以省去归途的辛苦。

　　阿七站在窗前，冬日的黎明渐渐展开。

（选自 2014 年《小说界》7 月刊）

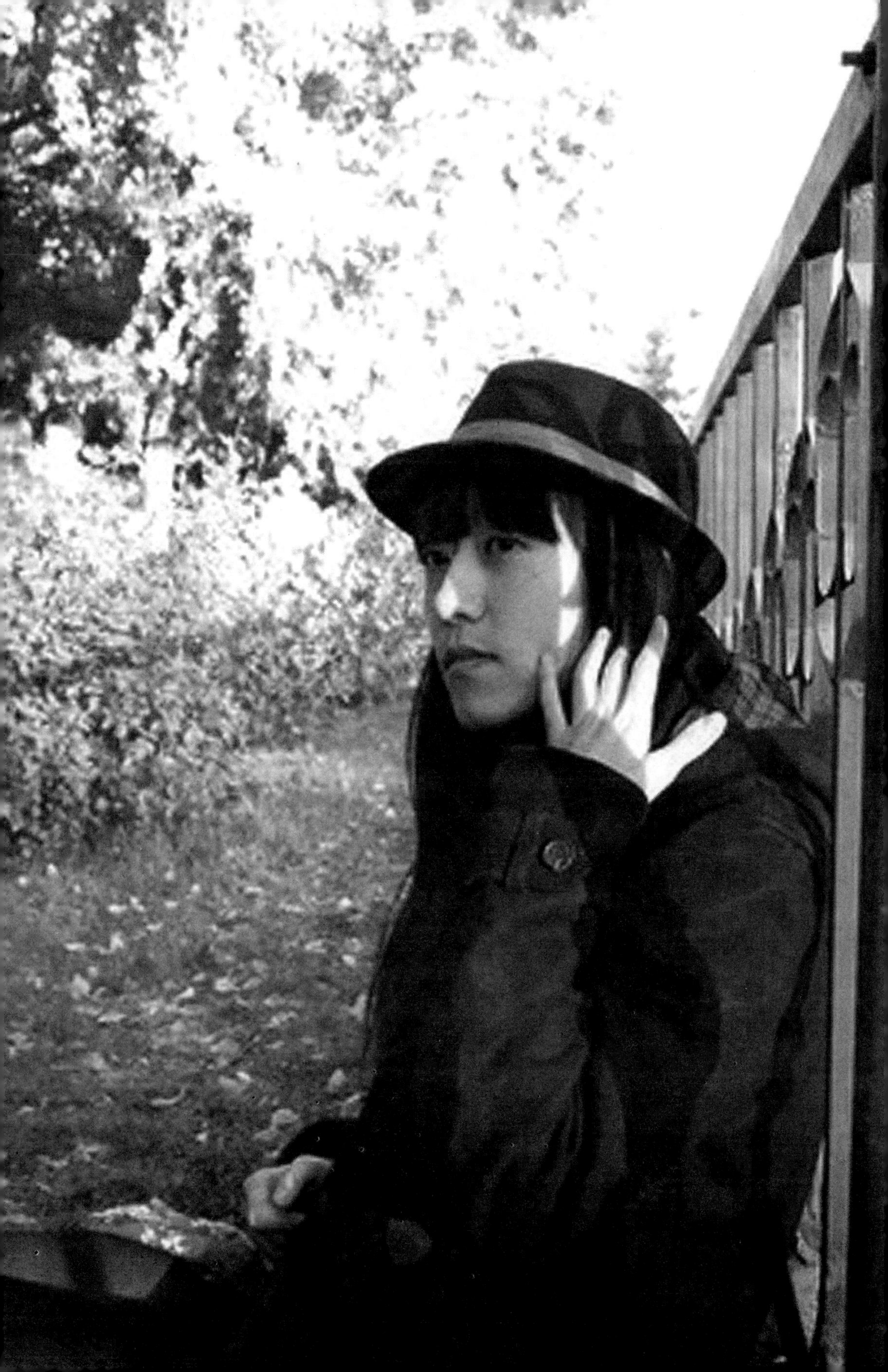

纳兰妙殊

纳兰妙殊，生于1984年，原名张天翼，天津人，现居北京。做过电影记者、影评人，现为自由撰稿人。曾获朱自清文学奖、"在场主义"散文奖等。2013年开始写小说。

体验录制者

我是一名"体验录制者"——在人们把我捆在医院里、防备我弄死自己之前。

"体验分享"这项技术从研发到盛行,也才四五年时间。它的原理与录声音、录影像的原理一样,它能把外界给人脑的刺激和感受转化为可记录数据,再在另一个脑袋里"播放"出来。

想体会冲浪?不用去夏威夷瓦胡岛,只要在网络上买一段"瓦胡岛冲浪体验记录",复制到播放器里,播放器会依照数据对脑细胞发出相应刺激,会让你眼前出现澎湃巨浪,让你的额头感到灼烫的热带阳光,以及随着浪头摇晃身子、在冲浪板上努力寻找平衡的快感。

想跟身在日内瓦的情人一起喝啤酒、听布达佩斯音乐节上的表演?只要戴上体验记录器,再让地球那边的她戴上体验播放器,把信号同步,她就能听到你所听到的音乐,口中感受到你所吞咽的酒浆。

发明这项技术的是个二十八岁的英国天才青年,他有一个双胞胎弟弟,两人都是极限运动的狂热爱好者,攀岩、跳伞、单板滑雪样样精通,兄弟俩还拿过U台滑板挑战赛的洲际冠军,在圈内名声甚著。

二十四岁时两人一起到堪察加半岛跳伞,出了事故,弟弟脊柱受伤,自颈部以下全部瘫痪。

哥哥伤心得几乎疯狂,在辗转多国求医未果之后,他把痛苦发泄到了研究"同步经验"的技术上。几年后他申请了体验录制器和阅读器的专利,并建立了第一个体验共享网站,"Read My Mind"("读我的心")。

在后来的电视采访中,他蹲在轮椅上的弟弟身边,头靠在弟弟肩膀上,微笑说道,现在我们又能一起滑雪、一起骑自行车了,我能感受到的,他也跟我一样能感受到。

个人感受的物理疆界被打破了,那就像是敞开了一扇新世界的大门。在这项技术出现的半年之中,就出现了上千个供全世界人民上传、下载各种体验的网站,人们陷入了录制和分享的狂热之中。

钟爱饭前拍食物上传到图片社交网的人们,迅速把喜好置换成了"这是今天午饭三文鱼的味道","超好吃的乳酪肉丸饭!跟我一起尝尝"。原本喜欢炫耀跟男友合拍照的女人们,则痴迷于上传"睡前晚安吻的甜蜜滋味""傍晚我们牵手在海边看落日""啊被男友抱起来转圈的感觉好棒"……

明星们的热情参与,令这项技术掀起的热潮如火上烹油,在普通社交网络更新一张自拍、一句话,哪比得上随便录一段在迪拜拍戏或参加首映礼的体验更有诚意、更受欢迎?

人们从未能如此真切地了解彼此的感觉,心和心之间,似乎终于找到了一条无障碍的平坦大道。测谎仪退出历史舞台,执法人员获取证据与供述变得前所未有地容易,运动员可以更清晰地领会到动作要领,电影和书籍的反盗版也迎来新挑战……总之,世界被这项技术彻底改变了。

某一年下载点击量最多的,是一个姑娘的性爱体验。她脑子里的画面是一个俊俏的金发男孩伏在她身上,一面亲吻她,一面用西班牙语深情地叫她"宝贝,我的热辣小猫咪",但睁开眼看到的画面是一个满头油汗的中年胖子,嘴里念叨"你这小婊子"。

纳兰妙殊 | 体验录制者

整段体验就在闭上眼睛、睁开眼睛两种画面里不断切换。而且所有阅读这段体验的人都能感受到，那胖子的技术极差，姑娘则在心中不断抱怨"哦，天哪，快完事吧……快滚下去吧！""听他发出的声音，简直像只嘴巴里含着垃圾的猪""上帝，我简直后悔死了"……

这段体验的标题叫作"获得升职的代价"，据说本来是她偷偷录了发给密友的，结果被泄露了出去。

那姑娘自然被公司免了职，这件事好的一方面是那金发男孩被狂热的网友搜索到了，是个西班牙餐馆的大厨，再后来他跟那姑娘复合了，还闪电结婚，两个人的婚礼体验在网上做了付费直播，收取的费用捐给了"女性职员权利维护保障协会"。据说那天收看婚礼直播的人数竟然超过了英国王储加冕直播的观看人数。

硬币总是有两个不同的面，与"亲吻初生婴儿""参观好莱坞的名人内衣博物馆""品尝孟买最辣咖喱"一起疯狂流传起来的，还有各种极端性爱体验、吸食禁药体验……

有趣的是，在这种"疑似有害体验"出现的初期，很多青春期少年的家长公开表示，对孩子下载"吸食大麻""迷幻剂之夜"等体验并不严格反对，他们认为，孩子们不过是好奇罢了，虚拟体验可以成为不错的替代品，既能满足好奇心，又不至于伤害身体。就像用奶嘴替代乳头、用电子香烟替代真实香烟一样。再说得难听一点，用充气娃娃泄欲总比召妓好一些……

可惜，人们很快发现，虽然让大脑生成体验是虚拟的，对脏器并无真正伤害，但那些"有害体验"其实与毒品的原理类似，是靠刺激脑部固定区域产生快感，会让人产生极强的依赖感，亦即"上瘾"。

虚拟体验是否也算是罪行？"虚拟毒瘾"与"毒瘾"到底有多大区别？……

很快，政府出台的新法律规定：吸食毒品与自主购买、下载吸食体验同罪。

在体验分享技术出现一年后，第一批职业"录制者"出现了。

他们在网上公开接受体验订制，例如，有人在订单页填写"体验内容：我想知道猫肉的味道"，提交，并上交预约金，一位录制者接受订单之后，会戴上记录器，捉一只流浪猫，杀死，去毛，剥皮，切片，煎熟，浇上调味汁，吃下去，再把记录数据发给客户，拿到全部报酬。

物理爱好者订购解题过程体验，已婚妇女订购与俊美青年的性爱经历，鳏夫为孩子订购由母亲朗读的《猜猜我有多爱你》，卧病多年的老人订购跑马拉松的体验……

这些只是网络上的合法生意，犹如冰山一角，更庞大、蓬勃、热闹的是海面之下的"体验黑市"。有很多可能危及性命的乐趣，人们不得已要舍弃，但如今有了体验交易，只要肯出高价，你可以让那些不惜命的录制者替你冒风险，"咀嚼吞咽一只剧毒的狼蛛""以250码车速行驶""把气化的酒精直接吸入肺中"，"窒息性爱""拳交""抢劫金店"……

在几个最著名的地下黑市网站，集合着世界上最大胆的录制者们，就像海盗和赏金猎手、海底寻宝人汇集的小酒馆，那里时常出现几个出手豪阔的匿名客户，他们会隔三差五开出天价，提出购买下流变态得匪夷所思的体验。

具体内容我就不描述了，单是说一说都会觉得不舒服。只要接下那样的一单，就有可能会让录制人落下终身心理阴影，造成轻微肢体残疾甚至丢掉半条命，但获得的报酬也足够下半辈子的生活。

只要你不惜钱，总会有人不惜命。

猜测那几个"变态狂"的身份，是录制者们碰面聚会时永远热衷的话题。有

纳兰妙殊 | 体验录制者

人说其中一个是油王家的三少爷，夜夜游艇派对、玩弄女影星像风车似的那位，有人言之凿凿说是日本财阀家族的继承人，有人则独辟蹊径，说为什么一定是男人？为什么不可能是女人？也许是瑞典王室那个已经公开出柜、剃光头打眉钉的公主……

你甚至可以体验濒死的感受，真有冷心肠的家人，想在将死的老父或老母身上捞最后一笔钱。也有些医生护士冒着被开除的危险，偷偷录制病人的临终体验。

也有些情况，给临终者戴上录制器是因为病人已经无法开口，家人想知道他是否还有未了的愿望，或者没来得及说出的遗产。

老妇人脑中出现的，总是未能到场的那位子女或孙辈。老先生脑中出现的，则是已去世的老妻。没人会想到珠宝、证券、遗产……

在我曾购买过一个家庭旅游体验里，有录制公司赠送的一段"濒死三分钟"，体验来源者是一个五岁小女孩。我试着阅读了一下，差点连那三分钟都忍不下去。

简介上说女孩死于一种罕见的血液病，她父母录制了这一段捐献给相关机构，希望作为宣传材料，呼吁大家捐款支持对该病的研究。

弥留之际的影像，当然不会太清楚，画面有点模糊，色调发暗，是她和妈妈坐在花园里晒太阳，一人一口吃覆盆子冰淇淋，然后是她和爸爸一起给一只柯基犬洗澡，再然后是她跟姐姐抱着柯基犬一起坐在湖面小船上，父母各坐一端，水波反射的阳光不断在她脸上晃动。

还能听到她脑子里不断地说，姬蒂要乖，姬蒂要陪着爸妈……

姬蒂就是那只柯基犬。

死前的感受是什么？跟以前那些传闻完全不一样。没有发着光的隧道，没有天际飘来的音乐，没有轻飘飘地浮在空气中、注视自己肉身的奇妙感觉，当然更没有背生双翼、身穿白袍的美少年前来迎接。只有像坏掉的老式电视机屏幕一样的画面，不规则的黑斑、白斑跳动，图像逐渐变暗，声音逐渐降低……

就那样直到彻底黑下去。大幕合拢。

这就是死亡。

虽然各国政府很快立法，禁止非自愿性的录制，禁止有可能危及生命、触犯法律法规的体验交易，但是禁毒禁了那么多年，不也是屡禁不绝吗？

我读中学那阵，录制和播放器还是一个像铁头箍一样难看，套上脑袋，卡在太阳穴的位置，十分蠢笨，也没法戴出门。一年之后，那玩意儿就变得越来越轻巧好看了。现在最流行的一种能别在耳廓上，像耳饰一样。

十年级的时候，我是学校滑板队的主力队员，某天训练结束后，一个网站的录制者团队在训练场外叫住了我。他们和颜悦色地问，能不能替他们的滑板合辑录一个空中反向转体900度的动作体验，就是刚才我一直在练习的那个。

那是我上传到网络上的第一条体验记录。那时我压根儿想不到自己会成为职业录制者。

如今在地铁上、咖啡馆里，放眼看一看，到处都是耳朵上戴着播放器、目光呆滞、表情古怪的人们。他们正用别人的眼睛观看世界。他们正活在别人的一段生命里。

故事已经讲到一半，没法再拖延下去，我不得不说到我母亲了。

她叫洁迈玛。

洁迈玛年轻时是个漂亮姑娘，可惜到我记事准确的时候，她的容貌已经被酗

纳兰妙殊 | 体验录制者

酒、嗑药和滥交毁掉了。跟很多稀里糊涂度日的女孩一样,她的生命开端似乎还不错,后来就神鬼莫测地逐渐往深渊滑下去。

她二十一岁进入一家公立医院做护士,在社区圣诞舞会上遇到我的消防员父亲。两人一个碰巧打扮成超人,一个打扮成路易斯·莱恩,事儿就这么成了。我见过他们那时的合影,两张脸上全是没什么想法的、快活的笑,头碰着头,像一对年少妩媚的动物。

我四岁那年,父亲殉职身亡。等火彻底灭掉后人们找到尸体,已经被烧得面目全非。

我对他的印象已经很模糊了。只记得他那一头总是梳不顺溜的褐色头发,哦,还有,他左脸颊上有一个浅浅的酒窝。

在哭哭啼啼的几个月之后,母亲领到了一大笔抚恤金,但半年后,她弟弟就把那笔抚恤金借走了九成,据说是拿去入股做一家夜店的合伙人。

后来夜店不知怎么没开成,钱呢也不知去向。而她爸妈居然还支持儿子不必还钱了。

她跟父母和弟弟大吵一架,吵得伤筋动骨、赌咒发誓,然后带着我搬到另一个州去。

从此,我就没有外公外婆家可去了。

她认为换一个地方就能甩掉坏运气。但事情当然没那么简单,租房,置办一点简单电器,买一辆二手车,积蓄很快用光了,她没找到医院里的工作,只能有一搭没一搭地做上门服务的按摩师。

我飞快地学会了做很多家务,但也阻拦不住家里那股往下滑的颓败之气。沙发上乱扔着她的胸罩内裤,我每天将高跟低跟的鞋子在鞋柜里摆整齐,她着急出门时一通扒拉,又弄得一团糟。我的晚饭总是中餐外卖。她周末时会心血来潮,带我到超市买回一大堆莴苣、培根、蘑菇。但至多只做一次饭，她就厌烦了。碗碟仍由我来洗，剩下的食物则堆在冰箱里等待过期。

后来她不知跟哪个新结交的姐妹学会了喝酒，然后是……抽大麻。

同时，她还不断地交各种男朋友，每次总有掀开生命崭新篇章的兴奋和慌乱，但每次总是被男人用各种借口甩掉。

洁迈玛是那种一辈子都沉浸在漫长青春期中的女人，喜欢鼓起腮帮子、睁圆了眼睛说话，看人的时候会歪着头。生命中的东西来了又去，她是来也不知其所以然，去也不解何故。男人们也许暂时会被这种女人的天真打动，但很快他们就忍不住开始犯浑了。

她就像是个活动的人渣吸附机——对不起，我不该这么评价自己的母亲。但她确实是。

晚上我在我的小房间里画画、看书，常听到客厅里有些奇怪的声音。我偷看过一次，后来再遇到这种情况就用枕头压住耳朵。

五年级的一个半夜，我忽然醒过来，看到门缝下沿有光，却没有声音。赤着脚走出来，见她正坐在厨房的瓷砖地上喝酒，一头金色长卷发被剪得乱七八糟，碎头发满身满地都是。我目光扫了扫，看到剪刀的尖端从她裙摆下面露出来，便走过去，把它拿起来。

就在我想悄悄离开的时候，她用醉酒的人那种神经质的态度，压低了声音喊道，喂，哈瑞！

我冷冷地看着她，干什么？

她若有所思地说，你说你爸爸会不会根本没死？你想想，那具尸首烧得只剩一条狗那么大，谁知道到底是不是他。也许他杀了一个人顶替他，抛下咱母子，不知去哪儿逍遥快活了。

我转身就走。她在后面叫道，儿子，你不陪妈妈喝一杯呀？

她没再留过长发。

我忘记在哪本书里读到的：如果一个母亲是人格化了的牺牲，那儿女便是无法赎补改变的罪。

我爱她，她也爱我，这没法否认，但我没法把她当"真的"母亲。

我羡慕那些有"真的"家庭的小孩，他们拥有催眠曲、睡前故事、母亲特制的香喷喷班戟和纸杯蛋糕、父亲制造的树屋，以及全家到球场看棒球赛的周末，那些东西汇聚成一片粉红色的私人天空，笼罩在他们头顶，让他们随时散发出知道自己被宠爱着的自信气味。

我猜，我跟洁迈玛都在默默地、下意识地等待互相离散、结束折磨的那一天。

我上大学的前一年，洁迈玛的新男友叫霍顿，是个重型货车司机。为了不遇到他，我晚上总会在外面练滑板练到很晚。

但某天我还是看到最不想看到的画面：霍顿光着身子坐在客厅沙发里，玩我的笔记本电脑。

我问，洁迈玛呢？

在床上，她醉了。他嘻嘻笑着，显然也已经半醉。我可还没尽兴，哎，小子，你有没有兴趣跟我来下半场？我超棒的，你妈爱死我的技术了。

我难以置信地瞪着他。

他合上电脑，摇摇晃晃地站起来，在沙发后面找到自己的牛仔裤，单脚跳着往里蹬腿。顺便告诉你，我刚传了一段很有意思的体验到网上，才一小会儿就有上百点击量了……是关于你妈妈的。哈哈哈哈。

等他走了，我气急败坏地打开电脑，查询浏览历史。一看到霍顿上传的体验标题，我只觉得浑身血液冲到头顶，又全部落下来。

那标题是"干一个胸和大腿还不错的、喝醉酒的单身母亲"。

已经有308个男人（或女人）播放过这段体验，虚拟地把我妈干了308遍。

我拨通那个网站的联系电话，找到管理员，表示这段体验是非自愿状况下录制的，无论如何要撤下来。那边的人说不可以，他们不愿损失点击量。

我说，你们积攒点击量无非是要拉广告赚钱。我也可以给钱、把这段体验买断了，怎么样？

那边的人低声商量了一阵，笑道，那倒可以。

他说了个数字。

那根本不是我能承担得起的，家里全部家当都拿出去卖了也值不上那么多钱。但我说，好，请你们先把那段体验冻结三天。

我登上地下黑市的网站，火速寻找高价体验订单。能让我赚够那笔钱的订单很多，但大部分都超越我的能力和忍受范围。而在"合作"区域，录制者们寻找的合作者也都条件颇高，例如"有五年以上冲浪经验""身高七英尺左右，职业或半职业橄榄球员"……

就在快放弃希望的时候，我发现了一个条件极简单的录制者，提出的要求是"二十岁以下，金发男孩"。

纳兰妙殊 | 体验录制者

他的 ID 叫"约拿单"。

——约拿单是《圣经》里扫罗王的儿子，大卫王的密友。

我立即拨通约拿单留下的号码。他告诉我，他接了一个多人性爱的订单，已经找齐了三个金发女孩和两个金发男孩，只差最后一人。

我拍了一张自己的照片传给他，听到他在电话那边吹了声口哨。第二天，我没去上课，去了他给我的一个市郊地址。那儿是个废弃的洗车场，约拿单已经准备了好几个旧床垫，堆叠在一起，看上去倒很像装置艺术。

一共七个人，四人需要戴录制器，又动用了塑胶阳具、口枷、手铐、眼罩、绳裤……一大堆繁复道具和程序，其中还有一系列杂技式的动作。失败了三回，到第四回才算成功录完，所有人都累得气喘吁吁，倒在床垫上动弹不得。

约拿单真是个妙人，他第一个爬起来问，没人受伤吧？我带了超好的创伤药，管治！

我苦笑道，自尊心受伤管不管治？

所有人都笑出声来。

第三天分钱的时候，约拿单给我的钱比我预期的少了五分之一。虽然差得不算太多，但我已经没时间再去补上这个缺口了。

他也很不好意思，把网站转账单据都发给我看。嗨，那个客户反悔了，说是录制的效果不如预期，得扣掉一些酬金。他非要耍赖，我也没办法。七个人里，分给你的已经是最多的了。

他又说，你若是急用钱，我那份你也先拿去。

又说，喂，有什么难处不如说出来，看我能不能帮得上？……

就这样，我靠一次屈辱的体验录制赚到的钱，把洁迈玛的屈辱体验买了回来。

这件事从头到尾她都不知道,我也并不打算让她知道。约拿单替我花钱雇了两个人,把霍顿揍了一顿,让他很长时间没法再炫耀自己的"技术"。洁迈玛始终蒙在鼓里,她不明白为什么霍顿换了手机号,也不再来找她,以为自己再一次无缘无故地被抛弃了,为此伤心酗酒了一个多星期。

那之后我就从家里搬了出去。

为了还约拿单的钱,我又跟他合作了几次。我暂时没找到房子的时候,睡了一个月他房间的沙发。

后来我第一次自杀,也是他把我送到医院的。

我搬出去住这件事,洁迈玛装作并不在意,也不阻拦,还帮我收拾行李,其实我知道她很伤心。她有一回在学校门外等我下课,给我送来一盒她烤的蛋糕,坦白说,烤得不怎么样,蛋白打发得太潦草。约拿单咬一口就怪叫起来。但我还是都吃光了。

半年后我考上了本地大学的商学院,这让洁迈玛高兴坏了。说实话我更希望考一个美术学校,但洁迈玛钟意商学院,她特别喜欢想象儿子穿着定制西装、在证券公司跟客户聊天、嘴里吐出一串串金融界专用词汇的画面。

她特地提前买了一条新裙子,到美发店做了头发,很认真地化妆,然后开车送我去大学宿舍。

那一路上,我是很爱她的。我们扭开电台听歌,还一起唱了《我被锁在天堂门外》和《黄色潜水艇》。把我和行李箱安置好之后,她说,哈瑞,下月6号是你爸爸忌日,你回家来吃饭,好不好?

下月6号,我记得牢牢的。那天下午回到家,发现门敲不开,我从门口花盆

纳兰妙殊 | 体验录制者

下抠出门钥匙开了门。家里乱得像遭过贼，卫生间洗手盆里有男人的胡楂，从胡子的颜色和硬度来看，是个大块头汉子。

我打她的手机，拨了好几次终于拨通，那边有很吵的音乐背景声，她说，什么？我听不清。啊，哈瑞，我跟史蒂夫在酒吧呢。你在学校？什么？今天就是6号？啊，宝贝，太对不起了……

我说了声没事就挂了电话。翻翻冰箱，把过期的酸奶和盒装沙拉扔掉，找出所有还能吃的东西，冻肉、胡萝卜、青椒、土豆、蘑菇、一袋意大利面，做了凉拌蔬菜、烤肉排和黑椒酱汁意大利面。面分了三份。我把自己那一份认真浇上酱，拌入芥末和蔬菜，认真地一口一口吃掉，把碟子洗干净，剩下两份面留在餐桌上，然后关灯，锁门，钥匙放回花盆底下，坐地铁回学校去。

大学第二个学期快结束的时候，约拿单问，有一个很肥的订单，要求两个人一起到马洛卡岛洞穴潜水，是个母亲给双胞胎儿子订购的生日礼物，来回大概两周时间。我有深潜执照，你可以现考一个。想不想去？

我说，下周是我们学院的考试周。

约拿单显出古怪的笑，说真的，你将来真想进证券公司？我一直以为你的志向就是当个录制者。

他说，你不会甘心尝那些乏味的、别人尝惯的东西。你其实是个天生的录制者。得啦，我都在这儿等你这么久了，你就别假装自己是个正常人了。

如果约拿单看过我的体验阅读记录，他大概就不会这么说。

在各个体验网站，总有一个阑尾式的条目叫"家庭生活"，点击量寥寥，通常是十几岁的中学生随便录了、挂上来攒积分的。那些正是我渴求的珍宝。"陪祖母去教堂望弥撒"，"全家一起吃复活节大餐"，"拆生日礼物"……我把每个网站家庭版的体验都下载下来，一遍一遍活在别人家的笑声和火鸡香气里。

后来我也开始下单订购，"分类：家庭生活。内容：周末郊游或度假。要求：母亲与父亲均为三十五岁到四十岁。母亲金色长发。父亲褐色短发，左脸颊有酒窝。郊游地点不限，湖边、林区、国家公园皆可。"

接我的订单的录制者都是些半大男孩，他们会提前给我打电话，我爸爸没有酒窝，不过我妈确实是金发，我还有个弟弟，这样行不行？……我爹虽然是褐发，但是没有酒窝，我家出门郊游还会带着祖母和狗，成交吗？

符合要求的母亲很多。左颊有酒窝的父亲太难找了。
所以我总会说，不要紧，好吧，成交。
——如果父亲一直活下来，那我肯定会有个弟弟。也许还会有两个、三个。洁迈玛喜欢男孩，她喜欢被异性围绕着。

一切宛如天意，就在我复习备考的时候，网上有那么个小崽子给我传来一张照片，天哪，他的母亲和父亲简直就是按我的要求订制出来的，那男人连左边脸颊上酒窝的位置，都跟我死去的父亲一模一样。
他人很精灵，说，价格得随着市场浮动，你给那么低的价格可不行。
他给出的价比原价翻了十倍。
我被弄得啼笑皆非。你要那么多钱干什么？
他倒很坦白。我看中了一套超贵的"亚洲女子性爱体验合辑"，兄弟，那真是难得的好货色啊！

利用别人的欲望，满足自己的欲望，世界还不就是这么回事嘛。

没办法，录简单普通的体验挣不到那么多钱。我对约拿单说，走吧，咱们去马洛卡。

我付钱。我将数据输入阅读器。我在床上躺下来——不，是在春风漫卷、春草鲜嫩的山坡上躺下来，在巨大如伞盖的樟树下躺下来。

那儿有我买来的母亲和父亲。

温柔姣好的、金发垂下来在肩头打着卷的母亲，身穿特地为周末郊游缝制的碎花连衣裙，平底玛丽珍鞋，美得像广告招贴画儿。高大爱笑的父亲左脸颊上有个酒窝，他提着野餐篮，篮子里有保温茶壶、母亲前一晚做好的沙拉、带无籽葡萄干和杏仁的蛋糕。

那个我从未见过面的儿子，那些我永远没法变成的儿子，我就是他，是他们。我投入金发母亲的怀抱，食指绞起一绺金发，绕在第一个指节上，再松开。父亲脱掉上衣，打开工具箱，光着膀子修车，母亲让我把保温壶给他提过去。阳光落在鼻尖和肩膀上，晒得发辣。健硕的、活生生的父亲在汽车打开的后盖前皱着眉，嘴里骂骂咧咧，我一步一步走过去，走过去，走过去，走过去，"爸爸，你喝口水，让我试试"。

阳光真耀眼啊。回头看一眼母亲，她斜坐在树下读畅销小说，嘴唇轻轻动着，读出书里的句子，一只光脚压在臀部下面，另一只脚蜷曲在侧边，脚趾上涂着莓红色指甲油，树叶里漏下的光斑，在她的手臂和小腿上跳动……

我办理了退学手续，跟约拿单一起做了职业录制者。

直到现在，我还要说我为这个职业自豪。录制者们都认为：我们是这颗星球上最了不起的那群。我们享受第一手的乐趣，人们花钱买回的其实是二手货，是我们品尝生活剩下的余沥。

就像"门萨俱乐部"的成员，加入俱乐部的唯一好处，就是在心理上感受自己置身于人类金字塔的塔顶（注：门萨是世界顶级智商俱乐部的名称，1946年成立于英国牛津，该俱乐部网罗了全世界智商最高的人）。

每个录制者都有自己拿手的领域。有人擅长"旅行"，有人擅长"烹饪"，有人擅长"运动"，有人擅长"性爱"，约拿单擅长"组织"，他喜欢接组合订单。我则花了两年时间，成为一名客源稳定的极限运动体验录制者。

购买者需要的是那一刻的快感，如果录制者在过程中心里充满恐惧，那是要被退货的。我提供的感受全是兴奋的、镇定的、欣快的，是第一流的体验。约拿单说得没错，我大概天生该做这行。

我出门，去拳击馆，去赛车场，去搭飞机，去登山，去潜水，去沙漠和丛林中。无论到哪儿，我都把播放器别在耳朵上，那里面有几十个金发母亲和一个左脸颊有酒窝的父亲，陪我到世上任何一个地方。

我替别人生活。别人替我生活。每个人都获得他想要的。这世界难道不是很圆满吗？

洁迈玛对我的职业选择反应相当大。她知道这事的时候，我已经退学三个月了。她给我打电话，拨通之后还没说话就哭了出来。

我只能举着电话听她哭。听她哽咽着说她多么盼望我能有一份稳定的工作，而不是像她这样……一切本来多美好、多顺理成章，你会拿到商学院的硕士学位，

纳兰妙殊 | 体验录制者

然后当上有身份有地位的人,过体面的生活,天哪,你为什么把我最后一点生活的希望都毁了……

那声音大得从听筒里溅出来,像疯狂的号角在吹奏。约拿单站在房间门口,咧一咧嘴,做了个表示诧异恐怖的表情。

我没有挂断,只把手机仰天放在沙发上,然后轻手轻脚地出门去。

几天后的下午我和约拿单开车回来,看到洁迈玛坐在我们合租的公寓楼下,双手抱着膝盖。我呻吟了一声。约拿单说,不要这样,你得跟她好好谈。

我拖着脚步朝她走过去。她紧紧盯住我,并不理睬跟她打招呼的约拿单。哈瑞,我问过学校了,如果你现在回去,学校愿意保留学分和第一学期的考试成绩。

我尽力耐心地跟她解释:我不会回学校去了,这就是我的选择。我喜欢做录制者,我认为我能做出成就来,就算做不出成就,也足可以养活自己。我已经十九岁了,希望你尊重我的决定。

约拿单帮腔说,不用担心,我可以保证录制者这活儿没什么危险,挣到的钱一点儿也不会比上班少,我干了快十年啦。

她转头瞪视约拿单,忽然抬手一巴掌打在他脸上,我儿子本来好好的……

事情就这么彻底闹僵了。

每个人在人生中都有拿手的领域,洁迈玛擅长半途而废,擅长心不在焉,擅长昏头昏脑,擅长把一切变得稀里糊涂、令人厌倦。

有时想到自己永远无法靠近深爱的人,真让人又哀伤又愤怒。

我换了手机号码,跟约拿单到德国去参加一个国际录制技术展,之后从因斯布鲁克、苏黎世、伯尔尼、日内瓦一路晃荡下去,有时住旅馆,有时睡在租来的车子里。路费花光了，就上网找几个订单赚点钱，"在圣莫里茨城坐马拉雪橇"，"在莱蒙湖裸泳"……约拿单还组织录制了一次马球比赛，结果他把脚踝扭伤了，我们不得不在那个小城多待了半个月。

大半年之后，洁迈玛再婚了，跟一位带着十六岁女儿的律师。当时我在墨西哥的索诺兰沙漠，留在家中的约拿单打电话告诉我收到一张请柬，还有一封长信。

他问，要不要给你念那封信？

我正躺在野营帐篷外的火堆边，仰望星空，用手指给仙王座和仙后座连线。信？不必了。

约拿单又絮絮说道，你至少要给她打个电话，这是迟早的事，早点比迟点好。讲点好听的，告诉她你回去之后会去新家看她——就算不去也得这么说。

他的话我总会听，于是我拨了洁迈玛的号码，草草说了几句祝福的话。她的态度冷淡平静，这倒让我有点惊喜。她问要不要跟你继父和妹妹打个招呼，我说不用了，请转达我的祝福，回去之后我会去新家看你。

挂断电话，我打开播放器，春风骀荡，父亲站在我旁边，中年男人的汗味热烘烘地飘过来，母亲在樟树下读小说。树下有属于我的一角蛋糕，和永远热气腾腾的红茶。

夏天，我到阿尔卑斯山录一段滑翔翼体验的时候，在涡流区遇到强烈扰动气流，单边折翼，附伞虽然最后抛了出来，可惜不够及时，落地时摔断了腿。十九个小时之后救援人员找到了我，用直升机把我送到医院。

我被接回和约拿单合租的公寓。虽然我极力反对，他还是退掉了手头所有订单，留在家里陪我。

纳兰妙殊 | 体验录制者

他问，你不打算告诉洁迈玛？

我说，当然不能，她恨透了这工作，要是看到我摔断腿，岂不要得意死了。

堪可算作补偿的是，我的坠落体验客户居然也收了货，说是成功的体验有意思，失败的体验更有意思。

回来的第五天，我正躺在沙发上看球赛。网上有在球场看球的体验直播，但我还是喜欢看老式的电视转播。

听到门开的声音，我高声叫道，比分已经四比一了，帮我到冰箱拿瓶啤酒过来，谢谢。

进来的是洁迈玛。约拿单站在她身后。我噌地坐直身体，狠狠瞪了约拿单一眼。

他躲开我的目光，搓搓手说，我去泡茶，然后就溜到厨房去。

洁迈玛在单人沙发上慢慢坐下。我已经一年没见过她了。她憔悴得真厉害，脸颊的肉垂下去，在嘴角两边压出两条纹路，头顶的头发竟然开始稀疏了。

她看了看那条石膏腿，问，还疼吗？

我把频道从球赛换到电影台，说，不怎么疼，只是不能动。

你的室友也很忙吧？你可以回我那儿去，我来照顾你。

我说，你不是跟我继父和妹妹住在一起吗？

她沉默了几秒钟，说，我跟他已经分居了，正在办离婚手续，我又租了一处房子自己住。

我不知道该说什么。电影台在放一个新西兰的纪录片，天空非常蓝，云朵挤来挤去。我指一指电视屏幕，干巴巴地说，我去过这里，非常美，如果有机会你也该去玩玩，散散心。

她又答非所问地说，哈瑞，我参加了戒酒小组……

这时约拿单从厨房走进来，装作刚刚想起的样子，嗳，哈瑞，明天是你生日，你不想请洁迈玛来吃饭？

洁迈玛有点怔怔的，嘴巴慢慢张开，显然她不记得我的生日了。

我看着她的脸，又回头朝约拿单笑一笑，你要我请的人连记得都不记得，那还是不要请了吧。

为什么人会爱一个人爱到愿意献出生命，却又希望从此不再会面？

她又一次闭着眼睛，往人生之河里扎了个猛子，然后狼狈不堪地呛咳不止，挣扎着要回岸上去。仅仅是想到她所代表的那种混浊、黯淡的颜色，我的心就退缩了，就像人在泥潭边缩回脚来。

两个月之后，我的腿拆了石膏。作为庆祝，我和约拿单计划了一次没有录制任务的滑雪旅行。

我们住在山下小村庄里的木屋旅馆，那儿聚集着来自世界各地的旅行者和录制者。晚上，约拿单去附近酒馆喝酒了。我躺在床上翻网页、检查邮箱，发现收到一封匿名邮件，里面有一段没名字的体验数据。

我将那数据传进播放器，揿下阅读键。

画面开始有些模糊，物体的边缘线条扭曲着，像是一个人眼睛里有泪时看出去的样子。

哈瑞……

那是洁迈玛的声音。

纳兰妙殊 | 体验录制者

我被一阵恐惧的眩晕攫住了。我正在我母亲的脑子里。我跟她在一起,融为一体,就像我生命最初十个月时那样。心脏挛缩,胃绞在一起,呼吸艰难,分不清那到底是我自己脏器里的感觉,还是她的痛楚映射到了我身上。

她正在对着盥洗室里的镜子说话。我能够透过她的眼睛看到镜子里那张惨白的脸。她把头发梳理得极整齐,还戴上了蓝绸缎新发卡,嘴唇上涂了红唇膏,但那只衬得那面庞更加死气森森。

哈瑞,当你看到这段记录的时候,你已经是个孤儿了。

对不起,对不起,对不起。这是我做的最后一件糟糕的事。

我知道我始终是个不称职的母亲。家务总是你在做,我只会把屋子弄乱,我从没在家给你办过生日派对。我没教你骑自行车。我缺席了你的每一次滑板比赛。你从来不敢把你同学请到家里来吃饭。我总是胡乱交往男人——我知道因为这个你一直很看不起我。我还打过你的朋友……

(我第一次真切地领略到,她想到儿子的时候那忐忑不安的、痛苦的柔情。)

哈瑞,回大学去,把书念完,我喜欢你念商学院,可我知道你更喜欢美术,那么就去读美术学院。

(她眼前出现我小时画的蜡笔画、水彩画,还有在卧室墙上的铅笔涂鸦。我都不知道她竟然记得这些东西。)

(我感受到胸口窒闷,四肢绵软,头疼如裂,舌头上满是苦味。那是洁迈玛的濒死体验。)

不要再做那见鬼的录制者,算我求你。那太危险,而且不算是份职业,我会到死都替你悬着心。你得找一份正常的工作,找个脾气好的姑娘,结婚,生个男孩,再生个女孩。等你四五十岁的时候，就明白那样做的好处了。

（我看到很多面目不清的少女，像蒙太奇一样一闪而过，那大概就是她理想中的儿媳。然后是想象中的结婚典礼。金发婴儿……有喘息咳嗽的声音，她快撑不住了。）

我一生的渴望就是你能成为我的升华。我想，如果没有我，你一定会轻松很多。这世界也会轻松很多。

哈瑞，感谢你一直容忍你糟糕的妈妈。现在我也容忍不了自己了。我不想让自己的谬误事迹单子再加长了。这可笑的一生该早点结束了。

（那声音越来越不连贯。越来越微弱。）

（绝望，跟死一样的绝望，让身体像浸泡在雪水中。）

最后，她脑中出现一副老电影似的画面，春风暖煦，她和父亲坐在树下。父亲正手执小刀削苹果，长长的苹果皮落在他腿上，不断抖动。她脚边躺着一个熟睡的、两三岁模样的男孩。树叶缝隙里漏下的光斑，在他们身旁跳跃。

（原来那不是我的幻想。原来我真有过这样的一个下午。）

她倒在地上，伸展开四肢，瓷砖地又冷又硬，像是她一生所遭受过的冷遇和不可解的壁垒。

她怀着一个小女孩在夜路上走着、知道马上就要到家的心情，度过了人生的最后半分钟。

画面黯淡，消失，变成一块黑白斑点闪烁的、坏掉的电视屏幕。

哈瑞，哈瑞，哈瑞，哈瑞，我的宝贝。

纳兰妙殊 ｜ 体验录制者

直到彻底黑下去。大幕合拢。

这就是死亡。

那之后的几个小时，我的记忆都不太确切了。我只记得我拼命地嘶喊，大叫，疯狂地在山谷里奔跑。我就像进入了一片白茫茫的雾，除了自己的叫喊，什么也听不见。约拿单和另外几个人追上我，把我按倒在地捆起来。

第二天凌晨，我装作已经恢复平静的样子，其实心里只有一个念头。

趁约拿单暂时离开的机会，我冲进盥洗室，反锁门，摔碎一只玻璃杯，用碎片割断脉搏……

洁迈玛很好地发挥了体验共享的优势。她用最后的力量叩着我的心扉，想要敲开某种东西。然而她开启的是死的边界。日日夜夜，我再也没法驱走她的声音。她的痛苦和绝望像种子一样在我脑袋里生了根，盘踞在血肉之中，给我的心打上了永久的封条。

从那天起，我踏上了漫长的寻求自杀的旅程。

（选自2014年《小说界》6月刊）

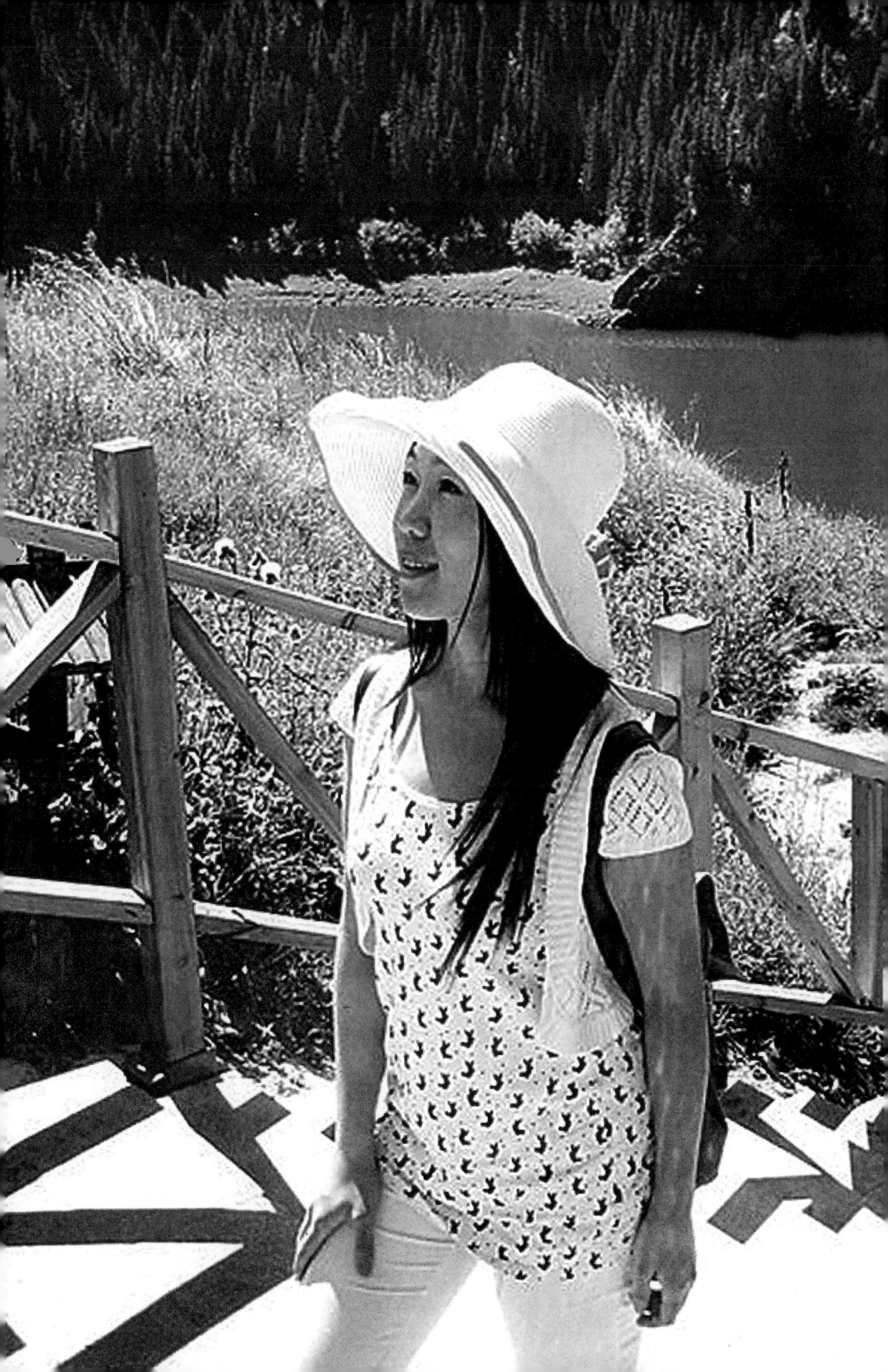

郝景芳

郝景芳，出生于1984年，天津人。2006年毕业于清华大学物理系，2013年获得清华大学经济管理学院数量经济学博士。曾获第四届新概念作文大赛一等奖，首届九州奖暨第二届"原创之星"征文大赛一等奖。2007年开始正式在杂志发表小说、散文。曾于《萌芽》《科幻世界》《文艺风赏》《青年文学》等刊物发表中短篇小说《看不见的星球》《弦歌》《北京折叠》《大地》《好久没回家》等。曾出版以人类社会未来为主题的长篇小说《流浪玛厄斯》《回到卡戎》，以幻想小说为主的短篇小说集《星旅人》，以及介绍欧洲两千年历史政治艺术的文化散文集《时光里的欧洲》。

好久没回家

冯静最后一次回家,并没有想象中的悲伤。万物都是喧嚣躁动的,消解了一切可能与悲伤有关的情绪。冯静从火车站出来,坐一辆小公共回家。路边在修楼,黄沙从缝隙漫进车窗,用手摩擦皮肤能感觉落上去的一层生涩。两旁都是运货大卡车,高耸的车厢,压迫着视线。堵车堵得厉害,几乎像是一条不认识的路,新铺的柏油路面时断时续,路中央有刚竖立起来的水泥桥墩,桥墩顶上是暂存于想象中的高架桥面。

下车之后,她被扔在一个新修的环岛。强劲的风卷起远处工地的尘土,尘土飞上天,让太阳轮廓迷蒙。路两旁的杨树砍掉了不止一排,环岛旁一角有一栋带罗马柱的修了一半的楼,楼上挂着白字残缺的红色条幅,地上堆着瓦片、沙子和石子。四处都在建,村子靠近城市,城市一寸一寸延伸到村子边缘。阿静低头捂着嘴穿过公路,货车带起的风撩动头发。

她在村口停下来,向村子望去。最后一次回家了,她想,这次一定不能哭。

阿静离家七年了。十八岁那年,高三上到一半,父亲说想给阿越转学到城里上初二,还缺一些钱,于是送她去了北京。

在北京有老乡介绍工作,辗转换了几次,做过保姆和美发店助理,后来去了美容院。中间只回来两三回,回来之间是长久的沉寂。偶尔接到弟弟的电话,说爸妈生气了,她也只是哦一声,没有回应。她给弟弟讲了些理由,讲她每次请假时李姐的表情;讲她们最近院庆工作多;讲去年春节时,如果留下加班就有三倍工资。她没讲过任何重要的理由。电话中的对话总是仓促的，太害怕冷场，于是只有在来来回回的问候中浮动。

她离家的那天大雪封门。春节刚过，墙上的春联在寒风中瑟瑟发抖。门神瞪着眼睛送她，张着大嘴，说不清是笑还是怒吼。她凝视着他们，这是她仅有的送行。阿越还是没有睡醒，她从他窗外看了一眼。站在院门外，母亲出来，递给她一袋包子。

"你爸打电话说，地里那边货还是没拉完，让小工给耽搁了。"母亲说。

"哦，那我自己走吧。"阿静拉了拉帽子，抬起箱子，哈气把围巾吹湿了。

时间带着悠长不变的气味笼罩着村里的小路，院墙外路边上的黄土缝里种了丝瓜。有些东西变了，但也有很多东西没变。陈爷目不斜视地骑车，见到谁都不打招呼。黄婶依然抄着手坐在小卖部门口。瘸了一条腿的杂毛黄狗在水沟边闻来闻去，见到人就哆嗦。注目环视过去，村里既有自暴自弃的荒芜，又有争先恐后的堆砌。很快要拆迁了，破败的地方再无人去修，空地却矗立起临时盖的新的柴房。单调的锯木声从院墙里传出。

阿静站在角落对着夕阳演练了好一会儿才敲门。"我回来了。"母亲给她打开门，打了招呼，转身回屋里。父亲和阿越都不在，房子里显得寂寞。院子里搭起了简陋的玻璃顶棚。方方正正的院子辟出一块土地，以前一直种着一棵樱桃树和两棵海棠树，现在都填平了，铺上了白色有褐色暗花的瓷砖，像一间新的公共厕所。玻璃顶棚下隔出三间房和一个新厨房，阿静在电话里听阿越说过，新盖的房拆迁时都有补偿，拆迁之前还能向外租。新修的顶棚不算正房面积，但可以算厢房。听说丈量的人已经来过了。

母亲在正房的大屋，蜷着腿坐在炕上。客厅黑着灯，能看见茶几上剩下的果皮和烟灰。地上有瓜子皮铺成的地毯，在经过层层过滤的惨白的月光中零星破碎。母亲正在看电视剧，歪着头，用听力较好的一侧耳朵对着电视，靠着一摞被子。阿静坐在炕边。母亲的身体肥胖敦实，脸耷拉着，下垂的皮肤将眼睛挤压成三角形，表情专注，一动不动。母亲梳了一个短辫子，头发没有染，鬓角看得见白色，穿一件蓝色半旧羊绒衫，肘部有轻微开线。火炕上铺着桃红色条纹床单，坐上去硬邦邦发烫。

不能回应，阿静告诉自己，无论母亲说什么，都不能回应。

她将随身包打开，拿出一盒茶叶。"妈，给您和爸买的。"

"嘿，带什么东西啊。"母亲看了一眼客气道，"放那边吧。"

阿静把茶叶放在餐桌上。桌上有一盘榛子和父亲棕色的小酒壶。她第一次给母亲带礼物是她第一年回家的时候。她花了第一个月的工资，给母亲买了一条围巾。母亲看了说这围巾买得不好，镇上就有卖的，比阿静买的便宜又好，然后放在一旁。她当时哭了一晚上。

母亲又专注地看电视。阿静也看。母亲和她没有话。电视中皇后和嫔妃分成两个派别，之间有投毒，有谎言发生。

八点半，母亲问阿静有没有吃晚饭，如果饿，可以给她弄点儿粥。阿静说不饿，旅途劳顿，只想早一点儿睡。她想等父亲，可是父亲去邻居家打牌了，始终没有回来。阿越还在省城。

夜晚，阿静回到自己的房间。房间黑得吓人。她按墙上灯的开关，但啪啪响后没有反应。她摸黑绕过地上堆的纸箱子，摸到立柜边上，抓出床单和被子铺开。铺的过程中适应了黑暗，月光把床头木纹上的裂缝照亮了，枕头抓在手里，她忽然不能动了。时间在掌心流过，发出汩汩的声音。她在静默中坐了很久。即便做好一切准备，家的陌生还是让她感到震惊。

次日清早，阿静去找周亮。

周亮的店在另一侧村口，依靠着一条新开辟的马路。马路只打了路基，还没有铺沥青，坑坑洼洼像一条无水的河。是一家新店，店门对着小巷，窗子开向公路。贴着红色塑料字，周杰伦的照片嵌在广告牌上。店门口挂着气球和红条幅，写着开业酬宾一类的金黄色大字。门外摆着一排用白色泡沫塑料纸包住横梁的崭新自行车。远远地看见周亮，蹲在地上，调试一辆新车，手抓着车的脚踏板，快速转着，观察着车轮。阿静没有叫他。

好一会儿，周亮拍拍手站起身，正要向门口走，才看见她。周亮用手蹭了蹭鼻子，显出略带惊讶的笑容。

"你咋回来了？"周亮问。

"你要结婚，我当然得回来随个份子。"她掏出一个红包。

周亮有点儿尴尬："客气啥。"

"不是客气，礼是应该的。"

"你等会儿，我洗个手啊。"周亮转身回后面去。

掀起的布帘子在周亮身后缓缓飘落，阿静在店里踱步子。新店还没完全收拾好，刚入库的车子摆在中央。地上堆满了刚拆开的盒子，人走过会带起透明的塑料袋飞来飞去。

她思忖着开头该说什么。她并不想叙旧情，她只想问一问他这一年半的状态，也想告诉他一些她自己的事。虽然都在北京，但海淀和丰台的距离还是很远。她低着头，轻轻用脚尖踢一只吹鼓的塑料袋，塑料袋圆滚滚的，漫不经心地飘起又落下，令人着迷。

阿静知道，周亮一直希望回来开这么个铺子。最早他是在圆明园那家店里说

郝景芳 | 好久没回家

起这件事。他当时蹲在地上修一辆车的后轮，突然抬起头，眼睛眯起来，也是用手背蹭了蹭鼻子，鼻子上一道黑，像雨天过后淌水印在地上的车轮子印。她呆愣了一阵子，能看得出他是真的兴奋，于是只好假装没听见。她一直以为他会愿意陪她留在北京，以至于她从来没问过他愿不愿意。当他的话说出口，她意识到已经没法问了。在那之后，她有很多话都没和他说过。

她和周亮分手是在五月，六月就下了一个月的雨。她在下雨的时间不断回忆自己之前的所有生活。她猜想自己总有一天会为那个决定后悔，可是她试图说服自己这样是对的：既然要走，就不可能什么都不落下。周亮后来说过遗憾之类的话，也跑回去找过她。可是她知道，他只是说说而已，他有完全合理的回家的理由。她对自己说：他从前是真心实意对你也为你做了很多事，他说想跟你在外面闯荡并不是假的，但那只是他当时的想法；他没想到在北京开店租金太贵了，一个月要两万，而他舅舅愿意给他一笔开店的钱在家，在家，如此而已。大家都会出来做事，可是最后都会回去。

阿静始终记得去火车站接周亮的那一天。她高三中途出来，他半年后高中毕业来找她。据说他爸妈想让他去省城，但他非要到北京不可。她从西站的人流中看到他汗津津的脸，她把紧紧捏着的站台票攥湿了。他看见她笑了，抹了抹脸，把头发揉得竖了起来。她要帮他拿包，他全背在背上。两个牛仔布双肩包，都被包里的东西撑得形状歪扭。他一边走一边龇牙笑着说："你没高考也就对啦，我白耽误了两个月，考得一团瞎，还见不着你。"她的心狂跳起来，侧过头不好意思接话。

分手之后，她找了新的工作，一个人留在海淀。她用了很久才适应独居。沿着五环一条几乎不流动的河，有一片平房，一直等拆，出租的价格很低。美容院包下来好几间给她们做集体宿舍。一个月六百块。没有男朋友的基本都住在这里。

上班近，相互照应也方便，除了冬天冷得像冰窖，没什么不好。不上班的日子她沿着河走。冬天河水结了冰，能看到小孩滑冰，还有人在冰上遛狗，夕阳照着冰面，有反光的明亮和大片黑色阴影。零星几个人骑着车穿过崎岖的河岸。晚上去吃面，坐在店里跟老板娘一起看一会儿电视剧，周身被蒸汽包裹。

周亮的新娘忽然走进店里。阿静见过她一次，在北京的一次老乡会上。好像是湖南人，能嫁过来并不容易。新娘穿着土黄色的小皮夹克，黑色小皮裙，底下是黑色毛裤和高过膝盖的皮靴。她的眉毛大概是刚文过，又细又黑，挑上去又坠下来，显得有点儿突兀。她走路很快，风风火火，似乎还叫着周亮的名字，见到阿静顿住脚步，略微疑惑地笑了一下。

阿静低下头，看到自己手里的红包，忙塞给新娘，说：恭喜恭喜，我是周亮的同学，我们曾经见过一次，今天就是来给红包，正好给你，我还有事就不等了。然后离开了。

她走到对面的水果店里，站在暗处透过窗棂望着。周亮从里屋出来了，到店门口张望了一阵又进去了。待一会儿，周亮又走出来，新娘在他身后跟着，尽力挽住他的胳膊。他回头和新娘说话。远看起来，他几乎一点儿都没变。头发剪短了，皮肤变黑了一些，显得更结实了，半旧的深蓝棉布夹克背后印着阿迪达斯，夹克显得有些瘦小了。

水果店新装修，窗棂上还有刺鼻的气息。老板是外地人。似乎一切都不在原位上了。

回家时家里没人，阿静想喝点儿热水，拎起水壶去厨房。走到院中听到院外母亲的声音，她不想停下来招呼，撩开厨房帘子进了厨房。

郝景芳 | 好久没回家

和母亲走在一起的是三婶。因为阿越要回来，母亲一早就开始准备包饺子。母亲和三婶停在院子里，似乎是要处理手上的排骨。两人絮絮叨叨地交换最近的消息。听说县政府已经下文了，肯定要搬迁到这附近。听说回迁房明年五月就能盖好。听说这区域将来是最大的新区，有医院和小学。听说公交也快要通过来了。听说河边上的地也都要征，搞绿化带……

三婶提起了抓阄的事。母亲说她腿脚不好，想要一楼，不知道这次抓阄能不能抓到一楼。三婶问母亲最后户型选好了没有。政策是按宅基地面积等面积补房。三婶准备要三套，他们老两口一套，两个儿子一人一套。母亲犹豫了一下，说阿越爸惦记着只要两套，或者要钱。三婶哦了一声，没有问为什么。

母亲接着说："唉，一遇上这事，平时看不见人影的都回来了。你看咱村后面陈爷家，仨闺女都回来了呢。就知道这两天分房，赶紧往回跑。平时这仨谁也不着家，你看陈爷平时自己多苦，见得着谁？现在都回来了。哎哟，这种事多着呢，都没法说。"

三婶感叹着点点头："现在这娃们，一个比一个精。"

这时候，炉子上的水壶发出由弱渐强的尖声呼啸。阿静也被吓了一跳，手忙脚乱地关火，水已经溅到灶台上。院子里，三婶和母亲被这突然的声音打断了，同时噤了声。炉火关了，水壶仍然发出不甘愿的嗞嗞声。阿静盯着静下来的水壶，好一会儿，没奈何撩开帘子出去。见到母亲和三婶，她点点头，错身过去。三婶脸上也是讪讪的，不知道说什么好。

午饭时，母亲和三婶吃面条，母亲叫阿静一声，阿静装睡，母亲便也没叫第二声。午后父亲回家，又喝醉了，躺在炕上睡了一下午。阿静几次从房里出来，想找父亲说话，但都没有机会。晚上阿越从省城回来了，风尘仆仆，母亲高兴得一顿忙碌。

次日一大早，父亲用按摩椅按摩，闭着眼睛，眉头皱成疙瘩。阿静小心翼翼地挪过去，想抽空子和父亲说话。父亲睁开眼睛，却起身关了按摩椅，说时间紧了要出门。阿静不想错过机会，跟上去，父亲上车，阿静也坐进车里。父亲看了她一眼，没说同意，也没说不同意，只是掏出手机，一路上一直讲个不停。

阿静跟着父亲，到了南边的地里。这本是一块耕地，承包给农民，父亲把地圈了起来，盖了厂房，租给汽车零配件公司，一年能挣六万块。但这厂房挨着高压线，属于违章建筑。区里的安全生产部门来了两次，催他把房子推了。阿静在电话里听阿越说起过这事。这厂房花二十万盖起来，当初也知道盖房是违规的，只是以为能混过去。

厂房宿舍已经一片热气腾腾，刷牙的、洗脸的、端着瓷缸喝粥的，都在宿舍前凑成堆。父亲进了院子，大狼狗冲上来欢腾地跳，灰色水泥地面上有一道一道带车轮印的黄沙。

不一会儿，区里安全干部到了，从一辆黑色大众车上下来。父亲递烟的时候不住弯腰。又过了一会儿，又来一辆灰白色小车，车上下来一个平头中年人。阿静见到这人才明白父亲的意思。这人阿静认得，比父亲小十几岁，姓潘，小时候跟着他爹妈在家里借住过一段时间。现在老潘退休了，小潘在区发改委当上了二把手，说话颇有分量。父亲因为认识这样的人，感觉自己也光荣了一把，逢人就说"咱区里有人"，过年过节都不忘了上礼。

两边人见了面握了握手，相互都客气地笑了笑。从车窗望过去，就像是某个工作会议。站在空场上，四个人在沙土中围成一个小小的圈。安全干部似乎开了个玩笑，小潘带着骄矜的气度笑了，笑得并不夸张，但脸上的放松是清晰可见的。笑了一下，点几个头，握握手，几个人就散了。

父亲大概想留安全干部吃饭，用手去拉一个人的胳膊肘，不停往家的方向指。安全干部只是摇手，用手往另一个方向指来指去，想来是还有其他工作要做。父亲敬了最后一次烟，陪着几个人在空场上拍了几张照片，目送他们坐上车离开了。黑车离开之后，父亲回到自己车上，拿出一个厚厚的信封，交到小潘手里。小潘摇手不接，父亲直接塞到灰白色小车的后座上。

回家的时候，小潘的车一直不疾不徐地跟在后面。阿静在后座上观察父亲的侧脸，父亲的脸上既有松一口气的自得，又有惯性未消的紧张。阿静没说话，他专心开车，对她的凝视浑然不觉。

干涸的河边，工地的蓝铁皮刚刚架起。阳光照耀着砂石货车的轮毂，一转一转晃人眼睛。建设工地总是带着急迫的轰然，用静止不动的土堆提醒着人们时间的转动。农人无限的时光被压缩了，再没有日复一日的永恒，被倒计时取代了。

回到家，父亲迎小潘进了堂屋。阿静进厨房帮女人们做午饭。她选择择菜，一个人搬个板凳坐在角落里。看看表，周亮的婚礼还有半个小时就开始了。

三婶和隔壁的表嫂都来帮忙，从早上起就开始忙。母亲炖了一只鸡，正在用小火煨着。表嫂在水池里刮鱼鳞。表嫂家是山里的，因为发大水冲了家里的房子，才带着老父亲下来。三年前嫁到这村时阿静已经走了，只在回来时见过一两面，不算熟，话也少。能嫁进来落户，表嫂很知足。母亲提到表嫂的时候总会说：嘿哟，她们山里穷着呢，吃不上喝不上，她原来从来没出过山，哪儿也没去过，她们那儿哪像咱们村儿这条件。

此时母亲正给表嫂讲村里的新状况，提到村西边日益扩大的租住的外地人群体。"好些想落户的，"母亲说，"你去看看，净是上门女婿，倒插门，就想落下来，老家都穷着呢。"

阿静一个人坐在角落择菜。所有厨房的活儿里，她最喜欢择菜。细细地把菜叶从带着泥土的根上扯下来，码整齐了放在盆里，有瑕疵的、颜色黯淡的叶子都小心地撕掉。这些言谈，她只听着，从不插嘴。她知道如果在这里一直生活下去，那就会变得像母亲这样，只在菜场与家之间往来，为五万块钱沾沾自喜，拿家里吃上几顿肉和邻居比较并获得优越感，自以为天下都不过如此，因为比山里强而自满，过一种完全钻到尘土里并对此斤斤计较的生活，在斤斤计较中迅速粗糙衰老下去，还以为是人之常情。

"当然我也生活在泥土里，"她想，"可我知道不应该沾沾自喜。"

她细长的手指灵活迅速，感觉就像回到工作，调一碗敷脸的面膜。她是客人最喜欢的美容师之一，原因就是手指的细。她喜欢美容院的细致。给一个客人做脸，要十几道工序，从按摩肩颈开始，卸妆、清洁、柔肤、去角质、去黑头、修眉、补水、上精华液、上面膜、护肤、擦美肤霜、擦防晒霜。这过程她从来都弄不错。用指尖挑出一点点蛋白乳液，在皮肤上晕开，轻拍涂抹。

美容院墙上挂着仿名作的小幅油画，门口有一道绛红色的纱帘，房间里是胡桃木的老式家具，天花板上有同样质地的绛红色纱帷，桌旗是黄色印花丝绸有吊穗的。她偶尔在没有客人的时候一个人坐在房间里，双手放在膝盖上，镜子里出现几十年前的女人。坐累了去窗口叹息一声。她能看到那屋子虚假的华美，但她喜欢。它的安静脆弱仿佛不能被惊醒似的。

她偶尔和顾客聊天。一般都是顾客问起她才会说话。什么地方的人，几岁出来打工的，上完学了没有，一个月能挣多少钱。顾客也会说她们的事情：上班太累，公司里钩心斗角很麻烦，月供压力很大，生了小孩肚子上的赘肉就下不去了。房间的幽暗灯光中，女人们闭着眼睛，头发由毛巾包着，露出毫无掩饰的苍黄的脸，在面膜覆盖下，抱怨着各自的生活。艰难困苦在衰弱的脸上一览无余。她默默地听着。

她和姐妹们住在一起,大多数比她小。她们晚上十点钟到宿舍,一起吃点儿东西,看网上的电视剧。美容院每年组织运动会和新年联欢,分组比赛的时候,她们会激动得一塌糊涂,为了小组游戏的成绩又笑又哭。美容院经理李姐保养得很好,顶着发光细腻如少女的额头,拿出考勤记录的本子,解释她们的轮休制度。每一年,都有一个姐妹嫁人回老家。

择菜择得累了,她抬眼看一眼窗户,逆光的窗框外能看见布满雨点泥污的玻璃顶棚。

客人在客厅沙发上,父亲和阿越作陪。父亲在递烟。阿静把茶壶从茶几上拿起来,拿到一旁灌了水又放回去。

父亲几乎没注意阿静,只在阿静把茶壶放回来的时候侧了一下身子。

父亲对阿越兴致盎然地说:"你刚才起晚了没听着,潘叔叔说咱们这块儿的规划呢。你潘叔叔现在调了,调到规划委了,咱们这片规划的事都归他管。人家刚说了,咱们这片地方以后都得拆,要建产业园,省里最大的产业园。东边靠山那头,现在不是好多农家乐吗,到时也都得拆,整个山脚下都要统一规划,要建一个国际级的会议中心和五星级度假酒店,将来那什么什么国际洽谈会都上咱们这边来。到时候好多企业招人,专招大学生。"

父亲在国际级和五星级上加了重音,希望声音里的昂扬能给阿越一些影响。阿静本想走,听到东山两个字又站住了,站在厅柜边。阿越却明显不感兴趣,一边听一边低头玩手机,玩到激烈的地方还把手机端起来,凑到眼睛边上。

"你听着呢吗?"父亲问阿越,阿越哦了一声,父亲不放弃,"你问你潘叔叔,是不是这么回事。"

小潘靠着沙发后背，一只手向左平放在沙发背上，另一只手举着烟，微微点头。阿越仍装作没听见。父亲见他冥顽不灵，忧愁地叹了口气。阿静很想插嘴问，可是没机会。

趁阿静不在的工夫，母亲给厨房里的表嫂普及阿静的历史。她压低了声音，带点儿神秘。三婶了解阿静，表嫂不了解。

"你不知道，我刚嫁过来的时候，这孩子是个什么样子。嘿，都四岁了，还不怎么说话呢。整三年没人看。她妈死的时候她才一岁多。中间她大姨带过两天，也是个疯子，不管孩子。我一看，脏兮兮的，一个月不洗澡，见人就往柜子底下钻。她姨父又爱喝酒，喝了酒就打她，她就怕人。后来谁叫她都不理，我以为是傻子呢，结果上医院一看，嘿，就是耳朵堵了，估计从来没掏过，大夫拿钩子钩出来，你猜怎么着？这好些，这么长，都硬了。这以后才好了，又能说话了，也上学了。

"你说说，这些事不都是我带着弄的吗。当初他爸出去干活根本没空管，要不是我弄着，这孩子不就废了吗。后来上学了，这孩子脑子倒是不慢，成绩倒不差，但当初要不是我带着治病，哪有现在啊。你问你三婶，这么多年我们亏待她了吗。我这人公平，从来没有二心，都是一碗水端平。你看那些年那么困难，也没饿着她不是吗。

"我跟你们说，她娘死的时候脑子有毛病。那会儿阿越他爸还不行，从老爷子那辈就穷，阿越他爸也穷，家里啥都没有，她自己受不了苦，就什么也不干，光知道在家里哭。谁也没逼她，自己喝的敌敌畏。这可不是我瞎编的，是她大姨承认的。那是她亲姐。你说这不就是自找的吗！我嫁过来那会儿这儿也还是穷，可有多穷，那我也不是干吗！

"冯静这孩子就是心重，我知道，她就是有一次想跟她爸借钱，说是病了要

郝景芳 | 好久没回家

在北京看病，她爸没借给她，她就恼了。打那天起她就不着家。你说我们哪知道她说的是真的假的。她说她是肾积水，还是天生的，这一听就是瞎话，之前那些年咋没毛病呢。不定是啥事要借钱呢。她那会儿还在美容院上班，美容院是什么地儿你们也知道，什么人都有，保不齐干不干净。那时候家里没钱，钱都周转着，哪有富余钱给她？她后来就再也不着家了，她爸寒心得很。连个电话都没有。

"你说那些日子我多累，劈柴火，还得给司机做饭。她爸那腰也是盖房时候搬砖累的。那么些砖头一个人搬，小工也找不着。这些事，都没指望她帮忙，但她平时一句话都没有，家里最难的时候连个影都见不着，这会儿分房子跑回来了，算哪段儿呢？其实我们不是不想着她，也不是不照顾，只不过哪有老人没事就惦记财产的？不像话了吧？再说总得提防着将来离婚吧。女的现在离婚的多着哪，好多男的中年都有这么一出。要是把财产给了她，将来让外人分了一半去，我们不就亏了吗？你说是不？"

阿静从客厅回来，只听见了最后几句对话。她怔怔地在厨房外站了一会儿，犹豫了半晌才走进厨房，把水壶撂下，发出咣的一声，转身出去，低着头谁也没有看。身后寂然无声。

阿静心里发凉。她不想在厨房，也不想去客厅，只站在院中。粗大的树干斜靠着墙站着，底下是煤渣和劈到一半的木头。她看着头顶上的玻璃顶，想起了从前的海棠树。每到四月，院子里的海棠发了骨朵儿，就兀自向天空高傲地伸着。白色的花开了就像要飘走，如同灶台上大锅里的热水，白烟袅袅升到天上。她并不为这一切感到太过委屈，她早就想过这结局：他们早晚会摆脱我的，我没有做任何努力去挽回一切是我的不对，可是你有时候会知道事情是不可挽回的，总有些什么东西不对，无论怎么做都不对，那是用皮肤感觉出来的。

从这个世界上消失那么容易。有时候，一个人说没了就没了，像一棵树一样。其实这件事并没有一般人想象的那么严重复杂，就像在山脊上滚动的一只轮子，如果它要歪向一边就掉下去了。那只是早晚会出现的概率问题。一件事的触发就够了，二分之一的概率。向左就活，向右就不活，没有那么悲怆。

　　她想起上一次她回家，参加一个初中同学的葬礼。新结婚的两口子，媳妇和婆婆吵架，媳妇被赶出家，赌气一个人晚上不回家，过马路时被一辆过路的大车卷起甩到水库里。桥上的摄像头记录下一切，在葬礼之后去了同学家，录像在电视上幽森地放着，人影在电视里，就像还活着。葬礼后大家就去吃火锅了。死一个人就是这么简单。

　　午饭占时很长，父亲和潘叔叔喝过几轮，脸上看见些颜色了。阿越已经匆匆吃过了第一轮，跑到一旁看电视去了。桌上的主菜吃了大半，大锅炖烂的土鸡，加豆腐熬的鲤鱼，酱牛肉和火腿。母亲和三婶陆陆续续把最后两个菜端上来，又给男人盛了米饭，才坐到桌边。阿静见桌上拥挤，盛了一点儿饭，拨了两个菜，拿凳子坐到一旁。

　　"再来吃块肉饼。"母亲叫阿越道。

　　"不吃了。"阿越眼睛盯着新闻，"净是肥肉，不好吃。"

　　"嘿，这孩子，腻腻糊糊的多好吃。"父亲喝了酒，又有点儿喝多了，话也多了。

　　潘叔叔和母亲说话，说怀念当时住这儿的日子，空气好，也清静，只可惜当时住的院子已经没了，很怀念。

　　"是哪，嘿，我跟你说，才可惜呢。"母亲说得痛心，"那个院儿当时才卖了四万块钱。拿到今天，嘿，涨了多少倍。别说卖了，就是等着补偿，也能给两套房子。就跟这院儿一样大，二百好几十平方米呢。你说说，真是的。"

郝景芳 | 好久没回家

"那怎么就卖了呢？"

"唉，你不知道。当初我们本来想得好好的，两块地盖两个院儿，以后给闺女一个院，儿子一个院，这也就放心了。可是把话一说，这丫头来了句：谁要你们那破院儿。她爸一听，当时就火了，没两天就把那院卖了。你说说这傻丫头，是不是自己没眼光。"

"唉，真可惜啊。"潘叔叔叹道。

那一年卖院子的时候阿静已经高三了。父亲搞运输，替人开车好多年，总是卖苦力吃亏，让车主赚钱，父亲觉得不合适，一直想买辆大车自己干。卖院子用来筹钱，都是父亲的主意。只是卖得便宜了，多年后才觉得不划算。

说起这院子，就又说起拆迁分房。几个人于是议论了一阵，要房子划算还是要钱划算。父亲问小潘省城还会不会涨，会涨到什么程度，要了钱够不够去省城买房子。小潘跟着聊了几句，传达的信息让父亲忧心写到脸上。一直在涨，价钱涨得超出父亲预料，可能还要涨。小潘过了一会儿就推说有事站起来告辞。众人看留不住，就都站起身，送到门口。父亲招着手千恩万谢，随后又追到门外，给小潘拎了两瓶新买的酒，送背影远去。

众人都散了，母亲在厨房收拾。送走了客人，父亲又回到桌边，一个人喝小酒。

父亲的情绪在独自一人时更激动。他坐在木皮翻起的圆桌边上，用棕色小瓷壶和小瓷杯自斟自饮。阿越回房间睡午觉了，阿静收拾地上的垃圾。饭前瓜子皮就嗑了一地，饭后又把桌上的鸡骨头擦到地上，她用扫帚耐心地一点一点把碎渣扫进簸箕。扫帚的刷毛规律地滑过水泥地面，在安静的房间发出重复的沙沙声。

阿静看着父亲。父亲这一次把头发剃得很短，灰白的薄薄一层紧贴在头皮上，白发增加了很多，脑门附近有被帽子压出的一圈痕迹。父亲还是穿着旧日的毛衣，棕黑色胸前有暗蓝色菱形格子。父亲的一只手撑着额头，乍看上去像是在低头哭泣，但偶尔抬头的瞬间，阿静发现他没有哭，只是醉酒之后怅然而呆滞的愁容。有那么一两个片刻，父亲的眼睛滑过她，但却没有停留，皱着眉又低下头去。

突然，父亲开始讲话。她愣了一下，凝神去听。很快她知道，这又是父亲醉酒后惯常的话多，与其说是和她说，不如说是自言自语。"那会儿吃不上饭啊。"父亲自己给自己斟酒，"我那会儿一顿饱饭也吃不上啊。真苦啊。就八几年那会儿，修高速公路。唉，真叫苦。现在腰上这疼全是那会儿落下的毛病。那会儿人小，就知道傻干，往死里干，有把子力气就不知道歇着，全透支了。就没赶上过好时候……真衰。赶上好时候的人啥都不干，包个果园都不长果儿，结果赶上占地赔一百万。这是什么运？"

父亲抬起头，悲戚的脸上带着疑惑的神情，像是在询问天地间不可知的力量，为何他的所有努力都赶不上安乐前行。父亲忽然站起身，走到墙边弃置的红木凉椅上坐下，身子歪向一边，胳膊肘支在扶手上，带着放弃般的疲倦闭上眼睛，像是要小憩。

阿静明白父亲愁什么。阿越还有一年就大学毕业，铁了心说毕了业要在省城找工作。阿越已经找了女朋友，毕业要在省城安家，很快也该谈正事了。父亲总是在酒后忆起从前的苦。每当现实有困境，就更容易感叹。他会念起自己结婚时寒酸破落的房子，连张桌子都没有，夫妻两人加老爹，仨人围着个炉子，把窝头和土豆煨在炉子沿上，破瓷碗盛点儿咸菜就着吃，家徒四壁，连一件像样的家具都没有。父亲总觉得曾经如此贫穷是令人羞耻的事，即使没有其他人这么觉得，他也羞耻。他认为一个人穷得让老婆受不了而服毒自尽是人生极大的耻辱，以至于他一喝醉就念念不忘，清醒了却绝口不提。

郝景芳 ｜ 好久没回家

阿静不想放掉这最后的机会，她向墙边走了两步。

"爸。"她叫了一声。

父亲睁开眼睛，脸上仍是愁容。

"爸。"她又叫。

"哼，"父亲用鼻子出气，"你还知道回来。"

"爸，咱们商量一下今天下午的事吧。"阿静说。

"还回来！心里没有这个家，给你打电话也不接。"父亲念念叨叨。

"我总得做客人，接不了电话。"

"那你不知道打回来？你是假装不认识我，还是没我这爹啊？"

"爸，咱别说这个行吗？"

阿静知道，再这么说下去，又会回到以往的老路上。以前她和父亲试着谈过，但两个人会秃秃噜噜说出来，委屈中不能自控，把情绪全说坏掉。现在想起来，几次反反复复说的都是差不多的那些话，相互都太清楚，如今再说早已没有意义。

每次说的有很多是关于钱的事。但绝对不只是如此。父亲会说她不问候也不尽孝，如果一直这样，不会给她家产。她说自己一点儿都不指望，一点儿都没指望过。打工这些年，她给阿越寄了不少钱。阿越高三时，她打两份工，每天从美容院出来还要去夜市的面摊上帮忙洗盘子。北京冷，手上都是红皱，抹多少护手霜都不行。她只有一次找家里借钱，在北京熬病的日子，父亲寄去了卡却没告诉她密码，在医院里走投无路，最后还是找朋友借的钱。父亲总问阿静是不是埋怨他没让她高考，又会辩解说当初也征求过她的意见。她会说她什么也不埋怨，只想一个人清净地好好活着。说到最后他们都会哭，她泣不成声，父亲也会流泪。

午后的阳光照着陈旧的房间，沉默笼罩着两个人，让瞬间的温情和更长久的孤独都暴露在空气中。她想起小时候父亲干活回来吃面的样子。时间如毫无感情的削面刀，将记忆中的形象一片一片切削殆尽，只剩下一副骨架。儿时的记忆虽然最少，想来却最是丰饶。

上一次阿静回家，是她和父亲最后一次也是最深的一次对话，她坐在父亲拉货的卡车里，卡车停在麦田旁的公路上，头顶是遮天蔽日的高大杨树，他们都哽咽着说不出话。阳光照在刚刚收割只留下麦秆的土地上，粗糙的风穿过开着的车窗，吹得流过泪的脸生疼。

她不想再提过去的任何事。她躲开这一切，就是不想再提。

"爸，咱别说那么多了，都是过去的事了。"她说，"咱们说说正事吧。我已经找人了，今天下午就能办。我自己去就行。就是……您看这钱该怎么出？"

父亲想了想才记起她说的是什么事。"这事啊，回头再说吧。"

"什么时候再说呢？东边山脚下就要拆了。"

"还有好些日子呢。"

"可刚才潘叔叔还说很快呢。"

"这事啊……我估摸着国家也有赔偿。回头我去问问，应该能给赔偿。"

"如果没有呢？"

"没有再说。"父亲说，"回头我问问再说。"

阿静叹了口气。"我已经找了人了，两万就够。我出一万五，您出五千。您看行吗？"

"要不还是等两天吧。"父亲犹豫了一下说，"这两天南边地里还想盖房。"

"可是马上就要下雪了，冬天不好弄啊。"阿静说。

阿静的话音未落，阿越推门进来。他的动作干脆生猛，将屋子里凝滞的空气拦腰斩断。他手里拿着厚厚的两沓一百块钱人民币，鲜艳崭新，每一沓都用黄色牛皮纸条从腰身处捆好，显然是从银行拿回来没有拆封。

郝景芳 | 好久没回家

"爸,我不是说不要了吗?"阿越说,"您怎么又给我塞包里了?我都说了我不缺钱,要不了这么多,没处花。"

两万块钱的两块砖在阿越手里端着,像是随时可能跌落下来。

父亲咂了咂嘴,似乎有点儿气,不耐烦地挥挥手,想把阿越打发走似的:"这孩子。不是下个礼拜小颖她爸妈来吗?你买点儿东西,别让人家看轻了咱家。"

阿静站起身,低着头,从阿越身旁穿过去。她已经没什么可说的了。

她终于要走了。这是最后一次收拾东西。她的房间在正房客厅的西侧,重新布置过了,小小的房间堆满杂物。以前的小床已经处理掉了,大屋淘汰下来的一张双人床放在她的房间,铺着素色床单。她坐在床沿,将换洗的衣服塞进随身包里。又铺好床,叠好被子,细细地将床单拉平,将被子折出边角,将枕巾铺平,将枕头正正地摆在被子上。

她站起身,走到老旧的衣柜旁,向衣柜侧面靠墙的角落看去。粗糙而翻着木皮的表面上刻着一个亮字。衣柜旁边的一个木头匣子还摆在原处,上面堆上了鞋盒子和一个开裂的塑料脸盆。她小心地将木头匣子取出来,打开,里面是乱七八糟的杂物。她翻来翻去,翻过贺卡,翻过作文本,翻过一个塑料胸针,找到了她想找的东西。她把小黑瓶放进自己包里。

她又检查了一下没有落下任何东西,手机、相机、充电器、手套、书、日记本。她站在门口又看了一眼这个从小居住的房间。她的眼睛从绣着鸳鸯的红色枕巾扫到棕黑色镜框蒙着尘土的穿衣镜,最后留在衣柜上。这是她最后一次凝望这里。

她独自走出院门。母亲和表嫂还在厨房,父亲和阿越还在屋里,她不想告别。

她走过巷子与墙根边的菜地,走过已经人群散去只留下碎菜叶的早市。她避开熟人出没的路。她太熟悉这个村子，这个村子也太熟悉她。她向左拐会走到二伯家，向前是四爷爷和他儿子家，再过去就是周亮家。她谁也不想遇见。

她转过墙角，前方是小时候戏水的河边，芦苇还在，河却没了。河床干涸得只剩下杂草和一个个水洼，如干枯的记忆剩下零星的漏洞。她沿河边的芦苇丛走，似乎能看到一个女孩环抱双膝，坐在河边。河水消失了，泥土堆积，女孩沉入芦苇下的土地，长出绿叶开出白色的花。

忽然，一个声音在她身后叫她。

"姐！"

她回头，看到阿越。

"姐，你是不是缺钱花？"阿越拿出刚才捧着的一沓钱，一块红砖，"你拿着吧。我用不了的。"

阿静摇头说："我不缺钱，你留着花吧。"

"我用不了这么多。你拿着吧。"见阿静不要，阿越抓着钱呆呆地站着，"你在北京怎么样啊？身体还好吗？这次回来太急了，都没得空儿找你聊天。"

"还好，都挺好的。"阿静说，"你好不好？"

"那次你住院我正好赶上考试，也没去看你，后来没事了吧？"

"没事了。都没事。你放心吧。"

阿静住院那些日子，一个人打吊瓶，美容院的姐妹来送饭。父母并没有电话。她的肾积水有一阵子相当严重，走路也走不了，还是周亮和两个朋友过来帮的忙。那一次生病就像蝉的一次蜕皮，蜕尽之后，她发现，自己一直都是孑然一身；从前，现在，将来都是。正是这一点让她重生。她发现她什么都不需要。不需要恩宠，不需要陪伴，也不需要忍受不能忍受的事情。

她很努力地生活在新的区域。沿街小店一年到头贴着写着狂甩字样的黄纸。

郝景芳 | 好久没回家

有的店墙都漏了，露出墙里砖头的残渣，但还在卖。店外的地摊上挂着密密麻麻的衣服，一摊连着一摊。她不常买衣服，但她买三轮车贩卖的馅饼烤面筋烤冷面和大缸咸菜，也去五环桥下买脸盆、拖鞋和水桶。有一次提着东西走累了，她坐在石头上休息。头顶是高架公路，背后是五环路粗壮的混凝土柱子，有大卡车从头顶呼啸而过。远处是大片翻起的土，尘土弥漫而来，在天空的灰暗中显得迷蒙阴冷。那片区域破旧，但她不觉得不好。那个地方没有排斥，庞大的世界中，只有那里显得包容。

她看着阿越。他们站在河边上，干枯的芦苇脆弱而纤细，虚弱的阳光照在阿越的眉梢。他又高了，皮肤虽然黑，但很俊朗。他上大四了。她在心中算着。下个学期该开始找工作了。阿越很聪明，一定能找到一个不错的工作。他喜欢的女孩子叫小颖是吧，是他的同学吗？听上去就是个聪慧的女孩。他应该幸福。不知道为什么，阿静的眼角有点儿湿。很多年时光在他们中间一扫而过。

"姐，你要是没事，"阿越犹豫了一下，"还是多回家几回吧。要是回不来就打打电话，爸妈他们生你的气呢。"

阿静点点头，眼泪在眼眶打转。

"再怎么说也是爸妈啊。"阿越说，"你让着点儿他们也就得了。"

"我知道。你放心。爸妈如果有病有灾，我一定管，一定拿钱。你放心。如果有需要你就给我打电话，我一定拿钱。"她顿了顿，不想哽咽。

"姐，钱的事你别担心，将来家里有我的一份就有你的一份。"阿越的手插进两个屁股口袋里，"爸妈就是有时候脾气不好，你哄哄他们就好了。"

阿静看着阿越，眼泪淤着。她觉得全世界的阳光都在她的眉梢闪烁，让她睁不开眼，只好闭上眼睛。她平常并不这样动感情。阿越还是个孩子，一个孩子是不知道什么是亏欠与赔偿的。孩子只是"我跟你好"和"我不跟你好了"，用一根棒棒糖就能把后者变成前者。孩子不会知道大人怎么会说着"我跟你好"实际上不跟你好，也不会明白亏欠了会继续亏欠，因为曾经亏欠，所以没办法只能继续亏欠。孩子也不明白一切都有计价。等他明白了他也就不是孩子了。

阿越是个好孩子，他什么都不知道。他不知道他和她有不同的母亲，不知道她曾经吃不饱，更不知道她原来挨母亲打。他现在很真诚。他将来会因为买房子而接受家里所有的钱，会因为有她的存在父母就不能生二胎而埋怨自己有这样一个姐姐。但那是将来。他现在是真诚的。这一点就抵得上全世界。她哭了。

她转身向芦苇丛中走，不想让他看见眼泪，就胡乱擦脸。

"姐！"阿越又从身后跟上来。

阿静回头。

"你去哪儿？"

"我去办点儿事，下午约了人。"

"你……怎么了？"阿越下意识地看看一旁的河水。

"我没事。"阿静说，"不会有事的。"

"真的吗？"阿越又跟上一步。

"真的。你放心，不会有事。你早点儿回去吧，爸妈还等着呢。"

阿静大步走了。阿越犹豫再三，终于没有跟上来。

她一直走，沿着阳光下干枯的河道。她想一直走下去，似乎也只能这样走。在她小时候，河水一路顺流而下，一直通向水库，水库里有孩子游泳。在她父亲小时候，地下水只有几米，用铲子挖一挖就能挖到。而现在，河里剩下河床，地下水下沉，打井都打不到水，而水库不能再游泳，只有死人会漂浮其中。时光流向未来，万物都退不回当初。她只能顺着这条路一直走下去，再也不能回头。

郝景芳 ｜ 好久没回家

她想去一个陌生的地方，没有人认得她的地方，无依无靠的地方。长长的芦苇被风吹拂，向河边倒伏。几只孤单的雀鸟从河床里飞起。水洼里长出密集的杂草，那是荒芜中的生息。

她只要穿过这片芦苇，其他什么也不要。她能要什么呢？她走得那么远，就是要告诉他们她什么也不要。

她最终穿过河堤，走到村子南端。再穿过两个巷口，就到村口了。她一走上这条路，就被气球拱门围住了。拱门一重又一重，就像她小时候在公园外艳羡却无缘进去玩的充气城。红色拱门顶端有彩色的龙和凤凰。有三三两两的人站着聊天。拱门外侧支着几张桌子，开了两桌麻将。小孩子捡起路边扔着的气球，撒着欢儿跑。远处有黑色汽车开来。

阿静站在两重拱门之间。汽车停在拱门尽头，周亮和新娘从车上下来。已经是婚礼结束的疲惫状态，新娘拖着最后一件红色礼服的下摆，摇摇晃晃向拱门里走，周亮跟在身后，胸口的玫瑰花歪到一旁，手里捧着大袋没有发完的喜糖。原本拉着气球跑的小孩子追到周亮身边，找他要糖，他一边发，一边带着倦意微笑。

周亮看到了她。在他母亲将他拉进屋之前，他站了足足有三秒钟。三秒钟，仿佛很长的样子。

最后一站是大姨家。从小被大姨拉扯着，这是她最后的血亲。她对妈妈已经没有任何记忆，但她还依稀记得年幼时躲在大姨家的日子。大姨从那个时候起就有些疯疯癫癫，会被姨父殴打。但大姨却从来没有在她面前发过癫，她总是捧着她的脸，颤巍巍地说不怕不怕。大姨家的立柜下层，也是她记忆中最安全的所在。

大姨在家。她每天都在家。她老了好多，头发全白了。阿静叫了很久，大姨才终于认出她。似乎仍然是疯癫的，又有几分痴傻，一会儿认出她，一会儿又糊涂了。在清醒的时刻，大姨似乎很有条理，问她在哪儿呢，上班了吗，结婚了吗，生小孩了吗。她一一回答。大姨很快又糊涂了，阿静就多等一会儿。

"多吃馒头。"大姨忽然像是清醒了，说，"吃碱生儿子。用肥皂洗身子。肥皂是碱的。碱性生儿子。一定要记住啊，可灵啦。这事我知道得太晚啦。"

大姨断断续续地说着，嘴唇有点发抖。阿静不断点头回答："知道了，我知道了。"她拉住大姨干巴巴的手说，"不怕不怕。"

走出村子的时候，看看时间，已经是下午三点。

她来到路上，打了车，来到约定的东山脚下。迁坟的师父已经到了，几乎等得不耐烦。她递上烟，才见到些好脸色。师父要做法事，因她说时间仓促，就削减了大半内容，潦草唱了。坟头上早已没有了任何装饰，挖起来并不费力。荒坟野地，并不与谁比邻，也不用和谁打招呼。掘出破烂木棺，装上货车，运到东山远离镇子的一侧，在师父事先选好的、不会拆迁的一块地方落了新墓。

"四野无喧斗之声，八方有瑞霭之气，有灵之大，佑人平安。"

工人一边干活，师父一边唱着，浑厚的声音在日暮的天际显得凄切苍茫。

她的心在唱词里平静下来，默默地看着全过程。死亡的暗影被歌声冲散，生者要走了。把最后一件事做完了，从此离去了无牵挂。

在封土前，她把怀里的小黑瓶拿出来放进土坑里。这是她从中学起一直留着的毒药。它支撑着她所有困难的时刻，是她最后的防线。现在她终于不需要了。她把它放进土里，让它随着一铲一铲的土埋到地里，沉沉睡去。

火车快开了。是时候该走了。

（选自 2014 年《青年文学》第 4 期）

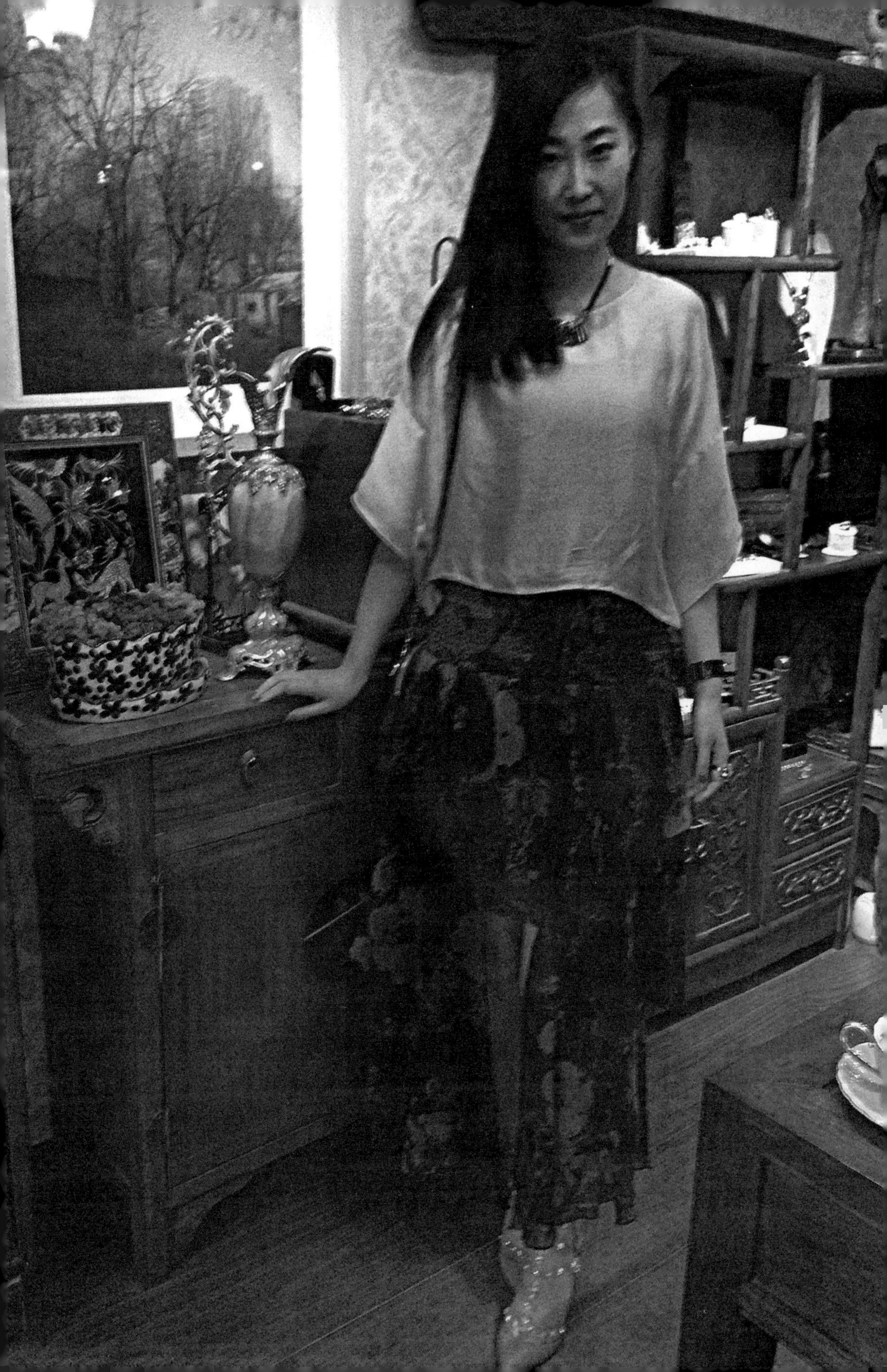

孟小书

孟小书，1987年出生于北京。2010年从加拿大游学回国。曾就职于新浪读书频道。19岁开始写作，出版过长篇小说《走钢丝的女孩》，在《当代》《十月》《小说选刊》等杂志发表过小说十万余字。代表作《抓不住的梦》《锡林格勒之光》《逃不出的幻世》等。

抓不住的梦

1

我身高一米七五，体重一百零三点五斤。我对自己身体的每一个部位都了如指掌。有时我在艳阳天下，把手心伸到空中，仔细观察掌心的纹路，闭上眼睛，它们会清晰地刻在脑海里；下雨天，我在灯下细数着每一根头发，可这有些困难。挑食使我严重营养不良和脱发，不断长出的小短发我无法一一细数，每次数到三千五百根的时候我就有些不耐烦了。三千五百是我的一个坎儿。我最喜欢做的事情就是在深夜里用那把金色小镊子拔眉毛，然后整齐地把它们放在纸巾上，摆成一排。有时也会拔胳膊上的汗毛。看到纸巾上一排排的毛发，我会欣赏它们一会儿，这简直是门艺术。

家里的杜宾犬叫阿杰，可能是因为在它小时候，爸爸把它送到了一个农场里一段时间。那段时间它几度被虐待到快要饿死。爸爸是哭着把阿杰从农场接回来的（这是为数不多的几次看到他较为人性的一面）。那时它瘦得只剩下一把骨头，直到阿杰开始长肉，恢复活力才停止对农场饲养员的诅咒。

现在阿杰已经五岁了，自从它从农场回来至今，只要见到食物就像不要命一样抢着吃，有时太过着急，只好用吞的。它对食物的接受范围很广，香蕉皮、西瓜皮、味精、啤酒、剩下的西兰花、生的茄子这些都是美食。它就像个会走路的垃圾桶。阿杰现在已经胖得快跑不动了,并患有脂肪肝。

北京在长达五天的阴霾后,终于迎来了艳阳天。对于那些患有轻度抑郁症并站在高楼上,面对这令人绝望的铁灰色天空想要自杀的人们来说,这简直就像是一根救命草,一根把他们拉回人世间的井绳。我牵着胖杰在小区花园里散步,秋日的阳光在胖杰黝黑的皮毛上闪闪跳跃。它用力地在草坪上抻懒腰,看上去已经做好了户外捕食的准备。

天通苑里人口密集,像是蚁穴。下午,小区院内仍然人流不息。我时常好奇他们为什么不去上班,难道都是像我这样的自由手工劳动者吗?保洁阿姨把地面和草坪清理得很干净,胖杰失望透了。

见人少些时,我便松开狗绳。

在小区花坛旁边种了一排极鲜艳的串儿红。记得小时候,我常和几个小朋友把花采下来吸吮花蜜,这种淡淡的甜味充满了儿时的记忆。我走向前,这时四下无人。我仔细挑了一朵较为干净且饱满的串儿红,刚要张嘴的时候却看见里面住了一只看似刚吃饱的肉虫子,丰满肥硕,我与它四目相对。此时,我深深感受到了世界的恶意。

我所有头发根根竖起,面目狰狞地大声尖叫,玩了命似的掉头就跑,像是后面跟了百万头雄狮。跑到自己无力尖叫时,突然发现胖杰不见了。周围人群涌动,我怎么也想不起来回去的路。眼泪在眼眶中打转,我用沙哑的嗓子喊着"胖杰"。

胖杰虽然爱吃垃圾，可这丝毫没有影响到它的智商。胖杰的爸妈生完它就各自奔天涯了，只留给它一个聪明的脑袋。我决定回家找找看。

在离家门口远处，我看见胖杰趴在地上专注地舔着一根冰棍。我向它狂扑过去。

"我就知道你在这儿！"

胖杰没什么反应，仍然销魂地舔着冰棍，只是眼珠子向我瞥了瞥。

"这是你的狗吗？"旁边一个瘦巴巴的男孩推了推鼻梁上的银丝边眼镜，对我说。

"必须是我的狗呀！这冰棍你给它的？"我问。

"我给它这干吗呀？我还没吃两口呢，它也不知道从哪冒出来的，就一直跟着我。那小眼神，你都没看见，叫一可怜。口水还流我一脚。"他满脸嫌弃地说。

这是我们第一次见面，以后能否再次相见谁也说不准。

2

胖杰自从吃完那根巧克力冰棍后，开始不停呕吐且精神格外亢奋，傍晚时分它四肢肌肉微微发颤。我着急得不知所措，准备开车带它去医院。

六点，正是这座城市最可怕的时候。胖杰坐在后座上，又开始干呕，它难受得快哭了。透过挡风玻璃，前面是两条耀眼的红色汽车尾灯，它们像两条裸露在阳光下的红色绸带，闪闪发亮。红绸带一直延伸至天际，让人绝望。有时我站在天桥上，或者从家里的窗户向外望去，看着几百辆的自行车与行人，几千辆的汽车都奔着一个方向去，他们要去哪里呢？这万人奔腾的场面让我感到阵阵恐惧，总感觉像是要出什么事儿一样。我害怕北京的傍晚六点，害怕人潮涌动的场面，我是一个懦弱而胆小的人。

胖杰在后座上开始呼吸急促，这该死的堵车可能会要了它的小命。我猛地把方向盘转向右方，驶向应急车道。这时一声刺耳的轮胎与地面摩擦的声音钻入心中，紧接着就是一下碰撞。阿杰吓得立起身子。

我倒吸口气。"完了。"

"怎么开车呢？开个宝马了不起呀？"一个纯纯的操着外地口音的爷们儿扯着烟酒嗓大嚷着。

我坐在车里有点蒙，一时没反应过来。外地爷们儿毫不客气地愤怒地拍打我车窗。胖杰对着窗外，忍着身体的不适哼唧了几声。

我下车一看，他开的是一辆旧到可以进到回收站的桑塔纳，车牌是河北某个小县城的。车的发动机盖子已经微微隆起，左车灯也撞得粉碎。而我的车门却是只是有些刮痕和凹陷，可这车我才开了一个月不到。

"你这外地车牌现在这点儿能在三环上瞎溜达吗？"我说。

"那你并线的时候也得往后看看啊。"外地爷们儿气势消减。

我环顾下四周，司机们纷纷将车窗摇下，看热闹。后面车辆"嘀"声四起。

孟小书 | 抓不住的梦

"我这儿赶时间呢，车里还一条得了重病的狗。我这儿有两百块钱您先拿着，这是我电话。我先撤了！"

我正往车里钻的时候，他站在原地说："我这车头都凹进去了，才给这么点儿？"

"我说师傅，您那车就算拆吧拆吧卖零件，估计也比这两百块多不了多少。"说罢我便钻回车内。我顾不了车门上的丑陋的伤痕，开向紧急车道驶向宠物医院。

我和胖杰是这家医院"老客户"，前些日子刚在这里检查出它得了脂肪肝。医生建议给它少喂点食物，而我能做的只是少让它吃点垃圾而已。

半个小时后，医生说胖杰是吃巧克力中毒了。我这才想起来那根冰棍。

"嘿！那个熊孩子！"

大夫给胖杰打过针后，休息下，便渐渐恢复正常。

这时，已快九点。三环上仍是车水马龙，车辆均以三十迈急速飞驰。排排路灯晃得我心烦意乱。

"胖杰，你说咱们离开北京好不好？我们去苏州怎么样？南方饮食清淡，对你的脂肪肝有好处。"

一个朋友曾经对我说，在路上奔跑的人们心里都存有一个"北京梦"，可北京的梦却是一池浮萍。胖杰坐在副驾驶上，我摇下半个车窗，微风中夹杂着呛鼻的尾气。我对胖杰说："北京的梦可真呛人。我点了支烟，梦的味道瞬间退散，空气变得有些清爽，有些消极。这时电台里正播着汪峰的《北京，北京》。不知怎么，眼眶有点湿。胖杰探出了头，它望着窗外闪过的路灯，望着没有星星的夜空，感受着秋夜，想着事情。我想它还是不愿意走的。

这一天总算是过完了。

3

推开家门,只有客厅里的电视在跳跃地散出光晕,时而鲜亮,时而昏暗。妈妈独自蜷缩在沙发中睡着了。

我和胖杰拖着疲惫的身体回到房间,把身子横在床上。这时,突然想起车门的刮痕。我立刻坐起身,手忙脚乱地打开电脑,求救于万能的淘宝。

我找到一家宝马汽车的配件维修的店铺。看到店家是五皇冠的信誉,我放心地和他在旺旺上开始询问汽车车门维修的事情。店家耐心解答我的问题,并且答应会给我一个合理的价格。

第二天我到了约好的维修店里。一个"塑料袋体格"(这是我对身形干瘦男孩的统称)的男孩站在店里正跟修车师傅谈话。这不是昨天在小区里害胖杰的那个人吗?我正要冲上前指着他的鼻子开始质问时,他却惊喜地说了句:"哟,这京城还真是小。"

我气急败坏地把昨天胖杰食物中毒以及撞车的来龙去脉向他嚷了一遍,他只是全身放松,双手插兜笑嘻嘻地听我讲述。最后说:"修车费我给你报了呗,多大的事儿呀。"

这时我电话响起,是妈妈来电。她说小区内一妇女同志非说阿杰咬了她,执意叫警察来处理。阿杰没有狗证,这不等于干等着被带走吗?

像这种胡搅蛮缠的妇女同志,小区里比比皆是。胖杰虽然见了肉就不要命一样地往上扑,但绝没有到乱咬人的地步。我顾不了那么多,只是急忙拽着男孩儿到他车里，让他载我一程。

男孩开了一个香槟色宝马两门跑车，阳光晃得它如座小金山般耀眼夺目。

原来是个富二代。

在他的车上，我们没有过多的对话。

他只是说了句，"我叫思远。"

我说："我叫秦梦。你姓什么？"

他说："我没姓，不知道该姓谁的。六七年前我自己改的名字。"

我看着窗外，这时是下午两点。路上车辆不多，在环路上可以以七十迈的速度行驶。我摇开车窗，把手伸到空中。

"敢把手缩回来吗？"思远说。

"有人曾经告诉我，当汽车行驶至七十迈的时候，把手伸到窗外兜风，可以在空气中感受到女人的胸部，而且是C罩杯的。"我说

他立刻打开车窗，把手也伸了出去。过一会儿，他笑了。如今说这话的人早已消失在灯火阑珊处了。

在快到小区门口时，远处就可以看到有那么一小撮儿人在围观，有的老太太颤颤巍巍地单手拄拐，站在原地看热闹。

我大步流星地走向前，胖杰可怜巴巴地蹲在妈妈旁边，嘴里不知在嚼着什么。对方是一个凶神恶煞、身宽体胖的中年妇女同志。她肉色丝袜的线头赤裸裸地露在了凉鞋外面。

妈妈说："梦梦，你可回来了，你说咱们阿杰什么时候咬过人呀？"

胖妇女同志一脸横肉，转着一股浓郁的京腔说："什么都别说了，赶紧把警察叫来吧。遛狗不牵狗绳，还到处乱咬人！"说到"咬人"二字时，她特意提高了嗓音。围观人指指点点，交头接耳。拄拐老太太动了动干巴凹陷的嘴唇，不知在念叨些什么。

我说："伤哪了？不然让我家狗咬你一下，你再叫警察来吧？不然警察来了，你跟人家说什么？"

胖妇女又纠缠了十分钟，终于识相地走开了。

目送妈妈把胖杰带回家中后，我和思远在小区里花园中坐下小憩，看着来往行人我问思远："你说怎么每天有这么多的人走在路上，奔跑在三环上？"

思远说："上班、下班、去银行、接孩子、买菜、送礼、约会。你说这都是为了什么？其实我觉得这么多外地人来北京其实都是寻梦来的。就像七八十年代，人们都坐着一个美国梦，这都差不多一个意思的。"

这话题似乎过于沉重，我说："你这富二代怎么还开淘宝店？现在很多淘宝店家都因为劳累过度而猝死，你父母同意你干这个吗？"

思远说："我不是富二代。家里人无所谓。"他用眼角的余光扫了一下我，说，"你才是富二代吧？"

我轻声笑了下，"我要是富二代能住蚁穴里吗？"

我们坐在长椅上看着表情呆滞、脚步匆匆的路人，猜想着他们心中的"北京梦"。我轻轻地摇晃着身体。这时，我们的眼睛里都有一种难以排遣的寂寞。

4

两个星期后的下午,当我去取车的时候,右侧车门焕然一新,而思远又消瘦了些,演变成了"塑料袋体格"。他果然没有向我收取费用,并送了我一只小熊玩偶。他说这是他店里新到的,是 BMW 的限量版玩具熊。小熊有巴掌大小,穿了一件 F1 赛车手的红色漆皮外套。这要比我心爱的"小猴子"精致得多。作为答谢,我请他到避风塘吃晚餐。

晚上五点,避风塘早已坐满了人。我们坐在餐厅位于中央的位置,只有这样伴着嘈杂的喧嚣,我们彼此的言谈才显得不那么尴尬拘谨。

我们面对面地坐着,我托着脸颊眼巴巴地看着我对面这个如坐针毡、左顾右盼的干瘦男孩儿。我终于忍不住问他:"你这是怎么了?"

他舔了下干燥的嘴唇,双手不停地揉搓着:"不瞒你说,这是我第一次跟女孩约会。我们这算是约会吗?"思远的眼神飘忽不定,偶尔与我相会时,又立即避开。

"不算,我只是为了感谢你的宝马小熊才请你吃饭的。想跟我约会,你还差点意思。"我呷了口杯里滚烫的热菊花。

思远长长地呼出一口气,也呷了口热菊花,然后他说:"那就好,那就好……"

我问他:"你不是富二代为什么还开这么好的车?淘宝现在有这么赚钱?"

这话像是问到他心坎儿里去了,他略微有些激动:"当然,我爸妈早就离婚了。我现在跟奶奶一起住。我的奶奶是我妈妈的妈妈,这关系可能听着有点乱。但这就代表着我家里的关系——乱!我这车是我自己买的,就是我这淘宝店赚的。一个月的利润能有个五万块钱吧,差点的时候也能有个三万多。"

五万和三万这两数字让我对这个皮包骨的男孩肃然起敬,我突然不知道此时该说些什么。表示不屑还是质疑似乎都不恰当,我只是两眼发直,呆呆地坐着。

这时,我点的纸包鸡翅和避风塘炒虾上来了,金灿灿的面包屑铺在饱满的大虾上炸开了花。我喝了口热菊花,说:"吃吧,吃吧……"

"你呢?你不是富二代怎么也开宝马?看你这样每天瞎晃悠的,也不像是个上班族呀。"思远用筷子蹩脚地夹起一只虾。

"上班族?你觉得现在上班族能买得起宝马?别说宝马了,连马都买不起。我这事也说来话长。"我在脑袋里迅速过了一遍买车的由来,又仔细斟酌了下哪部分是可以告诉他的,毕竟我们才有几面之缘而已。

"我妈气我爸用的。"最后挤出来的好像只有这句话是可以妥当说出的。从思远的表情中可以看出,这几个字惹来了他更多的疑惑,但他没仔细问下去。在这方面上,我们都有着惊人的默契。

半小时过后,腊肠煲仔饭、鱼香茄子煲和水果西米露已全部上齐。思远像个长期被资本家虐待的农民工一样,狼吞虎咽。不一会儿一锅热气腾腾的煲仔饭见底了,锅底仍在微微冒着热气。这吃饭速度和认真的态度让我想到了胖杰。

我刚要表示惊讶时,他的电话响了。对方讲了很长时间,他的眉头像是系了一个死结,眼神游移不安。他放下筷子,看了一下右手手腕大块机械表,沉重地说:"我马上回去。"

我有种不好的预感,而且这种感觉十分强烈,就好像刚才接这通电话的人是我一样。

孟小书 ｜ 抓不住的梦

思远抓起电话和钱包起身说："我先回去了，家里有点突发情况，这顿饭我请你。"在他急忙转身时撞到了一个手里正端着西米露的服务生，他连忙道歉。到底是怎样一通电话使一个几分钟前还谈笑风生的男孩变得如此狼狈的？

"我送你过去吧，现在这点也不好打车。"我叫住了他。

思远家在南五环。据他所言，在他上小学时，家住陶然亭附近（位于南二环）。初中时，搬到了安贞门（近北三环）。大学时又搬到了酒仙桥（近东北四环）。他是个地道的北京人，从奶奶的奶奶那辈就开始在紫禁城里扎根了。如今已经挪到了南五环，再过两年有可能会被挤到河北去。

我在五环上以"C罩杯"的速度奔驰着。一路，他把手伸到了窗外，好像一直想要在空气中抓住什么一样。这是一只孤独迷茫的手，每根手指在风中都无力地慢慢地晃动着。

我把音乐声调大：

> 我是你闲坐窗前的那棵橡树
> 我是你初次流泪时手边的书
> 我是你春夜注视的那段蜡烛
> 这城市已摊开她孤独的地图
> 我怎么能找到你等我的地方
> 我像每个恋爱的孩子一样
> 在大街上　琴弦上寂寞成长

5

南五环的小区显得有些空旷凄凉。两只流浪狗在院子里相互追逐、停下。在一棵干巴巴的小树苗下抬腿撒尿。小区楼里混杂着煎鱼、炒蒜、油漆以及发霉的味道。这味道把我带回了小学时代。电梯由于正处于维修状态，只能爬楼。思远下车后急着冲到六层，我跟在其后。他的背影不一会儿便消失在楼梯的转角处。

在我还停留在四层的时候，走廊里传出了一阵争吵。是两个老人和一个女人的声音。我的身体好像瞬间变成了一具石膏。我放慢呼吸速度，静静地听着。我不知道此时我应该立刻回到车里还是继续往上爬。

思远的声音传了出来。可是他的声音过小，我听不见他在说什么。不一会儿，一个女人面红耳赤地跑了下来。几撮棕色的长发粘在了脸上，看不清她的样子。她脚步慌乱，撞到了我的肩膀，可她头也不回地跑下楼了。高跟鞋跺在地上的声音清脆，余音回荡在楼梯间。淡淡的香水味赶走了楼梯间混浊的气味。

楼上安静了，在一番激烈的争吵后，这安静显得有些可怕。十分钟过后，我依然站在原地。煎鱼的油烟再次悠悠地萦绕于楼道间。我应该对思远和那两位老人说些什么呢？或许思远根本不想让我听到这些。可是，一直站在这里又显得有些尴尬。

我一步步踩在台阶上，继续向上走。双腿像拴了条铁链，每走一层台阶都无比沉重。面对这样的场面，我永远都像个有着语言障碍的白痴一样。

孟小书 | 抓不住的梦

思远家深红色铁门虚掩着，我从门缝中看到了他的背影，他双手叉腰，佝偻着后背，脑袋无力地向旁边倾斜。我轻轻敲开门，思远这时好像才意识到我的存在。
"这是我朋友，叫秦梦。"思远说。

当铁门完全打开时，我不确定自己进到了一间仓库还是一个家。客厅里参差不齐地堆满了大型牛皮纸箱子，它们堆到了天花板下。箱子上面模糊地印着各个厂商的名字，有的是食品公司的，有的是汽车配件专用纸箱。阳光从纸箱子缝隙中钻到客厅中。客厅幽暗、压抑、无处落脚。我们站在家中过道处，我回了句："爷爷奶奶好。"

两位老人，急忙转身，试图找出一个可以让我坐坐的地方。他们迅速地看了一圈终于说了句："我给你拿根冰棍吃吧。"
"奶奶，我不吃了。洗手间能借用一下吗？"我说。

思远带我走进家中，经过一个房间时，里面又是无数的纸箱子，好像还有几个汽车轮胎。

洗手间的门虚掩着，看来这个门是永远也关不上了。里面横着一个白色的汽车保险杠，但由于洗手间的空间过于狭小，保险杠的一头正好卡在了门框外。洗手池下的管子旁边摆放了七八瓶的汽车防冻液。洗手间里混杂着香皂、馊毛巾、尿臊以及机油的味道。这味道让我想起了壳牌汽车加油站的厕所。

思远在洗手间对面的房间里正在打包一个纸箱。
"你家……挺特别的。你住哪个房间呀？"这是我所能想出最委婉的语句。

"就这儿。"他向两排箱子中间的那条一人宽的缝努了努嘴。"我无所谓的,睡哪都一样。反正睡着之后就什么也不知道了。你等会儿我,客户刚才说要一个轮毂,我打包好了咱们就走,我家楼下有个吃串儿的地方。"他补充地又说了一句,用肩膀蹭了下快要从脸颊滴下的汗珠。

我站在房间门外看着他,觉得他干瘦的身体里正散发出一种无限的能量。这股能量正推动着他向自己的梦想一点点地靠近。

6

楼下的串吧外面坐满了人,似乎人们都很珍惜这短暂的秋夜。我们找个了离马路远些的位置,坐下。点了些肉串以及毛豆花生之类的小菜,一瓶冰镇燕京。

"你以后准备做点什么?我的意思是,你不可能开一辈子的淘宝店。这毕竟是吃青春饭的。而且,你好像越来越瘦。"我说。

"以后不知道,没想过。能不能活到以后还不知道呢。不过,目前为止,我的梦想是加入'超跑俱乐部'。你知道那个俱乐部吗?里面绝大多数人都是富二代,污浊混杂,这些我都知道。但是加入俱乐部的条件是,你必须得有辆特别厉害的跑车。我不是富二代,家里也根本就不管我,我就想通过自己的努力来证明不是富二代也能加入这个俱乐部。我爱车甚于爱自己,你看看我过的日子你就知道了。我觉得没有谁能比我更懂车了,至少在中国。你说我这算是梦想吗?"

"不算,这充其量也就是个目标吧。在我看来梦想是要为之奋斗一生的,或

孟小书 | 抓不住的梦

是即使在人生的某个阶段完成了梦想，也要在余下的生命里可以继续延续下去的。换句话说，梦想具有一定的延续性，而目标不是。比如我，我的梦想就是有一个属于自己的家，我想把我的小猴子放在哪就放在哪的家。家里面住着我的孩子，最好是个女孩儿、我妈妈还有胖杰。这个就是梦想。再比如胖杰，他的目标是每天吃各种各样食物和垃圾，而梦想就是把自己吃成一只像猪一样的狗。你懂吗？"

他把半杯燕京灌下肚后，然后用一种极其困惑的语调长长地拉了一声"啊？"

我明白了，这些对他都不重要。

"今天你家里发生什么事了？"我问。

"哦，没什么事。"他停顿了一下，"跟你说说也没什么的。我爸妈离婚很多年了，在这之前我是极力反对他们离婚的。我不知道应该用什么方式表达我的愤怒，只是说除非你们把房子写到我名下。当时我认为这个极度伤人的条件会制止他们离婚，或是将他们注意力转移到我身上来，让他们觉得没有教育好我而感到愧疚。但我错了，错得一塌糊涂，简直是蠢透了。他们毫不犹豫地就将房子写到了我名下。这件事让我明白了两点，一是谁都不能阻碍他们离婚。二是，我在他们心里一点儿都不重要，我变成什么样，他们都无动于衷。离婚后，也没问过我以后想要跟谁过。因为他们外面早都有人了。现在这个房子是我奶奶跟爷爷在住，但是是我的名字，我妈来向我要房子了，因为他的小男友抛弃了她。她要我和爷爷奶奶搬出去住，至于搬去哪她不在乎。这已经不是她第一次来了。"

他用一种无所谓的态度说完后，推了下眼镜，然后灌下一杯啤酒。

我会心一笑："看来你已经习惯了。你知道吗？听完你这故事，我有种似曾相识的感觉。我理解，特别理解你。你知道我的车是怎么来的吗？"

思远摇摇头，眼神开始变得呆滞，"服务员，来瓶燕京，冰镇的！"

"这车是我妈用来气我爸用的。他俩也离婚了，就在一年前。我妈是一个特别好面子的人，知道我爸外面有人了之后，死活都要离婚。但我爸有个前提，离婚可以，但是房子得归他。我妈二话没说，当时就答应了。我爸就留给了我妈二十万，她一气之下就给我买了辆宝马。她的意思很明显，她不在乎我爸给的这些钱，也不需要他的施舍。我爸本以为我们会小心翼翼地仔细地花这些钱，然后在我们揭不开锅的情况下再去向他讨好。可现在一下子全买车了，甚至我妈还添了点钱。她就是不想让我爸的诡计得逞，我妈自认为一下子就看穿他了。可是我觉得她错了。这短短的一年里，我们搬了三次家，每次都因为几百块钱而跟房东争得面红耳赤，而这都是由我来出面解决的。三次，你明白这概念吗？"

思远点点头，又摇摇头。他有点喝醉了。

在他不省人事之前他的最后一句话是："秦梦，擒梦。我猜，你爸妈一定希望在你长大后能抓住自己的梦想。一定是的。"

人们坐在路边畅饮谈笑，偶尔一阵冷风吹来，掀起地上的塑料袋和用过的纸巾。深夜时，这条街又会变得孤寂，一切都是虚无。弯弯明月高挂于夜空中，云彩掠过时，月光忽明忽暗。

7

在这次见面后，我们有时会在网上聊几句。但他好像总是很忙的样子。在离春节的前一个星期，在我回东北老家临行前。

这时的他颧骨高傲地突起，面色铁青。思远说已经有一个星期未合眼了。最近出行人多，交通事故和需要为长途旅行而做汽车保养的人突然增多。我问他过年准备怎么过？他说准备看一眼烟花，然后蒙头大睡，我太累了。我问他，为什么只看一眼烟花呢？漫天烟花只有这天可以看到。思远说，因为他觉得烟花像个屁。只有那短短几秒钟挺爽的，消失在夜空中后，留下的是更寂寞的夜空，留下的是一阵阵呛鼻的火药味和满地垃圾，让人感到空虚、失落。我问他，你这么累，值吗？他毫不犹豫地说，值。他这副坚定和酷似骷髅的脸让我觉得有些可笑。

这天是大年三十。我给思远打了电话，是他奶奶接的，她苍老的声音哽咽地说他上个星期在家里一觉没醒来，他走了。

我站在窗前，看着漫天焰火，手里握着手机呆呆地站在窗前，望向天空。

我问胖杰："你觉得烟花像什么？"

（选自 2014 年《当代》第 2 期）

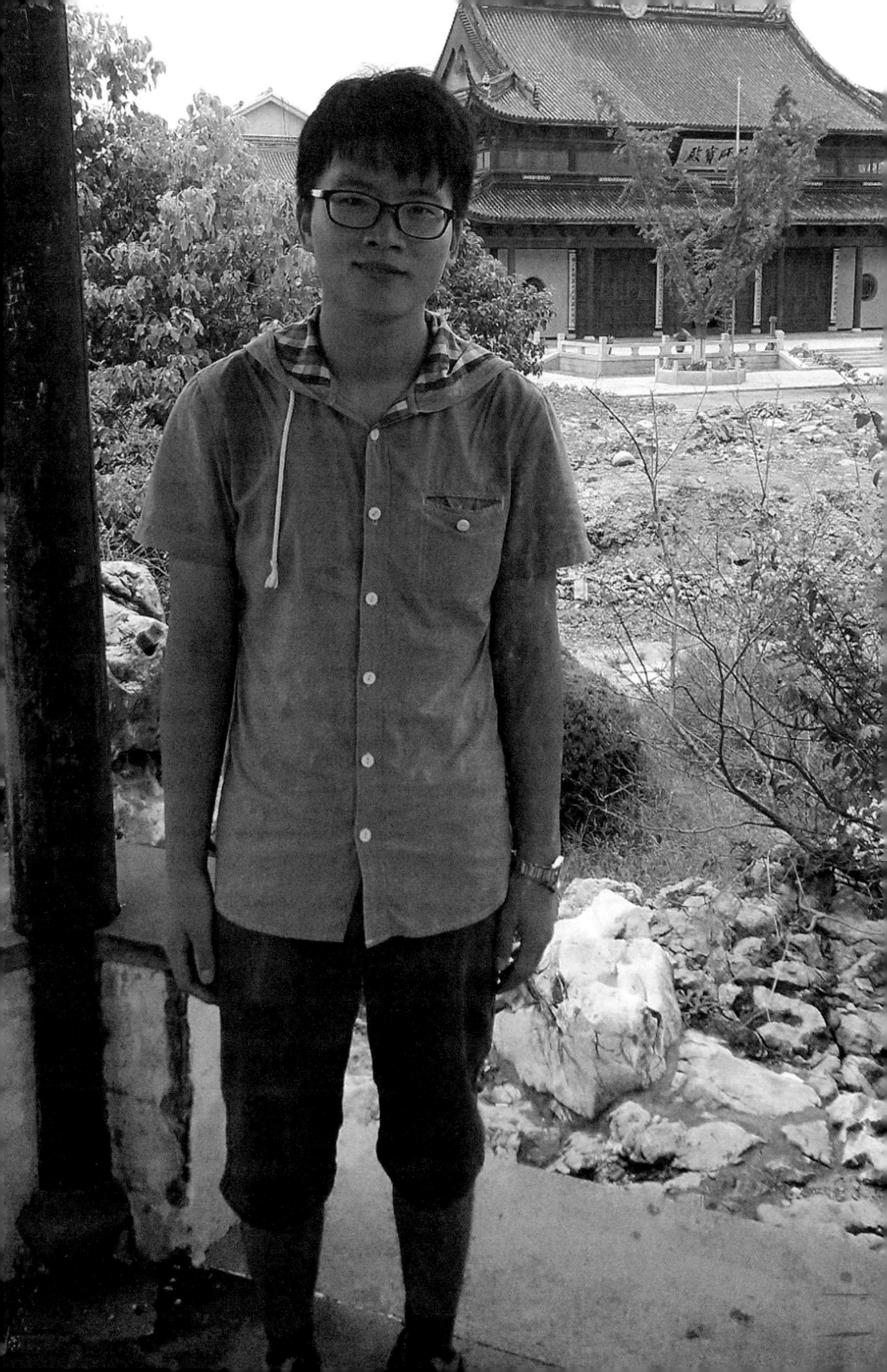

徐　畅

徐畅，生于 1990 年，男，小说作者、背包客。江苏人，现居上海。在《中国作家》《小小说选刊》《微型小说月报》等发表多篇小说；【一个】【小的说】发表多篇作品；出版长篇小说《漫天飞舞的信》（辽宁少儿出版社）；完成长篇小说《纵火少年》，待出版；上海作协主办"第三届创意小说大赛"全国总冠军。

失落的雪山

1

眼皮灼热,像两片烧红的铁片镶在眼球上,而后背上的脊柱、肋骨、脂肪彻底冻僵了,仿佛是从冰箱里拖出的冻肉。他睁开眼,白雪反射的强光使他晕眩,有只山鹰在盘旋,但是他分不清山鹰在天上,还是只是在脑子里。他聆听着雪里的声音,窸窣的流水声像厨房里的水龙头,松茸的雪深处没有传来更剧烈的声响。这是他第二次从昏迷中苏醒,距离正午时的雪崩已过去三个小时。

第一次醒来时,他的左胳膊卡在岩缝里,没等他挣扎,另一波雪层带着碎石滚砸下来。他隐约听到有人呼喊"考拉、考拉",对讲机里也响起"咻咻"的电流声。他并不喜欢"考拉"这个代号,其他三名队员都是"羚羊""黑熊""秃鹰",就因为进山前他在帐篷里一觉睡到九点。或许,他压根儿就不喜欢用代号,他更喜欢别人叫他阿飞或者飞哥。他坐在滚动的雪面上飞速下滑,他不清楚胳膊是如何拽出岩缝的,也不清楚裤子是否拉出大口子。等他陷进半腰深的雪坑时,雪的流速缓和下来,他对自己冻僵并且坚硬的屁股产生了由衷的敬畏。但是随后而来的滚石击中他的后脑勺,他昏死了。

这次醒来,他深吸一口气,鼻孔里拥堵的雪渣子一股脑地涌进肺叶里,抓挠似的瘙痒感引发了他的支气管炎。十二岁以前,这种恼人的气管炎始终伴随着他,他的肺叶就像长满湿疹的气囊,他恨不得扒开它亲手挠挠。但此刻的干咳却让他感到活着的欣喜,眼皮能掀开、合上,喉咙能感觉极度的干渴,手指也能捏住一小撮雪。他享受刺骨的寒意和无遮无拦的暴晒。他艰难地打量两边，左腿旁伸出一只胳膊。胳膊从雪层里伸出来，手指痉挛似的蜷握着，手臂上挂着鲜红色的布料。

红色、红色，他扣空脑壳想是谁穿着红色冲锋衣。秃鹰？不是，黑熊，对对，就是黑熊。黑熊和他都穿红色冲锋衣，因为羚羊总说，他俩站一起时活像一对同性恋。他挪动大腿触碰胳膊，胳膊不动弹，他碰了四次都无济于事。他蜷起腿，瞄准胳膊的方向踩过去，裤腿带起雪花飞扬起来，像粉末。整只胳膊露出雪面，胳膊末端露出活鲜鲜的白肉和冒出来的骨头。胳膊根本没有连在黑熊身上，它不过是一只断掉的胳膊。他下意识地望了一眼左臂，本想对左胳膊说，看，还是长在我身上安全。但是，他的左肩膀血肉模糊，一层冻雪覆盖着，两块皮耷拉着缩成卷状，血水冻成冰凌吊在皮的正下方，温暖的血液正像一洼喷泉般往外溅涌。

他腾出手牢牢摁住血管，挣扎着坐起来。屁股底下的雪层下陷，屁股压出一号大坑。身后是雪崩留下的巨大滑坡，新雪、陈雪挤压出各种奇怪的形状，一条绿色背包带露出雪面，他跪着往上爬，每跨出一步，膝盖就陷进松软的雪里，他只有把右手插进雪里才能拖动身体。没走出十步，另一件事困扰了他，身体越是活动，肩膀上的血喷溅得越厉害，而且每迈出一步，他的右手必须离开肩膀撑在雪里。他只好趴在雪层上，右手紧紧按住伤口，蹬腿一点点把身体往上送。脸埋在雪里慢慢僵硬了，仿佛颧骨上盖着厚厚的面具。爬出五米远，"窸窣"的水流声更加清晰。他立刻意识到，流淌的水声不是幻觉，也不是来自山涧，而是雪层下面，暗淌的水流是山顶融化的积雪形成的。他不敢再移动位置，生怕哪块薄雪层塌陷了，但是背包带就在三米处，另一个阻碍他上前的原因是：他不确定背包带是连着背包，还是像那只胳膊一样简单竖在雪里。他停留了两分钟，随着左肩膀上冻冰的融化，他逐渐感到锯骨钻心的疼痛，他决心赌博一次。

往上三米，水声更加明朗，仿佛身体趴在水面上。他一把揪住背包带，一头

徐　畅 ｜ 失落的雪山

是毛糙的线头，他刨开雪向另一头挦，那头拽着实打实的重量。他拉出背包，另一边的背包带卡住了，他坐在雪地上后仰着拉也毫不动弹。他把手伸进雪里，摸到一张硬邦邦的脸。他扒拉出雪，里面埋着"秃鹰"，他一看到那颗秃头就知道是他。"秃鹰"冻硬的手钳住背包带，"考拉"掏出背包里的急救包，取出绷带、纱布缠裹在左肩上，再解下皮带拴紧动脉。背包里还有双人帐篷、抗低温的睡袋、动力绳、快挂、雪铲与两盒罐头，这些都是急需的。但是背包还攥在"秃鹰"手里，"考拉"掰开他的食指，没想到用力过猛，掰断了。半截新鲜、冰冻的食指放在手掌上，他惊恐地看着它。"秃鹰"喜欢衔住食指吹口哨，也喜欢用食指玩微信。就算他活着，也用不了这根食指了。考拉继续掰下去，中指、无名指、拇指，他把四根指头塞进秃鹰的口袋里，用雪堆了一座坟墓。他背起包，往山下滑去。路过自己断掉的左胳膊，他犹豫了二十秒，但还是把胳膊塞进背包里。

当他下到山腰一处凹槽时，气温降到零下十五摄氏度，太阳离山顶只剩一指高，不用一小时，天就彻底黑下来，此刻，漫天的雪花也沉寂地掉下来。

2

暮色困顿，稀松的雪面仿佛吸干了光线，风从山顶飞旋下来，雪花打在脸上像玻璃碴子。他拿出雪铲埋头挖雪，他必须保持均匀的速度，不能过快，也不能过慢。要是过慢，暴风雪来临前不能挖出像样的雪洞，他只能站在寒风里冻死；要是过快会大量出汗，汗水冰冻了导致体温过低，还是冻死。太阳收回最后一缕光线时，他挖好雪洞拖着背包躲了进去，并且庆幸没有流汗。他确信脚下的雪层足够坚硬，不会发生任何规模的雪崩。这间雪洞的形状跟陕北人的窑洞差不离，只是规模更小，刚能钻进一个人。风在洞口肆无忌惮地撕扯，大量的飞雪撞到哪里就盖上厚厚的一层。他在洞口垒起一道雪墙，留出碗口大小的洞眼，雪花迅速填满洞眼，要是他此刻睡着了，就会因窒息而死。他把左胳膊插进洞眼，只要每隔两小时旋转一次手臂，空气就能保持流通。

他单手摊开帐篷，没有撑开，而是当作毯子铺在睡袋底下。他打开一盒罐头，里面是两条小黄鱼。他拎起一条个头小的放进嘴里咀嚼，咸酸、多汁而油腻，他的味蕾像启动的网站账号一样活跃起来。如果活过今晚，明早他将继续享用另一条。他在罐头里填装了满满的冻雪，塞进怀里。他知道消化食物要消耗大量水分，他必须有所准备。如果吃雪的话，满嘴会得口腔溃疡，到时候再多的小黄鱼也吃不下去。他小心地拿出罐头，小黄鱼正浸泡在半罐雪水里，他喝光水钻进了睡袋。胃里的半罐水缓缓变热，身体也温暖了。这种温暖不是阳光干燥的灼烧感而是从胃部扩散开的像在家里与老婆同浴时的温存。但是温暖也是危险的，温暖的危险在于它使人忘记了危险。可怕的念头像梅毒一样在脑中滋生了：他希望躲在这小雪洞里等待救援，而放弃先前下山的决定。

他睡着了，梦见直升机在雪地上投下无数个暗影。两个小时后，他醒过来，扭转鸡爪样的左手掌，冰冷、清新的空气蹿进洞里。他熬过了第一个夜晚。

天亮后，他必须做出抉择：等待还是下山。面临选择时，无论上班时还是现在，他总有一套方法应付。他理性地把利害关系想了一遍：等待……有维持两天的小黄鱼……算上胳膊，不到万不得已绝不那么做……也许一个星期……但是不冒险；下山……自己救自己……废弃的3号营地，三天的路程……每个晚上挖雪洞……十多里的山路……伤口在恶化……

权衡再三，他放弃了冒进的冲动。他搬来一堆石头，在洞口摆出求救造型："SOS"，趁着太阳还高，他走回秃鹰那里，扒下他的冲锋衣。他临走时给"秃鹰"磕了个头。"秃鹰"赤裸裸地埋在深雪里，仿佛他只穿了条裤衩爬到了这里。他

徐　畅 | 失落的雪山

回到雪洞里，抖落上面的冻雪穿上，从口袋里摸出一枚铂金戒指。"秃鹰"参加登山队的头一年就离婚了，虽然他憎恨出轨的妻子，但是这一年多里，他一直戴着结婚戒指。"考拉"戴上这枚戒指，倒不是因为多么值钱，而是可以当作切割工具来用。他坐在洞口仰望着天空，两天时间里，他对天空有了新的认识，天空不再是云和蓝天的镶嵌，而是一种表情，不管是坐在上海的写字楼里还是现在的雪洞前看到的都是同一个，宁静、哲思并且混沌，除了两只山鹰和一架民航飞机飞过激起一丝悸动之外，这张表情跟死去的"秃鹰"一样。

　　第四天，罐头里只剩一条小黄鱼，他努力克制提起它的冲动，只有等到天傍黑才能吃上半截，饥饿让天黑变得愈加困难。太阳还有一指高，他爬进雪洞里夯实雪层，其实他只是想靠近小黄鱼，小黄鱼咸中带酸甜，辣酱把鱼刺都泡软了，整条鱼可以连着鱼头、脊骨、鱼尾巴一起吃下去，尤其是鱼肚子在嘴里爆浆的那一刻，就像身下的女人达到了高潮。再把舌头伸进鱼肚子翻搅，每一平方毫米的味蕾都被挑逗了。他三心二意地踏实雪层后跪在罐头前，只要咬上一口，一整天的焦虑和辛苦都值得了。他轻轻揭开铁盖，就像撩开女人的裙子，罐头里一无所有，只剩一层薄薄的油脂，油脂上甚至没有沾上一片鱼鳞。他眼前漆黑，耳洞里像飞进了蜜蜂"嗡嗡"响。他瘫倒在雪地上，揉搓着太阳穴。等那阵黑暗和噪音散去后，他想起昨天晚上早已吃掉了最后一条鱼。幻觉和幻听都是严重的饥饿造成的，这一夜时常有人在他耳边说话，但是他睁眼看到的只有那条萎缩的胳膊。

3

　　救援没有希望了，再这样等上两天，就算救援队挖开了雪洞，找到的也只是一根冰棍模样的尸体。外面的雪地一泛白，他把左肩膀挂着的空袖口扎紧，离开了雪洞往山下走去。他真希望脚上长出鸭子的脚掌，这样他的大腿就不会陷进雪层。山风揭掉雪地上的一层厚皮，在山谷里旋转，成群的雪花像漫天的黄沙灰土。他身后半米深的脚印三秒钟之内就被新雪填埋，大片的雪泥巴黏糊在他胸口。沸腾的咖喱汤、放满开水的浴缸、光线充足的书房、小艾柔软的身体。他回忆这些暖和的记忆，身体也随之温暖了。但是这种温暖是虚假的，因为过不了多久，他就会意识到他在自欺欺人。滚烫的咖啡是虚假的，冒热气的排骨、烂熟的肉肘子也是虚假的，任何温暖的东西都是虚假的，包括他37℃的身体，只有硬邦邦的雪山、"嗖嗖"飞走的山风、无处不在的冻雪是真实的。

他走了一天，却只走了不到两公里，他回头还能辨别雪洞的位置。幸运的是，坡度更加平缓了。只要再走上一天就能走出雪线。这一夜，他没有挖雪洞而是躲在一块岩石的背风面。他扫去下面的积雪，另一块矩形岩石刚好卡在底座。他裹着睡袋靠在大岩石上。两侧的风汹涌澎湃，他喝完罐头里的水，又填进雪块塞进怀里。他抽出背包里断掉的胳膊仔细观摩，这条左胳膊帮他削铅笔、提裤子、自慰、抠鼻屎、擦屁股、敲键盘、拿马克杯、夹住烟，三十年来，它忠诚于他，是他的兄弟，是他的奴隶，也是他的情人，但更多时候是他自己。现在，它彻底断掉了，主人分泌荷尔蒙时再也不能给以安慰，甚至弯曲一下食指也做不到。不过大雪淹没的高山上，只有它在陪伴着他。

夜越陷越深，他在迷糊的睡意中回忆了胳膊的一切，就像手术台上流产的妇女回想胎儿八个月的成长。他用右手食指肚擦拭着胳膊起皱、灰暗的皮肤，从撕扯开的横断面滑过僵硬、突起的肌肉，停留在扭曲的关节处。他从未从现在的角度去看这条左胳膊，他把玩着它，揉捏着上面每一块尚且柔软的部分。他费了大力气想要掰直手指，但是每次掰直中指，先前的食指和小拇指就蜷缩了。他勉强分开五指，十指相扣。左手五指牢牢抓住他的右手掌，就像从前那样自然而然地指指环扣。他把右手举在空中，整条左胳膊就垂吊在下面。他取下左胳膊揽入怀里，用体温暖热它。

这样的雪夜，他跟这条胳膊产生了特殊的情感，它不再是身体的一部分，而是独立的一个人，它闻着他的呼吸、嗅着他的体味，他们相互温暖、相依为命。夜里他惊恐地醒来，忍不住对胳膊说起了话：他买了多少束玫瑰花追求小艾，用多少诡计才和小艾住进宾馆二楼的同一间房，新婚当晚小艾多么自然、主动地和他做爱。

"你哪里睡过女人呢？虽然你确实尝到过不少甜头，但那都不算数。你当然也不知道女人是一种什么样的动物……"胳膊猫缩在睡袋里。

"女人就好比一颗柠檬，柠檬你知道，你还掰过、挤过。没有得到时，它多么可爱、多有质感，可是靠近它，你就知道它的酸涩，酸得你只有哭的份儿。这样的感觉反而是好的，最痛苦的是，一旦你拥有它，再放上一段时间，你可晓得……"他抚摸着断胳膊说。胳膊冷冷地瞥着他，没有说话，也没有表情。

"只要一小段时间，三年，五年，它们就萎缩、干枯了。有时候你想扔掉它，但是你不能，你就想去逃避，逃避她也是在逃避生活，但这狗屁雪山却要了你的命。这些雪、这些风就是来弄死你的。"胳膊绅士地倾听着，想反驳什么却止住了。

几次短暂的睡眠后，天再次亮了。他昏沉沉的，耳边总有人在说话，但只听到糨糊状的嗡嗡声。这一天，他拄着左胳膊，走走停停离开了雪线。

4

两个星期以后，救援队在山谷巨大的岩石边上找到了他的尸体，尸体面部朝下，头上的黑血结痂成厚厚的硬块，他显然是从巨石上摔下来撞裂了头部。尸体旁边鼓起一撮石堆，两只老鼠正埋头往外刨石子。石堆里，弯曲的手指露出来，指头啃掉了半截。翻过他的尸体，成窝的老鼠一哄而散，左肩膀上留下多处咬痕，颧骨上的冻疮正在化脓，通透的表皮下有白蛆在蠕动。

5

离开雪线，他只花了两个半小时就滑下两百米长的碎石坡，山谷里巨石林立，像一头头拥挤的白象。他头脑晕眩，迷糊中看到石林尽头立着一间黑色小木屋。但要走到那里至少得花上五个小时。除了喝下两罐头雪水，他四天没有进食了。他扛着左胳膊，沿着巨石夹出的狭窄细缝往前走，只要还能看到小木屋就能辨别方向。木屋里可能有炉子、床铺，运气好的话，还能烧开水。这些星星点点的期望支配着他滞重的双腿。

在这样的野外，天总是急着黑下来。山谷的寒意聚拢，雾立刻凝重了。雾气从石缝里生长出来，沉积在谷底，把他裹得密不透风。黑屋子藏在雾水里，变成一片人影。他的眉毛上粘了薄薄的轻雾，冲锋衣表面上也湿了水。他扶着石头前进，石缝里蹿出一只肥硕的灰老鼠，老鼠爬过他的手背，跳上旁边的石尖回望着他。他牙缝里猛地渗出口水，胃里一阵空响，肠子也纠缠开去。这只老鼠像米饭团一样摆在他面前，熟不熟完全不要紧了。他拾起石片砸过去，正中后腿。肥老鼠拖着断腿，"吱吱"叫着，对人类的好奇给它带来灭顶的灾难。他咽下口水攀上岩石。灰老鼠挤着眼、搔弄着后爪往岩石顶爬。他踮着脚贴着岩壁伸手抓它，只要再往上一厘米，就能抓到尾巴、扔到石头上、摔死。它的尾巴尖圆润而光滑，只有不多的黑毛高耸着，他跳起去抓，老鼠纵身一跳落进碎石缝里。他跪下来扒拉开碎石，老鼠消失了，再扒进去，深处还有更窄的狭缝。

徐　畅 ｜ 失落的雪山

　　刚才一系列的大动作消耗了他所有的体力，眼前倏地黑下来，耳边听到混杂的说话声，像站在百货超市里，或是争吵的会议室。他靠着石头抱头蹲下来。他的大脑严重萎缩，胃部反而在扩张，撕咬着临边部位，先是肝脏、肺叶，然后是一截一截的直肠，它一定把它们当成挂面了。他的身体只剩下一具掏空的肉壳子。他歇息了半个小时，耳边消停了，近处的石头也能看清。剩下的两个小时，他靠一只胳膊和两条腿爬着前进，就好比一辆缺了轱辘的三轮车。车头十米处就是黑屋子，他像溺水的人玩命蹬着腿。雾霭中，屋子的框架愈渐明朗：四四方方的长方形、五米高、没有窗户、见不到门。雾气更加浓郁，他加快了脚步。雾气滤过他的睫毛，他看清木屋真实的样子，这压根不是一间木屋，而是两块盘根伫立的焦黑色巨石，与其他青绿色、灰白色石块形成鲜明对比。雾色里很容易误以为是黑屋子。

　　他捶打着笨重、冰寒的大石头痛哭起来，他想号喊，喉咙却哽咽住了。哭了一会儿，他干脆躺在石块上软巴巴地蜷起来，活像一枚用完后丢弃的安全套。他憎恨这里的每一块石头、每一寸雾霭、每一阵寒气、每一升空气，就连头顶死人样的天空也要逼死他，而且左肩伤口剧烈阵痛。他抓起一把碎石子扔向天空，石子落下来还是砸到自己脸上。他真后悔没有死在雪崩里，白受这么多罪，到头来还是要死掉。为什么非跟自己过不去？为什么活下来的不是别人呢？他想得越较真，脑子绞痛得越深。他取出睡袋抱着左胳膊睡死过去。

　　不知过了多久，胸口一阵痒痒，怀里的左胳膊正挠他的痒痒。他醒来，天大亮，胳膊正横在胸口，手掌来回比画着。胳膊活过来了吗？不对，胳膊成精了？他歪头斜看，两只老鼠正撕咬着关节处暴露的残肉。是鲜肉的香味把它们吸引过来。他夺回胳膊，一只老鼠吓跑了，另一只死咬住不放，他抖了一下，那老鼠撕下一大片，叼着窜逃了。

雾散去，头顶又是明晃晃但感觉不到一丝暖意的太阳。他望着左胳膊上的肉条发起呆，那鲜嫩、多汁的瘦肉口感肯定极佳，温暖的血液冲淡肉质的枯涩，口腔里润滑而细腻的黏液得到前所未有的稀释，要是一股脑地喂咽下去，胃部定会扩散出暖暖的饱腹感。光靠鱼罐头里的雪水是没有用的，他取下手上"秃鹰"的戒指，用膝盖压住胳膊，对准关节处扎进去割开，先是破皮、扎了三五下，才割出白肉来，划拉了一阵，胳膊被开膛破肚了，白肉、血管、鲜血翻腾出来，一根白皙的骨头依稀可见。他遏制住自己抓起骨头乱啃的冲动，而是礼貌地把肉割开，切成条状。等他割出三片肉条，渗出的体液混着鲜血在伤口处凝成泛红的薄膜。他把肉条整齐地摆放在手腕处，手里的戒指血痕累累，只有零星的地方还能反射光亮，他重新戴上戒指，捡起一条拧住指尖，这条肉七分瘦、三分肥，跟平时吃的猪肉、羊肉、牛肉没什么区别，瘦肉也是鲜红色，肥肉也在泛白。这些不过是蛋白质和脂肪，没什么大不了。他极力劝说自己，眼前的这块肉就是那头猪身上的。他看了胳膊一眼，把肉送进嘴里。

他的味蕾、牙龈活跃起来，他试探性地嚼了几下，咀嚼的快感从喉咙深处冒出来，鲜腥、黏稠、油腻、质感各种微妙的感觉在口腔里爆浆了。碎肉、血汁在舌头周围翻滚、搅拌。他尽量延长咀嚼的时间，避免吞咽时刻的到来。但是当碎肉成了糊状，再咀嚼也失去了意义，他必须咽下去。他的喉咙、他的胃、他的五脏六腑都在等待着，只要咽下去，各种感官就复活了，他的全身将充满能量。但是此刻，另一种感觉困扰着他，这一片胳膊上的肉似乎不是来自他自己，而是他的亲人。这条胳膊跟他一起生活了三十年，它知道自己的一切隐私、任何邪恶可耻的念头，而且在雪夜里还给他取暖，陪他说话，帮助他走出雪线，他早把它当成另外一个亲人，从自己身体里分离出去的亲人，这更像是他的孩子。他在吃自己孩子的肉。

徐　畅 ｜ 失落的雪山

　　他用手指抠进喉咙里，把滑进去的肉末呕吐掉，胃液连带着吐了出来，眼泪不自禁地流淌着，他吐了十几口唾沫星，等嘴里、胃里安静下来，他才把剩下的两片肉条塞进挖出的伤口里。他拾起石块刨出一个小坑，把胳膊折起来刚好能放进去，他再没有力气挖出更深的坑了。他抱起胳膊，像抱起夭折的孩子，放进坑里堆起碎石埋好。

　　这么一折腾，他所剩不多的力气也消耗光了。他望着远处没有穷尽的石林，山谷是走不出去了，营地也找不到，先前幻想闻到"营地"边自己大便的臭味也不可能了。他在左胳膊的小墓前躺了两分钟，丢下背包、睡袋，爬上黑色巨石，倾身跳下去。

（选自 2014 年《小的说》APP 十一月刊）

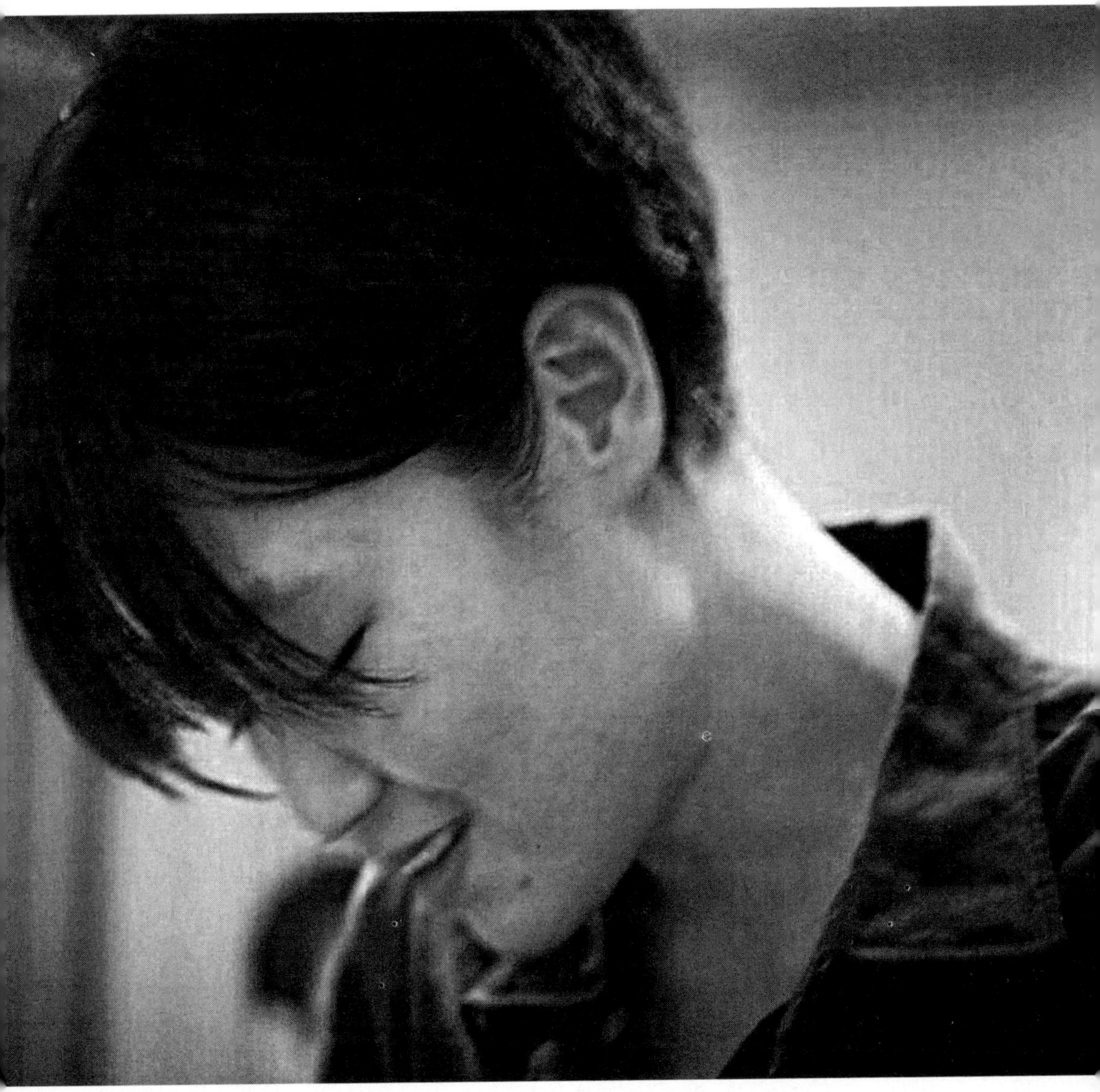

于一爽

于一爽,生于1984年,作家。媒体人。

每个混蛋都很悲伤

1

是郭培突然建议去骑自行车的。我说是不是有点儿晚了又说天有点儿凉。可接下来她就开始穿鞋。我也开始穿鞋。

那会儿是春夏之交。刚刚下过雨，太阳把地上的水都蒸发了，两个人一边骑一边脱外套，两边郁郁葱葱，多半是梧桐。我单把用空出来的手擦汗。郭培紧紧骑在我后面，她那天穿蓝底白花裙子，怕绞进去骑得挺仔细。我骑快了总是在前面十米的位置，有时候转过头看看她，如果差太远我就得绕个圈。在她的四周，有汽车缓慢流动着，从两个方向。地上很干净。车开过去的时候卷不起来一丝尘土。

一直骑到中山陵门口我俩才把车停下来，郭培把车锁落在酒店了。我们只能把车捆在一起，其实谁也没打算去景区坐坐。在售票口，我要了几个茶叶蛋，卖茶叶蛋的一直盯着我们，我问郭培吃不吃，她说不吃，我说那来仨。郭培又说吃，我说四个。可到头儿来她果然一个都没吃。不过我给她一个蛋清。她跟我说，这地方真好，也不会碰见熟人。

谁都没进景区，我们就在买票的地方坐了坐，也没买票。然后就又沿着来的方向往回骑，正好是下午五点。黄昏将至。我跟郭培说现在已经没黄昏了。说完就往前飞速骑去。郭培一个字也没讲，大概对我所说的一切理解又不理解。我回头看她，她也学我双手松把。回程比来程要难。她张开双手之后的人形比本人胖些还很踉跄。不知道为什么，我突然有种预感，我们的关系恐怕要结束了。

就是在这条回去的路上，还能看见黄鼠狼蹲在路边。我们骑过去的时候它们就跑开了。我问她累不累。她说累。说完了接着骑。我们在一起一年了。可像在中山陵骑自行车这样的事并不常见。每当路过两边草地的时候，我就跟她说——那是薰衣草。郭培哈哈大笑，就好像我在满嘴跑火车一样，我说真的，我说只是因为还没有变成紫色。可她还是哈哈大笑，她一定是觉得我骗人技巧太拙劣了。

接下来的路面开始变得深奥起来。平坦的中山陵竟然显出了一点儿野性，我让她当心路边伸出的树枝。拐过几个弯路之后，前面就隐约出现了一座房子，走近了看是座寺庙。我于是跟郭培说，走会儿吧。她也停了下来，我们是同时注意到了这里。再往里走一些，发现这是一座不知名的寺庙，起码不会在中山陵的景区游览图上出现。外墙和门楣上的颜色都掉了，字迹也模糊了。我试着读了一下，什么都读不出来，郭培在旁边笑得浑身颤抖。

我们把车扔在路边之后就往庙里走。即使不知名可还是能感觉到一座残破小庙曾经有过的气派。还有个小钟楼，郭培跑过去，撞了一下没撞动。我挪过去搂着她，问她信吗。这下撞得挺响。我都没听清郭培说了什么。我又问了一遍，我说信吗……于是她整个人突然转过来抱着我说——反正我周围挺多人认了上师。都不难看长得。我说你这算什么回答？她说你不是问我信不信吗？她说她信星座，又说其他的也信也不信。但害怕挺多事儿，这真奇怪。还说什么原来在终南山短暂地待过，后来不理解就逃了下来。郭培问我，甚至还有点儿认真地问——张纲，你说，难道人逃避欲望的方式不应该是先满足欲望吗？我说这是你从终南山逃下来的原因吗？她说这么理解也行。她说主要是受不了有挺多出家的给我递名片。她这么讲的时候我们两个人同时笑了起来，在这座也不知道是不是可以称之为千年古刹的地方。笑声传得挺远，可我尚未知道怎么回答她——逃避欲望的方式是不是先满足欲望。这正像我们的关系。

于一爽 | 每个混蛋都很悲伤

  这样想的时候,我把郭培抱得更紧了。我想亲亲她。她又把嘴闭了起来,我用舌头顶着她的牙齿,能感觉到她的心跳和身上散发出热乎乎的东西。我喜欢用大拇指和食指夹住她的鼻子使劲亲一会儿。最后以亲到鼻尖儿结束,郭培长了一张圆脸。我觉得是用一个圆规画出来的,鼻尖儿正好是圆心的位置。她非说我嘴里一股鸡蛋味。我说吃四个鸡蛋就会变成鸡屎。

  可是,一旦停下来,彼此分开之后,就会很清楚闻到空气中弥漫的一股霉味儿……如果你不习惯这个那你就不会习惯南方。咱走吧,她突然说,我提议说不想在这儿做爱吗?她说你说呢?如果郭培说你说呢,那八成就是随便的意思,然后她突然把胳臂张开,就好像我可以从这里开始一样,她高高仰起脖子。不过从我这个角度看上去,她可真傻。我顺着她的脖子亲了亲……她挠了挠好像有点儿痒。张纲,你看这云……她突然说,她这么说的时候我有点儿扫兴。于是也抬起头开始陪她看天上的云。云在天上缓慢地移动,变幻出各种形状。我很多年没有看过云了。黄昏到来前的最后几缕阳光太刺目,以至于我终于挤出了几滴眼泪……隔着眼泪再看这一切,云像罩了一层白纱。突然一瞬间觉得天旋地转,我缩起脖子,把头深深埋在了郭培的胸前。我听她好像再叫我。张纲。极轻。我应了一声。半天再听不到她说什么,我问你说什么,她说没什么。我说怎么了,她说没事儿,就是想叫叫你。

  我总是觉得她有什么话要跟我说,可又好像突然对发生在我们身上的一切觉得不可思议,就戛然而止了,于是我们这样抱了挺长时间之后,郭培突然说——我饿了。

  眼下要做的事情就是找一个地方吃饭,在一个岔路口,我问她要不要走条近路。可不等回答,我就走上了那条路。她还是一声不吭地跟在我身后,但是我们一直没找到饭馆。不过看见了一个小游乐场,有室内转马、升降飞机、轨道火车、淘气城堡、充气跳床，还有好多叫不出名字。是我先把自行车躺在路边的。扒着游乐场的栏杆看了看。郭培也穿着她的小裙子跟过来，游乐场就像等待什么人到来一样，有个室内转马一直再转……可是也没有起过风。她说走吧，有点儿害怕。又说饿了，真饿了。我说翻进去吧。郭培把脸贴在我后背上使劲摇头。拉我的手说走吧，我说女的不都喜欢来吗？她说怪吓人的。然后就开始拽我。

后来两个人就从游乐园开始往回骑。上坡时候我蹬得太猛，车链还掉了一截……我蹲下来修，她在旁边呵呵直笑。我说笑什么啊，她说毕业之后就没见过男的修自行车了。郭培说自己高一的时候有两个男的抢着要帮她修自行车，那会儿都是捷安特。我说你肯定跟其中一个好了。她说现在提起来就像恍若隔世。当她这说的时候，声音被我转动的车轮淹没了。另外，我蹲下来的时候正好看见她的小腿被一根根钢条分割成了均匀的几块。她的裙子刚好及膝。

后来路过一家素斋馆，郭培没什么意见。进去的时候里面也没几个客人，一个有点儿发胖的中年妇女堵在门口柜台上算账，屋子很小，有不到十张桌子……有两张桌子上放着几团抹布。如果愿意的话，也可以把十小桌拼成一大桌。更为离奇的是，这个不起眼儿的饭馆还有个吧台。有两个高凳子，包着已经挺破旧的牛皮……如果有人进来，那个有点儿发胖的中年妇女就打个招呼，也不抬头。似乎手里有算不完的账。每个进来的人她都认识也都应该认识一样。好像她在这里已经工作了七十年。

我和郭培刚坐下来，我要了瓶啤的，还有几个菜，菜上得太慢，于是我又要了瓶啤的，两瓶之后菜就一下子都上来了，我和郭培各自低头吃饭，或者抬起头看看小饭馆墙上挂的电视，看到一则新闻的时候我突然想起一个文联副主席的奇闻逸事，就讲给郭培。我也不知道为什么要跟她说这个。她听着听着哈哈大笑起来。笑完了也吃完了。郭培又要了杯热巧克力。上来的时候，我帮她把吸管插进去，

于一爽 | 每个混蛋都很悲伤

又捂了捂她的手，问冷吗？她摇头，我感觉到她的手潮乎乎的，脸上的汗迹还没有完全下去，稍显疲惫。我握紧了她的手，放在自己的大手里攥了攥，想展开来看看，可她马上就缩回去了。这倒吓了我一跳。她从来不让人看她的掌纹。我说就是随便看看，我又不是什么半仙儿，可她也从来不让，她总是觉得自己活不长。我说不会的，她就挺尴尬地笑笑然后马上喝了一口热巧克力。她喝的时候腮帮子一鼓一鼓的看上去特别有趣，嘴里塞满水的时候整个脸圆极了，我忍不住想捏捏。平心而说，我喜欢胖点儿的女人，这个年代的所有人都认为瘦是美的，所以胖女人机会不多，机会不多的人总是更投入。郭培呢，她喜欢让我多吃点，她老说我太瘦了，甚至跟我说过每回做爱的时候，她总是想给我的胯骨上垫点儿海绵。

有时候总有一种错觉，在这间小饭馆我俩坐了挺长时间，太阳已经西斜，路边的灯渐次亮了起来，直到我们离开的时候才又来了一些人。我和郭培走出来的很短一瞬间，我有点儿分辨不出方向，可能是酒精的作用。每当分辨不出方向的时候，郭培都喜欢说往前走吧。于是我们就朝一条路的纵深骑去，直到最后的余晖也消失，四周早已变成漆黑一片……

互相都看不清楚了，一路上只听到车毂转动的声音。有时候在街口我们就会停下来，等着红灯变绿，还有那么几次，绿灯的时候我们也停下来了，都不知道再等什么。我让郭培骑在前面，她就猛蹬几步骑过来。在我的视线中，她渐渐变成一个剪影。吃饱了之后她突然有好多话要跟我说，离得又有点儿远，于是干脆冲我喊。我一直答应她，我听不清她在说什么，我只是觉得无论她说什么我都应该答应她，因为在这样的时刻，她又不会为难我。

一条望不到的路在我们身后越来越远。有一段路挺难骑，我一直推着她的后腰。脚下的一切在不知不觉延伸，四周若有若无。越往前骑，越看不清路，我问郭培害怕吗？她说有点儿。但是随着疲惫的到来，这种恐惧慢慢就消失了。一路上，我感觉自己的嘴唇被风吹得有点儿干。我咬下了一片撕裂的皮儿。又用食指的关节摁了摁。

其实骑自行车是郭培提出来的。我老婆也跟我说过几次，让我带她出去玩儿，她想去那些挺贵的地儿，我觉得贵也没问题，一切都没问题。可是迟迟没做。她有几次怪我，她说我把她想得太傻了，总是骗她。但我觉得她说这句话才真是傻得够呛。此时此刻，我并不知道我老婆在家里做什么，我突然有了一丝一毫的愧疚，可并不强烈。另外，她都超过两个小时没给我打电话了，这可真不像她。

我一边骑一边想，如果我老婆知道这一切，她准会趴在我身上没完没了地哭。我老婆最会的一招就是哭。我挺怕女人哭。不知道是不是因为这个原因，让我会有点迷恋郭培。她从来不哭，我们在一起总是极力说些挺开心的事儿。她就没完没了地笑。

当我想得越来越远的时候，郭培突然停下来说累了，咱俩走会儿吧。我一下子踩住刹车。两个人就这样在漆黑一片中怀疑着往前走。她说张纲。我说怎么了。她说你在想什么。我说什么都没想。她说哦。我说你呢？她说她也什么都没想。

"就这样，然后分开，分开的话你会有一点儿难过吗？"又走了挺远郭培突然这么问我。我说，我没想过分开。其实还有下半句我没说出口，我想说，我没想过分开就像我没想过在一起一样。"我知道，"郭培说，"有时候想想，这样也挺好的。"我不知道郭培这最后一句是真的在问我还是自言自语，我也不知道应该怎么回答，因为我根本不知道她到底想告诉我什么。当我这么想的时候，郭培突然整个人弯下身子，不知道是什么原因，在地上蹲了一小会儿，然后随手捡起一片树叶，用两个拇指捻了捻，又用指甲一下一下划着树叶的纹路……我把树叶拿过来，随手扔了，使劲地抱住了她。

在我们停下来的这个地方，其实还有片池塘，四周已经很黑了。可如果仔细

于一爽 | 每个混蛋都很悲伤

看的话还是能依稀辨认出池塘里的小木船,也不知道是被谁弃置在草丛中,没刷油漆,裸色,有青苔,看上去很荒凉,就像太空来客。有鸟在树叶的阴影里飞。郭培抱着我问,看见鸟了吗?我说看见了。她说你认识?我说不太认识。我们谁也说不清是什么鸟,天都这么黑了。随便猜了几种。也有点儿无聊。

偶尔,还有婉转的叫声由林子深处传来。我看郭培听得认真,问她喜欢吗?她说她小时候养过鹦鹉。她说他爸靠养鹦鹉挣钱,在90年代的北京……我其实一点儿都不想了解她的家庭。我对郭培的全部了解都到郭培为止。因为我不会娶她。

2

那天骑回宾馆之后,我们又去一楼的酒吧喝了点儿。有时候我不知道和女人在一起做什么,就不停地约她们吃饭,然后喝多。喝酒的时候,又说了几个挺逗的事儿。郭培说是不是很多人都不知道什么叫酒逢知己千杯少?因为郭培是我见过的最喜欢喝酒的女人,可也从不借酒消愁。我说本来就很多人不需要知道。接着我给她讲了一个刚发生不久的事儿。我说有次我喝多了,回家路上半夜就抱着一棵树睡着了……她问我是真的吗?那种口气就好像,我如果说是真的,她就更不会相信了。她也说了自己挺多事儿,我大多没记住,看着她的脸红扑扑的,我当时已经有点儿想跟她做爱了。

那天喝多之后是被郭培扶着回去的,还有保安。很快我就睡过去了,有人帮我脱了外套。好像还做了一个梦。大概是这样的:梦里,我和郭培平躺在床上,对面墙壁上有个东西一直晃来晃去,影影绰绰,有点儿像我们白天穿梭而过的那片梧桐。我说看见了吗?女的说什么?我说看见了吗?女的说什么都看不见啊……

后来弄得我瞪着眼干着急，很快就被急醒了……

醒的时候也不知道是夜里几点，两条腿的酸胀感越来越强，我已经挺多年没骑过自行车了。从枕头旁边把手机摸出来看了看。有老婆几个未接电话。我给打了过去。月光正从窗帘透过来。

嘴里干极了。用手在床上划拉了几下，发现郭培正蜷在旁边睡着。头还有点儿晕，转不过来，就用手去摸，很快就摸到了她有点儿凸起的小腹。郭培也动了一下，我知道我把她吵醒了。渴吗？郭培小声说。我说喝多了，她说没法做爱了。然后就起来去卫生间给我接水。她说要烧会儿，很快就又躺到床上来了。

我跟她说我做了一个梦，梦见对面墙壁上影影绰绰，我还没给她讲完，她就把胳臂环抱在我的头上，说还晕吗？我说梦里我就问你……然后郭培突然说——别讲了，挺吓人的。我说你听着啊，不吓人，她说不想听。她说你怎么老做这么多梦。然后开始用手指在我身上划来划去。我问她写什么呢，觉得有点儿痒。她说什么都没写。

因为不知道具体的时间，觉得是三四点钟，我和郭培就这样躺在一起，等待着睡眠的再次来临。有时候会说点儿什么，有时候什么都不说，可以感觉有个手指头在我全身划来划去。屋里有只蚊子，我伸手捉了几次都没捉到，干脆由它在这间屋子里飞来飞去。飞到耳边的时候声音太大，我就用手扇扇。郭培会傻笑，好像那不是一只蚊子。她起身给我倒了几杯水。我问她想做爱吗？她没回答，我抱着她，可以感觉到她的身体渐渐收紧。郭培是那种对做爱很有兴趣的人，只要是我喜欢的她就喜欢。我甚至想，她的这种兴趣正是保持我们关系的前提。有时候在床上，我们总会比较起我和她的其他男人的区别。她自己也愿意说，我从不生气，可有时候也不爱听。这种事儿就是这样，一比较准出麻烦。当然，我不太生气可能是因为我总是相信一点——没人可以对自己的过去负责。反正每次郭培

于一爽 | 每个混蛋都很悲伤

这么说的时候我都觉得有点儿动人,这里面有很多炫耀的成分。我喜欢她炫耀,这代表她还天真。她确实天真。

此刻她正在我的身下。当她把自己平铺在床上,也就是说我俯视郭培的时候,她并不美,可我还是有那种冲动。做爱的时候两个人会发誓。她一会儿说要跟我在一起,又问我愿不愿意,一会儿又说千万别让我喜欢你之类的,好像被她喜欢是件挺折磨人的事儿。我也不知道她哪句是真哪句是假,当然我也不会傻到会真的问她到底哪一句是实话。

但有一点是确定无疑的,跟郭培在一起真的很快活。记得有次我们做爱,郭培问我,喜不喜欢女的出声儿。我当时整个人精疲力竭正在她的身上努力耕作气息凌乱就随便点了点头,然后很快她就开始一浪一浪地发出声音。我当时差点儿笑出声来,随着这些声音的渐次到来,在很短的一瞬间,我甚至想跟她一直在一起。当然,随着激情退却,我这种愿望很快也就不存在了。

因为到了我这种年龄,已经知道不应该再给自己找麻烦。我和我老婆的婚姻虽然出现了问题,但是所有人的婚姻都会有问题不是吗。如果我厌恶了,我就在下班路上随便找个女人。很多人都是这么做的。没什么大惊小怪的,也没什么叫人痴迷的。

结束之后,郭培起身去冲凉。天边渐渐亮了起来,她让我再睡会儿。可等她重新回到床上的时候我都没再睡着,她把床铺叠了叠,拍了拍杯子然后松松软软地盖在我身上。我把脑袋倚在床头上抽了根烟,她找出用过的避孕套给丢在写字台下面的垃圾桶里了。然后还莫名其妙地说了一句——张纲,这里得有多少个你啊……我斜了一眼,看着一小兜雪白雪白的液体。我说——前两天看报纸讲,人这一生就俩小时。郭培把湿漉漉的头发往后面拢了拢说,什么?什么俩小时,我刚要跟她解释,她就突然哈哈大笑说,哦!我懂了,哈哈哈哈,张纲,你说你们男的图什么啊。其实我还想说,我为什么总有种不祥的预感,觉得连俩小时都被科学家说多了。

后来她滚进我被子里,把我的胳臂垫在了她自己脑袋下面。她说我喜欢你的这儿,我说哪儿,她说这儿,臂弯。

说实话,我真觉得这俩字太恶心了,因为我给不起臂弯,好在我们很快又都重新睡去。

醒来之后我们就要离开南京了,分别回到北京。我跟郭培是一起去南京开个会,但是不能说是刚巧碰上。

差不多是第二天中午,我昏昏沉沉醒来,似乎又做了那个梦,对面的墙壁上影影绰绰,我说看见了郭培还是说什么都没看见。我也分不清是梦境还是现实,就用手在床上找,昨天夜里抱着郭培睡的,现在也不知道她跑哪儿去了。隐隐约约又觉得有个光着身子的人影在我面前,慢慢聚焦,越来越准确,这会儿才发现,是郭培已经起床了。她正在一件一件地往箱子里收拾东西。如果我没记错的话,她是下午两点五十的飞机,到北京的话,正好是晚饭时间。昨天的这会儿,我们还没计划去骑什么自行车。如果不去的话,现在也不会腰酸背疼。

我在床上慢慢看着,看郭培把衣服都裹成一团塞进包里。我们在南京待了三四天,她每天都换一身新的。除了衣服有点儿多,她并不像一般女的有挺多护肤品。郭培说嫌麻烦,可是我相信一点,随着时间的推移,她早晚会用上这些。就算不用,这些精致的瓶瓶罐罐也会成为女人对日常生活的一种纪念。想到这些的时候,我伸了个懒腰,突然觉得现在这可真像一家人。这可不是我想要的。

后来我去撒尿。昨天夜里喝了太多水,只有这样才能让酒劲儿尽快彻底地过去。郭培看上去一点儿都不在乎我是不是醒了。她已经把所有东西都装小箱子里了。上完卫生间,我站在镜子面前,拿起刮胡刀,才一宿,胡子就长出来了。郭培从外面进来，吓了我一跳。她昨天夜里洗过澡之后，今天看上去头发都翘着，整个头大了一圈。她蹭过来，把洗面奶推到我面前说，先抹这个吧，别刮破了。"那你给我刮。"我把剃须刀往她手里放。她扭捏着有点儿不愿意，还催我快点儿，她说要洗澡，就开始推我。

她一推我就有点儿晕。我说别闹，你洗你的，我又不看，她还是往外推我。我又亲了她，两个人闻上去都不太好。这没什么，也很正常，可是我突然觉得有点儿失望。如果是我老婆就一定不会往外推我。就算我坐在马桶上，她也还是洗她的。于是我很快刮完胡子就回床上躺着去了，接着我听到了卫生间传过来的水声。

水声停下来的时候，我推开了卫生间的门，全是水汽。我看郭培正一个人在搓头发。我就从后面去抱住她。她把脑袋往后仰了仰，也没拒绝我，我用下巴在她脸上蹭了一圈，新刮过的胡子楂。我问她扎不扎。郭培什么都没说。当这么抱着她的时候，我突然觉得，我们其实还有时间再打一炮儿。我把郭培转过来，想亲亲她。她身上全是沐浴露的香气。可是她死活不想转过来，我只能用手去摸她的脸，可是摸到了一脸的泪水。

"你会为我离婚吗？"郭培突然说。

这是她第一次问，也是唯一一次问。

我不知道说什么，于是什么都没说。我只能把她抱到床上重新来一遍，不知道这样她会不会满意。

我们就此分开。

3

郭培在尤伦斯工作，如果你了解北京，你就会知道这个地方。郭培也写东西，但我们不可能聊这些。我也都很多年不写了，如果她知道我还是个文字工作者的话，未尝不会对我抱有一种同情。

从南京回来之后没多久，郭培就离开中国去了新加坡。她是快上飞机时候告诉我的。我猜，我可能成了她通知的最后一个人。她总是做出这种突然举动。回忆和郭培第一次做爱之后，她也是清晨一个人就离开的。如果这种事情发生在别人身上，我会觉得特别不礼貌，但是在郭培身上，不知道为什么，我愿意相信，她有她的理由。

所以郭培跟我说马上就要起飞关机的时候，我祝她一路顺风。就像我祝很多人那样。这之后我们都没再怎么联系。我给她打过几个电话全是忙音，也给她发过短消息，因为发过之后我就会删掉。我有点儿怕我老婆，所以她只要不回我也不大想得起来。反正大家都忙。

4

知道郭培去世的事情，还是张琪告诉我的。离开南京三四个月也就是她去了新加坡不到一个月的时间。我说这样啊。就没再说什么。之后很快就把她的号从手机里删了。在此之前我都没有保留过和郭培的一条信息记录和聊天记录。如果说她在我这儿从来没存在过，我想也是可以的。张琪说她在新加坡，覆着面膜开车，撞桥墩上了。我刚听到的时候差点儿笑出声来。她就是那种女的，能干出覆着面膜开车这种事儿。当然，撞在桥墩上只能说是她的命，也不是所有覆着面膜开车的都撞在桥墩上是不是？

对于郭培的死，我的惊讶比我想的还要少。不知道为什么，我总有某种预感，觉得她是那种挺疯狂的女人，并不是穿着裙子和我在中山陵骑自行车的那个。只是现在也没机会再去了解了。

  我跟郭培第一天在一起的时候她就知道我已经结婚了。但是我们都没管这些，只要她不管我就更不用管。我抱着她的时候觉得她特别软，整个身体像塞了水的气球，随着一次次心跳的加快和彼此呼吸的改变我总是觉得自己可以冲出房顶。然后再重重地摔下来，再次回到我的家庭生活。我甚至这样揣测过，郭培的出现或许很好地平衡了我在这种现实中的艰难处境。我不清楚这种艰难是不是仅仅只是暂时的，就像我和郭培的关系一样尚且愉快。可惜她现在死了。

  另外，我到现在也不知道她为什么要去新加坡。她说是一个展览项目要在那边待几个月，可我总觉得她瞒了我一些事儿。她离开中国之后，如果电视上播一些新加坡风光片时，我总会把遥控器多停几秒钟，看着那座窄小城市的繁华，和一列列在这座城市中穿梭的地铁。我总是想，她可能正在其中，新加坡是个热带城市，她是否还会穿着那条裙子。

  当然，郭培并不比其他女人对我更重要，如果我们长久地在一起之后，注定也会分开，人和人都是这样。可我觉得我们总是有着那么一点交情，在某一个春夏之交，像两个对生活完全没有打算的人一样，漫无目的地骑在一座不太熟悉的城市里。我和郭培两个人，只有我们两个人。好像要去什么地方，要看什么东西，好像一直走在一条对的路上并且寻找的也就在附近，可谁都不太确定。

5

  如果还想说得更具体，事情大概是这样的：我们是在一个朋友的饭局上认识的。就像郭培后来跟我说过的——人生三分之二的难题都是不想在家好好待着。这大概就是指我们俩的关系给她的人生增加了三分之二的难题吧。其实还有后半句两人都没说——就是也给人生增加了三分之二的刺激。这种事儿可能是好的也可能是不好的，可是总还是有比没有强。

记得第一次见郭培的时候，她穿了一件鹅黄色的毛衫。可是后来我俩聊这个，她非说那天穿的不是什么鹅黄色的毛衫，她最讨厌鹅黄色了。另外，我们见面的时候还是盛夏，什么人会穿毛衫呢。可是不知道为什么我总是这么记得，整整一顿饭的工夫，她没事儿就喜欢拽拽领子。有时候也拽拽自己的头发，其实如果她不说，我不会猜到她三十岁，可当她那么说的时候，我有点儿失望。

就是在那顿饭之后，我开始约她吃饭看电影，我也说喜欢她的性格，每次我这么说的时候，她都有点儿不乐意，就好像她除了性格就什么都不好一样。所以每回我都说，那还用说其他吗。不管她信不信吧，我觉得她愿意听这些。可是说真的，如果不是在饭局上刚巧碰见她，仅仅是走在街上，或者在其他任何一个地方，我一定不会多看她几眼。这个世界上漂亮的女孩子太多了。

就是这样，约了她几次，她答应过几次也拒绝过几次。拒绝的理由都很简单，总是两个字——加班。如果是短信的话，我就会给她回个——嘿嘿。

因为两个人总是这样，于是上床变成了迟早的事。

6

郭培离开之后的日子，生活像往常一样忙忙碌碌，工作有了一些变化于是我也极少再去南京开会。甚至也极少再离开我生活的这座如此繁华的都市。都市生活总是让人觉得，只要可能，就一秒都不能停止，害怕在停止的那一秒会发生什么惊喜的事儿。

而我的婚姻生活此刻也正出现着一个重大问题，就是在我等待一个孩子来让这

于一爽 | 每个混蛋都很悲伤

场婚姻走下去的时候,他却迟迟不来。有几次我和老婆算好了排卵期,然后互相把爪子洗干净,像机器人一样拼命耕耘。我甚至把她幻想成郭培,虽然郭培已经死了。这多少有点儿变态。但就算这么变态的事儿,我老婆的肚子始终没能鼓起来。

于是我们只能暂时放弃。当生活中不再有这种具体希望的时候,我和老婆的日子又重新变得乏味起来,可是也充满亲情。自从几次努力都没有怀上孩子之后,她戒了烟还戒了酒,我甚至挺卑鄙地想过,她做的这一切,是不是都是在威胁我——张纲,你可千万不能跟我离婚啊。

最后逼得没办法,我只能强迫自己去人多的地方走走。这也渐渐变成一种习惯。我觉得人还是应该去人多的地方,融入进去什么也不想。在喧闹中让一切更彻底地风化、飘零、消失。有时候跟朋友喝多了,我会随便找个女人。现在社会上管这个叫减压,只要她虚荣我就不会失手。当然,我也越来越领悟到了一点——要想生活得幸福,最重要的是生活得简单。所以我也再没带什么女人去中山陵骑过自行车,如果和一个人见面超过三次以上,我总会觉得有不祥的兆头。

如果不是出去喝酒,我就会待在公司。并没有什么非做不可的事儿,有时候只是坐在我那个可以四面八方转动的椅子上死死地盯着笔记本,长久等待着收件箱中叮的一声弹出一封邮件。

生活就是这样,每天如此。今天做完的事情,明天就会再做一遍。只是有一次,当我整个人躺在转椅上盯着收件箱的时候,我突然想起郭培和我在一起的最后一夜:我们两个人在深夜做爱之后又说了会儿话。我记得郭培给我讲的一件事儿——她说有一天,她突然发现了一个好久没用的邮箱。她想打开看看,可是怎么都想不起来密码了。她找出了设置的密码提示问题,她问我你猜,你猜是什么?一般遇到这种情况,我肯定不猜,反正我也猜不出来。郭培当时就躺在我的肚子上,沉默了半天才说——我的提示问题是——爱情是什么?

当我一个人在办公室想起这样一桩小事儿的时候，突然尴尬地笑了几声。这点笑声在办公室里太唐突了以至于让人觉得有点儿凄凉。我突然感到有点儿后悔：我们在一起的一年中，差不多见了几十次，我都没问过郭培到底喜欢我什么，或者她压根儿一点儿也不喜欢我，我甚至更进一步地想到了一些我跟郭培做爱的细节，而现在这个人早已化成粉末了。不知道为什么，一个人预感的事就会真的发生，想起我和她在中山陵的一间小得不能再小的饭馆里，我要给她看掌纹，她一下子就收回去了。还有她的齐耳短发和碎花裙在风中飘动起来的样子，想起我把鸡蛋从中间掰成两半儿，喂了她蛋清……当然，如果给我足够长的时间，我还能回忆起更多细节，但事实上，并没有那样的条件。

我有时也会想，如果这件事情发生在两个年轻人身上，就一点儿也不奇怪，因为他们还有的是时间。有的是时间在地球上的随便一个地方骑自行车或者找个草地做爱。可是发生在我和郭培之间的这些呢？当时，郭培快三十了，我比她大不到十岁，总是觉得两个人马上就要老了，正处在生命唯一的顶峰。虽然她的身体尚还丰满，但一切都在不可避免地逝去。

7

接下来我就要说说郭培的葬礼了。张琪告诉了我时间地点，劝我去。我不知道郭培跟她说了多少或者完全没说，就算说了我也无所谓，因为让一个女人保守秘密，这可有点儿难。不过张琪说郭培男人挺多的。

郭培的葬礼我去得很仓促。到得很早离开得很早。就记得一个老得不行的老头儿，我猜可能是郭培的爸爸。我有一点儿恨自己，如果知道事情会变成这样，当时在中山陵她有那么一点冲动想给我讲她养鹦鹉的父亲，我真应该听听。郭培是单亲家庭，她说也不知道她妈妈到底在哪儿。她告诉过我——如果她知道，她就会原谅她。

那天从葬礼回来之后，我去公司冲了个澡。我公司现在越来越像个家了。早晨起得太早连胡子都没刮。我用手蹭了蹭，有点儿扎人。洗过澡之后，对着镜子里一丝不挂的自己，我突然难受得不行，我告诉自己要马上睡觉。睡了一会儿之后，正好有个朋友的短信过来，说晚上六点黄柯家。我说去。

老朋友见面分外亲切，林林总总十几个人，也有姑娘，互相就扯了一些闲话，心情看上去也好了起来，也跟着大家凑热闹把时事点评了一遍。后来又在黄柯家支起牌桌开始搓麻将，一桌人五湖四海，麻将玩儿法根本统一不了，打了几圈没什么意思，主要是输赢也不大，提不起精神，很快我就回去了。

回家之后，我老婆已经睡了，我一个人坐在电脑前面，四周一片漆黑，只有屏幕上的光反射在我的脸上，开机之后盯了挺久，也不知道要做点儿什么。

很多事情就是这样，如果一个人死了，另一个人闭口不谈，那这件事情就等于没发生过。可我做不到守口如瓶，这种事情有时候忍不住也会和别人讲，或者是在酒后，或者是在昏黄的酒吧里，常去的那几家，抽上一根儿烟的时候，我会跟老土讲，并没有太多细节。

8

老土是我的合作伙伴，说合作伙伴比说朋友显得更省事。我有个写小说的朋友叫王朔，常跟我说——最好的朋友关系就是协议关系。我和老土一起做一家文化公司，却总是避而不谈这件事，公司也不赚钱，如果我们都是因为钱的话，那可能早就分道扬镳了。当然另外一种解释是，我们从没赚过钱。不需要选择。也就至今都还没有分道扬镳，也还是朋友。老土真正的工作是在一家保险公司。我真正的工作是没有工作。很多人觉得我是搞艺术的。我知道这么说不是太瞧得起我就是太瞧不起我，我只是所有人都理解的那种小角色……每当想到这儿的时候，我就更不知道郭培爱我什么了。

我和老土认识的年头不长，我喜欢他身上那种好色和感伤情怀。我没有那些东西。我尊重那些东西。我有的都是装出来的。我都不敢说我一点儿没爱过郭培。可是在我认识老土的这几年，我看不出他爱过什么人。

当我跟老土说有个朋友撞死了心里有点儿伤感的时候。他就猜出我和死者是那种关系了。他跟我说谁难过谁不是人……老土和我讲这些的时候，他正好坐在酒吧的一片灯光下，整个人被阴影整整齐齐地分成了两份。我觉得可以这么说，如果郭培有机会认识老土的话，她可能更会爱上他而不是我。老土轻松、简单……极少有人能看到他挺伤感的那一面。我有时候甚至觉得郭培就是老土。她跟我在一起的时候总是笑，有时候找情人也就是为了这种简单和轻松，如果那天早晨我不去浴室抱她，我又怎么会知道她哭了。

我和老土之间的谈话气氛出现了短暂的沉默，于是他又重复了一句谁难过谁不是人。我回过劲儿来想跟他说，也不是难过，内心就是有点儿触动，挺好一女的。不过这句话我没说出来。因为我要说出来，老土就准得说，这人的运气多好，说死就死。因为老土对人世的所有感情都表现在他的这种粗俗上。

（选自 2014 年《收获》第 4 期）

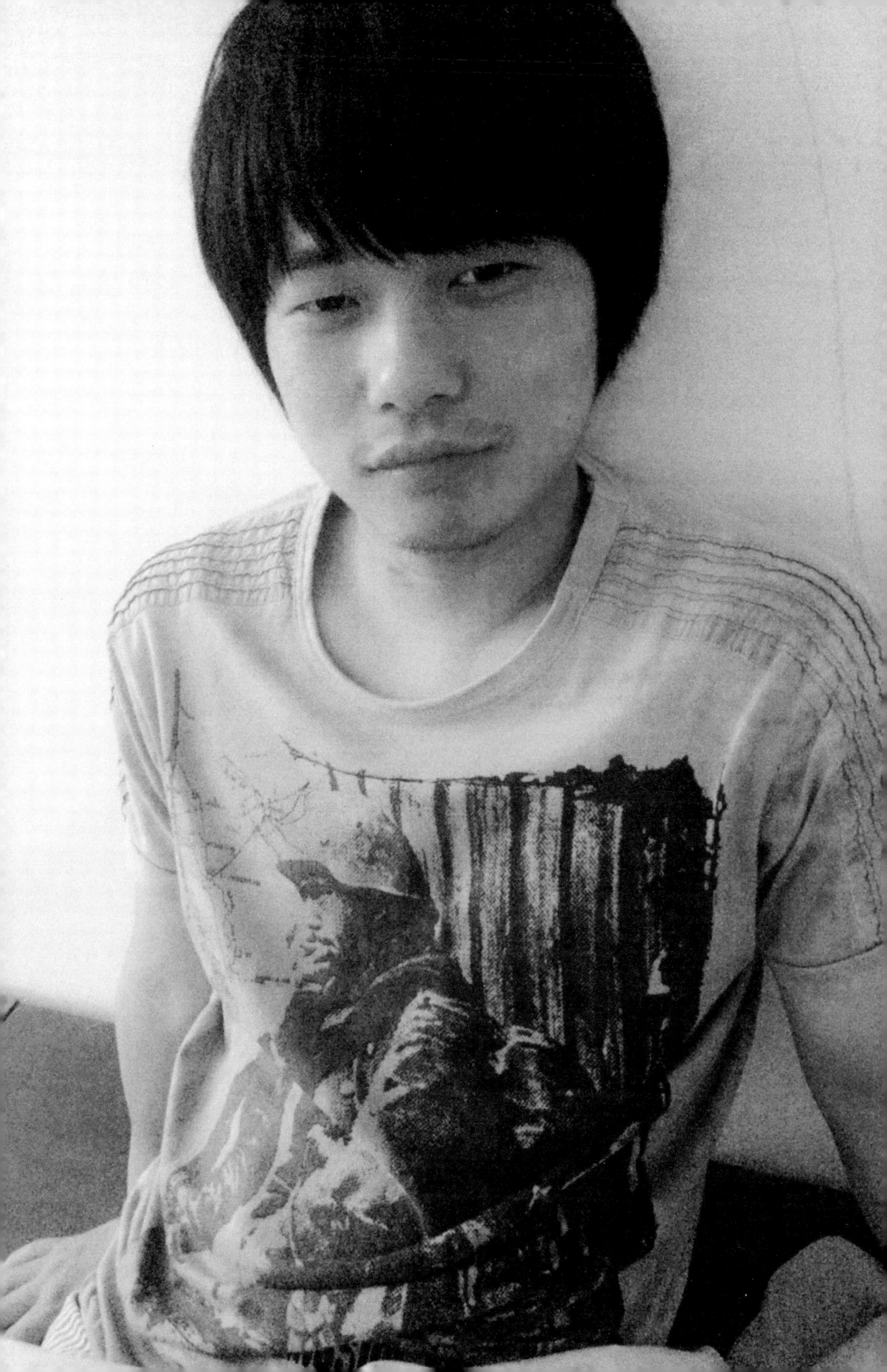

郑在欢

郑在欢，90后小说作者，音乐人，电影策划。著有人物志系列作品《病人列传》《cult家族》，长篇小说《在思春的时候》。

撞墙游戏

1

"她又打你了吗?"

"没有,我在她打我之前跑出来了。"

"为什么?"

"我打了我兄弟。"

"为什么打他?"

"他先打我的。他用凳子砸我,我挡了回去,凳子弹到他脑门上,他肿了半边脸,那只眼睛也睁不开了。"

"他为什么用凳子砸你?"

"我忘了。"

"你最好想起来,不然我没办法让你留在这儿。"

2

吕弗坐在池塘边上,尽可能低下头,等着那个人走过去。天几乎全黑了,来人熟悉的身影和步履让他紧张,十有八九是阿龙舅舅,这里只有他走路一瘸一拐。脚步声越来越近,他歪过头,用肩膀遮住脸,以防被他认出来。

他把脸埋在双腿间,极力缩小身体,越来越近的脚步声让他不知如何是好,他瞥了一眼混浊的池塘，水边有很多鸭子留下的羽毛，重新收回目光时，他注意到脚上穿着阿龙去年买给他的运动鞋。那天阿龙带他和表弟去镇上，给每个人买了一双，包括他自己——事实上，正是因为他觉得自己需要一双鞋，才带上他们一起去的。当他在店里试鞋时，吕弗和表弟一起在街上溜达，他们走过一辆正在卸货的厢式货车，吕弗顺手拿走了车门上的锁。现在，那把大锁重新配了钥匙，正把在阿龙家的大门上。

脚步声来到正后方时，他把双腿抱得更紧了。一股浓郁的酒味传来，他更加确定了自己的猜测，是阿龙舅舅（更多的人则叫他瘸龙），他喝醉了，边走边吐唾沫，嘴里还一直哼哼着什么。这两天，吕弗不止一次看见过他，昨天夜里，他过夜的草堆正对着他家倒塌的院墙，中间只隔着一条水沟。他晚上九点多钟回家，十一点又出去了，连门都没有锁。吕弗坐在草垛里看他从不远处走过，然后就睡了过去。半夜里他醒过来，看见阿龙家亮着灯，一直到天亮都没有熄灭。

虽然在五个舅舅当中最喜欢阿龙，但他现在不敢和他说话，他知道，一旦看见他阿龙就会把他带到外公那儿，而外公，会再次把他送回家。

他不想回家，所以，只能留在外面。

脚步声突然停住了。他吓得心怦怦直跳。他强忍住回头去看的冲动，把头埋得更低了。也许他看见了他，他想，也许还没有，即使看见了，他也不一定就能认出他来，他十有八九会把他当作某个不愿意回家的小孩。他最好是没看见，不然的话他可能会起疑心，很少有人在天黑之后还坐在水边，这看上去多少有些奇怪，大人们一向不太喜欢水，从小就告诫孩子离水远点，尤其是夜里，天一黑下来，水就变得更加恐怖了，谁也不知道那下面都藏着些什么。长这么大，几乎每个人都认识些被水夺去生命的人，吕弗想起了自己不到六岁的弟弟，夏天，他在院子里捉到一只蛤蟆，在妈妈的建议下，他拿着它走到门外，准备把它扔进门前的池塘。他们坐在院子里等他回来，谁也不会想到，他们会一起掉进水里。

也许他只是想抽根烟，他想，就在这时，打火机的声音响了，他长出了一口气——出到一半又马上憋住了。他意识到阿龙仍在身后，他感觉他猛吸了两口烟，然后长长地无所顾忌地吐出来。那一定很舒服，他想，虽然他没怎么抽过烟，也不懂抽烟的乐趣。脚步声又响起来了，阿龙的脚步是那种真正的一脚深一脚浅，那条坏腿走起路来不能彻底地抬起来，脚后跟一直摩擦着地面。他刚走两步突然停下，接着开始猛烈地咳嗽，他酒喝得太多了，需要吐出来才行。吕弗还没来得及做出反应，他已经吐出来了，他紧走两步，想吐到水沟里，正好吐到了吕弗身上，他们同时吓了一跳，吕弗猛地站起来躲到一边，但衣服上还是沾了不少。阿龙虽然很惊奇，但并没有马上说话，他扶着一棵矮小的槐树，接着把该吐的东西吐完。

吕弗不知道该留下还是离开，他确定阿龙看到并且认出了他，在呕吐的时候，阿龙一手扶树，一手指着他，那意思是让他站着别动。

他站在那儿，等他吐完。

"你在这儿干什么？"

吕弗站在那儿，不知道该怎么回答。

"你怎么不去找你姥爷？"

"你要把我送到他那儿吗？"吕弗警惕地看着他，做好随时要跑的准备。

"我可不想送你过去，"阿龙从兜里掏出一团皱巴巴的报纸，擦了擦嘴。"他不想看见我，我也不想看见他，所以，如果你想去，我只能送你到门口。"

"我不想去。"吕弗说。他接过阿龙擦过嘴巴的纸，擦了擦衣服。

"那好，跟我回家吧。"

3

  他跟在阿龙后面，隔着水沟从外公家门前走过，屋里亮着灯，外公此刻应该正坐在电视机前看新闻联播，这是他多年不变的习惯，看新闻的时候，谁也不能到屋里打扰他，要么坐下来陪他安静地看电视，要么滚得远远的。所以，在这个时候，吕弗的一干表兄妹们都在院子里——或者更远的地方玩耍——女孩跳皮筋，男孩玩玻璃球，更小的孩子则在旁边看他们玩。

  阿龙走在前面，好像胃里不太舒服，一直在清嗓子，吐口水。其实他家和外公家的直径距离还不到一百米，因为被一条环形水沟从中切断，所以要多走一里多路才到。阿龙家同样被水环绕，只有一个路口能过人。在这片被水沟围绕的高地上，除了阿龙家，隔壁还有一座房子，房主十年前和情人私奔去了外地，房子一直空着，院子里只剩下一棵冬青树，四季常青，每年都在长大，和阿龙家这棵相映成趣，中间只隔着一道院墙。阿龙家另外一面的院墙已经倒塌，碎砖块胡乱地堆在地上，大致上仍旧保持一堵墙的排列方式。虽然如此，阿龙仍旧保持着锁大门的习惯，并且用的是吕弗从货柜车上偷来的那把黄金大锁。他从腰带上取下钥匙，用最大的那把打开门，然后拔出钥匙，把锁头锁死在门上。

  吕弗跟他走进院子，这是在外面流浪三天之后，他第一次走进一栋房子。院里杂草丛生，高大的冬青下面有一棵矮小的石榴树，叶子已经掉光了，可怜巴巴地竖在草丛里。树下的厨房完全废弃了，里面黑洞洞地堆满杂物，发出潮湿的气味。发霉的房门斜倒在墙上，让人想上去猛踹一脚，看它会不会像想象中一样四分五裂。吕弗想起两三年前的春节，舅妈叫他来吃饭，那时候的厨房灯光明亮，饭香四溢，她做了一锅鱼头炖豆腐，让人吃了还想吃。饭快做好时，她让吕弗和

郑在欢 | 撞墙游戏

表弟去叫阿龙回来一起吃，阿龙在赌场里打麻将，他用赢来的钱给他们买了点吃的。在餐桌上，舅妈让吕弗坐在她旁边，不住地给他夹菜。"多吃鱼头，"她说，"鱼头是补脑的，吃了聪明。"在这之前，吕弗从来没有吃过任何动物的头部，他一看见它们就害怕，有时候是恶心，但那天他吃了不少，并且对舅妈关于鱼头的说法印象深刻。

"吃饭了吗？"阿龙靠在床上，问他。

他如实告诉他没有。

"我这儿只有方便面。"阿龙起身，从大衣柜上把整箱方便面都拿下来，放在桌上，"你想吃多少就泡多少。"

吕弗拿了一袋出来。

"一袋够吗？两袋吧。"阿龙说，"多吃点，正是长身体的时候。"

他又拿了一袋。他很庆幸阿龙能这么说，刚把那袋拿出来他就后悔了，他确实很饿，一袋肯定填不饱肚子。今天他只吃了一顿饭，确切地说，是两个烧饼，是那种小的、一块钱两个的上面粘着些芝麻的有点硬的烧饼。他用口袋里最后一块钱买了它们，这两天他吃的都是这个。上午去街上买烧饼时，他又看到了阿龙，他买了两根油条，边吃边走进了街边的店铺。吕弗去阿龙买油条的地方买了烧饼，拿着它们一直走到外公村子后面的池塘边，然后坐在那儿吃完了它们。

"没有开水了。"阿龙说，"你拿热水器烧点。"

吕弗去院子里打了水，外面又黑又冷，昨天还有月亮，但今天没有。阿龙只有一只碗，是他用来泡面的，上次泡的面已经吃完，只剩下点汤底在碗里，吕弗拿到水井旁洗干净，把面泡上。阿龙歪在床上，眯着眼睡觉，吕弗进来时把他吵醒了。

"看电视吗？"阿龙说，"你看电视吧，这会儿李桥台有《西游记》。"

"李桥台是几？"吕弗拿过遥控器，阿龙家的电视可以玩游戏，他和表弟海洋在上面玩过贪吃蛇，他玩得很差，不像海洋，可以把蛇吃得又粗又长，直到咬住自己的尾巴。

"六。"阿龙告诉他。

吕弗换到六台，没有《西游记》，正在放一款叫作"神奇药酒"的本地广告。这种药声称能治疗各种风湿病，常年在县级电视台投放广告，每一段广告都很长，前面会花几分钟介绍药效，然后是长达十几分钟的患者采访，都是一些老头老太太，絮絮叨叨地讲述自己怎么被风湿病折磨，又是怎么看到了这款神奇药酒，然后抱着试试看的态度买了几个疗程，一吃还真管用，腰啊腿啊什么的立即就不疼了，于是就又买了几个疗程，喝完以后就彻底好了，不过他们仍然表示会再买几个疗程巩固巩固。然后，镜头会切换到他们康复以后在田间地头老当益壮的情景，最让人印象深刻的是一位老杂技演员，在回顾完他和神奇药酒的神奇故事之后，他当场表演了一次顶凳子，院子里所有的凳子都被他顶在了嘴上，为了更具说服力，记者又到邻居家借了几把放上去。吕弗虽然很讨厌广告，倒是不太讨厌他，每次换台看到他都会停下来，看他顶完凳子，然后再换到别的频道。遗憾的是现在的广告里不再有他了，每隔半年，他们会重新采访几个人，把原先的那批换下去。换到李桥台时，广告已经临近尾声，进入了第三阶段，一个中气十足的男声不厌其烦地播报屏幕上的各地经销地址，这个环节虽然是整个广告耗时最短的，但最少也得念上两三分钟。

吕弗拿着遥控器等他念完，不出所料，接下来的仍然不是《西游记》，而是另一则熟悉的化肥广告。他换了台。

4

吕弗低头吃面,等着阿龙问他为什么会在这里,在心里盘算着该怎么回答,但直到把面吃完,阿龙什么都没说,一直眯着眼睛靠在床头,不知道是睡着了还是在闭目养神。他把碗拿到院子里洗干净,进来时,阿龙睁开了眼睛。

"你困吗?"阿龙说。

"不困。"

"那你就看电视。"

吕弗换了一圈台,没什么好看的。阿龙家的电视装了天线,可以收到二十来个频道,不像在家,最远只能收到不太清楚的驻马店台。他看了看阿龙,发现他又闭上了眼睛。他从阿龙眼前的桌子上拿过遥控器,玩起了贪吃蛇。一开始,蛇总是咬住尾巴,或撞到墙上,他越紧张,就死得越快。

"你最多能吃多长?"阿龙的声音突然响起,吓了他一跳,蛇立刻就失去控制,咬死了自己。

"就那么长。"吕弗说,他拿着遥控器,没有马上开始下一局,"海洋吃得长,"他说,"他每次都吃得很长。"

"那家伙,就玩游戏在行。"阿龙笑着说。他笑起来就像唐老鸭,声音干涩,短促,好像有什么东西摩擦喉咙。

"海洋现在在哪儿,他晚上不来和你一起睡吗?"

"别提那孩子了,"阿龙皱着眉头假装生气,"他已经完全被你姥爷收买了,见了我就跑,连声爹都不叫。"

"那是因为他害怕姥爷。"吕弗想了一会儿说,他觉得只能这样安慰阿龙。他也不止一次被告诫过，离阿龙远一点，最好不要把他当作亲人，也不要叫他舅舅。

"因为，他就是个人渣。"外公每次说到这儿，都火冒三丈，"他不是我儿子，也不是你舅舅，他是整个人类的失败品，你知道吗？就像捏泥人，他完全被捏坏了，没有人愿意多看他一眼，他是泥人师傅的耻辱，他根本不算个人……"关于阿龙，外公的义愤之词多得吓人，每次说得都不一样，他完全成了这个家庭的反面典型。对每一个晚辈，外公都不厌其烦地骂上一通，最后得出一个结论，千万不要和阿龙学。而吕弗，根本不知道阿龙都干过什么，在他的印象中，阿龙只是比别人更爱逗乐，当然，也爱喝酒，并且很容易喝醉。

"你姥爷有什么好怕的，他就喜欢瞎诈唬，真正厉害的人不用大声说话也能让人害怕。"

"也是，他从来不打人。"

"打人？"阿龙笑了，"真正厉害的人不打人也能让人害怕。"

"嗯——"吕弗有些摸不着头脑，他看着阿龙笑嘻嘻的脸，"你见过真正厉害的人吗？"

"我见过没？"阿龙大笑两声，然后绷紧脸盯住吕弗说，"我就是。"

吕弗不由自主地笑起来，经过这几天，他已经忘了自己上一次发笑是什么时候。当阿龙的笑声也加入进来时，他们一起，笑了足足有一分钟，直到阿龙停下来去喝水，他意识到自己笑得太久了，他不知道自己为什么会笑，就像打喷嚏一样突如其来，等你发现时事情已经发生了。他很庆幸自己刚刚笑了，现在，恐怕很难再笑出声来。

阿龙喝完水，又笑了几声，就像个精神病人一样发出那种不连贯的、没有来由的笑声。发现没人附和，他停了下来，看着吕弗。

"真正厉害的人。哈哈，我是真正厉害的人。"他说，然后哈哈大笑。

"真正厉害的人，"吕弗说，"真正厉害的人才不会笑呢。"

"谁说的，真正厉害的人就算笑（着）也能让人害怕。"他们一起说出后半句，然后拼了命地笑起来。

5

八点多的电视没什么好看的，贪吃蛇已经能吃得很长了，同时也感到了厌倦，以前，他以为只要让他玩游戏，就能一直玩下去，没想到那么快就烦了。他关了电视，屋子里马上就安静下来，阿龙的鼻息凸显出来，时不时还发出粗重的呼噜。吕弗帮他盖上被子。

坐在床前，他觉得有点冷。他知道自己的脚是凉的，小时候躺在床上，奶奶会帮他暖热。跑出来之前，他去奶奶家，她哭了，"回家吧，"她说，"回家吧。"

"我没有家。"他说，"我他妈没有家。"

她就没再说什么了，只是哭。她给他做了煎饼，又给了他十块钱。他飞快地吃完煎饼，然后离开了那儿。在这之前，他就是在奶奶家被发现的，现在，发现他没有回去，他们肯定还会来这里找他。这对奶奶和他都不是什么好事。和奶奶一起生活了十一年，现在他必须离开她了。

"去找你姥爷吧。"她说。

他没有说话，外公已经把他送回来一次了，他不会再去他那儿。他沿着一条陌生的路走下去，打算走到哪儿算哪儿。两天之后，他在一个池塘前坐下后，惊奇地发现他就在外公家的村子后面。他不敢再继续走下去，两天来路过的那些陌生的村庄让他害怕，好像那里生活的不是人类。他不认识他们，他们也从未注意过他。他走啊走的，路过一户户人家，最多只能引起一阵狗叫声。他不止一次听到这样的故事，一个流浪儿沿路乞讨，遇到好心人家收养了他。他希望自己也能遇到这样的事。走在路上，他常常不由自主地观察迎面走过的路人，心里盘算着他像不像那种会收养自己的好心人。可是从来没有人主动和他说话，希望越来越小，这种故事多发生于城市，被收养的孤儿一下就飞上枝头变凤凰，被培养得成了才，长大以后回到家乡，报答自己的恩人，报复自己的仇人。他非常想去城市看看，那里似乎有更多机会，所以一离开家他就径直往南走，印象中大人们要出远门都是往这个方向，只不过他们有钱坐车，而他只能走着。只是他没想到自己走的是一条斜路，这条路一直斜到了西边的外公家。前几天他只走了两个小时就到了这儿，然后外公骑上车子，用十五分钟把他送了回来，这次他多走了两天，还是到了这里。他不想再往下走了，他彻底迷了路，连方向也搞不清楚了。这里至少熟悉些，早上，他溜达到街上，正赶上一大群学生去上学。他们穿着统一的校服，急匆匆地到早点摊买几个包子或一碗胡辣汤，边吃边往学校里走。他们大多背着双肩包，不像乡下学生，背的全是用格子布做的单肩布包。他想起自己的书包，他把它埋在了一个安全的地方。

　　这两天他走了很多路，路过了很多村庄，这是一次随机的单线旅程，他没法再走一遍。那些走过的路很容易就忘记了，只有少数鲜明的印象尚留在脑中，其中有一条又长又深的大路，两边的杨树长得十分高大，路的一边是河，一边是麦地。他走在这条路上，觉得寒冷，也有点害怕。直到他看见对面有一个骑自行车的人，才安下心来。那是一个高大的中学生，骑着一辆同样高大的二八自行车。中学生在他面前下了车，问他有没有钱，吕弗说没有，他不信，要搜他的身。你搜吧。吕弗说，然后伸平双臂。算了，不用搜也知道你这小屁孩没什么钱。他重新骑上车子走了。我有钱！吕弗冲他喊道，我他妈的有钱。你别走啊，我真有钱。中学生回头看了一眼，加快速度骑走了。吕弗急了，他从口袋里掏出那十块钱，在手里晃着,你回来,我这儿有钱,你他妈的回来,我真有钱,你回头看看,看看这是不是钱,你他妈回来啊,你回来,回来……

中学生变成了远处的一个黑点,就像他来时一样。他有点累了,坐在路边休息,然后,像是突然意识到什么,他猛地站起身,飞快地往前跑去。在前面,他看到了马楼中学,那个中学生就是从这里出来的。他接着往前跑,一直跑到下一个村庄,在这里,他遇见了马银行。

"这是哪儿?"他问一个在墙根旁玩玻璃球的小孩,他长得非常黑,和非洲人没什么两样。

"马庄。"马银行收起玻璃球看着他,然后问他是从哪儿来的。

"张庄。"

"哪个张庄,小张庄还是大张庄?"

"就是张庄。"吕弗说,"你不知道,离这儿太远了。"

"哦,你来这儿干什么。"他把玻璃球重新放在地上,继续玩起来。

"嗯……来玩。"吕弗说。

"你也想玩?你有玻璃球吗?"马银行马上就兴奋起来,他从地上站起来,满是期许地看着吕弗。他的目光集中在吕弗揣在口袋里的左手上,迫切地希望这只手能从口袋里掏出点玻璃球。

"我有一个。"吕弗把那个大球夹在手指间给他看,像展示一个宝石。

"是个大老棒。"马银行叫道,但马上就失望了,"就这一个啊。"

"我本来有一罐,但是都在家里。"吕弗说,"都是我开老鸹窝赢的。"

"那你回家拿去吧。"

"不行,我家离这儿太远了。"

"那只能玩假的了,"马银行说,"一个子儿可开不了老鸹窝。"

"那就玩假的吧,输了被打一棒,用这个大老棒打。"

"我没有大老棒,"马银行说,"玩假的没什么意思,打一天也打不烂一个球。"

"那就用砖头砸,输了被砸五下。"

"这个不错,"马银行笑了,但马上又想到了什么,"不行,你就这一个子儿,打烂了就不能玩了。"

"那怎么办?"他们一筹莫展地看着彼此,看上去一个比一个着急。

"你有钱吗?"马银行说。

"我有。"吕弗几乎是喊出来的,把两个人都吓了一跳,"我有十块钱。"

"我靠,你怎么有那么多钱。"马银行说,"一毛钱六个玻璃球,十块钱能买……等等,我算算。"他从地上捡了个碎砖块,在墙上列起了乘法式。

"不用算了,"吕弗说,"一毛钱六个,一块钱六十,十块钱六百。"

"我靠,六百,你能把小卖部买空,走,我带你去买去。"

"我不会买那么多,我最多买五毛钱的。"吕弗说。

"五毛钱的,没问题,五六三十也不少了。"

他们去附近小卖部买了玻璃球,然后回到刚刚相遇的那块平地上。可以看出来,这片平地是附近孩子的乐园,地上用粉笔画着跳房子的线,这边应该是女孩们的地盘,她们在这里跳皮筋,丢沙包,地面被踩得十分平整,光滑,地表覆盖着一层白色的灰尘。离这不远处是男孩们的地方,地上画着玩玻璃球用的大圈,边上有几个老鸹窝。老鸹窝是玻璃球的一种玩法,在地上画一个正三角,三角内再画一个十字,这样整个三角就有了七个点,庄家在每个点上放一个玻璃球,整个三角就叫作老鸹窝。然后以老鸹窝为直线的一点,在三米外的另一点画一条横线,玩家们从横线外往老鸹窝发射玻璃球,只要触到七个点上的任何一个球,那个球就归玩家所有,什么都触不到的球归庄家,如果玩家触到三角中心点上的那个球个也就是"老鸹",则七个球都归玩家所有。可以这么说,每个发射过来的球都是冲着老鸹来的,但老鸹被紧紧包围在中间,那些野心勃勃的玻璃球大部分的下场都是有去无回,归了庄家。一般情况下,庄家大多都是最后的赢家,他们坐在自己的老鸹窝后面,叉开双腿,以便拦住那些来势汹汹地袭击者,如果有球被击中了,他就连本带利扔两个球回去,如果老鸹被击中,他会从罐子里数出七个球,放在手上,激动的胜利者会自己跑过来拿走这些战利品。但这只是极少数情况,能击中老鸹的人很少,大多数球只是直溜溜地滚过来,一直滚到腿下,庄家要做的只是把它们捡到罐子里那么简单。所以,当吕弗提议让他来开老鸹窝的时候,遭到了马银行的坚决反对。

"两个人没法玩老鸹窝,"马银行直摇头,"老鸹窝不好玩,人多了才行。"

"那玩什么?"

"玩撞墙吧,我们都玩撞墙。"马银行跑到墙根边弯下腰,撞出了自己的玻璃球。

"好吧。"吕弗说,"那就玩撞墙。"

6

九点了,阿龙还在睡着,吕弗真想叫醒他问问他们有没有来过这儿。他一直在担心这个,不管他去哪,他们都能找来,然后轻易地把他带走。他想起了电视里的黑白无常,他们不由分说地带走了许仙的灵魂,如果不是白蛇精厉害,许仙恐怕就再也回不来了。

他站起来,活动了一下手脚,使劲跺了跺脚,想暖和一点。长时间坐着不动冷已经蔓延到了大腿根,两条腿都是凉的,脚跺在地上,有一点点疼,就像翻越院墙的时候,在跳下去之前就知道一定会把脚震疼,但他还是跳下去了,一次又一次，那堵墙都有点歪了。他看向窗外，好奇阿龙家的墙是怎么倒掉的。他环顾四周，观察了一下屋里的情况，客厅里空荡荡的，连个凳子都没有，东面的厢房里漆黑一团，什么都看不到。只有他身处的这间屋子有灯光，有家具，有人睡觉，有泡面和酒的味道。床头的桌子上堆着乱七八糟的东西，衣服，蜡烛，白酒和打火机，发皱的钱夹（里面一分钱都没有），最后，他惊奇地发现衣服下面压着两本书。

一本是安利的企业介绍书，红色的封皮，印刷的很精致。他翻了翻，里面反复提到金字塔，说安利不是金字塔形的事业，他很费解，不知道上面都在说些什么。另一本是纸张低劣的成人杂志，书里有很多配图，也有一些笑话，封面上是一个手捧鲜花的女人。他看起了这本，虽然同样对里面的文章一知半解，但这本至少看上去有意思些。他很快就看完了前面的笑话，有的笑话他在故事会里看到过，不过这本书可不像故事会那么引人入胜，在看故事会时笑话就像是餐前作料，后面会有更精彩的等着你。但是这本书看完笑话之后就没有什么好看的了。他胡乱翻着，想找点可读的故事，一张男女赤裸相拥但没有露点的插图让他停下来，这是一个叫作专家解疑答惑的栏目，文章标题是《男人忍精不射孰利孰弊》。这个标题让他不知所云，他还不认识"弊"字，但他根据前文推断出了这个字的意思，他知道标题是说忍精不射是好还是坏，可他不知道忍精不射是什么意思。他只读了几行就放弃了这篇文章，里面谈到了古人和狐狸精，说古人认为精血是元气，女人是狐狸精，所以古人害怕女人，不敢射精。他隐约知道射精是怎么回事，但并不太清楚，再看下去就没什么意思了，专家不再说古人和狐狸精，开始讲身体器官。他翻到下一页，《伟哥，男人的铁哥们？》，他不知道伟哥是谁，又是怎么成了男人的铁哥们，文章里也语焉不详，说伟哥从美国来到中国以后，广受男士欢迎，但是不要太过乐观，伟哥解决不了一切，与之相伴也要对其保持警惕。他对这篇文章同样不明所以，花了好长时间才算弄明白了大概说的是什么：一个叫伟哥的美国人来到中国,得到了很多男人的信任,有人甚至已经离不开他了,但是千万不要这样,伟哥很危险,虽然能带来好处,但决不能太过依赖,一定要提防着他。

伟哥是个厉害角色,他想,他为什么要来中国,来干什么?阿龙醒过来后,他问了他这个问题。我没用过,阿龙说,街上卖得全是假货。我也没地儿用啊。他补充了一句,然后笑了笑。

他不是个人吗?

不是。

那是什么。

是药。

他没有再问下去,还要再过几年他才能搞明白这些事,现在,他并不着急。

刚醒过来时,阿龙口干舌燥,一个劲儿地喊渴,吕弗给他倒了开水,他等不及水凉下来,自己跑到院子里接井水喝。他一口气喝下两碗,回来时还带了满满一碗。

"你喝吗?"他问吕弗,"刚接的,喝吧。"

"我不喝,喝凉水会肚子疼的。"

"胡说八道,谁告诉你的。"

"大人们都这么说。"

"大人?别听大人的,"阿龙嘴都快咧到天上去了,"大人的话能信吗,全都是骗人的。"

"在我小时候,家里买了一壶蜂蜜,你姥爷为了不让我们喝,告诉我们蜂蜜比汽油还难喝,我们哥儿几个还真信了,一直没去动它。有一天我们在家打牌,有点饿了,碰巧他不在家,我们乱翻一通,想找点吃的,然后就发现了那罐蜂蜜。

一开始我们谁都不敢喝，但是又好奇，想喝喝看，于是我们哥儿仨就锤头剪子布，谁输谁先上，这是我们的一贯作风。"阿龙喝了口水，问吕弗，你不渴吗？这水是甜的。

"我不渴。"吕弗说，"你们谁输了。"

"你四舅，每次都是他赢，但这次他输了。他喝了一大口，吐了半口出来，表情痛苦地把剩下的咽了下去，'怎么样怎么样？'我们问他，'好喝吗好喝吗？''好喝，太他妈好喝了。'他舔着嘴唇，把壶给了老二。有了前车之鉴，你二舅很小心地抿了一口，含在嘴里品了半天，最后还是咽了下去，'好喝好喝。'他说，'真好喝。'我早就等不及了，把壶抢过来灌了一大口，那感觉我现在还记得，一股汽油味直往鼻子里蹿，他妈的那里面竟然真是汽油。"

"所以，我二舅和四舅骗了你。"

"是，但那只是为了好玩，真正的骗子是你姥爷，他把蜂蜜换成了汽油。"

"他为什么要这么做。"

"谁知道呢，"阿龙说，"他就是这样的人，自己坏事干尽，还总说别人是坏蛋。"

"他说你是人渣。"吕弗说，说完就后悔了。

"那他就是人渣他爹。"阿龙说，"走，人渣带你出去喝一杯。"

"现在？"吕弗去看墙上的钟表，已经十一点了。

"走吧。"

7

唯一一次喝酒，是在爷爷的葬礼上，他和弟弟躲在堆满丧葬用品的储物间里，里面有成箱的白酒、香烟、孝布和纸钱，杀好的猪和鸡吊在房梁上。外面唢呐喧

郑在欢 | 撞墙游戏

天，他们关上门，把桌子清理出一角，相对坐下，弟弟给他们各倒了一盅。干了，他说，他们一口喝掉，呛得直吐舌头。弟弟拆开一包烟，点了一根，他也要了一根，他们把屋子里抽得烟雾缭绕。弟弟抽完一根，又点了一根。他没有，他还不知道烟酒有什么好，他只是觉得好玩才去碰它们，如果大人们公然应允他们抽烟喝酒，恐怕他也不会太喜欢。就像现在，阿龙已经喝下大半瓶，他一杯都没喝完。

"喝吧，今天只有这一瓶。"阿龙又给自己倒了一杯，顺手添满了他的杯子。

吕弗抿了一口，强忍着不吐出来，嘴里很不是滋味。他正准备放下杯子，看到阿龙一口气喝掉了大半杯，他改变了主意，尽可能地喝一大口，马上咽进肚子，这样倒是挺痛快，从喉咙到胸口都是火辣辣的，好像有什么东西到过那里，不像喝别的，喝下去就是喝下去了，什么感觉都没有。他吃了点花生米，这是一种习惯性的动作，大人们骗小孩喝酒，看他们辣得直挤眼睛的时候，都会让他们吃点东西。现在，桌上只有一碟花生，阿龙还想要一只猪蹄，但老板没有同意。事实上，他们的酒也一样来之不易，他们走了两三里路来到这儿，看到阿龙时，老板却不太欢迎他。

这是一家开在省道边上的公路饭店，主要接待过路的货车司机。公路刚修好时，沿路有很多这样的饭店，那时候生意很兴旺，每家店里都有好几个小姐，本地人一律称她们为服务员，当然，她们的工作并不是点菜端盘子。她们远道而来，为素不相识的男人敞开双腿，只是为了挣点快钱。不工作的时候，她们就坐在门外晒太阳，让每一个路过的年轻人为之侧目。现在生意越来越差，有小姐的饭店已经很少了，不知道怎么回事，长途车很少再走这条路了。本地人又都是穷鬼，他们不会把钱花在下馆子、找小姐这种事上面。沿路很多饭店都关门了，这家叫"艳妹酒楼"的饭馆之所以还在营业，是因为它紧挨着镇子。

他们来时老板已经睡了，阿龙使劲砸门，直到屋里亮灯。老板把门打开一条缝，确认了身份之后才让他们进来。他穿着秋裤秋衣，拿着一个类似于关公大刀的武器，一根棍子上面绑着一口刀，刀背很厚，但是刀口已经开刃，在灯光下看起来很锋利。

"防谁呢。我的声音你还听不出来吗。"阿龙一屁股坐在他床上，一个女人"啊"的一声，隔着被子骂道，死一边去。

"听出来了也不能大意啊。"穿秋衣的老板说，"现在的坏蛋也学聪明了，前一阵瓦店集的老猫让人给抢了，那帮孙子学老猫他爹说话，让他给开门，老猫打开门就傻了，四五个蒙面大汉，把他的两个服务员轮奸了不说，还把一屋子烟酒都拉走了。"

"熟人作案！"阿龙停止和床上的女人嬉笑，转过头来斩钉截铁地说，"绝对是熟人作案，连他爹怎么说话都知道。"

"知道是熟人有个屁用，干我们这行的熟人多了去了。"老板见阿龙没有走的意思，往身上披了件衣服，"都这么晚了你不好好睡觉又转悠来干什么，你干脆住这得了。"

"那好吧。"阿龙笑道，随后假装严肃起来，看了看吕弗说，"这不我外甥来了吗，好不容易来一回，我带他来玩会儿。"

"你外甥半夜来的？"老板看着吕弗，好像突然想起了什么，"这是你二姐的儿子吗？"

"嗯。"

"长这么大了，"他摸了摸吕弗的脑袋，"几岁了。"

"十四。"

"真快啊，一眨眼她已经死了十四年。真是想不到，要不是因为你爹，恐怕她就埋在我家的坟地里了。"老板的声音低下来，眼睛停止了转动。

"埋在哪儿不是埋啊,"阿龙说,"人死了就不要提了。来,给我们爷俩拿瓶酒。"

"你今天输了多少钱?"老板回过神来,问阿龙。

"别提了,全他妈输光了。"阿龙骂道,"都让狗日的刘成赢了。"

"那你还有钱买酒吗?"

"先记账上,我又不会少你一个子儿。"

"你现在账上小一千了,"老板说,"这两个多月你一分钱都没有还,有点钱都在赌桌上输光了。你还让我怎么相信你。"

"你只管相信我就是了,"阿龙有气无力地趴在桌子上,吕弗坐在他旁边,有点后悔和他来这儿了,"你又不是不知道我是什么人,你到双河镇打听打听我瘸龙……"

"好了,我知道你有钱过,你爹给你找了个好工作,但你搞砸了,你和公安局长干架,你签一张单子就是十来万,我知道——"老板看着吕弗,好像是说给他听的,吕弗对这些也有所耳闻,外公对他说过,他让阿龙接他的班,是因为他觉得阿龙的腿有问题,应该予以照顾,按理说他应该传位给老大的,因为这个,他把其余几个儿子全得罪了。但是阿龙却辜负了他。他整天花天酒地,在职期间给银行造成了很大的亏空。"如果不是你父亲,恐怕你现在还在蹲监狱,所以,别再说你以前那些风光事儿了,风光的时候他们陪你风光,现在,有谁会给你一杯酒喝呢。"

"你啊,"阿龙说,"我就知道你够意思。"

"得了,我一点儿意思都不够,我只跟钱够意思。"

"我马上就有钱了,又有几票生意等着做,我已经准备好了。"阿龙说,"一得手我马上还你钱。"

"生意的事你不要跟我说,"老板说,"最好谁也不要说,你自己小心点就是了。"

"钱马上就要到手了。"阿龙喝完最后一杯酒,他拿起空酒瓶,说,"要不我直接给你酒吧,应该有三四箱棠河醇、两箱黑土地,还有几条好烟,我留着自己抽了,可以给你五箱酒。"

"酒你也自己留着吧,"老板说,"我只要现金。"

"我是想自己留着,那可就没有钱还你了。反正你这也要卖,何必便宜了别人。"

"我宁愿便宜了别人——"老板趴在柜台上,居高临下地看着阿龙,"也不想给自己惹麻烦。"

"怎么会——"

"别说了,我不会要你一瓶酒的。"

"好好好,你不要我一瓶酒,那就再给我一瓶吧,明天还你现金。"

老板从柜台后面拿出半瓶酒放在桌子上。这是我喝剩下的,他说,不用记账了,既然还要干活,就不要喝那么多了。

"大金鸡,"阿龙叫道,"好酒啊。"他又倒满了杯子,他问吕弗饿不饿,吕弗说不饿。他一直坐在那儿听他们说话,也不太明白他们在说些什么。他有点困了,屋子里离他最近的一张床上躺着一个女人,盖得严严实实,只有烫得卷曲的红发露在外面。她背对他们,一动不动,应该是睡着了。

"小丽呢?"阿龙说,"小丽是不是在睡觉?"

"她除了睡觉还能干什么,白天睡晚上睡,在床上的时间越长挣得越多,谁不愿意睡。"

"我是说她现在是不是在睡觉,就一个人睡?"

"不是。"

"现在还有客人?"阿龙突然站起来,又马上坐了下去。

"没有,今天来了个新人。"老板说,"你别老找小丽了,你又没钱给她花,你和她腻歪一分钟就耽误她一分钟,赶上快一点的,五分钟就是一单活儿,你说你让她少挣多少钱。"

"我还给她介绍生意呢,你怎么不说,"阿龙说,"我当然也想让她多挣点,可是一挣够了她就该走了,你愿意让她走吗?"

"我不愿意有什么用,天要下雨娘要嫁人,这是自然规律,连毛主席都没有办法的事,你我有什么办法。"

"你他妈×说的都是什么,"阿龙低着头,把酒杯攥在手里,"算了算了,别提了,喝酒。"

8

从饭店出来时已经是凌晨两点,阿龙有点醉了,像吕弗早些时候遇见他时一样,满身酒气,摇摇晃晃。他们在寂静的省道上走着,耳边只有风声,如果有车驶过来,远在五里之外都能听到。黑夜模糊了万物的区别,只是柏油路的黑更加显眼,他们走在上面,搜寻着来时那个发白的路口,走到那儿就离家不远了。

路过那所本地小学时,阿龙停下来,然后又走了几步,接着又停下来。

吕弗以为他累了,上前扶着他,说快走吧,就要到了。"等等,"他用力看向学校,那里漆黑一片,"我去买点东西。"

"买什么?"

"嗯,买瓶酒吧。"他说。

"你家里还有一瓶酒,在衣服下面压着。"吕弗看了一眼黑乎乎的学校,不明白他为什么非要现在去买东西,人们都睡了,在这种地方,店主们不会轻易在夜里给人开门。

"嗯,那瓶不是酒……不能喝,我得再买一瓶。"他从公路上走下去,坡道很陡,他一个趔趄险些摔倒,这个小意外让他看起来就像是跑下去的,他扶住路边的一棵小槐树才得以稳住身子。

然后就是砸门。这家商店靠近公路和学校,不光做学生的生意,也包括来往路人的,所以比别的路边小店要大一些。敲门声在夜晚显得分外清脆,远处的狗都被惊动了,屋里却没有任何动静。

"没有人。"吕弗说,"走吧。"

"总算没人了。"阿龙含混不清地说。

"咱们走吧。"

"我就猜今天该没人了。"他靠在门上,有点幸灾乐祸地笑起来。吕弗更加摸不着头脑,没有人你怎么买酒。

阿龙拍了拍卷帘门,再次发出一阵嗞啦啦的响声。他走到门前的路沟里,慢慢走了下去。吕弗刚要问他要干什么,他已经上来了。他从沟坎上的灌木丛里掏出一个帆布包,慢吞吞地走回来,包里发出铁器撞击的声音,看起来沉甸甸的。他绕到屋子后面,吕弗也只得跟着走过去。他把包扔在地上,从裤带上取下钥匙链,用上面的小手电照着墙,好像在寻找什么。

"你在干什么?"吕弗问他。他吓了一大跳,一甩头撞到了吕弗。他照着吕弗,好像突然才发现他的存在,"你在这干什么?"他恢复了平静,关掉手电说,"你先回去吧,我等一会儿再回去,给你钥匙。"他把钥匙递给吕弗,没等他伸手接,又突然拿回去说,"等等,我用完手电再给你。"

"你是不是想在这面墙上挖个洞?"吕弗突然明白了,他想起遭过小偷的邻居家,小偷在他们全家熟睡时挖开了他们的后墙,从床底下钻进来,偷光了他们家的东西。看样子阿龙也想从这里打个洞钻进去。

郑在欢 | 撞墙游戏

"你怎么知道。"阿龙说,"算了,既然知道了我就不瞒你了,你是想自己回家,还是跟我在这儿一起挖洞。"

"跟你挖洞。"吕弗说。

"好吧,那咱们就开工。"

阿龙拿着手电在墙上找来找去,什么都没找到,有水泥的地方写满了粉笔字以及用粉笔画的画。找遍了整面墙,他终于放弃了。"妈的,这帮傻×孩子乱画一通,把我做的记号给涂掉了。"

"没有记号不行吗。"

"行。"阿龙说。

阿龙从包里拿出凿子和铁锤,在墙上敲打一通,最后选择了一个地方干起来。虽然醉醺醺的,但他干起活来很卖力,不一会儿就突破了一块砖。吕弗蹲着后面帮他摁着手电,洞一点点变大,最终把手电的光圈给完全吸了进去。里面是一个木柜,严严实实地挡着他们。"妈的,挖到货架子这儿了。"阿龙说,"你知道吗?这货架子上全是吃的,烟啊酒啊,还有糖,但是它们全在对面。"

"那怎么办?"

"砸了它。"阿龙从包里拿出一把斧头劈上去,发出一声闷响。他用尽全力一阵乱砸,声音也跟着复杂起来,里面的货物纷纷掉在地上,瓶子摔碎的声音,塑料纸袋摩擦的声音,整包的卫生纸掉在地上的声音,吕弗竟然还听到了玻璃球碰撞的声音。当货架被砸出洞时,更加激烈的碰撞声响起来,随后,无数玻璃球从洞里流出来,阿龙的锤子砸到一个,它飞了出去,撞到了对面学校的院墙。

阿龙失望地发现他没法砸出一个可以爬过去的洞,货架做得很结实,除了背面的木板,支架竟然是铁焊的,"现在,"阿龙说,"我们只能踹倒它了。"

他趴在地上,把脚伸进墙洞,用力往里踹。吕弗看他这样觉得很滑稽,他想起练蛤蟆功的欧阳锋，他发功的时候就是这样。他没想到阿龙一点也不比欧阳锋差，他还真把货架蹬动了。它在一点一点地倾斜，阿龙也跟着一点点往里，最后，他只剩下上半身在外面，双腿都在墙洞里蹬。

"胜利就在眼前。"阿龙说，"货架就要倒了。"

吕弗也跟着激动起来，他从来没有想过这样的事情，在一个货物琳琅满目的商店里，没有老板，没有收银员，想要什么就拿什么，不用付钱，不用征得任何人的同意，想要什么就拿什么。他们都有点迫不及待了。好了，我们就要进去了。阿龙双手撑在地上，蹬出了最后一脚，紧接着是一声巨响，几乎与此同时响起的，是阿龙的惨叫。

他被压在货架下面了。

吕弗想把他拉出来，但一点用都没有。他趴在墙洞里，只露出上半身，开始还挣扎着想爬出来，最后只能彻底打消了这种念头。现在，他看起来就像被压在五行山下的孙猴子，转眼之间，神功盖世的欧阳锋已经成为过去式了。

"现在怎么办？"吕弗慌了，他不知道阿龙会不会死。

"凉拌。"阿龙说，"等天亮了会有人来把我弄出来的，他们不会让我一直待在这儿的。"

"那咱们不是被逮住了吗？"

"是啊。"

"你疼吗？"

"不疼。"

"你淌血了吗？"

"不知道。"

"你先去把工具包藏起来。"阿龙说，"藏在我以前藏的那个地方。"

吕弗把包放回路沟里。他回到阿龙身边靠墙坐在地上，忙活一通，天已经蒙蒙亮了，他随手一摸，地上全是玻璃球，这是他们全部的战利品。

　　"咱们玩会儿玻璃球吧。"阿龙说，"不然的话就要睡着了。"

　　"好。"

　　"玩什么？"

　　"玩撞墙。"

　　"好，我先来。"阿龙拿起一个玻璃球撞出去。他撞得太远了，远得远远超出了他的活动范围。

（选自2014年《天南》第16期）

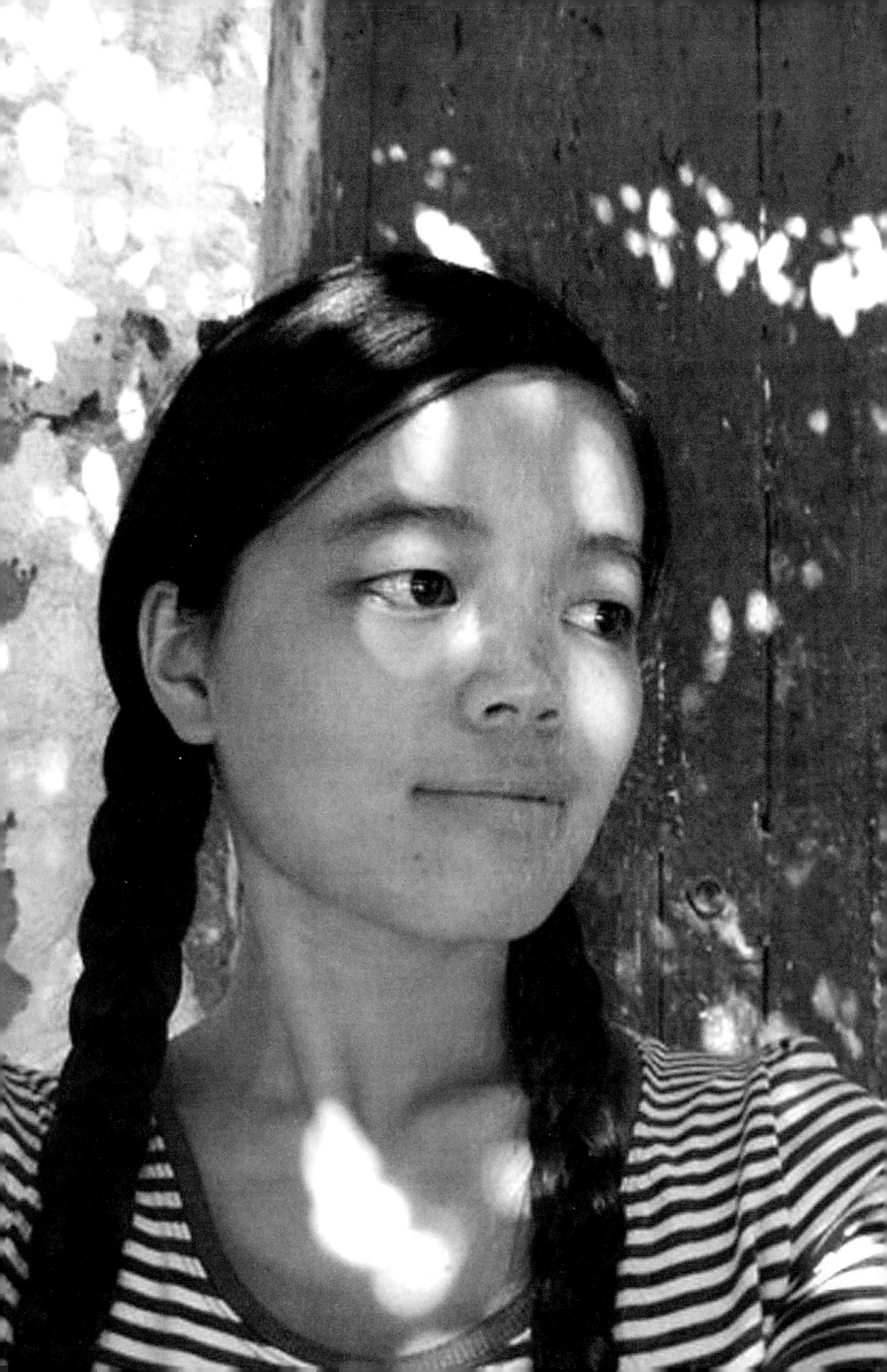

何 荣

何荣，女。1984年生，毕业于南京师范大学中文系，曾在《散文》《文学报》《短篇小说选刊》《当代小说》等发表散文及小说，中篇小说《成年孤儿》获豆瓣首届征文大赛小说组优秀奖。

相　交

　　2013年6月30号，下午6点15分。假设你站在劳动路入口30米处，胥门烧烤店门口，东临盘胥路，西邻三香路。现在你坐东朝西，好，不要眨眼，在心里头咔嚓来一张照片，让这一瞬定格，切下这活生生的横剖面细细研究。

　　这张相片（也可以说是现代版《清明上河图》）里林林总总共十一个人，除去被柱子挡了半边脸的四舍五入不算，其中有四个小贩，两位白领，一名退休干部，一名教师，三个农民工。他们出现在同一个画面中的概率极小，且时刻在变动，难以捕捉。如果你真的拍下了这个画面，那简直跟得上拍到哈雷彗星，可歌可泣。

　　这十一个人里，关系最亲的要数三个农民工。崔凤连，男，三十七岁，河南新乡人。一米七四，身材偏瘦，分头，脸上有一块拇指大小的胎记。崔鸣城，男，二十岁，河南新乡人，崔凤连的侄子。一米八，一身好肉，平头，左腮帮子上有个小酒窝。邵波，男，二十七岁，江苏盐城人。一米六五，略肥，板寸，毛脸。他们仨，按崔凤连的话说，是对面那栋蒙在纱网里的大楼的爹。这三人里头，崔凤连脑袋最活，崔鸣城脚最臭，邵波老二最大。此三人为何能形成这样短暂的组合呢？是因为他们此时目的一致，要找个地方吃饭。崔凤连心中有数，径直杀向熟悉的饭店；崔鸣城左顾右盼，一心想着开发新据点；邵波最省事，直接盯着前面两人的脚后跟。

这个城市在搞建设，马路上到处开膛破肚，没走几步就一个水泥补的大疮。动不动就撬了窨井盖，里头竖着一个人，头戴安全帽，脸没到地平线以下，与行人的脚平齐，好像被无数人轮流踩着脸。路边树荫下摆了一排仰天而睡的民工，睡得像一具尸、一只蛹。大中午的，他们把鞋一脱，朝脑后一枕，再把饭盒跟茶杯小心地搁在离垃圾桶较远的脚边，就开始他们自然之子式的午休了。耳边打桩机轰轰地响，不要紧，那是为他们梦里衣锦还乡敲的大鼓。平时的娱乐活动实在太少，且城市里样样都要钱，唯一不花钱找乐子的法子就是互相研究，互相爆料，增进感情，内部消化。每个人都把自己从记事起那点鸡零狗碎掏出来资源共享，讲到一半就被人打断的也有，打断了别人又被别人打断的也有，打断了别人又忘记自己要讲什么的也有，简直就是个八卦泼水节。崔鸣城年纪最小，又爱赶时髦，又听不懂暗语，经常被围攻。邵波比较蔫坏，别人动口时他只是笑，笑着笑着就凑过来直捣黄龙掏人家蛋。崔凤连比较稳重，大家说笑话时都无意识地偷窥崔凤连的脸色，如果崔凤连也放开了笑，讲笑话的就觉得特别成功，听的人也笑得特别响。

收了工，他们就三五成群的，到大排档吃点小菜，喝点小酒。劳动路这一小截，已经成为崔凤连他们的据点。最出名的要数老山东排档，君不见，霸气外露的滚动广告屏上一排晶红大字滔滔不绝地循环往复：老山东排档，夜宵到天亮！真可谓：天长地久有时尽，此字绵绵无绝期。老板存心要做大做强，不仅在灯箱上下了一番功夫，而且在桌椅的选择上也显示出一种立根原在破岩中的决心。桌是白色塑料圆桌，中间还能放个转盘，正儿八经吃酒席都没问题。桌面铺上一次性塑料桌布，四个角在夜风里舞动，还有那么点飘逸。椅子是配套的白色塑料椅，两边有扶手，坐上去很有老板派头。杯子是白瓷杯，不是一次性纸杯，且十只里面

何 荣 | 相 交

只有一两只有缺口。它在夹缝里讲究着一点档次，在粗犷里暗藏着一点贴心。可以说，老山东排档是这条街上的老大。虽说它是路边摊，半夜才出来躲城管，但它有本事让你觉得自己是贵族。只要你一落座，立马有人殷勤地送上热茶跟菜单。茶是褐色的大麦茶，菜单是硬面抄式的烫金菜单。他家就请了两个小妹，估计是走马灯样地换人后留存下的珍稀物种。两人都手脚麻利，嗓门大，眼色活，端菜从来不会出现大拇指浸到汤里的低级错误。你初来可能不懂，但货比三家，吃遍这一条街的大排档之后，你才能悟出老山东吃客爆满的原因。老板亲自下厨，话不多，操一柄大勺在锅里翻，带动半个身子都在抽搐，耳朵上还夹着电话：一份咸肉菜饭，两份砂锅不要辣？好！好的！菱塘新村正门是吧？十分钟一定到！老板娘瘦伶伶，两只眼睛像是掷进眼眶里的飞镖留在外头的尾。如果哪一桌上菜慢了有怨言，她会让你尽情发牢骚发个够，一句解释也没有。等结账的时候你会发现，你的饭款被若无其事地很大方地抹了零。这种粗中带细，辣里带甜的行事作风干净利索地填了你心里那点小委屈，让你立马闭嘴，心悦诚服。

崔鸣城嘴上嚷着要吃烧烤，崔凤连知道他是想去跟毛妹斗嘴。斗嘴是郎有心妹有情的前兆，崔凤连不喜欢毛妹。小年轻就是好，一天下来再累，看到毛的还是有精神。毛妹无胸无臀无笑脸，头顶板寸，一身排骨。崔凤连不知道自家侄子是怎么了，连这种骷髅身架冷面妹都喜欢。崔凤连以为她给过鸣城什么甜头，一打探，妈的，手都没摸到。问他图个什么，他挣红了脸嚷：我、我觉得她像个大学生！一句话大家笑了好几天，把大腿都拍痛了。崔凤连没笑，脸黑了几天。此后只要崔凤连在，崔鸣城就没有吃胥门烧烤的机会。崔凤连从泪汪汪的二嫂手里接过崔鸣城，不能坐视不管。现在QQ手机满天飞，他们要搞地下可以，但不能当着他崔凤连的面。不然传出去了，说他把侄子教坏了。崔凤连对无形的东西尤其看重，对舆论也足够敏感，所以他才能稳坐工头这把交椅。之前的包工头玉龙就是坏在嘴上，崔凤连冷眼旁观，玉龙饭也没少请，红包也没少给，就是在堵人嘴方面做得不好，把几年心血给众口铄金了。他就不，他说得少，听得多，听到话头不对就暗地调整方向。他带的工人都是乡下伙计，没什么心眼子，吃不住好话哄，也受不了坏话撺弄。崔凤连对企业文化还是很看重的。没错，乡下人实在，但有时小农精神作祟，又会走到另一个极端去，搬弄些妇道人家的是非。念初中的时候，崔凤连听教历史的王敬民（论辈分崔凤连还得叫他表叔）讲太平天国起义，一节课把黑板擦当惊堂木拍了无数次，一脸恨铁不成钢。讲着讲着就牵动了自己被文化大革命耽误了考大学，一辈子只能待在乡下当山寨陶渊明的伤心事。最后照例忍不住拿指头戳住他们一顿臭骂，印象最深的一句就是："几个种地的用种地的法子再去领导一群种地的，永无出头之日！"这句话真他妈拗口，可是崔凤连就是听懂了。从那以后，他都尽量跳出种地的脑容量局限，用非种地的思维来考虑问题。

如果你记性够好，一定不会忘记，在刚才那张虚拟照片里还有两位白领。其中一位是土生土长的苏州人，叫孟晓莹。女，二十二岁，家住新市桥北，就在盘胥路上，离这个路口大约两百米。孟晓莹跟爸妈还有外婆挤在狭窄的两室一厅里，另一处大一点的房子是作为婚房备用的，现在租给了两对打工的外地小夫妻。另一位叫周丹，女，二十九岁，河南新乡人，是孟晓莹的上司。严格说，周丹属于新苏州人，两年前在西园路附近按揭买下一处房产，首付三十万，余下的八十万每月还贷，二十年还清。这二十年周丹已经被买断，吃死。她的老总李文峰心里很清楚，这位能干、强硬的女下属要不是做了房奴，断了辞职单干的念想，未必这么忠心耿耿。

何 荣 | 相 交

周丹跟孟晓莹怎么会出现在劳动路的呢？孟晓莹每天中午带饭，自己动筷前总要邀大家尝尝。有时候是清蒸鲫鱼，有时候是扁豆肉丝，有时候是苋菜炒蒜瓣，都是孟晓莹妈妈做的。孟晓莹妈妈特别宝贝孟晓莹，女儿都二十多了还囡囡、囡囡地叫，有时候下班了还开车来接她。在如此绿色无公害的母爱中长大，孟晓莹心地单纯，人缘极好。连每日拿一对丹凤眼瞄人、有轻微洁癖的周丹也谨慎地认定，孟晓莹这个小姑娘可以交。陆陆续续吃了三个月孟晓莹饭盒里的菜后，周丹实在过意不去，突然算总账地要回请孟晓莹。孟晓莹一连推掉了六回，今天终于被周丹得逞。其实孟晓莹不知道，这件事很险。如果她再推掉一回，周丹就会认定她在歧视她。

此时，周丹与崔凤连只相距不到五十米。严格来说，崔凤连看到了周丹，但等于没看见。周丹这种气质型美女无懈可击，不属于崔凤连们的调戏对象。他们这类人适合哪一口他心里十分清楚，这是一种本能。就像狼能嗅出羊膻味，就像虐待者能在人群中精准地挑选出自己的施虐对象一样。崔凤连们虽然文化程度有限，但人类大学多少也念了几十年，你情我愿门当户对的道理可以说是相当清楚。一般来说，可以调戏的女人向来都是色香味俱全的。首先，她一身劲香，香到快把你熏瞎，眉黑嘴红，杀气腾腾，活像个拿自己一身肉拼天下的女穆桂英；其次，她上露奶来下露臀，黑色蕾丝内裤（简直是私处的拟态）配超短裙，随着大白腿的起落若隐若现。豹纹奶罩时不时在低胸装领口探个头，她还假正经地搡一搡，好像很为自己的魅力溢出而烦恼。再次，也就是最重要的一点，她全身上下都是廉价货，眉眼间黏哒哒臊烘烘湿乎乎，身份一般是发廊妹或按摩女，又下贱又风情，这类女人才是崔凤连他们的菜。周丹虽然穿得少，奶子屁股都够味，但她的神情不对。崔鸣城最嫩，辨识能力最差，还拿一双红炭样的眼不识相地撵了周丹一小段。周丹一脸漠然，压根儿没把崔鸣城火辣辣的目光当威胁。明眼人一看就知道周丹身上穿的布虽然少，但剪裁精致，价格不菲，按每平方米算比他妈房价还贵。作为一名优秀的主管，周丹的眼神具有自动过滤功能，一般来说，遇到扫地工、保洁员之类的物种周丹就会选择性失明。

崔凤连在外头这么久，知道女人赶时髦比男人容易，花个几百块就能装阔太。但赝品就是赝品，招摇过度就暴露出底气不足来。崔凤连看女人的两大心得就是肤色跟眼神。肤色白净的，百分之八九十是家境好的城里人，从小在空调房里捂惯了，捂出一脸死人白；肤色黑的，尤其是腮上两团红的，多半是从小在乡下乱跑的农村丫头，后来来大城市打拼，混得人模狗样了，但小时候打下的黑妹底子这辈子都洗涮不掉。难怪女人要美白！说是爱漂亮，哪会这么简单？这是牵扯到阶层划分的大问题！崔凤连把一口痰解恨似的啐在绿化带，他看透了那些渴望翻身融入城市的小女人们的苦心，慈悲地笑笑。至于眼神，就属于VIP白金会员级别了。如果你能从一个眼神判断她是城里人还是乡下人，说明你看人的功夫已经炉火纯青了。崔凤连别的海口不敢夸，这点觉悟他还是具备了的。乡下女人眼神要么傻乎乎要么恶狠狠，前者是未开化，后者是开化过头。前者很没眼色，一脸木黄黄，绿灯不敢过，红灯不敢闯；后者满身雷达，噔噔噔像要去杀人放火，眼白发黄，是一直得不了逞胃火太大的焦虑。是不是乡下妞，眼神最明显的区别是在你跟她对视的时候。城里姑娘不太怕对视，不躲，也不瞪，眼神坦荡又敞亮，还通风，是一种光滑的、纯正的陌生。乡下妞就不同了，要么故意不看你看地，要看你就看过头，总有点背井离乡的别扭在里头，不够自然。

何 荣 | 相 交

能被人当成本地人问路,从外形到内在,周丹是狠下了一番功夫的。问路这件事看似微不足道,你试试看,你一个外地人在大街上走,有人朝你问路吗?为什么问路都喜欢问老年人?一来老年人比较热心,二来老年人不会骗人,三来年纪大的一般都是本地原住民,安土重迁,哪有老头老太在外头打工的?当然了,老年旅游团另算,不过你捡那落单步行的老人家问,准没错,一问一个准。你在一个地方待得够久,且必须过得够安逸,一脸浑然天成以假乱真的土著相,才能混进本地人圈子,才具备被人抓来问路的本钱。你要是天天过得猪狗不如,你再乐观,面相都不对劲,说不清道不明的那点委屈,藏在眼角眉梢,稍不加以控制,就一脸苦相或凶相,像个永不落网的通缉犯,吓煞路人。周丹相信,相由心生,心随胆壮,胆仗身价,也就是经济基础。经济基础这一点,周丹已经用河南人身上特有的不服输精神基本搞定了,余下的就剩上层建筑了。比如说口音啦、衣服的色系啦、肤色的调整啦、眼神的修炼啦等等等等。周丹很巧妙地掩饰了河南腔,加了点港台味,嗲嗲的,又糯又软又减龄。你想想,一只粉面含春威不露的升级版王熙凤,如何在职场上利用自己的女性身份,为自己赚一点男人赚不到的彩头呢?当然是在语气上下功夫啦。她才不会字正腔圆地去讲普通话呢,讲得标准呢,听上去死板;讲得油呢,贫!弄不好就有东北味儿了,就枉费了她高端的苦心了。在大街的车声中,周丹任由自己的胳膊被孟晓莹挽着,像一位被领导人陪同的女外交官。脚边绿化带里卧着一株脏兮兮的矮冬青,像只灰头土脸的小狗。周丹回过头,向刚才那对问路的男女遥遥行注目礼。他们放着孟晓莹不问,单挑她来问路,是一种隐形奖励,精神价位上相当于一万五的年终奖。

城市里的楼群把地平线拉高了,太阳被吞了,西天却烧了猩红的一大块,热气还没有散干净,有风扑过来,一阵热一阵凉。现在时间是 6 点 47 分,崔凤连开始走神。他其实不大乐意跟人一起出来，三人行必有孬种。一个人出门，受了点气，丢了点人，就算了。但身边一旦有人，且是个喜欢看热闹寻刺激脸皮薄的，你就没法小事化了地过去。他清楚自己也算半个老大，要是有人公然在他头上踩还装聋作哑的话，身边这些小兄弟会看不起他。他知道，在别人地盘上当自家人的老大，分外难。要是在河南老家就轻省多了，黑道白道双轨并行，老大是真的大！哪需要在夹缝里撑场面，打肿了脸硬上？每次出门，他都尽量不声张，一个人独来独往，少掏了不少次腰包，还能打打牙祭。有时躲不过，就把人往劳动路带，这里消费低，热闹。请客咋咋呼呼一帮人，结账的时候也没多少钱。他敢打包票，他是他们一堆人里唯一自费去过松鹤楼跟豪客来西餐厅的人。就算头一回去这种地方，他也有本事不露马脚。诀窍就是动作幅度要慢，不要莽撞行事，留足时间观察邻桌并适当地现学现卖。长此以往，他相信自己会永远地与"乡巴佬"这三个字告别。一只黄猫进入了他的视线，它贴着墙根走，尾巴半举，踩着一条看不见的直线。49 分，他被一辆北京现代的倒后镜刮了腰。

崔凤连的理想状态就是一只虚虚握着的拳头，随时准备去握手，也随时准备攥紧了给对方来上一记。崔鸣城非常给面子，也不知是真气还是假气，总之一副谁动了他叔他就跟谁拼命的样子。因为崔鸣城这边戏做得足，崔凤连就直接拉架了。邵波照例不吭声，但他在一边忠实地守卫着，蓄势待发，只要崔凤连一个眼色，他就会路见不平，拔拳相助，精准地插手崔氏叔侄与倒后镜主人的纠纷。他用他的沉默和大块头给他们提供了最坚实的后盾。不过这次情况有点复杂，这辆北京现代的主人，操着一口本地方言，以每分钟两次的频率，骂他们"外地乡×"。自从上次被本地警察劝了句"入乡随俗"至今，崔凤连再也没动过打 110 的念头，他认定胳膊肘是朝内拐的，哪里都不例外。

何 荣 | 相 交

头顶一只麻雀咪溜一下，飞了。电线悠过来又悠过去。一根细羽落了下来，被一个飞驰而过的摩托车仔吸过去，不见了。在他走神的这几秒，崔鸣城已经被邵波死命抱住了。双方已经不屑于用普通话了，各自用自家最恶毒的土话互相攻击着，恨不得片刻置人于死地。崔凤连这时仿佛才醒悟过来，这场纠纷的起因是他自己。

在崔凤连他们搅成一团人形锁链之前，周丹赶紧拉走了孟晓莹：人家美国人从来不看热闹！周丹谆谆教导。孟晓莹没意识到围观会有损身价，只是不住咂嘴：喔哟——那个男的凶得咪！周丹冷笑一声，心想你不过听到几句河南脏话而已，你没见过我们河南人打架呢，那才叫惊天地泣鬼神！这几个小喽啰肯定成不了大气候！五分钟后周丹偷偷回头一看，果然，人已经骂骂咧咧地散了。

叔！他骂俺奶奶！

这句话一直嗡嗡嗡在崔凤连耳边回响，响一声就是一记耳光。看上去崔凤连一脸麻黄皮子没表情，他心里已经左右开弓把自己抡肿了，抡圆了。崔凤连母亲前年才过世，他记得是夜半，老人家突然嚷嚷要坐起来。他跟汤桂荣慌忙披了衣服，一左一右把她拱起。她干睁一双眼，什么也不说。就这么杵着，许久，突然，很沉醉似的，头往他怀里一歪。他看看他怀里的老母亲，再看看汤桂荣，汤桂荣也看他，没人敢唤她一声，好像怕惊动了这神圣的睡眠。汤桂荣手握着嘴，开始小声地哭。而他，只是把她极轻极轻地放回枕上。他很欣慰，他外出打工这么些年，只有过年回来，基本上都是汤桂荣在她跟前尽孝，她居然一点儿都不记恨他，临终还是血浓于水地朝儿子怀里一靠。单凭这个小动作，他就不能容忍那个开现代的狗日的骂那么多句"操你妈"！你骂什么都行！就是不能骂操你妈！我妈这辈子有多不容易你知道不？我不是尿，是看在我妈分儿上放过你！我妈生前最见不得我跟人动手了！操！开辆现代了不起啊！本地人了不起啊！谁他妈不是十个月生的！你给我记着，下次我不叫你脑袋开花我不是我妈养的！操你妈的！

  当然，这些血淋淋的话都属于心说，崔凤连不过今天多叫了六瓶啤酒而已。崔鸣城还在愤愤不平，崔凤连眼皮都不抬，他知道自有邵波去安慰他。他不动声色是因为还没想好怎么跟这位晚辈解释他刚才的尿，只能故作深沉地沉默着。他有点愁，找个什么理由来挡呢？说工资推迟到十五号？不行。工资经常推迟发，因为这点鸟事就能让人口头操了妈还不还口不还手？呸！说汤桂荣查出子宫有囊肿？说小健没考上大学？他妈的！每个理由都站不住脚！他有点恼自己了，既然事后心里捋不顺，当时就该上！崔鸣城还在跟他赌气，一颗头沉甸甸地埋着，只顾刨饭。他夹了一筷头鱼香肉丝给他，他也不去动，避嫌似的把周围的一圈饭都刨了，颤巍巍留了一根饭柱子立在碗里，顶着一筷头菜，向他示威。崔凤连心头突然抽痛起来。这时，一个电话打进来了。

  吃饭周丹点菜有点作。小妹眼色好过头了，更助长了周丹的架子。她扬起戴着欧米茄的右手，用纯正的普通话说："小姐，帮我拿点纸巾，谢谢。"音量适中，语速不疾不徐，一听就是吃厌了酒店来小饭店打牙祭的女主管。孟晓莹如果细闻，还能在周丹举手投足间嗅见香奈儿COCO的余香，混着饭店里劣质菜籽油的气味。没过多久，周丹又要求来一杯热水，理由是菜太咸了。她要求很多，弄得饭店里的其他食客也一脸肃然，静悄悄地听她发号施令。她觉出饭店空气异样，象征性地环顾四周，拿张餐巾纸半嫌恶半妥协地蹭着一小块桌面，蹭得那一小块油光水

何 荣 | 相 交

亮。她轻轻皱着眉，带着一种污泥中的优雅，压低了嗓门跟孟晓莹抱怨：卫生局那帮人阿是都吃闲饭去了？她特地讲了句带本地口音的普通话，可惜来此吃饭的都是外地人，除了后知后觉的孟晓莹，一个识货的人都没有。

她们这顿烧烤吃了一个多小时，吃得店里的伙计们人心惶惶，不知道这位高消费（她消费了近百元）顾客还能翻出什么新花样来。头顶的小风扇不住摇着头，一个金属笼子包着一团雾。终于，一声买单令下，一张粉光脂艳的百元大钞夹在涂了蔻丹的指间，朝老板抖了一抖。周丹用最漫不经心的姿势告诉大家，她钱包里，或者户头上，这种大钞多得不计其数，她只是低调而已。老板瞟了一眼钱箱，有点为难。两分钟后，这张百元大钞进了隔壁崔凤连的口袋。

周丹接过老板打隔壁老乡手里换来的一沓脏兮兮的零钱，点也不点，咔哒一声合了包，起身，右转，出门，橐橐橐。她对自己这一气呵成的动作很满意，这正是她想要的节奏。干净、利落，不拖泥带水。就算在心乱如麻的情况下，崔凤连也不忘拿指肚冷静地摩挲着簇新的纸钞，以辨别它的真伪。他对自己的表现很满意，这正是他想要的节奏：稳重、踏实，不手忙脚乱。他们的第三次照面发生在咪咪外贸服装店门口，孟晓莹被橱窗里的一件长至脚踝的雪纺白纱裙吸引，周丹歪了头，瞅瞅孟晓莹，低头抿嘴一笑，裙摆一飘，率先进了店。在她的两点钟方向，崔凤连一根烟到了头，邵波还没吐干净。这个憨种每次逮了酒就不要命，崔凤连用来浇愁的黄汤都落了他的肚。崔凤连本来打算把刚才电话里的内容跟邵波说说，顺便让崔鸣城听听壁角，旁敲侧击地告诉他，他叔刚才厾是有重要原因的。好了，这狗日的只顾扶着电线杆飞流直下三千尺，崔凤连错过了向侄子不露痕迹地维护体面的最佳时机。

夜了，脏乱差被黑暗抹平了，城市开始妩媚了。像是对白天日头毒辣的一种补偿，夜风贱兮兮地来献殷勤了。楼群围了个铁桶阵，听得头顶呼呼有声，地面却沾不到什么仙气。大商场方圆十米内还是冷气的地盘，出了这个圈就是火焰山了。崔凤连他们走过一排空调外机，小腿肚子简直像被焊枪喷了一遍。这附近有个纳凉的好去处，就是佳福国际大厦的地下车库。车库入口处是L形的，拐角处风特别大。崔凤连他们经常在这里铺张报纸挺尸，除了有点轮胎味，你闭了眼，跟乡下睡在丝瓜架下没什么区别！小腿上的汗毛叫小风撂倒了，胳肢窝都吹透了，你专注地感受着风的动和自身的静，整条人被梳得油光水滑。对崔凤连来说，今天不算个好日子，先是被车刮，接下来是那个倒霉的电话，他像是要犒劳一匹疲惫不堪的老马，枕着块砖头把四肢摆平整了。邵波脸冲着他的脚，已经开始打呼噜了。他不放心地瞄瞄崔鸣城，一个红点，忽明忽暗。

　　地下毕竟是地下，走到入口就觉得遍体阴阴生凉，周丹用皮包做掩护，巧妙地整理了下粘在后背的真丝衬衫。
　　就这样睡死算了，明天，后天，大后天，一辈子都不要在日头下干活了！就这么睡，死也不起来！
　　外面太热，这里凉得有点突然，一层细微的鸡皮疙瘩让周丹抱住了手臂。
　　有人来了。
　　十米开外，有一摊黑乎乎的活物。有烟味。
　　逆光，看出来是个女的，衣袂舞动，听脚步就知道不温柔。
　　近了，果然，脏兮兮的。周丹屏住呼吸。
　　近了，有点面熟。这女的好像在哪里见过，崔凤连怎么也想不起来了。

何 荣 | 相 交

明天一定要跟物管反映！这里该装个灯！应该禁止闲杂人等进入车库，搞得乌烟瘴气！这样下去还能创建文明城市？周丹锐利地盯了他们一眼，像她在开会时盯员工那样。

崔凤连凑到邵波耳边小声说：这个女的你有没有印象？鼾声停了，肿眼泡间冒出俩黑珠子。

他们在窃窃私语什么，她猜也能猜得到。这些民工……啧啧啧。周丹秀眉微蹙。

邵波摇摇头，又点点头。崔鸣城也开始看周丹，这个女人他肯定在哪里见过。

周丹突然看上去气定神闲了，车钥匙就在手心捏着，金属齿朝肉里嵌——不要跑，慢慢走，它不会拿你怎么样。小时候遇到恶狗，大人这么教过。

三个人盯着周丹，风送过来酒味、烟味、汗味。

在国际博览中心，她多次主持过产品发布会，台下黑压压几千人，还有老外。上次跟老板去首尔，人家还以为她是日本人呢！她什么世面没见过？

邵波发现了身边两个人的专注，索性借醉喊了一声：哎，大姐，认不认得咱们？

周丹停住了。她转了身，向他们走来，皮包夹在腋下，像一只盾。男人体味浓郁。COCO 香奈儿的味道只来得及冒了个头，就剩脚丫子味了。

轮胎味一直在，细嗅又没有了。

这个女的，手腕箍在金光闪闪的表带里，双足踏在七寸高的鞋跟上，两坨奶子被两只半圆的钢圈兜着，一步一颤。

不颤了。她立定，双手抱胸，看着他们。她个头不高，他们坐起身，仰着脸，像狗。

她挨个儿看他们，像是在笑，笑得很浅，很久。精心烫过的发梢舔着她的腮。

其实也没多久，她觉得够了，到位了。一抬脚，橐橐橐，走了。

邵波不懂她笑什么；崔鸣城以为自己懂了，其实他还是个雏；崔凤连有点懂，不过既然她都走了，那就算了。

土得掉渣的河南腔，到死都改不掉！她最恨这些河南男人不上档次的样子！简直恨死了！他们让她想起村上那个整天灌黄汤的倪小二，七天七夜不下牌桌的六指徐，跟后村寡妇不清不楚的死鬼老爹！一辈子他们都窝里斗，为了几个小钱！天亮了下地干活，天黑了上床干婆娘，一辈子都没出息！她原来以为周海平跟他们不一样，最后还是各走各的路。过年她回去看到他们一家了，周海平满面油光，他媳妇一身大红。他们看她一身黑，连个对象都没有，都以为她过得不好，一脸淳朴的歉意。他劣质皮鞋上的灰，指甲缝里的泥，西装肩膀的头屑，都逃不过她的眼睛。李奇开板场了，周裕丰下深圳打工了，徐建功当兵了，那又怎样呢？不是暴发户就是困难户！再包装也藏不住那股子乡巴佬气！

她来这里打拼了六年，从小职员爬到高管，还是以月均一次频率，被脏兮兮的民工、路人甲、无业游民等底层人士轮换调戏着。她弄不明白，到底是她哪里有漏洞，让这些眼尖的乡巴佬们看出了端倪，认定她曾经跟他们一样，是个插过秧挑过人粪的乡下妹子？为什么他们不去调戏孟晓莹？孟晓莹比她高贵在哪里？她去美罗刷卡买只包，眼都不眨。一句"才五千来块啊"，就让能一直尾随她的售货小姐眉开眼笑，对着这位河南籍财神一口一个您。她那时的潇洒真应该拍下来让这些狗日的看看，他们配调戏她吗？是老乡怎么了？照样有个高低贵贱！没错，都是在人家地盘上讨生活的，可她手底下管着几千号人呢！他们算个什么东西？瞎了狗眼了！不是她忘本，那些黄牙跟烟臭实在让她恶心。她最不喜欢认老乡，老乡的程度参差不齐，穷亲戚太多，不是借钱就是求你帮他找份活儿，还喜

何 荣 | 相 交

欢翻老底，不小心就把你苦心经营的膜给戳破了！

那辆白色本田已经进入周丹视线，马上，马上她就能享受到人体力学设计的靠背，以及清爽的车内空调、方向盘鳝鱼般光滑的手感了。她背后又传来一句：大姐！哎！哎！

像是耳根被切了个小口，一股酸辣由此注入，蔓延到整个耳根。她简直，嫌恶透了。

这不像她的声音。车库太静，有回声，听上去并没有那么咬牙切齿。谁会记得吐出去的痰呢？她一只手已经在车门把手上了，接下来，转动钥匙，点火，左打方向盘，就结束了。

你说谁乡巴佬？！邵波噌一下站起来，朝她走去。崔凤连紧随其后。

周丹啪一下摔了刚开的车门，迎了上来。她与他们相会在监视器的死角。

崔鸣城远远看着两个冲在前面的男人，有点犹豫。他们不看他，也没有要他入伙的意思。三个男人对一个女人，他相信这个本地美女不傻。他叔跟邵波最吃软了。

既然他们死不要脸，那就让他们知道自己几斤几两！就当是这些年她给那些嘴巴不老实的乡巴佬们算个总账！周丹剔掉了口音里努力学来的吴侬软语味，换了一口呱啦翻脆的京片子。当然，摄像头不能录音。

崔鸣城跑过去的时候，崔凤连手里的砖头刚派上用场，他没数错的话，是七下。

他看着他们打。似乎有东西溅在他脸上，他不敢擦。

监视器里左上方有时是一只女人的脚，有时是一只男人的胳膊。车库B区05停车位正中那盏日光灯终于跳亮了，像是松了口气。

她获得一个奇异的视角，得以近距离观察车库地面的一粒沙石。

当然，很快，万物都失了焦。

（选自2014年《青年文学》第8期）

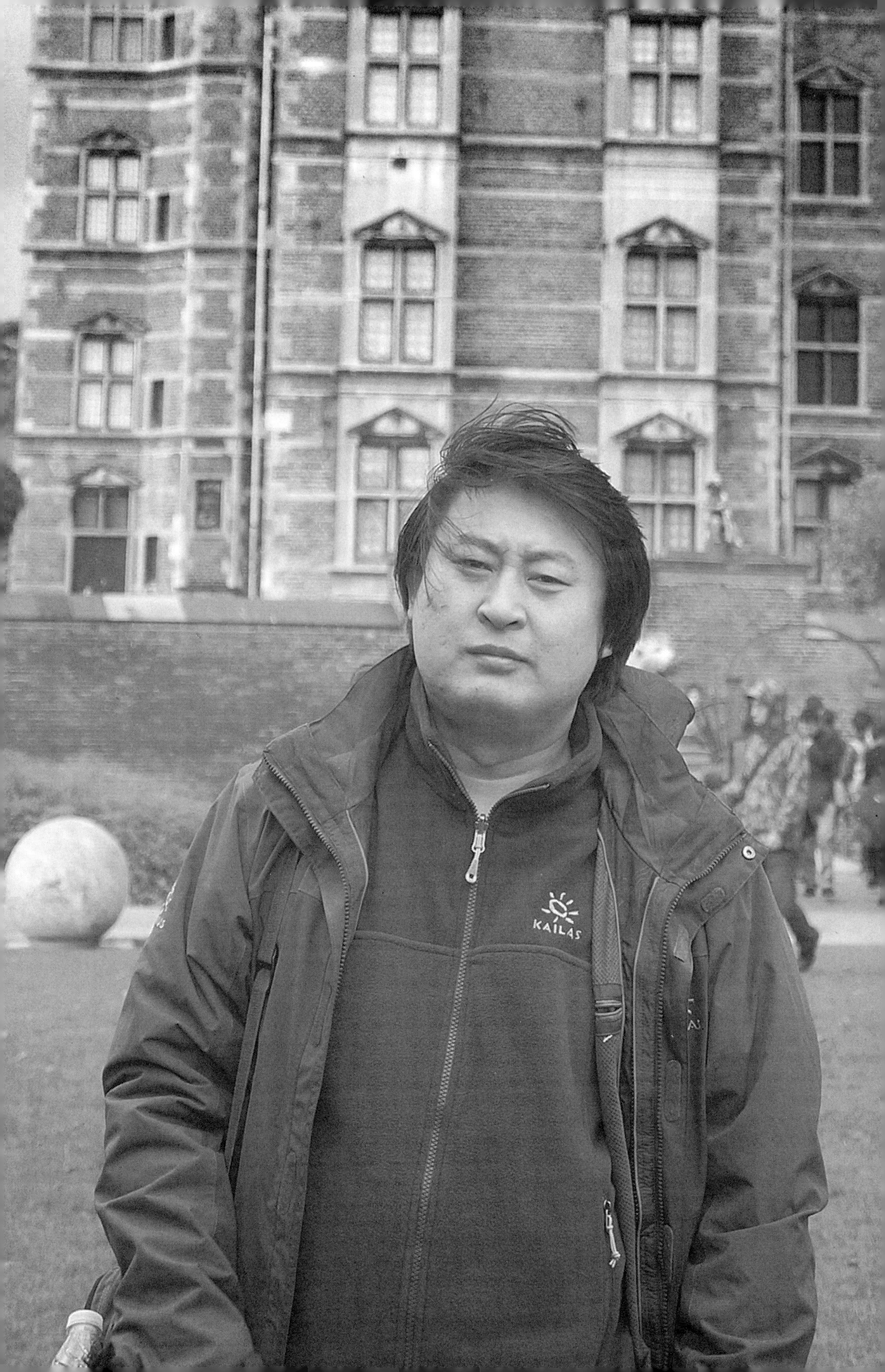
KAILAS

刘 汀

刘汀，1981年生，青年作家，发表诗歌、小说、文学评论若干，出版有长篇小说《布克村信札》《青春简史：一代人的爱与梦》，散文集《别人的生活》等，曾获99杯"新小说家大赛"新锐奖、第39届香港青年文学奖小说组亚军、《中国图书评论》2012年度最佳书评奖等。

有关一部著名小说的几个谜团

在 2014 年世界汉学大会上，有一个名字让中国的学者和文学爱好者们激动不已，他们万分热爱、千分期盼的世界级作家、汉学家艾龙永终于第一次来到这个古老的东方古国。据说，作为在文学界和汉学界都数得着的顶级大腕，艾龙永还从来没有离开过自己生活的美国小城，以至于有中国学者曾评价说，艾龙永是在暗中像伟大的德国先贤康德致敬——因为他也从来没离开过自己生活的哥特斯堡。这种说法有人认同有人反对，认同者以为大师嘛，总有些与人不同之处，反对者则说其实艾龙永是一个残疾人，他不想别人知道这一点，所以从来不公开露面。在这个媒体如此发达的时代，连张照片都没有，确实隐藏得够深。无论艾龙永先生的生活半径有多大，但他的名声却的确超越了他的所在地，特别是在东半球这个文明古国更是大名鼎鼎。据不完全统计，有关他和他作品的博士论文，现在通过答辩的已经有七部了，还没有算上正在写和延迟答辩的几位博士生。

但正如人们无法相信宇宙的开端是"无"，而一定要找出一个可理解的开端，比如所谓的奇点，然后这个含有无限能量的点发生了爆炸，然后才产生了宇宙一样（据说爆炸过程到现在还没有停止，而且也无法计算什么时候停止），艾龙永成为文化名人当然也要有这么一个"奇点"。幸运的是，艾龙永先生的寿命和事迹不像宇宙发生学那样难以测量，他再伟大，也终究是生活在地球上的一个凡人。我们能够轻松查到，就在十年前，中国学术界——我的意思是不论是翻译界、外国文学界还是汉学界——还完全不知道存在艾龙永这么一个人，更不知道他有关文学的伟大成就。他的核爆炸级的名声仅仅是这十年建立起来的，这的确有些匪夷所思。当然，人们也不会太过大惊小怪，现在这个时代，任何一个人突然爆得大名都是符合逻辑的。话虽如此，我们还是得尽量追根溯源，好好回顾一下艾龙永先生的发家史。为了做好这一点，我会把你们带进有关一部著名小说的几个谜团和相关答案之中。

十年前，刚从国外回来的三十五岁的米斯郑先生，把一部叫《失魂国度》的小说译稿交到了中国最大的出版社第二编辑室实习编辑刘十三手里。米斯郑原名郑水恒，但喝了几年洋墨水之后，逢人便自我介绍叫米斯郑，讲话也有着国际范了，伦敦腔，美国音，偶尔还夹杂着几句法语。

米斯郑和刘十三在一间成都小吃店见面。两人坐在靠门的桌子旁，米斯郑从黑色皮包里慎重地掏出一沓手稿，郑重地放在满是油渍的桌上，说："小刘，我们即将见证历史，创造历史。"小刘——刘十三，实习一年了，刚转正不久，正面临着工作量提升的任务压力。在他们社是这样的：实习期跟着师傅，熟悉出书的所有流程，但一旦转正，就必须自己找选题，独立承担码洋任务了。这一段，刘十三非常努力地做了三个选题，但在选题会的第一轮就被毙掉，他已经走投无路。或者说，如果这个月再没有选题通过，他这半年一分钱奖金也拿不到，甚至还会被转岗到校对部门或印制部门。因此，刘十三在接到米斯郑那个听起来完全不靠谱的电话时，并没有立即挂掉，而是带着口袋里仅有的两百块钱来到成都小吃。

刘十三打量着眼前的中年人，看着他焗黄的头发，听着他夹杂着外语的普通话，心里充满了尴尬的敬仰：这个人不但是个海龟，还是个翻译家。刘十三很谨慎地询问了米斯郑的留学经历，虽然他对米斯郑多种语言混杂的介绍大部分都似懂非懂，但他还是听出来，这个假洋鬼子确实跑了很多地方，在很多学校做过兼

刘 汀 | 有关一部著名小说的几个谜团

职讲师什么的,甚至获过几个国外的民间奖。

他们小心翼翼地聊到了桌子上的书稿,就好像他们并不是为了它而来的。米斯郑告诉刘十三,这是一部在国外被认为是最重要作品那一级别的小说,它的作者是个隐姓埋名的隐士,这部小说的前三章曾在杂志上发表,引起了美国文学界的轩然大波,但不知为何,作者并没有继续发表剩余的部分。

"这是美国当代文学史最大的谜团,"米斯郑说,"有很多评论家甚至认为,这部作品是美国在世的最有名的作家集体创作的,也就是他们十几个人都把自己最珍贵的灵感拿出来,然后争论、碰撞、融合,最后形成了这样一部奇作。"

刘十三的脸上惊现出怀疑的表情:这怎么可能?

米斯郑已经把一碗担担面吃得精光,抹着嘴巴说:"你怀疑得没错,这完全不可能,知道为什么吗?"他问了话,但不等刘十三回答,就接着说,"因为,我找到了它的真正作者,一个天才作家,一个默默无闻的作家。他隐居在一个小城里,独居,每天除了工作就是回到家里写作——有点像卡夫卡——他写成了一部长篇,伟大的长篇。他曾经把作品的前三章寄给一位有名的作家看,那个作家回信给他,说这样的东西,还是不要再继续写下去了,我们的时代根本不需要这样的小说。这个无名作家心灰意冷。但是,那位著名作家的助手在他的办公室看到小说的前三章,以为是他写的,就拿去给著名文学杂志的编辑看。编辑们觉得,既然是大作家的稿子,不管怎么样,也一定要发表,于是就发表了前三章。没有人预料到,这前三章在文学界引发了热烈追捧,这位著名作家几次想说明情况,但又实在不想否认他认为狗屁不是现在却成了经典的小说不是自己写的。凭借这三章小说,他重新回到了文学一线阵营。他对此事唯一的表态就是:这部小说到此为止,他再也不会继续写下去了。事实上,他曾试图沿着前三章把小说写下去,但却发现自己一个字也接不上,很快在愤怒的懊恼中郁郁而终。而那个真正的作者,并不知道自己的三章作品引起了多大的反响,他一直以为自己的小说就是一堆狗屎,从此放弃了写作。很幸运,可以说是天意使然,我看到过报道,又机缘巧合地听到了这件事的内幕,然后开始不断寻找这位作者。皇天不负苦心人,终于让我找到了。可惜,Alan 先生竟然是个半身瘫痪的人。他苦苦哀求我说,如果有机会,他希望这部书在遥远的中国出版,而不是美国,他觉得美国文学界不配拥有这部作品。我答应了他,花了三年时间,用最大的心力翻译了书稿。我找了你。"

"那么说,"刘十三道,"我姑且相信你说的话,有这样一个天才作者,有这样一部惊世骇俗的作品,又怎么样呢?"

"我们在创造历史,"米斯郑说,"我已经把这部书稿翻译成了中文,实话说,三年,我花了整整三年时间才翻译好,我们可以推出中文版,让世界震惊,让美国人后悔去吧。"

"那么,你为什么不告诉 Alan 先生真相,让他把剩下的也发表出来?"刘十三心里还是觉得这个事情不太靠谱。

米斯郑大概是说了一大段话,有些口渴了,因为他大声叫着服务员给他端杯白水。他喝了两杯白水,摇着头说:"不,这已经不可能了,美国社会的发展太快了,他的作品再拿出来,已经不可能有当年的影响了,而且,他根本没有办法证明这是自己写的,现在,美国人还认为是那个大作家写的呢。你不知道,这部小说在中国出版,真正是恰逢其时,它一定能在中国引起轰动,这是千载难逢的机会。"

"我还是有点怀疑,这么好的东西,你怎么不去找那些大牌编辑,找我这样一个实习编辑干吗?"

米斯郑忧心忡忡地说:"坦白讲,我不是没有考虑过。但我已经不再相信他们了,回国后,我花了大量的时间来阅读国内的文学期刊和出版社的文学作品,我很担忧,你知道,一个时代的文学水平通常不是由这个时代的作家决定的,而

刘　汀 | 有关一部著名小说的几个谜团

是由这个时代的编辑所决定的。他们的口味决定着文学的味道，他们的喜好决定了读者会读到什么样的小说。我希望找一个没有被那些传统的惯性所渗透的人，一个新编辑，只有这样的人，才能做好这部书。"

刘十三犹豫了一下，叫服务员把账算了，拿起稿子："我回去看看，再给你回电话，行吧？"他不确定自己四十二块五毛钱的投资，到底能不能收回成本。

米斯郑点了点头，说："好，我相信我们还会再见面的，伟大的作品就像珍宝，总会发出光芒。"

那份有些破旧的稿子上，并没有写作者的名字，而只写了译者郑水恒。从稿子磨损的程度和上面花乱的改动看，译者确实花了不小的工夫来翻译。刘十三熬了一夜通读了一遍，他不得不承认，这的确是一个震撼人心的故事，但他同时也发现，这本书的翻译简直糟透了，语法混乱，逻辑不通，用词不当，比比皆是，就好像一个漂亮的姑娘，穿了一身破破烂烂的衣裳，还随意涂脂抹粉，掩盖了本来的国色天香。刘十三有些拿不定主意，到底该不该做这本书，从现实的情况看，他这个月已经不可能找到其他选题了，而这部小说确实有着极好的故事，但……翻译……实在……刘十三大学时学的外语是俄语，又对英语几乎一窍不通，没有能力对照原稿来校正译文，何况米斯郑也没有给他原稿。

可这真是一个好故事，刘十三想，这一点米斯郑没有撒谎，一个堪称伟大的故事。

第二天中午下楼吃午饭的时候，刘十三碰到了第一编辑室的同事胡新华，她背着一大包东西，正离开出版社。胡新华看着他，几乎哭出来："小刘，再见了。"刘十三愣在那里，他早就听说胡新华因为半年没有选题通过，又不想去做校对，要辞职了，没想到是真的。刘十三看着胡新华从出版社大门走出去，突然间骂了一句:"要死屌朝上,不死又一年。妈的,撑死胆大的,饿死胆小的。"刘十三没有吃午饭,回去之后迅速赶制了一份选题报告。他准备孤注一掷,他想到了解决译文的办法。

三个月后,这部名叫《失魂国度》的小说出版了,这部书一经推出,就开始了神奇的畅销旅程,很快就卖了十几万册。

刘十三成功了。

米斯郑也成功了。

出书仅一个月后,《失魂国度》作品研讨会在北京召开。这是几十年来第一次,一部翻译作品出版一个月后就召开研讨会,与会者囊括了中国学术界七成以上的大腕。《失魂国度》在中国形成了一个巨大的文化事件,世纪末之后人们对文学衰落、中国文学将向何处去等等问题都纠缠在了这个事件中,很多人试图通过这部书找到答案。批评家高梦泽发文指出:"《失魂国度》向我们宣告,自马尔克斯的《百年孤独》之后又一次文学革命到来了,而且这个革命不是一国一地的,是全球化的。《失魂国度》从多个层面上拓展了文学的可能性,它为接下来五十年的文学发展打开了入口……"高梦泽的这篇数万字的长文一经推出,就被很多网站和文学期刊争相转载,接下来,有关《失魂国度》的评论就铺天盖地了。

不出意外,美国学界也注意到了这个事件。他们很惊奇自己国家的伟大作品竟然会在中国开出第一朵绚丽的花,他们紧急去挖掘这部书的历史,去寻找原作者。但奇怪的是,他们并没有找到郑水恒所说的前三章发表的痕迹,也没有人找到这本书的作者Alan。可是,为了赶上这股潮流,美国出版方从号称掌握着《失魂国度》全版权的米斯郑那里购买了英文版,又花重金聘请米斯郑亲自翻译成英文。因为据他说,在他完成译稿之后,一次小型火灾烧掉了英文原稿。而这个世界上,没有人比他更熟悉这部书了。

刘　汀 | 有关一部著名小说的几个谜团

然而，米斯郑开始翻译后不久，却发现了问题。自从接下了把《失魂国度》还原为英文版的活儿，米斯郑才认认真真地读这本书，他读完之后大为愤怒，因为：这本书和他的翻译稿比起来，已经面目全非了，或者说，整部书不但有了词语的改动，句子的调整，甚至还有新的情节加进来，超过三分之一的内容是原来没有的。

米斯郑找到刘十三质问这个问题。刘十三告诉他，他的翻译稿根本就不忍卒读，是完全失败的，如果用他的翻译稿，根本就不可能出版，他是在不得已的情况下，对译稿做了合理的编辑加工。米斯郑自然否认，在他看来，这本书本来还应该获得更大的声誉，但编辑越权改动破坏了这一点。两人最终对簿公堂。

在法庭上，米斯郑举例说："法官大人，我的原文译稿中有这样一段：艾米莉回家的路上，看见农民正在收割庄稼，秋天也跟着来了。艾米莉想到自己这次进城一无所获，不免悲伤。

可是这段话在中文版里却成了这样的：艾米莉从市里回来，把秋天也带来了，她所经过的地方庄稼都纷纷成熟，但看着一望无际的玉米地，艾米莉丝毫没有欣喜。是的，她是悲伤的，城里所发生的一切都让她感到悲伤，不仅仅是爱情，不仅仅是爱的无望。"

米斯郑说："这根本就不是编辑加工，这完全是篡改，是破坏。还有，我译稿中的主人公只有三个，但书里却变成了五个，更别提很多情节上的改动了，他这是在强奸文学。"

刘十三冷笑着看着米斯郑。

法官说："郑先生，你能否提供译文原稿，以供我们对证？"

米斯郑愤怒地说："译文原稿我给了刘十三，我哪里还有译稿？"

法官："刘十三先生，你能否提供译文稿件？"

刘十三："抱歉，法官大人，译文稿件我用邮件寄给了郑先生。"

米斯郑:"你胡说,你撒谎,你根本没有寄。"

刘十三扬了扬手里的快递底单:"这张单子可以证明我寄了,要么是你收到了却说没收到,要么是快递公司寄丢了,这和我没关系。"

法官:"那么,英文原稿呢?"

米斯郑:"如果有英文原稿,我还把它再翻译成英文干吗?"

刘十三:"哼,郑先生,你指责我改了你的译稿,你自己心里清楚得很,你的翻译对原文的改动又有多少。"

法官:"很遗憾,没有足够的证据我们不能判刘十三篡改你的稿件。"

米斯郑绝望地坐到了椅子上,现在他因为没法交给美国出版社英文翻译稿,必须赔人家一大笔违约金了。

这件案子引起的连锁效应还在发酵。好事的记者们开始挖掘刘十三的相关新闻,人们惊奇地发现,这个刘十三,大学时曾经是文学社的社长,也发表过几篇还说得过去的小说。有一个记者采访到了他大学时最好的朋友孙冰,据孙冰说,刘十三确实有点文学天赋,他从大学开始就在写一部长篇,他看过其中的几个章节。

"坦白说,我这个人对文学一窍不通,我完全看不出好坏来。"孙冰说。

记者问:"那你还记得他写了什么吗?"

孙冰摇摇头:"这么多年了,我哪儿记得呀。"

记者并不死心,拿出了《失魂国度》这本书,让孙冰仔仔细细看了一遍,问:"和你看到的刘十三的作品,有相似的地方没有?"

孙冰陷入了困惑里:"好像有,可又好像没有,我真说不清。"

记者从孙冰的困惑里看到了希望,她终于又打听到,刘十三曾经拿着这部小说向一个中型出版社投稿,出版社没有出版,但当时的编辑曾经认真地写了审稿

刘 汀 | 有关一部著名小说的几个谜团

意见。

记者找到了当时的编辑，老先生已经退休了。经过和老先生的一番仔细核对，记者确认，《失魂国度》里的确有着刘十三那部小说的浓厚的影子，他写了一篇题为《世界名作作者之谜》的文章，发表在报纸上，直接把这个谜团推向了更复杂的境地。这篇文章向还不了解内情的读者介绍，到现在为止，《失魂国度》这部小说大概出现了四个可能的作者：那位美国著名作家、那位美国无名作家、译者米斯郑和编辑刘十三。也就是说，他们四个中的每个人，都参与到了这部小说的创作之中。

这篇文章自然引起了轩然大波，也给读者造成了一定程度上的困惑：他们无法确定，自己读的究竟是一部翻译作品，还是一部原创作品，又或者是一部翻译加原创的作品。当然，很多唯目的论的批评家和读者也看得很开，他们觉得只要小说好看，管他是谁写的呢。

但这还没完。

就在这篇文章发表后的一周，报社的编辑接到了一封读者来信。为了讲述方便，我们不妨抄录一下这封信，信是这么写的：

尊敬的编辑，您好。

希望您会认真对待这封信。我是一个读者，也是一个文学爱好者，这段时间以来，我密切地关注着《失魂国度》这本书的种种新闻，或者说种种闹剧。看到贵刊前几日的文章《世界名作作者之谜》，文章认为编辑刘十三可能根据自己的作品篡改了原来的译稿，我并不认同，因为我找到了其他证据。我说了，我是个文学爱好者，但在我看来，我们的文学早就出问题了，中国的白话文最好的就是五四和民国时期，1949 年以后是一代不如一代了。因此，退休后，我常年泡在国家图书馆里翻看老期刊，所有能看到的民国文学，我都看过。我可以确定，这本书的主要故事曾出现在1908年的一期刊物里，具体名字我记不清了，但我记得那个故事，因为印象太深刻了。我读到时曾经极为惊叹，在近一百年前，竟然会有中国作家写出如此精彩的故事，不亚于世界上的任何一部小说。作者当然也是个无名之辈。我是在国家图书馆看到的，似乎是微缩胶卷，不允许复印，那天，我的笔也出了点问题，因此也没有抄录其中的段落。但我敢发誓，我确实看到了那样一篇小说，虽然只是个中篇。我在通读了《失魂国度》几遍之后，更加确定我的判断：这部小说在构思上基本抄袭了我看到的那篇民国小说，我说不好是原作者抄的，还是译者翻译时抄的，还是编辑篡改时抄的，总之，这部小说的故事根本不是一个外国故事，而是一个地地道道的中国故事。

…………

编辑把这封信刊登了出来，很多现代文学专家被引诱着重新跑到国家图书馆去找这篇小说。那几天，国图的微缩胶卷阅览室总是人满为患，大家都想第一个找到这篇小说，这完全是研究上的一大突破。很可惜，没人找到这篇小说。

尽管出现了种种令人匪夷所思的情况，《失魂国度》的销量还是在不断攀升，有意思的是，这些罗生门般的故事，非但没有减低它的文学价值，反而让整部小说的内涵更为复杂起来，已经有评论家专家撰文指出：《失魂国度》无愧它伟大的名号，它的伟大之处就在于改变了文学以往参与现实的方式，它让文学以一种全新的姿态进入现实，不，应该说，它让扑朔迷离的、不断衍生枝节的现实成了文本的一部分，这本书将超越此前的任何伟大著作，它的来源是一个巨大的谜，而且它的生长将永不停止。

刘 汀 | 有关一部著名小说的几个谜团

就在报社编辑、研究者、读者们被这部小说弄得团团转的时候，译者米斯郑和编辑刘十三又一次坐到了成都小吃店里，也就是他们的合作开始的地方。

米斯郑问刘十三："你说实话，你是不是篡改了小说，你是根据什么篡改的？到底是你自己的作品，还是所谓的民国小说？"

刘十三则反问米斯郑："你先告诉我，这小说究竟是不是你翻译的，或者你翻译的时候改动了多少？"

米斯郑犹豫了一下，说："它是我翻译的，我翻译时也确实做了改动，但这部小说确有其作者，而且，他还很年轻，刚刚四十岁。"

刘十三说："这场闹剧该停止了。"

米斯郑："你这话是什么意思？"

刘十三："我是说，作者该出场了。"

米斯郑愣了一下，忽然明白了，点了点头："你说得对，作者是该出场了，但这部小说，还会像他们说的那样，不断生长的。"

第二天，米斯郑向媒体公布了《失魂国度》原作者 Alan 的身份和家庭住址。当世界各地的记者蜂拥到 Alan 的住所前时，他被吓坏了，他不知道自己干了什么事。当他知道他的一部小说在遥远的中国被奉为经典之时，还以为自己在做梦。他对记者说，自己确实写了一部叫《失魂国度》的小说，但从来没给什么著名作家寄过前三章，也没有委托过中国人翻译。先是美国出版商找上门，想购买这部小说的英文原版的出版权，但 Alan 说，他已经没有了这部小说，那一年，他的小说存在电脑硬盘里，一个修电脑的中国人，偷走了他的电脑，而他只有唯一的一个备份。记者们管不了这么多，依然大肆报道 Alan 和他的作品。Alan 因为一部已经丢失的小说，成了美国家喻户晓的名人。

所以说，如果想要出版英文版，或者出德文版、法文版、日文版，都只能是从中文翻译,但事情的困难就在于:中文版本身就有着很多谜团。这些谜团增添学者们的乐趣和书商们炒作的砝码,却阻挡不了这本书的横向生长,甚至加速了各种外文版的出版。但让人意外的是,包括英文版在内的外文版,完全没有达到预期的效果,每种只卖出去几千册到几万册不等,也没有美国学者对此写什么重要的文章。

Alan 从云端跌到了谷底。Alan 本来对中国和中国文学毫无了解,他想知道这中间到底发生了什么。米斯郑把中文版的版税都给他了,他衣食无忧,于是开始学习汉语,开始研究中国文学。Alan 有一个雄心,那就是在十年之内精通汉语,然后到中国去看看这本书究竟是怎么回事。他给自己取了一个汉语名字,叫艾龙永。Alan 没想到的是,他在研究和学习的过程中,真的喜欢上了中国文化。在《失魂国度》出版十年后,艾龙永成了最重要的汉学家,当然对中国读者来说,他也是最有名的国外作家之一。艾龙永觉得时机已经成熟,他于是答应参加 2014 年度的世界汉学大会,当然,艾龙永主要并不是来开会的,他是想见见那个中国译者米斯郑和编辑刘十三。艾龙永希望这次中国之行能找到事件的起点,能解开困扰世界和自己的谜团,他知道这次会面命中注定。

在世界汉学大会给他特别准备的套房里,艾龙永翻开了《失魂国度》中文版的第一页,十年来,他一直忍住诱惑没有去读这本书,为的就是来到这个事件发生的语境,用他和中国人一样的汉语水平来阅读它。他读了下去,直到第二天早上合上书的最后一页。艾龙永同时陷入到震撼和迷惑之中,在他——一个汉学家——看来,这的确是一部非常牛X的小说,但一点也没找到自己那部小说的影子,这是两个完全不同的故事。

带着这个疑问,艾龙永和米斯郑、刘十三相聚在一家咖啡馆里。这次会面中

刘　汀 | 有关一部著名小说的几个谜团

国媒体和学术界都非常重视,很多报纸的标题这么写:《失魂国度》三个可能作者的一次聚会。从一定意义上说,这本书的确有三个作者,甚至更多,因为读者来信已经提出了很多情节来自民国的一位无名作家,只不过跑到国图去翻看缩微胶卷的没有一个人找到这篇小说。艾龙永很精明地明修栈道暗度陈仓,把媒体引向了另一个方向,他和米斯郑、刘十三则到了这家不起眼的咖啡馆。

三个人坐在那儿,都不知道该如何开口。沉默了几分钟,艾龙永说,两位,我想是到了揭开谜底的时候了。

他又转向米斯郑:"郑先生,我想你并不是偷我电脑的人。"

米斯郑说:"我当然没有偷你的电脑,但我买过一台二手电脑,那部小说就是我在二手电脑里发现的。"

艾龙永对着刘十三说:"刘编辑,我想,你应该告诉我们一些什么。"

刘十三说:"是,我对译文做了改动,或者说,我添加了很多东西,只是我有点分不清哪些是我自己想出来的,哪些是我读了别的故事之后挪用的了,这也就是我沉默的原因,因为我分不清。"

艾龙永颓然地说:"我可以负责任地告诉两位,这部小说,跟我的小说毫无关系。我想,郑先生的翻译和你的编辑,弄得它面目全非了。"

米斯郑忽然站起来,他吃惊地说:"还有另一种可能。"

艾龙永和刘十三同声问道:"什么可能?"

米斯郑:"那就是,那个偷你电脑的人,删除了你的小说,而他自己又写了一部。"

艾龙永和刘十三被米斯郑提出的这种可能惊呆了,这种可能极为可能,而且似乎是唯一能解释这个困境的说法。

"那就是说,"艾龙永颤抖着声音,"我们都不是它的真正作者,都剽窃了这个无名氏的作品和名声?"

他们无法回答,只能沉默地喝着没加糖的咖啡。

第二天的报纸还是报道了这次会面,这一次,报道中解释了所有的谜团:原书作者即艾龙永先生,米斯郑的翻译忠实了原作的每一个字,而编辑刘十三也完全严格扮演了他的角色,丝毫没有改动译稿,至于那个读者提出的所谓民国小说,经查毫无证据,可以看作是一个无聊读者的假想。报道的结论是,有关这部书的许多个谜团,都是编辑刘十三策划出来的炒作手段,很不幸,所有人都上当了。

艾龙永回到美国,此后再也没有写作,他甚至很少再谈到中国。只是偶尔有人好奇地询问,他的中文名字到底是什么意思时,他才会重复一下那几条理由:第一,艾龙,这和我英文名的发音很接近;第二,意思是爱龙,龙是中国的吉祥物,爱龙就是爱中国;第三,永就是 forever 的意思,永远。永远爱中国。而且,据说,按照中国的纪年法,我刚好是属龙的。人们如果继续问,他为什么会这么喜欢中国,他就会幽默地回答说:"哈哈,因为,我在那儿出版过一部著名但并不存在的小说。"

(选自 2014 年《上海文学》第 11 期)

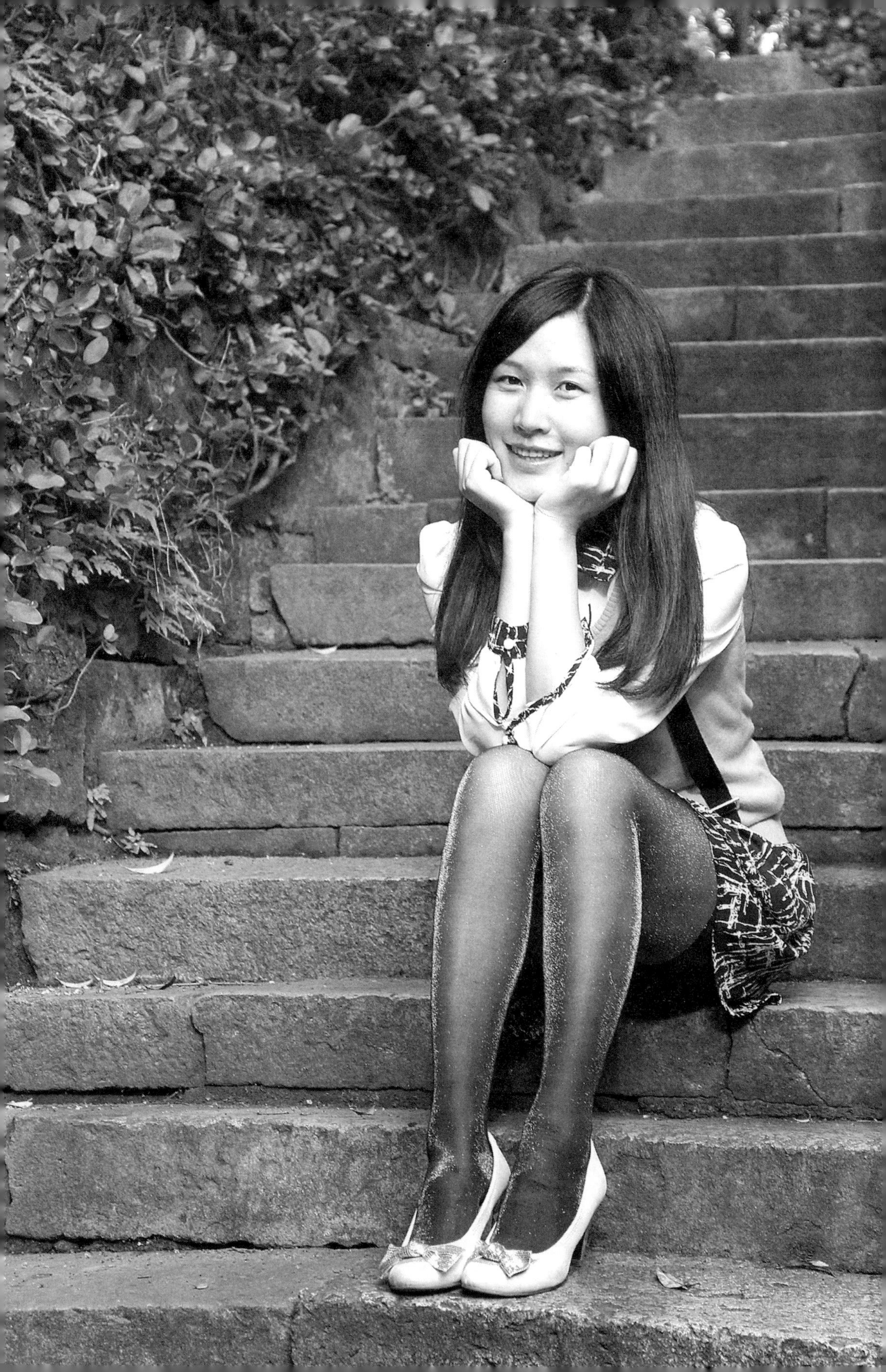

池　上

池上，1985年生，浙江杭州人。先后在《收获》《江南》《西湖》等刊物发表小说若干，小说《桃花渡》被《小说月报》转载，并入选《2014中篇小说年选》。

在长乐镇

1

如果在唐小糖的对面放上一面落地镜,那么唐小糖就能瞥见自己半倚在木窗框上往下望的模样,像极了老底子流行画报上的女明星。这些女明星一律大眼睛,长睫毛,略带轻佻地站在那里,似笑非笑。唐小糖的眼睛,如果仔细去看,其实是不大的,但几乎所有看到过她的人都把那张脸幻化成了那双眼睛。那是双杏仁眼,唐小糖不说话的时候,总是半睁半闭的,就好比现在。这样一来,唐小糖留给人的印象就显得迷离而深邃了,唐小糖就像一只猫。

长乐镇上的人对于这只猫知之甚少。所知道的也不过就是唐小糖是个外乡人,后来嫁给了镇上一个叫郭一鸣的男人。唐小糖不太爱讲话,不太爱讲话的唐小糖在自己和镇上的人之间画上了一条线,这条线使得她可以很安静地站在木窗框旁看外边的马路,不用担心底下突然冒出个人来同她牵扯东家长、西家短;或者很安静地走完镇上所有的小路,即使迎面碰上个所谓的熟人,也就是点一下头的工夫。

这种安静同她过去的工作很不相称。有一段时间,唐小糖曾在镇上的供销社里卖衣服。供销社虽还叫供销社,但早就让人给承包了,因此,所有衣服的销量是要唐小糖她们做出来的。郭一鸣不止一次问过唐小糖,就你这样不吆喝不拉客的,也能卖动衣服?唐小糖就用她那半睁半闭的眼睛盯着郭一鸣,唐小糖心里想的是,卖不动或卖得动有什么关系呢?她不过是想找点事情做,好打发余下的一大笔时间。可是,唐小糖什么也没说。

郭一鸣很快便发现自己错了。唐小糖不但做得很好，甚至游刃有余。刚开始是路过的几个女人发现了新站在柜台边的唐小糖，当时，唐小糖披着一件蓝黑格的呢子大衣，呢子大衣让本来有些慵懒的唐小糖多了几分英气。唐小糖听到了女人们叽叽喳喳的声音，她们在问她，大衣是不是呢料子的？哪里买的？她们还在问，可不可以让她们也穿一下试试。唐小糖看着像麻雀一样雀跃的女人们，说，在杭州买的。女人们懊丧的表情一下就上来了，杭州啊，那太远了。另一个女人也嘟囔道，杭州的东西很贵的。事实上，杭州的东西是不贵的，镇上的很多东西都是从杭州的小商品市场里批发来的，提高价格，再卖给这里的人，杭州的东西又怎么会贵呢？不过，从镇上到杭州要4个小时的车程，再加上来回的花销，还不如去近一点的余杭，余杭也有批发市场，也有百货大楼，比杭州小得多的百货大楼。就是唐小糖自己来镇上快四年了，也只去过一次杭州，那还是和郭一鸣谈恋爱的时候，郭一鸣去杭州出差，她也跟去了。也就是那次，郭一鸣破天荒给她买了件礼物，说是当结婚送给她的，也就是这件蓝黑格的呢子大衣。

如果不是供销社的陈经理发现了唐小糖这块好料子，那么，唐小糖可能会卖不出一件衣裳，然后，灰溜溜地被赶回家。但那天的情景恰好叫陈经理撞见了，陈经理刚从外头回来，他看到了一个宛若上海女人的女人站在他的店里。在陈经理很小的时候曾看到过这种女人，她们被装在了一个个黑白屏幕里，烫着长波浪卷，穿着考究的呢子或是貂皮大衣，招摇地在街上晃来晃去，她们似乎是缥缈的、虚幻的，和他永远都不会有任何交集。他就这样直愣愣地看着这个叫唐小糖的新来的女人，看她被三四个女人围着，她们在问她，你这件衣服是哪里买的？

等女人们散去后，陈经理对唐小糖说，唐小糖，你其实应该做模特的，你要是做模特，一定会是顶顶美的模特。后来，唐小糖就真的成了供销社的模特。她不用说话，只要把样品往身上一穿，镇上的好多女人便会往供销社里看一看，这

池　上 | 在长乐镇

一看，就再也不能空着手回家了。唐小糖变得忙碌起来，她总是不停地换装，供销社的衣服现在都从杭州东站小商品市场直接进过来。昨天，她还是清新的、温婉的少妇，今天就又在紧身衣的包裹下，成为了一个风情万种、挑逗男人欲望的女人。镇上于是流传开一句话，唐小糖穿着新衣服，就轻轻松松把钱给挣了。

陈经理的日子也变得忙碌起来，他在日光灯底下不停地点钱，他总是会抽出其中的几张，塞给唐小糖，小糖，这个月你的奖金。唐小糖便接过那几张钱，用有些生硬的语气说声，好的，经理。陈经理的神经就不自主地抖那么一下，陈经理想，唐小糖好像不应该用这种语气对自己说话的，至少在拿钱的时候不应该。该用什么语气呢？陈经理后来也没想出个所以然来，但是他想，如果唐小糖能那么嗲一下，肯定会是只狐狸精。陈经理这才明白，自己是希望唐小糖朝自己嗲一下的。可唐小糖偏偏不嗲，因此唐小糖就不像狐狸精了，顶多是只猫，一只让人喜欢了又不敢接近的猫。

陈经理在思考这些问题的时候并不知道，他所臆想的这只猫就坐在家中的那把椅子上，把票子一张一张地拿出来，又一张一张地放在一个信封里。信封有点厚了，唐小糖把信封合上，再放到抽屉里。在接下来的很长一段时间里，它们只是一沓印上了花纹的纸，与她并无多大关系。在去供销社上班前，家里的日常开销都是郭一鸣一个人供的。郭一鸣的收入在镇上称不上顶尖，但也中等偏上，因此生活还算宽裕。过去，唐小糖还会向郭一鸣要部分零用钱，那是她用来买几件衣服或几样配饰的。郭一鸣有时便会说上她几句，郭一鸣说的是，过日子，其实是不需要那么多的衣服的。唐小糖便用她那半睁半闭的眼睛瞟窗外，唐小糖想，过日子也许是不需要那么多的衣服的。可是，不买衣服的日子，还可以做些什么呢？所以，郭一鸣说归说，唐小糖照旧买。

直至去了供销社，唐小糖的买衣服生涯才告一段落。唐小糖变得每天都有新衣服穿，每天都很忙碌很忙碌，但这种忙碌并没有使她快乐多少。在一次次的穿上又脱下中，唐小糖突然觉得自己真的成了摆设在柜台里的人造模特。所以，当郭一鸣告诉她家里的生活费仍旧用他的时，唐小糖就把钱一张一张地装进一个信封，然后再尘封进抽屉，就像是尘封一段无人问津的历史。唐小糖想，自己大概是不需要钱的。

2

在很长一段时间里，唐小糖迷恋上了家门口的那条马路。她总是把半个身子倚在那木制的窗框上，从她所在的二楼往外张望，可以看到许多装着货物的大货车、卡车、面包车，乃至拖拉机碾压过摇摇晃晃的长乐桥，再开向远方。

长乐桥已经很老了，唐小糖还记得她第一次踏上这座桥时，脚下是跳跃的冒着泡的溪水，两岸边，芦苇正在疯长。一辆接一辆的货车正从她背后驶过，扬起一串灰尘，呼啸着离开。唐小糖就站在漫天飞扬的灰尘里，她想，自己一定是喜欢上了这里，这个和老家截然不同的充满了喧哗与骚动的小镇。

唐小糖的老家在诸暨，整个村子方圆500里都被一个叫白塔湖的湖水给包围了。白塔湖的水很清，村子里的人就在水里养鱼，养虾，养珍珠，唐小糖家就承包了一片水域，用来养鱼。村里的人几乎都会划船，船是石头做的，划起桨来很费力。在白塔湖里划桨、养鱼的唐小糖就想，这是个多么静谧的村庄啊，静谧得连船桨划过了的水都是悄无声息的。在这样的静谧里，唐小糖觉得自己快要窒息了。在一个白塔湖里的鱼儿发疯似的产卵的季节里，唐小糖背上了行囊，对家里人说，她要走了，去很遥远的远方。唐小糖说的远方，其实是北京，唐小糖的一个表姐在那里打拼，据说她赚了老多老多的钱，过上了白塔湖村里人怎么也想象

池　上 | 在长乐镇

不出来的生活。唐小糖想要去投奔她。

想去遥远的远方的唐小糖却在途经的小镇上留了下来。从地图上看，长乐镇距离白塔湖不过才半只蚂蚁的距离，它们都隶属于浙江，坐上大巴车，也不过两天的时间。如果不是因为唐小糖路过长乐镇的时候，恰好接到了那个电话，唐小糖怎么都不可能留下来。电话是从家里打来的，他们告诉唐小糖，她在北京的表姐被抓了，唐小糖这才晓得表姐做的那个行当叫坐台。

唐小糖一下就变得无处可去了，当然，她也可以回家。但是，唐小糖不想回家。然后，漫无目的的唐小糖就从大巴车上下来，她看到了一座旧得不能再旧的桥。桥上，无数的大型货车正飞驰而过，一辆接着一辆。唐小糖忽然就喜欢上了这个小镇，她想，自己算不算是这些货车的其中一员呢？这样想的唐小糖就在长乐镇留了下来，就像停泊在了一个令她安心的驿站。

很久以后，那是在唐小糖嫁给了郭一鸣后了，有一回，唐小糖仍像过去那样注视着楼底下的那条马路。很多粒灰尘滚落到了货车轮子底下，很多粒灰尘弥漫在了楼底下的柏油马路上，又有很多粒灰尘飘浮到了二楼的木头窗框上，像微型的皮影戏在唐小糖的跟前跳动。唐小糖很想伸手去抓它们，然后，她听到了郭一鸣的声音，郭一鸣在问她，唐小糖，你吃灰尘吃得还不够啊？

唐小糖没有理会他。唐小糖想，灰尘有什么不好的，想飞的时候就飞，想落的时候就落，了无牵挂，做人有时候还不如灰尘。但唐小糖什么也没说。也就是那时候，唐小糖突然发觉，长乐镇其实同她待了二十年的那个白塔湖村没什么不同。镇上的人说的还是那些话，谁谁谁家的孩子考上大学了，谁谁谁家的女儿嫁人了，最多是方言上略微有些区别；做的也无非是那些事，男人在外头赚钱，女人在家里带孩子，只不过长乐镇没有湖，长乐镇上的人主要靠种田、种茶叶。就连那些她曾经为之驻足的货车，也与这个镇子无半点牵连。它们在楼底下的这条马路上来来往往，匆匆而过，谁也没有为这个镇子停留片刻。唐小糖变得沉默了，她把窗子合上，就像临街的其他住户那样，他们和郭一鸣一样，讨厌汽车喧嚣的声音，也讨厌漫天挥洒的灰尘。然后，不再看窗外的唐小糖开始出入供销社，干起了一个叫模特的行当。

不过现在，唐小糖已经从供销社辞职一阵子了，并又重拾起她的嗜好。眼下正是仲夏，天变得湛蓝而宽阔，透过窗户，唐小糖能望见长乐桥下浅浅的溪水。溪水流得缓慢，无力地穿过大小不一的石头。桥的那头有很多家店铺，理发店、杂货店，阿凯的修理行就在其中。唐小糖眯起眼睛，努力地想要看看最那头的阿凯修理行的店门有没有开。她眯了半天，终于确定门是关着的。她有些失望，又看了一眼坐在写字台前的郭一鸣，说，我要去菜场买点菜。郭一鸣在写一篇论文，他头也没抬一下，郭一鸣说，好的，顺便买点鲫鱼回来，菜场的头一家，他那里的鲫鱼好，从余杭现运来的。唐小糖就去厨房里拿袋子，唐小糖拿袋子的时候，脑子里闪过一个念头，在郭一鸣的心里，自己是不是还不如一篇论文？郭一鸣的嘴里从来都是论文啦、业绩啦。但只要郭一鸣稍微敏感一点，那么她是不是就不可能去菜场买菜，当然也就不可能见到阿凯。这么一想，唐小糖的步子就变得轻盈起来，她走得很快，差不多是小跑着前进的。热风吹过她的亮黄色碎花裙，裙摆被风吹得飘了起来，她感觉自己像是在飞。

唐小糖到达阿凯修理行时，修理行的卷闸门已经开了，几辆摩托车横七竖八地停着，轮胎、零件、螺丝刀随处可见。唐小糖在空当中穿梭，很快就来到了阿凯的背后。阿凯，她唤道。阿凯正端着个塑料盆接水，一回头，水盆里的水便溅了一地。唐小糖接过水盆，看到阿凯浮肿的下眼圈。昨天又通宵了吧？阿凯嗯了一声，把话题支开了。你今天怎么来了？他不在家？在家，唐小糖说得很轻。那你还来？阿凯说着朝店门口瞄了一眼，除了店门口孤零零立着的梧桐和梧桐树上

池　上 | 在长乐镇

刚捕捉到一点热气正放声嘶喊的蝉外，什么都没有。放心吧，我进来前就看过了，没人。阿凯却仍起身去关门，一瞬间，卷闸拉下的巨大的声响盖过了铺天盖地的蝉叫，修理店倏地暗了下来，他们在一片昏暗中搂抱、亲吻。阿凯的舌尖肆意地咬着她的嘴唇、脸颊乃至脖颈，唐小糖能听到他粗重的呼吸声，像某种热浪后的轻抚在她的每一寸肌肤上。然后，呼吸声渐渐趋于平缓，昏暗中，唐小糖听到阿凯对自己说，他得干活了，有两辆车中午就要过来提。阿凯说着去开白炽灯，灯光照得唐小糖更热了，她这才发觉自己全身都是汗涔涔的。她把店里的电风扇调到了最大挡，再坐到修理行的一角，看阿凯修车。

阿凯也热坏了，阿凯索性脱掉汗衫，对着电风扇使劲吹，但汗液仍不断地从他的胸前渗出来，滴滴答答地往下淌。汗渍使得阿凯的皮肤看上去泛了层光，是那种很健康的小麦色的光。唐小糖看到阿凯结实的胸脯起起伏伏，他一会儿低头去拆轮胎，一会儿拧紧螺丝，她就这样贪婪地享受着她一个人才能享受的画面，直到实在不能再待下去了，她才起身离开。

3

唐小糖是拎着一条小鲫鱼赶回家的。镇上的菜场收摊收得很早，往往还没到中午，菜场就变得空荡荡了。唐小糖到菜场时，差不多就是那种情形。她看到头一家卖鱼的女人正在往外倒水，鱼基本卖光了，只剩下一条手掌大的鱼，在水里孤独地游着。这种鱼一看就是被挑剩的，但女人却说，不要看这条鱼小，筋骨是绝对好的，你看看，游得多少起劲。鱼好像听懂女人的话似的，又摇摆着兜转了一圈。唐小糖便把它买了下来，她琢磨着，有总比没有的好。

回到家，郭一鸣已经在煲汤了。郭一鸣很会煲汤，家里还有个他专门从市场里淘来的煲汤用的瓦罐。往瓦罐里装上食材，先旺火煮沸，再文火慢煨，这般做法谁都晓得，但每每就会在慢煨的当口上失却了耐心。但郭一鸣不会，他能一直守在煤气灶旁，看着瓦罐里的水沸腾，再缓缓呈现出乳白色，然后，汤底特有的香气在整个家中四溢开来。唐小糖后来回想，郭一鸣在煲汤上所显出的耐力是不是也同他的工作有关？

郭一鸣是镇上的妇科医生。唐小糖还记得自己第一次见他，他戴一副金丝框眼镜，金丝框眼镜把他本就白皙的脸映衬得更加白嫩了。唐小糖觉得郭一鸣不像个医生，特别是妇科医生，郭一鸣更像是从古代穿越来的白面书生。所以，当郭一鸣问她哪里不舒服时，她就敷衍着说了句，痛经。唐小糖确实有痛经，每个月的那几天，她都觉得下身胀鼓鼓地直发坠。几句话后，郭一鸣给她开了个药方，又叮嘱她过段时间再来看看。她接过，匆匆结束了就诊。唐小糖盘算着先吃点药试试，下回再换个医生，没想到，药效竟出奇地好。唐小糖从此就成了郭一鸣的常客，郭一鸣说，唐小糖，你应该多吃点益气的东西，比如红枣、山药都是很好的。唐小糖点点头。郭一鸣又说，唐小糖，你红糖、蜂蜜有没有的？备点，来例假的时候好吃。唐小糖的心就被一种叫红糖和蜂蜜的东西包裹了，唐小糖想，同这个男人在一起，自己是不是就不用担心妇科疾病了？

唐小糖猜中了一半。结婚以后，唐小糖发现，妇科大夫郭一鸣能治好她的痛经，却治不好她的心。她瞥了眼桌子上的玻璃杯，杯子里盛了大半杯白开水。水是郭一鸣倒的，每天起床后，郭一鸣都会给自己和她倒上一杯。白开水解毒，早上空腹喝效果最好，他总是这样说。可郭一鸣从来没问过她爱不爱喝白开水，这寡淡无味、一成不变的白开水。他甚至不知道每天一等他去上班，她就把水给倒了。

此刻，白开水仍静静地待在玻璃杯子里，唐小糖就朝着白开水叹了口气。然后，她听到郭一鸣的脚步声，郭一鸣端着瓦罐出来了。是鲫鱼煲豆腐。鲫鱼的肚子并未露出，倒是头和尾巴两端在奶白色的汤中翘起，有些扎眼。鱼是少许煎过的，因而表皮泛上了一层金属色，豆腐大部分都沉下去了，只几块浮在上头，伴着零星的葱花。我刚刚出去了，顺道就买了条。郭一鸣说道。是条大鱼，唐小糖注意到，比她买的足足大了一倍。唐小糖把塑料袋打开，袋子里的水装得本来就不多，一路上又洒掉了点，那条瘦不拉叽的鱼就在半干涸的塑料袋子里乱蹦乱跳。我去晚了，只买到这条。唐小糖有些心虚，脑袋里胡乱地思忖着，如果郭一鸣问她去了哪里，她该怎么回答。但郭一鸣什么也没问。这鱼真小，她更像是在跟自己解释，反正也不吃了，不如先养起来。唐小糖转身去拿塑料盆，又灌上水，鲫鱼进了水里，颠了几下，随即安静了。

他们开始吃饭，彼此再无对话。唐小糖夹了块鱼肉，嚼了几口，仍旧没多少胃口。唐小糖便想，人一旦没了心情，就是吃上山珍海味也是无味的。他们就这样静静地吃完这顿饭，然后，唐小糖开始收拾碗筷。她把脏碗一个一个地摞起来，又去收那两双筷子。突然，毫无征兆地，她收筷子的手停在了半空。在一片静默里，唐小糖问郭一鸣，你到底喜不喜欢我？郭一鸣正在看报纸，他推了下金丝眼镜，反问道，这有意思吗？房间再次静了下来，是比之前更甚的那种静默。唐小糖拧开水龙头，从水龙头里流出白花花的水，漫过了那几只摞起来的碗，又漫过了不锈钢水槽。在似乎永无休止的哗哗声中，唐小糖的眼前浮现出那张轮廓分明的脸，赤膊的阿凯像某只雄壮的动物压在她的上头。在一次次的交媾中，唐小糖听到阿凯低沉而有力的呐喊："我爱你！我爱你！……"

4

唐小糖和阿凯是在去年冬天认识的。那时，唐小糖还是供销社的模特。某个下午，她无意间发现内裤上多了几丝褐色的滑兮兮的东西，她以为快来月经了，并没在意。没想到这东西一流就流了十来天，且每天都只流一点点。唐小糖开始慌起来，她跟陈经理请了假，去医院找郭一鸣。郭一鸣想了想，对唐小糖说，可能是先兆流产。半个多小时后，郭一鸣的猜测得到了证实。在遍布一串串密密麻麻符号的检查报告中，唐小糖看到两个向下的箭头标识，上面分别写着孕酮和HCG。

　　简单地说，就是雌激素不够。当然，郭一鸣顿了顿，道，也有可能是孩子本来就不好。你看，这个HCG就好比是孩子的细胞在不断地分裂，分得越快，也就代表孩子长得越健康。反过来，孩子就可能会是死胎、畸形。郭一鸣更像是分析师，而不是孩子的父亲，唐小糖想，医生做久了，大概是会麻木的。她听累了，就打岔道，还有希望吗？这不好说，如果孩子本身好，孕酮上去了，HCG也会跟上去，但如果本身不好……郭一鸣看到唐小糖的眉头蹙了下，没有说下去。

　　那个下午，唐小糖坚持一个人回家。郭一鸣说，等我下班，我陪你回去，但唐小糖没有等他。她独自走出医院，穿过长乐桥，进了供销社，对着陈经理说她要辞职。陈经理正站在柜台边同人聊天，他的笑容就僵在了那里。然后，唐小糖就听到陈经理没完没了的絮叨。陈经理说，唐小糖，你不可以走的。你走了，我生意还怎么做？陈经理又说，你是不是嫌钱少，如果你嫌钱少的话，我可以再加你。唐小糖就笑起来，咯吱吱，咯吱吱，唐小糖觉得自己从来没笑得那么痛快过。她终于笑够了，半眯起双眼对着一脸诧异的陈经理，我不要钱，我不要钱的。你要是真想给我的话，就给我那条裙子吧。唐小糖指了指右前方的柜台，顺着她指的方向，陈经理看到了一条亮黄色的碎花连衣裙，是新到的货，连包装袋都还没来得及拆。很多年以后，即便陈经理已不再是陈经理，而是别人口中的陈董，他把供销社变成了镇上第一家超市，又在镇上新开了更大、更好的百货大楼，他也依然没有忘记这个有着一双杏核眼的女人的背影，娉娉婷婷，像一只蝴蝶消失在

池　上 | 在长乐镇

供销社门前的那条柏油马路上。陈经理想,唐小糖一定是只蝴蝶,一只有着碎花纹的亮黄色蝴蝶。

唐小糖开始整日整夜地躺在床上。郭一鸣会在中午抽空回来给她弄饭菜,有时他亲自烧制,有时则是医院食堂的大锅饭。除了吃饭时,唐小糖会从床上爬起,其余时刻,她就一直躺着,躺得她的腰板都快断了。唐小糖还吃一种叫黄体酮的药,郭一鸣告诉她,如果一段时间后孕酮没有增加,就改用针剂。她想,打针就打针吧,只要能保住孩子。唐小糖将交叉的双手轻轻按在肚子上,她能感受到光滑的肌肤,还有伴着呼吸的均匀的起伏。某种奇特的感觉便涌了上来,尽管她什么也没感觉到,但某个生命确实扎根在她的肚子里了。之后,这个生命会不断分裂、长大,直至与她剥离。唐小糖突然有些感动,为自己,也为肚子里的这个孩子。她想,这是她的孩子,是属于她的,唐小糖原本波澜不惊的日子忽然就变得荡漾了。

唐小糖在床上躺了近一个月,打针、吃药,孩子终究还是没能保住。B超检查出孩子的心跳已经没了,而且B超室的医生告诉她,由于她的子宫壁很薄,恐怕很难再怀上孩子。孩子总会有的。从医院回来,郭一鸣安慰道。他以为她会哭得稀里哗啦,没想到,唐小糖只说了句,我饿了。郭一鸣就给她去烧饭、做菜,然后,唐小糖爬起来,吃了一碗又一碗。郭一鸣说,唐小糖,你不要这样,你想哭就哭好了。唐小糖却说,孩子已经没了,哭又有什么用呢?

唐小糖的时间变得冗长起来。每天,她都看着太阳透过木制窗户,斜斜地射到她的床上。她就坐在床铺边,看着那些太阳光,还有太阳光里自己斑驳的影子。她边看边想,这是一个多么孤独的影子。她还想到,她头一次来到这个镇上的时候,她年轻而骄傲的脸,现在已经模糊不清了。更多的时候,唐小糖就对着窗户外的马路发呆。一辆卡车过去了,又一辆卡车过去了,好像永远也开不完。可唐小糖清楚,这些都不过是假象,只有到夜半时分,长乐镇才显露出它的真面目来。

整条马路空荡荡的,白天飞奔过的卡车早已停在了别的地方。唐小糖就想,这是一条同她一样孤寂的马路,铺在一个同她一样孤寂的小镇上。

　　唐小糖重新迷恋上了这条马路,她不厌其烦地趴在木制窗户上朝下望,白天望完了,晚上再望。有天晚上,郭一鸣值夜班,毫无睡意的唐小糖听到从空荡荡的马路上传来的剧烈的轰鸣声,是改装过的那种马达,由远及近。路灯下,一辆火红火红的摩托车疾驰而过。摩托车上的男人弓着腰,下半身立起,风吹乱了他及肩上的火红色头发,那些火红色的发丝就在他脸旁胡乱地飞舞,以至于除了昏黄的灯光映照下的他那古铜色的侧脸,她什么也没看清。摩托车开了很远以后,唐小糖还呆呆地杵在那里,她想,那是个多么跃动的颜色啊,跃动得仿佛是在燃烧他的生命。

　　在漫长的冬天快要结束的当口,唐小糖有了件可做的事,她靠在二楼的木制窗口上,等待一个骑着火红色摩托车的男人的出现。她看到男人从楼底下的马路飞奔而过,又匆匆离去,然后在桥的最那头的一家店铺外停下。唐小糖的目光就随着男人在那家店铺进进出出,她看到男人进去了,旋即又出来了,手里多了个扳手,他在修一辆黑漆漆的摩托车。唐小糖的神经便像发烧似的颤动起来,她在心里一遍一遍地对自己说,我要去看看,看看那个像风一样的男人。

　　唐小糖换好衣服,出了门。冬日里和煦的阳光涂在她的脸上、头发上,以及那身蓝黑格的呢子大衣上,一种久违了的温暖让她有点想哭。她穿过长乐桥,经过一家家店铺,最后在最那头的店铺门口停下,她看到店门口新漆的几个火红色的大字"阿凯修理行"。唐小糖在心里默念了一回,又折回去。阳光依旧和煦,在温热的阳光下,唐小糖用一枚钉子猛扎她那辆亮黄色自行车的轮胎。破了洞的轮胎立马就瘪了,唐小糖就推着这辆破车,穿过长乐桥,来到了阿凯修理行。她用她那双杏核眼盯着阿凯,问道,能不能修下我的自行车?阿凯想了会儿,说,

池　上 | 在长乐镇

可以的。

那天下午,阿凯花了很长时间帮唐小糖修车。阿凯的手不停地忙活着,拔钉子、补胎,再固定。终于补好了,阿凯把自行车推到唐小糖面前,他拍了拍车上的坐墩说,这下绝对没问题了。阿凯的眼睛却在唐小糖胸前停了下来,透过蓝黑格的呢子大衣,阿凯看到里面的两只小兔子正在急遽地跳动。唐小糖没有躲开,她盯了阿凯好长时间,然后长吁了一口气,说,我是有老公的。阿凯说,那又能代表什么呢?唐小糖想,阿凯是对的。

5

不久以后,唐小糖发现,阿凯修理行其实是不修自行车的。修理行只修摩托车、汽车,或者帮一些发烧友级的玩家改装车辆内部的装置。阿凯自己就是个发烧友,他换过的摩托车不下十来辆,现在这辆火红色的摩托车也是改过又改才形成的。唐小糖就想,那辆自行车当真是他们的定情信物了。她把自行车擦得铮铮亮,在好多个郭一鸣值夜班的晚上,她就骑着自行车一趟趟地奔波在桥这头和桥那头。

和阿凯在一起的夜晚总是过得特别快。有时,阿凯会带唐小糖去镇上的录像厅。录像厅不大,也就七八十平方米。唐小糖从前只去过镇上的那家电影院,椅子很老了,是那种木板椅,几个男人和女人的影像在长方形的屏幕上晃来晃去,她就坐在木椅子上看,直到郭一鸣有节奏的呼噜声响起,她才决心推醒他,并转身离开。从那以后,唐小糖就再也没去看过电影。但是录像厅不同,尽管从设施上看,并不比电影院高档到哪儿去。但是每每走进这儿,就会有一种莫名的悸动。首先是厅里的灯光很暗,除了大屏幕上放映的那丁点儿光线,录像厅里几乎没有别的灯光。唐小糖注意到,即便是散场了,录像厅里也不点灯。所有人都摸着黑进来，又摸着黑出去，谁也不看屏幕上播放的内容。有一回，唐小糖仔细看了下屏幕上的画面，是个丰腴的女人，女人的上半身裸露在那里，能清楚地看到她那两个圆润的奶子，唐小糖的脸就有些发烫。阿凯却说，这种东西是给光棍们看的。唐小糖晓得她说的光棍，就坐在录像厅的前几排，一般是三五个男人一起过来，看到某些暴露的部分，就群体性地嘘上几声。但像唐小糖他们这样的则不同，通常都坐在后面的小包厢里，说是包厢，其实也就是隔了几块木板。但这么一来，彼此就显得私密了，谁也管不着谁。有时，阿凯和唐小糖正进行着，唐小糖就听到从隔壁传来的咿咿呀呀声，像是某种挑衅。唐小糖便顾不得那么多了，她对阿凯说，再用力点啊，再用力点啊，她开始叫起来，她的整个身体都像要被阿凯摇散架了，也就在这时，她感觉体内的某种东西正在一泻而下。后来，她听到阿凯搂着她的细腰肢说，唐小糖，你怎么那么会叫的。你上辈子一定是只猫，一只天天都在发情的野猫。

更多的时候，唐小糖会去看阿凯赛车。赛车的地点在镇子外的一条小路上，这是个很长的斜坡，坡度又陡，快到终点时，会有一个骤然急转的拐弯。唐小糖还记得她头一次去看赛车，老远就看见一群人，大多是男人，头发染上了黄色、栗色，也有挑染成蓝色的，有几个男人还戴着耳钉，立在摩托车旁。还有几个女的，一看就知道还在上学的年龄，也不管天气有多冷，一律穿着迷你裙，绑一根马尾辫，她们是来充当啦啦队的。唐小糖和阿凯走过去的时候，她听到其中一个男人朝她吹起了口哨，阿凯白了他一眼，说，想都别想。唐小糖的手就紧紧拽住阿凯的胳膊，幸好，他壮实的胳膊让她有了些安全感。其实，唐小糖更担心自己会被认出来，她怕有人会冲着她喊，你是不是妇科大夫郭一鸣的老婆？

事实证明，唐小糖的担心是多余的，谁都没有认出她来。先是马达发动的声音，紧接着是人群，人群闹哄哄的，跟着摩托车跑出了很远。唐小糖没有动，她

池　上 | 在长乐镇

站在原地，等候着阿凯的归来。二十来分钟后，她看到阿凯回来了，冲在最前头。他像某个凯旋的将军，双腿也立了起来。再后来，她看到阿凯被人群围住了，那几个穿迷你裙的女孩子在给他递饮料和毛巾，中间一个高挑的女孩好像还凑过去跟他说了些什么。唐小糖便有些嫉妒了，倒不是因为他俩过于亲昵，而是因为那一瞬间，她感到了自己的格格不入。她想年轻真好，可以疯，可以痛，可以歇斯底里，可她已然不再年轻。

那天晚上，阿凯用他那辆火红色的摩托车载着她去了老家径山镇。径山镇距离长乐镇不远，那是个更往里更偏僻的小镇。整条山路盘旋而上，每过几百米便是个拐弯，阿凯的摩托车就在一个接一个的拐弯中飞快地擦身而过。唐小糖紧紧地抓住阿凯的后背，她能想象，无数个日子里，阿凯就是这样狂奔在这条路上，阿凯就像个追风少年。她还想到，开惯了这条盘山公路的阿凯，又怎么会把长乐镇上的那条小路放在眼里？

路开了一半，车子开始加速了，唐小糖有些害怕，她把整个身子都伏在他的后背上。她对着阿凯叫起来，阿凯，你可不可以慢一点？阿凯却开得更快了，整个摩托车都像是悬浮着往前进。阿凯说，不这样，你又怎么会抱得我那么紧呢？唐小糖就轻轻地在阿凯的背后扭了一下，也就在这时，摩托车停了下来。阿凯从车子上一跃而下，对她说，到了。他说着伸出手来抱唐小糖。

他们所在的地方并不是径山顶，阿凯说，山顶上就一破寺庙，没什么可看的。即便如此，他们在的位置也算极高了。从所在的地方往下俯瞰，能瞧见来时的公路，一圈一圈盘绕而上。路两旁是大片的竹林，再过去则是成片成片的茶树。唐小糖发现，在低矮的茶树群外，还有一条马路分岔开去，笔笔直地通向另一边。阿凯说，那是斜坑村，过去的二十年，他就住在那里。唐小糖很想去看看这个阿凯曾经生活的地方，但阿凯却说，不用看了，什么都没了。唐小糖这才知道，阿凯几乎变卖了所有的家产，才在镇子上开了那间修理行。唐小糖突然很想抱抱这个男孩，她像姐姐那样轻抚他的火红色的发丝，（事实上，她也的确比阿凯年长。）阿凯却闪开了。阿凯对着那头黑魆魆的竹林喊道，唐小糖，你等着，我肯定会干出大名堂来的。到那时，我们就一起过日子。唐小糖就咯咯咯地笑，唐小糖笑得眼泪都快出来，以至于她的话是断断续续的。你……开什么……玩笑。阿凯就捶着胸脯跟她保证，我没开玩笑，我说的是认真的。唐小糖的眼泪就下来了，唐小糖对着竹林那头低声道，我是有老公的。我知道，我们第一次见面，我就知道了，可那又有什么关系呢？阿凯满不在乎地说。这时，唐小糖听到风吹过竹林发出的清脆的声响，沙沙沙，沙沙沙。

6

　　长乐镇的秋天是在一场秋雨中到来的。秋雨无声无息地落下来，整个镇子便浸泡在了一股绵绵的水汽之中。唐小糖走在长乐桥上，她走得很快，所踩之处的泥水溅到了她的脚后跟，她也不在乎。距离上次去阿凯修理行，将近两个多星期了。郭一鸣最近在改他的论文，郭一鸣说，论文已得到专家的肯定，很有可能会发在全国性的期刊上。郭一鸣说的时候很是自豪。他向医院请了一段时间的假，成天蹲在家里研究。阿凯也忙碌起来，他正忙着改装他那辆摩托车，下个月他要参加一场大型比赛。

　　唐小糖的日子难挨起来，她的眼神常常透过木制窗户，飘过长乐桥，再飘过一家家店铺，最后落到阿凯修理行上。修理行的门总是紧闭着，她能想象出阿凯在里面不断地倒腾他那辆火红色的摩托车，她还能想象出阿凯骑上新改装的摩托车在一条条公路上飞驰。她看厌了，就转头去看那条小鲫鱼。鱼自她买来后，就

池　上 ｜ 在长乐镇

　　一直养在脸盆里，它好像总也长不大，因此她也就没吃。唐小糖看到鲫鱼在盆里转了一圈，又转了一圈，她想，这真是一条寂寞的鱼。

　　这天早上，如果不是因为她远远望见阿凯修理行的门半开着，郭一鸣又要回医院整理点材料，那么唐小糖是会继续看着楼底下的马路或是脸盆里的瘦鲫鱼的。但既已瞅见，唐小糖便乱了分寸。唐小糖一次次地劝自己，不该在这时候去打搅阿凯的，但她转念又想，如果再见不到阿凯，她就快死了。她就这样矛盾地走到了阿凯修理行。修理行的卷闸门被拉开了一半，她压低身子钻了进去，这时，她看到了一个女人正和阿凯说着什么。她犹豫着要不要退出去，对方先开了口，我认识你的，你是唐小糖。见唐小糖未做反应，对方又说，你老公我也知道的，他是个医生。唐小糖索性朝女人走去，她把胸挺得很高，她想，既然对方什么都知道了，逃又有什么用呢？

　　等唐小糖走到女人面前，她才发现自己并不认识这个女人。女人（确切地说应该是女孩）的个子很高，穿着一件墨绿色的风衣，风衣和她稚嫩的外表很不相称，看上去就像是那种发育不良的豆芽硬生生地被装在某个器具里。我叫阿丽，女孩大方地做起了介绍，我们在赛车场上见过的。唐小糖想起来了，自己是见过她的，那时候她穿着迷你裙，还同赢了比赛的阿凯说过悄悄话。只不过，现在的阿丽看上去有些憔悴，她的头发散乱地披散在后头，唐小糖甚至找不到过去她扎马尾的影子。

　　看来，阿凯没跟你谈起过我，我是他的前女友。阿丽把"前女友"这三个字说得特别重，她顿了顿，又接着道，我猜，他肯定也没跟你说起过我怀孕的事吧？我已经怀孕两个月了。唐小糖看到阿丽摸了下她的肚子，然后，她听到了阿凯的低吼声，你到底想怎么样？阿丽笑了，阿丽的笑声脆生生的，在那样好听的笑声里，阿丽说，我能怎样？我不想孩子一出生就没有爸爸，也不想孩子看到他爸爸勾搭上了别的女人。所以，我只能打掉他。阿丽的脸因为哀恸变得有些扭曲，很快，她控制住了自己的情绪，说，六万块，我们从此两清。你疯了吧，我哪来那么多钱，再说，谁晓得你肚子的孩子到底是哪个人的野种。你说话要摸摸良心的，你能发毒誓说那天你没碰我？阿丽的语音尖细起来，大不了等孩子生下来，我们去医院做个亲子鉴定。到时候。你可别后悔。我有什么可后悔的，阿凯说得不痛不痒。你……你不要脸，我也可以不要脸的。大不了，我天天在你门口吵，看你的生意还做不做得下去，我还要向你讨孩子的抚养费、学习费……阿丽最后甩下了句话，六万块，算上打胎、调养，还有我的青春补偿费，算便宜你了。你好好想想吧。

　　阿丽走后，阿凯来抱唐小糖，她想敲我一笔，你不用理她的。阿凯又说，如果她还来，我就找人撵她。唐小糖却把阿凯推开了，她想，一个女人要怎样走投无路才会到这样的不顾脸面。她有些怜悯阿丽了，其实阿丽是个很清秀的女子，清秀得让人怜爱。你有没有同她上过床？唐小糖问阿凯。阿凯想了会儿，没有否认。唐小糖的心就往下坠，她想到了那间七八十平方米的录像厅，录像厅里，阿凯说，唐小糖，我要你，我只要你。然后，唐小糖听到了自己无比冷静的声音，她对阿凯说，去把钱拿来。阿凯一动也没动，唐小糖便自己去找，但她找遍了所有的抽屉也不过万把块，阿凯的钱全投到摩托车上去了。他们就对着那点钱，坐穿了一个上午。当雨渐渐小下去的时候，唐小糖从椅子上站起，唐小糖说，你等着。她一路小跑着回家，打开抽屉，拿出那个信封。信封本来很厚的，如今却好像变薄了。她拿出来，数了好几遍，才四万六千，加上阿凯的，也还差四五千。唐小糖想，自己原来也需要钱的。

　　唐小糖和阿丽在长乐桥上碰头，她把一沓厚厚的钱塞给阿丽，说，我只有五万多。阿丽说，不行的，少一分也不行的，要不然孩子我不打了，你把阿凯还给我？唐小糖摇摇头。阿丽就笑了，像朵即将凋零的花。阿丽说，那我也不行。

池　上 | 在长乐镇

　　阿丽给唐小糖一周的时间去凑钱，然后，她就消失在了长乐桥上。临走前，阿丽对着桥底下的溪水喃喃道，他从前也常载我到这儿的。唐小糖就目送着阿丽的背影离开，她想哭，她太想哭了，可是泪水怎么都滴不出来。唐小糖才明白，人太难过了，是会哭不出来的。

　　唐小糖决定问陈经理借钱，在唐小唐的印象里，陈经理有好多好多的钱。她跨进供销社的大门，在曾经卖衣服的柜台前看到一个跷着二郎腿、抹指甲油的女人。指甲油猩红猩红，当她抬起头来的时候，唐小糖明显感到了一股敌意。陈经理啊，他不在，我也不知道他什么时候回来。女人轻描淡写地说。

　　整整一个礼拜的时间，唐小糖都在思考一个问题，除了和郭一鸣开口，还有没有其他法子。唐小糖在镇上没有朋友，父母也不过是普通农民，没什么积蓄，而阿凯除了拥有一间倾其所有的铺子外，什么都没有。唐小糖不想阿凯没有铺子，也不想阿凯没有摩托车，阿凯要是没了摩托车，就不是阿凯了。末了，唐小糖只得跟郭一鸣说，我需要点钱，急用。唐小糖甚至没敢正视郭一鸣的眼睛，她想，如果郭一鸣再进一步问她，她大概就找不出搪塞的理由了。但郭一鸣没有多问什么，他只是把卡递给了她，说，要多少？唐小糖举出一只手，说，五千。

　　阿丽的事却并没有因此而结束。给完阿丽钱后的一天，唐小糖和郭一鸣正吃着饭，郭一鸣忽地问，你是不是有个朋友叫阿丽。唐小糖吃了一惊，怎么了？她怀孕了，找我打胎。郭一鸣的嘴还在嚼着菜，她说如果有空的话，想同你见上一面。唐小糖忘了怎么回应郭一鸣的。那天晚上，趁着郭一鸣值夜班，她给阿凯打了通电话，她听到阿凯在电话那头怨声怨气，早知道就不把钱给她了。

　　唐小糖出现在了镇上的医院。这家医院她过去常常来，经过妇科走廊的时候，她远远地就看见了阿丽。阿丽看上去精神还不错，身上还是穿着上次那件墨绿色风衣。阿丽说，我就知道你会来的。唐小糖真觉得阿丽有些混蛋了，她问道，你想干什么？阿丽就笑了，是那种坏笑。阿丽说，你怕了？唐小糖没有理她。她看到一个护士走了出来，叫道，何丽丽。阿丽就跟进去了，阿丽的两只手握在了一起，成了个瘦骨嶙峋的拳头。

很多年以后，当唐小糖的鬓角出现了白发，她仍然没有忘记那天从手术室里出来的阿丽，脸色煞白煞白，但她仍对着唐小糖挤出一个很好看的笑脸。结束了，都结束了，阿丽的声音听上去有些凄凉。郭一鸣一直忙前忙后，手术完后，他叮嘱唐小糖，让你朋友好好休息，三个月内不要再有房事。为什么不告诉他呢？郭一鸣走后，唐小糖问阿丽。我从来就没想过要告诉他。阿丽的回答完全出乎唐小糖的意料，阿丽又说，我找他，因为他是这儿的专家，就这么简单。阿丽说完，背过身去，从她转身的方向望去，能看到一扇扇被钉死的窗户（医院为了防止病人跳楼，特意做的防护措施）。窗户外，一场秋雨正密集地从天上泼洒下来。在雨点密密的敲打声中，阿丽说，唐小糖，我要走了，回自己的老家。你知道吗？我在这个镇上没有亲人，所以，当我的脑袋里跳出让你来陪我做这个手术时，连我自己都觉得可笑。阿丽真的就笑出声来，唐小糖却怎么也笑不起来，不知怎的，她想起了家里的那条鲫鱼，她从前觉得自己像那条鱼，现在，她觉得阿丽也像那条鱼。于是，唐小糖对阿丽说，你等我下。唐小糖跑回家，把那条鱼装在装满水的塑料袋里，对阿丽说，我没有什么东西能给你了，这条鱼就当作是分手礼吧。阿丽接过那条鱼，看了很长很长的时间。阿凯他就是个混蛋，他配不上你的。阿丽最后如是说。

7

唐小糖的胃在冬天来临时坏了，她开始不停地冒酸水，不停地呕吐。一天清晨，

池　上　｜　在长乐镇

郭一鸣像往常一样倒好白开水给她，她看了快要溢出来的白开水一眼，终于没能忍住。等吐完，她望着黄色泛泡的污物，只觉得胃像是在翻腾，郭一鸣什么也没说，他拿过拖把，将污物拖净，出了门。

唐小糖怀疑自己怀孕了，尽管B超室的医生曾告诉过她，由于她的子宫壁偏薄，因此怀孕的概率不大。她去楼下的老百姓大药房买了一只测试笔，几分钟后，笔上的两条线都变成了浅浅的红色。唐小糖想，自己就要做母亲了，她急忙向阿凯修理行赶去。阿凯还在忙着改装他的摩托车，在一片轰隆隆中，唐小糖问阿凯，你是不是说过要和我一起生活的？阿凯想了想，说，是，你等我干出番事业来。我不要你干出什么事业，我只要和你一起生活。不等阿凯回答，唐小糖又说，我有你的孩子了。阿凯并没有唐小糖想象中的激动，他只是趁着改装的间隙问道，我们有时间、有能力来对付这个孩子吗？

从理论上来讲，阿凯是对的。阿凯的收入基本只能维持他们两人的日常花销，如果要抚养孩子，唐小糖就必须要重新找份工作。可这样一来，孩子就无人照看了。但唐小糖懒得去考虑这些，管孩子也好，找工作也罢，对于她而言都是以后的事。眼下，她只想要这个孩子。这个孩子来得太不容易，她能想象来自于阿凯的那部分生命体进入她的身体，粘附在了她薄薄的子宫壁上。她轻轻地摸了下衣服包裹下的肚皮，叫了声，小阿凯，你好。

唐小糖开始回家收拾行李。她把衣服一件一件地装到行李箱里，就像当初她从白塔湖村出走，来到了这个小镇。她拖着行李箱出门的时候，瞥见了靠在墙角的亮黄色的自行车。她想，这车她也要带走的，将来等小阿凯长大了，她好带着他骑过长乐桥，骑过径山镇，骑过他俩爱情盛开的每一个地方。于是，唐小糖就对郭一鸣说，我要走了，这车我能不能带走？郭一鸣没有回应，他把好车龙头，推着车跟在她后头。唐小糖又说，你不用推的，这车我明天来拿好了。郭一鸣还是没有吭声,他只是推着车跟在她后头。快经过长乐桥时,唐小糖转过身问郭一鸣,你恨不恨我?我怀了别的男人的孩子。她以为这回郭一鸣应该会说点什么的,但郭一鸣还是什么也没有说。在一片死寂中,唐小糖说,我情愿你恨我的。然后她大踏步地跨上了长乐桥,唐小糖想,如果来一场痛痛快快的爱恨情仇该有多好!

唐小糖和郭一鸣说好是在第二天的早上去民政局。但是,那天唐小糖却没去成。唐小糖是在走了一半的长乐桥上倒下的,她倒下的时候,从胯裆下流出了好多好多的血,这些血似乎足以将桥下的溪水染红。她还看到郭一鸣抱起了倒下的自己,可她的脑袋却在想,郭一鸣是不是把她的亮黄色的自行车给扔了,那辆车可不能丢。她正想叫郭一鸣别忘了她的自行车,她的眼前就模糊了。

醒来的时候,唐小糖发现自己躺在了医院的病床上,粉白的墙壁,粉白的床单,就连她自己也是粉白的。穿着粉白色大褂的郭一鸣站在她跟前,手里拿着张片子。郭一鸣说,是宫外孕,必须马上手术。唐小糖哦了一声,泪水就唰唰唰地下来了。唐小糖想,自己是不是和孩子没缘?又一个孩子没了,只不过这次,是孩子待错了地方。

手术很快进行了,是郭一鸣主刀的。手术后,郭一鸣作为唐小糖的主治医生经常会来查看情况。有一回,唐小糖对待在她旁边的郭一鸣说,你不用来看我的,我还没可怜到这样的地步。她停顿了下,又补充道,你大可以把我的那些事告诉他们的,唐小糖说的他们是医院里的同事。但郭一鸣依旧来看她,有时候带上一点汤,有时候什么也不带,就只是坐在她的床头看看。医院里的护士们也像什么都没发生过似的,每回查房,总是郭师母前郭师母后的。唐小糖想,郭一鸣真的是一杯温开水,永远不温不火,但在冬天里却能给人以温暖。

唐小糖在医院里住了大半个月,阿凯一次也没有来。唐小糖打过几次电话,阿凯的手机那头就传来极其标准的女音"对不起,你拨打的电话已关机"。唐小

池 上 | 在长乐镇

糖便想,长乐镇是个多小的镇啊,小到谁家昨天丢了只鸡,第二天就会传遍镇上的街头巷尾。只要阿凯向人打听下,就不可能不知道她住进了医院,就不应该不来看她。可是,阿凯像是消失了。

出院的日子定在星期六,在前一天的傍晚,唐小糖自行要求出了院。周末,镇上的闲人格外多,唐小糖不想走到哪儿就遇见个熟人,即便只是点一下头的工夫,她更不想看到别人在她走后,对她指指点点,评头论足。唐小糖从医院出来,经过修理行的大门,她猛然发觉这里已经不是修理行了,除了店门口的梧桐树还在,在冬日的寒气下,光秃秃地立着,其余的什么都没有。卷闸门上歪歪扭扭地漆着两个黑色的大字"转租",连着一长串的电话号码。她照着上面拨通了电话,接电话的是个带有浓重乡音的女人。女人没好气地说,如果不是诚心想租下这家店面,就请不要打扰她。唐小糖去隔壁的电器行询问,电器行里,一台电视正播放着一首流行歌曲,歌曲名叫《风一样的男子》。唐小糖看到一个理着中分头的男歌手深情地唱着:"也许我是将风溶解在血中的男子,也许我是天生习惯自私,也许我是天生崇拜追逐,当你将疑虑装得若无其事。请原谅我,像风一样的男子……"电器行老板想了会儿,说,哦,阿凯啊,他上个星期就走了,听说好像去了广州。具体去哪儿,我也不知道。老板说完,又顾自看电视去了。

唐小糖走出了很远,还能听见那首歌随着风吹过来。唐小糖想,以前只听过戏如人生,原来歌也可以如人生的。然后,唐小糖缓缓走上长乐桥。桥两旁,没有任何花纹的石栏杆上涂满了好多字,谁谁谁到此一游,谁谁谁是混蛋。一辆黑色桑塔纳从她身后绝尘而过。车是陈经理的,车的副驾驶上坐着个女人,就是那个涂猩红色指甲油的女人。唐小糖凝视着那辆车,一直看了很久很久。终于,她把目光收了回来,落到了桥底下的那片溪水上。溪水好像冻结了,夕阳照在上面呈现出一种明晃晃的色调。唐小糖就在那种明晃晃的色调中看到了自己,唐小糖有些被感动了,她想,不管怎样,等下一个雨季来临,长乐桥底下的水一定还会重新涨起来,重新奔赴远方……

这时候,唐小糖听到了一阵鸣笛。不远处,一辆大巴车正朝她驶来。

(选自 2014 年《收获》第 6 期)

「青春文学」